U0140512

齐橙 作品

上海文艺出版社

# 第四百零三章

“总算是不辱使命。”

在从山北返回京城的火车上，徐晓娟向沈荣儒和冯啸辰说道。她脸上带着微笑，但那笑容之中分明夹杂着几分苦涩。

程元定这一回的确是万劫不复了。分馏塔的质量问题只是一个引子而已，群众反映的那些干部作风问题在纪检部门看来才是更为严重的。在徐晓娟他们离开的时候，纪检部门对程元定的调查还没有结束，不过据经委纪检组的干部向徐晓娟透露，程元定受到的最轻的处分也是撤职，如果查出什么经济问题，没准还会有牢狱之灾。

边广连在关键时候交出了一些足以证明程元定渎职的材料，算是在程元定这条破船上又扎了几个窟窿。因为举报有功，他受到的处分比较轻，降职为后勤处的副处长，这是个闲差，估计未来也就在这个位置上退休了。

化工部从其他地方给北化机调来了新厂长，又从中层干部里提拔了新的副厂长，北化机的运作很快恢复了正常，这也是各级部门所希望看到的结果。

徐晓娟到山北省来调查分馏塔质量事故，罗翔飞虽然没有向她明说，但她也能猜得出，罗翔飞是希望能够敲打一下程元定的，以维护重装办的权威。徐晓娟说不辱使命，指的正是这一点。

但她心里依然存着一个疙瘩，明明可以凭着质量事故的问题来处分程元定，到最后却不得不依靠挖出程元定的其他劣迹来达到目的，这未免有些不够光彩。但她又能怎么办呢，按时下的企业干部管理模式，程元定给国家造成了多大的损失都不重要，要想让程元定受到处罚，只能是找其他的借口。

“这就是管理体制上的毛病啊。”徐晓娟忍不住向沈荣儒吐槽道。

沈荣儒点点头，道：“是啊，企业负责人的权力和责任不对等，凭着个人好恶就可以肆意地浪费国家财产，而出了事仅仅是做个检讨就了事了。如果没有其他的问题，甚至连撤职都办不到。”

“正因为他们不需要为自己的任性付出代价，所以他们才会越来越任性。”冯啸辰评论道。

“任性，这个词用得好。”沈荣儒夸了弟子一句。

祁瑞仓在旁边插话道：“用西方经济学的概念来说，他们犯错误所需要付出的成本太低，而能够获得的收益却很高，所以就无法阻止他们犯错误了。”

丁士宽道：“必须要提高企业负责人犯错误的成本，应当建立一套企业负责人的责任书制度，如果因为他们管理上的问题造成了国家的经济损失，他们必须要承担相应的责任，甚至可以判刑。”

“我觉得这都只是隔靴搔痒，要解决问题只能是搞私有化。如果这一千多万是程元定私人的，你看他会不会这样任性胡来。”祁瑞仓说道。

听祁瑞仓讲到私有化，徐晓娟不敢听了。她装出头疼的样子，爬到自己的铺位上蒙着头睡觉去了。这种大逆不道的话，也就是祁瑞仓敢说了。他的立场倒是很坚定的，那就是坚决地主张走私有化的道路。

沈荣儒没有斥责祁瑞仓的大胆，他只是摆了摆手，说道：“小祁，私有化是不可能的，我们没必要把时间浪费在这种不可能的问题上。我想，北化机的这个案例非常典型，暴露出来的问题也是很有代表性的。我们国家目前正在搞扩大企业自主权，在扩大企业自主权的大背景下，如何约束企业负责人的‘任性’行为，是一个很有意义的课题。怎么样，小祁，小丁，小冯，你们三个回去以后，就这个问题写一个调研报告，我争取帮你们递到中央领导那里去，你们看如何?”

“让我们写?”丁士宽有些惊愕，“沈老师，我们行吗?”

沈荣儒笑道：“你们不试一试，怎么知道自己行不行呢?放心吧，我和艾老师会给你们把关的，你们尽管放开了写，把你们的聪明才智和想象力都发挥出来。”

艾存祥叮嘱道：“沈老师让你们放开了写，可不是让你们违反原则去写。基本的原则还是要坚守的，那就是公有制这一点不容改变。小祁，你刚才那些言论很危险，这些话在这里说说也就罢了，可绝对不能写到调研报告里去。”

“我明白！”祁瑞仓应道。他好歹也是奔三的人了，智商情商都不算低，哪里不知道有些事情是不能落在白纸黑字上的。

“这一次，小冯的表现实在让我们开眼界了，难怪沈老师好几年没招研究生，这一次还破例招了你呢。”艾存祥把头转向冯啸辰，用赞叹的口吻说道。冯啸辰在处理这次事件中所发挥的作用，社科院的师生们都是清楚的，对他都有了一些佩服之意。

以师生们的智商，要想出一些歪招损招来对付程元定，倒也不是做不到，但这些人都是在象牙塔里待着的，本能地抵触这些难登大雅之堂的招数。可看到冯啸辰这样做之后，他们又觉得非如此便无法解决问题，非常之时行非常之事，似乎也是对的。

丁士宽道：“小冯，你过去在重装办的时候，也是这样做事的吗?”

冯啸辰道：“只能说有时候会这样做吧。在实践部门工作，接触的是不同的人，对什么样的人，就要用什么样的办法，所以有时候也得动点歪脑筋，否则就做不成事情。”

“老幺是个聪明人，这一次的事情干得漂亮。”祁瑞仓赞了一句，随后又说道，“唉，这就是咱们中国人的悲哀啊，老幺这样的聪明才智，却不得不用到这些左道旁门的地方。如果是人家西方国家，就不会出现这样的事情了。”

冯啸辰无语了，这位祁兄算是被西方学说给彻底洗了脑，言必称西方，而且不管什么事情，他都能够归于中国人的劣根性。不过，时下这种人还真不算少，冯啸辰如果碰上这种事都要去计较一番，恐怕早就累死了。

丁士宽反驳道："老祁，你这扯得也太远了。我倒觉得，随机应变是咱们中国人的优良传统，兵法里不是说过吗，兵无常势，水无常形，打仗要奇正相生，搞经济建设也是如此。其实西方人在商场上搞阴谋诡计的也不少，商场如战场，哪有一切都按规矩做的。"

这样的话题一旦扯起来，可就是无边无际的。还好，因为沈荣儒、艾存祥他们在场，研究生们也不便太过于肆无忌惮，随便聊了几句，就转到其他话题上去了。

分馏塔事件的结局，震惊了整个化工行业。早在听说北化机的分馏塔被日方退货的时候，各家签过保证书的企业便把目光都投向了重装办，想看看重装办会不会拿着保证书去与北化机算账。大家有一个共识，那就是重装办肯定不可能兑现保证书的条款，因为如果这样做，北化机就会背上一千多万的债务，这些债务足以把北化机压垮。

国家是显然不能让北化机垮台的，那么，重装办还能有什么办法呢？

新阳二化机的厂长奚生贵与程元定的私交不错，在诸多事情上都颇有一些共识。两年前重装办要求各家企业分包大化肥设备，并与重装办签订保证书的时候，奚生贵原本也是打算消极抵抗的，后来迫于压力，不得不签。在私底下，奚生贵与程元定嘀咕过不止一次，说这份保证书其实也就是一张废纸。

分馏塔的事情发生后，奚生贵第一时间就和程元定通了电话。程元定在电话里信心满满地告诉他，自己已经把事情处理好了，就等着重装办的调查组过来走个过场，这件事就算过去了。

"老程，你可小心点，重装办那个罗翔飞一直都惦着要找咱们的麻烦呢。"当时，奚生贵用开玩笑的口吻提醒道。

"我还巴不得他来找麻烦呢。他要找麻烦，我就把全厂四千多人都交给他，让他管去。"程元定牛哄哄地应道。

自那次通过电话之后，已经过去了十几天，奚生贵忙得也没再顾上问一问北化机的事情。今天，他总算是闲下来一点，坐在办公室里百无聊赖，随手抄起电话，让厂里的总机帮他接通长途，联系北化机的厂长办公室。

“喂，老程吗，我是老奚啊。”电话接通，听到对面传来“喂”的一声时，奚生贵大大咧咧地说道。

“请问你找哪位?”对方用平静的口气问道，声音是奚生贵所不熟悉的。

“咦，这不是老程的办公室吗?”奚生贵诧异道，“我让总机接的就是北化机的厂长办公室啊。”

对方似乎听明白了奚生贵的意思，淡淡地应道：“哦，你是找程元定同志吧？他已经不在这个办公室了。”

# 第四百零四章

“老邓，邓宗白！”

奚生贵的办公室里传出来一个凄厉的声音，办公楼里的工作人员们都打了个寒战。

副厂长邓宗白三步并作两步地冲进奚生贵的办公室，见奚生贵满脸惊惶之色，说话的音调都变了：“老邓，出事了，出事了。”

“出什么事了？”邓宗白问道。

“北化机的程元定，被拿下了。我刚才打电话问过海东的马伟祥，老马消息灵通，据他说，是重装办下的手，而且下手很重，老程没准得判十年以上了。”

“判刑？就因为分馏塔那事？”

邓宗白的脸也白了，这个圈子没多大，随便一点事情大家都是知道的。前两天，他还和奚生贵讨论过这件事，还笑话罗翔飞只能吃个哑巴亏。谁承想，事情居然会反转成这个样子，不就是焊坏了一座分馏塔吗，十年徒刑，这他妈还能不能愉快地玩耍了？

“罪名当然不仅仅是分馏塔的事情，玩忽职守只是罪名之一而已。重装办的调查组去北化机，把老程那些陈芝麻烂谷子的事情都翻出来了，这就是秋后算账啊。没看出来，这个罗翔飞居然会这么狠，我们是欠了他钱了，还是把他家孩子抱井里去了？”

“奚厂长，现在不是操心程厂长的时候。咱们应当操心的是，咱们分包的那些设备，有没有问题？”邓宗白提醒道。

奚生贵跺脚道：“我这不就是担心这事吗？老邓，你是管生产的，你跟我交个底，咱们厂分包的这些设备，有没有这样的事情？”

邓宗白道："总的来说，应当还好吧？北化机那边的情况，我也了解一些，程厂长和他们那个叫边广连的副厂长，玩得有些大了。咱们厂倒基本上是照着日本人的规范做的，至于个别的瑕疵……"

"个别也不行！"奚生贵道，"谁知道重装办这帮人会怎么从鸡蛋里挑骨头。对了，北化机那座分馏塔的毛病，也不是重装办挑出来的，是日本人挑的。日本人做事精细得很，现在正是风头上，咱们可不能去触这个霉头。老邓，你马上去安排，生产处、技术处、质检处全部上，把准备发运的设备全部重新检查一遍，有问题马上返工，绝对不能出一点毛病！"

类似的对话，在湖西石油化工机械厂、海东化工设备厂等等企业都在进行着。罗翔飞设想的杀鸡儆猴的效果，已经呈现出来了。这一次向各家企业下分包任务的是日本企业，这些日本企业是不会跟大家讲情面的。送过来的设备，合格就是合格，不合格就是不合格，一旦出现不合格，日方就要启动索赔程序，而重装办则会拿着各家企业签的保证书，找各家企业的麻烦。

原先，各家企业还抱着一个幻想，那就是国家不能拿他们怎么样，因为他们就是国家企业，自家的孩子，你舍得打吗？可程元定这件事让大家的心寒到了冰点，没错，重装办不会拿这些特大型企业开刀，可人家可以拿厂长开刀啊。企业是国家的，但厂长不是国家的，谁想去和程元定做伴，那就来试试吧。

"活该！"

在冯家的小四合院里，杜晓迪一边给冯啸辰削着苹果，一边恨恨地评论道。她是电焊工出身，听说程元定擅自决定更换焊丝型号，她就气不打一处来。她与程元定并不认识，但既然是冯啸辰去收拾的人，杜晓迪便认定此人是坏人，坏人得到严惩，不是一个大家都喜闻乐见的结局吗？

"你们厂里有没有出过这样的事情？"冯啸辰问道。

杜晓迪想了想，说道："也有，不过一般都是一些无关紧要的地方才会凑合一下。像这种涉及设备使用寿命的事情，我们厂是不会这样做的。我们厂领导经常说，做事要凭良心，不能让用户戳我们的脊梁骨。"

“这就是市场经济意识薄弱的表现啊。”冯啸辰叹道，“大家不是靠契约来合作，而是凭着良心来合作。有良心的企业也就罢了，能够保证质量，碰上不讲良心的企业怎么办呢？”

杜晓迪道：“我在日本培训的时候，见到他们的工厂里每个环节都是有责任制度的。哪个工序出了问题，就要负责任。咱们国家的厂子里这方面管得太松了，就算是出了很严重的质量问题，也就是厂子里批评批评，扣点奖金。有些小年轻，不好好学技术，上班吊儿郎当，厂里也拿他们没办法。”

冯啸辰笑道：“你还说人家小年轻，你不也是小年轻吗？”

杜晓迪也笑了起来：“我可不像他们那些人，我一直都听我师傅的话的。还有，这一年在蔡老师这里，蔡老师也说我和其他年轻人不一样呢。”

说到这里的时候，她脸上露出了一些得意之色。在杜晓迪心目中，工业大学的蔡兴泉是一位地位很高的学者，能够得到蔡兴泉的夸奖，其意义又远甚于得到自己师傅的夸奖了，这说明她已经得到了更高层次的承认。

前年年底，京城工业大学专门研究焊接的教授蔡兴泉承接重装办委托的研究课题之后，冯啸辰去找他开了个“后门”，让他接收杜晓迪作为课题组的实验员。蔡兴泉原来就认识杜晓迪，对她颇为欣赏，听说冯啸辰推荐的人是杜晓迪，他自然是欣然应允。

这一年多时间，杜晓迪待在蔡兴泉的课题组里，专门负责做焊接工艺的实验操作，发挥了很大的作用。与蔡兴泉带的那些研究生、本科生相比，杜晓迪的理论知识不够，但实践能力却是他们无法相比的。她原本就是一个很勤快的人，加上对这个机会非常珍惜，因此在工作中兢兢业业，表现远比那些学生要好。

除了做好自己分内的实验工作之外，她还会抢着打扫实验室和办公室，帮大家整理资料，时不时还会从家里做点好吃的带到实验室去，慰劳一下那些生活苦兮兮的学生们。这样一来，她就在师生中博得了一致的好评。

按照冯啸辰与蔡兴泉的约定，蔡兴泉指派了几名学生负责指导杜晓迪的学习，帮助她掌握焊接专业的基础理论。杜晓迪学历不高，但非常聪明，又非常用功，加上还有冯啸辰的课外辅导，所以进步非常快。在刚刚过去的那一周，她参加了工业大学的研究生入学考试，据她自己的估计，成绩不会太差。

冯啸辰听到她这样说就放心了，只要她的成绩不是特别差，蔡兴泉就有足够的理由把她招进去。要知道，这个年代里研究生招生的随意性是很大的，考试成绩不公开，不允许查卷，考试卷由导师批改。可以这样说，只要是导师相中的学生，基本上就能够内定了。

“哈哈，到9月份，你也成了研究生了。你们整个通原锅炉厂，你是第一个考上研究生的吧?”冯啸辰笑嘻嘻地问道。

“那还不是因为蔡老师照顾我。”杜晓迪红着脸说道。蔡兴泉已经向她打过招呼，说今年肯定会招她进去，所以杜晓迪也就把自己定位为未来的研究生了。

冯啸辰道：“老蔡照顾你，也是因为你是个可造之才啊。工业大学的应届本科生也不少吧，老蔡怎么不照顾他们呢?”

“什么老蔡老蔡的，蔡老师是长辈，你不能这样说。”杜晓迪纠正着冯啸辰的用词，然后又说道，“蔡老师说，我是因为家里的原因耽误了学习，能力不比大学生差。不过我还是觉得自己的基本功不行，入学以后，没准会学得很吃力的。”

“没关系，到时候不还有我吗？学习上的事情，我完全可以给你指导的。”冯啸辰牛哄哄地说道。

杜晓迪道：“啸辰，我真有点不明白，你也就是初中学历，怎么会懂这么多东西？像微积分，还有什么力学、材料学之类的，我看我们学校的本科生都不如你懂得多，你是跟谁学的?”

“我就是一个自学成才的模范啊，怎么样，快来崇拜我吧?”冯啸辰避重就轻地回答道。他前一世是工科博士，要论这些基础知识，工业大学的本科生当然没法和他比。不过，这事他没法向杜晓迪解释，只能含糊其辞了。

幸好，杜晓迪也没有深究下去的意思。这一年时间，她和冯啸辰生活在一起，见到冯啸辰的各种神奇之处已经无法胜数，慢慢也就习惯了。

我的男友是个了不起的天才，谁也比不上他……

这是杜晓迪在心里的想法，不过她很谨慎，没有把这话当着冯啸辰的面说出来，主要是担心冯啸辰会骄傲。

“对了，啸辰，陈姐和海帆的事情怎么样了？我前些天忙着复习考试，也没顾上问你。他们的关系确定了吗？”杜晓迪又想到了其他的事情，向冯啸辰问道。

听杜晓迪问起陈抒涵和杨海帆的事，冯啸辰哈哈笑了起来，说道：“他们俩岂止是确定关系啊。半个月前，他们已经在新岭领证了，这会儿估计小两口正在浦江度蜜月呢。”

# 第四百零五章

杨海帆和陈抒涵这对剩男剩女其实已经认识很长时间了。因为冯啸辰把春天酒楼确定为辰宇公司的驻新岭办事处，每次杨海帆到新岭出差，都会住在春天酒楼，一来二去，便与陈抒涵混熟了。这俩人岁数相当，性格上也颇有一些投缘之处，接触了几回便成了很好的朋友。

两个人都是大龄青年，在外人眼里颇有一些另类的感觉。出于自尊的心理，两人都向对方撒了谎，说自己已经成了家，因为某种原因而与另一半两地分居。在这样一种互相不知情的状态下，两个人都把与对方的友谊当成了一种纯洁的革命友谊，把心里对对方的那一丝朦胧好感当成了不应有的非分之想。

冯啸辰在感情方面颇为迟钝，每次回南江，与这二位相处，丝毫没有动过撮合一下他们的念头。倒是杜晓迪心思细腻，看出这俩人很有些般配，向冯啸辰提起此事，冯啸辰这才恍然大悟。

在出访欧洲的途中，冯啸辰向杨海帆挑破了陈抒涵依然是单身的秘密，杨海帆果然激动起来。在港岛和在欧洲期间，杨海帆忙里偷闲地逛了几回商场，给陈抒涵买了一大堆衣服和女孩子喜欢的东西。

在杨海帆买衣服的时候，冯啸辰还好心好意地提醒他，说衣服是有尺码要求的，千万别买错了。杨海帆颇为自信地告诉冯啸辰，自己的眼力不会差，买的衣服绝对适合。冯啸辰嘴里没说，心里却在暗骂：这个老不正经的杨海帆，谁知道他拿眼睛丈量过陈姐多少回了……

杨海帆回国之后，是如何去向陈抒涵表白的，冯啸辰就不得而知了。他只是知道陈抒涵在一开始有些迟疑，还专门写信到京城征求过冯啸辰的意见。不过，没过多久，这俩人的事情就不需要冯啸辰再操心了。那段时间，杨海帆正好待在新岭联系辰宇工程机械公司的建设事宜，白天在各个厅局洽谈工作，晚上住在春天酒楼，与陈抒涵彻夜长谈，关系进展神速。

陈抒涵和杨海帆都是五十年代初出生的，现在都已经是三十多岁，在这个年代里算是很成问题的大男大女了。两人关系确定下来之后，杨海帆的父母专程从浦江赶过来，见了陈抒涵，又见了陈抒涵的母亲，敲定了两边孩子的婚事。赶在 1985 年的春节前，二人在新岭领了证，杨海帆便志得意满地带着自己的新婚妻子回浦江过年去了。

“海帆，这是你在南江找的爱人啊？长得倒是挺漂亮的……”

“老杨，不错啊，我看你找的这个爱人一点也不土气嘛，不像是南江人。”

“小陈过去来过浦江没有，这次来，让海帆带你到处多走走，开开眼界……”

这是在浦江一家小有名气的餐厅的大宴会厅里，一场西式风格的酒会正在举行。参加酒会的人年龄清一色都在三十出头，这些人全都是杨海帆的高中同学及其家属。当杨海帆带着陈抒涵出现在同学们面前时，众人纷纷上前，对二人评头论足。那些话似乎是在祝贺或者恭维，可听在二人的耳朵里，就有些味道不对了。

“抒涵，你别介意，这些人……唉！”趁着大家不注意的时候，杨海帆把陈抒涵拽到一边，带着几分歉意地说道。

陈抒涵微微一笑，道：“有什么好介意的，过去你不是跟我说过吗，你在浦江的这些朋友挺势利的，今天倒是见识了。”

杨海帆叹道：“唉，可不是吗。每年我回来的时候，他们也是这个腔调，总觉得自己是浦江人，高人一头。我原来以为有你在场，他们会收敛一些，谁知道会是这样……早知如此，今天我就不来了。”

陈抒涵温柔地捏了捏杨海帆的手，说道：“海帆，你不用在意的。其实，我们根本就不用在乎他们说什么，和他们相比，咱们生活得很充实。”

“对对，咱们不比他们差，他们那种感觉，真是井底之蛙。”杨海帆附和道。

说话间，一个衣着时髦，脑袋上烫着大波浪卷的女子端着红酒杯向他们这边走了过来，杨海帆犹豫了一下，想避开却又避不掉，只得领着陈抒涵硬着头皮迎上去，给双方作着介绍："抒涵，我给你介绍一下，这位是曹香梅，我的高中同学。小曹，这是陈抒涵，我爱人。"

"我和海帆可不仅仅是高中同学，我们俩还是同桌哦，你说是不是，海帆?"曹香梅笑靥如花地向陈抒涵说道，一边说一边还向杨海帆抛了一个媚眼。

陈抒涵便知道对方是何许人也了。这半年多时间，杨海帆跟她聊过很多自己的事情，其中也谈到了过去在浦江读书的时候那些同学的情况。在杨海帆讲的故事中间，曾经出现过这样一个与他同过桌的女同学，而且据说那个女同学一度对他颇有好感，还给他写过情书。不过在杨海帆到南江当知青之后，这个女同学便与他断了联系。杨海帆当时是当作一桩轶事说给陈抒涵听的，因此也没说这个女同学的名字。此时听到曹香梅自报家门，又见她当着自己的面对杨海帆眉来眼去，陈抒涵岂能猜不出她的身份，又岂能想象不出她想干什么。

"是吗，同桌可真是挺难得的。"陈抒涵淡淡地笑着应了一句，她颇有一些好奇，这个与她八竿子都打不着的情敌，到底打算如何表演呢?

"小陈啊，你是做什么工作的?"

果然，曹香梅开始进行火力侦察了。

"我是个小个体户，因为没工作，自己开了个小饭馆，混碗饭吃。"陈抒涵故意含糊其辞地说道。

"个体户啊?嗯嗯，也蛮好的，自食其力嘛，现在国家政策也是鼓励的哦。唉，其实我原来也想去做个体户的，后来人家给介绍一个到外企工作的机会，我想想到外企也蛮好的，就去了。"曹香梅不无卖弄地说道。

杨海帆插话道："小曹，我记得你原来不是在仪表厂当保管员的吗，怎么不做了?"

曹香梅一撇嘴，道："仪表厂有什么出息嘛，一个月才赚四十多块钱，吃顿像样的西餐都不够。我现在这家单位是日本企业，一个月工资有八十多块，虽然比不上美资公司，马马虎虎也还算不错了。”

“那你爱人呢？我听同学说，你爱人是仪表厂的技术员，他有没有离开仪表厂？”杨海帆又问道。

“早离了。”曹香梅像是说一棵被她扔掉的烂白菜一样说道，“要钱没钱，要情调没情调，谁和他过得下去啊？孩子判给他了，现在我是一身轻松。”

杨海帆无语了，这属于把天给聊死了，他实在不知道该如何接下去才好。幸好曹香梅的兴趣点也并不在此，她用挑剔的眼光上下打量着陈抒涵，啧啧连声道：“不简单啊，小陈，你身上这件衣服，是个法国牌子吧，我看我们公司里的总监也穿过这个牌子的。”

陈抒涵低头看了看自己的衣服，笑了笑，说道：“可能是吧，这是海帆出国给我带来的，我也不知道是什么牌子。”

“啧啧啧，我都听说了，海帆现在是在一家中外合资企业里做事，也有出国机会的。小陈，你这也算是嫁给伪军了。”曹香梅说道。

“伪军？什么意思？”陈抒涵真有些懵了，眼前这位长舌妇的用词，还真让她有些摸不着门啊。

“伪军你都不知道是啥意思啊？”曹香梅得意地说道，“现在浦江都时兴这样说的，一流的姑娘嫁美军，也就是美国人啦；二流姑娘嫁皇军，就是日本人啦；三流姑娘嫁国军，就是指台商、港商这些；四流姑娘嫁伪军，就是在中外合资企业里做事的人，像海帆就是这种，你能嫁一个伪军，也算不错了。”

陈抒涵听着有些齿冷，她带着几分嘲讽地问道：“是吗？那谁嫁八路军呢？”

“当然就是最不入流的姑娘啰，现在浦江那些机关里的，还有国有企业里的小伙子，都很难找到对象的，要么只能找浦江乡下的，要么就是找没工作的，像做个体户的那种……”

这话说得就很露骨了，陈抒涵还没怎么在意，杨海帆的脸已经沉下去了。他当然知道陈抒涵并不是一个普通的个体户，最起码，陈抒涵一天挣的钱，比眼前这位以在外企工作而自矜的女人一年挣的还多。听到曹香梅这样指着陈抒涵的鼻子说个体户如何如何，杨海帆有些怒不可遏了。

“香梅，你怎么能这样说话呢?”没等杨海帆暴起，一个声音在旁边响了起来。杨海帆和陈抒涵同时扭头看去，只见说话的是一位剪着短发，衣着朴素的女同学。

“范英，你怎么来了?”

杨海帆的语气里带上了几分激动。

# 第四百零六章

听杨海帆称呼那女子的名字，陈抒涵也是心里一动。

在杨海帆的同学里，范英是杨海帆向陈抒涵说起次数最多的。范英和杨海帆从小学开始就是同学，在经济困难的年代里，范英没少省下自己的早餐给杨海帆吃，两个人算是有些青梅竹马的交情了。杨海帆到南江当知青期间，范英是在浦江郊区当知青，生活条件比杨海帆略好一些，还曾经给杨海帆寄过几回浦江的饼干奶糖，虽然那点东西并不足以解决饥饿问题，但却让杨海帆深深感觉到来自于同学的温暖。

在当知青期间，范英就结了婚，丈夫是同一个知青点的浦江知青。知青大返城的时候，夫妻俩都回到了浦江，她的丈夫招工进厂成了一名工人，而她却一直待业在家。杨海帆早些年回浦江探亲，曾见过范英一次，知道她的生活颇有一些困窘。再后来，杨海帆就没有见过范英了，只是从同学那里偶尔听说她丈夫出了事，好像是工伤致残了，家里的生活愈发困难。

杨海帆一直想找个机会去看望一下范英，给她一些帮助。但因为辰宇公司这边的事情很忙，杨海帆每次回浦江都是来去匆匆，也腾不出时间去找范英。这一回，他是回浦江来度蜜月的，时间比较充裕。他还专门向陈抒涵说起过要去看看范英，却不料今天在这个场合遇上她了。

来参加聚会之前，杨海帆问过其他同学，范英是否会来参加。几个同学都表示，虽然已经通知了范英，但范英来参加的可能性极小。此前的同学聚会，范英也是从不参加的，一方面可能是因为自己的生活状况不好，不想在同学面前丢人，另一方面也许就是舍不得拿出参加聚会的费用。像今天这个西式的酒会，每个同学都要交二十元钱的，如果带家属出席，则还要另交家属的费用。这是一笔很大的支出，范英家里经济困难，自然是不会来参加的。

正因为如此，当范英出现在杨海帆面前的时候，他才会脱口而出，问范英怎么来了。

范英听出了杨海帆话里的潜台词，她浅浅地一笑，说道："我听说你带你爱人回浦江来了，所以必须来见见，要不太失礼了。海帆，你可是咱们班上结婚最晚的呢！这位就是你爱人吧，真年轻，气质又好，不知道怎么称呼啊。"

"范英，我叫陈抒涵。我也不年轻了，比海帆只小一岁。"陈抒涵客气地应道。范英的话里满是善意，陈抒涵是识好歹的人，当然会以礼相待。

范英笑道："哦，我比海帆大几个月，在你面前也可以称一句姐了。"

"范姐，我听海帆说过，你过去挺照顾他的。"陈抒涵说道。

"同学之间，哪说得上照顾不照顾的。"

"海帆还说，过一两天要带我专门去看望你呢，不知道范姐方便吗。"

范英一愣，脸上露出了一些尴尬之色，讷讷地说道："这不就已经见过了吗，你们回一趟浦江不容易，就不用专程去我那里了。"

"哦，是吗？"陈抒涵是开饭馆的，察言观色的能力何其厉害，一听范英的话，便知道对方是在婉拒自己的登门了。想到杨海帆向她说起过的范英的家庭情况，又看到范英那一身已经有些老旧的衣服，陈抒涵已经能够猜出范英拒绝的理由了。

曹香梅刚才正准备为难一下陈抒涵，不想被范英打了岔，一口气憋在肚子里出不来。现在见有机可趁，便凑上前，笑嘻嘻地说道："小陈，你还不知道吧？现在范英是当大老板的人了，每天忙得很呢，平时连见我们这些在浦江的同学都没时间的。"

范英的脸一下子沉了下来，她冷冷地看着曹香梅，说道："香梅，你没必要这样讲。我只是开个馄饨摊子，不是什么大老板。我靠劳动赚钱养家，也不丢人，是不是？"

"我又没说你丢人啦，我只是……"曹香梅有些语塞了。她其实不是什么有战斗力的人，只是习惯于仗着一个外企雇员的身份鄙视一下那些她认为地位不及自己的熟人罢了。她本以为范英以及陈抒涵会为自己的个体户身份而自惭形秽，从而在她面前说不出话来，谁承想范英直接就曝出了自己的职业，而且那冷冷的表情，也分明带着几分敌意。

曹香梅有些吃不准，如果自己再说点什么刻薄的话，对方会不会冲上来和自己厮打，或者至少与自己大吵一架。与人打架或者吵架，都会破坏她一个外企白领的形象，这是她所不敢去尝试的。

杨海帆有些无奈地看着这个场景，在陈抒涵面前觉得有些丢人了。陈抒涵却是灿烂地一笑，上前挽着范英的胳膊，说道："范姐，原来你也是做餐饮的，咱们还是同行呢。我的小饭馆也卖馄饨的，可是我手艺不好，做出来的馄饨不受欢迎呢，你有什么经验可以教教我吗？"

"是吗？这个我倒是有点经验……"范英把陈抒涵的话当真了。她此前已经听陈抒涵说过自己也是个体户，对陈抒涵本能地有了些亲近感，现在见陈抒涵上来挽着她虚心求教，分明就是故意要在曹香梅面前挺她，心里对陈抒涵的好感又多了几分。她认真地说道："其实馄饨最难的就是擀皮和调馅，小陈你如果真的想学，过两天到我那个摊子去，我教你。"

"咱们可说定了，不过，我不付学费的哦。"陈抒涵笑着说道。

看这两个女人亲亲热热地聊开了，丝毫没有一点身为个体户在自己这个白领面前的自卑感，曹香梅有一种拳头打在棉花上的失落感。她轻轻地哼了一声，端着酒杯便去找其他同学继续显摆去了。

杨海帆看曹香梅走开，这才走上前来，和陈抒涵一道拉着范英在旁边的椅子上坐下，关切地问道："范英，我给你写过几封信，你都没回。我听人说，你家里有点困难，到底是什么情况，能跟我这个老同学说说吗？"

范英笑了笑，点点头道："其实也没啥，好多同学都知道的。我回城以后，一直待业，就是在街道的大集体企业里打点零工。我爱人在工厂里当电工，我们两个人的收入基本上也够生活。大前年，我爱人出了工伤，一条腿没了，只能办了内退。工资倒是全发的，但奖金、福利之类都没有了。现在浦江的生活成本，你们可能也听说过吧，企业里的双职工家庭，如果没有一点外快，生活都很困难的，更何况我们这种……”

“你怎么不跟我说呢?”杨海帆抱怨道。他现在也的确有底气这样说话了，别说陈抒涵是个十万元级别的富婆，就是杨海帆自己，在辰宇公司拿的也是几百元的高薪，年终还有一两万的奖金，要资助一下昔日的朋友，实在是太容易不过了。

范英摇摇头道：“跟你说又能怎么样？人总得靠自己的。没办法，我就办了一个个体户执照，在家门口摆了个摊子，卖馄饨，还卖一些点心之类的，生意倒也还可以。我爱人是电工，就在我旁边摆了个摊，帮人家修修电视机、录音机啥的，也有一份收入。现在我们也就是稍微忙一点，经济上也还可以的。”

说到这里，她脸上露出了一个微笑，那意思大致是让杨海帆不用替她担心吧。

“你们有孩子了吗?”陈抒涵问道。

“有一个女孩，八岁了，上小学二年级。”范英说道，接着又自嘲地叹了一声，道，“唉，其实现在也就是养孩子花钱太多了，买衣服，上兴趣班，参加学校里组织的课外活动，都要花钱，你们可不知道，浦江人都说养不起孩子呢。”

三个人又聊了一会，范英抬起手腕看看表，说道：“哎呀，八点多了，我得回去了，我女儿特别黏我，天天睡觉之前都要我给她讲故事的。我今天来就是专门为了来见你们两个的，现在见到了，真好。小陈，海帆很聪明的，做人也很诚实，你跟他在一起，肯定会很幸福的。”

“谢谢范姐。”陈抒涵由衷地说道，“对了，范姐，我们刚才说好的事情，明天我就想去你那里学技术，你不反对吧。”

“没关系的，你随时来我都欢迎。”范英说道，“我的摊子就开在我家住的那条里弄口，海帆应当还记得我家的位置吧?”

“记得，我们明天一定去。”杨海帆说道。

两个人把范英一直送出了餐厅大门，再返回宴会厅时，却听到宴会厅一角吵吵嚷嚷的，分明是发生了一些什么争执，其中声音最大的似乎就是曹香梅。杨海帆皱了皱眉头，向旁边的一个同学问道：“这是怎么回事?”

那同学露出一个嫌弃的表情，说道：“还不是曹香梅，觉得自己在外企工作，就要玩点洋派，非要上法国葡萄酒。结果两瓶酒就要八百多块钱，大家交的钱不够了，现在吵起来了。”

# 第四百零七章

事情的起因很简单，严格地说，和杨海帆两口子还有一点点的关系。刚才，曹香梅跑去向陈抒涵炫耀自己的地位，没能得逞，让她觉得很没面子。于是，她便跑到其他同学那里继续她的表演，吹嘘她所在的外企如何如何。

要表演自然就需要道具，不知怎的，曹香梅就谈起大家正在喝的葡萄酒了，非说国产葡萄酒又涩又腻，没有人家法国人的葡萄酒好喝，并当场要求服务员拿两瓶法国葡萄酒来给大家开开眼界。

负责操办这次聚会的班长赶紧阻止，说这次大家交的钱有限，菜肴和酒水都是精心计算过的，如果加两瓶酒，费用就超支了。曹香梅也是多喝了两杯，脑子有点晕，当即拍着胸脯说道："这有什么，不够的地方我多出一点就是了，不就是两瓶酒吗，我们公司光年终奖就发了两百多块的，就当请老同学喝点洋酒，开开洋荤好了。"

话说到这个程度，班长也没法说啥了。服务员递上酒水单，曹香梅看着一串洋文也分不清楚谁跟谁是怎么回事，便说道："我上次喝过一种叫雷米马丁的法国葡萄酒，蛮爽口的，就上那种好了。"

"雷米马丁……"服务员有些犹豫，"女士，那酒比较贵。"

"我当然知道贵啦，法国葡萄酒当然贵的啦！"曹香梅骄傲地说道，"要两瓶！"

于是，两瓶雷米马丁便被送来了，别致的酒瓶和满瓶子的洋文让一干见过一些世面的浦江人也都啧啧连声。每个同学，包括那些不太喝酒的同学，都品尝了一小杯，虽然大多数人并不能分辨出洋酒和国产葡萄酒之间的区别，但还是很给了曹香梅一些恭维。

临到要结账的时候，问题就出来了。账单上一下子多出来八百多块钱，让班长傻了眼。这次聚会，连同学带家属，来了六十多人，每人交二十元，也就是不到一千三百元的样子。班长是个精细人，点酒点菜都是做过计算的，确保不会超支。谁承想，最终的账单却达到了两千一百多元，这就要了亲命了。

聚会超支，一般的规矩就是让大家再补交一点钱。如果是差个一块两块的，大家补一补也无所谓，但八百多块钱摊到每人头上就是十几块，谁平白无故乐意交这么多？尤其是那些带了老婆或者老公来的，原本交的钱就多，这一下还要再补二十多块，肯定不能接受的。

班长一查账单，便发现问题所在了。其他的酒水菜品都没问题，唯一出问题的，就是曹香梅点的那两瓶洋酒，每瓶酒的价格居然高达四百多块钱，合着一小杯就是十几块。也就是说，超支的部分，就是大家每人喝的那一小杯洋酒。

最傻眼的自然就是曹香梅了，她万万没有想到，自己点的那两瓶酒，居然会贵到这个程度，这完全超出她的想象力了。她分明记得，公司里有一位日本派过来的职员为了泡她，曾带她去过一家馆子吃饭，点了一种法国葡萄酒，据说就是什么雷米马丁公司出产的，一瓶才十几块钱，这里的雷米马丁怎么会贵成这个样子？其实，服务员把酒送上来的时候，她也闪过一点疑虑，因为这两瓶酒的酒瓶子和她上次喝的那种差异挺大的，看着就像是很高档的样子，可再高档，价钱也不能差这么多吧？

“你们宰人！”曹香梅指着服务员的鼻子怒斥道，事情是她惹起来的，而且她还放出了豪言，说超支部分由她承担，可谁知道会超这么多呢？她原本只想拍三十块钱出来，现在赖账也来不及了，让同学再交钱恐怕也做不到，这可让她怎么办呢。

服务员哭笑不得，同时也暗暗懊悔自己刚才没有多说一句。作为一家高档餐厅的服务员，他见过的大款多了，一掷千金的大有人在。在这些大款面前，你是不能随便说酒水价格的，充其量提醒一下价格比较贵，对方如果不介意，你就不能再说啥了，否则就会让客人不高兴。刚才这位女士气焰嚣张，显然是不差钱的样子，自己也不便说出价格来。谁承想是对方摆了个乌龙，现在没法收场了。

“女士，人头马就是这个价钱，我们店里的价钱，比别家店还低一些呢。”

“人头马？我要的是雷米马丁啊。”

“是的，这是雷米马丁葡萄酒的俗称。”

“可是，我过去喝过一种法国葡萄酒，人家说是雷米马丁公司产的，一瓶只要十几块钱……”

曹香梅慌了，她可以不知道雷米马丁是怎么回事，可人头马她是听说过的啊，那可是时下土豪的专属奢侈品牌，那价钱高得根本不是她这个级别的白领能够问津的。可上次那个她傍上的“皇军”请她喝的，分明就是雷米马丁公司产的，那小鬼子还专门向她吹嘘过一番这家公司如何如何牛，她怎么可能记错呢？

这时候，餐厅的大堂经理也被惊动了，过来了解情况。曹香梅和服务员各自说了一遍，大堂经理也是一脸无奈，心说这是哪来的一个土鳖，明明囊中羞涩，还要点人头马，而且一点就是两瓶，真把自己当成大款了？

“现在怎么办？”杨海帆听同学说过原委，问道。

同学冷笑道：“曹香梅想装阔气，那就让她装好啦，反正我的二十块钱已经交过了，要让我加钱是做不到的。现在曹香梅拉着大家说每个人都喝了那酒，不能让她一个人出钱，我看班长也是两头为难了。”

“呵呵，这就叫搬起石头砸了自己的脚。”杨海帆幸灾乐祸地说道。

“海帆，咱们过去看看吧。”陈抒涵拽了一下杨海帆，说道。

杨海帆诧异道：“咱们去干什么？反正如果班长说要大家加钱，咱们也加就是了。事情是曹香梅惹出来的，让她自己收拾去。”

陈抒涵摇头道：“毕竟是同学聚会，搞得不欢而散也不好。”

“唉，我就知道你心软。”杨海帆假意叹了口气，带着陈抒涵向正在争吵的那个地方走去。其实，杨海帆自己也不希望看到这次聚会闹得不愉快，他刚才那样说，纯粹是顾虑到陈抒涵的想法，他觉得，陈抒涵或许是希望看到曹香梅出丑的，岂料陈抒涵会有这样的胸怀。

二人来到人群里，见曹香梅已经两眼发红了，声音也有些嘶哑，全然没有了刚才那副趾高气昂的架势。班长和大堂经理站在旁边，都是满脸苦相，不知道该如何办才好。至于三三两两聚在旁边的同学，则是眼里都带着鄙夷之色，同时多少还有一些忐忑。大家都担心，如果这个装阔气的娘们掏不出钱来，自己是不是真的得再交一笔钱了。大家毕竟也都是有身份的人，总不能真的吃霸王餐吧。

“班长，怎么回事?”杨海帆挤上前，向班长问道。

班长简单地说了两句，曹香梅抢着说道：“明明就是餐厅宰人，我过去也喝过雷米马丁的，根本就没这么贵！我喝的那种，一瓶也就是十几块钱。”

“这不可能，雷米马丁绝对不可能这么便宜。”大堂经理说道。

陈抒涵笑了笑，问道：“小曹，你喝的那种，是不是那种普通的葡萄酒瓶子装的?”

“是啊，可我朋友说了，那就是法国葡萄酒，是雷米马丁公司生产的。”曹香梅应道。

陈抒涵转头向大堂经理说道：“经理，我们这位同学说的，可能是王朝干白。”

“王朝干白?”大堂经理愣了一下，嘿嘿地冷笑起来，“还真是，我怎么没想到呢……啧啧，原来是这么个法国葡萄酒。”

能够把王朝干白说成雷米马丁，也就是曹香梅的那位“皇军”男友才干得出来的事情了。要严格地说起来，他也还真没撒谎，因为国内市场价八元一瓶的王朝牌半干型白葡萄酒，的确是由津门市和法国雷米马丁公司合资生产的，原料是国内引种的法国葡萄，用的设备也是国外进口的，品质颇为不错，还得过莱比锡金奖，在国内市场上也算是高档葡萄酒之列了。估计那位“皇军”也没打算在曹香梅身上花太多的本钱，请她吃饭的时候点了一瓶王朝干白，然后愣说是法国雷米马丁的葡萄酒，把这个傻娘们给忽悠了。

“原来她喝过的是王朝干白？我还以为是什么真的法国葡萄酒呢。”

“切，喝过一回王朝干白都拿出来吹牛，真是个乡下人。”

“这还在外企上班呢，不知道是哪家外企，不要太丢人哦……”

周围的同学纷纷议论了起来，大家特意也没有控制住音量，就是想让曹香梅听到。曹香梅知道自己犯了一个可怕的错误，站在那里脸涨得通红，恨不得都要找条地缝钻进去了。

“可是，刚才这位女士并没有说是王朝干白，她说的就是雷米马丁，而且要法国原装的……这个错误，并不在我们这方。”大堂经理向陈抒涵说道。

陈抒涵点点头，道：“是的，是我们同学弄错了。现在酒已经喝了，我们肯定不能不认账。不过，经理，能不能麻烦你向你们领导请示一下，给我一个面子，我们今天的消费，给我们算个成本价？”

# 第四百零八章

给我一个面子？

一个面子？

面子？

……

陈抒涵刚才那话是对大堂经理说的，声音也不大，可听到所有同学的耳朵里，却如打雷一般震撼。有没有搞错，一个南江来的个体户，一个大家眼里的乡下妞，居然跟浦江一家高档餐厅的大堂经理说什么“给我一个面子”，妹妹，这是浦江好不好，你得有多大的面子才够用啊？

大堂经理也是一愣，他本能的反应就是这帮人都疯了，前面一个人敢随便点人头马来装阔，后面这位刚开始还像个正常人，可随即却表现得比前一个还疯，居然敢要求按成本价来给他们结算，还说给她一个面子，你是谁呀？

可大餐厅就是大餐厅，尤其是做到大堂经理这一级的，多少都有点眼力价，不会随随便便地去得罪客人，尤其是装得来头挺大的客人。他露出一个谦恭的表情，说道：“女士，不好意思，我真没这么大的权力，需要请示一下领导。女士，您能说一下您怎么称呼吗？”

“你们朱总在吗？麻烦你向他请示一下，就说我叫陈抒涵，是从南江省来的，这是我的名片。”

陈抒涵从小包里掏出一张名片，递到了大堂经理的手里。此举又让旁边的同学们惊得掉了一地的眼镜和假牙。时下国内已经有名片这种东西了，但只有大型私营企业的老板才会印名片，普通人哪用得着这东西，又哪里用得起这东西。印一盒名片的价格是十块钱，也就是一百张小卡片而已。如果自己找张信纸裁一裁，写上名字、单位啥的，五毛钱都用不了，谁舍得花这种冤枉钱。

大堂经理接过名片，看了一眼，脸色就有些不对了。他向陈抒涵恭敬地笑了笑，便一溜烟地跑出去了，应当是去向领导报信吧。看到大堂经理离开，周围的同学都围了上来，看向杨海帆以及陈抒涵的目光分明没有了先前的傲慢。

“海帆，你爱人是开公司的？”

“老杨，你还跟我们保密呢，快说说，你爱人是个大老板吧？”

“小陈，你跟他们领导真的认识啊？你是做什么工作的？”

陈抒涵对大家嫣然一笑，说道：“大家别误会，其实我就是一个开个体饭馆的，因为都是做餐饮行业，所以和他们总经理打过交道，也不知道他会不会给这个面子。”

“肯定会给的，小陈，多亏你了，要不小曹可就惨了。”一个女生大声地说道，同时用眼睛瞟了曹香梅一眼。

“哼，这可是在浦江，她以为……”曹香梅低声嘟囔道。她此时心里是羊驼狂奔，不知道该怎么样才好。她一方面希望陈抒涵的面子能够起作用，让对方免掉一些费用，这样就能够解了她的围。但另一方面，她又希望陈抒涵被打脸，人家根本不认她的面子，这样丢人的就不限于她曹香梅一个人了。可如果真的是后一种结果，她除了丢人之外，还要蒙受一笔巨款的损失，要不就是拼着得罪全班同学，让大家帮她凑钱，这将使她从此无法在班上抬头。

大家没等到五分钟的时间，餐厅经理朱晓声便在大堂经理的陪同下匆匆地赶过来了。大家让开通道，陈抒涵笑吟吟地迎上前去，朱晓声一看到陈抒涵，脸上就布满了笑容，连忙伸出手去和陈抒涵握手，嘴里说道：“还真的是陈总啊，稀客稀客，哎呀，你到浦江来，怎么不打个招呼呢，是不是看不起老哥我啊？”

“哪能啊，我不是怕打扰朱总的工作吗？”陈抒涵笑着说道。

朱晓声道：“太见外了，太见外了！说好了到浦江来一定要来找我的，陈总教了我们那么多东西，我请陈总吃一顿饭总是应该的吧?”

“吃饭就不好意思了。朱总，现在有这么一点事，这是我爱人杨海帆，今天是他们高中同学聚会，大家玩得挺开心的。因为有点误会，大家错点了两瓶人头马，费用上有些超支了。虽然说大家也都不是出不起这点钱，但在这之前班长已经把钱收过了，再让大家追交，未免有点扫兴，所以我想请朱总开个后门，给我们打个折扣，不知道合适不合适。”陈抒涵说道。

“陈总发话了，那还有什么不合适的？就算是不合适，那也得合适啊！”朱晓声像说绕口令一般地说道。有关这里的事情，他刚才已经听大堂经理说过了，也知道中间出了一点乌龙。他装模作样地从大堂经理手上接过账单，看了看，问道：“小王啊，你看这个账单上的酒菜，如果我们按成本价算，该收多少钱?”

大堂经理岂能不知道该怎么说，他答道：“朱总，我刚才算过了，如果菜品按咱们餐厅内部价计算，酒水按进价计算，总数是一千六百五十块钱。”

“哦，这是成本价了哈?”朱晓声道，“这样吧，陈总都发话了，咱们就把零头抹掉吧，算一千块钱好了。”

“一千块钱！”

所有的同学都听傻了，一千六百五十块钱，抹个零头就抹成了一千块，你这也叫零头？餐饮业的利润之高，大家当然也是有所耳闻的。这些年，各家餐厅都在搞自主经营，价格方面比过去零活了许多，吃饭打个折，或者走个所谓“内部价”，都是可能的，但前提是你有足够硬的关系。朱晓声把两千一百块钱的账单生生压到了一千块钱，其实还是有利可图的，但这得有面子啊。

杨海帆的这个老婆，到底有多大的来头，能够让这位朱总如此恭敬?

大家当然不知道，陈抒涵的春天酒楼，现在在国内的餐饮行业里也算是小有名气了，是商业系统里的一个模范。浦江商业局曾经组织过浦江的一些餐厅到南江去参观取经，朱晓声也是“取经团”的一员。在亲眼目睹了春天酒楼的内部装修、菜品设计、服务体系之后，取经团的成员们都被折服了，对这个年轻的女老总佩服得五体投地。

在参观完毕离开新岭之际，大家纷纷给陈抒涵留下联系方法，请陈抒涵去浦江的时候务必要赏光去自己单位走走，吃顿便饭啥的，还许下了一些诸如免费、打折之类的空头支票。陈抒涵刚才敢于向朱晓声提出打折的要求，也就是因为朱晓声曾经有过这样的承诺。

都是干餐饮行业的，陈抒涵自然知道餐饮业的利润有多高，也知道一个经理能够有多大的权限。她深信，只要自己开了口，朱晓声是肯定会给这个面子的。当然，如果没有曹香梅惹出的乌龙，陈抒涵自然不会去滥用自己的关系，毕竟她也不差这点钱。

陈抒涵亮出朱晓声这块牌子，当然也有她的用意，这不仅仅是能省下几百块钱的事情，而是能够在一干像曹香梅这样狗眼看人低的同学脸上狠狠地扇上一巴掌。你们不是说我是南江来的乡下人吗？你们不是觉得我是个个体户吗？你们不是看不起我家海帆吗？现在看看，人家大餐厅的老总在我面前都是客客气气的，一张嘴就给打了折扣，你们能比他更牛？

陈抒涵平常还是挺低调的，即便是个富婆，在人前还是以个体户自居。可遇到想在她面前显摆的人，尤其是这个人还是给她老公递过情书的高中同学，她可就没这么好的涵养了。她出面给曹香梅解围，其实并没安什么好心，她要把曹香梅给过她的羞辱，翻着倍地还回去。

听到朱晓声把账单折到了一千块钱，班长的脸上也挂不住了。他赶紧上前向朱晓声道谢，又说班上同学本来已经凑了一千三百多块钱，也不便让餐厅吃亏，要不就照着一千三百块钱付账好了。双方互相推辞了一阵，最终餐厅方面还是收下了一千三百元钱，算是让这些同学的面子得以顾全了。

照这个算法，大家并没有占陈抒涵的便宜，陈抒涵只是帮曹香梅抹掉了两瓶人头马的费用，丢人的是曹香梅而已。

“海帆，你真是太有本事了！”

“海帆，你夫人不要太能干哦，你不会得妻管严吧？”

“小陈，今天多亏你了，要不大家都要出丑的啦。”

“也不是大家，反正是有人要出丑就是了。”

“哈哈，以后咱们班多了个故事哟，王朝干白……”

众同学愉快地离开了餐厅，大家都觉得今天的聚会实在是太有趣了，而且还品尝了传说中的人头马，嘻嘻，还是免费的哟。临分手之前，每个人都去向杨海帆、陈抒涵说了一些热情的话。当然啦，这其中要除了曹香梅在外，因为她在第一时间就掩面而走了，估计在未来的若干年内也不会再有脸来参加同学会了。

离开同学们，杨海帆拉着陈抒涵的手向家的方向走，一边走一边笑着问道：“抒涵，今天你是故意的吧?”

“什么故意的?”

“故意让朱总出来给大家打折啊。”

“我不是怕你们同学尴尬吗?”

“你想过没有，这样一来，大家就更尴尬了。一群浦江人，连两瓶人头马的钱都凑不出来，还让咱们两个南江来的乡下人帮着解围。”

“你也是浦江人哦。”

“你以为你不是?嫁鸡随鸡，你以后也是浦江人了。”

# 第四百零九章

杨海帆此前也想过解决这件事的办法，那就是拍一笔钱出来把单买了。可如果他这样做，未免显得太露富了，在同学中的影响并不好。陈抒涵用的这个方法，润物无声，既显摆了，又不显得太高调。大家只会说陈抒涵有本事，却无法说他们俩是暴发户，有两个钱就牛哄哄。

杨海帆自从留在南江工作，就没少在浦江的这些同学那里遭受歧视，心里也早就窝着一股火了。今天这一下，算是把过去六七年的账都给还了，而且帮他撑面子的还是自己的新婚妻子，这种爽快的感觉，实在是无法言表。

既然无法言表，那只能是在行动上努力了，到年底的时候，杨海帆就成功晋升为奶爸，军功章里是不是也有曹姑娘的一点点贡献呢？

同学聚会时候出的这段插曲，并没有传到范英的耳朵里去。所以，当第二天上午杨海帆、陈抒涵二人出现在范英的馄饨摊子跟前时，范英依然天真地相信陈抒涵是来学做馄饨的，给予了他们热情的接待。

“这是我爱人杜俊彬，这是我女儿燕子。燕子，叫叔叔阿姨好。”

范英的馄饨摊子就摆在她家门口，陈抒涵掐好了时间，赶在早餐时间过后再来拜访，这样就不会影响范英做生意了。范英没有请客人进家里坐，因为她家总共也只有二十几平米的面积，住着她一家三口以及公公婆婆，实在是没有落脚的地方了。她只能搬过来几把供客人们吃饭时候坐的竹椅子，招呼杨海帆他们坐在门口。她丈夫杜俊彬也撑着一支拐杖过来坐下陪客，杨海帆和陈抒涵都注意到，杜俊彬的一条裤管下半截是空空荡荡的。

“你们吃早饭了吗？”给客人倒上茶水之后，范英问道。

陈抒涵笑道："范姐，我今天是专门来向你学做馄饨的，所以特意没有吃早饭呢，就是想看看范姐的手艺。"

范英很是高兴，陈抒涵能够有这个表示，说明她没有把自己当成外人。时下社会上对个体户还是有些歧视的，范英对此也有些敏感。陈抒涵留着肚子来吃范英的馄饨，这是很给面子的表现了。当然了，在范英想来，陈抒涵也是个做餐饮的个体户，想必也是与自己同病相怜吧。

"是吗，那正好，我这就给你们俩下馄饨去。"范英说着便开始系围裙。

"范姐，也给我一个围裙，我给你搭把手吧。"陈抒涵说道。

两个男人坐在原处聊着天，范英带着陈抒涵来到了馄饨摊子前，开始做馄饨。其实做两个人分量的馄饨，根本用不着什么帮手，范英知道陈抒涵是想学手艺，便给了她几块馄饨皮，自己另外拿了一块，开始给她讲解包馄饨的技巧，又详细说了调馅的一些诀窍。

陈抒涵其实也是会包馄饨的，听了范英的介绍，当下也不藏拙，手脚麻利地包了起来。范英看着她的动作，笑道："小陈原来也是个行家呢。"

陈抒涵道："我那个小店也卖馄饨的，我也是慢慢练出来的。我们南江省的馄饨包法和浦江的不太一样，我觉得范姐包的方法更好一些。"

"嗯嗯，其实是各有千秋吧。"范英谦虚地说道。

不一会，二十几个馄饨就包好了，范英把馄饨下锅煮好，盛两碗出来，摆到小桌上。杨海帆和陈抒涵也不客气，各自抄起汤匙吃了起来。

"嗯嗯，好吃，好吃！"杨海帆刚吃了一个，便忙不迭地夸奖起来。

"真的很好吃，这个馅调得真好，面也擀得好，劲道。"陈抒涵从专业的角度评价道。

"比你们店里的好吃。"杨海帆说道。

"是吗？"陈抒涵眉毛一扬，给了杨海帆一个白眼。

范英打着圆场道："海帆，你怎么说话的？"

杨海帆倒似乎是没有惧内的毛病，他笑着说道："实事求是嘛，抒涵，你们店里的馄饨真的不如范英做的好吃。我刚才和老杜聊天，听他说，范英的手艺是在知青点里学的，是有过名师指点的。”

范英不好意思地说道：“我的确是跟一个师傅学过，他是德月楼的面点师，水平很高的。他那时候下放在农村，在知青点的食堂里当大厨，我这些手艺都是他教的。”

“是吗?”陈抒涵有些惊讶，她说道，“对了，范姐，我记得你说过你这里还卖糕点的，能不能拿几块让我和海帆解解馋?”

范英觉得有些意外，几块面点当然不算个啥，陈抒涵想吃也说得过去。但双方毕竟只是第二次见面，这样直截了当地讨东西吃，是不是显得有些太自来熟了？陈抒涵给她的印象，并不是那种大大咧咧、不知进退的人，所以这样的要求就愈发让人觉得奇怪了。

心里虽是这样想，范英还是很热情地回屋里用盘子装来了几块做好的糕点，放在陈抒涵面前，抱歉地说道：“你看，你不提我都忘了。这是我做的一些点心，怕放坏了，所以做得不多。”

陈抒涵没有一点客气的表现，她把每种点心都掰成两半，一半递给杨海帆，一半自己慢慢地品着。吃着吃着，她的眼睛亮了起来，脸上也绽出了笑容。

“抒涵，我看范英比大餐厅里的专业面点师也不差啊。”杨海帆看出了陈抒涵的意思，对她说道。

陈抒涵道：“岂止是不差，我们店里那两个面点师，和范姐一比，简直就是学徒的水平了。”

“瞧你们说的……咦，你说你店里有两个面点师?”范英刚想谦虚一句，忽然觉得陈抒涵话里透出的味道不对，不是说好是个个体户的吗？怎么店里光是面点师就有两个？那这个店，怕不得有一两百平的面积？这就不是什么普通的个体户了。

“范姐，昨天太匆忙了，也没顾得上和你聊一下我的情况。”陈抒涵道，“我是 80 年的时候在南江新岭开了一个小饭馆，那个饭馆是我当知青的时候认识的一个朋友投的资，我在里面占了一点股份。这两年，饭馆做得还不错，现在在新岭有一家总店和一家分店，加起来有 2000 平米的面积。”

“2000平米！”范英眼都直了，自己这个馄饨摊子，连10平米都没有，人家居然有2000平米的面积，亏自己还觉得人家是和自己一样的小个体户。再联想到昨天晚上曹香梅在陈抒涵面前颐指气使的嘴脸，范英觉得这个世界实在是太离谱了。

“范姐，其实我和海帆今天到你家来，是有事想求你。原来不知道范姐的面点做得这么好，现在知道了，这件事我就更得拜托范姐了。”陈抒涵用真诚的口吻说道。

范英懵懵懂懂地问道：“小陈，你这是哪里话，你这么大的一个老板，怎么可能会有事要求我呢？我和我家俊彬，啥本事也没有啊。”

陈抒涵指了指面前的点心，说道：“谁说范姐没本事，光这些点心，范姐就可以当一个面点经理，专门负责面点制作。”

范英苦笑着摇摇头，又叹了口气，道：“小陈太夸我了。再说，你那个店如果是在浦江就好了，我或许可以去当个面点师。可你们是在新岭，离得太远了。”

陈抒涵笑道：“范姐，这就是我要说的事情了。我那个春天酒楼，今年就打算在浦江开一个分店，地方都已经初步选好了，只等着过完年，我就去和对方谈租楼的事情。那幢楼在淮海路边上，有2000多平米，差不多符合我们的要求。”

“你要在浦江开一个2000多平米的分店？那……那得花多少钱啊。”范英失声道。

“前期的租金，加上装修，再加上雇人，差不多要花200万的样子吧。”陈抒涵道。

范英和杜俊彬两口子的眼睛都直了，200多万，这是他们难以想象的一个数字。这些年，随着政策逐步放开，社会上也出现了不少大款，家产几百万的事情，他们也听说过一些，但那些土豪与他们的生活圈子离得太远了，让他们根本就没有什么真切的感觉。可现在，一个土豪就坐在他们面前，吃着他们的馄饨和糕点，轻描淡写地说着200多万的生意。

“这事……我能帮上什么忙呢?”范英只觉得自己已经矮了一大截，说话都有些怯意了。她在曹香梅面前没有什么自卑感，那是因为曹香梅虽说在外企工作，工资高一点，但与他们这些人并没有什么特别大的落差。可陈抒涵这种情况完全不同啊，那简直就是天壤之别。

陈抒涵道：“范姐，我原来的打算，是想请你到我们的浦江分店去当一个行政经理，其实主要的任务就是监督一下分店的经营。你是海帆的同学，海帆说你是个可信任的朋友，有你在店里盯着，我就能够放心了。刚才吃了你做的馄饨和糕点，我改了主意，想聘你当这个分店的面点经理，同时还要分管整个店的后厨，前面说的监督整个店的经营的事情也不变。这些事情比较多，也比较辛苦，我初步开个价，一个月工资500块钱，范姐觉得能接受吗?”

# 第四百一十章

进军浦江的打算，陈抒涵很早就有了。由于吃不准政策会是什么样的走向，再加上资金的积累还不够，因此陈抒涵没有急于在浦江开展业务，而是在冯啸辰的鼓动下跑到松江的通原去开了春天酒楼的第一家分店。

通原分店开张之后，经营状况十分可喜。陈抒涵趁热打铁，又找了几个地级市开了分店，结果每一家分店都生意兴隆，让陈抒涵数钱数得手抽筋。

这几年，老百姓兜里有了一些余钱，消费观念也逐渐放开了，下馆子吃饭不再是高不可攀的事情。一些“先富起来”的人为了显摆自己的财富，非常需要找一些高档的馆子请客，对价格的承受能力很强，同时对菜肴品质以及服务态度的要求不断提高。从一开始就是按照后世经营理念建立起来的春天酒楼恰好能够满足这些人的要求，因此一开张就是宾客盈门，成为当地高消费的典范。

有了在三四线城市的成功经验，陈抒涵便把目光转向了一二线城市。如果没有与杨海帆的感情，陈抒涵或许会选择京城作为自己开拓的第一个大城市。不过，冯啸辰对于到京城开分店的事情持保留意见，他觉得京城是一个比较敏感的地方，在这样一个国家政策还不明朗的时期，在京城开一家高档餐馆或许会有一些不可预料的风险。鉴于此，陈抒涵便决定把这第一家大城市分店开在浦江了。

借鉴在通原开分店的经验，陈抒涵在其他城市开办的分店都找了当地的熟人担任副经理，起到一个监督的作用。浦江的这家分店，原本应当请杨海帆的家人出来帮忙，但杨海帆和陈抒涵商量之后，觉得这样做有些不妥。春天酒楼的大股东是冯啸辰，陈抒涵只能算是一个经理人，如果浦江的分店请杨海帆的家人出来担任副经理，而陈抒涵又是杨家的媳妇，这其中的关系就有些微妙了，难说冯啸辰会不会有什么想法。

当然，这也只是陈抒涵和杨海帆这方面的顾虑而已，从冯啸辰的角度来说，这件事本是无所谓的。春天酒楼是冯啸辰下的一招闲棋，原本他并没有期望这家酒楼能做得如此红火。春天酒楼能够有今天的规模，其实主要是陈抒涵的功劳。冯啸辰很早就对陈抒涵说过，这家酒楼的经营由陈抒涵全权负责，他除了提合理化建议之外，不会干预陈抒涵的任何决策。陈抒涵虽然知道冯啸辰这话是真心的，也素知冯啸辰的为人，但她还是很自觉地规避着一切可能让人产生误会的举动，这也是她的做人原则吧。

陈抒涵这趟来浦江，除了度蜜月之外，最主要的任务就是安排浦江分店的事情。场地是此前就已经找好的，帮忙找到这处场地的人，是冯啸辰的另一个合伙人包成明，他已经在金南辞了职，在浦江创办了一家商业信息公司，专门从事工业品商情编撰以及商业情报的搜集工作。他帮陈抒涵找到的这处场地，位于浦江的闹市区，是一家单位闲置的招待所。浦江的商业店面租价很高，这处招待所一年的租金差不多就要50多万，租下来之后还需要花同样多的钱进行装修。这些钱现在对于陈抒涵来说已经不算什么大数目了，她准备过完年就去交租金，然后开始装修，争取在五六月份能够开张营业。

场地有了，接下来就是招募人手。考虑到大城市的人有着一种与生俱来的优越感，管理起来不容易，而且人工成本也较高，陈抒涵决定大多数的人手从南江派去，其中包括从新岭总店抽调出来的十几名熟练管理人员、大厨、领班等，还有几十名从桐川招聘来的年轻男女。桐川的年轻人听说有到浦江工作的机会，几乎连工资都不问，便竞相报名，陈抒涵用最挑剔的目光选出了几十人，全都是俊男靓妹，承诺包吃包住，外加一个月30元的工资，所有的人都觉得是个天大的好机会。

当然，一家店要想在当地开办起来，一个本地员工都没有是不行的。范英就是陈抒涵相中的一名本地主管。陈抒涵最开始决定招范英去分店工作，更大的原因是为了帮杨海帆照顾一下老同学，待与范英接触过之后，又看了范英做面点的手艺，陈抒涵感觉自己拣着宝了，这样一位能干、朴实，同时与自己还有一些交情的浦江本地人，能够发挥的作用绝非一名普通员工可比。

“一个月500块钱?”

范英和丈夫杜俊彬都傻眼了，现在一个普通机关干部的工资也就是50来块钱，范英何德何能，怎么就能拿到500块钱的月薪呢？500块钱，那是能够让他们这样一个处于贫困线上的家庭立马进入小康的数字，也是一个他们做梦都不敢想的数字。

“小陈，你没搞错吧？你是不是想说一年500块钱?”范英怯怯地提醒道，她觉得一年500块钱是一个比较正常的数字，当然，如果是这样的标准，她可能是得犹豫一下的，毕竟她现在这个馄饨摊子能够赚到的钱比这要略多一些。

陈抒涵摇摇头道：“范姐，我没说错，是一个月500块钱。我们酒楼的薪酬是根据员工的能力和业绩来计算的，上不封顶。我们的主厨月工资都是好几百块钱，我说的那两个技术不如你的面点师，他们的工资也是一个月200块钱。我想请范姐给我们浦江分店当面点师，同时还要负责分店的日常管理工作，如果遇到一些与地方政府打交道的事情，可能还得请范姐找找熟人之类，这么多的事情，一个月500块钱并不算多了，就是不知道范姐愿不愿意来帮我。”

“这……”范英有些迟疑，她看了看杨海帆，说道，“海帆，小陈说的是真的吗?”

杨海帆点点头，道：“没错，抒涵说的都是真的。其实我和抒涵算是同一个集团公司的，我们这个公司的机制很灵活。我原来在轴承公司的时候，我们的一线工人工资拿得高的，一个月也有好几百，这是我们老板定下的规矩，他说一流的人才就必须拿一流的工资。”

“你们老板不会是个外国人吧？要不就是华侨。”范英猜测道。

杨海帆笑道：“他可不是外国人，他也是个知青出身，对了，当年还是和抒涵一个知青点的呢。不过，他很有头脑，也很有魄力，短短几年时间，就建起了这么大的一个集团。我现在在集团里负责筹建一家工程机械公司，总投资不少于4000万美金呢。”

“4000万……还是美金？”杜俊彬咂舌道，“海帆，你是说，这家公司是由你负责筹建的？那你岂不是一把手？”

“是啊，老板信得过我，让我负责呢。”杨海帆略有一些得意地说道。所谓富贵不还乡，如锦衣夜行。这样风光的事情，杨海帆肯定是要找人吹嘘吹嘘的。同学中颇有一些瞧不起杨海帆的，觉得他留在南江，成了一个乡下人。杨海帆要让他们知道，自己现在的境界，是他们必须仰视的。

“如果是这样……那我答应了。”范英咬了咬牙说道。说罢，她又用诚恳的语气对陈抒涵道，“小陈，你说的那些工作，我都可以接下来。像开饭店涉及的工商、税务、卫生、消防这些单位，我也都能找到一点关系，日常应付一下不费劲的。工资方面，我不用那么多，要不……打个对折，就拿两百五十好了。”

说把工资打个对折的时候，范英打了个嗑巴。她的确是觉得500元的月薪太烧手了，她怕自己的贡献对不起这么高的薪水，让自己的老同学为难。不过，硬生生地把人家送上门的钱打个对折，这事还是挺让人心疼的。她觉得自己刚把话说出来就有些后悔了，为什么要说打对折呢，打个六折，或者六点五折，不也可以吗？

陈抒涵笑道：“范姐，打对折的话就不必提了，再说，两百五十也不好听是不是？如果范姐觉得拿的工资高了不好意思，那就抽时间帮我们培训几个技术过硬的面点师出来吧。我们下一步还要在其他城市开分店的，人才越多越好。”

“没问题，这事包在我身上了。”范英兴致勃勃地说道。

陈抒涵道：“既然范姐答应了，那我想我们的合作就尽快开始吧。过完年，我就要去办租楼手续，然后需要开始装修，还要办各种许可证。我没法在浦江多待，不过我会从新岭派几个人过来，他们在浦江人生地不熟，可能需要范姐帮忙带带路，指点一下。对了，范姐家里能走得开吗？”

杜俊彬接了话过来，说道：“小陈，你放心吧，我不是还在家里待着吗，保证做好后勤工作，让范英没有后顾之忧。”

“哈哈，你就好好当个家庭妇男吧。”范英打趣地向丈夫说道。

陈抒涵道：“到时候，军功章有范姐的一半，也有杜哥的一半。”

# 第四百一十一章

对于春天酒楼以及辰宇工程机械公司，冯啸辰的态度都是原则上指导，在具体的经营上并不干预。他知道自己的长处并不在于企业管理，而是拥有穿越者的预见性，以及前一世作为一名装备产业主管官员所拥有的大局观。让他具体去做某个企业的管理，反而不如那些职业经理人做得出色。

陈抒涵、杨海帆这些人也许并不算是最合格的职业经理人，但却是冯啸辰目前能够找到的最合适的人选了。幸好在八十年代做企业还是比较容易的，只要胆子大一些，有一点经营头脑，基本上都能够成功。而陈抒涵他们，则会在这种锻炼之中不断地成长起来，成为有能力在市场上搏击风雨的商界精英。

春节过后，新的学期开始了。经过一个学期的适应，战略所 84 级的硕士生们不再如上学期那样紧张与拘束，各自的导师也分别给他们布置了科研课题，让他们在课程学习之外还要进行学术研究。不过，这种科研课题并不像后世那样要求看多少外文文献、做出什么美轮美奂的数学模型，而是针对当前的改革实践，做一些典型案例研究，所有的研究结果都是与现实的经济生活息息相关的。

1985 年的中国，城乡各处都是一派欣欣向荣的景象。在 1984 年底的全会上，国家作出了《关于经济体制改革的决定》，使自 1978 年以来的改革进入了快车道。经济体制改革的核心要点就是放权，严格的计划经济让位于“有计划的商品经济”，大一统的中央集中管理体制让位于“扩大地方自主权”，政府对企业由直接管理转向间接管理，企业逐步成为自主经营、自负盈亏的经济实体。

一时间，个人、企业、地方政府的积极性都被充分调动起来了，可谓是“万类霜天竞自由”。原来因为担心政策有变而不敢有所作为的民间资本纷纷进入市场，出现了“十亿人民九亿商”的繁荣场面。国有企业开始了大规模的承包制改革，一大批“改革能人”粉墨登场，口号一个比一个喊得更响，改革措施一个比一个更让人震撼。地方政府也不甘落后，在自己的地盘上呼风唤雨，大搞基本建设，投资规模不断扩大，各种电视机厂、电冰箱厂、摩托车厂之类的企业如雨后春笋般拔地而起，在短短一年时间内就使宏观经济出现改革开放后的第一轮“经济过热”。

经济实践的多姿多彩，也带来了理论研究的繁荣。在经济学界，各种学术观点竞相登场，“改革研讨会”一个接着一个，而几乎每个会议都会伴随着激烈的理论争吵。不过，不管是持何种观点的学者，他们的血脉中流淌的都是忧国忧民之心。他们殚精竭虑，穷经皓首，或是高举着马列的大旗，或是手捧着凯恩斯、萨缪尔森的原著，在反复地推演着国家的走向。

沈荣儒作为一位中央级智囊的经济学家，自然受到了各个学术会议主办方的青睐。他办公室里的会议邀请函堆积如山，来自于学术界老友的邀请电话接连不断，让他不胜其烦。特殊的身份决定了他不能随便在学术会议上发表自己的观点，遇到一些级别比较高的会议，他只能让自己的助手或者学生替自己去出席，冯啸辰这个关门弟子便充当起了导师替身的角色。

“这次会议上有什么收获吗?”

每次冯啸辰外出替沈荣儒开会回来，沈荣儒都要这样向他了解会议的情况。这些学术会议结束之后，当然都会发一些会议简讯以及论文集之类的资料，上面能够反映出参会者的主要观点。不过，沈荣儒更愿意让冯啸辰从自己的角度给他介绍一下会议上的亮点，他已经发现，自己的这位年轻弟子有着敏锐的学术观察力，看问题的角度也与常人有很大的不同。

“还是老生常谈，计划与市场之争，另外就是关于价格改革的一些意见。总体来看，现在倾向于进一步放权的呼声越来越高，有几位学者直接提出取消一切管制，让市场由大乱而生大治，据说这也是美国一些制度学派学者所推崇的观点。”冯啸辰答道。

沈荣儒道：“是啊，这几年国家一直都在放权，也取得了许多可喜的成果，所以放权的声音就会越来越大了。另外，地方政府从放权中间尝到了甜头，他们对于放权的态度是非常坚决的。”

冯啸辰笑道：“可是学者们提出的放权，和地方政府所要求的放权可不是一码事。学者们提出的是政府不要干预经济，包括放弃定价权，放弃对国有企业的管理。而地方政府却是希望保留对下属企业的干预的，他们只是希望中央政府不要插手他们的事务。”

“这就是矛盾了。”沈荣儒道，“其实，中央、地方、企业，这三方都有自己的利益诉求。就算是最下面一层的企业，在关于放权的问题上，也是有所保留的。他们担心政府如果彻底不管他们，他们在市场上会遇到风险。”

冯啸辰道：“没错，这次会议上有学者发布了他们在部分国企进行调研的结果，他们发现，许多国企一方面希望政府不要干预他们的经营，给他们充分的自主权，另一方面又希望政府能够控制乡镇企业以及私营企业的发展，让这些新兴经济形式不要和他们抢市场。”

沈荣儒冷笑道：“也就是说，他们既想要政府保护他们对市场的垄断，又不希望政府插手他们的经营。好处他们都想占，责任则是一点都不想负，这样的企业，怎么能算是独立的市场主体呢?”

“不过，也不绝对都是这样吧。”冯啸辰道，“我这次去开会，趁着会议间隙，也去拜访了几位企业里的朋友。他们的企业原本都是部属企业，在去年开始划归地方管理。他们向我反映，划归地方之后，他们与其他部属企业之间的协作受到了影响，没有了原来那种全国一盘棋的大协作，技术水平的提升出现了困难。这个问题，我正打算向罗主任那边再求证一下。咱们这么大的国家，装备工业不能相互割裂，否则就没有竞争力了。”

沈荣儒点点头，道：“这种情况，我也听到了一些反映，不过我没有具体做过装备工业方面的工作，体会可能不如你深入。你可以把它当成一个专门的课题去研究一下，提出一些政策建议，我帮你提交到中央领导那里去。”

“那可太好了。”冯啸辰道，“这个问题，我想经委方面也会向中央汇报的，再加上您这边的学界观点，领导应当会更加重视吧。”

沈荣儒道：“其实，中央一直都很重视这个问题。上次咱们去北化机调查分馏塔质量事件，你们几个研究生回来之后写的调研报告，中央领导也作出了批示，明确提出在商品经济条件下仍然要加强对国有企业的管理。困难的地方，在于如何把握好政策的分寸。咱们国家的事情，往往就是一抓就死，一放就乱，现在国家总的政策方向是放权，在这个时候如果过分强调‘全国一盘棋’，很可能又会回到原来那种国家一把抓的局面上去，使此前搞活经济的努力半途而废。这也是中央领导同志不便于轻率作出指示的原因。”

“我明白了。”冯啸辰应道。他深知国家大政方针的敏感性，随随便便的一个政策，都可能是牵一发而动全身，不是拍拍脑袋就可以去改变的。这两三年来的放权的确造成了一些经济上的乱象，但带来的好处却是更多的。通过释放地方、企业以及民营资本的活力，国家经济呈现出了蒸蒸日上的趋势，这是主流。如果因为个别部门出现了一些问题而要开倒车，那就是得不偿失了。

向沈荣儒汇报完，冯啸辰请了假，前往重装办去拜见罗翔飞。他这次出去开会，所接触的几位朋友都是重点装备企业里的干部，他们反映的事情与重装办的工作颇有一些关系，冯啸辰也有义务把这些意见反馈给罗翔飞。

“哟，小冯回来了，怎么样，现在是个大硕士了，有机会多指导指导我们的工作啊。”

冯啸辰一走进重装办的院子，便收获了一堆恭维，刘燕萍、薛暮苍、吴仕灿等等都亲亲热热地向他打着招呼，前不久还一起并肩战斗过的王根基则是一把揽住他的肩膀，给了他一个熊抱。

应付完这些同事，冯啸辰笑嘻嘻地走进了罗翔飞的办公室。罗翔飞刚才就已经听到动静了，见冯啸辰进门，他笑着站起身，亲自给冯啸辰倒了杯水，又陪着他在沙发上坐了下来。在罗翔飞心目中，冯啸辰依然是他最得力也最有眼光的属下，每一次冯啸辰来访，罗翔飞都是非常高兴的。

“又出去开会了？怎么样，有什么新的见闻吗？”罗翔飞这样问道。

# 第四百一十二章

“形势不太乐观。”冯啸辰直言不讳地说道，“从去年以来，关于放权的呼声非常大。地方政府希望把国家直属的企业下放到地方，由他们管理。一些大企业也有这样的要求，觉得由国家直管不如交给地方管理，因为这样他们就不需要承担国家分派的任务，能够做一些短平快的赚钱项目。学术界的情况就更是一边倒了，支持放权的学者大约能占到七八成的样子，有些学者甚至直接喊出了应当把所有企业都私有化的观点。”

“乱弹琴！企业都私有化了，我们还能叫社会主义国家吗？”罗翔飞怒道，“怎么，这样反动的观点也能公开在会上提出来？会议主办方难道一点政治觉悟都没有吗？”

冯啸辰摇摇头道：“罗主任，这个倒不必苛责了，学术研究应当是自由的，不能压制不同的观点，否则就变成一言堂了。”

“这怎么能叫一言堂，最基本的原则总是要坚持的吧？我们是社会主义国家，这一点是绝对不能变的，不存在什么自由的问题。国家还是提倡多种经济形式并存的，但像咱们重装办联系的这些大型装备制造企业，必须国有，这是不容置疑的。”罗翔飞说道。

冯啸辰皱着眉头道：“这就是我觉得形势不乐观的地方啊。我最近代替沈老师去参加了不少学术研讨会，有一些会议的级别还是挺高的，参会的有一些部委机关里的干部。持您这种观点的人当然也有一些，但并不占上风。从实践部门到理论界，占主流的观点都是经济自由化。我很担心这样一种思潮会影响到国家的决策。”

听冯啸辰这样说，罗翔飞的口气一下子就软了，他叹了口气，说道：“我何尝又不担心呢？其实，现在已经有这样的苗头了。这一年多时间，咱们重装办的工作越来越不好做了，跨部门、跨地区的协调受到的掣肘非常严重，而我们能够使用的手段也是越来越少了。国家这边，对于重大装备研制的决心似乎也有所松动。对了，你听说了吗，有一位学者最近提出了一个理论，叫作国际大协作理论，影响很大呢。”

“我当然听说了。”冯啸辰冷笑道，“在这几次学术研讨会上，国际大协作理论火得很呢，不但学术界支持，很多部委里的干部也给它站台，说这个理论对于指导部委的工作很有启发。”

所谓国际大协作理论，就是把整个世界当成一个完整的经济体系，每个国家根据自己的禀赋条件，在这个体系中承担一个环节的工作。比如说，欧美国家的技术水平高，就负责技术前沿的突破、重大技术装备的制造；包括中国在内的亚洲国家劳动力丰富，就承担劳动密集型产业的发展，为发达国家生产点袜子、裤子之类的轻工业产品；至于中东、非洲等地区，则作为原材料的提供地，卖卖石油、矿石啥的，也能过得舒舒服服的。

按照这个理论，中国根本就没有必要花那么多精力去搞什么重大装备研制，人家欧美和日本都已经把设备造好了，你拿钱买来用就行了，为什么要自己搞一套呢？说穿了，不就是自力更生的旧思想在作祟吗？总是担心帝国主义亡我之心不死，害怕参与国际大协作会吃亏。而这样的思想，就是明显的冷战思维，是落后的、陈腐的……

时值中国改革开放之初，美国迫切需要联合中国来遏制苏联的扩张，中美两国关系处于“蜜月期”，唯美国马首是瞻的欧洲和日本也同样向中国伸出了橄榄枝。许多中国官员都相信世界大同即将来临，所谓“帝国主义亡我之心”的说法已经不合时宜。在这种情况下，国际大协作这种观点颇有市场。

其实又何止是中国，当时的苏联国内也有相当一批人信奉这种天下大同的观点，以至于酝酿出了戈氏的新思维，这就是题外话了。

冯啸辰是具有超前眼光的人，自然知道这种国际大协作的想法是何其幼稚。国家间怎么可能会有永恒的友谊？主导这个世界的规则只能是弱肉强食的丛林法则，处于产业链的底端，就相当于处于食物链的底端，只能是被人鱼肉的结果。在此前，他对国际大协作理论只是抱以鄙夷的态度，现在听到罗翔飞也提起这种观点，他心念一动，试探着问道："怎么，领导同志也接受了这样的观点吗？"

罗翔飞摇了摇头，脸上的表情有些苦涩。冯啸辰知道罗翔飞这个摇头的动作里包含着好几层意思，一是领导人尚未接受这样的观点，二是罗翔飞不敢保证领导人会不会接受这样的观点，第三则是表示出一种忧虑，甚至可能是失望。

"怎么会这样呢？"冯啸辰有些懵了。

他虽然是一名穿越者，但前世一直是做技术管理的工作，对于经济学和经济史了解不深。他知道八十年代中期国内出现的这种国际大协作理论，但不记得国家决策层面是否受到了这种理论的影响，以至于作出了相应的战略选择。在他印象中，八十年代中后期，中国的装备制造业的确有过一段非常艰难的日子，有一些企业倒闭了，有一些企业转产轻工业产品去了，还有一些企业则落入了外资的囊中。难道，这就是国际大协作理论的结果？

装备制造业的徘徊不前，不能说没有客观的原因，但用后世的眼光来看，这就是一段弯路了。走弯路的结果就是浪费了时间，损失了机会，要弥补这段弯路带来的影响，必然要付出血汗的代价。

既然自己来到了这个时空，是不是可以避免重走这段弯路呢？

"罗主任，您的观点是什么？"冯啸辰问道。

罗翔飞毫不犹豫地回答道："我是坚决反对这种理论的。中国这么大的一个国家，在装备制造方面绝对不能仰人鼻息，必须发展起自己的装备制造业，这样才能不受制于人。说什么国际大协作，爹有娘有，都不如自己有。五十年代的时候，苏联老大哥就曾经提出来，说他们有原子弹，可以保护我们，我们不需要自己搞原子弹，但老一辈领导人坚决要搞。实践表明，没有属于自己的国之利器，一个国家就不可能有地位，就只能永远被别人欺负。这样的道理，我们在五十年代就已经懂了，现在难道反而不懂了吗?”

“可是，如果国家撤销了重装办，怎么办?”冯啸辰问道。

罗翔飞脸上露出一些决然之色，道：“只要我们这些老同志还在，就绝对不会让重装办被撤销掉。别的事情我们都可以妥协，但在重大装备自主研发这个问题上，我们是绝对不会妥协的。”

“关键时候，还是需要你们这些老同志当定海神针啊。”冯啸辰感慨地说道。这个世界需要年轻人的闯劲，也需要老同志的稳重。

听到冯啸辰对自己的褒奖，罗翔飞并没有得意的感觉。他说道：“现在的情况有点乱，国家也是摸着石头过河，各个部门都不知道该如何做。商品经济的提法，我是赞成的，放权才能够搞活经济，管得过多就没有活力了。但在商品经济的条件下，重大装备该怎么搞，这是一个新课题，需要我们大家去探索。对了，小冯，你现在可是社科院的研究生了，在这方面，你要多作一些贡献啊。”

说到最后那句话的时候，罗翔飞的脸上有了一些笑意。

冯啸辰道：“这也正是我要向您汇报的事情。我这次出去开会，接触了几家企业的领导，他们反映，现在重大装备研发方面的全国协作中断了，原来各企业之间会有一些技术上的交流，而现在大家都敝帚自珍，把自己的技术藏着掖着，不肯拿出来和其他企业分享。还有产品订货方面，很多企业宁可从国外引进设备，而不愿意用国内企业的设备，结果咱们辛辛苦苦引进的技术，就没有了用武之地。”

罗翔飞道：“说来真巧，我也正准备找你谈一下这件事呢。你知道吗，罗冶的王伟龙已经来京城好几天了，没准还去社科院找过你，不过你去外地开会了，他肯定找不到你。”

“怎么，罗冶那边出问题了?”冯啸辰敏感地问道。

罗翔飞点点头，道：“没错，而且就是你说的那种情况。前两年咱们辛辛苦苦从海丁斯菲尔德引进了电动轮自卸车技术，你还专门去红河渡帮他们推销过。可现在国内的订货数量非常少，无法支撑起罗冶的生产，因为批量小，罗冶生产一辆就亏一辆。再这样下去，罗冶只能放弃这个产品了。”

# 第四百一十三章

三年前，由重装办协调，国家从美国著名矿山机械制造商海丁斯菲尔德公司那里引进了 40 辆 150 吨电动轮自卸车。按照合同规定，这 40 辆自卸车中间的 20 辆在美国原厂制造，另外 20 辆则交由罗丘冶金机械厂制造，海菲公司需要向罗冶转让全部的制造技术，并发放制造许可证。

这种方式，便是八十年代非常流行的“市场换技术”方式，海菲公司想要获得中国市场，就必须拿出技术来进行交换，否则中国就会转向海菲公司的竞争者去采购这批自卸车。如果中国是一个小国家，提出这样的要求自然是不会得到响应的，但中国却是一个让各家装备巨头都不敢轻视的大国，谁都无法想象失去中国市场的结果，因此市场换技术这种方式，便非常普遍了。

当然，国外装备企业答应向中国转让技术，还存着另外的一些想法。有些企业觉得中国技术水平低，不可能真正掌握这些高端技术，他们即便是答应转让技术，最终也不会受到什么损失。还有一些企业则所图更大，他们向中方转让七八成的技术，留下少数关键技术，用于卡中方的脖子。例如，一台设备中间少数几个部件的制造技术，外方是不转让的，中方如果要自己制造这种设备，就必须从外方采购这几个部件，而外方则可以把这几个部件卖出一台设备的价格，赚取更大的利润。

类似于这样的把戏，欧美国家的企业对东南亚、南美的一些国家也都采用过，屡试不爽。

罗冶接受海菲公司转让的 150 吨电动轮自卸车制造技术，中间也涉及一些对方不同意转让的关键技术，这是没办法的。不过，海菲公司并没有因为对这些关键技术的垄断而获得好处，因为罗冶曾经自主研发过 120 吨电动轮自卸车，有着非常厚实的技术积累。在消化了海菲公司转让的那部分技术之后，罗冶组织技术攻关，突破了若干项海菲公司封锁的技术壁垒，实现了关键部件的国产化。

如今，罗冶独立生产的150吨自卸车，与从海菲公司原厂进口的已经相差无几，而价格却低了两成左右，而且最重要的一点是，采购罗冶的自卸车不需要用到宝贵的外汇，这对于外汇极度紧张的中国是非常有意义的。

罗冶的厂领导们信心满满，觉得有了150吨自卸车这样一个神器，罗冶未来20年都吃喝不愁了。可谁承想，技术上突破了，市场却没有拿到。罗冶原本计划每年在国内市场上销售40辆以上的150吨自卸车，结果去年拿到的订单连20辆都不到，这其中还多亏当年冯啸辰替他们拿下了红河渡铜矿。由于冯啸辰说服了红河渡矿务局的老局长邹秉政，红河渡铜矿成为罗冶的铁杆用户，去年不到20辆的订单中，就包括了红河渡提供的8辆。

眼看着没米下锅，罗冶的厂领导慌了神，开始进行紧张的公关，派出人员前往各处矿山联系感情，推销自卸车。王伟龙因为曾经在经委冶金局借调过，是罗翔飞的老部下，因此被厂长指派前往京城来找重装办帮助协调。也正如罗翔飞说的那样，王伟龙到京城之后，除了找罗翔飞诉苦之外，还真的去社科院找过冯啸辰，只是因为冯啸辰外出开会，两个人才没有碰面。

“老王，我现在只是一个穷学生，你找我干嘛？”看着被罗翔飞用电话叫来的王伟龙，冯啸辰笑呵呵地问道。

“当然是找你去救场了。”王伟龙道，“上次你去红河渡，说服了邹局长，现在邹局长成了我们罗冶的坚强后盾，不但向我们采购自卸车，还拿出一笔钱和我们合办了一个红河渡矿山机械研究所，几乎是无偿地帮我们做工业试验。我们厂长说了，请小冯你辛苦辛苦，帮我们再联系十家八家像红河渡这样的矿山，我们的业务就足够了。”

“老王，你杀了我吧。就一家红河渡，我差点没让老邹把我给废了。你以为说动一个老邹这样的老领导那么容易？还十家八家的，你以为我是诸葛亮呀？”冯啸辰没好气地斥道。

王伟龙那话自然是开玩笑，红河渡的模式是不可复制的，像邹秉政这种有大局观念的单位领导并不好找。就算能够说服几个单位领导，他们也不见得能够像邹秉政这样大权独揽，一个人说了算。如果是集体决策，绝大多数的企业是会从自身利益出发的，这也是时下的主流了。

“其实吧，我这次到京城来，主要还是想走重装办的门路。”王伟龙转了话头，对罗翔飞说道，“罗主任，当初引进150吨自卸车项目，是重装办牵头的，引进的目的就是为了实现重型自卸车的国产化替代。现在我们已经完成了重装办交付的技术研发任务，而且投入巨大的资金采购了设备，建立起了生产线。这个时候各家矿山不愿意接受我们的产品，重装办有义务出来帮我们协调啊。”

罗翔飞叹道：“小王，你说的事情，我哪里不知道？重装办这几年主持引进的装备技术，你们是消化吸收最好的一家。当然，这其中也有客观原因，毕竟自卸车的技术复杂程度，与大化肥、火电机组这些相比是差得很多的。你们率先实现了设备的全部国产化，重装办无论如何都是应当把你们这个典型给树起来的。可现在的形势，你也是知道的，矿山的管理权也下放了，我们很难像过去那样对矿山发号施令。就算是过去，我们要说服矿山接受国产装备，也是需要费一些口舌的。现在的难度就更大了。不瞒你说，这几天我一直在帮你们联系这件事，冷水矿的老潘那边答应要4台，说起来，这事也和小冯有关呢。”

说到这里，罗翔飞无奈地笑了。他给冷水矿打电话的时候，冷水矿的矿长潘才山答应得挺爽快，但随即又说了一句，说这是看在冯啸辰的面子上。这话让罗翔飞很是不爽，但他又不得不承认，像冷水矿这样的企业，与上级主管部门之间的关系，还真没到这个程度，如果没有当年冯啸辰在冷水矿积下的善缘，潘才山估计是不会这么给面子的。

“看看，小冯，说了半天，还是得你出马，是不是？”王伟龙把头转向冯啸辰，半是调侃半是认真地说道。

冯啸辰没有接王伟龙的话，而是对罗翔飞问道：“罗主任，难道咱们不能让经委、计委联合发一个文，规定能够国产化的装备就必须进行国内采购，这样就不存在卖谁面子的问题了。罗冶的情况，估计也不是什么特例，总不能国家的事情总是靠私人面子来解决吧？”

“那是肯定的。”王伟龙道，说罢，他又满脸堆笑地对冯啸辰说道，“不过，小冯，老哥我现在等不及国家出政策了，我们罗冶马上就要断粮了，你就出手帮帮老哥吧。你想想看，咱们俩谁跟谁啊。”

这话就有些近似赖皮了，由此也可以看出王伟龙的确是颇为无奈，他其实也不知道冯啸辰能够怎么样帮他，只是冯啸辰以往的表现让王伟龙有了一些近乎迷信的崇拜。他甚至觉得，在当前的形势下，罗翔飞出面都不如冯啸辰出面有效果。罗翔飞只能从体制内去想办法，而当前的体制却是以放权为主流，罗翔飞手里没有了权力，难以有所作为。但冯啸辰就不同了，他做事从来都是不拘一格，有什么力量就借用什么力量，在没有力量的时候也能够创造出力量来。王伟龙现在需要的，就是这样一个人。

罗翔飞道：“小冯，你看看社科院这边能不能走得开。如果能走得开，你就去帮小王他们诊断一下，看看有没有什么办法让他们先渡过眼前的难关。至于政策这边，我会继续努力的，你刚才说的那个想法不错，咱们的确应当有一个国内采购的要求。不过，这个文光是经委、计委两家来发，恐怕还不够，需要协调更多的单位，这就需要时间了。”

冯啸辰没有马上答应给王伟龙帮忙，其实也是顾忌罗翔飞的面子。自己已经不是重装办的人了，人家找重装办解决不了的事情，还得自己出马，这难免会让罗翔飞觉得没面子。现在罗翔飞发了话，冯啸辰也就没有推脱的理由了，他点点头道：“罗主任，您放心吧。社科院那边，我有几门课是免修的，所以时间上还算比较充裕。王处长这边的事情，过去也是我联系过的，我还是做到善始善终吧。不过，我现在还不了解具体的情况，也说不好能够怎么帮王处长解决眼下的困境。”

“你想了解什么情况，我都可以跟你说。”王伟龙道。

冯啸辰摇摇头，道：“我不是要听你说，我得到你们厂去实际看一看。另外，有些事情也不一定是你能够做主的，对不对？”

# 第四百一十四章

冯啸辰回社科院去请假，并没有费太多的周折。时下理论界观点冲突非常激烈，社科院也是鼓励学者以及研究生们多去参加一些社会实践，以便从实践中取得经验、验证理论。沈荣儒听冯啸辰说完罗冶的情况，只是叮嘱他注意分寸，不要做太出格的事情，然后便放他走了。

冯啸辰随着王伟龙坐火车来到罗冶，先接受了王家的一顿家宴款待。几年前王伟龙的夫人薛莉带儿子王文军去京城看病，冯啸辰帮他们一家解决了在城市里的食宿问题，薛莉一直念叨到现在。冯啸辰这几年也去过几回罗冶，每一次都要到王家去吃顿饭，与王伟龙一家也混得很熟了。

"小冯，你上了研究生，我们还没恭喜你呢。你看，老王每次找你都是去麻烦你，我们对你却是一点忙也帮不上，这些人情以后让我们怎么还啊。"餐桌上，薛莉一边拼命地给冯啸辰夹着菜，一边笑吟吟地唠叨着。

冯啸辰笑道："瞧嫂子说的，王哥帮过我很多忙的。在冶金局那会，我岁数小，很多生活上和工作上的事情都不懂，王哥一直都很照顾我。还有上次我老家建那个中外合资企业的时候，王哥帮我介绍了几十位罗冶这边的退休工人过去，他们现在可都是那个厂子里的骨干呢。对了，那家公司现在的外方经理范加山，不就是你们罗冶原来退休的副书记吗，现在可是公司里的顶梁柱呢。"

"过年的时候我还遇到范书记呢，他对你家那个辰宇轴承公司那可是一阵猛夸啊，说你小冯的经营理念是无人可比的，这么一个小小的轴承公司，一年的利润比我们罗冶还高。"王伟龙评论道。

冯啸辰道："老王，你可不能瞎说，辰宇轴承公司是中外合资企业，和我个人可没啥关系。"

王伟龙不屑地撇撇嘴，道："你小冯跟我还瞒呢？老范都说了，那家公司就是你们冯家的，估计是你奶奶还有德国的那个叔叔投的资，但最后的继承人不还是你吗？"

"这个可不好说。"冯啸辰只能打着马虎眼了。这种事情要想做得天衣无缝是不可能的，让王伟龙觉得这家企业是晏乐琴投的资，又远比让他知道真正的投资者是冯啸辰自己要好得多了，至少资金来源不会引起什么猜疑。事实上，冯啸辰现在也就是在公开场合拒绝承认这家企业与自己有关系，诸如孟凡泽、罗翔飞乃至张主任他们，都知道这家企业是冯家的家族企业，只是这事也不算违规，所以大家都不去计较而已。

薛莉颇为八卦地说道："小冯，我倒是觉得，你守着家里这么大的一个企业，何必还这么辛苦地在重装办工作？挣的钱少不说，还受累受气的，我听我家老王说……"

"你瞎说什么！"王伟龙打断了老婆的话，又转头对冯啸辰说道，"小冯，你别介意，我这个老婆就是肚子里藏不住话。上次我听原来冶金局的老同事说，你去社科院读书，也是有些隐情的，这个传言是不是真的？"

冯啸辰无奈地笑笑，要不怎么说好事不出门、坏事传千里呢，自己这么点事情，居然都传到罗丘来了。他说道："这事也不好说是真是假吧，不过，罗主任和张主任安排我到社科院读书，是爱护我的表现。这大半年时间，我的收获还是非常大的。"

"我明白，我明白。"王伟龙点头不迭，随后又说道，"我一向知道你小冯志向远大，不像我们到了这么一把岁数，就没什么理想了，光想着单位能够稳定一点，奖金能够高一点。对了，小冯，有件事我需要事先跟你打个招呼，不瞒你说，这次我去京城，厂里的领导是专门交代过的，让我务必要找你联系一下，最好能够请你出山，帮着厂里推销一下设备。要推销，自然就会有些费用，厂领导让我问一问，你有什么要求？"

"哪有你这么问的？"薛莉白了王伟龙一眼，说道，"小冯是咱们自己人，你不能拿他当外人看。小冯，我跟你说，我们厂里现在也搞承包制了，推销员出去推销产品，都是能够拿提成的，根据产品不同，提成的额度是2%到5%。你如果能够帮我们厂子把产品推销出去，也可以拿提成，老王刚才问你的，就是这个。”

被薛莉戳穿了窗户纸，王伟龙有些不好意思，他掩饰着说道：“薛莉说得对，我们厂领导让我问的，就是这个意思。你现在不是重装办的干部，而是社科院的学生，拿提成就不违反规定了。其实，就算你还在重装办，拿提成也是可以的，大家不公开说出来就没事了。”

冯啸辰笑道：“还有这样的规定呢？对了，老王，你在京城的时候，罗主任说帮你们联系上了冷水矿，能够订4台车，你们也给提成吗？”

王伟龙有些窘，他摇着头道：“这个当然没法给了，罗主任的为人，你又不是不知道。我如果敢跟他说提成的事情，他恐怕立马就把我赶出门去了。”

冯啸辰道：“这可不对。罗主任明确说了，潘才山是看在我的面子上才答应要4台车的，所以这4台车应当算在我的业绩里，你是不是可以跟厂领导说说，给我提个百分之几的。”

“这……”王伟龙傻眼了。这事有点不太好算啊，冷水矿那4辆车的订单，到底算是谁的功劳呢？这订单是罗翔飞联系下来的，可罗翔飞是不可能拿提成的。如果不算在冯啸辰的头上，就相当于替厂子省了4辆车的提成，这是帮公家省钱。但如果算在冯啸辰名下，冯啸辰就可以拿到这笔钱，这是私人的收入。为了帮公家省钱，而剥夺了私人赚钱的机会，这好像有些说不过去啊。

150吨电动轮自卸车的售价是每台200万人民币，按2%的提成，也是足足4万元。4台车就是16万元，这可是一个天文数字了，冯啸辰如果要较这个真，也有点道理，最起码，他可以和潘才山唱个双簧，这样拿提成就顺理成章了。

厂里定下这个提成制度，还真有推销员拿到了很高的提成，在厂子里也引起过争议。不过，时下各家厂子都在搞这样的制度，而且推销这种事情也不是谁都能够干得来的，厂领导坚持不为流言所动，慢慢地大家也就淡定了，只会羡慕那些有本事的推销员。

这个年代正是收入差距开始出现的时候，社会上也出了不少万元户、十万元户，体制内的职工对于这些先富起来的人有羡慕，也有抱怨，但总体还是能接受的。当然，这也导致了社会风气逐渐走向笑贫不笑娼，有些人通过歪门邪道发了财，大家也不再像过去那样抱以鄙夷之色，反而觉得他们有本事，并且恨自己没有这样的胆量以及这样的厚黑。

看到王伟龙一脸纠结之色，冯啸辰笑了，说道："老王，你别当真，我只是开个玩笑罢了。罗主任帮你们联系下的订单，我怎么可能去插手呢。"

"为什么不能？"薛莉在旁边愤愤不平地说道，"老王，这事是怎么回事？如果真是小冯出了力，你当然要帮他去争取争取。"

王伟龙还真是拿自己的老婆没办法。不过，老婆说的似乎也没错，提成款是公家的钱，不拿白不拿的，他有什么理由替冯啸辰去拒绝呢？

"小冯，你看……"王伟龙向冯啸辰投以一个复杂的眼神。这件事，关键还是要看冯啸辰的态度，如果冯啸辰坚决不要，那王伟龙也就不用费劲了。可万一冯啸辰有这个意思，王伟龙只能到厂里去帮他争取，这其中当然要费一番口舌。

"没必要。"冯啸辰摆了摆手，道，"老王，嫂子，你们的好意，我心领了。不过，当初帮冷水矿的忙，也是我的职责所在。现在潘才山说还我的人情，其实也只是客套，怎么能当真呢？该我拿的钱，我当然不会拒绝。但这种巧立名目，尤其是拿自己过去在职务上结下的人情来换个人的好处，有悖我的做人原则，这种钱我肯定是不会要的。"

"我就说嘛，小冯是个讲原则的人。"王伟龙恭维道。冯啸辰这个表态，省了他很多事情，他如释重负。

薛莉却很不以为然，她说道："什么讲原则，现在大家都讲向钱看，谁还讲原则了？小冯，依我说，你就该跟厂子里要钱，这又不是谁私人的钱，凭什么不给？"

"冷水矿这 4 台车，不是我的功劳，我不能要钱。"冯啸辰道，"不过，老王，你刚才就算是不提，我也打算要跟你说的。这次你请我来帮罗冶推销产品，我是打算要收费的。这也是我准备向罗主任提出的一个思路，既然行政指令已经不好用了，那么我们就逐渐学会用经济手段来解决经济问题好了。”

王伟龙的表情严肃起来了，他认真地说道：“小冯，你这个说法我赞成，不过，你打算如何使用经济手段呢？”

# 第四百一十五章

王伟龙的问题在第二天就有了答案。当他来到厂招待所，准备带冯啸辰去见厂领导的时候，意外地发现冯啸辰身边多了一个人。

“老王，我给你介绍一下，这是包成明，包总，浦江市辰宇商业信息科技有限公司的总经理，他是专程从浦江赶过来的，今天早上刚下火车。”冯啸辰笑呵呵地把那人介绍给了王伟龙。

“包总，你好你好！”王伟龙热情地和对方握着手，刚想说点什么，脑子里忽然闪过一个念头，“辰宇商业信息……”

他忍不住扭头去看冯啸辰，冯啸辰大大方方地给了他一个肯定的眼神。王伟龙一下子就明白了，辰宇信息，辰宇轴承，这不分明就是一家吗？如此说来，这个包成明，分明就是帮冯啸辰打工的嘛。

“包总是我多年的好朋友了，他原来在海东省工作，后来毅然下海，成立了这家专门从事商业情报搜集的公司。咱们罗冶的产品要销售出去，离不开信息的支持啊。所以呢，从京城出发之前，我就给包总打了一个电话，他就从浦江赶过来了。”冯啸辰像是在说一件与自己无关的事情一般，向王伟龙介绍着情况。

包成明满脸笑容，对王伟龙说道：“是啊是啊，我和冯处长认识很长时间了，冯处长帮过我很多忙。这一次冯处长说是他朋友的事情，这不，我就赶紧跑过来了。王处长，你是冯处长的朋友，那我们也就是朋友了，一回生，二回熟嘛。”

“好说，好说。”王伟龙终于回过神来了。冯啸辰不点破他自己与包成明的关系，自然是有所考虑的。有关辰宇轴承公司的事情，在罗冶知道的人并不多，尤其是几位厂领导，并不知道冯啸辰与辰宇公司之间的关系。

这样一来，包成明的辰宇信息公司，自然也就成了一家完全独立的第三方机构，算是冯啸辰请来帮忙的。只要王伟龙不说，谁会去琢磨包成明与冯啸辰之间的关系呢？

冯啸辰昨天在王家的家宴上说要用经济手段解决经济问题，也就是说他不会义务为罗冶帮忙，他帮罗冶解决问题是要收费的。但冯啸辰又曾经是重装办的官员，未来研究生毕业之后，还有可能继续从政，如果公然收取罗冶支付的业务提成，传出去就不太好听了。现在他让这位包成明来与罗冶合作，就成了辰宇信息公司与罗冶之间的商业合作关系，收取费用就是天经地义的事情，谁也没法说什么。

这位小冯，可真是一个人精啊！王伟龙在心里暗暗地嘀咕道。

见过包成明后，王伟龙带着二人来到了厂部会议室。厂长龙建平和副厂长水忠德、李苏宝等一干厂里的干部已经在那里等着了。冯啸辰过去也曾和他们打过交道，此时见面，不外乎也就是寒暄几句。但当冯啸辰把包成明介绍给几位厂领导时，几个人都露出了一些惊愕的神色，其中还带着几分恭敬，估计是包成明身份里那个“商业信息科技”的名头把大家给唬住了。

“21 世纪，最稀缺的资源就是信息。”

包成明的话强化了罗冶厂领导们对自己的敬畏感，不过，谁也没有注意到，他在说这句话的时候，目光下意识地向身边的冯啸辰扫了一下，因为他说的这句话，其实正是拾了冯啸辰的牙慧。在过去一年中，他凭着这句话征服了一大批政府官员和企业领导，让他们觉得自己是一个站在历史新高度上的智者。

“今天的世界，已经形成了全球性的大市场，任何一家企业的原材料都可能来自于全球各地，而它的产品也同样需要销售到全球各地。如何能够有准备地把握商机，在遍布五湖四海的供应商那里找到最合适同时也是最廉价的原材料，如何把自己的产品卖给最需要的客户，这中间都涉及信息的搜集和交流。我们辰宇商业信息科技公司，就是立足于当前，着眼于 21 世纪的全球大市场，竭诚为国内企业，尤其是像罗冶这样的国家级大企业提供信息解决方案的。”

包成明夸夸其谈，这番话他已经背过无数次了，说出来一点磕绊都没有，而且抑扬顿挫之间都极其讲究，像极了《动物世界》里的解说词。

果不其然，罗冶的一干人等都听傻了。眼前这位包总，说的都是中国话，每个字大家都能够听懂，可凑在一起就有点不明白是啥意思了。不过，意思是什么并不重要，重要的是他给人以一种很厉害的感觉。

“非常感谢包总不远千里来到我们罗丘，为我们提供这个这个信息……”厂长龙建平想说两句应景的话，可说到一半就卡住了，他想不起来包成明前面是如何说的了。

“是信息解决方案。”包成明提示道。

“对对，是信息解决方案。”龙建平总算是把话给说全了，他摆出一副虚心求教的样子，向包成明问道，“包总，你们这个信息解决方案，具体是做什么的，能请您给我们大家解释一下吗？”

“当然可以。”包成明说道，“就以贵厂为例吧。前天冯处长给我打电话的时候，说到罗冶目前生产的 150 吨电动轮自卸车在销售上出现了一些困难，让我过来帮忙。我在我们公司的电脑上查了一下，就我们所掌握的资料，国内能够用得上 150 吨电动轮自卸车的大型露天矿，一共有 17 家。此外还有一些地方的小矿山，可能需要一些小吨位的自卸车，相信贵公司也是能够提供的，这样的小矿山大约有 30 多家。这个信息不知道是不是准确。”

龙建平和几位厂领导交换了一个眼神，然后点点头道：“这个基本是准确的，我们掌握的大型露天矿，也是十六七家的样子。”

包成明有了信心，继续说道：“这就对了。这样一来，贵公司要推销自卸车，主要的目标客户就是这 17 家大型露天矿，这就需要掌握有关他们的详细信息了。”

副厂长水忠德道：“包总，这一点我们是非常清楚的。事实上，你说的这 17 家露天矿，我们都有联系，我们销售处的销售员长年累月和他们的设备处、技术处打交道，你说有关他们的详细信息，我想我们销售处应当是能够掌握的。”

“没错没错，我们销售处有所有这些矿山的联系方法，他们的矿长、设备处长、技术处长等等的电话号码，我们都掌握的。”罗冶的销售处长简福民说道。

“是吗？”包成明看着简福民，好奇地问道。

“那是肯定的。”

“既然如此，我问一个问题吧，滨海省的景泉铁矿，他们的矿长叫什么名字？”包成明问道。

“这个我都知道。”水忠德插话道，“不就是老柳吗，应该是叫柳平吧？”

“没错，就是叫柳平。”简福民确认道。

包成明笑笑，接着问道：“柳平有几个孩子，分别叫什么名字，多大年龄，现在从事什么工作，你们清楚吗？”

“柳平的孩子？”水忠德和简福民都懵了，这算啥信息啊？我们要卖自卸车，找矿长也就罢了，和矿长的孩子有什么关系呢？

“包总，这个问题有意义吗？”龙建平皱着眉头说话了。

包成明点点头，道：“非常有意义。我也不怕泄露我们掌握的信息，我们公司的分析人员有一个猜测，你们向景泉铁矿推销自卸车不成功，很有可能和柳平的女儿有关。”

“这是什么道理？”龙建平瞪大了眼睛，他知道包成明不可能是在信口雌黄，如果他是这样一个乱说话的人，冯啸辰也不可能专门把他从浦江请过来。可要说自卸车的销售与一个矿长的女儿有什么关系，龙建平实在是想不通，莫非柳平的女儿是分管设备的干部？

简福民是和景泉铁矿打过交道的，和柳平也曾在一张桌子上喝过酒。他细细想了一下，说道：“听包总这样一说，我倒是有点印象了。柳平的确说过他有一个女儿，好像是在滨海大学读书，马上要毕业了……嗯，他好像还说过，他女儿想出国留学。”

“出国留学？”

龙建平一下子就反应过来了，他看着包成明，问道："包总，你的意思是说，因为柳平的女儿要出国留学，所以他不愿意买我们的产品，想买进口的自卸车，以便和国外取得一些联系？"

包成明点点头，道："具体他是怎么想的，我们还不清楚。不过，如果柳矿长的女儿的确想出国留学，那么柳矿长倾向于采购国外的自卸车就有理由了。一来，涉及外汇交易，他就有可能获得一些渠道，换一些外汇供孩子在国外消费；二来，如果要从国外进口自卸车，矿领导就有可能获得出国考察的机会，他可以借机去看望一下女儿，甚至有可能解决女儿出国的机票。不管怎么说，他有个女儿想出国留学这一点，与你们的自卸车销售是有很大关系的，不掌握这个情况，你们再怎么努力推销都是枉然。"

龙建平啧啧连声，道："原来是这样……服了，服了，包总，看来这个信息的价值，的确是太大了。"

# 第四百一十六章

冯啸辰当初安排包成明去做商业信息的时候，便专门交代过他要注意搜集一些街头巷尾的八卦消息，把这些也当成商业信息的一部分。这一年时间，包成明的确不辱使命，建立起了一个初具规模的数据库，其中包括了全国各地企业的基本资料，还有一些诸如企业领导亲属关系之类的额外信息。

这一次，冯啸辰通知包成明到罗冶来帮忙，包成明事先还真的做了一番功课。他从公司积累的资料里把与罗冶相关的那些内容都找出来浏览了一番，对一些重要的信息还做了进一步的分析。他刚刚给龙建平他们举的例子，就是他所掌握的信息之一，他的信息员反映，景泉铁矿的矿长柳平最近一年来的兴趣点都集中与美国相关的事情上，这与他女儿即将大学毕业是不无关系的。

抓住了柳平女儿想出国留学这个关键点，再去分析景泉铁矿不接受国产自卸车的原因，就非常容易了。也许这并不是他们拒绝罗冶的唯一原因，但毫无疑问是一个重要的突破口。包成明能够想到这一点，龙建平他们同样能够想到，毕竟这种人情世故的事情，稍有一些社会阅历就能够理解的。

“包总，听你的意思，全国所有企业的基本情况，你们都掌握了？”龙建平向包成明问道。

包成明谦虚地应道：“也不能说所有吧，一些重要企业的情况，我们肯定是要掌握的。”

“包括领导干部的子女、家属这些情况吗？”

“这些也属于我们关注的内容，不过不一定能够完全掌握。”

“那我们罗冶的情况呢？”

“这……”包成明一下子就哑了。在他的数据库里，当然也包括了罗冶主要领导的信息，比如眼前这位龙厂长，据说与夫人的关系不太融洽。可这样的信息，包成明哪敢说出来。

“哈哈，龙厂长，你这就是强人所难了。”冯啸辰打了个圆场，然后把话题引回来，说道，“龙厂长，我请包总过来，也是想给你们双方做一个介绍。包总这边对于各家露天矿的情况了解得比较多，尤其是一些咱们罗冶的销售人员可能忽略的信息，对于自卸车的销售也是至关重要的。龙厂长如果觉得包总的公司能够对罗冶有一些用处，你们不妨谈一谈合作的事情。如果觉得意思不大，也不要紧，包总这一趟就权当是到罗丘来旅游了，我和包总也有很长时间没有见面了，有这样一个见面的机会，也挺好的。”

被冯啸辰这样一打岔，龙建平也就不好再追问包成明对罗冶有多少了解了。包成明这样一个消息灵通人士，对于罗冶当然是有用的。但想到包成明可能同样也了解罗冶的情况，罗冶一干人的心里就有些疙疙瘩瘩的，看着包成明的眼神也有些复杂了。

“包总的公司，当然对我们是很有帮助的。”龙建平把自己的思绪收回来，说道，“不过，不知道包总能够为我们提供什么样的服务，是单纯把这些信息出售给我们，还是能够帮助我们联络上这些客户。”

包成明道：“我们提供的服务，主要还是后者吧。我们掌握的信息，有一些不太合适透露出去，这一点请龙厂长和各位领导理解。”

“嗯嗯，理解，理解。”众人都纷纷点头，心里说，你这小子到处打听人家的隐私，自己看看也就罢了，如果泄露出去，那可是缺八辈子德了。不过，手里攥着这些隐私，要做生意的确是比别人有更多的便利，在这一点上，罗冶的推销员恐怕还真是望尘莫及的。

“听冯处长说，贵厂目前最大的问题就是订货量不足。我们公司可以凭借自己的关系网帮你们联系一下业务，不过，这可能需要涉及一些费用，就算是信息服务费好了。”包成明道。

“你们的收费标准是怎么算的?”水忠德问道。

包成明道:“我们有两种方式。一是我们帮你们接上关系,至于最终能不能谈成业务,就看你们自己的努力程度了。照这种方式,我们每联系一家客户的收费是8000元。”

“就接上一个关系,就收8000元?”简福民咂舌道,“我们和这17家露天矿都有来往,关系都是现成的,用不着你们帮着联系啊。”

包成明微微一笑,不吭声了。简福民看看龙建平,这才知道自己说了傻话。罗冶与这些露天矿有来往不假,可无法把自卸车推销出去,这种来往有什么意义呢?包成明既然说帮忙接上关系,自然不是原来那种公对公的关系,而是能够联系上一些私人关系,这对于销售是有很大帮助的。

不过,这也只是一种理想的情况,谁知道包成明介绍的私人关系可靠不可靠呢?罗冶现在已经处于等米下锅的状态了,没有时间去做进一步的联系。龙建平只是稍微打了个沉,便说道:“包总,你说下你们的第二种服务方式吧。”

“第二种方式,就是我们帮你们直接达成销售意向,未来根据你们实际销售的金额,提取业务费,对了,在我们这个行业中,叫作佣金。”包成明说道。

“提取什么标准呢?”龙建平问道。

包成明道:“这个要根据企业销售的产品情况来定。龙厂长,你们的150吨自卸车,一台的销售价格是多少?”

“出厂价是212万。”简福民替龙建平回答道。

这个数字,包成明其实已经从冯啸辰那里听到过了,他在此发问,只是为了撇清与冯啸辰的关系。听到简福民的回答,他装模作样地计算了一下,然后说道:“照这个价格,我们的标准是提取4%作为佣金。”

“4%!”简福民瞪圆了眼睛,“那一辆车岂不是要给你们交8万多块钱作为业务费?”

“差不多吧,实在不行,把零头抹掉也是可以的。”包成明平静地说道。

龙建平道："这个收费标准太高了，我们卖一辆车的利润也就是十几万，怎么可能拿出 8 万来作为业务费呢?"

包成明微微一笑，道："龙厂长，这些业务费可并不完全是我们的利润，我们促成一桩业务，也是需要付出成本的。"

"这个我们懂，不就是差旅费吗?"简福民又抢着插话了。

包成明再次停下来，用怜悯的眼神看着简福民，他是真的对这位销售处长无语了，脑子这么简单的一个人，是怎么干上销售这一行的。

其实包成明心里也明白，像罗冶这样的大型国企，销售处在此前还真只是一个摆设。国企的生产是由计划部门安排的，生产出来的产品自然也是由计划部门负责调拨，销售部门不需要去开拓市场，最多也就是做做售后服务之类的事情。

这几年，国家开始搞商品经济，企业的产品不再完全由国家包销，各家企业才开始重视销售问题。但多年形成的官商作风不是一下子就能够改变的，像罗冶这样的企业，在面临着订货不足的危机时，首先想到的不是如何去开拓客户，而是想着如何找找上层的关系，让上层领导给客户施加一些压力。

正因为如此，简福民这样的人才能够待在销售处长的位子上，身为处长尚且不懂得商场规则，他手下的销售员就更别提了。

在那些年代里，许多老国企在面临着乡镇企业以及外资企业的竞争时毫无还手之力，其中便有这方面的原因。乡镇企业里那些销售人员的活络与执著，是国企推销员所无法企及的。

"据我了解，一些乡镇企业在开拓市场的时候，机制是比较灵活的。罗冶是国有企业，有些事情不合适做，交给包总这样的民营公司来做，可能更方便一些吧。"冯啸辰淡淡地提醒了一句。

龙建平一听就明白了。所谓机制比较灵活，说穿了不就是有些潜规则吗？像刚才说的柳平那种情况，如果罗冶能够帮他把外汇、机票之类的事情解决掉，他未尝不能让景泉铁矿订购罗冶的自卸车。可问题在于，罗冶是国企，怎么能做这样的事情呢？你不这样做，人家就惦记着从国外进口设备，从外商那里得到好处。这样的事情，可谓是公开的秘密，大家都说看不惯，可事到临头，不少人都会这样去做。

包成明的作用，就在于他能够与罗冶签订一个商业合同，合法地收取业务费，或者叫佣金。然后他的公司可以去办那些不足为外人道的事情，从而为罗冶争取到订单。包成明说业务费并不都是公司的利润，而是有其他支出，指的就是这些用于潜规则的费用，这可不是简福民想象中的差旅费的概念。

“冯处长，你看这样做，合适吗？”

龙建平把头转向冯啸辰，问道。冯啸辰现在已经不是副处长了，但龙建平还是用了他过去的头衔。这个头衔可不仅仅是一种恭维，还代表着来自于部委的权威。龙建平向冯啸辰问计，其实是想让冯啸辰以一个部委官员的身份来确认这件事是否合规。

# 第四百一十七章

这样做合适吗?

冯啸辰自己也在问着自己。

从道德上说，这些潜规则当然是不对的，甚至可以说是一种犯罪行为。比如刚才说的那位柳平矿长，为了一己之私而拒绝罗冶的产品，包成明如果要想从他这里取得突破，只能是帮他解决女儿出国留学的事情。不管包成明用的手段和名义如何，其实质都是一种商业贿赂，这是有悖原则的。但是，这就是时下的社会风气，冯啸辰有什么办法去改变它吗?如果罗冶要爱惜羽毛，拒绝接受这种潜规则，那么唯一的结果就是自卸车滞销，最终损失的是国家的利益。

当然，如果有人去揭发柳平的问题，再由上级部门给景泉铁矿换上一个心底无私的新矿长，或许也能够打破这个僵局。但冯啸辰和龙建平心里都明白，这几乎是一个不可能的任务，因为柳平的所作所为依然是在原则范围内的，他拒绝国产自卸车的理由完全可以说得冠冕堂皇，不会给人抓住任何把柄。就算冯啸辰用尽心机，找到柳平的一个差错，把他赶下台去，要想换一个完全没有私心杂念的新领导，也很困难。

冯啸辰与沈荣儒探讨计划经济得失的时候，曾经谈到过有关利益主体的问题。计划经济的基础是所有参与经济活动的主体没有利益之争，大家能够服从于一个共同的利益。而在现实中，这种大公无私的状态是不存在的，或者按照马恩的理论来说，人类还没有发展到大公无私的时代，在这个时候非要假装看不到各个主体自身的利益诉求，只能是自欺欺人。

国家提出要搞商品经济，从农业的承包制，发展到工业企业的承包制，其实就是承认私利的存在。在拥有道德洁癖的人看来，这简直就是礼崩乐坏，是一种堕落，但其实，这不过是国家抛弃了不切实际的假象，开始正视现实而已。

这些道理，冯啸辰懂，龙建平他们也懂，甚至罗翔飞、孟凡泽这些上层的官员也懂，只是大家有时候不便公开说出来而已。但具体到作经营决策的时候，如果再这样说些冠冕堂皇的大话，那就是掩耳盗铃了，于事无补。

想到此，冯啸辰微微一笑，说道："龙厂长，我听说现在有些企业已经在搞绩效承包制，比如企业里的销售人员，根据销售业绩是可以拿到一定比例提成的，不知道咱们罗冶有没有这样做？"

"这个……"龙建平迟疑了一下，点点头道，"我们也有类似的规定。"

冯啸辰道："哦，既然如此，那龙厂长觉得合适吗？"

龙建平也笑了，冯啸辰没有直接回答他的问题，但至少也表明了自己的态度。很显然，冯啸辰也在顾忌自己的身份，不便于直接表态，人家是来给罗冶帮忙的，龙建平当然无法强迫冯啸辰明确地说出自己的意见，能够有一个这样的表示，已经是不错了。

"既然是这样，那么包总，还有冯处长，我们厂里再商议一下这件事情，然后再给包总答复，你们看如何？"龙建平说道。

"好的好的，各位领导请便。"包成明笑呵呵地应道。

龙建平又吩咐王伟龙道："小王，要不你给冯处长和包总安排一下，看看到附近什么地方去走走。咱们罗丘也是历史文化名城，有些名胜古迹，冯处长和包总来一趟不容易，带他们去走走吧。"

冯啸辰连忙摆手，道："这个就不必了。如果方便的话，我倒是想到车间去看看，罗冶这一年多引进的新技术，我还没有见识过呢，想去学习学习。"

龙建平知道冯啸辰的脾气，点点头道："这样也好，我听小王和陈工都说过，冯处长也是个技术权威，能够去指导一下我们的工作也好。包总，你有什么安排呢？"

包成明道："我对技术不太懂，不过如果合适，我也想去车间开开眼界。未来可能涉及要向客户介绍罗冶的技术实力之类的事情，我事先接触一下也是好的。”

就这样，王伟龙带着冯啸辰、包成明二人前往车间，去参观自卸车的生产过程。一干厂领导则闭门磋商，讨论与包成明的辰宇信息公司合作的事情。等冯啸辰他们结束了参观回到招待所的时候，销售处长简福民已经在那里等着他们了。简福民带给包成明一个回答：罗冶已经同意了与辰宇信息公司的合作，辰宇信息公司可以凭借自己的关系为罗冶推销自卸车，每销售一台，按合同金额的4%获得佣金。

“冯处长，还是你有眼界啊，信息果然是最值钱的。我只是让业务员随便搜集的一些信息，现在就能够卖出大钱了。”

简福民离开之后，包成明关上房门，激动地向冯啸辰说道。

冯啸辰道：“怎么，老包，你有把握把他们的车卖出去?”

包成明点点头道：“我说的那17家大型露天矿，我们都有资料。有几家的情况我们了解得比较深入，我觉得很有把握能够和他们的矿务局局长、矿长之类的领导联系上。多的不敢说，一年十几台车我还是有把握的，这就是六七十万的佣金收入了。就算是扣掉一半作为成本，也是一笔不错的收入。”

冯啸辰道：“老包，我事先提醒你一下，搞业务公关可以，但要注意点分寸。国家还是有法律的，有些事情是不能做的，你明白吗?”

“明白明白。”

包成明点头不迭。他在客户面前能够装得像个人物，在冯啸辰面前则是唯唯诺诺的。这一方面是因为冯啸辰是他的老板，另一方面则是因为他知道冯啸辰的宏观把握能力远在他之上，他那两下子能够骗得过客户，在冯啸辰这里就不够看了。

冯啸辰道：“我知道现在有些乡镇企业做生意的时候是不择手段的，送钱甚至送美女的情况都有。时下的社会风气就是如此，我也没法说什么。但咱们的企业是要着眼于成为百年老店的，不要给自己留下这些污点。介于法律之外的一些事情，我们可以做。但违法的事情绝对不能碰，这是原则。”

“冯处长放心吧，这个问题老姚早就跟我说起过，他说我们现在都是在冯处长的领导下工作，要考虑影响的。”包成明说道。

冯啸辰笑笑，说道：“别说是在我领导下，咱们是合作伙伴，而且事情主要是你们在做，我只是提一些建议罢了。”

“冯处长是掌舵的，我和老姚这些人是摇橹的。老话说得好，火车跑得快，全靠头来带，冯处长就是我们的火车头嘛。”包成明不愧是在机关里厮混多年的，恭维话一张嘴就来，毫无生涩的感觉。

冯啸辰也是无奈，他摆摆手，岔开了话题，问道：“对了，老包，今天在车间看罗冶的生产，我觉得你好像有些想法，只是碍着王伟龙他们在场，没有说出来，现在可以说说了吧？”

听冯啸辰这样问，包成明收起了刚才的说笑嘴脸，认真地说道：“的确，我刚才在车间里的确是想到了一些事情，只是因为还没有和冯处长你商量，所以不便直接说出来。冯处长，你觉得，我们除了帮罗冶推销自卸车之外，如果帮他们促成其他的一些业务，是不是也可以收他们的佣金呢？”

“其他业务，什么业务？”冯啸辰一时没反应过来。

“技术啊！”包成明压低声音道，“罗冶从美国引进了这么多技术，这些技术都是国内很多企业不具备的。罗冶如果愿意把这些技术转给其他企业，这些企业肯定愿意出钱的。比如说吧，那位叫陈邦鹏的总工介绍说，他们引进了轴承滚珠的表面淬火工艺，是达到国外八十年代初期技术水平的。这项技术我们金南那些小轴承厂也能用得上，如果能够把这项技术转让给他们，他们生产的轴承质量就能够上一个很大的台阶，价钱也能卖得高出几成。让他们出点钱来学这项技术，他们肯定愿意的。”

“你确信？”冯啸辰问道。

包成明道：“冯处长，我虽然不是搞技术出身，可这些年和姚伟强这些人混在一起，也多多少少接触过一些技术上的事情。像滚珠表面淬火这事，我还是懂的。罗冶引进的这种叫作表面感应淬火工艺，现在国内只有几家大厂子搞过，金南那些小厂子根本就不懂这个。如果罗冶肯教，他们肯定愿意学的。”

冯啸辰心念一动，问道：“老包，你的意思是说，哪些企业掌握哪些技术，你们也关注过?”

包成明得意地笑道：“冯处长，你不是说什么样的信息都要搜集吗?我手上有一个技术情报部，就是专门搜集技术资料的。各家企业有什么样的独门技术，只要公开宣传过，我们都会记录下来。不过，很多企业把自己的技术瞒得很深，我们就不一定能够了解到了。”

冯啸辰道：“你这个想法非常好。不过，这些技术都是国家花了很大的成本引进来的，由我们这样一家民营的信息公司去帮助推销，不太合适。这样吧，老包，你也别忙着回浦江了，跟我先去一趟京城吧。”

# 第四百一十八章

“技术交流?”

罗翔飞看着坐在自己面前的冯啸辰，眉毛微微皱了起来。

冯啸辰从罗丘回到京城，马上便来找罗翔飞汇报工作了，同时还叫上了吴仕灿和薛暮苍两位。在简单介绍了有关自卸车销售的事情之后，他提出了一个重要的问题，那就是如何促进装备企业之间的技术交流。

“重装办成立近四年时间了，国家交给我们的 11 项重大装备引进任务，我们都在积极推进，有一些已经取得了很大的进展。除此之外，其他部门也从国外引进了大量的先进技术。但是，咱们忽略了一个非常重要的问题，那就是我们引进技术的目的是什么。”冯啸辰说道。

“引进技术是为了赶超世界先进潮流，全面提高咱们国家的工业技术水平。”吴仕灿下意识地回答道。

冯啸辰道：“没错，大家想过没有，这句话里最核心的词汇是什么?”

“最核心的词汇?”大家都有些懵。

“赶超？潮流？世界?”吴仕灿回味着自己刚才的措辞，不知道冯啸辰的所指。

“是全面。”罗翔飞不愧是领导，很快就反应过来了，“是全面提高里的全面二字。小冯，你的意思是不是说，我们引进技术，不是为了在单一一个点上形成突破，而是为了形成全面的突破。”

“正是如此。”冯啸辰道，“国家交付给我们的任务，是实现 11 套重大装备的国产化。但这 11 套装备并不是咱们国家装备工业的全部，即使咱们实现了这 11 套装备的国产化，我们距离世界先进潮流还是有很大的距离，因为国外已经开发出了新的装备，咱们如果把目光仅仅盯在装备本身上面，那么就只能永远处于被动的状态。”

“小冯说得对。”吴仕灿接着说道，“这个问题我也曾经思考过。我认为，国家提出 11 套技术装备的国产化任务，只是把这 11 套装备作为依托平台，其根本目的是通过这 11 套装备的国产化，提高咱们国家的工业技术水平。这种技术不仅仅是设计和制造一套装备的技术，而是可以扩散到整个工业领域中的通用技术。”

薛暮苍是从工厂里出来的，对于这个问题自然有更深的体会，他说道：“老吴说的通用技术这个概念很重要。比如说焊接技术，有埋弧焊、氩弧焊、二氧化碳保护焊、冷焊、爆炸焊等等，这些技术并不是限定在一种特定产品上的，造化工设备可以用，造船也可以用，造飞机也可以用。咱们现在各自为战，搞化肥设备的引进一套技术，就专门用于化肥设备。等到要搞煤化工，又重新引进一遍，其实技术还是这些技术，根本没必要花这个冤枉钱。”

冯啸辰道：“花冤枉钱也就罢了，关键是那些没有机会引进技术的企业，不能享受到国家引进技术带来的红利，这才是最大的浪费。这次在罗冶，咨询公司的那位包总给了我一个很大的启示，他说罗冶引进的轴承滚珠表面淬火工艺，是金南那些小轴承企业梦寐以求的。如果能够把这些技术转让给他们，他们的产品质量就能够得到极大的提升，从而全面提高我国工业产品的竞争力。”

“这个想法很好，咱们搞技术引进已经有七八年时间了，引进的先进技术非常多，也到了把这些技术扩散到整个工业领域的时候了。”罗翔飞点点头说道。

吴仕灿叹道：“这件事其实早就该做，而且也应当是我们规划处来提的，结果……唉，总之，是我失职。”

罗翔飞笑道：“老吴，你这就是过于自责了，我是重装办的负责人，是我忽略了这个问题，应当我来作检讨才对。”

薛暮苍道：“你们二位也太过于严格要求自己了。要我说，国家把任务交给我们的时候，提出的就是实现 11 套重大装备的国产化。至于技术扩散的事情，是咱们提出的锦上添花的想法。我们能够认识到这一点，说明我们有积极主动的工作精神。之前没有认识到这一点，也只是因为时机还没有成熟，很多技术我们还没有掌握，又哪里谈得上扩散呢？”

罗翔飞乐了，调侃道：“哈哈，老薛，你这算不算表扬与自我表扬啊？”

薛暮苍道：“我只是实话实说嘛。不过，小冯这个提醒倒是非常及时，我觉得，咱们的确是要全面梳理一下各企业引进的技术，看看这些技术能够推广到哪些领域去，如何能够让它们发挥最大的效益。”

“这可是一个大工程。”吴仕灿道，“我是搞化工出身的，化工设备方面的技术，我勉强能够说出一二来。但这些技术怎么移植到其他行业里去，我就两眼一抹黑了。要弄清楚这些问题，需要一个专门的机构来做才行呢。”

听到“机构”二字，罗翔飞忍不住打了个激灵，他连连摆手道：“这不可能，咱们可不能再建立什么机构了。”说到这里，他看了冯啸辰一眼，叹道：“我算是怕了小冯了，这家伙想法太多，老薛现在负责的高级技工学校，还有老吴你那个国家工业实验室，都是小冯给捣鼓出来的。现在这家伙又要生出新的事情，回头让别人怎么说咱们重装办呢？”

吴仕灿道：“罗主任，我倒觉得小冯捣鼓出来的这些事情都是好事啊。老薛那边，到目前已经培养了好几千高级技工，现在都成了各家企业里的骨干，对于提升企业的能力发挥了重要的作用。至于我这边的国家工业实验室，也是成果斐然。我们开展的关于第四代核电、核聚变、量子通讯、新能源、新材料等方面的预研，前景都非常好，我都有些迫不及待地想看到这些技术的实现了。”

国家工业实验室是几年前由冯啸辰建议成立的一个机构，这个机构集中了一批思想非常前卫的人才，着眼于对一些在目前还不具备条件的未来技术进行预研。冯啸辰还给这些人才取了一个很科幻的名字，叫作“面壁者”。这些人做出来的成果，在当下可能会被当成是不切实际的胡思乱想，但如吴仕灿这样的技术权威则非常清楚，一旦时机成熟，有了实践的可能性，这些技术将会让世界侧目。

由于高级技工学校和国家工业实验室都是由重装办提议建立的，又都与国家的先进装备研制计划相关，因此都挂在重装办的名下，分别由薛暮苍和吴仕灿二人掌管。重装办也因此而膨胀了许多，罗翔飞对此是喜忧参半，喜的方面自然是因为能够给国家多作一些贡献，这是他这一代人所追求的目标，忧的地方就是重装办插手的事情太多了，难免会招来一些闲言碎语。

“不能再成立新的机构了。”罗翔飞对众人说道，他看了看大家，然后压低声音道，“老吴、老薛，你们二位都是老同志，小冯虽然年轻，但也是有工作经验的，有件事我不想瞒你们，那就是重装办的职能可能会发生一些变化，大家要有心理准备。”

“职能变化，什么意思?”薛暮苍瞪大了眼睛问道。罗翔飞这副严肃的表情，说明这件事并不简单，不仅仅是职能变化的问题。

罗翔飞道：“其实这也是大势所趋。国家提出搞商品经济，各部委都在放权，一些职能部委将被撤销，原有的职能划归新成立的工业总公司负责。重装办作为一个主管重大装备研制的机构，以后的职能将更多地集中于政策指导，具体的管理职能会被弱化。”

“也就是说，我们会成为一个空架子?”薛暮苍问道。

罗翔飞道：“也不能说是空架子，只是直接管理企业的职能会被削减，这也是符合国家政策精神的。”

一席话，让大家刚才被激发起来的情绪一下子就消沉下去了。吴仕灿沉默了片刻，说道：“如果是这样，那咱们未来的工作就更难做了。从前咱们也是强调自己是协调机构，但好歹还有一定的管理权限，最不济还能通过经委插手企业的管理。如果现在提出弱化管理职能，咱们说话就更没人听了。现在各家企业都在强调经济利益，大局感越来越弱。如果咱们再不能发挥作用，装备建设就成了一句空话了。”

薛暮苍也附和道：“是啊，装备工业真不是靠每家企业单打独斗就能够搞起来的，需要集中全国的力量。咱们作为装备建设的主管部门，如果没有了管理权力，那这个行业的发展就堪忧了。”

罗翔飞道：“我何尝不知道这一点。可搞商品经济是国家的大政方针，这个方向是不可能改变的。在商品经济条件下，咱们不能再用计划经济的传统思维来做事。重装办何去何从，现在上面的领导也有不同的考虑，这就不是咱们能够左右的了。我说这一点，是想告诉大家，我们应当有新的思路，要未雨绸缪。”

# 第四百一十九章

“商品经济也罢，计划经济也罢，中国需要装备工业，这是任何人都无法否定的，只是具体的发展思路有差异而已。我觉得，重装办的职能如何转弯，是上级领导去考虑的问题。既然目前重装办还存在，我们就该继续好好地工作下去。刚才小冯说的技术交流的问题，我觉得非常重要。既然罗主任说重装办的职能有可能会被削弱，那咱们就趁着被削弱之前的这些时间，抓紧做一些事情。即便是……唉，至少咱们可以说自己尽力了。”

吴仕灿说道，最后一句话，他带上了几分叹息的语气。他是一个搞技术出身的人，对于经济管理体制这样的问题不是特别了解，听了罗翔飞的话，他有些失望和忧心，却又不知道该如何去破局，唯有一声长叹了。

薛暮苍的江湖阅历更多一些，他笑了笑，说道：“老吴，你也别灰心，眼下有些闲言碎语也是难免的，我想上级领导还是懂行的，不会被那些崇洋媚外的人所左右。眼下，咱们做好自己的事情要紧。对了，刚才罗主任说再增加一个机构是不可能的，小冯，你对这个问题有什么看法?”

“没错，做自己的事情要紧。”罗翔飞也把话头收回来了，他看看冯啸辰，说道，“小冯，说说你的想法吧，我知道你肯定有办法的。”

听到罗翔飞点将，冯啸辰也不忸怩，他说道：“这次罗主任派我去帮罗冶解决自卸车销售的问题，我没有照过去那样直接去与各家矿山联系，而是帮罗冶联系了一家信息公司，让这家信息公司作为中介，来促成交易。我的观点是，商品经济时代，我们要逐渐转变管理思路，用经济的手段来解决经济问题。”

“这个提法好。”罗翔飞道，“这也是目前经委正在考虑的问题，那就是如何转变我们的管理手段，更多地使用经济手段，而不是行政命令，来实现我们的管理目的。”

冯啸辰继续道：“刚才吴处长说的技术交流的问题，我觉得也可以使用这样的思路。各家企业从国外引进技术的时候，也是花费了一些成本的。当然，这其中相当一部分成本是国家支付的。我觉得，技术交流可以采用交易的方式，我们可以定期地召开全国装备系统的技术交流会，各家企业把自己掌握的技术拿出来明码标价，销售给其他需要这些技术的企业。我们控制一下定价问题，避免因为定价太高而导致一部分企业宁可从国外引进这些技术。”

薛暮苍点点头道：“我觉得控制定价是有必要的。其实，咱们原来搞技术交流，都是免费的，提供技术的那些企业收不到一分钱，有时候还要负担召开技术交流费的招待费用。当然了，那时候企业没有自负盈亏一说，花的这些钱也都是国家的钱，企业不觉得心疼。现在搞自负盈亏了，再让企业免费出让技术就不现实了。不过，让他们少收一点钱是可以的，毕竟当初引进这些技术的钱也是国家花的嘛。”

罗翔飞道：“小冯说的主意倒是不错，可是，召开一次这样的交流会，投入的人力也不少啊，咱们重装办哪有这样的精力？”

“能不能从企业借一些人来帮忙呢？”吴仕灿献计道。

罗翔飞道：“一次两次，当然是可以的。但你没听小冯说吗，这是一个定期的活动，至少每半年应当搞一次吧？每次都借人，就不那么容易了。再说，借来的人，吃喝拉撒，也是一笔费用呢，咱们重装办的经费有限，可经不起这样的折腾。”

冯啸辰笑道：“这就是我打算说的事情了。我觉得，这个交流会，咱们重装办可以一个人都不出，一分钱都不花。弄好了，还能赚点钱呢。”

罗翔飞也乐了，说道：“哈哈，赚钱就算了，你能够让重装办不要出人，尽量少花钱，我就满意了。说说看，你有什么办法？”

冯啸辰道：“很简单，那就是包出去，交给一家企业去做。我们只出一个名义，帮着发发通知。如果黑一点，咱们还可以从这家企业收点利润。如果照罗主任说的那样，咱们不收钱，也不花钱，这是最起码的底线了。”

“交给什么企业去做？”罗翔飞问道。

冯啸辰道：“就是我刚才说的那家信息公司。我把他们的老总包成明请到京城来了，只等罗主任一声召唤，我就可以让他到重装办来谈这件事情。”

“我记得你说那是一家私人企业？”罗翔飞问道。

冯啸辰道：“是私人企业，但是，我觉得私人企业反而更便于合作。如果我们找一家大型国企来承办这个交流会，你觉得他们会认真做事吗？”

这回轮到罗翔飞叹气了。作为一名搞了三十多年经济管理工作的部委官员，罗翔飞一向是更信赖国企的，总觉得民营企业有些不正规的味道。可他也不得不承认，民营企业因为地位低，多少有些惶恐之心，做事反而会更认真。而大型国企仗着自己是国家的亲儿子，有恃无恐，很多时候会做出一些让人无语的事情。

最直接的例子，莫过于去年的北化机事件，程元定就是觉得自己级别高，人脉广，丝毫不把重装办放在眼里。而相比之下，那位私人老板阮福根则一直都是战战兢兢，生怕出一点差错。

具体到冯啸辰提议的技术交流会，罗翔飞本能地觉得应当找一家大型的国有企业来承办，可在脑子里转了半天，也想不出哪家企业可以胜任。能够承担大型活动的国企当然有很多，但能够完全听从重装办的指挥，并且不折不扣完成重装办要求的，可就不一定好找了。弄不好，还会伤了重装办和这些单位之间的关系，最后闹个不欢而散。

包成明被喊过来了，由于冯啸辰事先已经跟他谈过技术交流会的思路，他提前就做好一个方案，在罗翔飞等人面前侃侃而谈，从会议组织到经费管理，说得头头是道，让罗翔飞、吴仕灿、薛暮苍都点头不迭，在心里承认冯啸辰的确推荐了一个很靠谱的合作伙伴。

最让罗翔飞他们感到震惊的，是包成明拿出了一叠软盘，在重装办的计算机上打开看时，却是有关全国工业企业的一个详尽数据库，其中除了有各企业的名称、地址、联系电话之类的基本信息之外，还有其产品结构、技术水平等进一步的信息。这些信息都是来自于公开渠道，只是从来没有人如此认真地把它们汇总到一起。这些信息分开来看的时候并不觉得有多大价值，但编成数据库之后，意义就完全不同了。

吴仕灿、薛暮苍都是懂行的人，一看这个数据库，就知道眼前这位包总绝非一个只知道赚钱的土鳖，他是具有长远眼光的，知道信息的价值。

“这个数据库，包总愿意出售吗?”吴仕灿忍不住问道。

包成明为难地摇摇头，道：“吴处长，这个恕难从命。我们公司的核心资源就是这个数据库，如果转让给吴处长，我们……”

“我们是国家机关，不会抢你们的业务的。”吴仕灿说道。

包成明欲言又止，倒是罗翔飞替他解围了，说道：“老吴，这个咱们就别强人所难了。包总有他的顾虑，也是可以理解的。咱们主要还是考虑一下如何和包总合作吧。”

“是啊是啊，咱们是合作伙伴，吴处长想查什么资料，随时可以说话，我们是分文不收的。”包成明笑着说道。

“唉，其实我一直都想建一个这样的数据库，可实在是没有人手。”吴仕灿叹道。

讨论过包成明提出的方案，又见识了包成明拥有的资源，罗翔飞初步确定了与包成明合作的想法。不过，这个想法还需要提交经委批准才能实施。

除了技术交流大会的事情之外，双方还探讨了促进装备技术交流的一些常态机制，包括出版一份技术简报，合作在京城建立一个常设技术交流机构等等。这些事情都由辰宇信息公司负责操办，经费来自于促成技术交流过程中收取的佣金。辰宇信息公司承诺接受重装办的管理和监督，保守技术秘密，在合适的时候还会向重装办上缴一部分的利润分成，果真达到了冯啸辰所说能够让重装办赚钱的目标。

# 第四百二十章

送走包成明，罗翔飞把冯啸辰单独叫到自己的办公室，低声问道："小冯，这家辰宇商业信息公司，和你是什么关系？我记得你以前在南江搞的那家企业，就叫辰宇公司吧？"

冯啸辰也没隐瞒，把自己在金南的时候如何结识了包成明，又如何鼓动包成明去浦江开办信息公司这些事情都说了一遍，并坦承自己在辰宇信息公司中拥有一定的股份。具体的股份比例，他没有细说，罗翔飞也没有细问。

"让一家和你有联系的公司来承办重装办的工作，有些影响不好。"罗翔飞皱着眉头说道。

冯啸辰笑道："罗主任，我已经离开重装办了，重装办的事情与我没有关系，谈得上什么影响不影响吗？"

"可是你曾经在重装办工作过，而且……小冯，你研究生毕业之后，没打算再回重装办来吗？"罗翔飞问道。

冯啸辰道："这个问题还没来得及想，而且我是不是回来，恐怕也不是我自己说了算吧？"

罗翔飞语塞，当初让冯啸辰离开重装办，其实多少受到了外在压力，把冯啸辰给挤出去了。现在他再提出让冯啸辰回重装办来工作，就有些理亏了。冯啸辰作为沈荣儒的弟子，研究生毕业之后想去一个好的部委机关也并不困难。

"其实，就我个人而言，是非常欢迎你回来的。"罗翔飞字斟句酌地说道。

冯啸辰道："罗主任，有关包成明的问题，我只是举贤不避亲。如果重装办能够找到更好的合作机构，我也没意见，只是我觉得就目前国内的情况而言，比辰宇信息公司更适合承担这件事的企业并不好找。至于说到影响问题，我并没有因为与辰宇信息公司的关系而出卖国家利益，相反，我还让包成明作出了相当的让步，我的所作所为都是可以问心无愧的，能够经得起任何质疑。”

罗翔飞道：“你小冯对事业的忠诚，我是不怀疑的。你介绍包成明来承办这件事情，他所提出的方案，我也认真思考过了，的确是一个有利于国家的方案，从中能够看出你小冯是秉承着一颗公心去做事的，这一点我和老吴、老薛他们都深信不疑。”

“谢谢罗主任的信任。”

“可是光我们信任是不够的，这里还有一个规定的问题。你身为国家干部，参与经商办企业，本来就是犯忌的。至于你参股的企业再与本单位合作，就更不合适了。”

冯啸辰嘻嘻一笑，道：“罗主任，有没有规定说我作为国家干部，亲友也不能经商？”

“这当然没有。”

“那么我介绍我亲友的企业来承接单位的业务呢？”

“这个不绝对禁止，但也属于打擦边球的事情，如果有人发现你在其中有以权谋私的行为，就要受到纪律处分了。”

“这不就行了？”冯啸辰把手一摊，“首先，我并没有以权谋私，过去没有，未来也不会有，所以组织上可以随便查。这家辰宇信息公司，是一家合股企业，股东名单上并没有我的名字。它的大股东是南江省辰宇实业公司，也是一家合股企业，股东名单上同样没有我的名字，只有我母亲的名字。她是一名在大集体企业办理了病退手续的退休女工，没有规定说机关干部的母亲就不能经商吧？”

“这不是掩耳盗铃吗？”罗翔飞道，“小冯，你是一个很有才华的人，对国家也非常忠诚，我希望你能够把精力主要放在国家的事情上，自己的企业那边嘛……”

说到这里，他不知道该怎么说才好了。冯啸辰办企业的事情，其实罗翔飞一直都知道。当初的辰宇轴承公司，冯啸辰说是晏乐琴找人投的资，但罗翔飞多少能够猜出来，这家企业肯定与冯啸辰的家族有关，只是他没想到会是冯啸辰本人出的钱而已，毕竟冯啸辰卖专利的事情，谁都不知道。

对于冯啸辰开公司的事，罗翔飞的态度有些纠结。一方面，他觉得机关干部兼职开公司是一件不务正业的事情，弄不好还会有极其不良的政治影响；但另一方面，他又不得不承认开公司能够给冯啸辰本人带来很大的经济收益，机关干部也是人，也要结婚生孩子，靠机关里那点工资生活是比较紧张的，业余时间赚点外快，领导也不好说什么。可现在，冯啸辰的公司越做越大，在辰宇轴承之外，又出来一个什么辰宇信息公司，而且还打算介入重装办的业务，这就不能不让罗翔飞犯嘀咕了。可要让他劝冯啸辰不要开公司，又未免太不近人情了。

"罗主任，我会把握分寸的。"冯啸辰表态道，"我目前参与了几家公司的运作，不过主要都是从战略上提一些指导，具体的经营都是由包括包成明在内的一些职业经理人去做的。我的想法是这样的，我对于经济发展有一些自己的看法，比如搞商业信息开发，别人还没有这样的意识，我已经认识到了。这样一些眼光，如果不付诸实施，实在是太可惜了。比如包成明的这个辰宇信息公司，就是我一手策划建立起来的，您和吴处长、薛处长也都看到了，它对于咱们重装办的工作非常有帮助。这些企业虽然是民营企业，但它们同样是咱们国家经济的组成部分，这些企业能够发展起来，对于咱们国家也是有好处的。"

"这一点我同意。"罗翔飞点了点头。辰宇信息公司这个例子的确挺有说服力的，吴仕灿刚才说了，他也想过要建一个企业的数据库，但却没有人力财力去做，而这样一件事情，被辰宇信息公司做成了，这不能不说是一个成功。

冯啸辰继续说道："我这个人没别的能耐，就是脑子转得比较快，经常有一些还算不错的点子。这些点子，有一些是适合于国企做的，比如冷水矿的石材厂，还有咱们经委的企业咨询公司，这样的点子，我不会吝惜贡献出来。但有另外一些点子，就不一定适合于国企去做了，与其让这些点子浪费掉，还不如交给民营企业去做呢。”

罗翔飞无奈地笑笑，说道：“这么歪的道理，居然也让你说圆了。你出点子可以，为什么还要自己亲自去经营呢？比如包成明的这家企业，你如果只是出个点子，让他自己做，那就一点问题都没有了。”

冯啸辰道：“我如果不出资，包成明可能没有勇气去做。有些点子是事后才能证明是好点子，事先大家是看不到的，所以我必须用自己的资金去支持它。此外，我拥有控股权，能够让这些企业更好地为国家利益服务，这不是一件好事吗？就拿我们和包成明的合作来说，罗主任没看出包成明让出了很多利益吗？”

这一点是罗翔飞无法否认的，他沉默了一会，说道：“你的想法，我明白了。目前你是社科院的研究生，不是国家干部，这样做倒也无妨。可未来你毕业了，如果要进国家机关，尤其是如果要回重装办来，这种双重身份，就有些敏感了。你不会永远都只是一个副处长，有朝一日你可能会坐上我现在的位置，到时候难免会有人犯红眼病，说些闲话，这对你的发展是很不利的。”

冯啸辰笑道：“罗主任，我可真没想过要坐上您的位置，我觉得给您当下属挺好的，捅了娄子有您帮忙撑着，多省心啊。”

罗翔飞知道冯啸辰只是开玩笑，他微微一笑，说道：“我也干不了几年了，最多再干三年时间，我就该退休了，这个世界是你们的。你现在年龄太轻，资历也不够，马上接替我的位置不太现实。但我和张主任，还有孟部长他们，都是希望你未来能够接班的，国家需要你这样有能力、有干劲，而且忠诚于国家事业的年轻人。”

“谢谢罗主任的信任。”冯啸辰道，他想起了另外一个问题，不禁问道，“罗主任，你刚才说，重装办的职能要发生变化，权力会被削弱，这个情况属实吗？”

罗翔飞道：“现在有些传言，也不是空穴来风。你记得我们上次说过的那个国际大协作理论吗？上级给我们下了任务，让我们研究一下这个理论的可行性。如果国际大协作理论被当成国家的政策依据，那么原来提出的重大装备国产化目标就没有意义了，届时重装办是否需要继续存在，都要画一个问号。”

冯啸辰脱口而出：“这明明就是一个荒唐的理论，完全不可行嘛。”

“怎么不可行呢?”罗翔飞脸上露出一些揶揄的笑容，说道，“提出这个理论的高磊教授，也是你们社科院的，是研究产业政策方面的权威，理论素养非常高。他提出的观点，是有理论依据的，岂是你说一句不可行就不可行的?”

“所以，我们需要从理论上推翻它，否则必受其害。”冯啸辰斩钉截铁地说道。

# 第四百二十一章

冯啸辰从重装办回到战略所宿舍的时候，已经快到晚上七点钟了。上楼梯时，正遇到祁瑞仓、谢克力和丁士宽三人从楼上下来，见着冯啸辰，祁瑞仓大大咧咧地招呼道："小冯，你怎么才回来？吃饭没有，没有就一块去。"

"怎么，你们也没吃饭？"冯啸辰诧异地问道，战略所开饭的时间是下午五点半，这伙人居然还没吃饭。

丁士宽夸张地叹着气，说道："哎，没办法，这不是给老王他们单位干活去了吗？一直忙到六点多才回来，大家洗了把脸，正琢磨着出去找点东西垫一下肚子呢。"

"等等我，我也去洗把脸，马上就来。"冯啸辰说道。

几个人先下楼在楼门外等着，冯啸辰跑上楼匆匆忙忙地洗了把脸，换了件衣服，便冲下来了。四个人聊着闲天，来到了战略所外面的一个小饭馆。这家小饭馆是一对老夫妇经营的，因为饭菜做得不错，价格不贵，再加上距离战略所非常近，因此颇受大院里研究生以及青年研究员们的青睐。有时候诸如沈荣儒这样的老教授们也会跟着年轻人跑到这里来聚一聚，相当于是社科院这几个研究所的编外食堂了。

冯啸辰一行来到饭馆的时候，饭馆里没有其他的客人，老太太苗桂萍正在打扫卫生，看到众人进门，苗桂萍热情地招呼着他们坐下，然后问道："你们几位吃点啥？"

"来个鱼香肉丝，一个摊黄菜，再来一个炒小油菜。"冯啸辰替大家点着菜，然后又用征询的目光看看大家，问道，"要不要来点啤酒？"

几个人面面相觑，最后还是丁士宽说了句："算了，啤酒就算了吧，我们哥仨干了一天，还没赚着啤酒钱呢。”

苗桂萍返回后厨准备菜去了，冯啸辰看着众人，道：“怎么回事，老王这么抠门，请你们去干活，连顿饭都不管?”

谢克力连忙摆手道：“这倒不是，老王给我们几个介绍点赚外快的机会，我们哪能让他再搭上请客的钱？你别听小丁瞎嚷嚷，我们三个人去帮计委资料室整理了一天的图书，中午在他们那里吃的工作餐，临了一个人还拿了五块钱的劳务费呢。”

“一天五块?”冯啸辰诧异道。

“可不是吗？这也是老王的面子了。”丁士宽说道。

他们说的老王，是原来在国家计委工作，现在脱产到社科院来学习的同学王振斌。王振斌、冯啸辰以及从体改委来的同学于蕊，都是拿着原单位的工资来上学的，收入还算不错。祁瑞仓他们三个是彻底与原单位脱钩的，拿的是国家规定的研究生津贴，一个月四十多块钱，没有任何的奖金、福利等等。

四十多块钱收入，如果紧巴一点过，倒也足够了，不至于饿肚子。但如果要买点书，偶尔出来打打牙祭，这些钱就显得有些捉襟见肘了。祁瑞仓是已经结了婚的人，家里有负担。谢克力已经谈了个对象，正准备结婚，经济上就更加紧张了。丁士宽是个纯粹的单身汉，不过父母是农民，他还想补贴一下父母，因此对钱也是颇为看重的。

王振斌、于蕊两个人都在原来的单位上有点职权，能够找到一些赚外快的机会，因此偶尔会介绍这几个年轻同学去干活。比如今天就是王振斌帮他们三人联系了去计委资料室帮忙整理图书，对方管一顿饭不说，还给每个人发了五元钱的劳务费。

一天五元钱，以后世的眼光来看，似乎是太廉价了。但1985年的中国，一般机关干部的工资也就是六七十元，效益差一点的工厂，工人工资才四十多元。五元钱一天的劳务费，按照一个月25个工作日计算，就相当于月薪一百二十五元，这个标准就很高了。丁士宽说这是王振斌的面子，也没有说错。人家如果雇个临时工去干这活，一天给两元钱也有人趋之若骛的。

“唉，现在的物价都涨成啥样了，咱们这点研究生津贴，够干嘛的。”谢克力发着牢骚道。

祁瑞仓道：“可不是吗，现在都说造导弹的不如卖茶叶蛋的，咱们这些读研究生的，还不如苗大妈开个饭馆挣钱呢，这真是知识贬值啊。”

“知识啥时候值钱过？”谢克力反问道。

冯啸辰笑笑，说道：“老谢，你这个观点我可不认同，知识在任何时候都是值钱的，只是你没找到卖知识的渠道而已。”

“你有这个渠道吗？”谢克力道，“老幺，你是咱们班上鬼点子最多的，你给我们想个办法，让我们把知识卖出去，你从中提成都可以。”

“哈哈，是啊，咱们六四分成，老幺你拿六，我们拿四，怎么样？”丁士宽也跟着起哄道。

冯啸辰却是一脸严肃，他扫视了一圈众人，问道：“你们说的是认真的？”

祁瑞仓觉得冯啸辰的态度有些异样，不由得也认真起来，问道：“什么意思，你还真有这样的渠道？”

冯啸辰点点头，然后问道：“你们大家觉得，你们的劳动能值多少钱？比如说吧，雇大家一个月，你们觉得给多少钱比较合适？”

“具体干什么工作呢？”丁士宽问道。

冯啸辰道：“当然是发挥大家的专长，搞研究，写文章，参加学术会议。你们放心，这些工作都是利用业余时间。除了学术会议有可能要请假去参加，其他的研究活动、写文章等等，都不会和咱们的课程相冲突。”

“你是说，你能给大家找个研究课题来做？”谢克力听明白了，这种事情在高校和科研院所里并不罕见，他们的导师偶尔也会接点这样的课题，然后从课题费里给他们开一些劳务费，一次十块二十块的，那就是很可观的外快收入了。听冯啸辰这个意思，他似乎是弄到了一个这样的课题，想让大家一块参与了。

“我觉得吧，一个月起码得二十块钱，否则……”丁士宽说了一半，没有再说下去了。他觉得，如果这个课题是冯啸辰自己弄来的，他作为同学去分冯啸辰的收益，就不太好意思了。但要说一分钱也不拿，又有些不甘心。

“我的确是接了一个课题。”冯啸辰揭开了谜底，说道，“我想了一下，肥水不流外人田，这个课题肯定是优先请班上的同学来做，咱们自己做不下来的地方，再请上届的师兄师姐，或者其他所的同学来参与。至于费用嘛，如果大家愿意参加，每个月 200 块钱，如何？”

“咱们这几个人一共 200 块？”谢克力问道。

“当然是每人 200 块。”冯啸辰答道。

“每人 200！”祁瑞仓、谢克力和丁士宽异口同声地惊呼起来。冯啸辰原来那句话说得不太清楚，他们是下意识地觉得每月 200 块应当是大家总的报酬，因为人均 200 的标准太过惊世骇俗了。可谁承想，冯啸辰提出的居然就是这样一个惊世骇俗的标准。

“老幺，你接的是什么课题，怎么会给这么多钱？”谢克力在震惊之后开始问道。

冯啸辰道：“老谢，刚才老祁不是说了吗，知识太贬值了。我现在只是让知识回归它真实的价值而已。咱们这些人，都是国家的精英，一个月挣 200 块钱算什么，苗大妈一个月也能挣这么多钱呢。我说 200 块，只是一个初步的意向，未来如果大家的研究做得好，再增加一些费用也不是不可以的。”

“那么，咱们要研究的，到底是什么课题呢？”丁士宽问道。

冯啸辰道：“国家的产业政策问题，或者再细化一点，国家装备制造业发展战略问题。”

丁士宽道：“对了，我想起来，你是重装办出来的，这是你们重装办的课题吧？”

冯啸辰点了点头。

祁瑞仓道：“这个问题，目前有很多学者都在研究。具体到产业政策方面，咱们社科院的高磊教授提出了国际大协作理论，目前影响非常大。

重装办要研究这个问题，为什么不直接和高教授联系呢?”

冯啸辰微微一笑，道：“因为高教授的理论，并不能得到重装办的认可，重装办认为，这个观点是片面和错误的。”

“那么，重装办把这个课题交给你，又是什么想法呢?”谢克力问道。

冯啸辰道：“很简单，就是要找出高教授理论上的谬误，加以批驳。而且不是单纯地在理论上驳倒就够了，还要在舆论上彻底地加以肃清。”

“这……”

三个人都傻眼了，这个玩笑开得可有点大了。学术研究可是一项很高尚的工作，哪有预先就设定结论的？这不成了所谓的御用文人了吗？再说，高磊的国际大协作理论，现在可谓是如日中天，据说连一些上层的领导都非常信奉，还请他去讲过课。冯啸辰要求大家找出这个理论的谬误，还要在舆论上肃清，这可是一件捅破天的大事啊。

# 第四百二十二章

从理论上推翻国际大协作理论，这是冯啸辰给罗翔飞出的主意。

国际大协作理论，在八十年代中后期很流行。罗翔飞对于这个理论，只是本能地不信任。以他多年从事经济管理的经验，觉得这样的观点是不靠谱的。但搞国际大协作理论的高磊是社科院的研究员，理论功底深厚，写出来的文章旁征博引，尤其是大量使用最热门的“亚洲四小龙”的数据来作为佐证，看上去颇为严谨的样子，以罗翔飞在经济学上的造诣，要批驳这个理论还真是有些吃力。

按照国际大协作理论，整个世界是一个大的产业链条，发达国家负责搞装备工业，发展中国家搞点劳动密集型产业就可以了。“亚洲四小龙”都是靠着“大进大出”的出口加工工业发家的，人家不搞什么大化肥、大乙烯，可日子过得比中国好，全世界都认为它们是经济奇迹，罗翔飞又有什么理由去怀疑呢?

如果按着这个理论去做，那么重装办就的确没有存在的必要了。作为一个发展中国家，搞什么重大装备，这不是本末倒置了吗? 可罗翔飞坚持着一个信念，那就是中国必须要有自己的装备工业，否则就会受制于人。不过，这个信念在时下也是显得比较陈腐的，中美都建交了，正处于蜜月期，你怕什么“受制于人”呢?

罗翔飞凭着直觉形成的观念，冯啸辰是有后世的事实作为佐证的。但问题在于，他没法拿出美欧制裁中国、苏联解体、亚洲经济危机这样一些事件来证明国际大协作理论的错误，要防止这个理论祸害中国的装备工业建设，他必须找出理论上的支撑，这一点，凭着他的经济学功底，是难以办到的。

还有另外一个问题，那就是学术思想的传播问题。国际大协作理论已经得到了许多人的支持，在媒体上占据着话语权，冯啸辰的观点再正确，得不到传播也是枉然。这个世界有多少人是相信菠菜补铁的，你说一百遍菠菜不补铁也没用。

带着这样的想法，冯啸辰说服吴仕灿在规划处立了一个新的项目，就是所谓装备工业发展战略研究问题，这个项目的初期经费是2万元，用于资助相关的学术研究，也包括参加学术研讨会的费用。照着吴仕灿的想法，课题研究应当尊重科学，不可预设前提，不管研究出来的结果是什么，都是可以得到资助的。但冯啸辰直接否定了这个观点，他提出，所有接受资助的学者，只能得出一个结论，那就是国际大协作理论是错误的。如果你不支持这个结论，那么对不起，本基金不会给你支持。

“小冯，这不是弄虚作假吗?”吴仕灿对于冯啸辰的主张感到十分惊愕。

“老吴，你以为国外那么多基金会支持的项目，都是客观的?”冯啸辰反问道。

“难道不是吗?”吴仕灿道。

冯啸辰道：“客观就见鬼了。光美国就有数以百计的政治学、经济学、社会学方面的研究基金，这些基金都是面向发展中国家提供学术支持的。但是，并非所有的学者都能够获得资助，只有观点符合美国利益的那些学者，才能够得到资助。比如说，你的观点是贸易自由化，拒绝贸易保护，那么美国人就会给你大笔的资助。但如果你的观点是发展中国家应当保护自己的产业，避免被发达国家蚕食，那么对不起，你自己研究去吧，美国人是不会给你一分钱的。”

“可是，贸易自由和贸易保护，总有一个正确的结论吧?如果本身结论是错误的，就算得到资助，又有什么用呢?”吴仕灿争辩道。

冯啸辰笑道：“老吴啊，你这就是一个科学家的思维了。把铁放进硫酸里，会发生什么反应，这是有正确结论的。但贸易自由和贸易保护谁对谁错，怎么可能会有正确结论呢?比如说，我们援助埃塞俄比亚建一座工厂，这是好事还是坏事?”

“当然是好事，这是国际主义精神的表现。”

“可我认为这是坏事。”

“为什么呢?”

“第一，工业造成了污染，破坏了当地的环境；第二，工业使当地人民的生活受到了影响，当地的牧民变成了工人，不再能够享受田园牧歌般的生活了；第三……”

“打住打住!”吴仕灿恼道，“你这不是胡说八道吗? 牧民变成工人，他们的收入起码能增加三倍，怎么会是坏事呢?”

“但他们失去了快乐啊。”冯啸辰道。

“收入高了……怎么会不快乐呢?”吴仕灿彻底懵了。

冯啸辰叹了口气，没有经历过互联网洗脑的老一代人，还真无法理解。

不过，被冯啸辰这样教育了一番，吴仕灿倒是明白了一个道理，那就是文科的研究和理工科的研究是不同的，后者讲究的是理论上的严谨，前者主要在乎谁的嗓门大。时下高磊的国际大协作理论风头正劲，而且直接威胁到了重装办的生存。吴仕灿作为铁杆的工业党，对于这种理论也是非常不感冒的。冯啸辰要找人去批驳这种理论，哪怕是手段上略显卑鄙，吴仕灿也只能是睁一只眼、闭一只眼，假装没看见了。

就这样，冯啸辰带着任务回到了社科院，准备招兵买马，组织一帮人去批驳国际大协作理论。用后世的话来说，就是要培养一批“五毛党”，专门负责引导舆论。本着肥水不流外人田的想法，他首先找到了本班的这几位同学，如果他们愿意参与，他是很乐意给大家创造一点赚钱机会的。写几篇文章就能够月入 200 元，这比去帮计委资料室整理图书不是强得多吗?

“我倒是愿意参与这个课题。”丁士宽沉吟着说道，“我不是看中了小冯说的劳务费，而是我自己对于国际大协作理论就有一些怀疑。我认为，大国与小国在发展战略上应当是有所区别的，‘亚洲四小龙’都是小的经济体，在他们那里成功的经验，不一定适合于中国这样一个10亿人口的大国。我一直都想在理论上推敲一下国际大协作理论的缺陷，只是缺乏一个机会，现在既然……”说到这里，他自嘲地一笑，说道，“小冯愿意花钱来资助这个研究，我能够把研究和赚钱结合在一起，又何乐而不为呢?”

“我也参加。”谢克力举了一下手，说道，“关于国际大协作理论，我看了一些文章，觉得还是有点道理的。不过，小丁的观点，我也认同，或许这个理论里面的确有一些不适合中国国情的地方，需要去认真研究一下。再说，老幺给出的条件，实在让人没法拒绝啊，一个月200块钱的劳务费，啧啧啧，这简直抵得上一个外资企业的高级管理人员了。”

“小谢，你就这样为五斗米折腰了?”祁瑞仓没好气地问道。

谢克力满脸尴尬，道：“唉，老祁，你是饱汉不知饿汉饥。我对象天天催着我结婚，可我手里哪有钱来结婚?说句话不怕你们笑话，只要有人愿意给我钱，让我说啥观点都没事，这个国际大协作理论，难道就真的没一点缺陷?”

“老祁，你是什么想法?”冯啸辰把头转向祁瑞仓，问道。

其实，对于班上这三位同学的学术观点，冯啸辰是早就清楚的。丁士宽思想比较正统，虽然学习了许多西方经济理论，但他却一直认为中国的现行制度是有其优越性的，拒绝经济全盘自由化的观点。可以这样说，丁士宽原本就是反对国际大协作理论的，给他一个机会，他肯定愿意加盟进来。

谢克力是个很滑头的人，他没有自己的价值观，基本上是跟着风头转。时下经济自由化的观念比较流行，所以他平常经常挂在嘴上说的，也都是一些经济自由化的观点。照理说，他应当是会拒绝冯啸辰的邀请的，因为国际大协作的理论基础就是经济自由主义。冯啸辰觉得，谢克力有可能会愿意与自己合作，原因自然是出于经济方面的考虑。但冯啸辰仍然没料到，谢克力会把话说得如此直白。

至于祁瑞仓，冯啸辰从一开始就知道他不会接受这项任务，因为这是一个很坚定的经济自由主义者，而且他对于学术有敬畏之心。如果说经济自由主义者是坏人的话，那祁瑞仓至少是一个正直的坏人。正直的坏人，也是值得尊重的。

# 第 四 百 二 十 三 章

“老幺啊，你真是给我出了个难题啊。”

祁瑞仓夸张地笑着，以此来掩饰心里的落寞。一个月 200 块钱的劳务费收入，搁在谁眼里也是难以拒绝的。可问题在于，挣这笔钱是带着条件的，而祁瑞仓并不认为国际大协作理论有什么问题，即便是这个理论还有一些瑕疵，他也不愿意站在冯啸辰那边，去反对这个理论。

在祁瑞仓看来，世界大同是人类的最高理想，而中美的和解，加上苏联的新思维，已经使这个目标变得越来越近了。一旦到了世界大同的那一天，中国就成了世界的一部分，国际大协作的理论正是为这样的目标而提出来的，他有什么理由去反对呢？

他调侃谢克力是为五斗米折腰，其实刚才那一会，他心里也翻腾过这样的念头，觉得是不是可以找一个变通的方法来赚这笔钱。但随即他就放弃了这个想法，他还没有到山穷水尽的程度，知识分子的那一丝自尊还在他的心里。

“我是真想挣这笔钱。可是，老幺你也知道的，我一向就不赞成你们那个重装办的工作，我是提倡经济自由化的。让我放弃自己的观点，替你们摇旗呐喊，我实在是做不到啊。”祁瑞仓说道。

“老祁，你就是太清高了。”谢克力说道。战略班的这些同学，平日里在学术观点经常有冲突，但抛开学术之外，大家的私交是非常不错的，说话也可以很随便。谢克力劝道：“老祁，老幺是帮咱们搞福利，重装办那边不就是想要几篇替他们说话的论文吗？以你的水平，随便整几篇出来，有什么难的？你如果怕坏了名声，可以署别人的名字嘛，比如说，署老幺他们单位领导的名字，他们领导肯定还求之不得呢。”

“这个倒不必了。”冯啸辰赶紧纠正着，他看着祁瑞仓，说道，“老祁，其实我今天从重装办回来的路上，就琢磨过这件事，我知道你肯定会拒绝的。”

“唉，我就是这个臭毛病，你别介意啊。”祁瑞仓抱歉地说道，冯啸辰邀请他参加这个课题，是出于好意，他总得有所表示的。

冯啸辰摇摇头道：“人各有志，何况是坚持自己的学术观点，也不能说是毛病。老祁，如果我们换一种合作方式，你有兴趣没有？”

“怎么换？”祁瑞仓好奇地问道。

冯啸辰道：“你来当蓝军，专门陪着我们练兵。我们提出来的观点，你先反驳，帮助我们把逻辑理清楚，把论据做实。如果能够达到这个效果，那么你也可以算是课题组的一员，和我们拿一样的劳务费。”

所谓蓝军，就是军事演习中扮演假想敌的那一方。冯啸辰让祁瑞仓当蓝军，就是把他假设成高磊，自己这方与他进行辩论，以检验自己的理论是否经得起推敲。这样一个角色，并不违背祁瑞仓的做人原则，对于冯啸辰他们也是非常有帮助的。祁瑞仓以这个身份领一份劳务费，也是合情合理的。

祁瑞仓愣了一下，“老幺，我如果当蓝军，可不会手下留情的。”

丁士宽呛道：“老祁，你觉得我们需要你手下留情吗？”

祁瑞仓耸耸肩膀，说道：“如果是这样，你们的研究根本就做不下去，因为我这一关你们就过不了。”

冯啸辰笑呵呵地问道：“老祁，你有这样的把握？”

“那是当然，国际大协作理论是有依据的，你们要反对这个理论，只能是拿大帽子压人，在理论上肯定站不住脚。”祁瑞仓自信满满地说道。

冯啸辰道：“如果理论上站不住脚，我就改变立场，支持国际大协作。”

“此话当真？”

“大家一起作证吧。”

“那好，这个蓝军我就当定了。劳务费方面，你看着处理就行了，给不给，或者给多给少，我都没意见。”祁瑞仓道。

冯啸辰道：“这倒是无所谓的。其实我把这个项目申请下来，也是为了帮大家找个挣钱的机会，哪能缺了老祁？”

“哈哈，还是老幺贴心啊。”祁瑞仓笑了起来，“我就拿着你们给的经费，把你们打得落花流水。”

“你尽管放马过来！”冯啸辰叫板道。

一个旨在论证国际大协作理论是否成立的学术研究社团，就在这饭桌上敲定了。谢克力为社团贡献了一个颇有些洋气的名字，叫作“蓝调咖啡学术沙龙”。

丁士宽和祁瑞仓都憋着一股劲，想要马上拿出一些扎实的成果，来战胜对方。他们向冯啸辰表示，自己还能够再拉一些志同道合的同学过来，无论是扮演红军一方，还是扮演蓝军一方，总之，大家都是会认真去做的。

冯啸辰对于有更多的人参加这个项目，是举双手赞成的。不过，他表示暂时还不能公开地给其他班的同学发劳务费，只能以蓝调咖啡沙龙的名义，偶尔请大家吃顿饭，或者给大家报销一点书报费之类的。他这样做的原因，在于不想把重装办请人搞研究的事情闹得过于沸沸扬扬，否则是很容易招来一些非议的。

事实上，即便是没有劳务费，在社科院的研究生中间成立一个学术团体也是很容易的。研究生们大多有一些以天下为己任的责任心，或者说是一种自负。关于中国经济应当如何发展的问题，是时下最引人关注的问题，研究生们平常在宿舍里“卧谈”也常常是以此为话题。有人愿意出面组织一个学术社团来研究这个问题，大家当然愿意参加。如果参加这个社团能够捞到一些打牙祭的机会，那就更好了。

几个人说干就干，从小饭馆回到研究所，丁士宽和祁瑞仓就挨个宿舍地串门游说去了。转完一圈之后，两个人又跑到楼下的值班室，抄起电话开始联系其他一些研究所里的同学。他们两个分别担任红方和蓝方的负责人，各自组织本方的队伍。研究生们有些是支持国际大协作理论的，有些则是持怀疑态度的，大家便纷纷按照自己的倾向，加入其中一方。

两天不到的时间，蓝调咖啡学术沙龙已经拥有了三十多名核心成员，还有更多的一些同学表示愿意参与其中的一些活动。让冯啸辰觉得欣慰的是，丁士宽的红方人数并不少，甚至比蓝方还多出几个。时下正是国际大协作理论最盛行的时候，研究生中间有这么多质疑这一理论的人，这是非常难得的，或者这就是所谓英雄所见略同吧。

大量的资料被从阅览室里翻出来，有许多是英文甚至日文、德文、法文的文献，也有人耐心地将其翻译过来，作为支撑自己观点的证据。研究生们最初是从经济角度出发，随后就扩展到了政治学、社会学、历史学、军事学等等领域。大家的视野越开阔，就越觉得有无穷的问题值得探讨，一开始是三三两两凑在一起讨论，后来就是十个八个地扎堆在一起，吵得不亦乐乎。

谢克力的远见在这个时候体现出来了。他把这个学术团体叫作学术沙龙，原本只是想沾点洋气，结果，冯啸辰索性便把沙龙给做成了实体。他在每周六的晚上把苗大妈的那个小饭馆包下来，自掏腰包采购一批咖啡、糕点、面包、火腿肉之类的东西，摆在饭馆里供大家享用，真的办起一个沙龙来了。学生们在这里有吃有喝，同时交流自己在过去一周内的研究心得，互相辩论，往往要折腾到凌晨一两点钟才散。许多年后，这些早已功成名就的研究生们偶尔聊起当年北小街的咖啡沙龙，总是带着深深的留恋。

冯啸辰在经济学上的造诣远不及丁士宽、祁瑞仓这些科班出身的同学，他只是把题目提出来，但并不试图由自己去解决。他相信，同学之间的这种交流，一定能够产生出一些真知灼见，他只要站在后世的高度去审视这些观点就可以了。

在学术沙龙办得风风火火的时候，冯啸辰也没能闲着。远在青东省的二叔冯飞再次来到了京城，这一次，他是专门找冯啸辰帮忙来的。

“找我帮忙?”冯啸辰在自己住的小四合院里接待了冯飞，诧异地问道，“二叔，你们那么大的一个军工企业，有科工委给你们撑腰，还有什么事情需要让我这个学生去帮忙的?”

“啸辰啊，我这也算是病急乱投医了。现在我们厂动员所有职工都去找自己的关系，给厂子谋一条出路。我想了一下，觉得你这几年挺能折腾的，说不定能有什么办法帮我们厂子解决一点困难呢。唉，说起来也真是丢人，我这个当叔叔的，没能给侄子帮什么忙，反而还要让你这个侄子费心了。”冯飞一脸惭愧之色地对冯啸辰说道。

冯啸辰道：“二叔，瞧你说的，自家的侄子，还说什么费心不费心的。你们厂到底出了什么事情，你跟我说说看吧。”

# 第四百二十四章

“业务不足，厂里发不出工资了。”冯飞用叹息般的口吻向冯啸辰说道。

原来，冯飞所在的东翔机械厂是一家三线军工企业，与当下许多三线企业一样，都面临着军工订货大幅度减少，企业经营难以为继的窘境。

中国从五十年代开始，就执行了一条先重后轻、先军后民的工业化发展道路。所谓先重后轻，就是优先发展重工业，轻视轻工业的发展；而所谓先军后民，就是把更多的资源优先用于军用工业，民用工业经常是要为军工让路。

在五十年代至七十年代，这样一种战略选择当然是有其道理的。然而，先重后轻的道路带来的影响是非常大的。轻工业不但具有满足百姓日常生活需要的职能，还是积累资金的重要部门。忽略轻工业的发展，使得中国的工业积累不得不长期依赖于对农业的“剪刀差”，而农业能够提供的支持毕竟是有限的，最终重工业的发展也就越来越难以为继了。先军后民的影响就更大了，军事工业是纯粹的消费型工业，难以创造出利润。国家把大量的资金投入到军事工业，建立起了包括两弹一星在内的强大军事基础，但与之对应的民用工业未能发展起来，造成了一种畸形的产业结构。

中国当年的战略模式，很大程度是从苏联学习而来。而作为老师的苏联，就因为长期忽略轻工业和民用工业，导致百姓对于国家的经济发展心存怨懑，并最终带来了苏联的解体。

中国的改革开放，除了经济体制上的变革之外，还有一个重要的方面，就是工业战略的调整。七十年代末，国家毅然放弃了“十个鞍钢十个大庆”的重工业优先发展思路，下马了一大批重工业企业，扶持轻工业的发展，为百姓提供了丰富的生活必需品，同时也增加了国家的财源。

到八十年代中期，国家作出了另外一个决策，那就是基于“近期内不可能发生大规模战争”的战略判断，提出让军队受一些委屈，放弃先军后民的传统思路，把原先用于军事工业发展的资金转向民用。在这段时间里，许多军工项目都被搁置起来，一些三线企业陷入经营困境，东翔机械厂就是其中之一。

冯飞念念叨叨地叙述道：“前两年，国家落实政策，给大家都加了工资，而且也允许厂子用生产利润来盖房子，大家觉得日子比过去好了。谁知道，好景不长，从去年开始，国家的订货就减少了，任务量还不到过去的一半。今年上半年，订货进一步减少，原来每年都有的新装备研制拨款也中断了，厂子的日子一下子就难过起来了。目前倒是还勉强能够发得出工资，再拖几个月，估计连发工资都够呛了。”

“不会吧？你们是三线企业，工资总是能够保证的吧？”冯啸辰问道。

冯飞道：“目前是能够保证，不过上级部门说了，现在国家号召我们三线企业搞多种经营，要自己创收。上级给我们下达了任务，每年创收收入要占全厂支出的30%，国家相应地减少30%的拨款。可我们那个地方，在大山沟里，能创什么收啊？”

冯啸辰想了想，说道：“二叔，这个事情我也听说过。国家鼓励一部分三线企业搞军转民，发展民用产品，你们在这方面没什么举措吗？”

冯飞道：“这就是我来找你的原因啊。厂领导也说了，国家要军工让路，军转民是我们唯一的出路。可具体往什么地方转，就是一个大问题了。我们到系统内打听过了，兄弟单位搞什么的都有，有做摩托车的，有做电冰箱的。山城那个雷达厂，发挥自己的专长，搞了电视机，听说效益还不错。也有一些饥不择食，给地方上造儿童玩具、煤气灶啥的，你说这算什么事？我们好歹也是国家重点军工企业，我们的技术比苏联老大哥都不差，能去和乡镇企业抢饭吃吗？”

“可我还是没明白，我能帮你们什么忙呢？”冯啸辰问道，他其实隐隐也猜出了冯飞的来意，只是不便自己说出来罢了。

冯飞道："现在厂子里决定要搞民品，但具体搞什么东西，还不能确定下来。厂领导提出集思广益，让大家出去找市场，看看市场上有什么好产品。我想到你在重装办工作过，对国内企业比较熟，所以就自告奋勇到京城来找你问问，看看你能不能给我们厂支个招。"

找我算是找对人了，冯啸辰在心里这样想到。其实他是不是在重装办工作并不是他最大的优势，他的优势在于他对未来市场的了解。不过，在此之前，他还有一件事需要了解，那就是东翔机械厂到底是干什么的，有什么样的优势。

"二叔，说了半天，我还不知道你们厂是干什么的呢，这个事情保密吗？"冯啸辰笑呵呵地问道。

冯飞摇摇头，道："这个也没啥保密的，我们厂是造火炮的，具体说就是榴弹炮，其他的炮也能造。"

"榴弹炮……"冯啸辰无语了，这和民品好像有点挨不上边啊。

"二叔，这造炮……主要需要哪方面的技术？或者说，你们拥有什么样的优势呢？"

"这个可就多了。"冯飞来了劲头，"啸辰，我跟你说，炮兵可是战场之神，各国都对火炮特别重视，火炮技术的发展也是日新月异。要造一门好的火炮，具体来说，涉及火炮设计、材料、精密加工、大型铸锻件制造，我们在这些方面的技术都是非常过硬的。你是没到我们车间去看，这几年换了一水的进口机床，机加工精度在国内那是首屈一指的。"

"是这样？"冯啸辰自言自语地嘀咕了一声。精密加工、大型铸锻件，他都不陌生，重装办联系的那些装备企业都需要这样的技术。既然国家的火炮订货减少了，让专业的火炮厂帮那些装备企业做点精密部件的外协加工，似乎也是可以的。不过要联系这样的业务可真有些麻烦，因为批量生产的部件，各家企业自己肯定都能够解决，单件生产的部件，数量太少，这就意味着需要联系许多家客户才行。冯啸辰与许多装备企业都有联系，帮着东翔机械厂牵牵线，也是可以的。但费心费力，每家企业不过是一些零星的小订单，投入产出比就未免太低了，老实说，冯啸辰还真不乐意干这样的活。

“我们厂现在呢，倒也有一些想法。”冯飞讷讷地说道，他原本也不是擅长言辞的人，再加上是求自己的侄子帮忙，脸上有些挂不住，说话就更尴尬了。

“现在市面上摩托车比较紧俏，我们系统内也有企业在搞摩托车。我们厂长说，我们也可以试试。”冯飞说道。

“我觉得还是别试了。”冯啸辰摇头道，“一来，造摩托车本身不是没有门槛的，造火炮的精密制造要求，与造摩托车不是一回事。再说，摩托车讲究美观、舒适、操作方便、安全，你们在这些方面都没有优势，搞摩托车搞不出什么名堂。二者，摩托车市场很快也会饱和，现在各地都在搞摩托车，大厂小厂都有，有些还有地方政府的保护，你们不一定能够竞争得过地方企业。”

# 第四百二十五章

“你说的，也有道理。”

冯飞点点头，并没有显出气馁的样子。显然，冯啸辰说的这些理由，他也是知道的，或许是他自己想过，或许是厂子里集体论证过，现在听冯啸辰再说一遍，不过是强化了他的认知而已。

“还有就是搞电风扇，这个东西我们过去就搞过，是小规模地生产过一批，发给职工当福利的。我们的电风扇外观不算太好看，不过质量是很好的，用 20 年也不会坏。”

“可是老百姓买电风扇首先要看的就是外观，质量倒在其次。也许现在大家还比较穷，想着一台电风扇要用 20 年，可等到大家的生活水平提高了，谁会把一台电风扇用上 20 年呢?”

“压力锅怎么样? 这个对材料和加工精度要求都是很高的，我们比较擅长。”

“有点大材小用了吧?”

“是啊，大家也觉得有些委屈了……”冯飞老老实实地承认道。

冯啸辰道：“二叔，你也别急吧。你刚才只是那么随便地跟我说了一下，我也不了解你们的具体情况，包括技术实力能达到什么程度，所以仓促间也没法给你们出什么主意。我想抽时间到你们厂子去看一看，你觉得怎么样?”

“你要去看一看?”冯飞有些犹豫，“啸辰，我们是军工企业，是有些密级的。你如果去我们家属区转转，倒是无妨。但如果你想看生产过程，呃，需要有证明才行。”

“证明好办吧?”冯啸辰不在意地说道，“二叔，你说说看，需要什么部门的证明，我去开一个就是了。”

冯啸辰敢说这话，自然是有自己的底气。他在重装办工作了几年，其实也算是接触过国家核心技术的人了。林重、罗冶这些企业，也都有军品生产任务，有一些车间是保密的。冯啸辰去这些企业考察的时候，就曾经让重装办出具过证明，也接受过非常严格的政审，属于有资格接触某些密级信息的人。

有关这件事情，冯啸辰没有去找罗翔飞，而是找了孟凡泽，请他帮忙。东翔机械厂的事情，不算是重装办系统的工作，找罗翔飞帮忙不太合适。孟凡泽是工业系统的老人，与科工委方面关系不错，请他出面是没有问题的。

孟凡泽听说此事，果然颇为上心。他打了几个电话，找到了在科工委系统工作的一些老部下，让他们对冯啸辰大开绿灯。科工委此时正挠头于三线企业的转型问题，听说有这么一个让孟凡泽都赞赏有加的地方干部愿意去为东翔机械厂找出路，他们还求之不得。在进行了必要的审查之后，他们给冯啸辰开出了介绍信，同意冯啸辰前往东翔机械厂进行参观考察，名义上则说是社科院的学生进行专业实习，这样也显得低调一些。

冯啸辰办这些手续也花了半个月的时间，冯飞等不及，便提前回去了。冯啸辰拿到介绍信，坐上火车来到青东省的昂西市，而东翔机械厂还在昂西市外一百多公里的大山里。冯飞从厂里要了辆吉普车，到昂西火车站来接冯啸辰，同来的除了司机之外还有一位与冯飞岁数差不多的干部，是厂生产处的副处长，名叫吴苏阳。

“你就是小冯同志吧？久仰久仰啊！”

吴苏阳是个看上去颇为和善的人，一见面便主动与冯啸辰握手，并且极其热情地打着招呼。

“吴处长客气了，您是前辈，我哪敢当什么久仰啊。”冯啸辰恭敬地答道，他把吴苏阳说的久仰当成了一种客套，但即便是客套，自己一个晚辈也实在不足以让对方仰视了。

谁承想，吴苏阳却是很认真地解释道：“小冯同志，你肯定觉得我说久仰大名是虚伪了吧？其实，你的大名我真的是早就知道的，不单是我，我们整个东翔机械厂，差不多有一半的干部职工都知道你的大名呢。”

“不会吧?”冯啸辰只觉得汗如雨下，要说他在装备系统里有点小名气，那是不假，但知道他的，不外乎是一些企业里的领导，因为他干过的那些事情，都属于上层建筑的事情，与普通工人的关系不是特别大。东翔机械厂是军工系统的，与地方上的装备工业系统隔着一层，吴苏阳居然说全厂有一半干部职工都知道冯啸辰的大名，而且还不是开玩笑，这就让冯啸辰不胜惶恐了。

冯飞在旁边讷讷地解释了：“啸辰，老吴说的是你上次帮我弄肉票的事情。好家伙，那次我们几个同事从京城背回来100多斤肉制品，把全厂都轰动了，大家都说我有个好侄子，在京城这样的地方都这么有能量，能够一下子弄到100斤肉票。”

“呃……”冯啸辰这回是真的尴尬了。冯飞说的已经是好几年前的事了，那次冯飞去京城出差，约冯啸辰见面，顺口说起想在京城买些肉制品的事情，说没有肉票买不了太多。冯啸辰找了刘燕萍帮忙，给冯飞弄到了100斤肉制品的批条，想不到居然在这个山沟三线厂里创下了如此的名声。

“那次老冯回来，给我分了三斤香肠，我们家吃了整整一年呢。我一直说，要找机会感谢感谢你，这不，机会就来了嘛。”吴苏阳呵呵笑着说道。

因为从昂西市区到东翔厂的车程要三四个小时，大家只能先在昂西市区吃完饭才出发。吴苏阳放了话，说要感谢当年那三斤香肠的情谊，但到最后结账买单的时候，还是让冯啸辰抢了先。吴苏阳的确是做出姿态要去付账的，冯飞一把把他拽住了，说冯啸辰是晚辈，让冯啸辰付账即可。吴苏阳假装挣不开冯飞的拖拽，便半推半就地接受了冯啸辰的宴请。

吃过饭，趁着司机去给车加油，吴苏阳去上厕所的间隙，冯飞有些抱歉地对冯啸辰说道：“啸辰，刚才让你破费了，饭费是多少，一会你告诉我，我回去以后给你钱。”

冯啸辰笑道："二叔，你说啥呢，我是晚辈，请二叔你和你的同事吃顿饭是应该的。"

冯飞道："你毕竟是来帮我们厂的嘛，唉，厂子里也真是……"

这声叹息，里面的含义很多。厂子答应派车来接冯啸辰，但却只派了一个生产处的副处长随车来接，而没有派厂领导出面，这显然就是不把冯啸辰当一回事了。从东翔厂到昂西来办事，中午是必须在昂西吃饭的，所以到昂西来办事的人员，都可以回去报销2元钱的午餐费，这是指自己吃饭的支出。但从道理上说，吴苏阳是来接冯啸辰，而冯啸辰又是来帮厂子找市场的，这算是公事，吴苏阳完全应该用公款请冯啸辰吃饭。他刚才一直争着要去买单，却始终说是个人名义，这就说明厂领导没有给吴苏阳这个授权，这其中的意味，又不免让人有所遐想了。

"你的往返车票，厂里是同意报销的。厂里还说，你如果要住招待所，也是免费。不过，你婶子说，既然来了，还是住家里方便吧，反正林涛的房间也是空着。"冯飞向冯啸辰说道。

冯啸辰也感受到了这些问题，他知道自己的年龄和资历都是硬伤，估计冯飞回来向厂领导汇报的时候，厂领导直接把他当成一个来骗吃骗玩的社会青年了。也就是因为科工委事先向东翔厂打过招呼，说有这么一个人会拿着介绍信过来考察，厂里才答应给报销车费，并做出了安排食宿的口头承诺。厂里故意不让吴苏阳用公款请冯啸辰在昂西吃饭，其实是在传递一个信息，那就是冯啸辰别打算向厂里提各种要求，你巧立名目来探亲旅游也就罢了，还指望厂里给你好吃好喝，想得美吧！

"唉，二叔，我现在知道你们厂为什么会混得这么惨了。"冯啸辰无奈地向冯飞说道。

冯飞也是满心郁闷，他有些后悔请侄子来青东了。他也是关心则乱，看到厂子不景气，就想找人来帮忙，却没想到厂领导对于他侄子根本就看不上。这几年，冯啸辰做了不少挺漂亮的事情，有了个部委里的副处长职务，现在又是社科院的研究生，冯飞对他也不免要高看几眼的。现在见冯啸辰受到冷遇，他觉得很对不起侄子，同时对厂里的领导也生出了几分怨怼。

“啸辰，要不，你在我家里住两天就走吧，这火车票，咱们也不要厂里报销了。他们看不起人，咱们也别上赶着拿热脸去贴人家的冷屁股。”冯飞试探着向冯啸辰建议道。他不知道冯啸辰是不是已经生出了甩手不干的想法，如果真是那样，那冯飞就决定不去报销火车票了。现在他好歹也是一个有海外关系的人，一张火车票还是承担得起的。

# 第四百二十六章

“这倒没必要了。”冯啸辰应道，“既然来了，我还是到厂里看看吧，也许能给厂里出点主意啥的。火车票报不报，倒不是什么问题，我就算是来看一趟二叔和婶子。二叔在青东工作这么多年，我还从来没来看望过你们呢。”

“好啊好啊，我们这里偏僻是偏僻了一点，但空气绝对新鲜，还有就是风景很美，尤其是早上，到山上走一走，踩在那些带着露水的草地上，真是一种享受呢。”冯飞跟着说道。侄子能够淡定地看待厂里对他的冷落，这让冯飞觉得很欣慰，当然，对厂里的不满又甚了几分。

叔侄俩聊完这些，吴苏阳也上完厕所回来了。众人上了吉普车，向山里进发。通往山里的道路倒是修得不错，也许是因为东翔机械厂是造火炮的，火炮需要通过公路运输出来，因此路况不宜太差。影响吉普车速度的，主要是无数的弯道，有些地方甚至是走成一种 8 字型的大盘道。开吉普车的是一位老司机，技术很不错，但也不敢开得太快。

在山路上折腾了三个多小时，经历了若干次的上坡下坡，前面终于出现了一块小盆地。从山上看下去，盆地中央是一片青灰色的建筑物，掩映在绿树丛中。这就是东翔机械厂了，一个连职工带家属近 5000 人的三线大厂。

“是冯硕士吧！”

在厂部门外，冯啸辰终于见到了出门来迎接他的厂领导，据冯飞介绍，这是厂里排名第五的副厂长，名叫万佳伟，是分管后勤工作的。冯啸辰想到，这或许依然是当年自己搞肉票带来的后遗症吧，东翔厂把他当成一个后勤专家了。

"万厂长，您好，您就叫我小冯吧。"冯啸辰一边与万佳伟握手，一边谦虚地说道。

"那哪行啊，冯硕士是咱们国家社科院的硕士，高级人才，我们都说冯工家里的祖坟埋得好，三代人都是国家的精英。"万佳伟一张嘴，就把从冯维仁开始的冯家三代都表扬了一遍。时下研究生还是非常稀罕的，称人一句"硕士"，那也属于尊称了，就如后世称人为博士一样。

双方寒暄了几句，万佳伟对冯飞说道："冯工，你看怎么安排冯硕士的住宿比较方便？厂里的招待所，我已经打过招呼了，你如果想让冯硕士住到家里去也好，一家人更亲热嘛。晚上让小食堂安排一下，你和吴处长陪冯硕士一起喝几杯，洗洗尘。我正好有一个材料，上面催着要，我得赶紧去准备出来，就没法陪你们了。"

这话说得未免太露骨了，边上的吴苏阳脸上顿时有了一些尴尬之色，而冯飞则几乎就要把脸沉下来了。

冯啸辰站在冯飞身边，听着冯飞喘出来的粗气，也能猜出冯飞的想法了。别看冯飞是他叔叔，但毕竟是搞技术的，不通变故。冯啸辰年纪虽轻，却是两世为人，论场面上的应对能力，甩冯飞两条街也不止了。

"万厂长百忙之中还亲自出来接我，实在让人太感动了。住宿和吃饭的问题，就不劳万厂长费心了，我在我叔叔家里吃住就好了。对了，万厂长，我在京城出发之前，国家科工委的小桐处长专门找我谈了一次，交代了我一些事情，其中有些也是涉及东翔厂的。您看您什么时候方便，我向您转达一下。"冯啸辰笑嘻嘻地说道。

"小桐处长？你是说……彭小桐处长？"万佳伟试探着问道。

"是啊，就是彭小桐处长。"冯啸辰轻描淡写地应道。

"彭小桐处长……"万佳伟的脸色也有些难看了。

科工委的处级干部很多，万佳伟不可能都认识。不过，他估计名叫小桐的处长只有一位，那就是分管东翔机械厂业务的彭小桐处长。这位彭处长可是东翔厂的顶头上司，万佳伟论级别也是正处，东翔厂的正厂长郑利生则是副厅，但无论是万佳伟还是郑利生，见了彭小桐都要恭恭敬敬，就因为他是主管领导。

可就是这么一位彭处长，冯啸辰居然亲亲热热地直呼其名，叫他“小桐处长”，莫非，冯飞的这个侄子和彭小桐很熟悉？

冯啸辰似乎没有注意到万佳伟的表现，他说道：“其实也不是什么很正式的谈话，就是吃饭的时候随便聊了几句，小桐处长对东翔厂的事情还是比较重视的，他说东翔厂面临的转产压力比较大，让我代表他多看看。他还让我代他向各位领导表示问候，他最近工作也比较忙，可能就没有时间到亲自到东翔厂来学习了……对了，学习这个词，可是小桐处长自己的话，不是我编的哦。”

“吃饭的时候？你怎么会和彭处长一起吃饭呢？”万佳伟下意识地问道。

冯啸辰装出一副低调的样子，说道：“还不是小桐处长太客气，我只是去科工委谈点事，他就非要请我吃饭不可。我说吃饭也可以，就到食堂随便对付一下就行了。他说不行，非要带我到外面的饭馆去吃，弄得我很不好意思。”

“呃……”万佳伟傻眼了。冯啸辰说的话，怎么听着都不像是真的，可理智又告诉他，这很可能是真事。冯啸辰毕竟是社科院的研究生，不是那种会信口开河的人。彭小桐与他的关系如何，东翔厂随便一打听就能够打听出来的，冯啸辰不可能在这样的问题上胡说八道。

可如果彭小桐真的请冯啸辰吃过饭，而且是非要到外面的馆子去吃才行的那种规格，东翔厂现在对冯啸辰的怠慢，就显得很可笑，而且后果很严重了。

“冯硕士，你看这事闹的，原来你和彭处长那么熟，怎么不早说呢？”万佳伟当即就作出了补救的决定，他伸出手去，几乎是抢夺一般地把冯啸辰手里拎着的一个提包抢到了自己的手上，然后说道，“咱们别站在这里聊啊，赶紧到办公室去吧。”

“这个就不必了吧？万厂长，您不是还有一份材料要准备吗？”冯啸辰假装惶恐地说道。

万佳伟一挥手，道："材料的事情，我晚上加个夜班就好了。冯硕士，我和你一见如故，就想跟你好好聊聊，走走走，我们到小会议室去坐坐，我那里有点好茶叶呢。对了，老吴，你去跟小食堂说一下，让他们好好安排一下，晚上给冯硕士接风，到时候请郑厂长、余书记都去作陪。"

这老兄的脸变得如此之快，让木讷的冯飞都没反应过来，冯啸辰却是泰然自若，他搬出彭小桐的名头来，就是为了吓唬东翔厂一干人的。其实，东翔厂对冯啸辰自己热情不热情，冯啸辰并不在意，他是来给东翔厂帮忙的，东翔厂不给他好脸，他大不了拂袖而去就是了，反正损失的只是东翔厂。他这番做作，完全是为了给冯飞撑腰。从东翔厂对他的态度上，冯啸辰能够感觉到冯飞在厂子里没什么地位，估计说点什么事情也没人相信。冯啸辰既然来了，自然要帮冯飞长长脸。

彭小桐请冯啸辰吃饭的事情，倒的确是真的。冯啸辰要来东翔厂考察，事先请孟凡泽帮他疏通科工委这边的关系。孟凡泽在科工委有几个老部下，其中有一个就是彭小桐的司长。这位司长把冯啸辰交给彭小桐，专门交代彭小桐说这是自己的老领导的晚辈，彭小桐岂敢不对冯啸辰热情？

厂办的工作人员带着冯啸辰到了小会议室，果然给他和冯飞各沏了一杯香气扑鼻的好茶。万佳伟借口要交代有关晚宴的事情，径直来到了厂长郑利生的办公室。小心翼翼地关上房门之后，万佳伟走到郑利生的办公桌前，压低声音说道："老郑，技术处那个冯飞的侄子来了。"

"怎么啦？"郑利生抬起头来，诧异地问道。

"他说他认识彭小桐。"万佳伟道。

"他认识彭小桐？"郑利生果然有些惊讶，"他怎么会认识彭小桐呢？"

万佳伟摇摇头道："我不方便细问。不过，他说彭小桐亲自请他吃饭，而且是在外面的馆子里吃的。听他那意思，他和彭小桐应该是很熟悉的，一口一个'小桐处长'的，我觉得不像是假的。"

"这怎么可能？"郑利生的脸色变得严肃起来，"冯飞不是说他那个侄子才二十几岁吗？而且还是一个学生，他怎么会和彭小桐有关系呢？"

"莫非他是哪个领导的亲戚？"

“这更不可能了。冯飞是他亲叔叔，如果他是领导的亲戚，那冯飞岂不也是领导的亲戚？”

“也对哦……不过，万一是他老婆那边的关系呢？”

“你是说，他可能是某位领导的女婿？”

“或者是孙女婿……”

“不行，我得马上给彭小桐打个电话问问。还有，老万，你马上通知食堂，按接待委里处级领导的标准准备……”

# 第四百二十七章

郑利生和彭小桐还算熟悉，他拨通长途电话，简单寒暄几句之后，便开始打听起冯啸辰的来历。谁承想，彭小桐自己对于冯啸辰的来历也是知之不详，只知道是司长的老领导推荐过来的一个人，据说还挺能干。

彭处长的司长的老领导介绍过来的人，唯一能够拿得出手的优点就是“能干”，这就是郑利生从电话里得到的印象。带着这个印象，他笑容可掬地捧着旅行杯来到了小会议室，亲切接见了冯啸辰。

“这位就是冯硕士吧？真是年轻有为，一表人才啊。”

郑利生毫不吝惜地用上了两个褒奖词，反正夸人也不需要成本。

“郑厂长过奖了，我只是一个学生而已。”冯啸辰不卑不亢地应道。

“冯工，你有个很了不起的侄子啊，我听说他和科工委的领导都很熟悉呢。”郑利生又向冯飞说道，话里带着点想探探口风的意味。

冯飞虽然心里有气，在领导面前还是比较老实的，他说道：“唉，什么了不起，他这个人就喜欢瞎交际，听他爸说，他在南江的时候就结交了很多狐朋狗友的，成天惹是生非。”

此言一出，大家脸色都有些僵了。冯飞也是在冯啸辰面前当长辈当惯了，觉得自家的孩子怎么贬损都无所谓。他却没意识到，这样说岂不是把科工委的领导给骂了？可郑利生又知道，冯飞此言绝对是无心，如果自己板起脸去追究，反而是越抹越黑了。这番话，让人接也不是，不接也不是，这就是传说中不会聊天的那种人，一张嘴就能够把天给聊死了。

“哈哈，冯工说笑了，冯硕士这么优秀的人才，肯定是很受领导欣赏的。来来来，大家都坐下聊吧，冯硕士刚才说彭处长还有一些指示，他要向咱们传达一下，这不，郑厂长也抽空过来了，大家一起听听吧。”万佳伟打着圆场，把冯飞的话给揭过去了。

双方分别落座，因为人数不多，所以大家也没有如谈判那样面对面坐着，而是就着会议桌的一个角，坐成了一个半圆形。郑利生说了几句场面话，然后说道："冯硕士，刚才老万说你带来了彭处长的指示，你是不是给我们传达一下？"

冯啸辰笑道："其实也不能算是什么指示吧？小桐处长请我吃饭，听说我要到青东来看我叔叔，他就让我顺便了解一下东翔厂的情况，以便回去向他汇报一下。对东翔厂这边，小桐处长还是非常关心的，他说目前国家在调整建设重心，未来十几年内，军工企业的发展可能会受到一些影响，希望各家企业积极应对，既要保证国家的军工水平不与国外拉开差距，又要改善职工的生活，这方面的工作压力还是比较大的。"

"冯硕士这趟来我们东翔厂……就是为了看望你叔叔？"郑利生试探着问道。

"是啊，我叔叔在青东工作了 20 多年，我还一次都没来看望过他呢。这一次，也是我父亲专门叮嘱我过来看看。"冯啸辰说道。

万佳伟一愣，转头看着冯飞，问道："冯工，你原先说……"

冯飞尴尬地笑了笑，说道："唉，郑厂长，万厂长，是我搞错了。啸辰在电话里说是科工委让他过来看看，我还以为他是公差，到了这里我才知道，他主要是来看我的。我前面没搞清楚情况，用了厂里的车去办了私事，回头我会把汽油费补交给财务处的。"

东翔厂地处深山，有时候职工的亲属来探亲，或者职工因私事外出，都是可以请厂里派车接送的，但当事人需要支付一些汽油费。这次东翔厂派车去接冯啸辰，原本是按照公事来安排的，但厂里的怠慢让冯飞这个泥人也犯了点土性子，就着冯啸辰的话头，冯飞便把交汽油费的话说出来了，这就是赌气的意思了。

"这是什么话！"万佳伟急眼了，"冯工，你怎么能这样说呢？冯硕士到咱们厂来考察，有科工委开的介绍信，当然是公事，厂里派个车还不是应该的吗？"

冯啸辰装出不好意思的样子，说道："郑厂长，万厂长，我这里作个检讨。我和小桐处长吃饭的时候，漏了这么一个意思，小桐处长怕我在厂里活动不方便，非要给我开个介绍信不可，结果还闹出这么一个误会来。"

郑利生笑道："哈哈，怎么会是误会呢？彭处长不是也托你了解一下厂里的情况吗，这不就是公事吗？依我看，你就公事私事一起办，有空就到厂里走走，想看什么随便看，这样回去以后也能够把这边的情况向彭处长介绍一下，你看怎么样？"

这就属于话赶话，郑利生和万佳伟都没多想什么，只是顺着冯家叔侄的话往下说，不知不觉就说过头了。冯啸辰前面一口咬定自己此行的目的只是探望冯飞，是私事，就是为了逼着郑利生把事情往公事上引，这样未来冯啸辰要做什么，郑利生就没法阻挠了，否则就是自己打嘴巴。

如果冯啸辰一开始就说自己是来给东翔厂帮忙的，以东翔厂这一干领导的作派，没准会一推六二五，敷衍一通，弄得像是冯啸辰上赶着要给人家帮忙一样。现在关系反过来了，是郑利生求着冯啸辰来了解厂里的情况，冯啸辰反而可以装出一副勉为其难的样子。

当然，冯啸辰这样做也存在另一种风险，那就是郑利生并不接茬，你说是私事，那就是私事好了，别来烦厂里。如果是那样，冯啸辰也不在乎，东翔厂的死活，与他何干？实在不行，他动动自己的关系，把叔叔和婶子调出来，离开这个没前途的厂子，也就罢了。改革之后的几十年间，破产倒闭的国企岂止十万八万，东翔厂这样的情况，冯啸辰如果插不上手，也就算了。

"既然是这样……"冯啸辰拖了个长腔，然后看看冯飞，说道，"二叔，既然郑厂长、万厂长都这样说，那我就不好总待在家里陪着您和婶子了，您看呢？"

冯飞哪能有什么看法，厂长都把话说到这个程度了，侄子刚才的话似乎也有一些深意，他脑子转得慢，想不透这中间的关节，只能点着头道："那是应该的，啸辰，既然郑厂长和万厂长都这样说了，你当然是要以公事为重。你不是说那个什么处长还让你了解一下厂里的情况吗？人家给你开了介绍信，你总不能啥事都不干吧。”

冯啸辰道：“嗯嗯，那好。郑厂长，如果是这样，那回头我可能要到厂子里走走，找一些相关部门的负责人聊聊，学习学习。对了，虽然我带着科工委的介绍信来的，但如果是什么不允许我看的地方，或者不允许我接触的人，郑厂长尽管说，我肯定不会去接触的。”

“科工委都开了介绍信，还能有什么不能接触的，冯硕士，你想看什么，想了解什么，尽管提出来。只是你看到的、听到的有些东西，不宜在外面说，这是保密要求，我想彭处长应当也是跟你提过的吧？”

“保密要求我是知道的，这一点郑厂长请放心吧。”

“哈哈，我一直都很放心的。”

简单的会见过后，冯飞称冯啸辰刚下火车，还得去放行李和洗漱，便先带着冯啸辰回家去了。万佳伟再三表示冯啸辰可以住在招待所，但被冯啸辰婉拒了。这一回，万佳伟的邀请是真诚的，而冯啸辰的拒绝也同样是真诚的，招待所的条件虽好，但他来了东翔厂，不住二叔家里也是很失礼的。

送走冯家叔侄，并交代他们晚饭时候到小食堂去赴接见宴，随后万佳伟便跟着郑利生到了厂长办公室。一进门，郑利生便皱着眉头说道：“老万，我怎么觉得，咱们好像是上套了？”

“上什么套？”万佳伟诧异道。

郑利生道：“这个冯啸辰，口口声声说自己是来看叔叔的，看叔叔他去科工委开介绍信干什么？原本咱们是说好糊弄糊弄他就算了，结果现在成了咱们哭着喊着求他调查咱们厂的情况，我觉得有哪弄岔了。”

“那……”万佳伟也愣了，想想似乎还真是这么一回事，他问道，“既然是这样，那咱们还让他去调查吗？”

郑利生懊恼道：“咱们话都说出口了，还能往回收吗？彭小桐说了，这个冯啸辰是有背景的，咱们如果出尔反尔，回头他回去歪歪嘴，谁知道会把话传成啥样。这样吧，你还是给他安排一下，他想看啥，就让他看，反正咱们厂现在的情况也不是咱们的错，而是国家的政策导致的，他还能说咱们啥坏话？”

# 第四百二十八章

“人心散了……”

在东翔机械厂家属区一幢两层的小楼里，老工程师顾建华摇着头，向来访的冯家叔侄说道。

人心思动，这是冯啸辰在这些天的考察中感受最深的一点。厂子还是这个厂子，职工还是这些职工，但大家的精气神已经散了，整个厂子里弥漫着一种躁动、失落、茫然的情绪。

前几天，冯啸辰已经在吴苏阳的陪同下，考察了东翔厂的各个车间、实验室以及一些职能处室。正如冯飞此前向冯啸辰介绍过的那样，东翔厂的技术实力颇为雄厚，车间里摆放着大批的进口机床，其中还不乏时下国内地方企业很少拥有的数控机床。大型压力机、大型电炉、龙门加工中心等一系列重型装备，足以让重装办联系的那些国内装备制造企业都艳羡不已。

人才队伍也同样豪华。全厂光是各大名校毕业的大学生就有两百多人，其中还有一些是从国外留学归来的，技术工人方面，七级八级的技工比比皆是。据吴苏阳介绍，这些工人都是建厂的时候从全国各家企业抽调过来的，原本是说临时借用一下，带出合格的徒弟就回去。谁知道这一借就是二十多年，现在这些人想回也回不去了。

在成品库，冯啸辰看到了东翔厂制造出来的产品，那是一门门泛着蓝光的榴弹炮。冯啸辰对军事并不了解，弄不懂有关武器性能方面的指标，但他能够看出这些产品制造工艺的不俗之处。随便一个零件的加工精度，都是许多地方企业所难以企及的。

可就是这样一个实力爆棚的企业，却无法给人一种生气勃勃的感觉。

无论是走在车间里，还是走进各处室的办公室，冯啸辰看到的都是一张张颓唐的脸。大多数的人都无所事事，看报纸的看报纸，打扑克的打扑克，见到冯啸辰这样一个陌生人走过，也少有人会好奇地打听一声，似乎大家对于一切都已经失去了兴趣。

冯啸辰的考察分为一明一暗两条线进行。明面上的考察，就是跟着吴苏阳在生产区转悠，私下里，冯啸辰让叔叔冯飞带着他，来到了职工们的家里，以拉家常的形式，了解东翔厂职工对于厂子前途的看法。

“唉，我们厂原来多风光啊，自卫还击战，就数我们厂的炮质量最好，没一门出故障的，后来部队还给我们送了锦旗呢!”

“当年国家号召我们到艰苦的地方去，我们二话不说，扛着背包就到了这个荒山野岭的地方。小冯，你别看现在我们厂这片厂区还挺热闹的，当年这里可都是原始老林，厂区的土地都是我们用锹和镐给刨出来的。”

“当年说要准备打仗，我们就来了，建起了这么大一个厂子。现在可好，一句话，说不打仗了，就把我们扔这不管了。”

“唉，过去只想着为国家奉献青春，谁知道，献完青春献终身，献完终身还要献子孙，早知道是这样，当初宁可扔了工作，也不到这个鬼地方来!”

“小冯，你在京城，消息灵通，你说说看，国家打算把我们这些三线企业怎么处置呢?”

“哼，反正我是不担心，国家还敢不给咱们饭吃？我们好歹也是为国家作过贡献的……”

这是冯啸辰在走访过程中听到的各种各样的话，冯飞带他去拜访的，也都是与冯飞关系比较近的同事，大家在冯家叔侄面前是没什么忌讳的。有些人说着说着，矛头便指向了厂里的领导，或是批评领导们只顾自己的官帽子，不顾职工死活，或是抱怨厂领导无能，没能像其他一些三线企业那样争到转产民品的好项目。对于这些话，冯啸辰没有往自己的笔记本上记，以免对方担心，但他还是能够从这些议论中得出一些判断，分析出厂领导的能力与为人。

今天冯飞带冯啸辰来拜访的这位顾建华，是厂里资历最老的工程师。他是留美归来的专家，解放初就已经在军工系统工作，参与过苏联援助的156项重点工程的建设。东翔机械厂成立的时候，他从其他企业调过来，担任了厂里的副总工程师，目前已经退休，但依然在兢兢业业地做着设计。冯飞当年是以小字辈的身份进厂工作的，顾建华是他的领导，也是他的老师。

冯家叔侄来到顾建华住的专家楼时，发现顾建华家里已经有一位客人了。那是一位头发全白的老者，看起来倒是显得精神矍铄。他的腰板很直，一看就是职业军人出身，不过这在东翔厂并不奇怪，因为东翔厂是军工企业，出现一些军人是很寻常的事情。

"我姓董，你们就叫我老董吧。我和老顾是老朋友了，他是造炮的，我是打炮的，我们已经有快40年的交情了。"

不等顾建华说什么，那老者呵呵笑着作了个自我介绍。

"哦，原来是董老。"冯飞和冯啸辰同时恭敬地称呼道。冯飞平时称呼顾建华也是叫"顾老"的，这位老者自称与顾建华有40年的交情，自然就得称为董老了。

"董老过去是在部队里的，现在已经离休了，这次是专程到青东来看我的。"顾建华解释道。

"哎呀，真不好意思。"冯飞道，"我不知道您家里有客人，冒昧打扰了。要不，顾老您和董老慢聊，我们改天再来拜访您。"

顾建华摆摆手，道："无妨的，小冯，还有你这个……小小冯，你们都坐吧。董老也不算是外人，大家一块聊吧。"

董老也说道："没错，我和老顾是老朋友，没什么不能聊的。我听说这位小小冯同志是从京城来的硕士，我虽然是个大老粗，可就是喜欢和有文化的人一起聊天。你们如果不嫌我文化水平低，那就坐下一起聊聊吧。"

话说到这个程度，冯家叔侄是没法走了。众人分头落座，寒暄了几句之后，顾建华先把话头引入了正题。冯飞带冯啸辰来之前，是和顾建华通过气的，告诉他自己的侄子在社科院读硕士，这次到东翔厂来，想考察一下三线企业的经营现状以及“军工转民用”的可行性，这个题目是冯啸辰这一次考察所用的幌子，他对任何人都是这样说的。顾建华看着冯啸辰，问道：“小冯硕士，你这次到我们厂里来考察，是自己的课题，还是国家的任务？”

“二者皆有吧。”冯啸辰直言不讳地说道。

“怎么说呢？”顾建华问道。

冯啸辰道：“从我自己来说，因为我叔叔就在东翔厂，东翔厂如果经营不好，也会影响到我叔叔的生活，所以我就到东翔厂来了，想看看能不能给东翔厂找条出路，既是帮了东翔厂的5000多名职工和家属，也是帮了我的叔叔。”

“哈哈，小冯，你这个侄子很有孝心啊。”顾建华笑着对冯飞说道。

冯啸辰也笑了笑，接着说道：“从国家方面来说，三线企业也是咱们国家装备工业的组成部分。我过去曾经在国家重装办工作过，有关装备工业的事情，也算是我的分内工作。另外，我来东翔厂之前，科工委的同志也专门叮嘱过我，让我想办法给东翔厂解决一些困难。所以，从这方面来说，我也是在完成科工委交付的任务。”

“那么，你这些天的考察，有什么收获没有呢？”顾建华又问道。

冯啸辰道：“收获还是挺大的。首先，我没有想到咱们国家的军工体系有这么强的实力，仅就东翔机械厂来说，技术实力丝毫不逊色于地方上的装备工业大厂，这样强大的制造能力如果闲置下来，是很大的浪费。”

“你说得对，主席说过，浪费是极大的犯罪。”董老在旁边插话道。他自己和顾建华都没有透露他的职务和身份，不过冯啸辰能够想象得出来，他肯定是当过相当高级别的领导职务的，随便一张嘴，也带着浓浓的政治腔调。

“其次，东翔厂的专业特点决定了要转向民品生产有很大的难度。我们的优势在于精密制造，火炮的零部件都是一些耐高温、耐恶劣工况、精度要求极高的工件，这样的技术对于消费品工业来说基本上是用不上的，如果是搞民用的工业装备，还说得过去。”

“老顾，我记得你们是不是有一个方案是准备转产压力锅？照小冯硕士的观点，这完全就是扯淡的想法。”董老继续评论道，看起来，他对众人聊的这个话题还颇为关心，冯啸辰说的话，他都听进去了，而且还有一些自己的心得。

“最重要的一点是，东翔厂目前缺乏迎接挑战的勇气和决心，这是最大的问题。不管别人能够给东翔厂找到什么机会，最终决定东翔厂兴衰的，只能是全厂的干部职工。如果大家没有这样的心气，什么事情都是不可能做好的。”冯啸辰继续说道。

于是，便有了顾建华的那声长叹：

“人心散了……”

# 第四百二十九章

几年前，冯飞到京城去出差，跟冯啸辰说起东翔厂位于大山沟里，物资供应紧张，职工的生活条件很差，但那时候他所表现出来的情绪还是非常积极的，带着一些献身国防事业的自豪感。那一次，冯飞还曾说过，厂里有些人因为不愿意吃苦，托关系走后门调动到条件更好的单位去，这些人在厂子里是被人瞧不起的，大家都视他们为逃兵。

可这一回，情况完全变了。冯啸辰在厂里走动的时候，经常听到有人谈论调动工作的事情。对于那些找到了门路的人，大家都不无羡慕，再没有过去那种鄙夷的心态。要说起来，其实东翔厂的生活条件比前几年已经大有改观了，建了不少新房子，周围也兴起了几个农贸市场，买肉不再成为一件难事。在这样的情况下，大家反而没有了热情，这就不能不让人深思了。

“过去，大家有理想，觉得自己是在为国家作贡献，虽然生活苦一点，但内心是很自豪的。这一年多来，厂领导向大家传达的精神是军工要为经济建设让路，给人的感觉是国家不再需要我们了，大家的气也就泄了，人心思动，也就是难免的了。”

顾建华是对着冯啸辰说这番话的，但冯啸辰却能够感觉到，他似乎是在说给董老听的。

果然，不等冯啸辰回应，董老先接过顾建华的话头，说道：“谁说国家不需要军工了？帝国主义亡我之心不死，咱们不能没有独立自主的国防工业。三线企业目前需要进行一些调整，这不假，但要说我们国家就彻底不搞军工了，我第一个就不答应。”

“有这种观点的人可不少呢。”冯啸辰道，“有些人不单是认为中国不需要搞军工，甚至觉得中国根本就不需要搞重工业，搞搞出口加工业，像香港、台湾那样搞‘大进大出’，就完全可以了。我们重装办的工作，也同样面临着危机呢。”

“这就是矫枉过正了。”董老评价道，“咱们过去一味重视军工，一味发展重工业，忽视了人民群众的生活需要，忽视了轻工业具有积累资金的作用，这当然是不对的。可一下子来个 180 度的大转弯，说军工就不搞了，甚至重工业都不搞了，这就是要打白旗投降了。在这个世界上，你没有自己的军事工业，没有自己的重工业，说话就没有底气，就只能是任人宰割。”

冯飞道：“可是，董老，顾老，国家的调整政策是已经确定下来的，光凭咱们这几个人，恐怕也改变不了吧？另外，国家提出暂时压缩军工，保障经济建设，我个人觉得这个策略也是有道理的。就像刚才啸辰说的，咱们东翔机械厂的装备条件这么好，比地方上的企业要好得多。如果这些装备能够用在国家的经济建设上，对提高咱们国家的经济实力，也应当是很有帮助的吧。”

董老点点头道：“压缩军工的决策是中央作出的，这个决策并没有错。但具体到如何压缩，像东翔厂这样的三线企业应当如何转型，是一个复杂的课题，中央也是鼓励各部门积极探索的。这不，咱们这里还有社科院的硕士呢，小冯硕士，你能不能给我们大家说说看，你是如何看待这件事情的。”

见董老直接点了自己的名字，冯啸辰微微一笑，说道：“我现在还没有一个很成熟的想法，只有这些天在厂里调研产生的一些感受，在这里向董老和顾老汇报一下吧。首先，我赞成董老以及我二叔的意见，压缩军工这个决策，本身是没有错的。苏联就是把过多的资源投入到了军工生产上，导致国内的消费品供应紧张，人民群众有很大的怨言。当前的美苏争霸，看起来苏联是略占上风，但从民心来看，苏联百姓对政府很不满意，国内崇拜西方的风气很盛，这种状况如果不能有效地扭转，发生演变的可能性是很大的。”

“小冯硕士这个观点很有价值。中央领导同志在内部会议上也谈到过这一点，指出如果我们不能改善人民生活，人民是会抛弃我们的。”董老用沉重的语气说道。

冯啸辰感慨这位董老真不是普通人啊，随随便便就能够引用内部会议上的话，估计也是有一定级别的领导吧？董老没有透露自己的姓名，冯啸辰一时也难以对得上号，不知道董老到底是何许人也。不过，从董老的言谈中，冯啸辰能够感觉得出，他是一个头脑很清楚、思想颇为开放的老人，在他面前，冯啸辰是不用隐瞒什么的。

“其实，我也认为像咱们这么大的一个国家，尤其是与西方还存在着意识形态上的差异，没有独立自主的国防工业，是非常危险和被动的。所以，我觉得像东翔厂这样的三线企业，不能放弃军工主业，哪怕是现在没有订货，科研和生产能力还是要继续保留下去的。一种军事装备的研制，可能需要十年、二十年的时间，如果现在不进行研究，等到世界形势发生变化，我们面临战争威胁的时候，再进行研究就来不及了。”

“说得好！”顾建华拍手称道，“我现在最担心的，也是我们厂把武器研制的事情荒废了。现在郑利生他们一天到晚想的就是转产民品，对武器研制毫无兴趣，技术处那边的工作也都放弃了。这样扔上几年，我们过去几十年形成的技术积累，就完全付之东流了。”

“现在厂里的技术力量如何?”董老问道。

冯飞回答道：“目前还好，不过青黄不接的情况比较严重，另外就是有一些技术人员正在联系调动，准备调到地方企业去，或者到学校去教书。如果这些人走了，厂里的研制体系就要出现短板了。”

“这是绝对不能允许的。”董老霸气地说道。这口气可丝毫不像是一个已经离休的老人，倒像是仍然在职的某一级领导一般。

冯啸辰道：“我倒是觉得，有些人不愿意留下来，我们强迫他们留下，也是没用的，强拧的瓜不甜。咱们国家的政策肯定是越来越开放的，我们拿行政命令卡着人家不让离开，这不符合时代要求。”

“可是，我们技术处的人员是有分工的，有搞炮管的，有搞炮闩的，有搞弹道的，各人分管一摊。如果某个领域的几个人都离开了，我们的技术体系就不完整了。”冯飞解释道。

冯啸辰道：“二叔，你说的这个情况，我前两天去技术处调研的时候，也了解过了。这两年，因为国家的军工订货少，技术处这边已经没有太多的事情做了，有些技术人员想离开，也是觉得自己的专长无法发挥。我想，要改变这种情况，就必须重新启动研究项目，通过项目来聚拢人心，也通过项目来培养年轻人才。这就叫作流水不腐，户枢不蠹。”

“通过项目来培养人，这是一个好办法。可是，现在国家中断了军工科研项目，我们想通过项目来培养人也做不到啊。”顾建华道。

冯啸辰道：“这就需要东翔厂发挥自身的主观能动性，自筹资金来进行研究。”

冯飞道：“啸辰，你越说越想当然了。现在我们厂连自身生存都成问题，你还想着让厂里自筹资金来搞武器研制，这不是异想天开吗？”

冯啸辰道：“二叔，这并不矛盾啊。东翔厂的自身生存问题肯定是要解决的，而这个解决方案不能仅仅满足于让东翔厂能够生存下去，还应当让东翔厂获得发展的能力。否则，仅仅是维持生计，是无法唤起全厂职工的信心和热情的。东翔厂是军工企业，主业必须是军工装备。此外，武器研制本身也是能够产生出效益的，我和厂里的一些技术人员谈过，咱们厂的产品已经严重老化了，这也是订货不足的重要原因。如果我们能够开发出新的，有竞争力的拳头产品，又何愁没有订货呢？”

冯飞道：“啸辰，这个问题你就不懂了。国家提出让军队忍耐，近期内肯定不会让军队大规模换装的。就算咱们有了拳头产品，军队没有钱，怎么可能有订货呢？”

“谁说咱们的产品一定要卖给国内呢？”冯啸辰笑呵呵地反问道。

冯飞一下子就哑了，他看着冯啸辰，不知说啥好了。

还是董老见多识广，听冯啸辰说出那句话，他眉毛一扬，说道：“怎么，小冯硕士，你是说咱们可以向国外卖火炮吗？”

冯啸辰点点头，道：“正是如此。咱们国家目前在压缩军备，但世界上正在打仗或者准备打仗的国家还有很多，而且其中不乏中东的油霸国家。只要咱们的产品好，还愁他们不掏钱吗？”

“这倒是一个不错的主意。”董老道，他转头向顾建华问道，“老顾，你觉得呢？”

顾建华皱了皱眉头，说道：“前两年，倒是有几个中东国家的代表到厂里来走过，也表示了想从中国购买火炮的意思。但他们在看过我们的产品之后，就没有继续谈下去了。说到底，还是我们的产品太过于陈旧了。刚才小冯硕士说只要产品好，就不愁别人不掏钱。可是，要开发一个好产品，实在是有难度啊。”

# 第四百三十章

"顾老，您说的有难度，是指什么呢？是没有好的设想吗？"冯啸辰问道。

顾建华摇摇头，说道："设想是有的，但武器开发这种事情，不是光有一个设想就够的。开发一种火炮，需要大量的资金投入，没有钱，一切都是空谈啊。"

冯啸辰追问道："您说的大量的资金投入，这个金额大概是多少呢？"

"金额嘛，就取决于想开发什么样的武器了。过去我们在原有的型号基础上做升级换代，有个几十万、上百万，也就够了。但如果要开发一种新型的火炮，那就要命了，几千万扔进去都听不到一个响呢。"顾建华咂着舌头说道。

"几千万都不够？"冯啸辰觉得有些意外，但细细一想，似乎也是有道理的。武器开发如果那么容易，这个世界上也就不会有军火贸易了。

"如果要花到几千万这样的级别，那还真有点不好办。"冯啸辰也犯难了。他原本想，如果只是几百万的投入，他完全可以想办法给东翔厂找到。待东翔厂开发出新产品，打开国际市场，就能够形成良性循环，目前的困难也就不复存在了。可如果几千万都不够，那么这件事就得从长计议了。几千万的投入，必然意味着若干年的研制周期，指望靠卖武器来帮助东翔厂复兴，恐怕有点远水解不了近渴。

"我听人说，小冯硕士一向足智多谋，不管什么样的困难，在你手上都能够迎刃而解。东翔厂目前的问题，你就想不出一个好办法来？"董老悠悠地说道。

冯啸辰愕然道："您这是听谁说的？我哪有这么大的本事。"

董老道："我也有我的耳报神的。老顾，你一直在军工系统工作，又待在青东这样一个地方，恐怕不知道我们这位小冯硕士的本事吧？我给你讲个简单的例子，你就知道了。国家经委，那是有实权的部门吧？可他们有几百职工子弟长期待业，解决不了工作问题。结果呢，是咱们小冯硕士出了一个主意，让经委办了一个管理咨询公司，一下子就把这些子弟都给安置进去了。现在这家咨询公司的业务非常红火，在国内小有名气呢。"

"啸辰，这是真的？"冯飞看着冯啸辰，有些不敢相信地问道。冯啸辰过去倒是跟冯飞讲过一些自己工作上的事情，但没有说得太详细，冯飞又本能地觉得侄子只是一个小年轻，不可能有太大的作为，所以对冯啸辰说的事情都打了点折扣。可谁知道，冯啸辰在向冯飞讲述的时候，本身就是打了折扣的，这样一个折扣再加一个折扣，冯啸辰在冯飞心目中就没有什么特别的光环了。现在听董老这样一说，冯飞才突然意识到，自己这个侄子，没准还真的有几把刷子呢。

冯啸辰苦笑了，他到现在还不知道这位董老是何许人也，可人家却对他了解得清清楚楚，这种感觉实在是太不好了。他讷讷地说道："董老说的这件事情，其实也是机缘巧合，不能完全算是我的功劳。"

这话就是变相地承认了董老所言不虚，冯飞和顾建华顿时都来了情绪。顾建华说道："原来小冯硕士还有这样的能耐，怪不得冯飞要专门把他从京城请到青东来。小冯硕士，听说你在厂子里也考察了好几天了，你说说看，对我们厂现在的处境，你有什么办法没有？"

冯啸辰道："办法倒是有一些，不过，还有一些障碍，我没想好怎么克服。"

"既然有办法，那就说出来大家一块讨论讨论吧。还有，你说的障碍是什么，我们这两个老头，说不定还能给你出出主意呢。"董老说道。他说两个老头，自然是指他自己以及顾建华，不过，冯啸辰隐隐觉得，董老的意思应当更侧重于他自己，这位老先生说话很霸气，估计是有些来头的，说不定也是来帮东翔厂找出路的。

"最大的障碍，就是厂领导的决心问题。"冯啸辰说道，"我感觉，东翔厂的领导有些五心不定，左顾右盼，还存着等国家出面扶持的心态。这种心态如果不消除，恐怕是很难有所建树的。”

“郑利生一直想调回浦江去工作，所以不愿意改变现状，生怕搞的动作太大，组织上不同意他中途离开。至于余忠平，再过两年就要退休了，现在也是本着多一事不如少一事的想法。小冯硕士说他们五心不定，这个评价没错。”董老说道。他说的余忠平，是东翔厂的党委书记，冯啸辰与他也曾见过一面，印象中是个成天笑眯眯，和蔼可亲的老爷爷，董老说他其实是在等着退休，不愿意多生事端，应当是真实情况。

冯飞道：“就因为厂长、书记都没有心思琢磨厂子的事情，大家才会人心思动。这个问题不解决，东翔厂的确是没有前途的。”

董老摆摆手，道：“这个问题我们回头再说。小冯硕士，你还没有说完呢？如果领导这个障碍解除了，你打算怎么让东翔厂起死回生？”

冯啸辰道：“我的看法是这样的。东翔厂是咱们国家重要的火炮生产厂，有几十年的经验积累，绝对不能轻易放弃火炮的研发和制造能力。而目前国家提出把工作重心转移到经济工作上，军工订货的减少是大势所趋，不可能改变的。鉴于此，东翔厂必须要考虑开展民品生产的问题，但要强调的是，东翔厂只是开展民品生产，而不是完全地转产民品。军工生产依然是东翔厂的重要方面，东翔厂必须用民品生产的收益，来维持军工科研，并保证军工生产能力不受到损害。”

“这个提法不错。”董老赞道，“我们还没到刀枪入库、马放南山的时候，这么大的一个军工系统，不能完全放弃。现在有些军工企业搞民品生产，是建立在完全抛弃军工生产能力的基础上的，看起来钱是赚了一些，但原来的军工积累全部扔掉了，未来也无法再捡起来。关于这一点，我向科工委的领导也提出过质疑，科工委现在也在考虑如何兼顾民品和军工两种能力的问题，也就是小冯硕士刚才所提的问题。”

“太荣幸了，原来我的想法与董老不谋而合了。”冯啸辰笑道。

顾建华道：“英雄所见略同嘛，小冯硕士能够和董老想到一块去，可见的确是才华出众啊。”

"顾老谬赞了。"冯啸辰谦虚了一句，然后继续说道，"东翔厂有很强的科研能力，精密制造方面更是实力非凡。这几天，我想到过一个不错的项目，如果能够做成，东翔厂两千多职工的工资、奖金都有保障了，而且一年至少还能有一千万以上的利润，用于军工科研。我建议，东翔厂应当马上立项开始研制下一代火炮，最好是面向出口型的，这样未来可以从国外获得研究资金。有一个这样的项目，就能够聚拢人心，同时还能够培养人才，保持科研能力不发生退化。"

"你说的不错的方向，是什么？不会是让我们去造压力锅吧？"顾建华问道。

冯啸辰摇摇头，道："当然不是，我是想为东翔厂找一家合作伙伴，双方共同生产工程机械。大家都知道的，咱们国家现在正在进行大规模的经济建设，工程机械的需求是会不断上升的。搞工程机械，远比生产压力锅更有前途。"

"工程机械?"

顾建华和冯飞都愣了，这是一个他们从未考虑过的方向。冯飞抢先对冯啸辰说道："啸辰，你怎么会想到让我们厂去搞工程机械呢？这方面我们没有任何的基础，基本上是两眼一抹黑啊。"

冯啸辰道："二叔，我说的是找人合作，不是让东翔厂自己生产。我们可以找一家工程机械企业，由他们负责设计、组装、销售，我们东翔厂只是承担一部分生产任务。我观察了东翔厂的技术状况和生产能力，觉得搞工程机械是最合适的。工程机械需要涉及一些耐磨、耐热的材料，而东翔厂在这方面是有长处的，咱们把处理炮管的工艺用来处理挖掘机的挖斗，简直就是大材小用了。此外，工程机械中的传动部分要求很高的加工精度，寻常的地方企业在这方面能力不足，而东翔厂恰好有这样的能力。我的想法是，东翔厂专注于这些特殊部件的生产，或者更直接地说，就是给地方企业当配件供应商。我测算过，初期按年产 1 万套配件计算，每套的产值算是 5000 元，利润率只要达到 50%，就有 2500 万元的利润。东翔厂一年的工资加上其他生活支出，有 800 万元就足够了。这样一来，每年就有 1700 万的可支配资金，可以用于军工研发。”

“有这么大的营业额?”冯飞吃惊了，“啸辰，你真的能够联系到这样的工程机械企业吗?”

# 第四百三十一章

冯啸辰说的地方企业，自然就是正在筹建中的辰宇工程机械公司了。

天地良心，冯啸辰最初到东翔厂来的时候，丝毫也没想过要拉东翔厂与自己的公司合作，他是纯粹为了帮叔叔的忙而来的。但在考察过东翔厂的技术状况之后，他便产生了这个念头，觉得让东翔厂与辰宇工程机械公司合作，实在是堪称珠联璧合的一个方案。

在杨海帆和张国栋的主持下，辰宇工程机械公司的框架已经基本搭起来了。大批机器设备已经运进了刚刚建好的车间，其中有相当一部分是冯啸辰和杨海帆在海外拣的“洋垃圾”，也就是一些其实性能还非常不错的二手机床。

招工的情况也还令人满意，杨海帆从辰宇轴承公司带过来一批有经验的工人，又新招收了一批各家工厂退下来的老工人，还用高薪作为诱惑，从其他企业撬来了一些在职的骨干技工，满足了各个工序上的人员要求。相比几年前，下海赚钱的观念已经更为普及了，国内一些国有企业的经营状况也不太理想，有些技术好的工人也乐于到薪水更高的私企去工作。至于说铁饭碗啥的，不还有“停薪留职”这个名目吗？

张国栋带领一帮技术人员夜以继日地工作，拿出了好几种全新的工程机械的设计，包括挖掘机、推土机、混凝土搅拌机等等。这其中，冯啸辰的金手指发挥了重要的作用，他向张国栋提供了不少后世的工程机械设计理念，让张国栋大开眼界，叹为观止。利用这些设想，张国栋设计出来的工程机械在某些方面甚至超前于欧美同行，他有足够的信心这些产品必定能够赢得客户的青睐。

产品设计出来，还只是万里长征的第一步。要把这些产品生产出来，还有许多事情要做。辰宇公司要搞的是批量化的生产，初期的目标是年产2万台各式机械，未来还要再发展到10万、20万的规模。2万台机械，就不是靠着一两个优秀技工捣鼓捣鼓能够做出来的，它需要有一个非常庞大的生产体系，需要有大量的设备和数以千计的熟练工人。杨海帆和张国栋拿着计算器算了半天，发现现有的设备和技术工人还有很大的缺口，而这个缺口一时间是很难弥补上的。

从那时候起，冯啸辰就琢磨过找人代工的问题。普通的零件，要在社会上找到代工厂并不困难，因为随着国家的经济调整，一些机械企业正面临着开工不足的威胁，有人找他们代工，是他们求之不得的。但涉及那些加工精度要求较高的部件，找人代工就不容易了，因为制造这样的部件需要有高级机床和高级技工，而拥有这些资源的都是大企业，这些企业日子还过得过去，同时又带着一些傲气，不肯接受一家民营企业的订货。

正是瞌睡碰上枕头，就在冯啸辰觉得一筹莫展的时候，在他眼前便出现了这样一家企业。这家企业拥有大量的进口机床，设备条件好得让人目眩，这家企业还拥有大批高级技工，拥有精密机械加工的丰富经验。开玩笑，民用挖掘机的零件精度要求再高，能比得上火炮吗？

最难得的是，这家企业目前还陷入了严重的经营困难，两千多职工眼看着就要断粮了。冯啸辰在这个时候给这家企业介绍业务，对于企业来说就是雪中送炭。

冯啸辰当然也可以带着一些趁火打劫的心态，把给东翔机械厂的代工价格压到底线，光给对方留下职工工资，而把利润通通卡掉。不过，冯啸辰不是这种黑了良心的人，他前一世是国家干部，这一世还是国家干部，同时，他还是一个热血青年，有着富国强兵的理想。他这次到青东来，就是为了挽救东翔厂的，在不损失自己利益的情况下，给东翔厂留出更多的利润，对于他来说是一个很自然的选择。

这两天，冯啸辰已经在思考与东翔厂合作的问题了，他根据东翔厂的生产能力，计算了准备分包给东翔厂的业务。按照价值计算，大约每套部件是5000元左右，一年大致是1万套的规模。东翔厂深处内地，交通不便，冯啸辰准备分包给东翔厂做的业务，都是那些加工要求高，附加价值大，而重量和体积都比较小的零件。也只有这样的零件，才适合放到这种地方来做。

冯啸辰估计这些部件的毛利率在50%左右，其实也不能算是向东翔厂让利。如果换成一家地方企业来做这些业务，在报价同样为每套5000元的情况下，毛利率是达不到这个水平的。东翔厂的毛利率高，一是因为军工企业没有各种税费负担，二是因为东翔厂的设备都是由国家无偿拨付的，东翔厂在生产中不需要考虑设备的折旧和分摊。这些好处，都是国家给东翔厂的优惠，冯啸辰没有把这些好处据为己有的想法。

“啸辰，你说的特殊部件，是指什么样的东西，你确信我们厂能够生产出来吗？”冯飞有些不踏实地问道。冯啸辰是他侄子，他说话是可以无所顾忌的。其实顾建华和董老也想问这个问题，只是碍着面子，不便提出来而已。

冯啸辰在顾建华家的茶几上找到纸笔，然后随手画了一个伞齿轮，标了一下相关参数以及表面粗糙度、热处理工艺等方面的要求，然后说道：“这样一个伞齿轮，咱们厂年产1万个，没什么压力吧？”

“这个的确没什么压力。”

顾建华扫了一眼图纸，便点头说道。他是搞火炮设计的行家，但对于制造工艺也是非常熟悉的。一个真正的行家，不是说会画个图，能算算弹道就够的，他还得知道自己的设计在工业上能不能实现，成本是多少。后世不是有句话吗，离开工艺来谈设计，都是耍流氓。一个设计师如果对于制造工艺和制造成本不了解，怎么可能做得出符合实际需要的设计？

冯飞也琢磨了一下，点了点头，说道：“这个的确不算什么，我们完全能够制造出来，年产1万套也毫无压力。不过，啸辰，这样一个齿轮，照你刚才的计算，值多少钱？”

“30元一个。”冯啸辰说道。

“太高了，最多……”顾建华下意识地批驳了一句，话说到一半，才想起自己在这桩业务中是乙方，哪有乙方嫌开价过高的道理？他是照着过去自己生产火炮的习惯来算的，这样一个齿轮，包括材料费、工时费，有15元钱就不错了，再贵，军方就该不干了。

冯飞嘴张了张，最终还是咽回了一句如顾建华那样的感慨，只是讷讷地说道："这个价格，倒的确是比较合理的。如果你说的一套5000元的部件都照这个方式报价，那么对于我们厂来说，倒真的是一项好业务呢。"

"岂止是好业务，简直就是天上掉馅饼的事情啊!"顾建华感慨了一句，接着说道，"小冯硕士，你说的这个，对我们太优惠了，我担心对方企业不能接受呢。其实，以我们厂现在的情况，别说50%的毛利率，就算有30%，甚至20%，我想厂领导也是会接受的。我们现在最重要的问题就是发工资，只要能够保证把工资发出去，就是一个极大的成功了。"

冯啸辰正色道："顾老，我觉得我们不能仅仅满足于发工资。刚才您说过的，要开发新的火炮，需要有大量的投入。我希望东翔厂能够拿这些利润去支持新型火炮的研制。武器开发这种事情，讲的是十年磨一剑，现在不努力，未来战争来临的时候，我们就被动了。"

"小冯说得好。"董老也发话了，技术方面的事情，他插不上嘴，但涉及战略问题，他就有发言权了。他说道，"小冯这个提法是很好的，现在国家削减了军工订货，我们就想办法搞民品。但搞民品的目标不能仅仅局限于发出工资，还要考虑有所作为。军工生产停下来了，军工科研不能停，各家企业都应当是如此。"

"既然顾老也觉得这个项目可行，那我回头就和那家企业谈谈，请他们派人过来和东翔厂的领导直接洽谈。不过，到时候可能需要请顾老敲敲边鼓。说实话，我对于东翔厂的领导有些不踏实，如果他们带着一些个人的想法，或者缺乏远见，这项合作可能就有些麻烦了。"冯啸辰说道。

董老摆摆手，道："小冯，你先去和那家企业谈。至于回来和东翔厂谈的事情，可以稍缓一下……唔，最多个把月时间吧。以郑利生他们现在的状态，我需要提请科工委更换东翔厂的领导队伍了。"

"您……"冯啸辰和冯飞都有些惊讶，这位老爷子的口气可真够大的，一张嘴，就把郑利生这些人的命运给决定了。

# 第四百三十二章

“认识一下，我叫董云峰。”

看到冯家叔侄那惊愕的样子，董老笑呵呵地曝出了自己的身份，他说道：“小冯硕士可能没听说过我，不过小冯工程师对我的名字应当不会陌生吧?”

“呃，原来您就是董部长!”冯飞满脸窘色，“对不起，董部长，我一直知道您，不过从来没有见过您。”

董老道：“这不怪你，要怪就得怪我太官僚了。东翔厂我来了也有六七次了，可是每次都是来去匆匆，一直没有机会和普通职工见面谈谈。小冯工不认识我，也是正常的。”

见冯啸辰有些茫然的样子，冯飞少不得要向冯啸辰介绍一下董老其人。正如冯啸辰猜到的那样，董云峰，也就是眼前这位董老，是一位开国老将军，长期分管国防科研工作，曾担任过装备部长，在军工领域里是一言九鼎的人物。他时下虽然已经退居二线，但在军工战线上的发言权依然是很大的。他扬言要让科工委把东翔厂的领导班子换掉，可真不算是什么大话了。

“小冯硕士，你没听过我的名字，我可是听说过你的大名的，甚至可以说，是久仰大名啊。”董老显然很享受这种蒙人的感觉，他笑着说道，“你想不想知道，我是怎么听说你的大名的?”

“董老，您就别拿我开心了。”冯啸辰苦着脸应道，听完冯飞的介绍，冯啸辰也想起了有关董云峰的一些事情。董云峰一直是负责国防工业的，与民用工业这边的联系不多，所以冯啸辰对他并不熟悉。不过，不熟归不熟，一位开国将军，冯啸辰怎么可能没听说过呢？他在国防工业上有什么建树，冯啸辰或许不清楚，但老将军当年南征北战的丰功伟绩，冯啸辰是有所耳闻的。

听这么一位老将军说对自己久仰大名，这和此前听吴苏阳说久仰大名可是两个不同性质的事情。冯啸辰再托大，也不敢欣然接受这个恭维了。

“董老，您是大领导，高瞻远瞩，各个行业的事情都瞒不过您的眼睛，想必经委这边也有您的老部下，您是不是听他们说的？”冯啸辰试探着问道。

“我可不是听经委的同志说的。”董老道，“我是听另外一个人说的。这个人过去的确是我的部下，我在部队当连长的时候，他是我的排长。我在部队当团长的时候，他是营长。对了，他叫孟凡泽。”

“孟部长！”这回轮到冯啸辰震惊了，这位董老居然是孟凡泽的老上司，而且从一个当团长另一个当营长这种关系来看，二人的交往应当是很密切的。一个地方上的退休副部长，向军工系统里退休的部长推荐他这样一个小年轻，这个推荐的分量可真不轻。孟凡泽对冯啸辰的欣赏，冯啸辰一向是知道的。他也能够猜得出，孟凡泽如果要向董老推荐自己，会说到什么样的程度，难怪董老一开始就对他如此重视。

“原来董老是孟部长的老领导，我真是眼拙了。”冯啸辰恭恭敬敬地说道。

“老孟刚跟我说起你的时候，我还真不相信呢。一个才 20 出头的小年轻，一个初中生……嗯嗯，对了，老孟倒是说你在读研究生，不过你这个研究生，听说是拿一个副处长的职务换来的哦。”董老说道。

冯啸辰尴尬道：“董老对我真是研究得太透彻了，其实我真的就是一个初中生而已，是孟部长对我错爱了。”

“没有错爱，完全没有错爱。”董老道，“刚才和你聊了一会，我就知道老孟为什么欣赏你了。头脑清楚，思想开放，有分寸，懂进退，还有，就冲你刚才画的这张图，你的技术底子非常扎实啊，老顾，你说是不是？”

顾建华点头道：“没错，这张图虽然是随手画的，但明显是有多年搞设计的底子，技术指标信手拈来，我们厂里很多 30 来岁、40 来岁的工程师也不见得有这样的功底呢。”

冯飞道：“我也没想到啸辰的画图功底有这么好。上次他跟我说，他是跟着我父亲，也就是他爷爷学的，我觉得他最多是学个皮毛而已，没想到还学得真的有点模样了。”

冯飞的父亲是老工程师冯维仁，这一点顾建华是知道的，董云峰也从孟凡泽那里听说过这件事，所以冯飞说的这些情况，并不足以让二人觉得惊奇。大家又夸奖了冯啸辰几句之后，董云峰扯回话头，说道：“小冯工，小冯硕士，你们俩现在也不算是外人了，有些事情你们也可以听听，不过暂时不要外传。我这次到东翔厂来，其实就是来做调查的。这一年多来，三线企业的情况非常不妙，一些企业转产民品之后，原来的业务都扔掉了，人才队伍也散了。有些企业虽然还没有转民品，但领导也是五心不定，和咱们东翔厂的情况差不多。刚才小冯硕士谈的想法，我非常赞同。国家把工作重心转移到经济工作上，军工要暂时承受一些委屈，这是咱们国家的无奈选择，从国家目前的经济实力来看，这个政策是没有问题的。但军工订货减少了，并不意味着军工科研就要放弃。科研是百年大计，现在放弃了，将来要重新捡起来，就困难了。”

冯啸辰插话道：“其实这个问题很好解决，咱们应当提出这样一个思路，就是只研制，不装备。我看过国外的资料，国外现在流行提全寿命周期这个概念，在武器开发的全寿命周期里，研制成本只占总成本的5%至8%，装备和后期的维护费用才是大头。咱们如果只研制而不装备，需要的投入就很少了，国家是完全能够承受得起的。就算国家不出钱，使用民品生产的利润来维持科研投入，也是能够做到的。”

“你说的这个，有资料吗？”董老敏感地问道。

“有……吧。”冯啸辰迟疑着回答道，全寿命周期这个概念，在后世挺流行的，冯啸辰不确信目前是不是已经有人提出来了。他说看过国外资料，其实是个虚指，真实的情况是他从后世带来的知识。现在董老找他要资料，他还真有些犯难了。

“是不是你过去看过的资料，现在找不到了？”董老听出了冯啸辰的意思，问道。

“是这样……”

“没关系，你只要把你知道的情况整理一下出来就可以了，不一定需要找到原始的出处。”

“这倒是完全没有问题，我回京城之后就能够整理出来。”冯啸辰这回答应得非常爽快，要找原始资料不容易，但要让他把这套理论编出来并不困难。至于说到具体的数据，军工方面的公开资料原本也没有什么详细数据，他提出理论之后，国内的军工部门拿着实践资料比对一下，具体数据就出来了。

“只研制，不装备，或者多研制，少装备，这都是很好的提法。”董老点头道，“三线企业目前的情况，需要大力整顿。咱们有些企业领导，习惯于照着上级的要求去做事，没有任何一点应变和创新的能力，在现在这个时代，已经不适合再做管理工作了。要让这些人下去，换一些有开拓精神的干部上来。”

“我觉得小冯硕士这种干部就非常有开拓精神。”顾建华评论道。

董老看着冯啸辰，笑道：“小冯硕士，你有没有兴趣到东翔厂来？直接当厂长恐怕不现实，不过当一个常务副厂长，我看还是绰绰有余的。”

“这个……还是免了吧。”冯啸辰暴汗了。

“啸辰还是太年轻了，担不起这样的重任。”冯飞在旁边说道。他是对侄子真的没有信心，生怕侄子真的当了副厂长，大家会戳他冯飞的脊梁骨的。

董老道：“年轻怕什么？战争年代里，像小冯硕士这样年龄的师长、团长都不少见。像郑利生他们这些人，就是年龄太大了，思想都僵化了。”

冯啸辰拍马屁道：“董老您的年龄更大，可您的思想一点也不僵化啊。”

“哈哈，是吗？”董老笑得很开心，“这样吧，关于找一家工程机械公司来合作的事情，我做个主，委托小冯硕士全权负责联系，如果对方有意向，就请对方到厂里来，和厂里具体商谈技术要求、合作方式、费用等等。厂里的班子，我回京城之后就向科工委提出建议，换一个有活力的新班子上来。小冯硕士，你不愿意当这里的常务副厂长，我也不勉强你，不过，我聘请你担任国家三线工业转型办公室的顾问，你不会拒绝吧？”

“不敢，董老有吩咐，我自是责无旁贷。”冯啸辰毫不忸怩地应道。

董老道：“你在社科院好好学习，等你毕业了，我和老孟一起，推荐你到更重要的部门去。像你这样有能力、有担当的年轻人，理应挑起更重的担子。”

# 第四百三十三章

国家从六十年代初开始建设的三线工业，最多的时候曾经拥有全国三分之一的工业制造能力，而且是相对比较高端的制造能力。这样一个以准备战争为目的的庞大体系，在以经济建设为中心的年代里，必然面临转型的选择。当年建设三线工业的时候，为了满足备战要求，大多数企业都遵循了“进山、分散、进洞”的原则，布局在交通不便、生活条件恶劣的内地山区。随着社会的开放，人们越来越追求生活的舒适，光靠奉献精神来维持三线职工队伍的稳定已经不可能，三线企业要么大幅度提高职工的待遇，要么离开山区搬迁到城市，否则将是难以为继的。

如此规模的一批企业，要进行转型和搬迁，压力是非常大的。国家专门成立了三线转型工作办公室，负责协调这件事。董老就是这个办公室的顾问之一，而且是说话比较有分量的顾问。他聘请冯啸辰担任顾问，这个顾问自然无法与他那个顾问相比，但也仍然是有资格出谋划策的角色。

董老早就听孟凡泽说起过冯啸辰的神奇，这一次，他在青东省调研，听说冯啸辰在东翔厂，便专程赶过来，让顾建华做掩护，与冯啸辰进行了一次正面接触。接触的结果，让董老颇为满意，冯啸辰所表现出来的机敏和稳重，与孟凡泽向董老介绍过的情况完全吻合，这让董老对冯啸辰有了信心。

当然，冯啸辰给东翔厂支的这个招，到底有没有作用，董老还是要看一看的，只有看到结果，才能证明冯啸辰并非夸夸其谈之辈。要说服一家东部的工程机械企业与远在西部山区的军工企业合作，这其中还是有些难度的。如果冯啸辰能够把这件事做成，董老着意未来给他压更重的担子。

压担子这个词，在行政体系里是有特殊含义的，它其实就是领导要提拔你的意思。领导看好一个下属，不能直接对他说：你不错，我要重用你了。这样说未免有些轻佻，领导是不能轻佻的。于是，就换成了压担子这个说法，听起来像是在惩罚对方，或谁知道有多少人哭着喊着要求这种“惩罚”呢？

对于董老的安排，冯啸辰欣然应允。前一世，他在重装办工作的时候，中国的三线工业转型已经完成，该变成民用企业的，早就转过来了。依然承担军工任务的企业，则因为国家军工的复兴，而专注于军工，与民用工业没有太多瓜葛了。这一世，他正好经历了三线工业转型的时期，这是重大装备研制工作中出现的一个新变数。

在考察东翔厂的过程中，冯啸辰深深地意识到，三线工业可以成为国家装备制造业的一个重要组成部分。三线企业拥有大批先进设备，尤其是民用工业体系中缺乏的重型设备和精密设备。三线企业还拥有大批优秀的工人，这些人的价值甚至比那些设备还要高。

他提出让东翔厂和辰宇工程机械公司合作，只是开发三线工业资源的一个尝试而已。通过这个尝试，他可以积累起一些经验，了解三线工业转型中存在的障碍。未来，他希望促成更多三线企业与装备制造企业的合作，相信这座富矿的开采能够给国内的装备制造业带来新的生机。

董老让他参加三线转型办公室的工作，正中了他的下怀。有了这个身份，他就可以光明正大地接触更多的三线企业，发掘出它们的优势，再拿着这些优势去与装备制造企业合作，实现双赢。

从顾建华家出来，走到没人的地方，冯飞急不可待地对冯啸辰问道：“啸辰，你说能够帮我们厂联系上一家工程机械企业，你真的有这个把握吗？”

冯啸辰笑道：“当然有。二叔，董老都这么相信我，你居然反而不相信我，这算怎么回事？我这个侄子是亲的吗？”

冯飞没有在意冯啸辰的调侃，他说道：“董老那是爱护你，不愿意打击你的积极性。你知道和地方企业合作有多麻烦吗？万一人家对我们不感兴趣怎么办？还有，你说的价格，万一人家不同意怎么办？就像你说的那个伞齿轮，你怎么能肯定人家愿意出30元呢？”

“因为这家企业名叫辰宇工程机械公司。”冯啸辰简单地回答道。

“辰宇……你是说，这家企业也是……”冯飞不知道说啥了。

辰宇轴承公司的事情，冯飞是知道的，因为冯林涛也在那里实习过。冯啸辰对外宣称这家企业是晏乐琴从德国引进的一家合资企业，但冯飞是自家人，自然知道这家企业并不是什么引进企业，而是由冯啸辰主持建立起来的。

由于冯啸辰叮嘱晏乐琴和冯华夫妇不要透露自己出售专利技术的事情，所以冯飞并不知道冯啸辰的第一桶金来自何处。不过，他也知道这家企业不是晏乐琴出的钱，而是冯啸辰自己筹集到的钱。这件事，晏乐琴是肯定要向冯飞说明的，否则冯飞就会怪她一碗水端不平了。

闲着没事的时候，冯飞也会与夫人曹靖敏聊起这事，分析冯啸辰是如何筹集到这么多钱的，自然是没有讨论出任何结果。不过，从冯林涛那里，冯飞了解到辰宇轴承公司的经营状况非常好，利润很高。冯飞于是猜测，可能是冯啸辰通过自己在重装办结识的关系，从什么地方贷到了款，成立了这家公司，然后又利用公司的盈利偿还了贷款，这样一想，似乎也就合理了。

没等冯飞把辰宇轴承公司的事情想明白，冯啸辰突然又抛出一个辰宇工程机械公司。工程机械可不是标准件那种小东西，没有一定的资金是做不起来的。而这么大规模的资金，冯啸辰又是如何弄到的呢？

“我去年到了一趟港岛，说服了港岛的大金融家章九成，从他手里融到了一亿五千万港币。后来，我又靠这一亿五千万港币，通过德国的三叔从德国银行里贷到两千万美元。”冯啸辰看出了冯飞的疑惑，坦然地向冯飞解释道。

冯飞惊得木木讷讷：“一亿五千万港币，两千万美元……啸辰，你的胆子也太大了吧？这件事，你爸爸知道吗？”

“他当然知道。”冯啸辰道，说罢，他又补充了一句道，“不过他是事后才知道的。”

“看起来，我们真的是老了。”冯飞道，“现在的年轻人，真是太疯狂了。”

冯啸辰笑道：“二叔，你不用担心。我这个投资计划，向章九成说过，他是认同的。后来，我又向三叔和奶奶也说过，他们也认同。工程机械未来的市场肯定是不可限量的，这个项目稳赚不赔，唯一的悬念就是赚多少的问题。”

“是这样，那我就放心了。”冯飞道。他是搞技术的，不太懂经营管理，既然人家大金融家都愿意投资，说明这个项目应当是没啥问题的。

明白了冯啸辰所说的合作伙伴就是冯啸辰自己的工程机械公司之后，冯飞不再担心公司与东翔厂合作的可能性，转而开始担心冯啸辰自己会不会吃亏了。前面冯啸辰开出来那么优惠的条件，冯飞觉得这是冯啸辰在牺牲自己，以照顾东翔厂。

冯啸辰把自己的考虑向冯飞简单介绍了一下，说明这是一个双赢的选择，接着又叮嘱冯飞不要张扬。有关辰宇公司与冯啸辰之间的关系，并没有几个人知道。具体到东翔机械厂这个天高皇帝远的地方，恐怕就更没人清楚了。只要冯飞不说出去，谁能想到这一节呢？

“我当然不会说出去。”冯飞应道，接着，他又想起一事，说道，“啸辰，听董老的意思，他是有意培养你的，未来你的事业发展，恐怕会比你在重装办的时候还要好。你作为一个国家干部，在外面还开着这么大的一个公司，恐怕不符合规定吧？”

冯啸辰道：“这个问题我也考虑过了。辰宇公司目前是挂在我爸妈名下的，我的名字不会出现。未来等凌宇、林涛他们回来，我想把一部分转移到他们的名下。”

“你说什么，你要把公司的一部分转移到林涛的名下？”冯飞敏感地抓住了与自己相关的问题，而忽略了冯啸辰还提到了冯凌宇的名字。

冯啸辰道：“没错。我是这样想的，未来我还想在体制内工作，不可能同时担任一家大型私有企业的所有者。现在我可以让我爸妈代管，未来这家企业肯定要交到我两个弟弟手里去的。”

“你交给凌宇就好了，林涛那边就不必了吧……”冯飞言不由衷地说道。

冯啸辰笑道：“二叔，你就别跟我客气了。我这一代也没几个人，加上德国的堂妹舒怡，总共也就是四个人，还分什么彼此？我在德国的时候，已经跟凌宇、林涛都说好了，我让他们好好学技术，未来回国来，各自管一家大企业。我相信，咱们冯家的孩子都是了不起的，个个都能够成就一番大事业。”

# 第四百三十四章

第二天，董老在东翔厂正式地露了一面，听取了东翔厂厂领导关于企业目前经营状况的报告，并作了一番指示。无论是东翔厂的汇报，还是董老的讲话，都没有涉及冯啸辰在厂里的调研问题。在郑利生他们看来，冯啸辰大概也就是扯虎皮做大旗，拿着科工委给的几根鸡毛当令箭，在他们面前抖了抖威风，而事实上是没什么本事的。

董老作完指示就离开了，冯啸辰在厂里又待了两天之后也离开了，东翔厂似乎又回到了原来的状态。不过，让所有人都没有想到的是，两星期后，科工委下了一纸调令，把东翔厂的书记余忠平和厂长郑利生双双调离了岗位，调到省科工委去挂了个闲职。随后，科工委从东部调来了新的厂领导，并将东翔厂纳入了"三线企业军民合作试点单位"。

东翔厂的干部职工一开始都没搞明白这个"试点单位"是怎么回事，但很快便有几名不速之客来到了东翔厂。他们的介绍信是由国家科工委出具的，他们的身份则是民营辰宇工程机械公司的总经理、总工程师和其他一些人员。东翔厂的新厂长带着厂里一干管生产、技术、财务的干部与来客们进行了长达数周的谈判，最后签订了一个对东翔厂非常有利的协议。

协议规定：东翔厂与辰宇工程机械公司建立战略合作关系，东翔厂为辰宇工程机械公司提供涉及精密加工和超硬合金加工的零部件代工服务，初期每年的代工数量为 1 万套，每套的代工费用为人民币 4800 元。代工费用里包含了所有的材料费、人工费、电费、设备折旧等等，所有这些计算下来，东翔厂的成本也花不到 3000 元。这意味着东翔厂在养活全厂职工的同时，一年还能有 1000 多万的纯利润，这甚至比过去承担军品生产的时候情况还要好得多。

科工委声称这项业务是以科工委的名义联系来的，作为交换条件，科工委要求东翔厂每年要投入不少于800万元用于新装备的研发，尤其是要保持科研队伍的稳定性，不断提高科研水平。顾建华已经提出了两个新产品的设计思路，一个是大口径自行火炮，另一个是超轻型榴弹炮。据分析，这两个产品如果能够研发出来，即便是我国的部队一时拿不出钱来采购，至少亚非拉的许多国家是会感兴趣的。

只有新厂长和老工程师顾建华等少数人知道辰宇工程机械公司之所以愿意与东翔厂合作，全亏了前几天在厂里转悠过的那位年轻硕士生冯啸辰。当然，除了冯飞之外，任何人都不知道辰宇工程机械公司与冯啸辰有什么样的关系。杨海帆到东翔厂来的时候，只是称自己与重装办的“冯处长”有一些交情，而张国栋身上残留的那些“港味”也让人相信辰宇工程机械公司其实是一家港资企业，这自然就与冯啸辰没有任何的瓜葛了。

冯啸辰是乐于做这个幕后英雄的，他并不需要东翔厂的人感谢他。在东翔厂，他搭上了董老这条线，这就是一个极大的收获了。董老和孟凡泽都是老一辈，在工业领域里都有相当大的话语权。但与董老相比，孟凡泽的影响力还是稍逊一筹的。董老是军方的人，在很多时候可以打着军方的旗号，办一些寻常条件下比较难办的事情。

事实上，还在东翔厂的时候，冯啸辰就与董老达成了一个口头协议，那就是在东翔厂与辰宇公司的合作协议生效之后，董老要负责帮冯啸辰争取到一个前往非洲和中东地区去的机会。冯啸辰提出的理由是去帮顾建华联系自行火炮和超轻型榴弹炮的买家，顺便考察一下这个地区的工业装备市场。那年代，国内的人申请去非洲是比较麻烦的，但对于董老来说，也就是一个电话的事情而已。

冯啸辰回到京城那天，正好是周末，他也懒得再回战略所去，直接便回了家。杜晓迪已经如愿以偿地考上了研究生，平时也都是住在学校里的，他们俩只有周末才能团聚一会。

“晓迪，我回来了！”

推开四合院的门，冯啸辰大声地喊着。

只见靓影一闪，杜晓迪已经从自己的房间里迎了出来。她快步上前，帮冯啸辰接过手里的包，随手还在冯啸辰的身上拍了拍，帮他拍掉一些路上沾染的灰尘，然后笑着抱怨道："回来之前怎么不打个招呼，害得我都没准备啥菜。"

"我如果不回来，你自己就不做饭了？"冯啸辰问道。

杜晓迪道："一个人的饭当然好准备了，随便下碗面条就对付了。"

冯啸辰道："那可不行，你平时在学校里估计也没啥好吃的吧？好不容易有个周末能回家来，还不得吃好一点？要不，你去菜场买两斤肉，咱们中午炖肉吃吧？"

"要不……家里还有鸡蛋，我给你炒西红柿鸡蛋好不好？"杜晓迪面有难色地建议道。

"怎么？你很忙吗？"冯啸辰敏感地察觉到了杜晓迪的异样。在往常，周末他们俩都在家的时候，杜晓迪总是会买很多菜，给他做几顿好吃的。冯啸辰是个吃货，几乎是无肉不欢，杜晓迪也知道他这个特点，所以每次做饭都少不了有一两个像样的肉菜。这一回，他是出差回来，用一句俗话来说，叫作"小别胜新婚"，杜晓迪没有理由不去买肉来犒劳他。现在她这样说，显然就是手头很忙，不想浪费时间出门去买菜了。

杜晓迪被冯啸辰说破了真相，有些窘。她支吾着说道："其实也没多忙，就是有个工艺上的问题比较麻烦，搞了好几天了。算了，我还是去买肉吧，回来给你炖肉吃。"

"别……"冯啸辰一把拽住了正准备去拿菜篮子的杜晓迪，盯着她的眼睛说道。他这才发现，杜晓迪的眼睛里满是血丝，脸上也有一些憔悴之色，连一头青丝都显得干巴巴的，没有了光泽。

"晓迪，你怎么回事，你这是熬了夜吧，而且不止熬了一夜。"冯啸辰问道。

杜晓迪低下头，怯怯地说道："嗯，这几天是没休息好。主要是我基础太差了，有好多书要看，还有……有些计算很麻烦。"

"到底是怎么回事？走，我到你房间看看。"冯啸辰说着，扔下行李，拉着杜晓迪进了她的房间。一进门，冯啸辰都有些傻眼了，只见桌上、床上，满是摊开的书报资料，还有一些复印件、打印纸、照片等等。杜晓迪一向是个爱整洁的女孩子，房间从来都是收拾得清清爽爽的，可这会，冯啸辰几乎怀疑是到了自己的房间，乱得让人无法下脚。

从床上堆放的资料来看，杜晓迪应当是有一两天没有上床睡觉了。窗台上还有一个饭碗，里面有已经干涸的汤汁的痕迹，由此可以猜测出距离杜晓迪吃上一顿饭的时间也有很久了。这就是所谓的废寝忘食啊，到底是什么样的事情让这个女孩子忙成这个样子？

“是蔡老师交给我的一个课题，关于16MnR钢焊接工艺的问题。”杜晓迪看着冯啸辰，带着几分怯生生的口气说道。她原本没想到冯啸辰会回来，觉得自己这样拼命干活不会有人知道。现在被冯啸辰抓了一个现行，再看到冯啸辰的神情里有几分心疼，还有几分责备，她顿时感到有些难为情了。

“16MnR钢在压力容器里用得很普遍，是重要的结构材料。它的焊接接头在低温环境下的性能对于设备的寿命和安全使用都非常关键。我们经常说，压力容器的质量就是它的焊接质量。过去我在厂子里也经常焊16MnR钢，我们有一些自己摸索出来的经验。前些天我在学校用几种不同的工艺分别焊了一些工件，用显微电镜拍的照片显示几种工艺有不同的显微结构，和我们过去的经验是相吻合的。蔡老师很重视这个结果，让我从理论上证明一下这个结果。”

杜晓迪低着头向冯啸辰介绍着自己正在做的事情。她知道冯啸辰的技术底子很好，这些事情他是肯定能够听懂的。

“这个需要做数值模拟计算啊。”冯啸辰说道，他扫了一眼杜晓迪桌上的东西，从那些资料的标题上大致便猜出了杜晓迪的研究思路。他拿起几张草稿纸看了看，皱着眉头问道，“晓迪，你不会是在用手工解焊接热方程吧？这好像是叫作 Rosenthal-Rykalin 公式，推导起来非常困难，还是用数值模拟的方法更简单。”

“蔡老师也说过这一点，可是数值模拟要用计算机，我们学校的计算机机时非常紧张，我们实验室一星期也分不到几个小时，没办法，我就想着用解析法来做了。就这么一个方程，加上边界条件，我推了三天还没有推出来。唉，都怨我基础太差了，好多人家高中学的公式我用得不熟练，所以效率特别低。”杜晓迪带着自责的口吻说道。

# 第四百三十五章

进入蔡兴泉的科研团队之前，杜晓迪只有初中文凭，只是比冯啸辰这个吊儿郎当的初中生基础更扎实一些而已。这一年多来，她一面在蔡兴泉的团队里当焊接实验员，一面在蔡兴泉指派的几名研究生以及冯啸辰的指导下，补习高中以及大学的课程，最终以优异的成绩考取了蔡兴泉的研究生。

蔡兴泉这次交给杜晓迪的课题，是颇有一些难度的。杜晓迪的自责，其实是对自己的苛求了。焊接热过程的计算是极其复杂的事情，虽然早在四十年代就已经有了冯啸辰说起的 Rosenthal-Rykalin 解析公式，但考虑到复杂的边界条件、热源分布、非线性等问题，运用这个公式去求解实践问题，对于数学功底极好的学者来说也仍然是一个严峻的挑战。

正因为公式推导的难度极大，实践中解决这个问题大多是采用数值模拟的方法，也就是用各种数值去反复尝试，碰撞出最终的结果。但要做数值模拟，就要把一些简单的计算反复地算上许多次，其工作量是非常恐怖的。数值模拟得到广泛运用，还是计算机发明之后的事情，因为计算机是不知疲倦的，它能够照着一个程序反复地进行尝试，完成这些人力所无法完成的事情。

公式推导和数值模拟，是解方程的两种方法。杜晓迪过去并不懂这些，但在蔡兴泉的科研团队里待了一年多，这些知识起码也是掌握了的。关于她正在研究的 16MnR 钢低温焊接工艺问题，涉及的方程非常复杂，她从一开始就想到了应当做数值模拟。但数值模拟需要用计算机，这个年代里，微型计算机已经得到比较广泛的应用了，蔡兴泉的实验室里就有一台 IBM286 计算机。但要做复杂的数值模拟，这台计算机就不够用了，非得用到小型机或者中型机不可。工业大学的计算中心有一台 IBM370，能够做这些运算，但问题在于全校需要使用这台电脑的老师和研究生实在是太多了，计算中心不得不给各系分配机时，只有轮到你的时候，你才能够去用。为了最大限度地利用这台计算机，计算中心的机时是按全天 24 小时安排的，但即便是半夜 12 点的机时，也是供不应求的。

杜晓迪属于蔡兴泉的课题组，蔡兴泉属于材料系老师，计算中心分配给材料系的机时，还要在各个老师之间进行第二次分配，落到蔡兴泉名下的机时就非常有限了。杜晓迪知道这个情况，自然也不便与老师或者师兄、师姐们去争这些宝贵的机时。既然数值模拟的路子走不通，她就想着还是回到解方程的路子上去，想凭着自己的努力求出这组公式的解析解。可谁承想，解这样的方程根本就不是常人能够做到的。

"啸辰，是不是我太笨了？"杜晓迪挽着冯啸辰的胳膊，委屈地问道。她已经对着这些方程折腾了好几天，可谓是心力交瘁，好不容易有了一个可以倾诉的机会，她几乎都要哭出声来了。

冯啸辰拍了拍她的胳膊，安慰道："晓迪，不是你笨，而是你低估了这件事的难度。这个方程是不可能解出来的，这一点早就有定论了。你看这些国外的文献上，也都是使用数值模拟解的，这些人都是大牌教授，学术功底深厚，而且还有博士、硕士团队，连他们都解不出来的方程，你怎么可能解出来呢？"

杜晓迪细细琢磨了一下，似乎冯啸辰的解释还真有几分道理。不过，她并没有因此而轻松下来，她皱着眉头说道："可是，如果不把这个方程解出来，我就没法证明我们设计的工艺比用作对比的工艺更好，虽然显微照片能够看出区别来，但没有理论证明也是不行的。"

"你可以做数值模拟啊，为什么非要在一棵树上吊死呢？"冯啸辰问道。

"我刚才不是说了吗，我们没有机时。"杜晓迪说道。

冯啸辰笑着胡撸了一下她的头发，说道："有困难找我，我不是跟你说过很多遍了吗？北京有好几家我们装备系统的大厂子，都有从美国进口的大型机或者中型机。他们平时的计算任务不重，我和他们联系一下，借用一下他们的机时，没有任何问题。反正你们的课题也是重装办委托的，这算不上是假公济私。”

“真的?”杜晓迪的眼睛蓦然就亮了，“啸辰，这样做真的不违反原则吗?”

冯啸辰坚定地摇摇头，道：“绝对不违反原则。除了你的任务，你们蔡教授如果有什么需要做计算的事情，也可以拿过去，这就叫作资源的充分利用。”

“太好了!”杜晓迪笑逐颜开，她说道，“既然是这样，那我就先不忙着算了。我现在就去菜场买肉，一会给你炖肉吃。”

“你算了吧。”冯啸辰一把拉住正打算换衣服出门的杜晓迪，说道，“你都累成这样了，眼睛都成熊猫眼了，还是赶紧先睡一觉吧。做饭的事情交给我就好了，你现在的任务就是睡觉。”

“嗯，那好吧。”杜晓迪这时候才感觉到由里向外的倦意，正如走了几十里路的人突然停下来，浑身都是说不出的疲惫。

“我收拾一下床……这两天，我都是趴在桌上睡的。”杜晓迪不好意思地说着，就准备去清理床上的资料。

冯啸辰从背后把她拽住了，不容分说便是一个公主抱，把她抱了起来，说道：“还收拾什么，你就到我房间去睡吧，这些资料等你睡起来了再整理。走吧，我抱你过去。”

“别啊!”杜晓迪嘴上抗议着，却同时伸出手搂住了冯啸辰的脖子，让自己在冯啸辰的怀里躺得更安全一些。

冯啸辰抱着杜晓迪出了她的房间，来到自己的房间，把她放到自己床上时，却发现杜晓迪已经沉沉地睡着了。也许，她是觉得冯啸辰的怀抱既安全又温暖，能够让她一下子忘却了所有的忧虑。

杜晓迪这一觉，从上午一直睡到了傍晚时分，当她睁开眼睛的时候，鼻子里闻到了一股诱人的香味，那是炖鸡的味道。

杜晓迪披着衣服来到院子里，见冯啸辰正坐在院子一角，面前摆了一个小圆桌，他就趴在那圆桌上写着什么东西。听到杜晓迪出门的动静，冯啸辰抬起头，笑呵呵地问道："睡醒了？感觉好些没有？"

"好了！"杜晓迪有些不好意思地说道，她甚至都想不起自己是什么时候睡着的，只觉得这一觉睡得如此酣畅，几天积下来的疲倦已经一扫而尽了。

"你洗漱一下，准备吃饭了。"冯啸辰道，"我上午去菜场买了只鸡，已经炖了几个小时了，给你好好补补。"

杜晓迪笑道："我可不敢随便补了，在京城这一年多，我都胖了好几斤了。再这样胖下去，以后钻管子都钻不进去了。"

一般人是不会用钻管子来作为保持身材的目标的，但杜晓迪是个电焊工，而且是搞压力容器的电焊工，钻管子是她最平常的工作。很多时候，女焊工比男焊工更有优势的一点，就是她们的身材更纤巧一些，能够钻进狭小的空间去进行电焊操作，而膀大腰圆的男焊工们在这种时候就只能是望洋兴叹了。

听到杜晓迪说钻管子的事情，冯啸辰笑着问道："你都读了研究生了，以后还要钻管子吗？"

杜晓迪很认真地回答道："当然要钻，我读的是电焊的研究生，怎么能丢了本行呢？"

"可是，你现在的本行是算焊接热方程，蔡教授恐怕也不会烧电焊吧？"冯啸辰道。

杜晓迪道："蔡教授会烧电焊的，不过平时做得不多，不算很熟练。我跟蔡教授说了，不管我是不是研究生，都会继续兼着这个电焊实验员的工作，其实，我是更喜欢烧电焊的。"

"嗯嗯，那就继续钻管子吧，不过，我相信总有一天你会钻不进管子的。"

"为什么？"

"因为你迟早会……"冯啸辰说到这里，故意地停顿下来，同时用手在肚子上比划了一个球形。

杜晓迪一时没有明白，隔了好一会，才从冯啸辰脸上的表情里悟出了他的所指，不禁俏脸羞得通红。她扑上前来，抡着拳头便是一通暴捽，一边打一边娇嗔地骂道："……你要死啊！这样的话都亏你说得出口哟!"

# 第四百三十六章

小情侣之间的打闹，是典型的一个愿打、一个愿挨。两个人打闹了一阵，这才觉得肚子空空，而厨房里鸡汤的香味愈发地浓郁了。

“鸡腿你吃，翅膀我吃。”

杜晓迪睡了一觉起来，精神抖擞，执行起了女主人的职责。她从厨房把炖好的鸡连锅一起端出来，放在院子当中的小饭桌上，又盛好了饭，然后与冯啸辰面对面地坐下，开始享受丰盛的晚餐。

相处日久，杜晓迪在冯啸辰面前已经没有了过去那种羞怯的感觉，代之以一种自然的亲近感。以 1985 年的标准来看，冯啸辰是个颇具后现代风格的男人，年少多金，风流倜傥，懂得关心人，尤其是擅长照顾女人，而且不抽烟不喝酒，在时下的小伙子里是极其罕见的。杜晓迪旧日的女伴以及现在的研究生同学谁不称道杜晓迪有眼光，运气好，能够钓到这样一只金龟婿。

“你刚才在写什么呢?”

啃着香喷喷的鸡翅膀，杜晓迪随口向冯啸辰问道。她记得自己刚睡起来的时候，看到冯啸辰在院子里写东西，而且似乎写了很多张纸的样子，便好奇地问道。

“我在给你写程序啊。”冯啸辰答道。

“写什么程序，是我那个焊接热过程的算法程序吗?”杜晓迪有些意外地问道。

“是啊。”

“你连这个都懂?”

“机械的这点事情，本来就是相通的嘛。”冯啸辰略带得意地说道。学机械的人，可不是单单学点什么曲轴传动就够的，材料学也是机械专业的重要课程之一，甚至是比机械原理更重要的课程。杜晓迪研究的焊接热过程，冯啸辰过去也接触过一些，刚才杜晓迪睡觉的时候，冯啸辰从她房间把她找来的资料粗略看了一遍，对这个问题的理解又加深了不少，所以也就有能力帮她设计算法了。

“你又不是专业学机械的。再说，你那点知识不是跟爷爷学的吗，爷爷去世的时候，还没有计算机吧，你怎么会懂数值模拟的算法?”杜晓迪质疑道。说起冯啸辰的长辈时，她已经习惯于把“你”字给省略掉了，“你爷爷”变成“爷爷”，这其中的味道就大不相同了。

杜晓迪当然知道冯啸辰在机械方面的技术功底很好，可再好也应当有个限度吧？数值模拟的技术，听蔡兴泉说在国外也是刚刚开始热起来的，此前应用并不广泛，而且连蔡兴泉等一干工业大学的教授对此也是一知半解，基本上是依葫芦画瓢。冯啸辰过去如何，杜晓迪不知道，但至少在过去这一年多时间里，杜晓迪并没有看到冯啸辰花多少精力看工科方面的专业书，他凭什么就会懂这些东西呢?

“你得承认，这个世界上是有天才的。”冯啸辰也知道自己的金手指不好解释，蒙一蒙外人也就罢了，要想瞒过她还真不太容易。既然瞒不过去，又不能说什么穿越之类的事情，那就只有往天才上推了。

“那我看看天才是怎么做的。”

杜晓迪说着，拿抹布擦了擦手上的油迹，从旁边把刚才冯啸辰写的东西拿了过来，在手上翻看着。冯啸辰此前答应帮她联系计算机的机时，让她不用再琢磨着费心费力地解那些其实根本解不开的方程，这只是让她稍稍轻松了一些，有关模拟算法的问题，依然是她的一块心病。现在又听说冯啸辰连算法都在帮她写，她自然是迫不及待地要看一看的。

“这个方程是什么意思啊……蔡老师给我们讲数值模拟，不是这样讲的，也没有这样的方程。”

杜晓迪看了一会冯啸辰列的公式，就有些懵了。算法其实就是一套公式，然后再把公式变成计算机程序，让计算机照着运算。冯啸辰要给杜晓迪设计算法，自然要先列公式的，而且有些数值模拟的算法，他还是前一世学的，搁了许多年没用，现在要拿出来，总得自己再回忆一下。杜晓迪现在看到的，就是冯啸辰写的算法，与蔡兴泉教过她的算法相比，差别岂止在天壤之间。

冯啸辰无语了，他提醒道："我说，丫头，咱们能不能先吃完饭再看。专门炖只鸡给你补补身体，你才吃了几口啊。"

"嗯嗯，我差不多吃饱了，一会再喝点汤就行了……"杜晓迪敷衍着说道，她眼睛片刻不离冯啸辰写的那几张纸，还变本加厉地拿了支笔，在一张空白纸上做起了简要的推导，以帮助自己更好地理解冯啸辰的思路。

要不人家年纪轻轻就能够成为电焊技师呢，的确有非凡之处啊，冯啸辰在心里感慨道。

在一次次的接触中，冯啸辰早已经感受到杜晓迪的执著精神了。据说，由机械部派往日本培训的那 21 个电焊工里，最用功的就是杜晓迪，而最终学习成绩最好的也同样是她。杜晓迪也就是小时候因为家庭原因耽误了上学，否则以她的勤奋精神，加上聪明的天赋，这会恐怕也早就是清北的博士了吧。

"算了，还是我给你讲讲吧。"冯啸辰认输了，他扔下啃光了肉的鸡骨头，也拿抹布擦了擦手，然后把凳子挪到杜晓迪那一侧，开始给她讲解了起来："我们需要先根据工件的材料属性，建立一个非平衡可数马尔可夫链，对于由此马尔可夫链形成的一个有向图来说，有这样的边角条件……我们假定从 x 出发的下一个状态等可能地取其任意一个相邻向量，则下一个状态为 y 的概率可以这样表述……"

冯啸辰是已经推导过一遍公式的，再说起来就没什么障碍了。杜晓迪这一年多跟在蔡兴泉身边摸爬滚打，也算是有一定的基础了，冯啸辰说的东西，她大致能够听懂个七八分的样子。遇到不明白的地方，她也不客气，让冯啸辰给她反复地讲解，直到明白为止。

冯啸辰其实也是有意想看看杜晓迪的能耐，说心里话，杜晓迪虽然是他推荐给蔡兴泉的，但他也仅仅是知道杜晓迪电焊水平高超，涉及物理、数学之类的理论研究能力如何，他就没底了。

在讲述的过程中，他一直在观察着杜晓迪的反应，虽然有不少地方杜晓迪还有些听不明白，但光是听懂的那些，就已经足以让冯啸辰觉得心惊了。

一年多以前，杜晓迪还只是一个初中学历的电焊工而已，而一年多以后的今天，杜晓迪居然能够听得懂马尔可夫链，能够理解二次最优化的概念，这是什么样的奇迹啊。

“都明白了？”把算法全部讲解完了之后，冯啸辰看着杜晓迪问道。

杜晓迪脸上有一些兴奋之色，她浅笑着说道：“也不是特别明白，不过关键的环节我大致清楚了，等晚上我再好好看看你写的算法，应当是没问题的。我觉得你说的这套算法，比蔡老师教我们的更好用呢，他那些方法挺麻烦的，迭代的次数比你这个要多得多。”

“那是当然，冯处长出品，必是最优。”冯啸辰又吹起了牛皮，他当然也是有底气吹牛的，他说的这些算法，都是超前于这个时代的，而且能够沿用到新世纪去，可见其生命力。

“你这些东西都是从哪学来的？我怎么没见你看过这方面的书啊？”杜晓迪问道。

冯啸辰道：“当然是我自己琢磨出来的。就像你说的，爷爷去世的那个时代，国内计算机还很少，爷爷自己也不懂数值模拟。不过，他教过我高等数学，想当年，哥也是刷过一整本吉尔多维奇的，做个寻常的数学分析，不是跟玩儿似的吗？”

“又吹，又吹！”杜晓迪抿着嘴乐道，她其实还是挺喜欢看冯啸辰吹牛的样子的，冯啸辰这种腹有诗书的酷很让人迷醉。

“你好好消化一下这套算法吧，弄懂了这些，你起码能够比你的同行领先 10 年以上。”冯啸辰道。

杜晓迪道：“你这也吹得太离谱了，这些东西肯定是你从哪看来的。不过，我相信蔡老师肯定没有看到过，我们其他的那些老师和师兄、师姐们也没看过。明天我就去向蔡老师说一下，他肯定会很感兴趣的。”

“可是，如果他问你这些方法是从哪来的，你怎么回答？”冯啸辰担心地问道。

杜晓迪笑道：“我就说是你发明的呗，你刚才不是这样说的吗？”

“呃，好吧，刚才的话，全是幻觉。”冯啸辰支吾道，“这样吧，如果老蔡问起来，你就说我是在一本不知名的书上看到的，现在那本书已经找不着了，不知道是在经委的资料室里，还是在煤炭研究所的资料室里。总之，它已经永远不可能找着了……”

# 第四百三十七章

让杜晓迪没有料到的是，当次日她回到学校，把冯啸辰教她的算法说给导师蔡兴泉听时，蔡兴泉根本就不相信什么“一本不知名的书”这种托辞，而是满脸惊异加上崇拜地对杜晓迪说道：“这套方法，一定是冯处长自己琢磨出来的，冯处长的数学功底，实在是让人钦佩啊。”

“不是的，小冯他……他只有初中学历啊。”杜晓迪讷讷地解释道。

蔡兴泉摆摆手道：“学历不能说明什么，学历低，是被耽误了嘛。小冯处长这个人，我接触过很多回了，理论功底扎实，眼界开阔，聪明过人……”

“可是……”杜晓迪打断了蔡兴泉的夸奖，实在是不能让他再说下去了，再说下去，杜晓迪都要怀疑自己的男友是个妖怪了。

“蔡老师，他说这个方法是他从别的地方看来的，您为什么觉得不是呢?”杜晓迪问道。

蔡兴泉道：“这个算法，效率比传统的算法要高得多，粗略估算最起码能提高一倍的效率。如果这个算法在文献上出现过，其他学者没理由不采用这种算法，而你看过的文献里，有用这种算法的吗?”

杜晓迪只能摇摇头，她这些天一直在琢磨这个问题，看过的文献也不算少了，如果哪篇文献上出现过这种算法，她不会毫无印象的。

“你们呢?”蔡兴泉又问其他的学生。

众人齐齐摇头。蔡兴泉转回头来对杜晓迪说道：“你看，咱们这个课题组，这段时间大家看了这么多文献，如果这种方法有其他人用过，咱们肯定会看到过的。既然大家都没看到，这个方法很可能就是冯处长发明出来的。”

“我……我也不知道。”杜晓迪没话说了，她记得冯啸辰的确说过这个方法是他琢磨出来的，只是杜晓迪不相信而已。现在看来，还真有那么点可能性。

蔡兴泉却是很兴奋，一种新的数值模拟方法能够为研究工作带来的帮助是非常大的，它甚至有可能把一些过去解决不了的问题也解决掉，从而帮助研究者实现理论上的突破。他说道：“晓迪，这个方法，我会请几个搞数学的老师再看看，你抓紧时间设计程序。你不是说冯处长答应帮忙联系机时吗？一旦有了机时，咱们就去把模拟做出来，看看结果和咱们的理论推导是不是吻合。如果一切顺利，咱们可以出一篇非常好的论文，对了，这篇论文就以你作为第一作者。”

“这怎么行呢？”杜晓迪有些急了，同时心里又有几分隐隐的激动。她在课题组里工作了一年多，在论文上署名已经不是第一次了，但以她为第一作者的论文，还一篇都没有呢。她现在做的课题，方向是蔡兴泉帮她选的，但思路是她自己的，再加上冯啸辰提供的算法，第一作者署她的名字倒也合理。不过，作为研究生，她还是有一些自觉性的，她说道：“蔡老师，如果论文能够发表，第一作者肯定要署您的名字的，我……我作为第二作者就好了。”

“哈哈，你就别谦虚了。”蔡兴泉道，“这篇论文，重要的创新点有两个，一是焊接工艺的影响，这个思路是你提供的，来自于你过去的工作实践，第二个就是有关数值模拟的新方法，这个贡献是冯处长作出的，如果他不介意，算到你的头上也不为过。能够有一篇好的文章，对于你将来继续深造或者分配工作，都有很大的帮助，你可不要错过。”

不提蔡兴泉和杜晓迪如何为了一篇尚不存在的文章互相客套。冯啸辰在甩给杜晓迪一套程序，又帮她联系了两家在京大型企业的信息中心之后，便顾不上她这头的事情了。由重装办牵头主办，辰宇商业信息公司协办的全国装备工业技术交流会，在经过几个月的紧张筹备之后，在京城展览馆隆重开幕了。作为最早的倡议者，冯啸辰自然被罗翔飞要求全程参与，随时应对展会期间的各种变故。

“真不错，成绩斐然啊！”

“看过这个交流会，才知道重装办这几年的工作真是做得很扎实！”

“早就该搞搞交流了，不交流不知道，咱们已经引进了这么多好东西。”

“这种交流会以后要经常性地搞，搞成一个常态！”

京城展览馆里，人流络绎不绝。与那些食品、服装、图书之类的展会相比，这次技术交流会的观众数量并不算多，但所有人都是业内人士，是能够看出一些门道的。参展单位以大型装备制造企业为主，也有由部委或者行业协会代表若干家中小企业集体设展的。

各家展台上摆放的东西不尽相同。有些企业展示的是肉眼可见的成果，比如新的电镀工艺、新的机加工工艺等等，摆放在展台上的就是亮闪闪的零部件，看上去颇为养眼。而有些企业展示的是无法直接看见的工艺，比如某种铸造技术，某种热处理技术，那就只能是用文字、图表之类的方式来呈现，甚至只是一些看起来枯燥乏味的指标数据。不过，外行看热闹，内行看门道，真正懂行的人，只要看几个数据就知道这项技术的价值所在，反而是那些表面好看的东西显得有些多余了。

主办方重装办在会场的一角设了一个小台子，摆了几把椅子供工作人员休息。不过，业内有点头脸的人，都会专程绕到这个小角落来，与在此值班的罗翔飞打个招呼，说上几句祝贺、勉励之类的客套话。

“小罗，这个交流会，的确搞得不错啊，你们重装办成绩很大。”

孟凡泽在几名下属企业领导的陪同下，兴致勃勃地参观了一些展台之后，来到了重装办的台子。罗翔飞和被罗翔飞抓来陪绑的冯啸辰赶紧迎上前去，把老爷子请到里面休息。孟凡泽看着罗翔飞点头称赞不迭，罗翔飞赶紧摆手谦虚地说道：“孟部长过奖了，这都是各家企业积极配合我们工作的结果。对了，辰宇信息公司的包总，对这次交流会的贡献也非常大。没有他提供的数据库，我们很难了解到下面的企业居然作出了这么多的成绩。”

“这就是你们的失职了，这种信息你们理应掌握的啊。”孟凡泽道。

罗翔飞道："孟部长批评得对，我们在这方面的确是有些疏忽了。不过，客观上的原因也是有的，一个是我们重装办虽说是重大装备研制的协调单位，但很多技术引进是由各部委自己完成的，有时候他们会向我们作个备案，有时候就不一定了，所以我们掌握的信息是不够充分的。第二点就是我们的人手有限，不像辰宇公司那样是专职的信息搜集企业。"

"小冯，这个辰宇公司，和你也有一些关系吧?"孟凡泽把头转向冯啸辰，问道。

冯啸辰微笑道："说有关系也可以。包总过去是在海东省金南市的政府机关里工作的，他为了挣点外快，在金南做了一个标准件商情，经营得不错。我偶然和他认识，建议他把思路扩展一点，做全国的企业商情，结果他还真的做成了。"

孟凡泽笑道："你小冯提出建议的事情，似乎还没有做不成的呢。下一步，还要请包总他们扩大一下信息搜集的范围，不但要掌握国内的信息，还要掌握国际信息。咱们有些企业想从国外引进技术，却不知道技术在哪里，这个问题也是需要改进的。"

"明白了，我改天就向包总转达孟部长的指示。"冯啸辰老老实实地答应道。

孟凡泽当然知道辰宇信息公司与冯啸辰之间存在关系，但他并没有点破，向冯啸辰简单了解了一下包成明的情况之后，他又把话头扯回了交流会本身，对罗翔飞说道："小罗，促进引进技术的交流这件事，非常重要。一项技术，一家企业引进了，就没有必要浪费外汇再次引进，要鼓励国内企业之间互相进行技术交流。当然，这种交流也不能是无偿的，否则大家都盼着别人去引进技术，自己搭便车吃现成，就没有引进的积极性了。"

罗翔飞道："我们也是这样想的。不过，要做到这一点，还要更多地仰仗包总那边的数据库。我们有一个想法，就是把包总的数据库转变成国家装备数据库，任何一家企业都可以免费地检索国内现有的技术，等查到确有这项技术的时候，再通过付费的方式获得技术所有者的详细信息，当然，只是象征性的收费。至于未来的技术交易，就像这一次的交流会一样，也是有偿的。”

“这个想法不错，现在不是在提建设信息社会了吗，信息的价值的确很重要了。”孟凡泽道。

“不过，光有信息还不够。”罗翔飞苦笑道，“要促成国内的技术交流，还需要有政策支持。经委已经制订了一个意见，但在请各部委会签的时候，遇到了一些障碍。各部委有自己的一些想法，可谓是众口难调啊。”

# 第四百三十八章

“是一个什么样的意见？各部委又是什么想法？”

孟凡泽果然被罗翔飞的话吸引住了。他虽然已经退休，但在上层的影响力反而更大了，改革面临着许多新情况、新问题，国家需要像他这样的老同志来把握大局。对于装备制造业，孟凡泽一向是非常关注的，听罗翔飞说有一个意见在各部委遭遇了争议，他便忍不住要问个究竟，如果他觉得罗翔飞这边的意见是正确的，少不得要把这些意见带到上级去。

罗翔飞回道：“我们写了一个意见，要求各部委未来在从国外引进技术的时候，要事先与重装办等单位通个气。设备方面，如果是国内能够生产的，原则上不再进口；技术方面，国内已经研发出来，或者已经引进过一次的，除非国外有重大突破，否则不再重复引进。”

“这个意见不错啊，而且也是我们过去反复提过的。”孟凡泽评论道，“那么，各部委的不同意见又是什么呢？”

罗翔飞道：“当然也不是所有的部委都有不同意见，只是一部分而已。他们倒并不是直接提出不同意见，而是说现实中的问题比较复杂，不宜搞一刀切，所以还要再斟酌斟酌、研究研究。”

“斟酌、研究，这不就是踢皮球吗？”孟凡泽冷笑道。他问道，“小罗，你们有没有去深入了解一下，他们的顾虑主要是什么？”

罗翔飞点头道：“我们了解过了，原因很复杂。不过比较有代表性的，不外乎是两类。”

“说说看。”

“第一类，是出于个人私利。因为引进技术就意味着有出国机会，可以从国外带大件家电回来，还可以借外事接待的名义买高档小轿车，建楼堂馆所。”

“这个情况我知道，国家也三令五申反对这种行为了。”孟凡泽道。

罗翔飞道：“这一类情况的确不算是新出现的现象了，而且随着我们国家对外开放的步伐加快，许多地方的官员出国也已经不稀罕了，为了这个目的而盲目引进技术的事情已经在减少。我们目前遇到的，是第二类情况，一些部委对于下属企业引进技术有指标要求，引进得越多，就显得越开放，越现代化。这样一来，有些单位明明不需要引进技术，就为了宣传资料上好看，说拥有多少多少引进设备，所以即使是国内已经有了这样的技术，他们还要千里迢迢从国外去引进。”

“这不就是崇洋媚外吗？”孟凡泽怒道。

冯啸辰在旁边嘻嘻笑道：“孟部长，您的观念太落后了，现在是全面开放的时代，还说什么崇洋媚外。”

孟凡泽也是与冯啸辰打闹惯了的，在他心里是把冯啸辰当成了一个晚辈，自然不会在意冯啸辰的调侃，他瞪着眼睛说道：“不管什么时代，崇洋媚外都是错误的。我们国家起步晚，建国时候一穷二白，需要向国外学习，这一点不容否认。但把引进技术的数量当成开放的评价标准，连自己能造的设备都要从国外引进，这种人就是软骨头，打仗的年代里，叫他们汉奸也不算过分。”

“可现在的现实就是如此啊。”罗翔飞叹道，“部委和省市，都在追求引进外资和国外技术的数量，把这当成一个评价依据。企业对外宣传，不说自己有多少年的历史，有多少劳动模范，光说自己引进了多少台国外设备，有多少人出过国。还有一些学者提出中国应当搞国际大协作，用不着自己搞装备制造业，直接从国外进口装备就可以了。”

“简直是一派胡言！”孟凡泽斥道，说罢，他又摆摆手，道，“小罗，小冯，你们的意见是非常好的，我会找机会向领导同志反映，这种一味追求洋货的风气，必须要加以打击。不过，各行业和各地区也有自己的一些考虑，要想把大家的意见统一起来，也不是那么容易的，有些时候，还需要有一些技巧。”

“这个我明白。”罗翔飞赶紧应道，“我们重装办本来就是一个协调机构，就是负责综合大家的意见的。总体来说吧，基层的同志们积极性还是很高的，从这次的交流会上就可以看出一些迹象来。”

说到交流会，罗翔飞的情绪又好起来了，他详细向孟凡泽介绍了前两天达成的一些交易意向。正如他所说，基层的企业领导们还是非常务实的，接到重装办的通知，许多厂子都派出了由厂长或生产副厂长带队，由总工程师和一干技术人员组成的团队，前往京城来参观洽谈。

自五十年代末中苏反目之后，中国成规模从国外引进技术的进程中断了十余年，直到七十年代中期的“43 工程”才重新启动。“43 工程”的核心是钢铁、化肥、石化成套设备的引进，主要目的是解决国内在这些方面的燃眉之急，技术引进的成分稍逊一筹。例如当年引进的一米七轧机，花费了近十亿美元购买设备，却没有多花几百万美元购买图纸，以至于后来打算仿造的想法完全破灭。

运动结束之后，国家开始大规模引进技术，在走了许多弯路，付出了大量学费之后，逐渐学到了“技贸结合”的模式，开始将设备引进与技术引进相捆绑，这就是后来俗称的“市场换技术”模式。

其实，市场换技术这种方式也并非中国首创，西方国家之间也有通过签订长期技术合同实现技术转让的历史。据资料显示，二战中，日、德的冶金装备制造业都受到了严重的破坏，战后，日本的三菱、石川岛播磨、日立三家公司，以及联邦德国的萨克、西马克、德马克三家公司，先后与美国的麦斯塔、维·尤那特、保罗·诺克斯等公司签订过长期技术合同，购买后者的技术图纸和制造许可证。例如，西马克与维·尤那特的长期合同中规定，西马克公司需要支付一笔可观的技术购买费，未来每制造一套设备，还要向维·尤那特公司支付相当于合同金额 7%的制造许可费用。

中国学习这样的国际惯例，以国内市场的设备采购为条件，与国外装备制造商签订技术转让合同，获得了大量的技术专利和诀窍，提升了国内的工业技术水平。

然而，技术引进往往是由特定企业作为技术受让单位的，这就限制了一些技术的推广。许多未获得受让机会的企业，依然在使用过时的技术。这一次的技术交流会，给了这些企业获得引进技术的机会，这岂能不让各家企业趋之若鹜。

“振兴民族工业”这样的口号，往往是贴在墙上，或者存在于领导的讲话稿之中的。大多数的普通干部、工人和技术人员并不会成天把这句口号挂在嘴边，他们每天关心和谈论的，只是工资和物价，再不就是子女上学之类的家长里短。但是，每个人都有或多或少的一些职业精神，作为一名工业人，追求更好的技术是一种融于血脉之中的本能，这不需要用口号去标榜。

过去两天时间里，交流会上的技术交易非常活跃。按照重装办规定的标准，出让技术的企业给每项技术确定了一个合理的转让价格，大多数受让企业对于这样的价格都是能够接受的，毕竟一项技术的突破能够给企业带来的收益是远远大于付出的成本的。

“林北重机从美国引进大型矿用挖掘机技术，除了整机图纸之外，还包括了400多项专项技术。整机技术是不能转让给其他企业的，但专项技术就不受这方面限制了。比如他们引进的耐磨铸钢件的冶炼、铸造技术，这两天已经达成了12笔交易，购买方分别是搞工程机械、农业机械的。中原拖拉机厂原本打算从国外引进这项技术，申请了40多万美元的经费，结果在我们这里花了不到10万人民币就买到了技术，省下一大笔钱呢。”冯啸辰笑呵呵地给孟凡泽举了一个例子。

“转让一项技术收10万元人民币，那这12笔交易，岂不就是120万了？当初引进这项技术的时候，也没花这么多钱吧？小冷，你这笔生意很划算啊。”孟凡泽转头去看陪同自己前来的林北重机厂长冷柄国，笑着调侃道。

冷柄国也笑道：“那是当然，小冯是我们厂的生产处副处长呢，他能让我们吃亏吗？不过，罗主任就有些不够朋友了，他要求我们每笔交易要提出25%的收入交给重装办，作为佣金，这实在是太黑心了。”

罗翔飞道：“佣金只是一个名义，真正用来办会的钱，加上辰宇公司的收入，总共不到这25％中间的5个点，余下20个点是作为进一步开展装备技术引进的资金的。你们的技术也是国家花钱引进进来的，哪有卖了钱不给国家上缴的道理?”

# 第四百三十九章

“哈哈哈哈，我明白，我明白，我只是跟罗主任开个玩笑而已。”冷柄国变脸堪比翻书，他嘿嘿笑着，把刚才的抱怨全给否定了，转而说道，“罗主任说得对，我们的技术都是国家花了大量外汇引进进来的，是属于国家的。别说是有偿转让的时候交一点管理费，就算是国家要求我们无偿转让，我们也是义不容辞啊，咱们过去不就是这样做的吗?”

孟凡泽道：“过去咱们提倡发扬风格，一个厂子的技术是大家共同拥有的。我记得那时候哪个厂子里开发出了新技术，我们部里就会组织一个现场交流会，让全国各地的企业都去取经。这种取经不光是无偿，有技术的企业还要负责兄弟单位的接待，让大家吃好喝好，心情愉快地学习。”

罗翔飞道：“这种方式也不宜提倡。这样搞的结果就是大家都不愿意花力气去搞新技术，等着吃现成的。过去咱们搞计划经济，不强调企业的经济效益，这样做倒也无所谓。现在各家企业都在提经济效益了，再这样无偿占有别人开发出来的技术，而且还是在有可能成为别人竞争对手的情况下，这样做就不现实了。事实上，前两年我们也组织过几个现场技术交流会，效果非常不好，有技术的企业不愿意把真正压箱底的技术拿出来交流，只是拿一些价值不大的技术敷衍一下，这种交流就没什么意义了。”

“企业也有企业的难处嘛。”冷柄国尴尬地应道。罗翔飞说的那种不肯把好技术拿出来交流的企业，就包括了林北重机在内，为这事，重装办和林北重机还扯过皮。

“我们要搞商品经济，那就按商品经济的规律办事，不要再搞一大二公那一套。这次的交流活动，我看就非常好，既促进了技术交流，又让交流的双方都得到了实惠，这就是符合经济规律的做法。”孟凡泽总结道，他是当惯了大领导的，一说话就能够高屋建瓴，归纳出几点重要意义。在场的众人都点头称唯，纷纷表示要把老部长的指示深入贯彻下去。

众人又扯了点闲事，孟凡泽站起身，正待离开，就见重装办协作处的副处长王根基匆匆忙忙地从会场上走了过来，他的脚步很重，脸上还带着几分气愤的神色，让在场众人都不禁把目光投向了他。

“小王，出什么事情了？”罗翔飞首先问道。

“真是气死我了！太没素质了！”王根基怒气冲冲地说道，他一边说，一边用目光在桌子上逡巡着，冯啸辰猜出了他的意思，连忙把一杯没人喝过的茶水递到了他的手上。王根基接过杯子，咕咚咕咚地一口气把水喝干，这才又恨恨地补充了一句，“还他妈的是什么专家，我看就是小冯说过的那种烧砖的砖家而已。”

“呃，这怎么还有我什么事啊？”冯啸辰只觉得有点无端中枪的憋屈感。“砖家”这个说法，的确是他教给王根基的，二人在背后没少用这种蔑称嘀咕过一些名不符实的专家学者。不过，当着孟凡泽、罗翔飞的面，王根基把这话说出来，就让冯啸辰有点脸上挂不住了，唉，早知道这个二世祖说话口无遮拦，自己应当少在他面前说些怪话才是。

王根基听到冯啸辰接话，他把眼一瞪，说道：“怎么就没你什么事了？我问你，高磊是不是你们社科院的专家，他在会场上瞎咧咧，怎么就跟你没关系了？”

“高磊？”

听王根基说起这个名字，众人都是一愣。高磊这个名字在时下如日中天，大家岂能不知道？

高磊所以出名，就因为他提出了一个叫作“国际大协作”的理论，得到了一部分领导同志以及理论界的追捧，使他几乎要跻身于国师的行列了。

中国的改革开放，其中有一条就是全面地学习国际先进经验。而在国人所能看到的先进经验中，“亚洲四小龙”无疑是最让人羡慕和崇拜的。韩国、新加坡、中国的香港和台湾，在几十年前经济都不怎么样，和中国大陆也就是伯仲之间。可人家抓住了六七十年代国际产业转移的机遇，趁着中国大陆轰轰烈烈搞“继续革命”之机，迅速地发展起来，混到了人均 GDP 好几千美元的水平上，与人均才两百多美元的中国相比，简直就是天上地下的区别了。

高磊就是研究“亚洲四小龙”成功经验的权威，他发现，这“四小龙”的特点都是依靠“大进大出”的出口加工业起家，然后在某几个产品领域中做到最佳，从而占据了国际产业链的一个环节。这些国家都没有完整的装备制造业，他们的装备几乎全部来自于西方发达国家，他们所做的，就是利用这些装备搞劳动密集型产业，再把产品销往西方，赚取加工费用。虽然这听起来有些给人打工的感觉，但人家就是凭着这样的产业富裕起来了，人均 GDP 甩出中国好几条街，你能不服?

基于这样的认识，高磊提出了他的国际大协作理论，认为中国应当有所为、有所不为，搞“两头在外”，也就是设备和原料从外面购入，产品向外面销售，中国自己集中力量只做加工这一个环节。因为这个模式的核心是把中国融入国际产业链，所以得名叫“国际大协作理论”。这个理论在中国的一些沿海开放城市也取得了良好的效果，不少搞“两头在外”的企业经营业绩非常好，为国家创造了大量的外汇，本企业也得到了丰厚的利润。因此，一些领导，尤其是地方省市的领导对于这个理论颇为推崇，纷纷提出本行业、本地区也要搞国际大协作，要与国际接轨。高磊作为这个理论的创始人，自然也就成了名人。

关于高磊其人以及他的国际大协作理论，冯啸辰与罗翔飞是交换过意见的，差不多整个重装办对于他都颇为不屑，觉得他的那套理论与重装办的实践完全对不上号。冯啸辰还专门从吴仕灿那里申请了一个课题，组织社科院的同学批判国际大协作理论，社科院的学生中间也有支持高磊的，双方这几个月争论得非常厉害，也得出了不少颇有见地的观点。

冯啸辰不知道高磊怎么会跑到这个展会上来，更不知道他是如何把王根基给得罪了。他笑着说道：“老王，你别乱咬人好不好，高教授是高教授，我是我，他惹了你，你凭什么对我发脾气啊。”

“我不是冲你发脾气，我实在是气急了，这个高教授，是跟着计委的领导一起来的，我正好在会场上做接待，就陪着他们一起参观了。计委的领导对于我们这个交流会评价挺高，可这位高教授好像从一开始就惦记着要找茬，看啥都不顺眼，风言风语的，如果不是看到有领导在，我早抽丫……我是说，我早就跟他理论理论了。”

“他是怎么说的？”罗翔飞皱起了眉头。这次交流会涉及的大企业很多，规格挺高，计委的领导同志来捧场也是预料之中的事情。高磊是当下的热门学者，没准计委领导就带着他一起来了。

以高磊一贯的立场，对于这种交流会有一些不同意见，倒也不奇怪，但当着计委领导的面风言风语，这就有砸场子的意思了，也难怪王根基会恼火。

# 第四百四十章

“成绩，当然还是值得肯定的。”

在一处展台前面，四十来岁、面色白皙的经济学专家高磊推了推自己的金边近视眼镜，用上位者的口吻发表着评论，在他身边，站着国家计委副主任谢文春以及一些随员，大家都在听着高磊的宏论，脸上的表情各有不同。

“但是，总的来说，还是有些华而不实了。”高磊只肯定了一句，就迅速转入了批判模式，“装备制造业，重点是在装备上。什么是装备？我在欧洲、美国考察的时候，参观过他们的工厂，人家的工厂里，清一色都是大流水线、机器人，全部是电脑控制。我去过 Chicago 的一家发电厂，那叫一个纤尘不染。人家一个厂子的发电量，抵我们好几个厂子，工人呢？连我们一个厂子的零头都不到。”

“咱们也是在追赶吧。”来自于机械部的司长安东辉说道，“高教授说的火电设备，也是列入了我们重点装备研制计划的项目，我们龙江电机厂与美国通用、西屋公司联合设计、合作制造的首台 60 万千瓦的火电机组，日前已经通过了检验认证，很快就可以并网发电了。当然了，我们目前还做不到独立制造这个规格的大型机组，不过，许多关键部件的制造工艺已经获得了突破，这次交流会上，龙江电机厂也带来了他们的一些成果。”

“是的是的，这些成果我们刚才也已经参观过了，但是，安司长，恕我直言，这些成果里，做表面文章的地方还是占多数的，有些华而不实啊。”高磊毫不客气地说道。

照常理来说，这种文科学者在官员面前是会比较谦恭一些的，但高磊这两年行情看涨，部级领导对他都是客客气气的，这就惯得他有点找不着北了。他知道安东辉只是一个司长，是陪同谢文春来参观的，而他高磊则是谢文春亲自请来的，所以他并没有把安东辉放在眼里。

安东辉被呛了一句，脸色当时就有些黑了。他冷冷地说道："是吗？这倒要请教一下高教授了，什么叫作做表面文章，怎么就是华而不实了？"

高磊不把安东辉放在眼里，安东辉同样没把高磊放在眼里。高磊是谢文春的客人不假，但即便是谢文春本人，也不会轻易在一个部委的司长面前如此不留情面地说话。大家都是体制内的人，一旦把话说到这个程度，那就是打算撕破脸的节奏了。

谢文春在旁边听着二人说话，也嗅出了其中的火药味，但他却没有吭声，只是微微笑着，既不显得支持高磊，也不显得支持安东辉。他很想听听这两个人会如何辩论，以便从中得到自己想得到的信息。

"刚才咱们已经看过了龙江电机厂的展台，他们那个姓欧的处长也介绍了他们这几年引进和消化吸收国外技术的事迹。他说了很多，但说来说去，不外乎就是解决了什么淬火工艺问题，什么精密铣削加工问题，太初级了！国外都已经在搞机器人了，咱们还在沾沾自喜于什么淬火退火，这有什么意义呢？"也许是为了给自己的讲述增加一点实际的证据，高磊信手抄起面前展台上放着的一根轴，继续道，"不就是这样一根轴吗？咱们早在五十年代就能够加工出这样的轴了吧？到现在我们还把这样一根轴当成引进技术的成果，这不是咄咄怪事吗？"

此言一出，在场的人都有些惊愕了。来参观展会的人，企业里的就自不必说了，部委里的那些，也都是业务型的干部，多少是有些工业常识的。高磊这话，实在是太颠覆大家的三观了，让大家都不知道该说啥好了。

"高老师，您说这根轴不算成果，我能不能请教您一下，你觉得你手上的这根轴，是车出来的，还是铣出来的？"

一个声音从众人背后传来。大家扭头看去，却是一个20岁出头的小年轻，脸上笑吟吟的，显得颇为和善。在他身边，还有几个人，其中有一位是大家都认识的，那就是煤炭部退休下来的老副部长孟凡泽，工业圈子里的老前辈。

“孟部长，您也来了！”

谢文春赶紧上前，向孟凡泽见礼。他的职位比孟凡泽要高，但在孟凡泽面前还是得以晚辈自居的。

“文春，不必客气，听听小冯向高教授请教的问题。”孟凡泽制止了谢文春进一步过来寒暄的意图，用手指了指冯啸辰，说道。

谢文春于是也就不再客套了，他点头微笑着向罗翔飞打了个招呼后，便把目光投向了孟凡泽所说的那位“小冯”，一时猜不透这位小冯的来历。

高磊的高谈阔论突然被人打断，让他有些恼火，再一看说话者居然只是一个小年轻，他就更加不悦了。正想着不予理睬，却见谢文春以及那位什么部长对这个小年轻都颇为重视的样子，他又不便不回答了。

“是车出来的，还是铣出来的？这个我倒是没有研究过。”高磊支吾道，“不过，既然是成果交流会，我想它的加工技术应当还有一定水平的吧，很可能是铣出来的。”

“您是说，铣一定比车更高级？”冯啸辰依然笑呵呵的，把高磊往坑里带。

高磊感觉到了一些危险，因为他发现现场的气氛有些诡异，大家都在看着他，就像看一只正往捕鼠笼子里钻的老鼠一般。

“技术上的事情，我了解得不多。”高磊先给自己铺垫了一下，“我是研究宏观经济的，这些微观的事情嘛，当然，我也在学习……”

“嗯嗯，高老师这种活到老、学到老的精神，值得我们效仿。”冯啸辰满脸真诚，然后说道，“不过呢，我有一个小小的建议，一个连车床铣床都分不清的学者，最好不要讨论工业技术的问题，否则……”

他没有再说下去，但大家都已经能够悟出他的潜台词了。在场一干搞工业的人，都知道加工出这样一根高精度的轴有多大的难度，这不是说几句话就能够实现的事情。

“高教授是学经济学的，对于工业技术不是特别了解，术业有专攻，这算不了什么。”谢文春出来打圆场了。冯啸辰的问题虽然简单，却让谢文春看清了眼前这位专家的成色。或许，高磊在宏观经济方面是确有一些建树的，但在涉及工业发展的问题上，那就是门外汉了。相比之下，孟凡泽、罗翔飞、安东辉这些人，都是长年累月和机床打交道的，他们的认识更为深刻。

“是啊是啊，高教授在经济学上的造诣，是我们望尘莫及的，日后我们还要专门去向高教授请教呢。”罗翔飞也说着漂亮话，他走上前去，伸手向高磊打着招呼，道，“高教授，自我介绍一下，我是经委重装办副主任罗翔飞，这次的技术交流会，就是我们办组织的，有很多不足之处，还请高教授批评指正呢。”

“呃呃，哪里哪里，搞得很好，很好嘛，我在这里学到了很多东西。”

高磊一边与罗翔飞握着手，一边尴尬地应道。他到现在也没弄明白自己说错了什么，但从周围人的眼神里，他知道自己已经栽了。在这个时候，文科教授的情商再次回到了高磊的身上，他把自己的模式又调回了“恭维”状态，开始大夸重装办的丰功伟绩了。

“孟部长，这小年轻是谁啊，有点初生牛犊不怕虎的劲头啊。”

借着高磊与罗翔飞搭话之机，谢文春走到孟凡泽的身边，低声地问道。

孟凡泽看了看跟在罗翔飞身后的冯啸辰，同样低声回答道：“冯啸辰，原来在重装办当副处长，现在在社科院跟沈荣儒做研究生。”

“原来就是他呀！”谢文春恍然大悟。在他这一级的领导眼里，冯啸辰不过是个小人物而已，但这个小人物折腾过的事情可真不少，所以谢文春对他也有所耳闻，只是无法把名字和人对上而已。

“果然是名不虚传，一个小小的问题，就把高教授给难住了。还有那句‘一个连车床铣床都分不清的学者，最好不要讨论工业技术的问题’，说得太犀利了，我看高教授脸上都有些挂不住了。”谢文春道。

孟凡泽道：“我倒觉得小冯说得很对，搞工业，不能让一群分不清车床铣床的人去说三道四。过去我们任用干部，都要求有基层的工作经历，要在车间里干上几年，才能真正了解实际情况。像高磊这样的学者，高高在上，不接地气，根本就不知道何为工业基础，就开始指手画脚。照他们的意见来管理工业，非得把咱们的工业毁掉不可。”

# 第四百四十一章

“这么说，孟部长对于高教授的观点，也是不赞同的?”

谢文春敏感地听出了孟凡泽话里的潜台词。高磊这个名字，一向是和国际大协作理论绑在一起的，孟凡泽称他不接地气，又说不能按他的意见来搞工业，显然反对的不只是高磊这个人，而是反对他所代表的国际大协作理论。谢文春作为计委领导，是专门负责制订国家产业政策的人，对于这个问题自然是更为关注。

孟凡泽并不忌讳陈述自己的意见，他说道：“高磊提出的那个国际大协作理论，我和很多工业战线的同志们都是持保留意见的。咱们这么大一个国家，怎么能不搞自己的装备制造业？高磊提出两头在外，万一被人家卡住脖子，怎么办?”

“可是，国家现在也在提与西方合作，和平是未来的主流，一部分同志担心被人家卡脖子，是完全不必要的。”谢文春笑着说道，他的笑容表示他并不同意这种说法。

孟凡泽道：“世界和平是我们追求的目标，但不是我们要追求，它就一定能够实现的。主席说过，以斗争求和平则和平存，以妥协求和平则和平亡。咱们如果放弃了自己的工业基础，一味靠着外国人施舍给我们工业装备，那么这个世界上就不会有真正的和平，除非我们愿意给外国当殖民地。”

“这个说法，现在有些不合时宜了。”谢文春笑着提醒道。

孟凡泽也笑了，他说道：“我本来就是一个老人嘛，不合时宜也是正常的。这样吧，我给你找个年轻人来，听听他的意见，如何?”

“那可太好了。”谢文春说道。

冯啸辰被叫过来了，孟凡泽给他和谢文春作了个相互介绍，冯啸辰赶紧向谢文春点头致意，谢文春摆摆手道："不用拘礼，孟部长说你对于国际大协作问题有一些高见，能不能请你不吝赐教啊。"

冯啸辰道："孟部长和谢主任太抬举我了，我哪有什么高见，刚才只是胡说八道了几句而已，还请谢主任不要介意。"

孟凡泽道："小冯，谢主任让你说，你就说，上次你在我那里，就讲得很好嘛。咱们的作风就是知无不言，不搞什么一言堂。"

"呃……我实在是有些惶恐。"冯啸辰装出一些腼腆的样子，但大家分明能够看出，他心里并没有什么怯意，真正在领导面前胆怯的人，是不可能这样表现的。

谢文春没有绕什么弯子，他把自己刚才与孟凡泽说的事情简要复述了一下，然后说道："小冯同志，有人认为国际斗争的观点有些过时了，中国应当彻底地融入国际社会，你对这个问题是怎么看的?"

"这个问题嘛?"冯啸辰想了想，笑着说道："暂时来看，国际斗争的观点，的确是有些过时了。"

谢文春有些哭笑不得，说道："这是什么话，什么叫暂时来看?"

冯啸辰道："世界上没有永恒的朋友，也没有永恒的敌人。中美建交之后，中国和整个西方的关系全面改善，目前正处于蜜月期，从这个角度来说，国际斗争这个观念的确有些过时，我们应当有一些与时俱进的观念。"

"蜜月期，这个提法有趣。"谢文春笑道，"那么，你又为什么说是暂时呢?"

冯啸辰道："中国和西方毕竟存在意识形态上的矛盾。西方目前是寄希望于中国能够改变自己的意识形态，如果中国不能照着西方的样子改变自己，那么迟早有一天，西方会重新祭出制裁中国的大棒。事实上，即使在今天，巴统对中国的限制依然没有解除，中国还是无法从西方获得高技术装备，这说明西方国家一刻也没有忘记提防中国。"

"嗯，有一定的道理。"谢文春道，"那么照你的说法，如果中国全面放弃了现行的社会制度，是不是西方就不会再提防我们了呢?”

“当然不是!”冯啸辰不假思索地回答道，“不管中国是否放弃现行制度，西方都不可能与我们真诚合作。中国与西方之间的矛盾，表面上看是制度之争，而本质上，是利益之争。”

听到冯啸辰的话，谢文春扭头看了孟凡泽一眼，见老爷子脸上露出一个欣慰的笑容。谢文春也微微一笑，回头对冯啸辰说道：“你的话越来越有趣了，你倒是说说看，为什么我们和西方的矛盾本质上是利益之争呢?”

“国与国之间，只有利益，没有主义。”冯啸辰说道，“二战时期，美苏也曾联手，共同应对法西斯的威胁。战后，虽然国际大形势是东西方之争，但在西方国家内部，也同样是存在着斗争的。西欧各国建立欧共体，就是为了对抗美国的霸权。日本作为美国的保护国，却在经济上逐步蚕食美国的市场，他们之间的矛盾也在逐渐积累。

几个月前，西方五国在纽约广场饭店签订的广场协议，实质上就是为了打压日本的贸易优势。说得通俗一点，就是美国利用自己的霸权，强行剪日本的羊毛，而日本只能是忍气吞声，接受这个不合理的安排。

西方国家之间为了经济利益尚且会互相倾轧，更何况他们与中国的关系？西方国家的目的，是让中国成为他们的产品销售市场以及廉价劳动力的供应地，一个强大而有竞争力的中国，是他们不愿意看到的。所以，中国不强大则已，一旦强大起来，甚至有强大起来的迹象，都必然要招致西方的封杀。”

“果然是有真知灼见啊。”

听完冯啸辰一番宏论，谢文春点头赞道。冯啸辰说的这些观点，对于谢文春这个级别的官员来说，并不算是特别新颖。别看一些官员说话的时候满口都是世界大同，但真正在实践部门摸爬滚打上来的人，哪个不是人精？谢文春感慨的是以冯啸辰的年龄，居然也有这样的见识，那就非常不容易了。时下，国内许多人是打心眼里相信世界大同，或者说是所谓普适价值，如高磊就是其中之一，冯啸辰的这番认识，反而显得有些另类了。

他当然不知道，冯啸辰所以有这样的认识，也并不是因为他比别人更聪明，而是因为他有着后世的经验。八十年代的中国，的确是曾经幻想过世界大同的，但随后的一系列事情让中国人明白了在这个世界上没有哪个国家是靠得住的，中国的事情，只能依靠中国自己。冯啸辰说的这些，放到 21 世纪初，基本上就是常识了。

“听说你在社科院读研究生，高教授也是社科院的老师，你这算不算是在否定老师的观点啊？”感慨完了之后，谢文春笑呵呵地调侃道。

冯啸辰睁大了眼睛，满脸萌态地说道：“我没有否定高老师的观点啊。我觉得，高老师的观点是有道理的，咱们的沿海开放城市，完全可以在高老师的理论指导下，搞大进大出，积累资金。我们要发展装备制造业，资金是一个大问题。过去我们搞闭关锁国，拒绝接受国际产业转移，把好处便宜了‘四小龙’，现在咱们应当转变观念了，搞搞两头在外也不是什么丢人的事情，能赚钱就是王道。”

谢文春当然知道冯啸辰是在偷换概念，他说道：“可是，高教授的意见是咱们应当放弃装备制造业，全力以赴地搞出口加工业，这和你的观点不一样啊。”

冯啸辰假意地叹了口气，说道：“唉，有啥办法呢？咱们中国人实在是太多了，如果全搞出口加工业，只怕发达国家也消费不起啊。就拿电视机来说吧，时下国内建了差不多有 200 家电视机厂，如果开足马力生产，一年的产量够全世界用 10 年了。这么多人，光搞出口加工业肯定不行，必须有一些人去干点别的，比如我们的装备制造业啥的。”

“哈哈，这个理由不错。”谢文春大笑起来，吸引得正在那边与罗翔飞虚与委蛇的高磊也把目光转过来了。

“谢主任，你们在谈什么呢，怎么这么高兴？”高磊走过来，笑着问道。

谢文春用手指了指冯啸辰，说道：“高教授，我刚才正在听你的这位高足小冯同学谈他的想法呢，他对于你提出的国际大协作理论，也是倍加推崇啊，有些观点，甚至是青出于蓝而胜于蓝呢。”

“是吗？”高磊的眼睛里闪过一道寒光，他看着冯啸辰，问道，“怎么，你也是社科院的，你是谁的学生?”

冯啸辰在心里暗暗叫苦，自己刚才是为了替重装办出头，直接怼了高磊。谢文春这番话，目的是为了替他开解，省得高磊记恨他。但以冯啸辰对高磊的了解，知道谢文春的努力是不会有效果的，高磊现在已经很膨胀了，根本容不得别人挑战，自己得罪了他，他肯定是要找茬报复的。谢文春没有点出他是社科院的学生还好一点，也许高磊过几天就把这事忘了。现在他知道自己是社科院的学生，以后还不想着找机会给自己穿小鞋吗?

# 第四百四十二章

冯啸辰有一点弄错了，高磊的确是起了要给他穿小鞋的念头，但这个念头并不是因他刚才那几句话而起，而是由来已久的。

战略所有一群研究生发起了一个蓝调咖啡沙龙，专门批判国际大协作理论，这件事岂能瞒得过同在社科院的高磊？他一开始对此事并没有特别在意，但随着丁士宽等人在几家有点分量的学术期刊上发表了质疑国际大协作理论的文章，而且赢得了一定的认同，高磊就无法淡定了。

他通过自己带的学生，深入了解了蓝调咖啡沙龙的背景，听到了两个名字，一是重装办，二是冯啸辰。这一回，他来参观重装办主办的技术交流会，当着谢文春的面大放厥词，拼命贬低这个交流会的价值，其实就是因为对重装办存有芥蒂，想给对方一个难堪。及至被冯啸辰用几句话逼住，他更是恼羞成怒，刚才与罗翔飞聊天的时候，他心不在焉，一直在琢磨着那个刁难自己的年轻人是谁，直到谢文春点出了真相。

重装办，小冯，社科院学生，这几个特征结合起来，高磊自然就猜出眼前这个年轻人是谁了。

冯啸辰，战略所研究生，原来就是你！

高磊脸上带着微笑，但心里却已经给冯啸辰记下了一笔账。他早知道冯啸辰是沈荣儒的学生，所以一时还找不出给冯啸辰穿小鞋的方法。毕竟沈荣儒的名气比高磊要大得多，高磊只算是时下的一个“网红”而已，即便是在欣赏他的那些领导心目中，地位也是不及沈荣儒的。

技术交流会上，也就出了这么一个小小的插曲，其他的事情都是照着重装办原来的设计进行的。这次交流会，也算是对前期技术引进工作的一次总结，从各家单位拿出来交流的技术看，过去几年引进的技术大多数都得到了消化吸收，变成了自己的能力。一些企业在引进技术的基础上，还形成了一些自己独创的技术，这就更是可喜的事情了。

交流会的成果也十分可观，各家企业之间实现的技术交流多达一万余项，达到了技术外溢的效果。出让技术的那些企业收到了不菲的转让金，而受让技术的企业则全面地提升了自己的技术水平，这就是双赢的结局了。

在这次交流会中，收获最大的是包成明。几十万元的佣金收入倒在其次，最重要的是，这次展会得到了国家经委、计委等部门的关注，这是包成明从未享受过的殊荣。那些部级领导亲切接见的画面，都已经由包成明的手下及时地拍成了照片，未来是要挂到辰宇信息公司会议室以及总经理办公室里的。有了这些照片，包成明走出去就是有身份有地位的牛人了。

热热闹闹的技术交流会结束了，重装办的工作又回到了原来的轨道上。尽管交流会得到了有关领导的表扬，媒体也给予了很高的评价，但罗翔飞的心情却丝毫没有轻松起来，反而显得比交流会之前更加沉重了。

“小冯，你没感觉出一些什么吗?”在冯啸辰充当司机开着的吉普车里，坐在副驾驶座位上的罗翔飞一边用手揉着太阳穴，一边用郁郁的口吻问道。

“您是指哪个方面?”冯啸辰放慢了车速，对罗翔飞问道。

“这次交流会的会场。”罗翔飞道。

冯啸辰想了一下，说道：“总的来说，交流会很成功。和几年前相比，各家企业的工艺水平上升了一个台阶。就说罗冶的150吨自卸车，设计上采用的是美国海菲公司的技术，只能算是依葫芦画瓢，还达不到能够完全自主研发的水平。但工艺上与当年的120吨自卸车已经不可同日而语了，这应当算是一个很大的成绩吧。”

“我不否认这样的成绩。”罗翔飞道，“恰恰是因为看到了他们的成绩，所以我才觉得有压力啊。”

“这个……我不懂。”冯啸辰不知如何接话了。也许是因为他离开重装办已经有一年多时间，虽然也经常和罗翔飞等人走动，但没有身处一线，很多事情还是体会不到的，罗翔飞所说的压力，冯啸辰还真不知道从何而来。

罗翔飞道："小冯，这次你有没有和王伟龙私下聊过天？"

"聊过啊。"冯啸辰道，王伟龙是代表罗冶来参会的，会议间隙冯啸辰专门请他吃过一顿饭，聊了不少事情。

罗翔飞问道："你们聊了什么？"

"啥都聊了，涉及工作方面的事情，主要就是技术引进和150吨自卸车销售的问题了。"冯啸辰道。

"销售情况如何呢？"

"只能说是还过得去吧。"冯啸辰道，"他们把销售任务外包给辰宇信息公司之后，包成明利用自己的关系，帮他们促成了好几个订单，其中也采用了一些不太光彩的手段，但结果还是不错的。今明两年他们拿到了70多台车的订单，基本能够把他们的成本打平。就这件事，王伟龙还特别代表他们厂领导向重装办表示感谢呢。"

罗翔飞淡淡一笑，说道："这是你小冯帮他们做的事情，重装办这边出的力气反而没有多少。"

"我不也是您的兵吗？"冯啸辰乖巧地说道。王伟龙的原话还真的只是感谢冯啸辰和包成明，并没有提到重装办，冯啸辰刚才是说了句谎，目的也是为了拍拍罗翔飞的马屁。

罗翔飞没有纠缠这件事，继续说道："罗冶的情况，还算是乐观的，毕竟能够把成本打平。这次交流会上，我和很多企业的领导谈过，他们现在大多数都有不同程度的亏损，有一些亏损还非常严重，几乎要到无法维持生产的程度了。"

听罗翔飞说起这个，冯啸辰的心情也不好了。八十年代中期开始，国家的管理体制发生了一些变化，原有的计划体制逐渐弱化，代之以商品经济体制。重装办联系的这些装备制造企业过去都是倚仗着计划体制生存的，在这种新形势下，普遍出现了不适应的情况。

时下，各地政府关心的都是轻工业，什么电视机、电冰箱、摩托车等等，都是重点投资的产业。老百姓手里有了钱，也需要购买这些耐用消费品，一时间轻工业企业的效益大增，显得重工业企业就有些没落了。

像罗冶这种企业，生产的150吨电动轮自卸车属于露天矿专用设备。在过去，矿山的采购是由国家计划指定的，罗冶只要能够把产品生产出来，就不愁销路。而现在，矿山有了一些自主权，地方政府并不在乎远在异省的罗冶是死是活，他们只关心本省的矿山能不能迅速增产，所以往往会支持矿山直接从国外采购装备，这就让罗冶陷入了销售上的困境。

在包成明的帮助下，罗冶倒是拿到了几十台车的订单，这就算是不错的情况了。像那些生产大型火电厂装备、大型冶金装备、大型化肥装备的企业，日子都非常难过。一方面是地方政府对于这样的长线项目不感兴趣，投资减少，另一方面就是当地即便要建电厂、化肥厂，人家也不一定愿意采购国产装备。这样一来，大多数装备企业都出现亏损就不奇怪了。

在当年，有一个名词，叫作“政策性亏损”，意思是说这件事并不怪企业本身，而是国家政策调整带来的影响。戴上“政策性亏损”的帽子，企业就可以向国家伸手要钱，以弥补亏损。国家出于稳定重工业的需要，也出于稳定社会秩序的需要，往往会让当地银行向企业发放一些贷款，以帮助企业发工资以及应付日常开销。

这种情况已经持续了好几年时间，但事情并没有向好的方向发展，反而有越来越糟糕的迹象。这一次的技术交流会，罗翔飞看到了各家企业在技术水平上的提升，同时也听到了普遍有关政策性亏损的抱怨。一干国家装备主柱企业，捧着引进的先进技术却无处施展手脚，成天靠银行贷款度日，这如何不让罗翔飞忧心。

“可是……”冯啸辰想说点啥，却又不知从何说起。其实，前一段他去东翔机械厂解决的问题，也与此类似。但救一个东翔厂容易，要给如此多的装备企业找个出路，就不是一件容易的事情了。

罗翔飞笑了笑，说道：“小冯，你也别想太多了，我只是随便说说而已。对了，马上要过年了，你奶奶晏老是不是还要回来过年呢？你可得抽时间好好陪陪老人家。”

“我明白，我会的。”

冯啸辰敷衍着答应道，脑子里却依然在思考着罗翔飞刚才提出来的问题：面临着普遍性政策亏损的装备企业出路何在呢？

# 第四百四十三章

“爸，妈，我回来了！”

明州省会金钦市，省经委主任李惠东的家门被钥匙捅开了，一个风风火火的姑娘出现在门口，肩上背着一个双肩背包，手里提着一个硕大的旅行袋，大声地对着正在饭厅里吃晚饭的李惠东夫妇嚷嚷道。

“小月，你怎么回来了！哟，这么多东西，你是怎么拿回来的？”

“怎么没提前招呼一声，我也好派车去车站接你。”

李惠东和夫人韩芝琳扔下饭碗，迎上前去，七手八脚地帮女儿接过行李和外衣、手套之类，又是欢喜又是心疼地询问着。

韩江月任凭着父母忙碌，自己一屁股坐在饭桌边，伸手便拈了一块肉塞进了嘴里。

“手都没洗，脏不脏啊！”韩芝琳嗔怪地骂着，早把一块湿毛巾递到了女儿的手上，那头李惠东则把一双筷子递过来了。这个小女儿，在外面显得挺独立、挺干练的，回到家里也是被宠成小公主的。

“我饿死了！那个大包里是我给你们买的港岛出的皮夹克，一人一件，特别新潮，哎呀，就是太沉了，累死我了！”韩江月一边在菜盘里挑自己爱吃的菜往嘴里送，一边含含糊糊地说道。

“谁让你往家里带东西了？还有，你要回家，怎么不提前说呢，你爸派个车去接你又不违反规定。”韩芝琳说道。

“我自己也要锻炼锻炼嘛，老是蹭公家的油水多不合适。人家港岛有廉政公署的，像我们这种公车私用，都要被处分的。”韩江月给自己找着理由说道，同时脑海里浮出了一个胖子的形象。

如果不是那个死胖子非要和自己坐同一趟车，还说是什么顺路换乘，韩江月才没这么高的觉悟，要和父母谈什么廉政呢。死胖子一直把她送到了离家只有一站远的地方，才在她的呵斥下返回火车站去签票继续北上，这个场景如果让父母看到，那岂不是要出大事了？

不过，如果一开始答应了让死胖子跟她一起回家，是不是也可以呢……韩江月的心有点乱了。

两年前，在冯啸辰的怂恿下，韩江月辞了公职，南下鹏城，进了一家港资企业，依然做自己的老本行装配钳工。由于技术过硬，加上为人聪颖而且敬业，她迅速受到了老板的青睐，由普通工人被提升为车间主管，去年更是担任了公司的副总，全面负责生产和销售事务，月薪也达到了2000港币的水平，比她那个当省经委主任的父亲高出了七八倍。

在事业上取得成功的同时，丘比特的神箭也在密集地向她投射。在她身边，向她献殷勤的小白脸、高富帅简直能够编出一个加强连，她对这些成功人士一向嗤之以鼻，却不料陷入了一个死胖子编织的情网，如今已然是难以自拔了。

这个死胖子就是原冷水矿待业青年宁默，因为不满足于在冷水矿石材厂日复一日的枯燥生活，他与同伴赵阳一起，承包了石材厂边角料内销的业务，带着发财的梦想来到了鹏城。同样是在冯啸辰的点拨下，宁默悟出了销售的真谛，原来压价甩卖都难以卖出去的边角料，几经包装居然成了鹏城乃至港岛建筑市场上的香饽饽，销量大到让石材厂不得不另开了一条面向内销的生产线，价格则更是离谱到让厂长怀疑宁默他们是在南方干起了抢钱的生意。

仅仅一年多时间，宁默和赵阳都已经有了百万级别的身家。人有了钱就会动各种歪心思，即便是一个死胖子，心里也是有着一片春天的。宁默心里的春天，就是他在街上偶遇的那位女钳工韩江月。

宁默以一个大器晚成的销售天才的丰富技巧，向韩江月发起了爱情攻势。一开始，韩江月仅仅是因为觉得宁默也是内地人，又是厂矿子弟，为人忠厚，所以偶尔会接受他的邀请，出来与他一起喝喝茶，吃顿便饭。慢慢地，她终于感觉到了宁默那灼人的热情，于是与所有女孩一样，经历了惶恐、矜持、回避、半推半就的历程，如今已经走到能够默许宁默送她回金钦过年的程度了。当然，对于宁默要求去她家面见李主任的要求，她是断然拒绝了的，理由是：还太早了点吧……

还太早了点……这就是说，未来一定有机会的！宁默听出姑娘的潜台词了，于是欢天喜地地回火车站签票去了。至于回程的时候坐过了站，不得不蹭了一辆拉矿石的大货车回了家，这就不足为外人道了。

“小月，想啥呢？”当母亲的敏感地注意到了女儿眼神的游离，试探着问道。

韩江月一怔，旋即掩饰着应道：“没事，累了。”

“累了？那赶紧把面条吃了，洗个澡早点睡觉吧。”韩芝琳把一碗刚煮好的面条放在韩江月面前，柔声地说道。她才不相信女儿的胡扯呢，她是过来人，知道那种眼神出现在一个 24 岁的女孩子眼睛里，绝对不是因为旅途劳累，而因为另外一件事，那就是这丫头恋爱了！

“你是说，小月有对象了？”

把韩江月打发去卧室睡觉之后，老两口躲进自己屋子里，开始分析起这个重要情报来。

“我觉得是。”韩芝琳道，“小月说她是坐公交车回来的，进门的时候，她把车票给你了，是不是这样？”

“是啊。”李惠东说道，机关干部都要攒车票的，一张公交车票虽然只要一毛钱，但家里的孩子们还是养成了逢票必交的习惯。

韩芝琳继续道：“她交了几张车票？”

“一张啊。”

“这就对了。”

“怎么对了？”

“她提了这么多行李，那个旅行袋超过体积了，为什么没有额外买票？”

“……”

李惠东看着妻子，有些愕然，这个老婆不去当福尔摩斯真是屈才了，这么一个小细节，居然都能够发现。

可不是吗，女儿既然是坐公交车回来的，行李超标肯定是要多买一张票的。而女儿只交了一张车票，这就意味着有人与女儿一同坐车，帮她把行李一直送到了门口。如果这个人与女儿没有什么特殊的关系，女儿肯定要说出这件事情，而不会一味地叫累。韩江月是当钳工的，的确有把子力气，但拎着这么重的行李上上下下还是挺辛苦的。韩江月嘴上叫着累，看起来却并没有那么回事，这其中的奥妙，就值得品味了。

“老李，你说，小月不会是跟那个什么小冯处长又遇上了吧？”韩芝琳带着几分忐忑地问道。

韩江月在几年前邂逅了京城来的小处长冯啸辰，心生暗恋，这事肯定瞒不过父母。后来韩江月毅然下海去鹏城，也是发生在冯啸辰去乐城市与韩江月见面之后，李惠东夫妇如何能够不产生出一些联想。如果女儿真的能够和冯啸辰这种京城的处长走到一起去，韩芝琳当然是举双手支持的，但问题在于，二人似乎又没有这样的缘分，韩芝琳就不能不感到忧虑了。

李惠东皱着眉头道：“我估计不是。我上个月去京城开会，专门从侧面打听过冯啸辰的事情，听说他已经有个对象了，两个人虽然还没结婚，但已经住到同一个院子里去了。”

“怎么能这样！这不是生活作风有问题吗！”韩芝琳愤愤道，“幸好咱们小月没和他好，这样道德败坏的人，我可不欢迎。”

“道德方面倒不好说，不过他的确有些轻浮，少年得志嘛，也是难免的。上次在乐城，他把乐城的干部们得罪得很厉害，如果不是最后帮乐城拿到了电视机厂的批件，乐城的老贾他们不会跟他善罢甘休的。”李惠东不着边际地评价了冯啸辰两句，然后回到原来的话题，说道，“我估计小月不会和他来往，小月也是心气很高的人，知道他有对象，不可能再跟他来往的。”

“我觉得也是，他也就是个小处长嘛，有啥了不起的。”韩芝琳道，随后又开始想入非非起来，“老李，你说小月不会找了个港商吧？听说港岛的富商可喜欢找咱们内地的女孩子了。不过，我可不希望小月嫁个港商，那些港商岁数都太大了，如果是个有钱的港商家里的孩子，还差不多……”

“别瞎想了，如果是港商，会跑到金钦来帮小月拎行李吗，而且连门都不进。我估计，可能就是小月过去的同学啥的，明天你找机会打听一下……”

# 第四百四十四章

韩江月可不知道自己的父母正在暗地里算计着自己。这一次，老板给了她十五天的假期，让她能够宽宽松松地回家过个年。她坐火车从鹏城回来，的确是有些累，不过睡了一觉之后，就满血复活了。第二天开始，她便跑出家门去呼朋引伴地玩耍，直到晚上才回到家里，几乎没给父母留下打探“军情”的时间。

“哎呀，油炸臭豆腐，我最喜欢吃了，怎么样，一人两串，说好了，我请客!”

这是在金钦市新开的农贸市场里，韩江月正和几位技校时候的女同学一起闲逛着。鼻翼间忽然闻见熟悉的香味，韩江月便带着女伴们直奔那个摊位而去了。

“老乡，来8串，要煎透一点。”韩江月向卖臭豆腐的摊主吩咐道。

“好的，姑娘。”摊主头也没抬，拿了几串臭豆腐放进平底的油锅，开始煎了起来。

“你们不知道，在鹏城，我最不习惯的就是当地吃的东西，吃来吃去，还是咱们明州的小吃最好吃了。”韩江月站在摊位前，向女伴们说道。

一位女伴笑道：“江月，人家都说鹏城好呢，能见世面，挣钱也挣得多。你现在一个月起码有100块钱了吧?”

“说啥呢!”另一个女伴斥道，“人家鹏城的工资起码都是200，江月这么好的技术，我估计，一个月挣400都有可能，江月，你说是不是?”

韩江月笑而不语，脸上的表情分明在告诉对方，这个数字并不算高，自己的收入没准还在这个水平之上。其实，她现在一个月的收入已经能够达到2000港币了，时下港币兑换人民币差不多是1比1的样子，也就是说，她的月薪相当于2000人民币，比这些女伴高出30倍了。

这个具体的数字，她是不便说出来的，否则大家就没法做朋友了。不过，给大家一种自己挺有钱、挺成功的感觉，还是必要的。俗话说，富贵不回乡，如锦衣夜行。当初她离开乐城去鹏城发展的时候，可是有不少人说过风凉话的，她就是要用自己的富裕，来证明这些人的短视。

臭豆腐炸好了，韩江月付了钱，然后把串了臭豆腐的竹签子分发给女伴们，然后笑着说道："要说臭豆腐，做得最好吃的就是塘阜了，我过去在塘阜的时候……"

"姑娘你还在塘阜待过？"摊主问了一句。

韩江月随口答道："是啊，我在塘阜工作过两年呢，是在新民液压……咦，你，你，你不是叶师傅吗？"

对方也一下子认出她来了，不由得惊愕地说道："你是小韩！"

原来，眼前这位穿着围裙卖臭豆腐的摊主，正是韩江月工作过的塘阜新民液压工具厂的钳工叶建生，韩江月当年正是和他同一个班组的，对他一直都是执徒弟礼的。几年不见，叶建生老态了不少，而韩江月则因为在鹏城待了两年，变得洋气了许多，再加上双方都想不到对方会在这里出现，因此一开始才没有认出来。

"叶师傅，你怎么……"韩江月一时有些手足无措了。想想看，当年给你上过课的数学老师，突然变成了一个卖臭豆腐的小摊主，你能反应得过来吗？这个时候是该叫一声老师好，还是该掩面而走呢？

叶建生也从最初的惊喜之中缓过神来，想起了自己现在的身份。与韩江月相比，他无疑是更尴尬的一方。他支吾着说道："小韩，那什么……要不，这钱你还是拿回去，我怎么能收你的钱呢。"

韩江月却是觉得脑子里空空的，她看了看叶建生身上那破旧的衣服，又扫了一眼整个摊位，然后转回头，对着自己的女伴们强挤出一个笑脸，说道："小娟，兰兰，真不好意思，我这碰上过去厂里的师傅了……"

"哦哦，没关系的，要不，小月，咱们回头再约。"

几个女伴一下子明白了韩江月的意思，纷纷向叶建生笑笑，便借故离开了。看着女伴们走远，韩江月这才回头盯着叶建生问道："叶师傅，这是出什么事情了，你怎么不在厂里做事，跑到这里卖臭豆腐来了？"

"唉！"叶建生长叹一声。韩江月过去在新液压的时候，还是个刚刚技校毕业的小姑娘，对师傅们都非常尊重，叶建生也一向都是把她当成女儿那样呵护的。他知道，自己这个样子被韩江月看见，韩江月是绝对不会漠视不管的。他指了指摊位里的一个小马扎，说道："小韩，你进来坐吧，我跟你慢慢说。"

韩江月走进摊位，坐在小马扎上。叶建生坐在她对面，未曾开口，又是先叹了一声，这才说道："小韩，你是不知道，咱们新液压，垮了。"

"垮了？什么意思？"

"停产了，发不出工资，大家都是拿50%的工资在家里待着。我家里负担重，你是知道的，没办法，我就只好厚着脸皮跑到金钦来摆摊子卖臭豆腐了。厂子里像我这样出来做点小生意的，也不少了。"叶建生说道。

接下来，叶建生便把这几年厂子里发生的事情，向韩江月作了一个介绍。

五年前，冯啸辰受孟凡泽的派遣，去新民液压工具厂协调解决液压泵漏油的问题，发现了新液压管理制度不健全的情况。在他的支持下，党委书记徐新坤扳倒了老厂长贺永新，随后启用了一批有能力、懂管理的干部，新液压的面貌出现了可喜的变化，产品质量不断改善，经济效益也不断提高。

韩江月离开新液压的时候，厂子还处于欣欣向荣的状态。当时林北重机等几家矿山机械企业开始引进国外的先进技术，新液压作为为这些企业提供液压配件的单位，也受让了一部分国外的液压部件生产技术，整体水平得到明显的提高。

可就在这个时候，徐新坤因为年龄原因，退居二线，让出了领导岗位。上级新派来的厂长是个有学历的，但对工业生产完全不懂行，到厂里之后任用了一批擅长于吹牛拍马的干部，在生产和经营上昏招迭出，最终把新液压拖入了亏损的泥潭。

新液压的衰败，内因是管理上的问题，外因则是全国都普遍存在的“政策性亏损”。液压件都是用在工业装备上的，装备整机企业不景气，新液压作为配件厂，自然也好不到哪去。厂子的生产任务一天天减少，到最后干脆就是整月整月地开不了工。厂子没有了收入，但工人的工资还是要支付的，解决这个问题的办法只能是向银行贷款，这在国内很多地方也都是常态。

塘阜是个小县，县里的银行信贷规模也小，根本无法填起新液压这么一个无底洞。这样耗了大半年之后，新液压再想从银行贷款就没那么容易了，还是在县经委的压力之下，银行才答应保证新液压能够按月发出50％的工资，而这样的承诺，也并非是永远的。

“怎么会这样呢？余厂长呢，他也跟着新厂长一起胡闹吗？”韩江月怒道。

她说的余厂长，是原来厂里的生产科副科长余淳安，也是当年与冯啸辰一道搞过全厂的全面质量管理体系的，后来当上了厂里的副厂长。韩江月对余淳安有一些好感，她总觉得，有余淳安在，厂子应当不至于沦落至此的。

叶建生道：“老余这个人，你又不是不知道，木木讷讷的，根本不会做人。新厂长来了以后，他就靠边站了。虽然还是副厂长，但说话没几个人听。我们新厂长最欣赏的，是那些会溜须说漂亮话的，金工车间有个青工叫吕攀的，你还记得吗？”

“怎么不记得，吃喝玩乐全内行，学技术学了好几年连给机床加油都不知道。”韩江月鄙夷地说道。

叶建生道：“他现在是厂长助理，专门负责接待外面来的人，天天喝得烂醉。”

“现在还有接待吗？厂里不是没钱了吗？”韩江月问道。

叶建生道：“那是我们工人的工资发不出了，可是厂领导花的钱一点也不少。人家还说了，不搞这些接待，怎么会有新业务呢？结果，吃了一顿又一顿，一桩业务也没接过来。我估摸着，最多也就是一年半载吧，咱们厂肯定是要关门的。”

“那……”韩江月只觉得心里酸酸的，这是她工作过的第一个单位，是她挥洒过青春热情的地方。她还能记得那些与师傅们围在图纸旁边讨论工艺的日子，在那日子里，还有过一个少年的身影……

“那我师父呢，他还好吗？”韩江月扯回思绪，对叶建生问道。

“何师傅不太好。”叶建生说道，他说的何师傅，是韩江月在新液压时候的师傅何桂华，是新液压坐头把交椅的装配钳工。

“何师傅过去就有哮喘病，这两年犯得更厉害了，一到冬天就出不了门。厂里没钱，医药费也报不了，听说何师傅连药都舍不得吃……”

“叶师傅，我要去塘阜看看！”

韩江月眼里涌出了大颗的眼泪。

# 第四百四十五章

“新液压的事情，我是知道的。”在韩江月的家里，李惠东听完女儿介绍的有关新液压的情况，沉默了片刻，心情沉重地说道，“他们那个新厂长叫焦荣林，是通过岗位竞聘的方式上任的。那时候，省里提倡干部队伍年轻化、知识化，新液压当时是由书记徐新坤代理厂长，他年龄偏大，而且没有学历，不符合年轻化的要求，因此机械厅安排他退居二线，然后通过竞聘的方式，选拔一位年轻并且有学历的同志担任新液压的厂长。”

“我知道那种竞聘。”韩江月撇着嘴说道，“我在乐城经委的时候，他们也搞过竞聘，就是找一帮人去讲自己的施政纲领，谁说得好，就让谁当厂长，而且还可以自己任命中层干部，叫作组阁。”

“唉，都是跟国外学的嘛。”李惠东不无自嘲地说道。他那时候就是机械厅的厅长，这件事他算是主要负责人。想到那会大家都心血来潮地要照抄国外竞选和组阁的方式，最终是画虎不成反类犬，他实在也有些惭愧。

“然后呢？”

“然后，这个焦荣林通过他的演讲，击败了其他竞聘者，被任命为新液压的厂长。他上台后，搞了一系列的改革，任用了一批和他一样能说会道的中层干部。厂子里几乎是每天都有新的改革措施，却是越改越乱。本来新液压的产品已经有了一些基础，国内市场销售情况还比较乐观。让焦荣林折腾了两年，产品质量也不行了，售后服务更是差劲，经营越来越差，就落到今天这步田地了。”

“弄成这样，难道就没人负责吗？”韩江月恼道。

李惠东道：“谁负责？我这个原机械厅厅长来负责吗？”

“你也有责任。”韩江月道，“不过，这个焦荣林肯定是首当其冲。”

李惠东叹道：“他也是为了改革，并不是为了自己的私利。塘阜县经委去调查过，焦荣林并没有什么经济上的问题，新液压所以严重亏损，一是因为他在经营上犯了一些错误，第二就是国家政策的影响，这也是没办法的事情。”

“那么，新液压就这样垮下去了？你们也不想想办法把它重新振作起来？”韩江月问道。

李惠东道：“怎么不想？但光想有什么用？要改变新液压的状况，需要有得力的干部，还要有资金投入。新液压现在欠了银行上百万元，要想让新液压重新恢复生产，首先要把这些欠款还清，否则银行根本不愿意提供新的贷款，没有资金，凭空怎么能够做起来？”

“省里不能提供一些资金吗？”

“可省里并不只有一个新液压啊。”李惠东道，“比新液压更重要的企业还有一大批，资金，合适的领导干部，都是问题。如果没有合适的人，就算有资金投入，最终也是打了水漂，像这样的教训，咱们省里已经有过十几个了。”

“可是，听说厂子里现在情况特别糟糕。还有我师傅，岁数这么大了，得了哮喘病，听说连药都买不起，我听了心里真的很不好受。”韩江月红着眼圈说道。她毕竟曾在乐城经委工作过一段时间，对于体制内的情况也是比较了解的。李惠东讲的道理，她也能听懂，而且知道李惠东是对的。她唯一过不去的坎，就是觉得新液压是自己的娘家，变成现在这个样子，她无法接受。

“唉，这就是改革的代价啊。”李惠东说着不着调的话。其实，他又何尝不为类似于新液压这样的企业揪心呢？韩江月的难受，更多的还只是从感情上出发的，李惠东则是站在一个省经委主任的高度来思考这件事的。这些企业都是省里的资源，看着一家家企业陷入亏损，而且找不出让它们起死回生的手段，李惠东能不忧心吗？

“你实在心里不好受，就给你师傅寄点钱吧，帮他解决一点实际困难。”李惠东给女儿出着主意。他知道女儿现在工资高，拿出一两百块钱去帮助一下往日的师傅也不过是九牛一毛的事情，而一两百块钱对于一家亏损企业里的困难职工简直就是雪中送炭了。

韩江月点点头，道："我是这样打算的。不过，我得先去塘阜看看到底是怎么回事，徐书记现在是退居二线，应当还能发挥点作用的，为什么厂子到这样一个地步，他就不出来说句话。"

李惠东道："他也有他的难处吧，焦荣林组阁是塘阜县经委批准的，徐新坤也不能怎么说。不过，你也没必要专门跑趟塘阜吧，这都快过年了，你难得回明州来一趟，新液压的事情也不是你能够改变的，你还是给你师傅寄点钱就好了。"

韩江月却是坚决地摇着头说："不，爸，我必须要去看看。新液压是我技校毕业以后工作的第一个地方，我要去看看到底是怎么了。"

李惠东妥协了，说道："也好吧，去看看也行，省得你回了鹏城还惦记着。我给你安排个车，你快去快回。"

第二天，李惠东找了一家下属企业，要了辆吉普车，送韩江月去塘阜县。省城到县城当然也有长途车，但一来坐长途车太过辛苦，二来韩江月随身带了一些准备送给师傅何桂华的钱，坐长途车就不太安全了。

"小王，你去县城找个地方吃点饭吧，下午三四点钟的时候在这里等我就行。"

吉普车开进新液压的厂区，韩江月在办公楼前下了车，对司机小王吩咐道。

"好的，韩科长，我去吃点东西就回来，你啥时候办完事了，咱们就啥时候走。"小王乖巧地答应着。今天出车的时候，他的领导只告诉他说坐车的是乐城经委的一位科长，至于还有什么背景，就不是他这个小司机该关心的了。他只知道自己的领导对于这位韩科长也是颇为恭敬的，所以他也就知道自己该怎么做了。

打发走了司机和吉普车，韩江月这才有暇认真观察一下阔别几年的新液压。几年不见，新液压的确发生了不少变化，办公楼前面建了停自行车的棚子，围墙边上的公共厕所也翻建过，显得高档了一些，但所有这些变化都没有能够掩盖住一个词，那就是“衰败”。

韩江月当年在新液压的时候，厂子里的建筑物虽然不怎么豪华雄伟，但起码是整洁、完好的。道路两边的树木每到秋季就会刷上齐腰高的白灰，煞是好看。地面每天都有清洁工负责打扫，每周还有全厂性的大扫除，基本上没有什么卫生“死角”。所有这些细节，都会让人感觉到厂子是生机勃勃的，人们的精神面貌也同样积极向上。

而现在，韩江月感觉到的是一种沉沉的暮气，放眼看去，到处是枯枝败叶，建筑物的窗台上落着厚厚的尘土，有些窗户的玻璃破了，也只是拿木板或者厚纸板挡一下而已，让人觉得在里面办公的工作人员根本就没打算长期地待下去。至于走在路上的工人和干部，就更没法看了，明明是过几天就要过年，可没有几个人是穿着新衣裳的，脸上那灰扑扑的神情，透着几分凋零，几分无奈。

“咦，是小韩吗?”

终于有人注意到了韩江月这个不速之客，也许是因为她的衣服显得过于光鲜，在这个破败的厂区里有些格格不入，从而吸引了大家的眼球。

韩江月循声看去，一下子就认出了对方，那也是她在装配车间的老同事，叫邹苏林。韩江月几步走上前去，向邹苏林微微鞠了躬，说道：“邹师傅，我提前给你拜年了。”

“哎哎，新年好，新年好。”邹苏林连声地应着，脸上的笑容很是真诚。韩江月在新液压的老工人中间形象很不错，大家都觉得这个女孩子踏实、肯干，技术也过硬，属于“比较争气”的那类年轻人。

“小韩，你怎么到塘阜来了？我听说，你不是在鹏城那边的港资企业里工作吗，收入挺不错的吧?”邹苏林如一切熟人见面时候一样地打听着韩江月的近况。

“收入还好吧。”韩江月一边说着，一边从自己带的旅行袋里拿出两包早已准备好的大前门香烟，塞到邹苏林的手里，说道：“邹师傅，我来得匆忙，也不方便带啥东西，这两包烟，就算是我孝敬你的。”

“哎呀，这怎么好意思。”邹苏林半推半就地接过了烟，然后说道，

“小韩，你还没吃饭吧，要不到家里去随便吃点吧？不过，我可得提前说好……唉，厂子现在这个样子，你也看到了，到我家里去，可真没啥好菜……”

# 第四百四十六章

韩江月当然不会去邹苏林家吃饭，她在邹苏林的陪同下，向何桂华的家里走去。一路上，邹苏林跟她讲起了厂子这两年的情况，与叶建生介绍的大致相仿。说起现任厂长焦荣林，邹苏林咬牙切齿，只差骂他的八代祖宗了。

“咱们厂子多好的基础，当年在液压件方面也算是国内有点名气的。结果这个姓焦的一来，瞎指挥一气，先是搞什么汽车上的全液压转向器，说这个东西能赚大钱，结果花钱不少，啥也没搞出来。后来又说要搞电液伺服阀，买了一大堆设备和材料回来，最后还是没弄成，倒是欠了银行几十万。”

“他这样折腾，怎么就没人阻止呢？”韩江月问道。

“怎么没有？”邹苏林道，“听说余厂长就跟他吵过很多回。他搞那个电液伺服阀的时候，余厂长说这个东西太复杂，咱们厂根本没有这个技术实力。可架不住焦荣林旁边有一堆吹牛拍马的人啊。尤其是那个吕攀，你还记得吧？”

这已经是韩江月第二次听到吕攀这个名字了，看起来新液压的工人们对于这位不懂技术的厂长助理颇有一些怨言。

“吕攀怎么啦？”韩江月问道。

邹苏林道：“吕攀说了，他有个什么堂哥还是表哥，是什么大学里的电子教授，有技术有水平，能够帮我们厂解决技术难题。”

“这不是挺好吗？”韩江月道。

邹苏林呸了一口，道：“那都是吕攀胡说八道。一开始厂里的人还真的信了，后来是吕攀的老娘说漏了嘴，说他家那个亲戚是在大学里当电工的，连技校都没上过，还什么教授呢。可吕攀就因为这个，在厂里报销了好几万的出差费，说是去京城找他堂哥请教，又买了一堆什么仪器回来，也花了不知道多少万。大家都说，这里面没准让他贪掉了多少呢。”

“真是个败类！”韩江月也怒了，她虽然没有亲身经历这些事情，但凭着想象也能知道这些人是如何做事的。

二人说着，已经来到了何桂华的家门前。韩江月过去在新液压的时候，也是经常到何桂华家来串门的，对何桂华一家都挺熟悉。她走上前，敲了敲门，喊道：“师傅，何师傅，我是小韩，我来看你了。”

门开了，是何桂华的夫人何师母。见到韩江月，何师母满脸喜色，忙不迭地把韩江月让进屋子，又招呼邹苏林也进门来。听到外面的动静，里间屋里传来有人下地穿鞋的声音，又过了好一会，何桂华披着一件厚棉袄走出来了，他微微地佝偻着身子，艰难地呼吸着，几乎是一步一喘。韩江月连忙上前搀住他，还没等说啥，眼泪已经吧嗒吧嗒地掉下来了。

在韩江月的记忆中，何桂华是何其健旺的一个老师傅啊，做产品装配的时候，生龙活虎一般，寻常的小伙子在他面前都自叹不如。可现如今，他形容枯槁，眼里没有了神采，站在那里摇摇晃晃，不扶着一点东西似乎都会摔倒。

“师傅，你怎么成这个样子了？”

韩江月扶着何桂华走到一把藤椅前坐下，自己则坐在他身边的小马扎上，伤心地问道。

“老……老毛病了。”何桂华喘了口粗气。何师母给他递了一杯热水，他喝了一口，喘息稍稍平缓了一些。他向老伴做了个手势，说道，“给我拿一片药吧，今天小韩来了……”

何师母转身进屋，少顷便拿了一个标签上写着“氨茶碱”字样的小药瓶出来，韩江月眼睛足够尖，一下子看出那药瓶里的药片已经所剩无几，想来如果不是因为自己上门拜访，师傅是舍不得吃药的。

“师傅，我给你带了药。”韩江月拉过自己的旅行袋，先从里面掏出一个香烟盒大小，上面写满了英文的盒子，盒子上的包装塑料纸还是完好的。何桂华有意阻拦韩江月拆开包装，但韩江月哪会给他这个机会，她手脚麻利地撕开包装纸，从盒子里拿出一个小喷雾器，递给何桂华，说道："师傅，你先试试这个，这是进口的，叫喘康速，快速平喘的。"

"这个就是喘康速啊!"何师母在旁边咂舌道，"医生说过这个药，听说特别贵，一支要20多块钱呢。"

"师傅，你就试试吧。"韩江月没有接何师母的话，她打开喷嘴上的盖子，硬把喷雾器塞到了何桂华的手上。

到了这个地步，何桂华也不好再说不要的事情了。这是哮喘的专用药，他也没法说让韩江月带回去自己用。包装已经拆了，要退货显然也是不行的。他接过喷雾器，稍稍琢磨了一会，然后把喷嘴塞进自己的嘴里，用手按了一下药瓶。

"噗!"

一声轻响过后，何桂华憋了几秒钟的气，然后长长地吐出一口气来，脸上露出了轻松的表情，朗声说道："哈，舒坦了！这玩意，还真是管用!"

哮喘这种毛病，其实就是气管受到寒冷或者某些物质的刺激，发生痉挛收缩，导致通气不畅。韩江月给何桂华带来的药，能够快速地舒张气管，而一旦通气顺畅了，病人就没什么不适的感觉了。何桂华原准备吃的那种氨茶碱也是气管舒张药，只是起效慢一些。何桂华的哮喘病倒也不是现在才得的，前些年也有，只是有药控制着，就不太明显了。这两年，厂子经营不好，何桂华家里经济压力大，吃饭的营养差了，再加上舍不得买药吃，所以才会病得这样厉害。

韩江月又掏出几个药盒子，一股脑地递给何桂华，说道："师傅，这是我给你买的止喘药，也是进口的，叫博利康尼，听说效果特别好。你平时就吃这个药，遇到发作得厉害的时候，就用喘康速喷一下。你看，刚才喷那一下，还挺管用呢。"

"小韩，你这些药花了不少钱吧？博利康尼这个药我也听说过，一盒也要好几块钱呢。要不，一会我把钱给你吧。"何桂华抱着那些药，有些忐忑地说道。

韩江月道："师傅，瞧你说的，我孝敬孝敬你还不应该吗？厂子这个样子，你家里经济负担又重，你怎么不早跟我说呢？"

何桂华摇摇头道："跟你说有啥用？厂子就这样败了，我们看着也是难受啊。唉，算了，不说厂子的事情了，小韩，听人说你到鹏城去了，怎么样，现在在那边做什么，工资有多少。还有，有对象了吧？"

"还没呢！"听到何桂华问起对象的事情，韩江月脸一红，赶紧否认，接着便岔开话头，把自己在鹏城的情况说了一遍。何桂华夫妇俩和邹苏林在旁边听着，都是啧啧不已，夸韩江月有能耐，居然能够让港岛的老板对她青睐有加，还让她这样一个年轻人当了公司的副总。

聊了一小会，邹苏林起身告辞了，正是吃午饭的时候，他如果再坐下去，就是想在何桂华家里蹭饭了。搁在从前，工友之间互相蹭一顿饭倒也无妨，但现在厂子不景气，家家户户都是数着硬币过日子的，随便到人家家里吃饭就不合适了。

何桂华用过药，已经能够行动自如了。他把邹苏林送出门去，又转头对老伴说道："老妈子，你去小菜场买点菜，再割点肉，小韩难得来一趟，多做两个好菜。"

何师母答应一声，站起身准备去买菜，韩江月一把拦住了她，说道："师母，你不用去了，家里有什么，我就吃什么好了。"

"家里真的没啥菜了，我们两个老人在家里，吃得很简单的。"何桂华说道。

韩江月道："再简单也没关系，你们能吃，我怎么不能？"

"那怎么行，你离开厂子以后，这是第一次回来呢！"何桂华坚持道。

韩江月道："师傅，你要这样，我可就走了。过去我在厂里学徒的时候，到你家里不就是有啥吃啥的吗？你还跟我见外吗？"

何桂华拗不过她，只得点点头，对老伴说道："既然是这样，那就算了。家里还有鸡蛋吧？给小韩炒个摊黄菜。"

一盘仅有两个鸡蛋的摊黄菜，一碟酱菜，四块腐乳，这就是韩江月在何桂华家里吃的午饭。如果不是韩江月来访，老两口平时就只是靠这些咸菜度日的。席间，尽管韩江月拼命地找话题以打破尴尬，但那种沉闷的气氛依然让她觉得像要窒息一般。曾经有过的风光，与时下的寒酸形成鲜明对照，何桂华的脸上满是窘迫和落寞。

“唉，小韩，你看师傅的日子都过成啥样了，让你看笑话了。”何桂华叹着气说道。

韩江月拼命地摇着头，道：“师傅，你千万别这样说，这不关你的事情，要怪只能怪那个什么焦荣林。”

“怪他有什么用？厂子就这样垮了，以后的日子，只怕会更难呢。”何师母忧心忡忡地说道。

韩江月从怀里掏出一个信封，放在饭桌上，说道：“师傅，师母，这是 500 块钱，你们先拿着。等我回鹏城以后，再给你们寄钱。师傅年纪大了，身体也不好，不能成天吃这样的东西。”

# 第四百四十七章

“这怎么能行!”何桂华脸色骤变，他把韩江月推到他面前的那个信封又推了回去，严肃地说道:“小韩，我怎么能收你的钱呢!”

韩江月用手挡着那钱，说道:“师傅，这是我应该孝敬你的，你教了我那么多。刚才邹师傅在这，我不方便说，我现在一个月的工资有2000多块钱呢，给你们500块钱不算什么。”

“那也不行!”何桂华道，“你给我买的药，是你的一片孝心，我收下了。但这些钱，我是无论如何也不能收的。”

韩江月带着哭腔道:“师傅，你就收下吧，你和师母生活这样困难，我怎么能看着你们受苦呢?”

何桂华见韩江月动了感情，声音也软了下来，他说道:“小韩，你别这样。厂子里有困难的也不是我们一家，你能帮得过来吗?我想，国家也不可能这样看着我们厂子垮掉不管，我们慢慢肯定会好起来的。”

韩江月想到父亲说过的话，有些灰心地说道:“师傅，现在亏损的企业也不止咱们新液压一个单位，省里就算想解决，也没那么快。你就别跟我见外了，收下这些钱好不好?”

何师母听到韩江月的话，不由得说道:“唉，小韩说的还真是实话，现在光是塘阜，经营不好的企业就有十几家了，国家想管只怕也管不过来。小韩，你说你那么能干，连港岛的老板都信任你，你如果回来承包咱们厂子，那就好了。”

“师母，你说什么?”韩江月愣了，她万万没有想到，何师母居然会说出这样一句话来。

“你胡说啥呢!”何桂华瞪了何师母一眼，斥道，“人家小韩现在一个月挣2000多，又是在大城市，你叫她回来，不是坑她吗？”

何师母也自知失言，连忙赔着笑说道：“是啊是啊，我就是随便说说的……”

“我……”韩江月不知道该说什么好了。

何师母是个家庭妇女，没啥见识，她能想到的就是希望能够有个人来救新液压，她此前听韩江月说在鹏城当企业的副总，觉得韩江月能力强，因此产生了让韩江月回来承包厂子的想法，并且口无遮拦地说出来了。这样的要求，对于韩江月来说太过强人所难，她怎么可能接受呢？但问题在于，韩江月也没法直接拒绝，毕竟，这是何师母心里仅存的希望。

这顿饭再也吃不下去了，大家都是如完成任务一般把碗里的饭塞进肚子里。何师母起身收拾碗筷的时候，韩江月硬把那个装了钱的信封塞在何桂华的手里，然后拎起自己的旅行袋，逃也似的冲出了何桂华的家门。

“韩科长，你的事情办完了吗？”

司机小王的声音在身后响起来，韩江月猛一抬头，这才发现自己已经不知不觉地走回到厂部小楼旁边了。送她来的那辆吉普车正停在路边，小王恭恭敬敬地站在车边，等着听她的吩咐。她回头看了看从何桂华家过来的那段路，一时竟有些诧异自己是怎么走过来的，刚才那一阵子，她就像是行尸走肉一般，脑子里空空如也，只剩下一句话在不断地回响着：

你如果回来承包咱们厂子，那就好了！

这怎么可能呢？韩江月对自己说道。她从来没有想过自己还会和新液压产生什么关系，这一次跑回来，也只是因为牵挂自己的师傅，至于新液压的死活，与她何干呢？她现在是鹏城一家港资企业的副总，而且很快就会成为正职的总经理，可谓是前途无量。一家小县城里的破产企业，与她何干？

可是，师傅家饭桌上那只有一碟酱菜和四块腐乳的场景，却在不断地噬咬着她的心，让她感到刺骨的疼痛。她的确给何桂华留下了500块钱，但这些钱又能派得上多大的用场呢？正如何桂华说的，厂子里有困难的也并非他一家，还有一两百户工人也都处于困难之中，她真的能够这样轻松地一走了之吗？

“小王，麻烦你再等我一会，我还要去拜访一个人。”

韩江月向司机交代了一声，便又重新返回家属区去了。这一回，她去拜访的是已经退居二线的老书记徐新坤。

徐新坤家里的情况远比何桂华要好得多，他是享受一定待遇的人，厂子给工人发一半工资，但徐新坤的工资是由县经委直接发的，依然能够全额保证。见韩江月来访，徐新坤也表现得挺高兴的，请她在客厅坐下，还给她沏上了一杯不错的茶。

“徐书记，咱们厂就真的没办法了吗？”

在简单地寒暄之后，韩江月向徐新坤问道。

听到韩江月的问题，徐新坤脸色也是十分凝重，说道：“还能有什么办法？现在像咱们这样的企业，也不是一家两家。国家都没有办法，咱们自己还能怎么办？”

“徐书记，您是厂领导，怎么能看着厂子这样一步步垮掉，却什么事也不做呢？”韩江月气呼呼地质问道。

徐新坤无奈道：“我现在已经是退居二线的人了，厂子的经营是由焦荣林他们负责的，我也不便指手画脚的。”

韩江月道：“徐书记，如果是两年前或者一年前，您说不能指手画脚，也就罢了。可厂子变成现在这个样子了，您还顾虑什么？刚才我在何师傅家里，看到师傅病得很厉害，连买药的钱都没有，您看到这种情况，就这样无动于衷吗？”

徐新坤有些动容，他说道：“何师傅的事情，我是知道的。其实，厂子里有些人家的情况比何师傅家里还糟糕。因为没钱看病，光这半年，厂子里已经有三位老师傅过世了，他们的病其实都是能治的，可就是没钱啊。”

“那您还坐在这里说什么不便指手画脚？”韩江月怒道。她出自于官员家庭，现在又在鹏城当企业高管，脾气是挺大的。刚才何师母叫她回来承包厂子，让她难受了半天，她需要找个人发泄一下，而徐新坤就是适合于她发泄的对象。理由也很充分，徐新坤是厂里的书记，他怎么能够不管事，反而要韩江月这个早已离开的人来管？

徐新坤也自知有愧，新液压走到这一步，要说他没有责任，那是说不过去的。他一开始就觉得焦荣林那帮人是胡闹，但出于洁身自好的想法，他没有站出来说话，怕人家说他贪恋权力，对接班人说长道短。等到厂子被焦荣林他们折腾得没有元气的时候，徐新坤再想说什么也晚了，他自忖自己也没有回天之力，这个时候去批评焦荣林，又有什么意义呢？

带着这样的歉疚，面对韩江月的质问，徐新坤也就没法反驳了。他沉默了一会，说道："现在说什么都晚了，厂子已经欠了银行 50 多万，还有欠其他单位的材料款，加加拢也有 30 万。那几家单位说了，过完年就会来厂里，把我们的设备拉走抵债，到了这个时候，我就算能出来说几句话，又有什么用呢？"

"您如果愿意出来，可以向经委要求，把焦荣林撤了，换一个新领导，您加上余厂长，好好把厂子整顿一下，也不见得就不能起死回生的。"韩江月说道。

徐新坤摇摇头道："这个问题我也想过。我年纪大了，管管内部的思想工作还行，但要说管经营，就力不从心了。余淳安是个做技术的，也不擅长于管理。厂里这些厂领导，加上中层干部，我扒拉了一下，还真找不出一个既懂管理，又能够出去拉业务的人。缺了这样一个人，光靠我和小余，还是没用啊。"

"您是说，如果能够找到一个既懂管理、又能够做业务的人，您愿意出山？"韩江月盯着徐新坤问道。

徐新坤被她盯毛了，奇怪地问道："怎么，小韩，你有这样的人选？对了，你父亲是省经委的李主任，是不是他可以从其他单位调一个这样的领导过来？"

韩江月轻轻地摇了摇头，说道："不是的，我爸爸那边要管的企业很多，新液压只是一家中型企业，还提不上日程。咱们要想脱困，只能是依靠自己。"

“难啊。”徐新坤叹道，“有能力的人，谁愿意到这里来。没能力的，来了也只能是把新液压搞得更惨。想想前些年，咱们厂多辉煌啊。对了，小韩，你还记得当年那个冯处长吗？唉，他费了那么多心血帮咱们厂搞全面质量管理体系，现在这些心血全都付之东流了。”

“我不记得他了。”韩江月心里涌上来一阵酸楚，她默默地站起身，说道，“算了，徐书记，我也只是随便说说，耽误您的时间了，抱歉。”

“欢迎你经常回来做客。”徐新坤把韩江月送出家门，说了一句客套话，随即又自嘲地否定道，“算了，新液压这个鬼样子，估计你也不会再来了。你的前途远大，犯不着为我们这样一个垮掉的厂子难过。”

重新回到吉普车旁，韩江月对司机说道：“小王，开上车，咱们到塘阜县城的邮电局去，我要打个长途电话。”

# 第四百四十八章

“胖子，矿办有找你的电话，是个女的！”

临河省，冷水矿的家属区，一个声音在宁默家的门外响起来。

暖气十足的屋里，满身肥膘的宁默只穿着背心短裤，坐在沙发上慵懒地看着电视。他的手里抓着一把葵花籽，正在津津有味地嗑着，地上洒了一地的葵花籽壳。听到窗外的声音，他连头都没回，只是大声地应道：“是大鹏吧？别逗了，还会有女的给我打电话？先进来看电视吧，一会咱们出去涮羊肉去，我请客。”

门开了，矿长潘才山家的小儿子潘大鹏把头探进来，说道：“我骗你干嘛，真的是个女的，还是长途呢，她说她姓韩。”

“姓韩！”宁默像屁股上装了弹簧一般蹦了起来，他把手里的葵花籽一扔，冲到门边，揪着潘大鹏的衣服问道：“真的是姓韩吗？”

潘大鹏好悬没被宁默勒死，他抱怨着，说道：“你还不快去，人家可是长途在等着你呢。”

“我马上就去！”宁默匆匆套上毛裤，裹上大衣，一路狂奔着来到了矿办。电话听筒果然正在桌上放着呢，这也就是鹏城人才有的土豪作派，一分钟两块钱的长途电话，就舍得这样放着等人过来接。正常情况下，这种长途都应当是先打过来让人去通知对方来接，然后挂断，等十分钟再打过来。

宁默一个箭步扑上去，像抱个什么金娃娃一般把电话听筒捧起来，搁到耳朵边上，用温柔的声音问道：“喂，是小韩吗？我是胖子啊！”

潘大鹏和矿办的小秘书顿时觉得浑身起了无数的鸡皮疙瘩，两个人互相对视了一眼，都默默地退出了办公室，由着宁默和对方犯腻了。

“胖子……”

千里之外的塘阜，韩江月听着从听筒里传出来的宁默的声音，忍不住就哽咽起来了。她只觉得有无数的委屈，却又无法向其他人倾诉。在鹏城的时候，面对着宁默的感情攻势，韩江月一直保持着若即若离的态度，不肯敞开心扉。可这一刻，她却是如此地怀念宁默那肥厚的肩膀，她真希望这个肩膀现在就出现在她的面前，让她能够靠上去，痛痛快快地哭上一气。

“小韩，出什么事情了？谁欺负你了？”

听到韩江月带着哭腔的声音，宁默慌了，这可是从来没有出现过的事情啊，而且是极其严重的事情。他着急地说道：“小韩，你别哭，有什么事快告诉我，我帮你摆平。”

“没有，没什么事。”韩江月止住了自己的眼泪，说道，“我就是觉得心里难受，想找个人说说。”

“那太好了！”宁默喜出望外，姑娘觉得心里难受的时候就找他来哭诉，这是什么待遇啊！他叫了声好，方才觉得有些不妥，于是又赶紧改口，装出沉重的样子，说道，“小韩，你别难过，凡事有我呢。你说说看，到底是出什么事情了，你为什么难受啊？”

韩江月也是一时冲动，才打了长途电话到临河省来向宁默倾诉此事，此时听到宁默的安慰，她心里平和了几分，于是把有关新液压的事情向宁默说了一遍。宁默听罢，不以为然地说道：“小韩，这样的事情，我们这边也有，这也是没办法的事情。你把你师傅的地址告诉我，我给他寄几千块钱过去，也足够他看病和生活了。”

“谢谢你，胖子。”韩江月由衷地说道，她知道宁默是做生意的，比她这个高级打工妹有钱得多，可再有钱，一张嘴就承诺要给何桂华寄几千块钱，那也不是寻常人能够做得到的。说到底，宁默这样说，完全就是因为她的缘故。

“我已经给我师傅留了500块钱，再多他也不肯要了。”韩江月说道。

“500块钱也能用一阵子了，过一段咱们再给他寄就是了。”宁默道。

韩江月没有计较宁默用的“咱”字，虽然她和他目前还谈不上“咱”。她继续说道：“可是新液压像我师傅那样生活困难的还有很多，听我们老书记说，过去半年里，光是因为缺钱看病而过世的老师傅就已经有三个了。”

宁默在电话这头皱了皱眉头，不过他并没有把这种情绪表现出来，而是用尽可能平和的语气说道：“小韩，这就不是你能管得了的事情了。你自己师傅的事情，你肯定是要管的。但其他人的事情，你也管不过来啊。”

韩江月用迟疑的声音说道：“我在我师傅家吃饭的时候，我师母说了一句话……”

“她说什么了？”

“她说，如果我能留下来就好了。”

“什么？”宁默一时没有听懂。

“她说如果我能留下来就好了。”韩江月重复道。

宁默不满地评论道：“这叫什么话？她家里穷，就希望你也留下跟着他们一起受穷，她怎么会有这样的想法？”

韩江月道：“不是的，师母的意思是说，她希望我来承包我们厂，把我们厂救活，让大家的日子好起来。”

“承包？”宁默一怔，他突然明白韩江月给他打电话的原因了，他试探着问道，“小韩，你不会是真的有这个想法吧？”

韩江月像是犯了什么错一样，讷讷地应道：“我没有想好……这不，我就给你打电话了吗，胖子，你帮我参谋一下嘛……”

“参谋一下？”宁默的脑子飞速地转了起来，他可以发誓，他这辈子都不曾如这会这样紧张地思考过。乍听到韩江月说的事情，宁默的第一反应当然是坚决反对。开什么玩笑，放着港资企业的副总不当，去接一个莫名其妙的烂摊子，要钱没有，麻烦却是一堆。可话到嘴边，他却没说出来，因为他敏锐地意识到，韩江月的想法不是这样的……

她真的动心了！

这是宁默作出的判断。

韩江月这个人，宁默是认真研究过的。他知道，韩江月尽管表面上看起来有些冷峻，但内心却是始终燃着一团火，是一个永远不甘寂寞的人。她扔掉乐城经委的铁饭碗到鹏城去打工，就是想找一种新的生活体验，或者说是想寻找新的成就。她一直都很羡慕宁默与赵阳创业的壮举，相比在港资企业里当那个副总，她似乎更希望能够有完全属于自己的一片天地。

也许是因为干部家庭出身的背景，韩江月还有一种以天下为己任的觉悟。新液压的衰败，显然是刺激起了她谋求建功立业的欲望。她打电话给宁默，与其说是征求宁默的意见，还不如说是想从宁默这里寻求支持。毕竟，除了宁默之外，这个世界上不可能有第二个人会支持她的选择。

既然如此，那么宁默还能站在对立面上吗？作为女神在危难时候的唯一支持者，这是多少人梦寐以求的机会。

“小韩，我支持你！”宁默斩钉截铁地说道。

“支持我什么？”韩江月只觉得心头一热，她第一次感觉到了男友的重要性。除了这个死胖子，还有谁能够不分青红皂白就坚定地站在她一边呢？

“当然是支持你承包新液压了！”宁默说道，“这是你的母厂，这里还有那么多关心过你的师傅们，你怎么能够看着他们受苦不管呢？就像你师母说的那样，你应当留下来，承包新液压，带着全厂工人扭亏为盈，让大家的生活都好起来。”

“可是，万一我做不好怎么办？”

“不可能的，你的能力这么强，连港岛的老板都信任你的能力，你怎么可能做不好呢？”

“可是，新液压和鹏城的企业不一样，我怕我没这个能力。”

“没关系的，我们可以试一试嘛！李燕杰老师不是说过吗，人生能有几次搏，趁着我们还年轻，就拼搏一次，又有什么要紧的？实在不行，你还可以到我公司里来，不用担心没有工作的。”

宁默仿佛被数以百计的青年导师附体了一般，心灵鸡汤隔着电话线一桶一桶地泼过去，泼得韩江月几乎都要窒息了。

“胖子，新液压现在欠了银行和其他企业很多债，如果要重新开工，可能要一些启动资金……”

“没问题，我随时可以拿出一百万来，如果不够，我还能想办法再凑。”

“用你的钱……多不合适啊。”

“小韩，瞧你说的，什么我的你的，我的不就是你的吗？”

“胖子，你真好……”

“胖子，你在听吗……”

“胖子！”

电话听筒里传来韩江月诧异的询问声，宁默用手紧紧地捂着受话器，生怕漏出一点声音被对方听见。他嘴里发出了一阵杠铃般的狂笑声：

“哈哈哈哈哈哈哈哈哈哈哈哈哈哈哈哈哈哈哈哈哈！”

# 第四百四十九章

“你想承包新液压！”

徐新坤、何桂华、余淳安三人看着韩江月，眼睛都瞪得滚圆。韩江月今天去拜访了何桂华、徐新坤之后，并没有离开塘阜，而是到县城里转了一圈回来，便把何桂华、余淳安约到了徐新坤的家里，向他们抛出了这样一枚重磅炸弹。

“小韩，你不会是听了我那个老伴瞎说的吧？她就是个农村妇女，头发长，见识短，你千万别听她的。”

何桂华带着几分不安的态度说道。他觉得自己的老伴给韩江月出了个难题，韩江月肯定是为了不让师母失望，才作出了这样一个明显不理智的决定。

徐新坤也奉劝道：“小韩，这件事情你可别一时冲动。你在鹏城有那么好的机会，你的老板那么看重你，你可别为了新液压这么点事，误了自己的前程。”

余淳安没有说啥，他情商低，理解不了韩江月的想法。不过，从内心来说，他也是觉得韩江月这个选择是极其不明智的。

韩江月道：“徐书记，余厂长，何师傅，我是认真思考过的。新液压现在这个样子，如果没有人出来挑头搞改革，那就肯定是彻底完了。我中午来找徐书记谈的时候，徐书记说现在就是缺乏一个带头人，我想，既然没有合适的人，那就不如我毛遂自荐，来当这个承包厂长。我在鹏城的时候，是一家港资企业的副总经理，内部管理和市场开拓都干过，有一些经验。不过，我要承包新液压，必须有个前提，那就是你们几位必须要帮我，否则我是挑不起这副担子来的。”

“老实说，我也想过要自己来承包新液压。不过，我不太擅长交际，现在做企业，肯定是要自己出去找业务的，我没有这个信心。小韩如果想做，我是肯定会支持的。”余淳安说道。

徐新坤道：“从厂子这几百干部职工的角度来说，我当然是支持小韩出来试试的，小韩的为人和能力，我一向都是了解的。不过，从小韩你自己的角度来说，承包新液压太委屈了。其实你已经不是新液压的人了，新液压如何，和你没什么关系，你没必要冒这个风险的。”

“是啊，小韩，你就是心肠太软了，你师母随便说一句，你就当真了。”何桂华道。

韩江月道：“师傅，我作出这个选择，并不完全是因为师母说了那句话。师母的话，只是给了我一个启发，但真正让我决定要承包新液压的，是我在你家里吃的那顿饭。”

“那顿饭?”何桂华诧异道，“那顿饭很简单啊，就一个摊黄菜，你还没吃几口。”

韩江月道：“就是因为那顿饭很简单，才让我觉得自己有义务要为新液压做点事情。当年我技校毕业，分到厂里来工作。我吃不惯食堂的饭，就经常到师傅家里去打牙祭，每次师母都会给我做好多好吃的。可现在，看到师傅和师母你们竟然每天只能吃点酱菜下饭，我觉得自己太自私了。我不能自己在鹏城吃好的，让师傅和师母，还有全厂这么多师傅都吃得这么差。”

“这……”何桂华语塞了，他也不知道该不该劝这个徒弟放弃承包厂子的想法。韩江月这样做，是出于对厂子的责任感，这也是他经常跟自己的徒弟们说过的，既然当了工人，就要对厂子忠诚，这是工人的本分。韩江月信守着这个本分，他是应当感到欣慰的。可是，韩江月放弃的是港资企业的副总职位，还有 2000 元的月薪，而这仅仅是为了让他这个当师傅的能够不靠酱菜下饭，这让他怎么受用得起。

徐新坤沉默了一会，问道：“小韩，你这个想法，有没有和你父亲商量过?”

韩江月点了点头，道："我刚才去县城，就是给他打长途电话的，我已经跟他说过了。"

李惠东接到女儿的电话，反应比徐新坤他们还要强烈得多。不过，经过一番争论之后，李惠东最终还是妥协了，同意女儿先征求一下徐新坤等人的意见，再作决定。至于他自己，则答应了替女儿与塘阜县经委联系一下，帮助促成承包事项。

新民液压工具厂原来是省属企业，隶属于省机械厅。随着国家提出简政放权的要求，新液压被下放给了塘阜县，由塘阜县经委代管。这两年，新液压经营困难，欠下许多银行贷款，而这些贷款中间的大多数都是由塘阜县经委与当地银行协商发放下来的，因此新液压的归属权就彻底转到塘阜县手里了。

韩江月想要承包新液压，肯定是要与塘阜县经委洽谈的。以她的身份，塘阜县经委很可能根本就不会予以理睬，更不用说允许她承包企业。李惠东是省经委主任，给县里打个招呼还是很容易的。不过，李惠东也严肃地向韩江月表示，他只能打这样一个招呼，具体的承包条件等等，他是不会插手的，否则就会给人留下一个以权谋私的把柄。

"这么说，李主任也同意你承包?"徐新坤问道。

韩江月道："我爸爸表示他不干涉，我想怎么做都可以，但就是不能打他的旗号。"

"那是肯定的。"余淳安插话道，"你爸爸是经委主任，如果由他决定把一个企业交给你承包，人家肯定会说闲话的。"

"那是不是意味着，你即使是承包了新液压，省经委也不会给我们什么特殊政策?"徐新坤考虑的是更实际的问题。

韩江月摇了摇头，道："我爸爸是不会给我什么特殊政策的。甚至有可能别人能够享受到的政策，我倒反而享受不到。"

"这就有些麻烦了。"徐新坤道，"如果没有省经委的支持，我们就只能靠自己努力。可新液压现在这个状况，恐怕不是努力能够改变的。最起码一点，我们要恢复生产，就需要流动资金。有几家咱们厂欠了款的企业，说年后就要来厂里拉走咱们的设备，如果设备被他们拉走了，咱们还谈什么振兴？”

韩江月道：“资金的问题，我来想办法。现在我只需要落实一个问题，那就是徐书记、余厂长、何师傅，你们会不会支持我？”

“当然！”三个人一齐答道，他们现在已经感觉到，韩江月是打算动真格的了，不是小孩子家的一时兴起。

韩江月道：“那么好，徐书记，明天咱们就一起到县经委去，我希望在过年之前就把这件事情落实下来，过完年我们就开始整顿企业，你们看如何？”

“好吧，小韩，既然你有这么大的决心，那我就陪你疯一次吧。”

“小韩，我知道你是为了师傅，才这样做的，师傅没啥说的，这条老命就交给你了。”

“生产方面，你尽可放心，只要你能拿回订单来，我老余绝对不会给你掉链子！”

三个人先后表态，韩江月的内阁就这样形成了。

李惠东帮韩江月借来的吉普车，让韩江月打发回金钦去了。次日一早，韩江月借了一辆自行车，与徐新坤一道，骑车来到了县经委的所在。经委主任张培听说是新液压的人来了，以为又是来向他化缘的，当即吩咐秘书挡驾。不过，没等秘书把他的话传达到徐新坤和韩江月那里去，张培又匆匆忙忙地赶到了接待室，然后满脸堆笑地把二人接到了自己的办公室里坐下。

“是韩科长吧？”张培笑着向韩江月说道，“刚才李主任已经来过电话了，他说你原来也在新液压工作，有一些关于新液压的想法要和我们县经委谈。韩科长的想法肯定是非常精彩的，我在这里洗耳恭听了。”

韩江月道：“张主任过奖了，我哪有什么精彩的想法，只是前一段时间听说了新液压的一些情况，昨天到厂里看了看，觉得很可惜。”

“是啊是啊，新液压这么好的企业，搞得亏损严重，的确是太可惜了。不过，这件事情的责任也不能全推到新液压头上，这也是国家的政策性亏损嘛，我们作为一个小县城，怎么可能改变国家的大形势呢。”张培打着官腔，心里却在嘀咕着，不知道韩江月到底想说啥。

“我和徐书记，还有厂里的余淳安厂长一起讨论过。我们觉得，新液压的现状主要是管理失控，加上经营不善。厂子的技术还在，生产能力也没有受到破坏，恢复生产是完全可能的，关键要看领导。新液压现在的主要领导是不称职的，应当让他们下台，另选有能力的人接替他们。”韩江月说道。

张培脸上微微有些不悦，心道你这个丫头片子，不就是仗着自己是李惠东的女儿，就敢这样信口开河。新液压的领导称不称职，我还能不知道吗？让他们下台也不是难事，毕竟厂子这样亏损，焦荣林也是有责任的。可是撤了焦荣林，让谁上呢？你说另选有能力的人，这个人在哪呢？

# 第四百五十章

“小韩啊……”张培用尽可能温和的语气说道，“新液压的现任领导，也就是焦荣林同志，还是有一些能力的。新液压目前的状况，也不能完全说是焦荣林同志的责任，国家大形势的影响还是非常大的。对于新液压未来的经营思路，县里也和焦厂长交流过意见，他也承认没有太好的想法，如果能够换一个有想法的同志来接替他，或许会更好。但现在的问题是，要找一位有经验，而且愿意接手新液压这个摊子的同志，是比较困难的。县经委在这个问题上也很伤脑筋，我们向市经委、省经委也都提出过请求，希望上级能够帮新液压物色一位新领导，但上级一直到现在也没有给我们答复。”

张培打着官腔，向韩江月解释道。他特地指出自己向省经委提出过请求，这就是把球踢给李惠东的意思了。你这个小丫头不是号称李惠东的女儿吗，你去找李惠东说去呀。

韩江月没有在意张培的态度，在她心目中，张培算个啥官员呢？几年前她在乐城经委的时候，也是有一个副科级头衔的，和张培这个正科级官员只差半级。至于徐新坤，那就更不在乎张培了，老徐是正经八百的正处级干部，也就是现在新液压落魄了，连带着新液压的干部也掉价了，搁在几年前，张培哪有在徐新坤面前甩官腔的资格。

“张主任，我和徐书记这次到县经委来，就是想来谈这件事情。我想承包新液压厂，请县经委同意。”韩江月平静地说道。

“你说什么？”张培这回无法淡定了，他坐直了身子，盯着韩江月，追问道，“你说你想承包新液压？不是徐书记来承包？”

韩江月道：“徐书记说他年纪大了，精力不行，他愿意当幕后英雄，替我掌舵。想承包新液压的，是我。”

“韩科长，新液压的情况，你恐怕还不是特别了解吧？”张培试探着问道。

韩江月道：“我基本了解了。我过去就是新液压的工人，对于新液压的生产、技术以及人事关系，都非常了解。这次来，我向包括徐书记在内的一些干部职工了解过新液压的现状，我知道新液压目前面临着严重的经营困难，也正因为此，所以我才决定提出承包新液压。”

“那么，韩科长，你对企业经营管理，是不是有经验呢？”张培又问道。

韩江月道：“我曾经在乐城市经委工交科任副科长，接触过许多企业。前年，我辞职前往鹏城，目前是港资鸿运包装机械公司的副总经理，负责全面工作。张主任如果不相信的话，可以打电话到鸿运公司去调查。”

“相信，相信，李主任吩咐过的事情，我们怎么会不相信呢？”张培连声应道，随后又狐疑地问道，“可是，韩科长，不对不对，应当称你为韩总，你既然现在是一家港资企业的副总经理，为什么要放弃这么好的条件，回来承包新液压呢？”

韩江月微微一笑，道：“张主任不必客气，你称我一句小韩就好了。我之所以要放弃在鹏城的一切，回来承包新液压，完全是因为新液压的师傅们都是我的长辈，我不能看着新液压这样垮掉。我爸爸也一直教育我，说一个人做事不能只考虑自己，而是应当把国家和人民的利益放在首位，这就是我承包新液压的原因。”

张培被韩江月的话给噎住了。这些年不太时兴搞政治运动了，会把国家和人民利益挂在嘴上的人，实在是不多见了。张培有一百个理由认为韩江月是在说大话，但却没有一个理由是能够拿出来放在台面上说的。他更愿意相信韩江月可能是想借这件事情来刷点资历，以便未来可以走李惠东的门路在仕途上有所发展，这样的事情，他可不是没有见过的。其实，韩江月前几年在乐城经委当副科长，也属于这种刷资历的做法，大家都司空见惯了。不过，拿新液压来刷资历，她就不怕刷成一个污点吗？

“张主任，小韩曾经在新液压工作过两年，她的能力和表现，我是看在眼里的。我向她了解过这两年她在鹏城做的事情，我认为，她有能力挑起新液压这副担子，能够给新液压带来一些希望。”徐新坤在旁边附和道。

“这件事嘛……”张培皱着眉头，为难地说道，“照理来说，韩总甘愿放弃在鹏城的优越生活和工作条件，回来接手新液压这样一家困难企业，县里应当是大力支持的，而且应当向韩总表示衷心的感谢。可是，新液压毕竟是一家五六百工人的大厂子，早先还是省属企业，现在虽然交给我们县经委代管，但厂子的级别还是很高的。这样一家企业，交给谁承包，不是我们在这里随便说说就可以的，万一出了什么纰漏，谁来负责呢？”

“但是，当初让焦荣林到新液压去当厂长，不就是你们随便说说的吗？结果把我们一个好端端的厂子败成这个样子，这个责任应当由谁来负？”徐新坤的眼睛立起来了，瞪着张培质问道。

张培道：“焦荣林的任命，是机械厅直接下达的，这个责任可不该由我们县里来负。”

徐新坤道：“那么，现在新液压的事情，由谁说了算？”

张培无语了。新液压已经由机械厅转到塘阜县代管了，新液压的事情，理论上是由县里说了算的，更确切地说，就是县经委，也就是他张培能够说了算。但他不便把这话说出来，因为一旦说出来，徐新坤就该揪着他讨说法了。

张培不吭声，并不意味着徐新坤就会跟着沉默。他冷笑一声，说道：“张主任，你不同意小韩承包新液压，也可以。你给我们一个承诺，保证新液压能够在一年之内起死回生，保证从现在开始，新液压的职工每月能够拿到全额的工资，能够报销所有的医药费。你能做到吗？”

“这个……徐书记，你这不是强人所难吗？”张培道。

徐新坤道：“我没有强人所难。经委没有办法，我们能理解。但我们现在自己找出了办法，选出了能够带领新液压走出亏损的带头人，你又有什么理由反对呢？”

“你是说，韩总是你们全厂选出来的？”张培敏锐地抓住了徐新坤话里的破绽，逼问道。

徐新坤一时倒是哑了，他说的“我们”，其实只包括了他、余淳安、何桂华等少数几个人，并非全厂的工人。他自忖能够代表大多数工人的想法，但这也毕竟只是他的感觉，并非真正的选举结果。在这样的事情上，他是不能随便说谎的。

韩江月接过话头，说道：“张主任，我想要的，并不是县经委直接给我任命，而是给我一个竞聘厂长的机会。我希望县经委能够去新液压组织一次全厂工人大会，我将向工人们阐述我的施政纲领。如果工人们愿意接受我，那么我就可以成为新液压的厂长。如果工人们不相信我，我也不会让经委为难的，我会自动地离开。”

“竞选？”张培迟疑了一下，然后点了点头，道，“这个方法倒是不错，现在不是提倡民主吗？如果新液压的工人都相信你，愿意选你当厂长，县经委当然是不会阻拦的。这样吧，过几天就是春节了，等到春节过后，我们就来组织这场竞选，你看如何？”

徐新坤摇了摇头，道：“张主任，不必等到春节后，我们也没有时间等下去。这几天因为要过春节，一些到外地去打零工的工人也都回来了，正好能够凑齐全厂的人。一旦过了春节，一部分人就外出了，反而不方便。还有，我们有几家债主，前一段就放了话，说过完春节就要来拉走我们的设备抵债，我怕到时候我们再搞竞选就来不及了。”

“现在就搞？”张培只觉得脑袋有点大，这可不是一件小事情，离过年只有三四天时间，谁有心思去忙活这样的事情？

“我看，就后天吧。”徐新坤不容分说地安排道，“我回去之后就让广播室通知全厂，地点就选在我们厂的大礼堂。到时候，我希望经委的领导能够在场做个见证。”

# 第四百五十一章

从一开始，徐新坤就把希望都寄托在县经委的同意上。承包一家企业这样的事情，牵扯到的因素太多了，其中不能摆到台面上讲的事情就有一大堆。焦荣林本人只是个书呆子，不懂得搞人际关系，但他任用的那帮人是懂行的，没事往县里“走动”得不少，县里不可能随随便便就找个人把焦荣林给换掉了。

当然，如果李惠东以省经委的名义，正式下一个函，要求塘阜经委这样做，张培肯定是得服从的。不过，韩江月说了，李惠东只能以自己的名义，口头打个招呼，而不会有实质的帮助，这就意味着韩江月要想承包新液压，必须自己去想办法。

徐新坤一直对焦荣林有看法，但又想不出有谁能够取代焦荣林，所以也只能是眼睁睁地看着厂子一天天衰败，而无能为力。韩江月提出自己来承包新液压，徐新坤看到了希望。在他想来，即便韩江月的能力稍有不足，加上自己、余淳安以及其他一些人的帮衬，至少也不会比焦荣林做得更差。韩江月如果能够当上厂长，最起码能够把吕攀等一干蛆虫换掉，大家好好干活，最不济也能做到保证工资足额发放吧？

有了这样的想法之后，徐新坤就开始琢磨着如何做了。他不认为自己能够说服县经委，即使县经委找不出理由反对，拖上一年半载也是正常的。徐新坤是行伍出身，有勇有谋，当年扳倒贺永新就是靠着兵行险招，这一回，他打算再来一次。

今天到县经委之前，徐新坤就已经想好了，不管张培同意不同意，他回厂之后都会马上通知召开全厂工人大会，推选韩江月接替焦荣林担任厂长。等到投票结果出来，他就以书记的名义拿着这些结果去找上级说理。

县经委敢不答应，他就找市经委、省经委、机械厅，总得搅得天翻地覆才行。民意这种东西，越往上面走就越值钱，如果省经委知道全厂90%的工人要求撤换焦荣林，焦荣林就算有天大的靠山，也只能滚蛋，没人会冒着违背民意的风险去保他。

徐新坤这样一说，张培也明白他的想法了。作为一厂的书记，徐新坤有权力召开全厂大会的，也有权力举行对厂长的信任投票。这种投票，如果是县经委发起或者认可的，那么任何结果都可以作为县经委的成绩。而如果是县经委反对或者无视的，一旦出现负面的结果，县经委就会非常被动，届时就等着各级领导来追责吧。

想到此，张培只得应允了："徐书记，既然工人同志们有这样的要求，那我们当然是要支持的。我向县领导请示一下，恐怕还得请示一下市经委和省经委的意见，如果上级领导都支持这件事，那咱们就定在后天来召开这个竞选会吧。"

装配车间原来那个小韩想承包新液压厂了！

一个惊人的消息迅速地在新液压的干部工人之中传播开来，一时间在沉闷的厂子里掀起了轩然大波：

"太好了，焦荣林终于能够滚蛋了！"

"小韩那姑娘我了解，挺实诚的一个人，没准真能把咱们厂救活呢？"

"小韩怎么样我不管，随便找个人也比焦荣林强！"

"听说她有背景，机械厅原来那个李厅长，是她爸。"

"这怎么可能，李厅长姓李，她姓韩，怎么可能是父女呢？没准是李厅长的外甥女吧？"

"你们知道吗，小韩在鹏城一家港资企业里当副总经理呢，这次是放弃了一个月好几万的工资回来当厂长的。"

"一个月好几万？我的天，那回来干什么？"

"没准想捞得更多呢……"

"就咱们厂这个样子，能捞到什么？"

"管他呢，反正厂子也这样了，换个人还能坏到哪去？"

“……”

韩江月、徐新坤等人也没闲着，从经委一回来，他们便展开了广泛的游说。他们向自己熟悉的同事介绍韩江月在鹏城的事迹，分析新液压走到今天这步田地的原因，提出种种让新液压走出困境的思路。徐新坤、余淳安、何桂华等人在厂里都素有正直的名望，经他们的嘴说出来的事情，让人很容易相信。新液压已经困顿日久，大家都在盼望着能够出现转机，别说是韩江月这样一个大家还算熟悉的人，就算是一个陌生人，对于大家来说，也不啻于一根救命稻草了。

当然，听到这个消息之后惶惶不安的人也是有的，那就是在新液压衰败的过程中捞足了好处的吕攀之流。对于他们来说，新液压虽然是一头已经瘦垮的骆驼，但身上还是能够刮下来不少血肉，他们可不希望有其他人染指自己的饕餮盛宴。

“焦厂长，你听到消息没有？徐新坤想夺你的权。”

吕攀来到焦荣林的家里，向他通风报信道。

焦荣林一副无动于衷的样子，说道：“我听说了，是一个什么从鹏城回来的女人吧，徐新坤只是帮她造势而已。有人夺权是好事啊，我向经委打过好几次报告，想要调走，经委都不批，现在好了，有人接手，我正好回省里去了。”

焦荣林说的可都是心里话，他当年通过竞聘到新液压来当厂长，是带着刷资历的念头来的，想做出一番成绩，然后回省里去谋求提升。这两年，他重用的吕攀等人在厂里上下其手，捞了不少钱，也向他进贡了一些，对此他都笑纳了。但天地良心，他当厂长真的不是为了自己发财，至少可以说，首要目的不是为了发财。

后来厂子垮了，他想通过成绩获得晋升的希望破灭了，他便萌生了去意。但塘阜经委方面哪会轻易地放他走，他们需要有人守着新液压，维持住新液压的稳定。焦荣林现在的身份就是一个田里的稻草人，虽然啥也干不了，但至少是个象征物吧。

听说徐新坤找了个原来装配车间的青工出来竞选厂长，焦荣林第一个想法就是徐新坤自己想夺权，韩江月不过是个傀儡而已。但焦荣林对此事没有任何的不满，反而希望韩江月能够竞选成功，这样他就解脱了，可以回省里的原单位去，远离新液压的是是非非。

吕攀为什么反对韩江月竞选，焦荣林也是心知肚明的。当初他从金工车间把这个能说会道的小年轻提拔起来当助理，是他在新液压犯的最大的错误。但木已成舟，他不会站出来指证吕攀损公肥私，他只希望自己在新液压所做的事情就这样揭过去，谁也别再纠缠了。

“小吕，我觉得累了，新液压这副担子，有人愿意挑，我是很高兴的。新厂长上来，也许能够给厂子带来一些新面貌，你们应该高兴才是。”焦荣林说道。

“什么新面貌!”吕攀不屑地说道，“那个韩江月，我过去是打过交道的，就是一个小丫头片子，技术上还过得去，可哪懂什么叫企业管理啊。我琢磨着，她就是徐老头推出来的幌子，肯定是徐老头觉得我们吃香的喝辣的，眼馋了，想跟咱们抢呢。”

焦荣林脸色微变，说道：“小吕，你说什么呢！什么叫吃香的喝辣的？我们的所做所为，不都是为了厂子的经营吗？”

“对对对，咱们辛辛苦苦，不都是为了厂子吗？”吕攀赶紧改口，他在自己那帮哥们面前说顺了嘴，忘了眼前这位厂长可是喜欢立牌坊的。

焦荣林知道吕攀狗嘴里吐不出象牙，他也懒得去计较，只是说道：“这件事情，经委的张主任给我打过电话了，他征求我的意见，我是表示坚决支持的。小吕，你也不用劝我，我是不会再待在这个厂长的位置上的。”

“焦厂长，就算你想辞职，也不能让韩江月这个小丫头接班啊。”吕攀说道。

“那让谁接？”焦荣林下意识地问道。

“比如说……我呢？”吕攀挺了挺胸膛，想显出一个高大的样子。无奈猥琐惯了的人，再怎么装也装不出凛然之色，倒显得像是电影里的汉奸一般。

“你？”焦荣林瞪大了眼睛，他万万没有想到，吕攀居然还有这样的野心。谁不知道你一向是干活嫌累，吃饭嫌少，要论搞歪门邪道，全厂无人能敌，但要说经营管理，你吕攀知道这四个字怎么写吗？

“小吕，你觉得你在厂里的名望够吗？”焦荣林在震惊之余，好心好意地提醒道。

“厂里的人对我有些误解，可是焦厂长你是知道我的能力的。”吕攀忸怩地说道。

是我对你有些误解，而厂里的人是知道你的不堪的……焦荣林在心里嘀咕道，嘴上却不便说出来。他说道：“这一次，徐书记向经委提出来，要搞全厂竞聘，由工人投票决定谁来当厂长，我说了是不算的。”

吕攀嘿嘿冷笑道：“徐老头不就是想推那个韩江月出来吗，如果我们给她出点难题，她不就干不成了？到时候，你再向经委推荐我，经委就会答应了吧？”

# 第四百五十二章

“各位师傅们，我是原来咱们装配车间的钳工小韩，大家还记得我吗?”

大礼堂的主席台上，韩江月对着麦克风，向满礼堂的干部工人们大声地问道。

在鹏城两年的经历，让韩江月脱掉了身上那青涩的印记，站在几百人的面前，她已经没有丝毫的慌乱了。这两天，她一直都在酝酿着自己的施政纲领，并且与徐新坤等人进行反复的讨论，力求在这次竞聘会上做出最好的表现。

根据徐新坤等人在职工中摸底的结果，大约有六成左右的职工是支持韩江月承包新液压的，另外四成的情况比较复杂，有打算观望的，也有持否定态度的。在后一种人中，又可以分为几种心态，有人是因为站在吕攀等人的一边，不希望有人来分这杯羹，还有人则是觉得让一个小年轻来承包不靠谱，他们更希望上级能够安排一个有经验的领导下来，把新液压带出泥潭。

韩江月的演说，就是要尽可能地争取余下那四成的职工，她的支持率越高，县经委就越没有理由反对她承包。如果她的支持率只有六成，别人想做点手脚来否决这件事就比较容易了。

“咱们新液压，一向是国家重点装备配件企业，咱们生产的液压阀、液压泵，多次获得国家机械部、省机械厅以及其他许多部门颁发的奖项，产品行销全国，矿山、钢铁厂，甚至解放军的军舰上，都有咱们新液压的产品，这是咱们的骄傲。前几年，咱们又引进了美国的技术，在全厂干部工人的努力下，咱们消化吸收了这些技术，产品的工艺水平上了一个档次，部分产品已经走出了国门，出口到了东南亚好几个国家。可就是这样一家实力雄厚的企业，现在却陷入了严重的亏损，甚至连大家的工资都不能足额发放，大家有没有想过，这是为什么呢?”

下面一片沉默，许多束目光都投向了坐在主席台上的焦荣林、吕攀等人。大家心里都明白，问题的根源在于这些满嘴仁义道德，背地里却鸡鸣狗盗的领导们。

韩江月停顿了片刻，开始一句一句地自问自答道：“是因为咱们懒吗?咱们曾经有过无数次为国家重大装备加班加点的经历，曾在工作现场累病累昏过的师傅就有十几位，谁敢说咱们懒惰！是因为咱们笨吗？从美国引进的技术那么复杂，咱们都能够把它吃透用好，谁敢说咱们笨！是因为咱们的产品不过硬吗？全国有那么多企业都信赖咱们的产品，谁敢说咱们的产品不行！既然咱们不懒、不笨，也不是产品不行，那么咱们落到今天这个地步，就只有一个解释，那就是经营上出现了问题，挺好的一个企业，这么优秀的工人，力量没有用在正确的地方，这才导致了严重的亏损。”

职工们开始躁动起来，韩江月如排比句一般的几个问题，把大家心里的火给煽起来了。是啊，自己懒吗？自己笨吗？自己做的东西不行吗？这些都不是，那么自己为什么会混到这步田地呢？韩江月说得对，那就是厂子的经营出了问题，如果能够换一个厂领导，采取一些正确的措施，新液压有什么理由不能振兴呢?

“各位师傅，我和大家一样，都是工人出身。我相信，在这个世界上，只要愿意勤奋工作，就不可能赚不到钱。咱们厂之所以走到今天这个地步，完全是因为前两年我们的目标定得太高太远，超出了我们实际的能力，以至于没捡到西瓜，反而连芝麻都丢掉了。我无意评价咱们新液压前任领导的功过，但我要说，如果由我来当新液压的厂长，我一定不会犯这样的错误，我会让新液压踏踏实实地先回到我们原来的地方，守住我们的传统产品，再在这个基础上循序渐进，逐渐占领高端市场。也许有些师傅不知道，在过去两年中，我在鹏城的一家港资企业工作，目前依然是那家企业的副总经理。从港岛人那里，我学到了企业经营的方法，也学到了市场开拓的手段。我有信心能够经营好新液压这样一家企业，我承诺，半年之内，要让新液压的面貌发生彻底的变化，我们不但要保证每月足额发放职工工资，我们还要有足以让全县其他企业眼红的福利，我们要盖新的职工宿舍楼，要给咱们新液压考上大学的子弟发全额的奖学金。我相信，其他企业能够做到的，咱们同样能够做到，其他企业做不到的，咱们也要做到。我相信大家都有这样的志气，我相信大家都有这样的能力，大家说，是不是这样！”

“是！”何桂华站在下面，带着周围的几名工人大声地喊了起来。

“咱们有没有这样的能力？”韩江月继续煽动着。

“有！”回答的人更多了。

“咱们有没有这样的志气！”

“有！”

这一回，几乎是全礼堂的工人都吼叫了起来，声音之大，几乎要把礼堂的天花板都掀开了。

情绪这种东西，只要有人去带动，就是很容易被激发起来的。韩江月前面给大家施加了一种心理暗示，让大家觉得新液压是非常了不起的，自己完全没有理由会混得这么惨。她又披露了自己在港资企业当高管的经历，让大家相信她是有能力带领新液压走向繁荣的。在一片阴霾之中，有人能够指出一个光明的前途，大家怎么可能会不激动呢？

与焦荣林他们同坐在主席台上的徐新坤见气氛已经被调动起来，便站起身，大声说道：“同志们，刚才韩江月同志向大家表了态，承诺如果由她担任新液压的厂长，她能够在半年之内让新液压扭亏为盈。现在，请大家……”

他想说让大家举手表决，那头吕攀坐不住了，也站起身来，打断了徐新坤的话，说道：“徐书记，你先别忙。”

“怎么？吕助理，你有什么话要说吗？”徐新坤扭头看着吕攀，不悦地问道。不管他对吕攀有多么不屑，但吕攀毕竟是现任的厂长助理，是有权利发言的。当着经委主任张培的面，徐新坤也不便粗暴地阻止吕攀说话。

吕攀道："徐书记，选厂长是一件严肃的事情，怎么能够凭着小韩同志几句话就决定了呢？要说这种漂亮话，我也能说的，没准比她说得还好呢。"

"吕攀，你是什么货色，我们还不知道吗？你说得再漂亮，也不会有人相信的！"台下一名暴脾气的工人没好气地呛道。

吕攀并不生气，而是呵呵冷笑道："我说话你们不相信，那凭什么小韩说话你们就相信呢？她过去在厂子里工作过，可已经离开好几年了，你们对她了解吗？她说的话，就一定是真心的吗？"

"小韩是放弃了在鹏城的好工作，回到塘阜来承包新液压的。她在鹏城一个月有 2000 块钱的工资，如果不是真心为了咱们新液压的兴旺，她凭什么要回来？"何桂华忍不住替韩江月回答道。

吕攀道："这就对了，大家想想看，有谁会放弃一个月 2000 块钱的工资，仅仅是为了回来帮大家振兴新液压？要说她没有其他的想法，我才不相信呢。"

他这样一说，大家刚刚被煽起来的热情便有些消退了，一些人开始在下面嘀咕，分析吕攀的话是否有道理。大多数人对吕攀并没有好感，但对他的观点却是认同的。是啊，如果不是有其他的想法，怎么会有人愿意放弃 2000 元的月薪，回来陪大家受苦呢？

吕攀听着下面的声音，心里很是得意。他把头转向韩江月，说道："小韩同志，你觉得我说的话有没有道理？"

韩江月冷冷地问道："那么，你觉得我想承包新液压的目的是什么呢？"

"当然是想捞钱了，还能是什么？"吕攀说道。

韩江月不屑地答道："吕攀，你要知道，这个世界上不只有那些成天搞歪门邪道挖工厂墙脚的人，这个世界上还有一群愿意老老实实做人和做事的人。我和在场的工人师傅们都是后一种人，我们不懂得什么叫捞，我们只知道凭自己的双手去挣钱，挣的是光明正大的钱，是干净的钱。"

“谁信啊！”吕攀被韩江月噎了一句，又找不出话来反驳，他索性装作没听出韩江月指桑骂槐的意思，转头对张培说道，“张主任，我觉得光靠讲几句话就能承包我们新液压，太不严肃了，这是对我们新液压不负责任的表现。”

张培原本就对这次竞聘心怀芥蒂，有吕攀出来搅局，恰是他乐意看到的。他装出从善如流的样子，问道：“那么，吕助理，依你的意见，应当怎么做才好呢？”

吕攀阴恻恻地说道：“最起码，想当厂长的人应当立一个军令状，再押一笔保证金。未来如果无法实现竞聘时候的承诺，她不但要主动辞职，而且还要赔偿厂子的损失，赔偿的钱嘛，就从这笔保证金里出好了。”

# 第四百五十三章

听到吕攀的话，台上台下的干部和工人都沉默了。平心而论，吕攀的这个建议是合理的，这几年来，许多企业都在搞承包、组阁，其中确有一些大刀阔斧搞改革，让企业蒸蒸日上的，但同时也有一大批只会说漂亮话，最终把企业拖入深渊的。远的不说，主席台上那位曾经风光无限的厂长焦荣林，不就是最好的例子吗？

如果当初让焦荣林签一个军令状，再押上一笔钱，规定搞不好企业就滚蛋赔钱，或许他能够做得更谨慎一些吧？最起码，在企业出现亏损之后，大家不会干瞪眼而拿他没有一点办法。

韩江月对于吕攀的发难并不觉得意外，她看向吕攀，微微笑道："吕攀，军令状我肯定会签的，如果我无法做到让新液压扭亏，我自动下台。你说的保证金，我也可以交出来，而且不瞒你说，我早就准备好了钱，不过这些钱并不是押金，而是打算以我个人的名义借给厂里作为流动资金。未来如果厂子有了盈利，我就收回这些钱。如果厂子依然亏损，我这些钱就不要了。"

"好!"

台下有人大声地喝起彩来，这才叫破釜沉舟，这才是真心想为新液压几百职工做事的样子。也许韩江月承包新液压的确有自己的私心，也许是想通过承包赚到钱，但她能够压上自己的身家，带着大家一起干，大家还有什么可说的？像这样的承包者，就算未来从企业的盈利中提走十万、二十万，大家也心甘情愿。

涉及自身利益的事情，工人们的脑子是转得非常快的，所有的人都想明白了这个道理，也从韩江月的表态中感觉到了她的决心。正如韩江月说的，大家不懒、不笨，只要有决心去做，凭什么赚不到钱呢？

掌声稀稀拉拉地响了起来，很快就连成了一片。有些人为了凑趣，拼命地拍着巴掌，让登场的掌声一波接着一波，越来越响，几乎到震耳欲聋的程度了。

“鼓什么掌！你们现在忙着鼓什么掌！”吕攀急眼了，他抄起放在张培面前的一个麦克风，大声地喝止着众人，然后瞪着血红的眼睛对韩江月喊道，“好啊，韩江月，你说得好听，你的钱呢？承包这么大一个厂子，你怎么也得拿出五千……不，起码也得拿出五万块钱来吧！”

掌声在吕攀的咆哮声中渐渐弱下来了，何桂华站在台下对吕攀骂道：“吕攀，你捣什么乱？你一张嘴就是五万块钱，现在谁能拿得出这么多钱？你这不是故意刁难吗？”

吕攀讥讽道：“拿不出来，还说什么借给厂里当流动资金，莫非韩厂长就准备拿出五十块钱来做抵押吗？”

何桂华有待再说点别的，韩江月向他做了个手势，让他稍安勿躁，然后对吕攀说道：“不就是五万块钱吗？我答应了，过完春节，我就把钱交到厂里的财务，一分钱也不会少，大家都可以去见证。”

“过完春节？哼哼，那就等着过完春节再选厂长呗，现在起什么哄？”吕攀阴阳怪气地说道。

徐新坤问道：“吕攀，你是什么意思？”

吕攀道：“我的意思很简单啊，韩厂长不是说准备了钱吗？那就把钱拿出来，什么时候拿出来，什么时候算数，现在红口白牙这么一说，谁信啊。”

“不就是五万块钱吗？你等着，我现在就拿给你！”

一个声音突兀地在台下响了起来，众人定睛看时，只见一个200多斤的胖子身手敏捷地攀着主席台的边缘蹿到了台上。随后，台下另有一个长得颇为俊俏的小伙子把一个鼓鼓囊囊的手提包给他递了上去。那胖子拎着手提包径直走到张培等人面前，拉开拉链，把手提包兜底一翻，就见一堆长条肥皂大小的方块劈里啪啦地落在桌子上，还有几块蹦跶着掉到了地上。

“钱!”

“全是钱啊!”

“我的妈呀，我这辈子都没见过这么多钱啊!”

全场的人都傻眼了。这个胖子以及台下那个小伙，大家都从来不曾见过，可他们就以如此拉风的形象闪亮登场了。整整五十叠大团结砸在桌面上，无论是声音效果还是视觉效果，都堪称是惊天动地。

“你你你……你是谁呀!”

吕攀是第一个恢复了语言能力的，他结结巴巴地指着那胖子问道。刚才的那份嚣张已经不复存在了，这个年代的五万块钱，堪比后世的五千万。见了五千万块钱还能够控制住膝盖的人，也算是威武不能屈了。

胖子用温柔的目光瞟了韩江月一眼，然后转过头，凛然地对吕攀说道:“小爷我姓宁，宁默，我是……韩总的私人保镖。”

“我叫赵阳，我是韩总的私人司机!”台下那个小伙也爬上来了，站在那里学着宁默的语气宣布道。

全场再次哗然。原来只听韩江月自己说在鹏城当了个什么港资企业的副总经理，这事是真是假也不好说，另外，那家港资企业到底多大规模也不一定，没准就是一个小门面呢?可这会大家有了真实的感觉了，私人保镖，私人司机，这是寻常人能雇得起的吗?你说这俩年轻人是韩江月雇来的托儿，好啊，你雇一个能够砸出五十叠大团结的托儿给我看看!

徐新坤也懵圈了，宁默、赵阳二人的出现，完全是在预定的剧情之外的，看韩江月的惊愕的表情，显然她也完全没有想到会出现这一幕。徐新坤几步走到韩江月身边，压低声音问道:“小韩，这是怎么回事，你认识他们俩吗?”

韩江月愣愣地点了点头，脸上蓦然有了一些红晕，她低声说道:“我认识，他们是我在鹏城认识的朋友……其实，我一开始就打算向那个胖，呃，向那个宁默借钱的。他是开公司的，有点钱。”

“那么，他拿出来的这些钱，算不算数?”

“算数。”

“这是五万块钱呢，你能负担得起吗？”

“没问题，他的钱……呃，反正是没关系的。”

“那就好！”徐新坤马上就知道自己该怎么做了，他拿过韩江月面前的麦克风，对着全场职工大声说道：“同志们，各位师傅们，大家已经看到了，小韩不但承诺了要带领咱们厂走出困境，而且以自己的名义借到了钱，作为咱们厂的流动资金。大家想想看，如果小韩不是真心为了咱们厂的繁荣，她有必要这样做吗？对于这样一位勇于承担责任的同志，大家还有什么不放心吗？”

“放心！”台下的人齐声喊道。

“那么，我宣布，现在投票开始，同意韩江月同志承包新民液压工具厂的职工同志，请举手！”

“刷”地一声，台下竖起了如林的手臂，少数几个不想举手的人，在身边其他同事异样的眼光下，也犹犹豫豫地举起了手。

“手放下。现在请不赞成韩江月同志承包的人举手，大家数一数，反对的人有哪些！”徐新坤又说道，后面一句话，就是明显的威胁了。刚才的支持率粗看过去也得在九成五以上了，他就不信还有人敢冒天下之大不韪，在这个时候公然投反对票。

果然，包括台上的吕攀等人在内，都没有人敢在这个时候举手表示反对，吕攀能够做的，就是把头扭开，假装是在研究大礼堂的建筑结构，不敢接徐新坤的话了。

徐新坤满意地看看全场，然后走到张培的面前，说道：“张主任，我以新民液压工具厂书记的身份，向县经委汇报。我厂职工全票通过，支持韩江月同志承包新民液压工具厂，担任厂长，请县经委批准。”

张培只能挤出一些僵硬的笑容，站起来，说道：“既然是全厂职工的共同意愿，县经委当然是不会反对的。不过，具体任命的事情，还有具体的承包条款，还得请示县领导以及省市两级经委的领导，我不能独专。”

“我们希望在明天之内就得到答复，因为我们需要马上开展生产，一天也不能等了。”徐新坤逼迫道。

“这个嘛，我会尽力的……”张培说道，他向韩江月递了一个示好的表情，说道，“不过，小韩同志得到全厂职工的支持，这是一件可喜的事情，我谨代表我自己，向韩江月同志表示祝贺。如果未来上级领导同意大家选举的结果，县经委希望韩江月同志能够坚守所做出的承诺，兢兢业业工作，带领全厂职工走向胜利。”

韩江月点了点头，正待说点什么，只见宁默把手一抬，对张培说道：“别急，刚才我听大家叫你张主任，我想提一个问题，韩总已经向全厂职工以及你们县领导做了承诺，还拿出了这些保证金。我想问问，你们县能够给韩总什么条件？新液压厂是一个大家都不想接的烂摊子，韩总勇挑重担，帮着你们县领导解决困难，你们就没有一点表示吗？”

# 第四百五十四章

“表示？宁先生，我不太懂你的意思。”

张培的语气里透着客气。从刚才宁默的表现来看，他也能猜出宁默并不是自己所标榜的那样，仅仅是韩江月的保镖而已。一个保镖不会不征得老板的同意就这样把钱砸出来，宁默的动作分明显示出他才是这些钱的主人。一个能够拿出五万钱，甚至好几叠钞票落在脚底下都懒得去捡的人，是张培不敢轻易得罪的。

宁默原本就是一个大大咧咧的人，这两年赚了点钱，就更加嘚瑟了。其实早在韩江月做施政演说的时候，他和赵阳就已经到了，只是在台下遮着脸听着，没让韩江月发现。待到见吕攀胡搅蛮缠，明显是想把事情搅黄的时候，他便来了个突然袭击，用最粗暴也最昂贵的方式把对方砸倒了。

他这趟千里驰援，就是来给韩江月撑腰的。在他眼里，区区一个县经委主任算个啥，你能比我有钱吗？韩江月想承包新液压，宁默出于帮亲不帮理的心态，无原则地表示支持。他觉得，韩江月既然有这个心思，那就要全力以赴地帮她实现。五万块钱算不了什么，但既然自己出了钱，不跟对方谈谈条件，那不是傻了吗？

“新液压是一家亏损企业，塘阜县已经把新液压放弃了。韩总带领全厂工人重新振兴新液压，未来新液压的资产如果增值了，增值的部分，应当归韩总和全厂工人所有。我替韩总做个主，韩总占 30%，其余 70%由全厂工人平分，大家同意不同意？”

宁默转头向场下的工人问道。

“同意！”众人齐声应道。大家并不在乎韩江月占的 30%，他们更关注的是自己能够拥有那 70%。即使这 70%是由 500 多人平分的，那也是属于自己的财产。至于说韩江月一个人就拿了30%，你不服气也可以，你押五万块钱来赌啊！韩江月说了，如果企业亏损了，这五万块钱就算打水漂了，人家冒了风险，凭什么不能多拿收益？

张培的脸色有些难看了，他看看徐新坤，又看看韩江月，问道："徐书记，韩总，宁先生的意思，能代表你们吗？"

徐新坤道："我个人没有意见，但小韩只拿30%，她是不是同意，我想还是请她自己决定吧。"

韩江月万万没有想到宁默会越俎代庖地替她向县经委提出要求，而且提出的这个方案还颇有一些水平。在这两天，宁默和她通过好几次电话，因为她住在厂子里，打长途不方便，所以每次都是约好时间之后，由宁默打过来的，以至于她都不知道宁默什么时候离开了临河，悄无声息地来到了明州。

在与宁默通电话的时候，宁默也问过她对于承包收益的想法。韩江月提出过一个方案，那就是未来企业的利润以及资产增值，应当拿出一部分分配给全厂的职工，以便调动大家的积极性。至于她自己，拿5%或者10%都是可以的，更多的比例她从来也没有想过。

宁默提出的30%的比例，远超出了韩江月原来的想法，但看到张培面前堆着的那五万块钱，韩江月突然觉得自己拿这个比例也是应该的。她在港资企业里工作了这么久，对于管理层持股的概念也有所体会了。她想到，自己争取到一个更大的比例，未来拿出来分给徐新坤、余淳安、何桂华这些人，也是好的。如果自己现在要求的比例太低，未来就没有余地了。

至于说余下的70%全部归工人所有，不给塘阜县留下一点，韩江月也想通了。宁默说得对，塘阜县已经抛弃了新液压，在她提出承包新液压的时候，塘阜县非但不提供帮助，还处处刁难，那么未来新液压如果发展起来，关塘阜屁事呢？

想到此，她点了点头，说道："宁先生说的，完全可以代表我的意见。新液压未来如果能够振兴，靠的是全厂干部职工的努力，大家有权利享受努力的成果。”

“这个……我需要向上级请示。”张培苦着脸应道。这个要求超出了他原来的预期，但他还真说不出什么反对的理由。其实，外县已经有过类似的情况了，一群工人承包了亏损的企业，和县里约定自负盈亏，赚了钱都归承包者，赔了本县里也不负责。像新液压这种企业，县里已经当成包袱打算甩掉了，原来就没有盈利可能的，现在盈利了，县里好意思去分钱吗？

可是，如果答应了这个条件，那么新液压还算是国企吗？尤其是韩江月占了三成的比例，这不有点资本主义的味道了吗？算了，这事也不是自己这个级别的官员能够做主的，还是行个施字诀，让上面的领导头疼去吧。

“第二，”宁默没等张培说完，紧接着又抛出了一条，“既然是承包，而且是拿出了保证金进行的承包，那么未来新液压的任何经营活动，包括人事安排，塘阜县不得干涉。”

“这个，我个人也不能做主……不过，这个要求也是合理的。”

“第三，呃，第三……”宁默突然卡住了，他挠了挠头皮，迷茫地想了想，最后不得不回头去看赵阳，问道，“赵阳，那谁说的第三是啥来着？我这话到嘴边，怎么一下子就忘了……”

赵阳憋住了笑，走上前，板起脸对张培说道：“第三，新液压厂原来的领导班子必须全部撤换，而且需要对所有主要干部进行任职审计。发现有虚报支出损公肥私的，一律要求退赔。如果发现有和外单位里应外合侵吞新液压财产的，要追回所有的不法收入，并追究当事人法律责任。为了避免现任毁灭证据，财务科必须从现在开始封账，请大家推举几位可靠的师傅到财务科值班看守，严禁任何人转移账目。”

“好！”台下又是一片叫好声，赵阳提出来的要求，迎合了相当一部分职工的心态。好啊，焦荣林、吕攀这帮人成天花天酒地，财务上没点猫腻才怪呢。当即就有人站出来表示要去财务科守着，等审计人员过来查账。更有人开始鼓噪，说要把吕攀等人扣起来，以防他们畏罪潜逃。

“你们是谁呀？这是在新液压，有你们说话的份吗！”吕攀的脸都绿了，他强撑着架子厉声呵斥道，“姓宁的，姓赵的，这是我们新液压的地盘，你们有什么资格在这里说三道四。保卫科的人呢，快，把这两个人赶出去！”

韩江月冷哼一声，说道：“吕攀，这里有你说话的份吗？现在，我以大家推举出来的新厂长的身份，宣布撤销吕攀厂长助理的职务，鉴于吕攀曾在新液压担任主要领导工作，在进行任期审计之前，不得擅自离开新液压厂。保卫科的同志，你们负责监督吕攀的行动，他如果找不着了，唯你们是问！”

“是！”台下有几条汉子大声应道。这几位正是保卫科的干部，眼看着韩江月已经得到众人的拥戴，当上厂长只是时间问题，他们还不知道该如何站队吗？再说，吕攀这小子过去就是个二混子，因为赌博打架被保卫科扣过好几回。他当上厂长助理之后，可没少给保卫科的这几位穿过小鞋，现在风水轮流转，大家还不赶紧报仇？

“我的要求就这三条了，韩总还有什么要补充的，一块向张主任说吧。”宁默得意地笑着，向韩江月说道。

韩江月瞪了宁默一眼，但那目光中分明带着几分亲昵，还有几分惊讶。说真的，宁默跑来救场，还在韩江月能够想象的范围之内，可宁默和赵阳如此有理有节地向张培提出三条要求，这就让韩江月觉得要对这个胖子刮目相看了。在她的印象中，胖子做生意还有两下子，撩妹的技巧不行，但真诚可嘉。要说到谋略，尤其是处理承包企业以及清算前任领导的问题，宁默是不可能有如此清晰的头绪的，赵阳与宁默也是半斤八两，两个人怎么能够说出这样一番话来呢？

此时也不是审问胖子的时候，韩江月收拢起精神，对张培说道：“张主任，小宁和小赵说的意见，也是我的意见，请县领导斟酌。新液压恢复生产的事情，一天也不能耽搁，所以我斗胆请求从现在开始行使厂长的职责。如果未来县领导不能批准我的承包要求，这几天里我给厂子造成的损失，我全额赔偿。”

“赔偿的事情，就不用提了。”张培硬着头皮说道，“既然是全厂职工都对你投了信任票，那你先把这副担子挑起来吧。未来如果因为一些政策上的原因不能同意你的承包申请，你在这段时间里作出的贡献，塘阜县也是会记在心里的。”

“既然如此，那就请张主任当众宣布一下吧。”徐新坤可是一刻也没忘记给张培挖坑。

张培拿起麦克风，哼哼了几声，然后宣布道：“我代表塘阜县经委宣布，根据新民液压工具厂全体职工的集体投票表决结果，现决定，免去焦荣林同志新民液压工具厂厂长的职务，任命韩江月同志暂时代理新民液压工具厂厂长，正式任命待塘阜县领导开会讨论后颁布。希望大家在韩江月同志的领导下，同心同德，群策群力，共同振兴新液压，也预祝新液压迅速扭亏为盈，再次成为塘阜县的骨干企业，为国家、为人民作出新的更大的贡献！”

# 第四百五十五章

张培强打着笑脸应付完整个流程，带着自己的随员以及被免了职的焦荣林匆匆而去。

依着宁默的想法，焦荣林是前任厂长，也是应当留下来接受审计的。不过，徐新坤打了个圆场，说焦荣林毕竟是过去由机械厅派下来的干部，新液压无权扣留他，还是让他离开更合适。至于说未来审计时发现焦荣林有经济问题，再提请机械厅来处理他也不迟。

至于吕攀和其他几个在厂里捞过油水的中层干部，徐新坤就不客气了，直接吩咐保卫科将他们软禁起来。这个年代里还不太讲法制，每个厂子自己都是能够执行一些私法的，保卫科抓着赌博的职工关几天禁闭是常有的事，你想讲理都找不着地方讲。

工人们也三五成群地离开了，一边走一边议论着刚才发生的一切。韩江月就任新厂长的事情，给大家的冲击不小，可大家聊得更多的，却是那个秘密出现的胖子。大家一致认为，这个胖子一定出自于一个了不起的家庭，唯一的悬念就是他父亲到底是港岛首富还是开国元勋，“首富派”和“元勋派”为此还差点老拳相见了。

看着众人都离开了，韩江月的竞选班底这才凑上前来，一边向韩江月表示祝贺，一边开始打量着宁默、赵阳二人，等着韩江月给大家一个解释。

“这是小宁，是……”

韩江月刚说到一半，宁默打断了她的话，眉飞色舞地说道：“小韩，先别急，我们这趟来还有一个哥们呢，我告诉你，我这个哥们可了不得了，我和小赵刚才说的那些，都是他教的。他说他不方便露面，躲在吉普车里等着呢，我这就叫他过来……咦，这不，他进来了！”

众人扭头看去，只见从大礼堂门外又走进来一个年轻人，脸上笑吟吟的，颇有一些人畜无害的样子。看到众人，他抬起手笑着招呼道：“大家好，徐书记，余科长，何师傅，小韩，咱们又见面了！”

“小冯！”

“冯处长！”

几个人一齐失声喊了出来，宁默满脸堆笑地正准备给大家介绍，听到双方打招呼的声音，不由变了脸色：“怎么，你们……都认识？”

说话间，冯啸辰已经来到了众人面前，他挨个地与徐新坤等人握着手，而众人则亲切地拍着他的肩膀，说着问候的话：

“原来是你在背后指挥啊，我说小宁他们提的三条要求怎么这么高明呢！”

“哈哈，冯处长出手，果然是非同凡响，当即就把吕攀他们弄懵了！”

“小冯，多亏你了，你又帮了我们新液压一回啊！”

对于这些夸奖，冯啸辰只是摆手谦虚，倒是旁边的宁默郁闷到了极点。有没有搞错，出钱的人是我，上台砸钱的是我，在台上滔滔不绝提条件的人也是我，这个小冯藏头藏尾的，这个时候才出来，怎么一下子就把我的戏份给抢了？他不就是比我苗条一点吗，你们凭什么歧视胖子呢！

原来，那天宁默接到韩江月的求助电话之后，便无心在冷水矿待下去了。他知道韩江月正面临着一个重大的抉择，而且还会有许多未知的障碍，他必须赶到塘阜去，哪怕帮不上韩江月什么忙，出点钱，再出个肩膀啥的，还是能够做到的。

他叫上了死党赵阳，从银行提了五万块钱便出发了。在买火车票的时候，赵阳灵机一动，建议宁默先去一趟京城，反正他们到明州去也是要路过京城的。到京城的目的，是去找一趟冯啸辰，向他问计。在赵阳心里，这个世界上他谁都不服，就服冯啸辰一个人。

听到赵阳的建议，宁默大为赞同。他对冯啸辰也是佩服得五体投地的，在他看来，韩江月承包新液压这件事，向谁请教都不如向冯啸辰请教更为有效，冯啸辰是那种智计百出的人，有他出主意，韩江月的事情就毫无悬念了。

直到这个时候，宁默都不知道韩江月与冯啸辰其实是老相识了，甚至于韩江月此前还对冯啸辰有过那么一点点的“意思”。在鹏城的时候，宁默与韩江月聊过彼此过去的生活，也都提起过冯啸辰的事情，只是阴差阳错地都没有说起这个名字。宁默提到冯啸辰的时候，说的是“我那哥们”，而韩江月则是说曾经有过一个外单位的处长如何如何。

宁默做石材生意，冯啸辰给他出过启动资金。石材生意红火起来之后，宁默提出过要给冯啸辰分红，被冯啸辰婉拒了。这两年，宁默与冯啸辰一直都有信件和电话往来，宁默要在京城找到冯啸辰的家，倒并不困难。

冯啸辰在自家的小四合院里接待了宁默一行，听宁默说起自己正在追求的女友想承包一家名叫新民液压工具厂的亏损企业，冯啸辰忍不住多嘴问了一句，结果听到了一个熟悉的名字：韩江月。

冯啸辰没有说破自己与韩江月的交情，倒是把杜晓迪叫出来向宁默和赵阳展示了一番。他想到，未来宁默肯定是会知道他与韩江月的过去的，现在晒一晒自己的漂亮女友，能够消除宁默可能会有的顾虑。再好的朋友，涉及这种事都是会很纠结的。

因为知道是韩江月的事情，再加上宁默这份交情，冯啸辰自然就不便袖手旁观了。他打电话给包成明，让包成明给他找找有关新液压的资料。包成明这几年的经营还真没白费，他在数据库里检索了一下，便把新液压的经营情况以及有关焦荣林、吕攀等人的八卦都给找出来了。包成明现在已经在京城开了分公司，他让手下把这些资料整理好，打印出来，专程给冯啸辰送了过来。

掌握了一手资料之后，冯啸辰对于韩江月承包新液压的事情便有底了。听说新液压马上要举行厂长竞聘演讲，冯啸辰主动提出陪着宁默、赵阳前往明州，去给韩江月撑腰，同时也便于随机处置各种意外情况。春节前的车票很难买，冯啸辰索性开上了从林北重机办事处借的吉普车，和赵阳换着当司机，一路不停地赶往塘阜，终于抢在竞聘开始之前到达了新液压。

冯啸辰在新液压待过很长一段时间，很多人都认识他，所以他不便在竞聘会上露面。这场竞聘是韩江月的个人专场，宁默、赵阳上去给她当个陪衬是没问题的，但如果冯啸辰出现，难免会抢了韩江月的风头，对于韩江月未来的施政不利的。因此，他借口把出风头的机会让给宁默，自己躲在吉普车里，倒是美美地睡了一觉。至于宁默他们提的三个要求，自然是出自于冯啸辰的设计。

冯啸辰与徐新坤等人打完招呼，最后才来到了韩江月的面前。他伸出手去，笑着说道："韩厂长，祝贺你啊。"

"谢谢冯处长。"韩江月只觉得百感交集，许多话想说却又说不出口。看到冯啸辰与宁默一同出现，她已经猜出了许多事情，很显然，宁默一直在她面前叨叨的"我那哥们"，正是曾经让自己心动过的这个年轻处长。

想到此处，她忍不住转头去看宁默，却见胖子正满脸委屈地看着她，她嫣然一笑，走上前，一把扯住宁默的袖子，把他拉到冯啸辰面前，说道："小宁，原来你一直都和冯处长认识呢，你以前怎么没跟我说过呢？"

"我说过的……"宁默有些腼腆地说道，韩江月的这个表现，让他颇为受用。这显然是在正式宣布她与宁默有着不同寻常的关系，而其他人，包括这位冯处长在内，都不过是外人。

冯哥们的女朋友长得也挺漂亮的，而且和冯哥们的父母也都见过了，冯哥们应当不会对我家小韩有什么意图吧？小韩和冯哥们原来就认识，不过，既然她管冯哥们叫冯处长，想必关系也是一般。冯哥们是京城的干部，不会对这种小地方的人感兴趣的，对不对？

宁默在心里给自己找着理由，他傻笑着对冯啸辰说道："哥们，原来你早就认识我家小韩啊，在京城的时候，你怎么不说呢？"

冯啸辰笑道："这不就是为了给你一个惊喜吗？"

"惊喜是够惊喜的，嘿嘿，哥们，以后小韩的事情，你得多帮忙才是。"

韩江月瞪了宁默一眼，说道："胖子，你说啥呢？冯处长日理万机，能够陪着你们跑一趟明州，已经很不错了，你还打算怎么麻烦人家？"

"小韩，可千万别这样说。"冯啸辰道，"我对新液压也是有感情的，我和徐书记、余科长、何师傅他们，也都是忘年之交，就算不看在你和小宁的分上，新液压的事情我也不能不管的。"

"胖子和小赵他们提的三个要求，是你帮他们总结的吧？这三个要求，就是帮了我的忙了。"韩江月说道。

冯啸辰嘿嘿一笑，道："这算啥，韩厂长新官上任，我总得有点实际的表示吧？光出几个主意，实在是太寒酸了。"

# 第四百五十六章

"实际的表示，什么意思？"

韩江月有些弄不懂冯啸辰的意思。冯啸辰愿意出手给她帮忙，这让她心里又踏实了几分，她知道冯啸辰的能量是远比宁默要大得多的。但在她的预期中，冯啸辰能够给她和新液压出几个好主意，提一些经营上的思路，就很不错了，可冯啸辰却说要有一些实际的表示，这是指什么呢？

冯啸辰从手提包里拿出一个大信封，递给韩江月，说道："你先看看这个，对了，请余科长和何师傅一起看看，看咱们新液压目前的技术能不能拿下。"

"什么东西？"

余淳安和何桂华两个闻声地凑了过来。韩江月打开冯啸辰递给她的信封，从里面抽出几张传真纸，上面赫然是几个工件的三视图。

余淳安见多识广，脱口而出，道："这个，不是工程机械上用的液压杆吗？"

"没错，就是液压杆。"何桂华也认出来了，他看了看图上的参数，说道，"咱们厂做这个东西没有任何问题，过去咱们就做过类似的东西，现在咱们引进了美国的技术，做这个就更不成问题了。"

冯啸辰看着余淳安，问道："余科长，你估摸一下，这样一套液压杆，咱们厂的生产成本会是多少？"

冯啸辰几年前在新液压的时候，余淳安是生产科的副科长，所以冯啸辰习惯于称他为科长，其实现在余淳安已经是副厂长了。听冯啸辰问起来，余淳安皱着眉头在心里算了算，说道："如果是单件生产，一套大概是 1200 元左右，这是只包含了材料、电费、工时在内的，如果要加上管理成本，还会更高一些。如果是批量生产，一次生产100根以上，有希望把成本控制在900元之内。”

“一年2000套，每套价格不超过1000元，咱们接不接?”冯啸辰问道。

“当然接!”余淳安不假思索地应道，“如果是2000套，咱们的成本还能再低一些。按每套定价1000块钱计算，我们起码有200块钱的利润，这还是扣掉工资之外的。2000套，足够养活全厂职工了，而且还有40万的利润，这简直是天大的好事啊!”

韩江月也是懂行的人，她看过了图纸，知道余淳安的计算大致是正确的，她抬头看着冯啸辰，问道：“冯处长，这是哪来的业务，还有，这件事能确定吗?”

冯啸辰道：“这是南江省辰宇工程机械公司的订单，他们一直都在找液压件供应商。前天宁默他们跟我说起新液压的事情，我就抱着试试看的态度，给他们的总经理打了个电话，这份图纸就是他传给我的。他说了，如果新液压能够接受这样的订货价格，在质量和交货时间上有保证，他们可以先和新液压签一个2000套的订单。”

“太好了！小冯，你这下可救了我们厂了!”余淳安兴奋地说道，他又转头对韩江月说道，“小韩，这个订单咱们一定得接下来，有了这个订单，你的竞聘承诺就实现了，咱们厂也就有救了。”

韩江月笑着点点头，道：“那是肯定的，冯处长一片好心帮咱们拉来的订单，咱们怎么能拒绝呢？过完年我就亲自到南江省去，把他们的人请过来实地考察一下咱们的生产条件。冯处长，真的很感谢你，这真是一份太贵重的礼物了。”

“我哥们还有啥说的，那就叫个仗义!”宁默腆着肚子吹嘘道。

徐新坤不懂技术，刚才也插不上话，现在听大家说完，他才上前来，握着冯啸辰的手，说道：“小冯，你这可真是雪中送炭啊。说老实话，小韩把身家都压上来了，要承包新液压，我还真担心一时找不到业务呢。咱们厂子里自己的事情，怎么都好办，可业务是在人家那里的，光我们自己努力也没用啊。”

冯啸辰看看韩江月，发现她脸上虽然也带着几分兴奋，但并不像徐新坤、余淳安他们那样激动，他心念一动，笑着说道：“徐书记，你可别这样说。其实我也就是锦上添花而已，就算我不提供这个信息，韩厂长对于业务方面肯定也是胸有成竹的，是不是这样，韩厂长？”

听到冯啸辰点了自己的名字，韩江月笑了笑，说道：“哪有什么胸有成竹啊，只是有一些想法罢了。冯处长帮我们联系到了订单，解了我们的燃眉之急，我的一些想法也就不用太急着去试了，能够考虑得更周全一些。”

这番话，其实就是坐实了冯啸辰说她胸有成竹的猜测。换成在其他人面前，韩江月并不会如此直率地把这一点说出来，但对于冯啸辰，她的想法就不同了。她不想给冯啸辰留下一个自己只能倚仗他帮忙的印象，她想让冯啸辰知道，自己是完全可以独立把新液压做起来的。冯啸辰的好意，她会接受，但冯啸辰的怜悯，她可不需要。

“韩厂长的想法，肯定是更好的，能说出来让我学习学习吗？”冯啸辰问道。

“是啊，小韩，你还有什么业务上的打算，趁着现在跟大家一起说说吧。你现在已经是厂长了，有想法就可以实施了。”徐新坤也劝道。

韩江月道：“其实我的想法也不成熟，就是这两天临时想到的，还没来得及推敲呢。正好，冯处长是中央的领导，见多识广，也帮我参谋参谋吧。”

“哪里哪里，我是来向韩厂长学习的。”冯啸辰假意地客气道。

何桂华有些听不下去了，他瞪着两个年轻人道：“你们俩是怎么回事？什么冯处长、韩厂长的，像原来那样叫小冯和小韩不好吗？你看人家小宁就不搞这些虚的，年纪轻轻，搞得像个官僚一样，我可不喜欢。”

“可是，师傅，是你先管小冯叫冯处长的。”韩江月狡辩道。

宁默则敲着边鼓道：“是啊是啊，小韩，跟咱们哥们不用太客气，什么处长不处长的，这是我哥们！”

这样一打岔，韩江月此前故意端着的矜持倒是放下了，她说道：“小冯帮我们联系的这个业务，真的挺重要的，如果能够谈下来，一过完年，咱们就有活干了，这样对于鼓舞大家的信心能起到特别好的作用。我原先的想法，是准备过完年之后去一趟鹏城，争取能够到港岛去，从港岛拉一些业务过来，不过，这也就是试试看，不像小冯帮咱们联系的业务这样确定。”

“去港岛拉业务？”冯啸辰有些奇怪，“你为什么首先想到的是去港岛拉业务，而不是在国内市场开拓业务呢？”

韩江月道：“这也是没办法的事情。我们新液压过去的产品一直是面向国内的，前两年偶尔有一些产品卖到国外去，主要也是面向东南亚市场，规模并不大。但最近两年，国内市场发生了变化，装备制造企业的日子普遍都不好过，很多我们的传统用户也陷入了停工停产的状态，我们作为配件企业，怎么可能打得开市场呢？当然，你刚刚介绍的那家辰宇工程机械公司可能是例外，我过去没有注意过这家企业。”

“辰宇公司的情况的确有些特殊。”冯啸辰敷衍了一句，然后继续问道，“那么，你觉得港岛那边就能够有业务吗？”

韩江月道：“港岛本身可能不会有太多的业务，那边搞电子和轻工业的比较多，机械工业不算多。我只是想通过港岛去与西方国家取得联系，接他们的订单。”

“接西方的订单？你详细说说。”冯啸辰眼前一亮，觉得自己似乎是抓住了一点什么。

韩江月不好意思地笑了笑，说道：“这个问题我也不确定。不过，我因为此前在港资的鸿运包装机械公司当高管，对于市场方面的事情多少了解一些。其实，我就职的这家鸿运公司，虽然也制造包装机械的整机，但更多的时候是帮西方大品牌做配套，有时候是一套成套设备中不太重要的部分辅机，有时候甚至就是设备里的一些配件。

港岛企业在机械工业方面技术不如欧洲国家，品牌上也缺乏竞争力，主要优势就是劳动力便宜，尤其是到鹏城来开厂之后，劳动力成本优势就更明显了。西方的成套设备利润主要是在主机和品牌上，辅机以及配件没有太大的利润，他们一般都是分包出去的。

我考虑了一下，新液压是做配件的，咱们中国的机械整机竞争力也不行，所以市场不大。但如果我们像鸿运公司那样，去给西方企业做配套，哪怕价格低一些，因为我们的劳动力成本低，还是会有利润的。”

“你这不就是国际大协作的思路了吗？”

冯啸辰脱口而出。他突然想到，高磊说的国际大协作这个理念，其实还是有点价值的。从国家战略的层面来说，它是存在问题的。但如果放到具体企业的层面，还真有那么几分道理呢。

# 第四百五十七章

国际大协作的想法，并不能说是完全荒谬的。冯啸辰以及罗翔飞等人反对国际大协作的观点，只是觉得这种思路不能上升为国家战略，作为一个10亿人口的大国，完全放弃上游的装备工业和材料工业，转攻下游的消费市场，那是非常危险的，而且在实践中也无法做到。

但具体到新液压这样一家企业，把自己嵌入到国际产业链中去，就不失为一个好主意了。比如说，全球的工程机械市场，自然要比中国的工程机械市场要大得多。中国的工程机械企业目前还没有能力进入国际市场，所以国内的工程机械产量是比较低的，进而便影响到了工程机械中液压配件的需求。

如果新液压不是把目标市场局限于国内，而是寻求为西方工程机械巨头提供配件供应，那么这个市场就能够扩大10倍。中国的工程机械在国际上缺乏竞争力，但具体到一些配件，还是有点希望的。中国的劳动力成本低，这就是最大的竞争力所在。许多西方企业也乐于让中国企业给他们当配件供应商，大不了转移一些技术，帮助中国企业提高技术水平。然后他们吃肉，给中国企业留一点汤，何乐而不为呢?

韩江月是从自己曾经服务过的港资企业那里得到了启发，而她的想法，又启发了冯啸辰。冯啸辰此时想到的，可不仅仅是一个新液压的发展问题，他回想起了年前罗翔飞抛给他的问题：如何帮助陷入大面积亏损的中国装备企业走出困境。

去西方装备市场找饭吃啊!

冯啸辰恍然大悟。

重装办组织全国攻关，突破了大化肥成套设备的许多关键技术问题，初步形成了独立建设 30 万吨大化肥装置的能力。但国内近期内大化肥装置的立项不足，而进军国外市场又暂时缺乏实力，这就使得许多化工设备企业面临着有劲无处使的窘境。

但如果我们放弃一步到位的想法，放下身段去帮国外化肥设备企业做配套，给他们生产点辅机、配件之类，凭着现有的技术以及低廉的成本，应当是有希望的。通过做配套，能够暂时养活各家企业，同时还能够积累工程经验。等到时机成熟，咱们再一步一步地蚕食西方企业的市场，跟曾经的雇主抢饭吃，那是何等愉快的事情？

“我怎么就没想到这招呢！”

冯啸辰拍了一下自己的脑袋，懊恼地说道。其实，这还真怨不了冯啸辰，他前一世和这一世都在重装办工作，搞的都是成套设备制造，想的问题都是百分之百地掌握全套技术，哪会去考虑替别人打工的事情？但在实际的历史中，中国企业靠给外国装备制造商提供配件而做成巨型企业的也比比皆是。

例如，长三角有一家企业，原本只是一家动力机厂的叶片车间，后来逐渐成长成为专业制造透平叶片的企业。2014 年，这家企业拿下了发动机巨头英国罗罗公司的高温合金低压涡轮盘锻件项目，而且一个合同便是长达 10 年时间。这个锻件号称是飞机发动机上重要等级排名第一的部件，这个订单意味着，中国虽然在发动机技术上与国际先进水平还有一些差距，但具体到叶片方面，已经有与西方企业同台竞技的资格了。

中国制造的整机产品中如果使用了国外提供的配件，一般都会被指责为“关键部件不得不依赖进口”，而如果反过来，中国企业为国外的整机产品提供了配件，则会说是“不掌握核心技术，只能给别人打工”。反正在一些人心目中，不管你怎么做，中国制造四个字本身就是原罪，这种话听得多了，慢慢也就成为笑话了。

不过，就目前来说，诸如新液压这样的企业走出去给别人做配件，还真有点为人打工的意思。因为此时的中国企业大多的确不掌握核心技术，只能是承接一些技术要求低、利润薄的业务。幸好，此时中国的公知群体还处于萌芽状态，到不了左右舆论的时候，新液压如果能够接到海外订单，那么得到的绝对不会是指责，而会是自上而下的褒奖。

“哥们，你是说小韩的这个主意不错?”

宁默一直在旁边紧张地听着韩江月与冯啸辰的对话，他既希望冯啸辰能够给韩江月出一些好主意，又希望韩江月能够在冯啸辰面前露上一小手，让冯啸辰也知道他宁默的女朋友是极其出色的。现在看到冯啸辰的表现，宁默喜出望外，连忙问道。

冯啸辰笑道：“小韩的想法岂止是不错啊，这个想法能够解决整个国家装备制造业面临的难题，你想想，其意义有多大?”

“不会吧？小冯，你可别跟我开玩笑。”韩江月虽然这样说，但脸上也绽出了笑容。她知道冯啸辰的身份，他是有资格提“整个国家装备制造业”这个概念的。

冯啸辰摇摇头道：“绝对不是在开玩笑。大家也都知道的，现在国内很多装备企业，都面临着像新液压一样的困难，主要原因就是国内的产业结构调整，传统装备市场出现了萎缩，而新兴装备方面，咱们又只能依赖进口。小韩的这个想法，是让这些传统装备企业走出去，哪怕是给国外品牌做辅机、做配件，起码也能有些业务。这个想法如果能够实现，倒是为许多传统装备企业找到了一条出路。”

“言之有理。”徐新坤道，“我一个战友是在一家机床厂的，他们生产的机床型号太陈旧了，过去靠国家计划硬塞给下游企业，现在国家不搞行政命令式管理了，下游企业宁可从国外进口机床，也不愿意用他们的机床。现在他们也是处于停产状态，亏损的情况比我们新液压还严重。如果照刚才小冯的说法，让他们去给国外企业做点配件，我看是没问题的。毕竟是几十年的老厂，生产个齿轮、卡盘之类的，还能生产不出来吗?”

“这个想法太好了，我会马上向重装办的领导汇报。如果领导同意，开春之后，我们就会组织国内企业到国外去开拓市场。如果这条路子能够走得通，小韩你可就是首功了。”冯啸辰笑呵呵地对韩江月说道。

韩江月心里很是得意，脸上却装出不屑的样子，说道："谁在乎什么首功不首功的。我可得提前说好，你们如果要出国去开拓市场，一定得给我们厂留一个名额，这才是最实惠的呢。"

"一定一定。"冯啸辰连声说道。

看看已经到了吃午饭的时候，宁默首先提出要请大家一起到塘阜县城去大吃一顿，一是庆祝韩江月竞选成功，二是感谢冯啸辰千里驰援，而且还带来了订单。

这一会，宁默已经回忆起来了，冯啸辰说的辰宇公司的总经理杨海帆，不就是当初他在鹏城遇到过的那个人吗？考虑到杨海帆与冯啸辰的关系，宁默知道，这家辰宇工程机械公司真正的幕后老板正是冯啸辰。既然如此，那么这个订单是没有什么悬念了，当然，这还得看新液压能不能保证质量，这就是韩江月他们要考虑的事情了。

借着众人往外走的时候，宁默蹭到韩江月身边，小声地把自己知道的事情告诉了韩江月。韩江月错愕之下，自然也是满心感慨。不过，自己与冯啸辰已经是无缘无分的人了，反而是身边这个胖子才是自己能够抓住的幸福。念及此，她轻轻伸出手，搭在宁默的胳膊上，顿时把宁默又给激动得找不着北了。

"这胖子，原来是小韩的对象？"

"我怎么觉得小韩原来和小冯有点意思啊？"

"小冯是京城的干部，身份上还是有点差距吧。"

"这胖子看着倒是挺实诚的，长得……呃，也算是挺憨厚的，是个靠得住的人。"

徐新坤一行窃窃私语，不由得悄悄加快了脚步，把两个年轻人甩到了后面。冯啸辰扭头看看跟在自己身边的赵阳，笑着说道："小赵，看样子，胖子是打算在明州过年了，你怎么办？"

"当然是回临河去，我还能留下来当灯泡吗？再说，我媳妇还在家里等着我呢，我如果不回去过年，她还不剁了我。"赵阳撇着嘴说道。

"那好，咱们俩吃过饭就开车回京城，我让京城的人给你订回临河的火车票。”

“还开车啊！昨天这一路，没把我累趴下。冯处长，你还是现在就剁了我吧！”

赵阳杀猪似的嚎了起来。

# 第四百五十八章

日本广岛，秋间化工机株式会社的副总裁办公室，米内隆吉正在向自己的属下大发雷霆："怎么回事，厄瓜多尔的化工厂项目，为什么被荷兰人抢走了？去年我去厄瓜多尔访问的时候，已经和他们的工业部长谈好了，你们需要做的只是落实合同条款而已，居然还能把项目给弄丢了，你们到底做了什么？"

销售总监森重士垂着头，听着上司的咆哮，不敢插嘴。秋间会社是一家家族企业，总裁是个不管事的老头，会社的日常事务都是由副总裁米内隆吉负责的。米内隆吉今年已经奔60了，身体依然很健壮，而且随着年龄的增长，脾气日长，手下都害怕他。

好不容易等到米内隆吉嚷完了，森重士这才怯生生地抬起头来，说道："副总裁，你听我解释。这个化工厂项目，目前厄瓜多尔方面还没有最终确定交给谁做，只是倾向于交给荷兰人。出现这个变故的主要原因，是日元在过去半年中的持续升值，厄瓜多尔方面觉得价格上难以承受，所以转向了荷兰人。"

"日元升值？"米内隆吉脸色阴沉，"又是因为日元升值，我也不知道政府那些人都在想什么，日元再这样升下去，我们这些做实业的都要完蛋了。"

日元升值是从去年9月的广场协议开始的，而广场协议的缘由，则要追溯到更早的时期。

上世纪五十年代，日本还是一个刚刚从战败之中爬起来的弱国，工业水平低下，产品缺乏竞争力。当时，日元对美元的汇率是300比1，这个汇率水平还是比较符合实际购买力状况的。

六十年代至七十年代，日本经济经历了20年的高速增长，日本企业的技术水平不断提高，产品逐渐拥有了竞争力，开始在国际市场上拥有一席之地。而与此同时，日元的汇率并没有明显提高，与购买力相比，日元的币值就显得严重低估了。日元低估的结果，是日本商品相比欧美商品，尤其是相比美国商品，有了明显的价格优势，这一点与后世中国商品的情况颇为相似。

与日本类似，二战的另一个战败国联邦德国在此时也表现出了咄咄逼人的态势，大量德国制造的商品行销全球，侵占着英美等国家的既得利益。

与日本、德国的高速增长相对应，英美等国经济陷入了长期的滞胀，经济学家们提出了各种经济刺激手段，却仍然无法让国家走向振兴。英美的大财团经过研究，认为本国经济的萧条主要来自于日、德的竞争，而日、德的竞争优势，又在于它们“操纵汇率”，低估币值，实行变相的倾销。

上述的指责，又与新世纪西方世界对中国的指责如出一辙，太阳底下从来没有新鲜事，这也是一个证明吧。

为了打击日、德的出口，1985年9月，美、日、西德、法、英五国的财长和央行行长在美国纽约广场饭店召开会议，达成了五国政府联合干预外汇市场的协议，俗称“广场协议”。

广场协议的核心内容，是要求日元、马克对美元实施升值，从而改善美国的外贸条件，遏制日本、德国商品的竞争力。这个协议对于日、德的经济是不利的，但他们却无法反对，尤其是日本，作为在政治上完全依附于美国的一个附庸，只能眼睁睁地等着别人剪自己的羊毛。

广场协议之前，日元对美元的汇率为250比1，在三个月时间里，汇率便上升到了200比1。至1986年底，更进一步上升至152比1。

日元的大幅度升值，导致了日本的出口商品价格上升。原来250日元的商品，在美国市场上标价是1美元，而现在则需要1.25美元，老百姓自然就会减少对日本商品的购买，转而购买美国商品，从而支持美国制造业的复兴。

当然，这只是理论上的分析。美国制造业的衰退，并不仅仅是由于日本人的竞争所导致的，美国社会自身的原因也是不容忽视的。广场协议推高了日元汇率，打击了日本商品，但随即来自于东南亚的商品便取代日本商品，成为美国企业的新的竞争者。再往后，传说中的“中国制造”开始发威，然后……就没有然后了。

此时正是广场协议签订之后半年的时间，日元升值带来的影响已经呈现。如厄瓜多尔化工厂的这个项目，秋间会社最早向厄瓜多尔方面的报价是100亿日元，相当于4000万美元，而随着日元升值，100亿日元就变成了5000万美元，凭空多出来1000万美元，人家当然要重新考虑一下。

类似于这样的事情，在过去几个月里已经发生了好几回了。有些客户提出希望降价，回到原来的价位上，有些客户则开始寻求其他的供货方，毕竟这个世界上还是有其他国家也能生产同类设备的。平心而论，即便在日元升值之后，日本产品依然是比较便宜的，这得益于日本比欧洲更低的劳动力成本，但客户的心理就这么奇怪，人家觉得欧洲人的价格高，肯定是东西更好。过去因为你的东西便宜，大家选了你，现在你的东西涨价了，人家还不如再加点钱，买更好的东西。

日元升值对于日本企业来说，有利有弊。有利的一面就是用日元去国际市场上买东西的时候，日元更值钱了。而弊端则在于，按日元报价的商品，在国际市场上显得更贵了，会失去一部分市场。

这其实也与新世纪的中国相似，人民币升值之后，出国旅游的人觉得开心了，因为人民币比过去更值钱了。而出口型的企业就难受了，东西不好卖了，外国客商都转向越南、孟加拉等地方采购去了。

“副总裁，不能再这样下去了。”森重士硬着头皮说道，“因为日元升值，咱们的产品竞争力正在下降，韩国人正在抢我们的市场。如果我们不能改变这个情况，咱们就会失去很多传统市场，而这又会使我们的生产成本进一步提高，这是一种恶性循环啊。”

“可是日元升值是大藏省那些官僚搞出来的事情，我们还能怎么办？”

米内隆吉没好气地说道。

森重士道："日元升值是我们改变不了的事情，我们能做的，就是相应地降低一些我们的产品价格，向客户让出一部分利润。否则的话，我们根本就无法拿到订单。"

"上个月，咱们不是已经搞过一轮降价吗？我们的30万吨化肥成套设备的交易价格下降了3％。"米内隆吉道。

森重士苦笑道："这个降价幅度根本不足以抵销日元升值的影响。日元升值的幅度是25％，我们光下降3％的价格有什么用？"

米内隆吉质疑道："你不会是要求公司把产品价格下降20％吧？如果是这样，咱们还能有利润吗？"

森重士道："下降20％倒也不必，如果能够下降10％左右，我觉得我们还是有希望挽回厄瓜多尔那个项目的，在其他的项目上，我们也会有更强的竞争力。"

米内隆吉道："这不可能，价格下降10％，咱们的利润就非常微薄了。目前国内的物价上涨得非常快，咱们的雇员工资也在不断提高。成本提高了，咱们不涨价都算是很不容易了，怎么可能还把价格下降10％呢？"

"如果是这样，那就麻烦了。"森重士有些郁闷了，他是负责营销的，对于生产方面的情况不了解，也没法说什么。

"可是，副总裁，韩国人的设备报价，能够比我们低15％以上，是不是我们还没有发掘出公司的潜力呢？"森重士的助理多田吾夫插话道。

米内隆吉摇摇头，道："多田君，不同国家之间的事情是没法对比的。我们的生产成本也比美英要低，因为我们的人工成本总体来说是比他们更低的。韩国是一个后起国家，人力成本比我们低得多，这也是他们的设备报价比我们低的原因之一。举例来说，你和森君去拉美，一天的补助是8万日元，而如果是一位韩国的销售人员，他拿的补助连2万日元都不到。"

"这……"多田吾夫哑了。如果米内隆吉举一个其他的例子，他或许还能够批评一下。现在人家说的是自己拿的补助太多了，自己还能说啥？

让公司降低自己的补助吗，那是傻瓜才会要求的事情。

“你们先下去吧，这件事情让我想一想。你们还要和厄瓜多尔方面继续联系，只要有一线希望就要抓住。价格方面，我们最多可以再有 2%左右的余地，你们就在这个范围内和对方谈吧。”米内隆吉道。

“好的，我们会努力的。”森重士和多田吾夫齐声答应着，然后鞠躬离开了。

“成本！成本真是一个大问题啊！”米内隆吉坐在自己的办公桌前，捶着自己的脑袋感叹道。

秘书轻轻地推门进来了，说道：“副总裁，楼下有两位中国人想拜访您，他们说他们是中国国家重大装备办公室的。”

“哦，我知道。”米内隆吉随口说道，“请他们进来吧。”

# 第四百五十九章

秘书退出去，少顷便带着两名中国人走进来了。米内隆吉坐在办公桌后面抬眼一看，发现进来的二人他都认识，是他曾经接触过的中国重装办的两位副处长，分别叫作冯啸辰和王根基。

几年前，中国从日本引进了五套大化肥设备，是由日本化工产业协会组织若干家日本化工设备厂商共同承建的，秋间会社也是设备提供商之一。这项引进工作是由重装办牵头的，米内隆吉因此而与重装办的官员打过交道。

再往后，因为由北方化工机械厂分包的分馏塔出现质量缺陷，秋间会社向中方提出交涉。重装办也派出了官员与秋间会社进行协商，在这个过程中，米内隆吉也见过冯啸辰和王根基二位，算是有点脸熟了。

“原来是王先生、冯先生，欢迎二位前来做客。”

认出对方之后，米内隆吉慢悠悠地起身上前与冯啸辰、王根基二位握了握手，打了个招呼。在米内隆吉看来，这俩人都是小字辈，不过既然他们代表的是中国的重装办，那他肯定还是要客气一下的，这也算是秋间会社的重要客户了。

“米内副总裁，冒昧打扰了！”冯啸辰用日语说道。

“哪里哪里，秋间会社非常欢迎二位的来访。”米内隆吉答道，“二位快请坐吧。芳子小姐，请给客人倒两杯茶来。”

秘书献上了茶，冯啸辰和王根基在沙发上落座，米内隆吉也回到了自己的座位上。宾主双方寒暄了几句，随后米内隆吉才问道：“二位此次到日本来，是有什么公干吗？”

“我们是就引进的五套日本大化肥设备全部顺利投产一事，专程来日本向各家供货商致谢的。我们昨天已经拜访了化工设备协会的乾贵武志副理事长，今天则是前来拜访米内副总裁，当面表达我们经委张主任以及重装办罗主任的谢意。”冯啸辰说道。

“不敢不敢，这都是我们应该做的，我们一向是非常珍惜与中国政府的友谊的。”米内隆吉说着套话，心里却在嘀咕着他二人前来的真实目的。

冯啸辰道：“在这次合作中，日方除了向我们提供设备之外，还向我们中国企业转让了大量化肥设备制造方面的核心技术，帮助我们的企业掌握了许多关键设备的制造能力，并为我们培养了大批具有专业技能的技术人员和工人，对于日方这种无私的帮助，我们是非常感激的。”

“这主要是因为中国的技术人员和工人非常刻苦，在这么短的时间内就掌握了这么多的技术，实在是非常不容易的。”米内隆吉话虽这样说，心里却是另一番计较。向中方转让技术的事情，他是打心眼里不赞成的，但没有办法，中方把转让技术和设备采购捆绑在一起，日方不转让技术，人家就不采购你的设备。无奈何，最终日方只能是屈服了，在收取了可观的技术转让费之后，把相当一部分核心技术转让给了中方。现在冯啸辰把这事提出来，而且还称日方是无私帮助，这不是存心给米内隆吉添堵吗？

冯啸辰像是对米内隆吉的心理无知无觉，他继续笑呵呵地问道：“米内副总裁，我和王处长这次来日本，除了向各位表示感谢之外，还想再听取一下各位对于这次项目中我方企业表现的看法。这次建设的五套大化肥设备，都是由日方企业负责核心设备生产，其他设备由中国企业分包制造。我们想了解一下，日方对于我国企业分包制造的部分，有什么评价。”

“评价嘛？呃，除了个别意外的事件之外，就与秋间会社合作的中国企业而言，我认为他们的技术还是比较好的，工作态度也非常认真，给我留下了良好的印象。”

米内隆吉字斟句酌地说道。他说的个别意外事件，当然就是指北化机制造的分馏塔不合格一事，事后北化机重新提供了一台分馏塔，质量已经达到了日方的要求，这件事也就算是过去了。至于中方企业提供的其他配套设备，以及设备安装过程中中国工人的表现，米内隆吉也实在没法说不好。工业上的事情还是有一些客观评价标准的，中国企业提供的设备达到了质量要求，秋间会社在接收时都是签了字的，米内隆吉当然没法睁着眼睛说不行。

“感谢米内副总裁的肯定，我想，我国企业能够拥有这样的技术，也得益于包括秋间会社在内的广大日本企业的指导，用我们中国人的话说，就叫作名师出高徒啊。”冯啸辰道。

“这是双方共同努力的结果，在与中国同行合作的过程中，我们也学到了很多东西。”米内隆吉笑道。他知道对方说的是好话，花花轿子众人抬的道理，他也是懂的。冯啸辰夸了日本企业，他当然要回过头来夸夸中国企业。

冯啸辰顺着米内隆吉的口风说道：“是吗？这么说来，米内副总裁对于这一次的合作是非常满意的啰？”

“是的，我非常满意。”米内隆吉道。

冯啸辰道：“那么，米内副总裁有没有考虑过，双方继续保持这样的合作呢？”

“继续保持合作？什么意思？”米内隆吉一愣，他敏感地意识到，这才是今天这场会谈的核心，冯啸辰前面绕了那么多的弯子，就是为了把这句话引出来的。

冯啸辰装出平静的样子，说道：“继续保持合作，就是说按照此前的合作模式，我们双方继续下去。”

“你是说，中国政府打算再建一些大化肥项目？”米内隆吉眼睛一亮，身体也不由自主地坐得更直了。

可惜，冯啸辰的回答让他失望了：“不，米内副总裁，我们国家目前拥有的大化肥设备已经能够满足需求了，暂时不会考虑再建设新的大化肥项目。”

“那么，我就不懂了。”米内隆吉有些疑惑地说道。

冯啸辰道：“在此前的大化肥项目中，秋间会社作为项目的总承包方，负责核心设备的建造，而我方企业则作为分包商，承担一部分技术要求较低的设备的生产。贵方拥有先进技术，能够保证全套设备达到国际先进水平。而我方的优势主要在于生产成本较低，能够有效地控制全套设备的造价。米内副总裁不觉得这种合作是非常完美的吗？”

造价！

米内隆吉只觉得脑子里有个什么东西一闪，分明是有什么重要的事情被他发现了。他一时想不出这件事情是什么，不由得认真地说道：“冯先生，能麻烦你把这一点说得更清楚一些吗？”

“完全可以。”冯啸辰脸上带着温和的笑意，说道：“目前，中国国内的大化肥项目建设已经暂时告一段落，短期内不会启动新的建设项目。但据我们了解，秋间会社在非洲、南亚、东南亚和拉丁美洲都有项目，而这些项目的建设，是由秋间会社独立完成的，所在国并没有分包的能力。恕我直言，在广场协议之后，日元大幅度升值，导致日本企业向亚非拉客商提供的设备报价超出了对方的心理承受能力，如果你们不能有效地降低造价，这些传统市场就有可能流失掉，比如说流失到韩国人的手里。”

“你的意思是说，你们中国企业可以在这些项目中为我们提供一些分包服务？”米内隆吉焦急地打断了冯啸辰的话，直截了当地问道。他已经明白自己刚才想到的是什么了，可不就是造价吗，这是森重士哭着喊着希望他解决的问题，没想到得来全不费工夫。

米内隆吉能够想到这一节，就省得冯啸辰去解释了。

“米内副总裁，我要说的正是这个。”冯啸辰道，“中国的劳动力成本只相当于日本的二十分之一，甚至更少。如果把一部分费工时较多，而技术要求并不高的设备交给中国企业去做，能够有效地降低你们的设备造价，进而降低你们的报价，帮助你们获得这些国家的订单。”

“可是……”米内隆吉下意识地说了一句，却又不知道如何说下去才好了。他本能地觉得这件事不妥，可是具体到哪个地方不妥，他又说不出来，也许只是一种习惯吧。

其实，秋间会社承接的海外项目，设备也并非完全都是秋间会社自己制造的，其中来自于协作企业的比例非常高，有时甚至高到七成以上。这种做法并不奇怪，因为工业体系越来越复杂，分工越来越细，一家企业不可能掌握所有的设备制造技术，而是由不同企业生产不同的设备，再由一家企业进行集成，秋间会社就是这样的集成商。

在以往，秋间会社采购外协设备的范围仅限于日本国内，而冯啸辰却给米内隆吉带来了一个新的选择，那就是从中国寻求代工。

# 第四百六十章

让中国企业去给外国企业代工，这是冯啸辰从韩江月那里得到的启示。从明州回到京城后，冯啸辰把这个想法向回国来过年的奶奶晏乐琴、叔叔冯华谈了一下，得到了他们的认同。晏乐琴以她在德国的经验表示，把一些技术含量较低、利润率较薄的配件和辅机交给其他企业去做，是许多装备巨头的惯常做法。这种方法能够让这些装备巨头把自己的精力集中于开发先进技术，避免那些低端工作牵扯自己的精力。

早些年，这种产品分包往往局限于欧洲范围内，甚至就在各国的本国范围内，许多小企业就是通过从大企业分包业务来生存的。随着欧洲的人力资源成本不断提高，产品分包开始转向日本、东南亚、南美等地区。有些公司是通过在这些地区建立合资企业来承接分包任务的，有些公司则索性直接把任务分包给当地有一些实力的企业。

中国企业在过去几乎没有参与过这样的国际协作，一方面的原因是前些年中国与世界的经济往来太少，另一方面的原因则是中国企业的技术水平达不到承接分包业务的要求，尤其是中国企业的许多技术规范都是沿用苏联的，与西方的工业标准不匹配，因此也难以有效衔接。

改革开放以来，中国开始逐渐走向世界，与此同时，国家开展了大规模的技术引进，所引进的技术大多来自于西方世界，实现了从苏联标准向西方标准的转化。这样一来，中国企业承接西方企业外包业务的基础便形成了，缺少的仅仅是一种意识而已。

晏乐琴深知推动中国企业成为西方企业外包商对于中国的工业技术发展有着什么样的意义，她对于冯啸辰能够想到这一点并打算付诸实施深感欣慰，并表示等自己回到德国之后，就会帮着冯啸辰去联系一些业务，这也是她为国家工业进步所作的贡献。

冯华和冯舒怡两口子也从各自的专业出发，给了冯啸辰一些指点。比如冯舒怡提醒他在承接外包业务的时候，需要考虑到技术专利和许可证之类的问题，同时还有可能借此获得国外的技术转让，冯啸辰把这些提醒都一一记下了。

春节过后，冯啸辰来到重装办，向罗翔飞汇报了自己的新想法。罗翔飞一听就明白了，不由得喜上眉梢。在罗翔飞的推动下，装备制造企业出国找市场迅速成为一项重大决策，各职能部委纷纷向下属企业发出号召，跑到重装办来打听具体做法的企业领导几乎要把罗翔飞办公室的门槛给踩塌了。

思路是一个好思路，但具体如何实施，以及在实施过程中有哪些问题，还需要进行尝试之后才能知道。此时，恰好国家从日本引进的第五套大化肥设备竣工投产，意味着这一轮大化肥技术引进圆满成功，罗翔飞便派出了王根基和冯啸辰前往日本，以感谢各家日本设备商的名义，探一探他们的口风，看看承揽外包业务的事情是否可行。

其实，罗翔飞最早安排的人选并不包括冯啸辰，因为冯啸辰已经不是重装办的干部，而是社科院的学生。不过，被罗翔飞选定的王根基坚决要求聘请冯啸辰作为“顾问”，与自己同去日本。罗翔飞无奈，只得在征求了冯啸辰的意见之后，让他陪着王根基出发了。

冯啸辰和王根基到日本之后，拜访的第一个对象是日本化工设备协会的副理事长乾贵武志，他也是这次大化肥引进项目的日方牵头人。在乾贵武志那里，冯啸辰没有透露自己的真实来意，而是与他云山雾罩地一通神侃。乾贵武志不明就里，即便是打起了十二分的精神避免泄漏什么机密，还是被冯啸辰探听到了时下日本化工设备企业的窘境。这种窘境其实也是冯啸辰事先就已经知道的，但听乾贵武志说起，他又多了一些直观印象，在这个基础上便形成了针对各家企业的游说策略。

“米内副总裁，我们是带着友谊前来和你洽谈合作事宜的。你们拥有技术，而我们拥有廉价的劳动力，我们双方的优势是互补的，合作前景十分远大。以 200 立米的合成塔为例，你们的设备造价是 40 万美元，其中材料费和人工费各占一半。如果交给中国企业来制造，材料费无法节省，但人工费可以节省80%以上，整台设备的造价能够下降40%，这将使你们的产品具有更强的市场竞争力。”

冯啸辰用温柔的语气叙述着，他的日语发音不是特别准确，但听起来似乎有一些魔力，让米内隆吉开始动心了。

冯啸辰说的合成塔，秋间会社过去也是分包给其他企业做的。承揽这项业务的，是日本的一家小企业，与秋间会社有着20多年的合作历史。可就在上个月，这家企业向秋间会社提出，希望能够把分包的价格上涨5%，以消除他们因为工人工资上升而增加的成本。

米内隆吉正在纠结于此事，因为他知道对方提出的要求是合理的。由于强大的日元升值预期，大量国际游资涌向日本，推高了日本的房价、股价，也带动了物价的上涨。工人是靠工资活命的，物价涨了，工人自然也就会要求工资提高，否则他们就没法活下去了。

但是，米内隆吉却没法立即答应对方的要求，因为一旦分包设备的价格上升了，成套设备的价格也就被提高。而现在国外客商已经是在抱怨价格过高了，秋间会社只是迫于成本压力无法降价，哪里还敢涨价呢？

冯啸辰的出现，可谓是在米内隆吉瞌睡的时候递上了一个松软芬芳的枕头，让他有一种扑上去酣然入睡的冲动。不过，作为一名资深的企业家，他不会表现得如此轻率，他微微地点点头，说道：“冯先生，你说的话的确有一些道理，不过，我们还是习惯于使用我们本国的分包商，因为这样在沟通以及质量方面，会有更多的便利。”

“我可以理解。”冯啸辰淡淡地笑道，“不过，米内副总裁，你真的不需要考虑一个备用方案吗？据经济学家预测，日元在未来两年内还会保持升值的态势，会从目前的200日元兑换1美元，上升到150日元，甚至120日元。届时日本的出口贸易条件将会进一步恶化。当然，如果秋间会社的业务范围仅限于日本国内，倒的确是不用担忧的。”

“这……”

米内隆吉的脸色变得很难看。关于日元进一步升值的预期，他是听人说起过的。关于日元会升到什么水平，众说纷纭，而冯啸辰说的数字，无疑是最可怕的一种情形。冯啸辰说如果秋间会社的业务仅限于日本国内，这仅仅是一个假设而已，甚至可以说是一个故意说出来恶心米内隆吉的假设。因为秋间会社的业务恰恰是绝大多数都在日本国外，日元升值对于秋间会社的影响，几乎是致命的。

其实又岂止是秋间会社一家呢？日本是一个资源短缺、市场狭小的岛国，外向型经济是日本的立国之本。日本的大多数企业都是依靠海外市场发展的，如果因为日元升值而失去了海外市场，日本经济将会坠入深谷。

“米内副总裁，有些事情恐怕还是事先早作准备为好，培养一个分包商也不是一年半载的事情，而是需要有更长的时间去磨合。等事到临头的时候再想找分包商，可就不那么容易了。当然了，我刚才说的也只是一个小小的建议而已，我和王处长这次到秋间会社来，主要是来向米内副总裁表示谢意的，现在谢意已经传达到了，我们也该告辞了。我们约了森茂铁工所的川端弘嗣董事长，我们现在要过去向他致谢。”

冯啸辰说到此，拉着王根基站起身来，向米内隆吉鞠躬道别。米内隆吉心情复杂地赔着笑脸，亲自把他们送到了电梯口。看着电梯下行到了一楼，米内隆吉转过头，沉着脸向秘书吩咐道：“芳子，请你和总裁联系一下，看看他什么时候有空，我要和其他几位高管向他汇报一下公司未来的经营战略问题。”

在随后的几天时间里，冯啸辰一行穿梭般地走访了十几家化工设备厂商，又托熟人介绍，与一些其他行业的装备制造商进行了接洽。冯啸辰对于各行业的情况都颇为了解，对国内许多装备企业的技术状况也很熟悉，一遇到合适的机会，便会向日本企业进行推介。尽管大多数日本企业对于冯啸辰所谈的事情都给予了模棱两可的答复，但冯啸辰和王根基分明能够感觉出来，大家对他们的兴趣还是很足的。

在冯啸辰拜访米内隆吉后的第四天，乾贵武志在化工设备协会的办公室里召开了一次联席会议，讨论有关请中国企业代工的问题。参会的企业包括了秋间会社、森茂铁工所、池谷制作所等一批化工设备企业。

# 第四百六十一章

“情况就是如此，诸君都发表一下自己的看法吧。”

乾贵武志作了一个综述性的介绍，然后便把发言权交给了各家企业派来的代表。化工产业协会是一个中介性质的机构，本身并没有什么权力，乾贵武志的地位全在于他在行业中所发挥的协调作用。

“中国人的意图是很明显的，就是想要接我们的外包业务，这一点他们毫不掩饰。正如乾贵君刚才介绍过的，那两位中国官员这几天走访了数十家企业，在每家企业所谈的话题都是相同的。他们开出来的条件也非常直接，那就是他们的设备更便宜，便宜到让我们无法拒绝的程度。”米内隆吉说道。

“这一点我们大家都清楚，不需要米内副总裁强调。”池谷制作所销售总监内田悠带着矜持的微笑说道，“我们需要考虑的是，中国人除了这个表面上的意图之外，还有没有其他更深层次的想法？”

“什么更深层次的想法？”米内隆吉对于内田悠的话有些不满，他沉着脸说道，“企业当然就是以赚钱为目的的，还需要有什么其他的想法吗？内田君，你是不是想得太多了？”

内田悠道：“米内副总裁，你没有觉得中国人是在蚕食咱们的市场吗？在从前，他们根本就不具备大化肥制造的技术，只是通过从我们这里引进技术，才形成了一些生产能力。而现在，他们却开始要求做我们的分包商了。照这个趋势，再过几年，他们完全有可能在成套设备市场上，和我们一决高下。”

米内隆吉冷笑道：“内田君，这些话我在几年前就已经说过。而当时恰恰是你内田君认为不需要担心中国人的竞争，你说即使我们转让了技术，他们也是不可能迅速掌握的。”

“当时……我的确是这样说的。”内田悠有些窘，因为几年前他的确说过这样的话。那时候中国人提出要进口五套大化肥设备，并把转让制造技术作为进口的条件。米内隆吉等一些企业高管担心中国人获得技术之后会对日本厂商形成竞争威胁，而内田悠出于一个营销人员的考虑，坚称中国企业的技术水平低，即便是获得了日方转让的技术，短期内也无法形成生产能力。

谁承想，与那些南亚、东南亚的国家完全不同，中国拥有一大批富有经验的技术人员和工人，而且有着消化引进技术的坚定决心。几年时间，中方已经充分地掌握了所引进的技术，具体表现就是在那五套大化肥设备的制造中，中国企业分包的部分达到了日方提出的技术要求，这也是他们敢于到日本来寻求新的分包业务的底气。

“这一点，咱们都失算了。”森茂铁工所的董事长川端弘嗣打了个圆场，说道，“我们当时有些过于自负了，总觉得只有我们日本人才是勤奋和聪明的，中国人不可能像我们一样迅速地掌握外来技术。现在看来，中国人的学习能力也是非常强的，完全不逊色于我们日本人。”

“这就是我担心的地方。”内田悠找到了台阶，赶紧接过话头，说道，“我们已经犯了一个错误，不应当再犯新的错误。目前中国企业还不具备在全球承揽化工项目的能力，而他们自己国内的建设项目又不足，他们从我们手里骗去的技术只能放在那里生锈。而如果我们接受他们作为分包商，就相当于给他们提供了练手的平台，这会让他们的技术迅速成熟起来。”

“这只是你的想象而已。”米内隆吉道，“到目前为止，中国人的技术还仅限于我们所转让的那部分，而其中最核心的是化肥设备的工艺设计。这些工艺的专利是在我们手里的，他们如果要使用，必须征得我们的同意，并向我们交纳专利授权费。在我们转让技术的时候，曾经和他们约定，这些专利只能用于中国国内的化肥设备制造，在未经许可的情况下不能用于中国的海外市场。这就意味着他们无法独自承揽海外业务，只能充当我们的分包商。照他们提出的价格，分包的利润是微乎其微的，几乎就是在白白地帮我们干活，这样的事情，我们为什么不接受呢？”

“可是，如果万一他们开发出了自己的核心工艺呢？”内田悠反驳道，“他们通过做分包，掌握了制造工艺。如果他们再有了自主的核心工艺，那岂不就可以完全甩开我们了吗？”

“这恰恰就是我想说的。”米内隆吉得意地说道，“我们接受中国人作为分包商，就可以把他们的注意力都吸引到做分包业务上。只要他们能够从分包中尝到甜头，就不会有兴趣去开发核心工艺了。内田君，你真的以为核心工艺是那么容易开发出来的吗？即使是我们日本的大化肥核心工艺，也是经历了几十年时间才搞出来的。而且进入时间越晚，能够创新的地方就越少，中国人现在才开始进入这个领域，他们怎么可能开发出新的核心工艺呢？”

“米内副总裁的这个观点，我赞成。”川端弘嗣点头附和道。

化工设备的技术可以分为几个层次。最基础的是核心工艺，也就是一个化学过程在理论上如何实现，比如大化肥设备中的合成氨技术，就包括了以煤、渣油、天然气等原料的不同工艺，往下又可以细分为诸如Texaco工艺、Shell工艺、Kellogg工艺等等。有了核心工艺，才能够进行装置的设计。比如Shell煤气化工艺的流程是先对原煤进行球磨和干燥，然后在气化炉中进行气化，再对冷却气进行湿洗、脱硫等等，最终形成合成气。这些步骤需要有各式各样的设备、管道，还涉及设备的布置，这都属于装置设计的范畴。再往下才是制造工艺，也就是如何把一台设备按照设计要求制造出来，这其中又涉及了材料技术、加工技术等等。

化工设备项目的分工，也是按照上述的层次。项目的主承包商是掌握核心工艺的企业，它们提出全套设备的设计，然后交给各家分包商去制造。由于核心工艺是最基础的，因此负责总承包的企业是利润最为丰厚的，分包商就相当于建设一座大楼时那些搬砖的民工，赚的只是一份辛苦钱而已。

核心工艺不见得是非常复杂的技术，但那些最直接、最简单的技术都已经被先到者申请了专利，后来者要么是支付专利费，获得这些专利的授权，要么就只能独辟蹊径，而这就意味着大量时间和金钱的投入。当然，随着整体工业水平的进步，核心工艺也是在不断改进的，比如说，原来科学家就知道高压条件下的工艺比低压条件更优，但因为技术上无法制造出高压装置，基于高压的工艺就只能搁置了。一旦高压装置的技术得到突破，则核心工艺也会随之得到改良。

工业上的竞争优势，其实也是逆水行舟，不进则退。日本企业在化工设备方面拥有核心技术，但如果他们不能持续地进行技术研发，就会被后来者超越。越是先进的技术，研发难度就越大，这一点在场的各家企业高管都是清楚的。米内隆吉称中国企业很难迅速开发出自主的核心工艺，这个判断与大家的想法是相吻合的。

那么，在中国企业不掌握自主核心工艺的情况下，让他们承揽一些分包业务，就算他们成了金牌分包商，又有何妨呢，还不是得给日本企业当廉价劳动力？

此外，米内隆吉说让中国人在分包业务中尝到甜头，能够诱使他们放弃在核心工艺上的努力，这个说法听起来也是有一些道理的。

内田悠也无话可说了，他并不特别赞同米内隆吉的观点，但他却知道，包括自己的老板在内，许多企业的高管都倾向于接受来自于中国的外包服务。原因是很简单的，那就是中国人的服务太便宜了。时下各家企业都面临着巨大的成本压力，急需有人来分担，中国人的出现，可谓是雪中送炭。大家就算想到中国企业未来会成为自己的威胁，可那也是几十年后的事情了，谁会在乎呢？

“这么说，诸君都认为应当接受中国人的请求了？”乾贵武志看众人都不吭声了，便开口问道。

“时下，我们必须与中国人合作，这是提高我们日本产品竞争力的关键。事实上，即使中国人不来找我们，我们也应当主动上门去商谈合作事宜的。”川端弘嗣说道。

“这都怪那该死的广场协议！”米内隆吉恨恨地说道。

川端弘嗣摇摇头，说道："米内君，你这样说是不公平的。即使没有广场协议，日本的劳动力成本提高也是不容否认的事实。即使是你米内君，现在的薪水不也比 10 年前要翻了好几番了吗？我们必须找到新的便宜的劳动力来源，而中国恰好就是这样一个地方。"

# 第四百六十二章

全球的产业转移，不是由谁脑子里灵机一动就发生的，而是经济发展的必然结果。工业革命在欧洲爆发，但当欧洲经济发展到一定水平，劳动力成本开始上升的时候，产业就转移到了大洋彼岸的美洲。为了获得更多的廉价劳动力，美国资本家甚至不惜打了一场南北战争，以便把被束缚在南方种植园里的大量黑奴解救出来，投入工厂。

等到美国人也开始富裕起来之后，产业又开始向南美洲和亚洲的日本转移。二十世纪五十年代至七十年代，正是得益于低廉的劳动力成本，日本的经济得到了长足的发展，创造出了一个东亚奇迹。

但经济发展的结果就是原来的低劳动力成本优势不复存在，原来靠着一个饭团加几片咸鱼就能够干上一整天活的日本工人，现在也需要开小汽车，穿西服，吃高级精美的食物，企业里再想维持微薄的薪资标准已经完全不可能了。劳动力成本的提升，并不仅仅体现在蓝领工人方面，白领的成本也同样值得关注。原来派一个技术员去国外做设备维修，给点基本生活补贴就可以了。而现在他们却会要求住五星级酒店，给钱少了就不愿意干活。

在这种情况下，就算是没有广场协议，日本的竞争力也是会逐渐下降的，广场协议的签署只是加快了这个进程而已。

川端弘嗣是个老企业家，对这一切看得非常清楚。他知道，不管中国人是带着什么样的阴谋来与他们谈外包业务的，他们都只能接受，因为日本国内的劳动力成本已经高到让他们别无选择了。

“现在我们公司里的电焊工，清一色都是昭和十年以前出生的，现在都是 50 岁以上的老人了，年轻人不愿意干这种辛苦的工作。一旦这些老人退休了，我们上哪去找那么多的电焊工来完成那些大型容器的制造？与其等到没有退路的时候再去与中国人合作，还不如现在就建立起合作关系，让中国人成为我们的外包商。”川端弘嗣用幽怨的语气说道。

“可是，鉴于诸君提出的担心，难道我们不可以从东南亚或者印度去寻找这方面的代工吗？”乾贵武志询问道。

米内隆吉大摇其头：“东南亚的那些工人根本就没法用，技术完全无法与中国工人相比。至于印度人，技术水平如何还另当别论，关键是他们实在太懒散了。一个中国工人的工作效率能够抵得上六个印度工人，如果我们到印度去寻求代工，那么最终就只能看着工期一次又一次地延误。”

“这么说，咱们除了和中国人合作之外，没有其他的选择了？”乾贵武志道。

“没有！”米内隆吉坚定地说道。

那一天冯啸辰与王根基去拜访过米内隆吉之后，米内隆吉便在会社里召开了高管会议，讨论冯啸辰提出的方案。高管们几乎是全票通过了与中国人合作的建议，尤其是销售总监森重士，更是扬言如果有中国人帮忙，能够把成本降低20%，他有把握拿下目前正在谈的五个海外项目，为公司创造几亿美元的产值。

在会上，负责供应链管理的高管倒是提出了一个问题：如果秋间会社把配套业务分包给了中国企业，那么目前承揽分包业务的那些日本供应商怎么办呢？

对于这个问题，参会的高管们在历数了供应商的种种不堪表现之后，一致表示，己方中断与对方的合作，完全是因为对方咎由自取，与己方无关。

大家没有说出来的一句话是：死道友不死贫道，供应商的死活，关秋间会社啥事呢？

这个想法，也是今天这个会上各企业高管的想法，大家都很聪明地没有提出来。其实，那些配套商也是化工设备协会的会员，乾贵武志没有邀请他们来参会，用意也是很明显的。

“中国的那两位官员，目前就在广岛，等着和我们签约呢，大家想想看，我们是分别和他们洽谈，还是以协会的名义与他们洽谈？”乾贵武志又抛出了一个新的问题。

内田悠抢答道：“乾贵会长，我的意见是，咱们不要和这两位官员谈，咱们应当直接和中国企业去谈。”

“这又是为什么？”米内隆吉有些不明白，“内田君，你不觉得统一谈判比较省事吗？”

“但是，统一谈判的价格更高啊。”内田悠阴笑着说道。

“我明白了。”川端弘嗣拍了拍巴掌，说道，“内田君不愧是营销高手，考虑问题的确是很全面的。中国人主动上门来找咱们合作，如果咱们直接接受了，他们肯定会开出一个很高的合作价格。而如果我们能够分别去和各家中国企业谈，利用他们之间的竞争关系，就能够把价格压低。”

“可是，中国是一个国有制为主的国家，这些装备企业都是属于国家的，尤其是都听命于那个重装办。我们即便是分别去谈，也无法保证他们不会串通起来，形成一个价格联盟。”米内隆吉道。

内田悠道：“这就需要我们的技巧了，如果我们能够破坏他们的联盟，他们就会互相压价。这一点，纺织协会那边做得非常成功，我想我们可以向他们学习学习。”

“好的，我这就去给他们答复，咱们下个月组织一个考察团，到中国去考察合作企业的生产条件，同时分别洽谈合作的具体事宜。”乾贵武志说道。

“他们是想再导演一场生丝大战呢。”

在得到日本化工设备协会的答复之后，冯啸辰冷笑着向王根基说道。

“分化瓦解，各个击破，小鬼子玩这套把戏玩得挺溜呢。”王根基也恨恨地说道。

中国是世界闻名的丝绸之乡，八十年代中后期，中国的生丝出口曾占全球生丝国际贸易量的80%以上。中国生丝的主要出口国便是日本，日本厂商利用中国各省之间的竞争，挑起了一场生丝大战，生生把中国出口的生丝价格从 1980 年的每吨 3. 44 万美元，压低到了 1985 年的 2. 34 万美元。如果考虑到美元贬值的影响，中国出口的生丝价格从 1980 年到 1985 年之间几乎下降了一半。

日本厂商在生丝大战中的手法其实非常简单，那就是利用各省急于完成出口创汇任务的心态，放出风去，说哪个省的价格最低，就采购哪个省的生丝。各省明知是个坑，也不得不往里跳，互相比着降价，一直降到自己扛不住了才罢休。

与在国际市场上降价销售相对应的，是各省在国内市场上轮番涨价抢购蚕茧，以满足出口需要，因此这个时期在生丝大战之外，还有一场蚕茧大战，同样打得天昏地暗。

蚕茧大战的买卖双方都在国内，也算是肉烂在锅里。但生丝大战则是国人竞相降价把东西卖往国外，而且这东西原本就是国外迫切需要的，别说降价，就是涨价几成也不愁销路，可偏偏是人参卖了个萝卜价，这就不能不让人扼腕了。

冯啸辰和王根基都是搞宏观经济管理的，对于这桩公案自然是非常了解的。国家有关部委也曾出面试图调停这两场大战，但收效甚微，原因就在于改革之后国家大量放权，对地方已经失去了控制能力。日本人在经济情报方面一向是十分敏感的，他们正是抓住了中国经济体制变迁的这个漏洞，从中渔利，赚了无数的黑心钱。

“我们不能重蹈生丝的覆辙，各企业必须步调一致，共同对外。这一次合作，并非是单纯的我们有求于日本人，日本人也同样有求于我们。甚至可以这样说，我们能够给日本企业带来的好处，不比他们给我们的好处少。”冯啸辰道。

王根基笑道：“你应该说，是就目前而言。”

冯啸辰也笑了，说道：“我们老师上课的时候说过，凯恩斯有句名言是这样说的：对于长期而言，我们都死了。日本人现在也只能看到眼前的事情，20 年后的事，谁能看得到呢？”

王根基道：“可你小冯能看到啊。从一开始，你就是冲着把日本人挤垮去做的，从上次引进技术，到这一次给日本人代工，你都没安着好心呢。”

“日本人是欺负我们缺乏核心工艺，觉得能够永远让我们替他们打工。”冯啸辰评论道。

王根基道：“可他们哪知道，你和老吴早就在安排搞合成氨的核心工艺开发了。浦江交大那个王宏泰的课题组，你们已经追加了三期经费，前前后后花了五六百万了，现在是不是已经有些眉目了？”

冯啸辰在嘴边竖起一个手指头，示意王根基不要张扬，然后微笑着说道：“他那边只是一个方向，其他几个单位也都有自己的方向。不过，我跟他们说了，不到火候不揭锅，他们现在可以发表一些边缘内容的论文，核心思路这方面要严格保密，不能让人察觉到我们正在朝这些方向努力。等到时机成熟，咱们就一举申请下专利，然后就可以拿着这些专利和日本人好好玩玩了。”

王根基看着冯啸辰，摇头叹道：“小冯啊小冯，我真无法理解，你小小年纪怎么会有这么阴险的想法。日本人让你盯上，真是倒了八辈子霉了。”

# 第四百六十三章

新阳二化机。

厂长奚生贵坐在办公桌前，饶有兴趣地翻看着一本散发着油墨香味的小册子，嘻嘻笑着与副厂长邓宗白聊着这件新鲜事：“《承接外包合同标准工时定额计算手册》，老邓，你别说，重装办这班子人还真能够折腾的，居然弄出这么一个东西来。你说，这日本人真的会找咱们来做外包吗?”

邓宗白道：“我上星期去重装办开会的时候，听罗翔飞说的那个意思，没准还真有点戏呢。对了，我还打听过了，这件事是那个叫冯啸辰的小年轻给整出来的。那家伙的活动能力，我可是见识过的，好家伙，当初在日本的时候，把我们一帮老家伙都给玩得死死的。”

“我不是听说他已经离开重装办了吗？好像是到哪读研究生去了。”

“是在社科院读研究生，跟的还是著名经济学家沈荣儒，这一毕业出来，可就了不得了。不过，罗翔飞一直把他当心腹看，重装办有点什么大事小情的，都会叫他出来掺和呢。”

“能掺和也好啊。”奚生贵随口应了一声，又把话头扯回了原来的主题，“老邓，我刚才粗略翻了一下，这个计算手册上的工时计算，比咱们平常的算法高了三四倍呢。我记得我们造一个 200 立米的球罐，焊接工时是按 3800 计算的，每工时是 3. 2 元，合起来工时费大概是 12000 元。按这个手册上的计算，焊接工时翻了一番多，是 8000 工时，每工时 8. 8 元，也多了一倍多，合起来工时费就得 7 万块钱了，这不是坑日本人吗?”

邓宗白笑道：“重装办的意思就是如此啊。现在日本国内的人工非常贵，他们一个工时得 4000 日元，合 60 多块钱人民币呢，咱们按 8 块 8 给他们报价，还是便宜多了。至于工时翻了一番，重装办也有解释，他们说咱们工人的工作强度大，一小时抵人家两小时，所以工时数量要多报一些。”

奚生贵道：“一个罐子，光是焊接工时就7万块钱，这不是把日本人当冤大头了吗？依我说，别说7万块，3万块钱我都乐意干，这简直就是白捡的钱嘛。”

邓宗白赞同道：“谁说不是呢。我在京城开会的时候，和湖西、海东那边的老时、老马都聊过这个问题，他们说了，就是1万块钱，他们也会接。现在各家厂子都开工不足，能赚回工资就行了，哪还敢想什么赚大钱的事情。”

“我担心的就是这个。咱们开价这么高，万一日本人不干怎么办？”奚生贵道，“依我说，差不多就行了，马马虎虎报个2万、3万的，不也比现在亏损要强得多？”

邓宗白道：“这就是重装办找各家企业去开会的原因所在了。罗翔飞给大家分析过了，说日本国内目前劳动力成本过高，加上日元升值给日本产品出口带来了巨大的压力，所以日本企业迫切需要寻找海外代工。也就是说，这件事情是日本人求着咱们，咱们当然应当报个高价了。”

“可是，咱们报了高价，万一别的厂子搞名堂，报个低价，咱们不就傻眼了吗？”奚生贵道。

邓宗白道：“罗翔飞在会上强调了，各家企业必须严格按照这个手册的计算方法来报价，不允许私下与外方议价。他还说，这是纪律，谁如果违反了，要严肃处理。”

“娘的，重装办这帮鳖孙子现在还真牛起来了。”奚生贵骂了一句。

“唉，是啊，自从老程出事之后，现在谁敢跟重装办龇牙啊。”邓宗白长叹道。

邓宗白说的老程，是原北方化工机械厂的厂长程元定，因为在分包大化肥设备时出现了质量事故，而程元定倚老卖老，与重装办叫板，结果不但被免了厂长职务，还因为查出其他违法乱纪的事情，把他送进了监狱。

此事一出，装备行业里的厂长经理们都觉得毛骨悚然，在遇到重装办交代的事情时，多少都带上了几分谨慎。

“这件事和上次分包国内那五套化肥设备的情况一样，都是纳入国家重点推进的工作范围的。罗翔飞说了，咱们这次是抱团出海，必须步调一致，不能被外国人各个击破。”邓宗白转述着会议上的要求。

奚生贵点点头道：“这倒也是对的。这几年因为咱们自相竞争，让外国人占了不少便宜。国家计委和国家经委联合通报批评的‘生丝大战’，不就是这种情况吗？好端端的出口拳头产品，愣是自己人和自己人竞价，最后便宜了小鬼子。搁着我是上级的领导，也会看不下去的。”

邓宗白道：“没错，这次会上，罗翔飞专门提到了生丝大战的事情，还说咱们不能当败家子，哪家企业敢于违反统一部署，重装办一定要严查到底。”

奚生贵道：“希望重装办能够说到做到吧。现在不少部属企业都下放给省里了，如果人家和省里说好了，为了抢业务，跟日本人降点价，我看罗翔飞也鞭长莫及，不一定能够处分得了。不过，咱们还是先老实一点，不要单独跟日本人妥协，省得成了出头鸟。如果别的企业降价了，重装办又奈何他们不得，咱们也就跟着降吧。”

“明白，我会时刻保持关注的。”邓宗白表态道。

类似于这样的对话，在其他企业也都进行过了。大多数企业都采取了观望的态度，不敢违背重装办的统一安排。面对着前来洽谈分包业务的日商，企业领导们都是面露苦笑，声称在价格的问题上自己做不了主，需要请示上级。

那本标准工时定额计算手册也没瞒过日本人的眼睛，不过在那本手册的第一页上，就印着这样一段话：“为促进对外承接分包业务的顺利开展，展现我国企业的国际主义精神，打击随意哄抬工时定额、坑害外商的行为，特制订本标准。”这话说得冠冕堂皇，还真是让人揪不住辫子。

米内隆吉曾因此事前往重装办兴师问罪，问重装办是否组建了价格同盟。重装办的工作人员满脸都是无辜，解释道：“我们都是为外商着想的，如果没有这个标准，大家乱报价，岂不是哄抬价格了?”

“可是，你们这是约定了一个不合理的价格。”米内隆吉恼道。

“不是啊，我们规定的价格是进行过严格测算的，我们要求各家企业不得超过这个价格水平随便向外方报价，这不正是为你们外商着想吗?”对方睁着清纯的眼睛，明目张胆地说着瞎话。

“那么，如果有哪家企业愿意在这个价格之下与我们合作，你们会不会干涉呢?”米内隆吉问道。

工作人员很认真地回答道：“米内副总裁，我们这个手册里的工时计算都是有科学依据的，如果企业低于这样的工时定额与你们合作，肯定存在着欺骗现象，我希望你们能够及时举报，以便我们进行检查，并加以严肃处理。”

“内田君，我们回去吧，完全没必要和中国人再讨论下去。”

在日本厂商下榻的酒店里，碰了一鼻子灰的米内隆吉气呼呼地对内田悠说道。他已经看出来了，中国人显然是从生丝大战中吸取了教训，开始约束各企业自相残杀了。从他接触过的企业来看，各家企业对于这个重装办似乎还是有一些敬畏的，都不敢和重装办唱对台戏，这样一来，他们这些日本厂商还有什么利润可赚呢?

内田悠没有像米内隆吉那样激动，他悠哉悠哉地说道：“米内副总裁，你不要总是这么性急嘛。我看过中国人编的这个工时手册了，即使按上面的计算方法，咱们的分包价格依然是在可接受的范围内的，你为什么要这样恼火呢?”

“我气愤的是中国人的这种伎俩!”米内隆吉道，“他们居然能够以政府的名义要求各家企业组成价格联盟，向我们报高价，这在西方世界里是属于不正当竞争行为，是会受到惩处的。”

“可这是在中国呀。”内田悠反驳道，“他们本来就不是一个市场经济的国家，有什么正当或者不正当的竞争可言呢?”

米内隆吉瞪着内田悠，说道：“内田君，我们从日本出来的时候，你是说过的，说我们要尽量地分化中国企业，可现在这种情况，就是你说的分化吗？”

内田悠笑得很从容，他招呼着米内隆吉坐下，说道：“米内副总裁，对付中国人，我们还是需要有一些耐心的，另外就是需要有一些技巧。发脾气是不能解决问题的。”

“那你说说，你打算怎么解决问题？”

“别着急，办法会有的。”内田悠说道，他话音未落，就听到房门被轻轻叩响了。他微微一笑，站起身前去开门，一边走一边对米内隆吉说道，“米内副总裁，你看，我的办法来了，让我们一起见见我的中国客人吧。”

# 第四百六十四章

门打开了，站在门外的是一名30来岁的中国人，他看起来有些瘦弱，两只眼睛贼溜溜的，一看就不是什么干正经事的人。

“请问，哪位是内田先生?”中国人用还算流利的日语问道。

“是我。”内田悠应道，“请问，你就是长谷君介绍过来的郭培元先生吗?”

内田悠说的长谷君，是日本三立制钢所的销售代表长谷佑都。因为同是在装备制造企业里做销售，内田悠与长谷佑都关系颇为不错。这一次，内田悠随着日本化工设备代表团到中国来考察外包合作企业的情况，临行前专门与长谷佑都通了一个电话，请长谷佑都给他介绍几个能够帮他干点脏活的人。眼前这位郭培元，就是长谷佑都给内田悠介绍的人，是一名掮客。

郭培元原来是京城一家企业里的技术员，因为一次接待日本客商的机会，搭上了日本人的线。此后，他从单位辞职，专门干起了替日本企业搜集情报和拉拢关系的勾当，成了一名职业掮客，用过去的话说，就是买办了。

这里也得说一下，买办这个职业其实也不能算是什么不光彩的职业，后世的许多公关公司也是做这类业务的，有一些还做得挺红火的。市场经济需要有中介服务，跨国公司新到一个国家开展业务，自然需要找当地的中介来帮助了解市场、联络客户关系，这都是合法而且合理的。拿人钱财，替人消灾，你拿了跨国公司的钱，自然要帮他们做事，这也无可厚非。不过，如果你做的事情伤天害理，那就是另一码事了。

几年前，因为三立制钢所与秦州重型机械厂洽谈技术合作的事情，郭培元曾受长谷佑都的委托，试图贿赂秦重的技术员崔永峰，以便在谈判中赚到便宜。结果，冯啸辰指导崔永峰使了一个反间计，不但没有让长谷佑都的阴谋得逞，还结结实实地坑了长谷佑都一笔不菲的佣金，成为秦重技术处买资料和做实验的经费。

在那件事情中，郭培元并没有受到什么惩处，因为他只做了一些牵线搭桥的工作，没有实际的违法行为。他所做的事情，并没有在实质上损害到国家的利益，他倒更像是那个盗书的蒋干，只是给大家留了一些笑柄而已。

长谷佑都至今也不知道那一次自己上了当，他到现在仍然相信崔永峰是他买通的内鬼，而郭培元则是一个成功的沟通者。这一次，内田悠请长谷佑都帮他介绍几个中介，长谷佑都便很自然地把郭培元推荐过来了。

“长谷先生跟我说过了，他说内田先生是他的好朋友，让我为你服务。内田先生有什么事情，就尽管吩咐吧。”

进屋坐下之后，郭培元简单与内田悠寒暄了几句，便切入了正题。他干掮客这行已经有五六年时间，现在业务上是越来越熟悉了。不过，他骨子里那种对外国人的恭敬是与生俱来的，但凡见到一个外国人，他的腰就会自然而然地弯曲一个角度。

“我和米内副总裁以及其他的一些同行，这次是应中国官方的邀请，到中国来考察和选择合作伙伴的。但在我们考察的过程中，发现中国官方对所有的企业都下达了指令，要求他们向我们统一报价，这是一种建立价格同盟的行为，是违反市场规则的，我们对此非常愤怒。请问郭先生，对于这样的事情，你有什么好的建议吗？”内田悠直言不讳地说道。

“这件事我不太了解，不过，我觉得可能是因为前一段时间生丝大战的影响吧？中国国内的报纸上对于这种互相压价的现象进行了严厉的批评，有几位有分量的人物也都说了话，我想这次有关部门是不是想避免这种事情的发生。”

郭培元当掮客还是挺用心的，涉及外贸方面的事情，他平时也都会关注一二，以便从中找到一些商机。内田悠一说，他就猜出是怎么回事了，同时也敏锐地意识到，自己的机会来了。

内田悠道："在我们日本，政府是不会干预市场行为的。买卖双方愿意达成什么样的交易价格，政府怎么能够插手呢？我们是带着诚意到中国来寻求合作的，我们认为中国方面的做法是非常不道德的。"

他这话说得挺冠冕，不过说日本政府不干预市场行为，那就是骗鬼的话了。日本政府搞产业政策是全球闻名的，倒是英美等老牌西方国家比较讲究市场自由，因为这种理念上的差异，英美与日本之间没少发生摩擦。现在内田悠不过是拿着当年英美批评日本的话来指责中国而已。

郭培元在这方面没有多少知识，他连连点头道："内田先生不必生气，中国人就是这个样子，要不怎么会这么落后呢？我们要向日本学习的地方，还多得很呢，依我看来，中国再发展一百年也赶不上日本的一个零头。"

"哪里哪里，我对中国还是很看好的，郭先生不必过于自谦。"郭培元的话说得连内田悠都不好意思了。

郭培元丝毫没觉得自己的话有什么不妥，他继续说道："内田先生，你也是知道的，涉及政策方面的事情，那些当官的是非常谨慎的。要想让他们改变这个政策，恐怕难度比较大。"

"这么说，你觉得没有什么办法了？"内田悠试探着问道。

郭培元摇摇头，道："当然不是。长谷先生吩咐过的事情，我怎么能不做好呢？我的想法是，从上层来改变这个政策恐怕是不容易的，但我们中国有句话，叫作上有政策，下有对策。如果下面的企业愿意降价和你们合作，你们的目的不就达到了吗？"

"你是说，你能说服下面的企业和我们合作？"内田悠问道。

"事在人为吧。"郭培元道，"现在都在讲扩大企业自主权，有时候上面的要求，到了下面就会变样。只要不是做得特别过火，上面也不会追究的。所以，我觉得可以试一试。"

内田悠点点头，赞道："郭先生果然是个能干的人，长谷君郑重地向我推荐你，看来是没有推荐错。"

郭培元只觉得浑身的骨头都酥了，他连声说道："那是长谷先生和内田先生信任我，我不胜荣幸。"

"那么，如果要说服下面的企业和我们合作，你需要多少佣金呢？"内田悠又问道。

这才是关键的问题，郭培元敛了敛心神，然后说道："佣金方面，内田先生看着给就行了，我没有什么特别的要求。其实主要是疏通关系，需要一些费用。"

"钱不是问题。"内田悠说道，"要办成一些事情，必要的经费是没有问题的，我想知道的是，如果我们提供了这部分经费，你能够有多大的把握帮我们把事情办成？"

郭培元道："我想知道内田先生的要求是什么。"

内田悠把自己弄到的一份工时定额标准递到郭培元的面前，说道："这是中国官方制订的工时定额标准，我们认为这个定额是严重高估的。我们希望各家企业能够在这个标准的基础上，把定额下降50％至70％，如果能够压得更低，那就更好了，我们会根据郭先生达到的目标，来确定付给你的佣金。我们初步约定，谈下一家企业，我们付100万日元，你看如何？"

100万日元在时下能够换到5000美元，再换成人民币，即使是按官方牌价也有近2万元，按黑市价就更别提了。这个价码对于郭培元来说，是很不错的。他知道内田悠也是懂行情的，因此也不与内田悠去讨价还价了。

他翻开那份定额表看了一会，凭着他在企业里工作的经验，算了一下各企业的成本、利润等等，然后笃定地点点头，道："内田先生，我已经明白了，这份定额标准，的确是有些高估的。让各家企业在这个定额的基础上下调30％左右，我有十足的把握。至于下调50％甚至70％，可能就需要花比较大的力气了，尤其是，可能需要给相关企业的领导意思意思。"

"钱不是问题。"

内田悠微微地笑着。能够把定额降下来，他们节省的岂止是一亿两亿的日元，拿出一个零头来，也够把那些家伙喂饱吧？

# 第四百六十五章

海东省，海东化工设备厂厂长办公室。

小秘书敲了敲门，进来通报道："马厂长，李处长和他说的那个人到了，请他们进来吗？"

正在大办公桌前埋头看着《知音》的厂长马伟祥抬起头来，似乎是想了一下小秘书说的是什么人，然后才点点头道："嗯，请他们进来吧。"

小秘书应声出去，不一会便带进来两个人。一个是厂保卫处长李志伟，另一个全身西装革履，腕子上戴着一块亮晶晶的卡西欧电子表，那可是身份的象征。

"马厂长，这就是我跟你说过的，从京城来的郭先生。"李志伟向马伟祥介绍道。

"哦，是郭先生啊，稀客稀客啊。"马伟祥从办公桌后面绕出来，笑呵呵地伸出手去，向客人打着招呼。

那位郭先生矜持地笑着一边与马伟祥握手，一边自我介绍道："在下郭培元，冒昧打搅马厂长的工作了。初次见面，这是一点小礼品，还请马厂长笑纳。"

说是小礼品，可郭培元拿出来的东西却一点也不小：装在精美包装盒里的一对电子表，可以清楚地看出分为男款和女款；一部索尼的Walkman，这也是时下年轻人中最流行的神器；一整套盒子上写满了日文的化妆品，马伟祥对这东西不了解，不过从旁边小秘书那震惊加艳羡的眼神里，马伟祥也能知道，这一定是非常贵而且非常招女人喜欢的东西。

"这怎么合适呢，这些东西太贵重了，我可不能收下。"马伟祥半真半假地推辞道。无事献殷勤，非奸即盗。对方一见面就送这么多的礼物，必是有所求的。当然，如果是在马伟祥职权范围内，而且不会带来什么麻烦的事情，马伟祥也不会拒绝帮对方一下，毕竟看在这么多礼品的分上嘛。

郭培元摆摆手，道："马厂长不必客气，这只是一些日本朋友送我的小礼物罢了，在日本值不了多少钱的，倒是在咱们中国，算是物以稀为贵吧。"

说这话的时候，郭培元一脸都是得意之色，全然没有了在内田悠面前那种谦恭劲头。郭培元对于自己的定位是非常清楚的，自己就是抗战电影里的那种翻译官，对皇军是必须要恭敬的，但在国人面前，自己就可以抖抖威风了。当然，马伟祥是个国营大厂的厂长，郭培元在他面前不能太嚣张，但至少也能混个平等是不是？最起码，吃你个瓜还用得着花钱吗？

马伟祥没有再说什么，只是招呼着客人坐下。小秘书眼明手快地把那堆礼品接过去放到隐蔽地方去了，同时心里在盘算着，这么一大盒资生堂的化妆品，如果自己向厂长卖卖萌，厂长会不会一高兴就赏自己一小盒呢？嗯，如果是那样的话，我是要那个美容霜，还是要那支口红呢……

不提那头小秘书如何犯着花痴，这边郭培元在沙发上坐下之后，先给马伟祥和李志伟各发了一支日本烟，接着说道："马厂长，我和李处长是多年的好朋友了，一直听说过马厂长的大名，却没机会来拜见，真是遗憾啊。"

"是啊是啊，我和老郭，呃，认识很久了。"李志伟在旁边尴尬地附和着，其实他是前天才经人介绍认识了这位浑身散发着东洋气息的郭培元，不过，用一见如故来形容他们的见面并不为过，因为一见面郭培元就送了他一只电子表加上两条日本烟，这让他立马就把郭培元当成了自己的挚交。

"郭先生这次到我们海化设来，有什么事情呢？"

马伟祥可没那么容易被忽悠住，什么久仰大名之类的，都是迷魂汤，以马伟祥的江湖，岂能被这样几句话糊弄住。

"哈哈，的确有一点小事，想麻烦一下马厂长。"郭培元讪笑着说道。

"什么小事？"

“我有一个朋友，想做一批设备，不知道海化设能不能接。”

“设备？”马伟祥的眉毛皱起来了。按一个叫什么科尔奈的外国人的说法，中国现在属于短缺经济，但这种短缺是相对的，电视、冰箱之类的轻工业品的确处于短缺状态，钢材、水泥这些原材料那就更是短缺得无与伦比。但化工设备的生产能力恰恰是过剩的，像海化设这种企业，这两年也一直都是开工不足，业务员哭着喊着求人家给点业务，哪有人拎着礼品上门送业务来的。

“你说的设备，是化工设备吗？”马伟祥问道。

“是的，200 立米的球罐，10 万大卡的压缩机，都是海化设能做的产品。”郭培元说道。

马伟祥更是诧异了，他看看李志伟，说道：“老李，郭先生介绍的这些业务，你没有跟生产处说说吗？”

“说了。”李志伟讷讷道，“生产处说，完全没问题，就是价格方面，郭先生觉得稍微高了一点点。”

马伟祥有点明白了，这估计是哪家乡镇企业要的设备，想走走关系，压压价格。国企一般是不会在价格上搞这些名堂的，因为设备的报价其实都是有规则的，材料费、工时费、利润等等，没太多的余地。不过，想到郭培元送的礼品，马伟祥决定，如果对方提出的价格要求不是太苛刻，那就答应他吧。现在找点业务这么难，打折销售也是允许的。

“郭先生，你能说具体一点吧，你觉得是哪方面的价格报得太高了？”马伟祥问道。

郭培元道：“我刚才说的 200 立米球罐，你们生产处报的价格是 37 万，这个价，我的客户觉得有点高了。”

“200 的球罐，37 万？”马伟祥一愣，“不会啊，这种球罐，看要求的压力是多少，材料不一样，工艺有些差异，价格肯定也不同。不过，就算是高压球罐，撑死了也就是 20 多万吧，怎么会给你报 37 万呢？”

“是啊，我也是这样说的。”郭培元愤愤地说道，“这不，我就请李处长帮忙引见，向马厂长你反映一下了嘛。”

“简直是乱弹琴!”马伟祥真的有些怒了。他刚才说一个球罐20多万，其实还留了余地的，生产处即使给人家报18万，企业依然有利润。在现在这种业务形势下，能够保本经营都不错了，有点利润更是意外之喜，哪里有把18万报成37万的道理，这不是生生地把业务往外推吗?

“郭先生，你等着，我这就给生产处打电话，问问情况。”马伟祥说着，便起身去拿电话。刚走到桌边，他忽然脑子一激灵，一个念头涌上来，不由回过头，盯着郭培元那满身洋装琢磨了一下，试探着问道：“郭先生，你说的那位朋友，是哪个单位的?”

“日本池谷制作所。”郭培元平静地说道。

娘希匹的狗汉奸!

马伟祥在心里骂了一句，他算是明白过来了，为什么这个郭培元要绕这么多的弯子，原来是替日本人办事来了。

马伟祥鄙视郭培元，倒不一定是因为他有多么爱国，或者多么仇日，这其实就是一种习惯性的鄙视。当你恨一个人的时候，就会想办法从对方身上找毛病，郭培元从一进门，就给马伟祥形成了强大的压迫感，他那一身光鲜的打扮，加上很有一些海归范儿的作派，都让马伟祥觉得自己有点土鳖。但这一刻，马伟祥终于找回了自信：我土鳖怎么了，你个汉奸还在我面前嘚瑟!

心里这样想，马伟祥当然是不会说出来的。“郭先生，你说的原来是这件事啊。”马伟祥回到了原来的位子上，淡淡地说道，“这件事可能你有些不太了解。出口设备的报价，和国内报价是不太一样的。你说的200立米的球罐，如果是给日本企业做代工，报价是有一套标准的。这套标准也不是我们海化设自己编的，是国家重装办统一规定的，我们也没办法。”

“我知道，生产处那边也是这样给我答复的。”郭培元道，“不过，马厂长，你觉得这个报价合理吗?我原来也在企业里待过的，那时候我们厂一个工时定额才不到2块钱，现在就算工资水平高了一点，满打满算也就是3块钱吧?可你们是按8块8算的，这是不是有点太坑人了?”

# 第四百六十六章

听郭培元和马伟祥已经聊到实质性的问题了，李志伟像是突然想起什么事情一般，一拍脑袋，满脸歉意地站起来，对马伟祥说道："马厂长，你瞧我这脑子，区分局那边还有一个各企业保卫部门负责人的会呢，我得赶过去。"

马伟祥当然知道李志伟的意思，他瞪了李志伟一眼，道："这是你的本职工作，你怎么都能忘了？还不快去！"

"好的好的，我马上去。郭先生，不好意思，我就不陪你和马厂长聊了。"李志伟向郭培元道着歉，然后便向外走。

出了门，见马伟祥的小秘书正守在门外，李志伟向她叮嘱道："小张，记住，马厂长在和郭先生谈重要的事情，不能让外人打搅，你没事也别进去，知道吗？"

"知道了，李处长！"小秘书乖巧地应道。

屋里，看着李志伟离开，马伟祥换了一个姿势，让自己在沙发上坐得更惬意一些，然后拖着长腔说道："郭先生，啊不，这样叫太生分了，我称你一句老郭吧。我说老郭，咱们也别兜圈子了，你说说看，你这是什么意思。"

意识到郭培元不过是一个掮客，马伟祥当然就不会再跟他客气了。不管怎么说，马伟祥也是一家国营大厂的厂长，郭培元不过是一个从企业里辞职出来的小技术员，干点替日本人拉皮条的事情，有什么身份地位可言？若不是郭培元事先就送了礼物，而且他说的事情也算是马伟祥关心的事，马伟祥甚至都不会有兴趣和他再聊下去了。

郭培元的架子是因人而异的，在那些艳羡他的人面前，他自然就有架子可端。但如马伟祥这样直接扫他面子了，他也只能认栽。他悻悻地笑着，说道："马厂长叫我老郭就好。不瞒马厂长说，我这次来拜访马厂长，是受了日本池谷制作所销售总监内田悠先生的委托，来和你商量一下外包业务报价的事情。其实我们心里都是很明白的，现在你们用的这个工时定额标准，就是专门用来坑日本人的，照着你们正常的报价，工时费连一半都到不了，甚至有20%就不错了。马厂长，你说是不是这样？"

"那又如何呢？"马伟祥不置可否。

郭培元道："做生意，总得讲个诚信吧？人家日本人好心好意地跑到中国来，给咱们送业务，咱们还这样漫天要价，说不过去啊。"

"日本人好心？"马伟祥冷笑道，"他们好心个屁，我们海东省引进一套大化肥，他们生生报了3个亿的价，一个爬合成塔用的楼梯都敢报出好几万，这他妈就是几根钢筋焊出来的东西，我们自己造连1000块钱都用不了，他们算什么好心？"

"这……"郭培元被噎住了，日本人黑心，这是但凡与日本企业合作过的人都知道的事情，郭培元自己成天帮日本企业拉关系，又岂能不清楚这一点呢？他从别人那里听说，马伟祥这家伙贪心、跋扈、官僚，可没想到他居然也仇日。

郭培元也没办法，只能继续硬着头皮往下说："马厂长，人家有技术，赚点利润也是应该的，谁让咱们落后呢？我是想说，咱们这样对日本人报价，人家也不傻，能看不出来吗？万一人家一不高兴，不找咱们做外包了，咱们岂不是落个一场空了？"

这话算是说到点子上了，马伟祥这些天担心的也是这事。他装出一副不在乎的样子，说道："京城的领导帮我们分析过了，就算我们的工时定额报得高一些，相比日本人的劳动力成本还是低得多的，日本人不可能不找我们做分包。反过来，如果我们报了个低价，那才叫吃亏了呢。"

"可是，日本人凭什么就找你们海化设呢？"郭培元意味深长地说道。

"什么意思？"

"我是说，如果别家企业报的价比你们低，那你们岂不就拿不到业务了?”

“谁能比我们价格低?”马伟祥反问道，“重装办发了通知，要求各家企业必须严格按照标准报价，谁敢报低价，就会受到纪律处分。在这一点上，大家的分寸是一样的。”

郭培元道：“我是说，如果呢?”

马伟祥道：“如果有别家敢降价，那我们自然也会跟着降，这有什么可说的?”

“可是，如果马厂长这边能有一个降价的意思，别家跟着一块降，那么是不是重装办那边也就没办法了？法不责众嘛。”郭培元继续引诱着。

马伟祥呵呵一笑：“我说老郭，枪打出头鸟的道理，你也不懂吗？我老马今年都是快退休的人了，我去当这个出头鸟干什么？我图个啥呀。”

“内田先生答应，如果马厂长这边能够率先降价，降下去的这部分，内田先生愿意拿出 5%来作为马厂长的辛苦费。”郭培元抛出了最关键的诱饵。

“5%?”马伟祥眼睛一亮。这次日本化工设备厂商到中国来找代工，带来的业务都是以千万元人民币计算的。如果落到海化设手里有 200 万，那 5%就是整整 10 万元，这可是一笔大钱啊。马伟祥是个比较守规则的企业领导，平时也就是收受一点客户的礼品，金钱的贿赂他是不敢收的。这就使得他虽然看起来比别人富裕一些，家里好烟好酒不断，工资基本可以不用，但距离拥有 10 万元巨款还差得很远。

给日本人降点价，其实并没有损害国家和人民的利益，因为即便是降了价，海化设还是有利润的，而且利润还比较高。在时下，厂子能够不亏损都是一种功劳，他能够为厂子赚到利润，谁又能够说长道短呢？在这个前提下，拿点回扣，似乎也不能算是违法吧？现在拿回扣的领导也不是自己一个，社会风气使然，自己有必要装清高吗?

不过，虽然有这样的想法，马伟祥脑子里还是保留了一丝清明，确切地说，是看到别人被蛇咬了之后，他自己心里留下的阴影。这个阴影，就是一年多以前程元定落马的事件，当时大家也觉得不过就是出了个质量事故，又没有什么人身伤亡，上级能怎么办呢？可就在大家打赌程元定是会被罚酒三杯还是罚酒五杯的时候，传来的消息却是程元定被抓了，随后便是判刑。

这一下可把大家的酒都给吓醒了。与其他同行聊起此事的时候，大家的观点不尽相同，有人说程元定过去自己不检点，还敢挑战上级的权威，这是自己作死，也有人说这体现出了国家推行一个政策时候的决心，程元定就是那只吓猴的鸡。

不管怎么说，大家都明白了一个道理，那就是上级的指示，尤其是来自于重装办的指示，是不能随随便便应付的。这一次重装办要求各家企业统一报价，大家没怎么龇牙，也是源于此。

当然，大家愿意执行这个政策，还有一个理由，那就是如果政策的执行是成功的，各家企业都能够从中获得额外的利润。简单地说，就是这件事对大家都有好处。人家拿刀逼着你接受一件对你有好处的事情，你有什么理由拒绝呢？

可现在情况不同了，郭培元给马伟祥提供了另外一种可能性。如果海化设能够答应降低一些价格，就有可能单独拿到日本的外包业务，马伟祥自己也能拿到一笔回扣。而如果海化设坚持按重装办的要求做，日本人是有可能会拂袖而去的，到时候可就是芝麻西瓜全丢了。

“这件事，瞒不过重装办那些人的。”马伟祥思考了一下之后，放弃了答应郭培元要求的念头，钱是好东西，可总得自己有命花吧？

“老郭，你去问问其他企业吧，如果别人那里敢降价，我就敢跟着降。如果别人那里不敢降，我也没这个胆。”

“马厂长，不瞒你说，我这些天已经跑了不少家了，大家都是这个说法。其实，我觉得吧，大家约好了一起降价不就行了？”郭培元有些灰心，但还是做着最后的努力。

马伟祥道：“我和那些企业的厂长都通过电话了，大家的态度是一样的，都不想当这个出头鸟。我们这些企业，都是国有企业，头顶上的乌纱帽是归上级管着的，谁敢跟上级顶着干啊，除非是……”

说到这里，他向郭培元投去一个意味深长的眼神。

郭培元心念一动，追问道："马厂长，你的意思我不太明白，你是说，如果不是国企，就无所谓了？"

"那是当然，不是国企，谁还在乎你上头怎么说？那些乡镇企业不都是由厂长说了算的，谁管得了他们？"马伟祥说道。

郭培元试探着问道："可是，马厂长，人家池谷制作所可不是要买什么玩具之类的，乡镇企业干得了压力容器这种活吗？"

马伟祥冷笑道："老郭，你这就外行了。当年咱们国家从日本引进大化肥设备的时候，我们海东省有一家乡镇企业，就因为积极承揽分包业务，得到过重装办的表扬呢。你想谈这件事，为什么不去找他们试试呢？"

# 第四百六十七章

“李哥，你带我去见谁啊？我还约了人打台球呢。”

海东省会安市的街头，一个20来岁，穿着非常拉风的红色夹克衫的小年轻跟在海化设保卫处长李志伟的身边，一边向前走着，一边老大不情愿地嘟囔着。

“是京城来的一个大老板，有钱着呢，随便请人吃顿饭都是上百块钱的。”李志伟用崇拜的口吻介绍道。

小年轻不屑地哼了一声，道：“这就能算有钱了？李哥，你是没见过我姐夫，那才叫真正的大款呢。今年过年他去给我爸妈拜年，给的红包你知道是多少钱吗？”

“多少钱？”李志伟被吸引住了。

“整整2万，全是崭新的大团结！”小年轻自豪地说道。

“过年给个红包就2万？阮老板真是阔气啊。”李志伟咂舌不已。

这位小年轻，正是全福机械厂老板阮福根的小舅子，名叫王瑞东。全福机械厂自从承接并如期完成了大化肥分包业务之后，技术实力和声誉同时大涨，业务规模比原来扩大了好几倍。阮福根接受董岩的建议，把企业改名叫作全福机械公司，自己当上了董事长。

企业规模扩大了，原来在企业里打杂的那些亲戚也都水涨船高，有的当了个什么部门经理，有的当了车间主任。全福机械厂与许多乡镇企业一样，最早用的员工都是本乡本土的熟人，关键岗位则都是阮福根自己的亲戚在把持着。王瑞东早些年是在厂里管仓库的，干得也算是兢兢业业，现在被阮福根提拔起来，当了董事长助理。

以阮福根的想法，自家的产业，当然得自家人管着才放心，这个小舅子虽然偶尔有些不靠谱，但好歹对于公司的忠诚是不用怀疑的。年轻人嘛，多少有点虚荣心，都是可以理解的。再说，自己好歹也是一个千万级别的富翁了，自己的小舅子奢侈一点，有什么不对呢？

李志伟是经人介绍与王瑞东认识的，尽管海化设与全福机械厂之间有过一些宿怨，但这种宿怨是存在于阮福根与马伟祥之间的，两家企业各自的员工之间并没有什么过节。李志伟与王瑞东其实也就是打过几局台球的交情，两人年龄相差了 20 岁，也不可能成为什么朋友。这一回，郭培元找到李志伟的头上，让他帮忙与全福机械公司牵上线，李志伟才想起了王瑞东其人，于是便带着郭培元到了会安。他让郭培元在宾馆里等着，自己辗转找到了王瑞东，连哄带骗地把他往宾馆带，去与郭培元见面。

郭培元想与全福机械公司搭上关系，是受到了马伟祥的提醒。在此前，他的目光一直都在那些国营大企业身上转，丝毫没有想过要找全福机械公司这样的乡镇企业去谈一谈。在他想来，承接日本企业的外包业务，是一件非常高大上的事情，乡镇企业怎么会有这样的资格呢？

可听马伟祥一说，郭培元才明白，原来全福机械厂早就承担过日本企业的分包业务，而且完成得颇为出色。得知这一点之后，他立马改变了先前的游说策略，决定把全福机械厂当成重点突破的目标。

重装办关于统一报价的通知，是同时下发给了具有设备分包能力的各家企业的，其中也包括了全福机械公司这样的乡镇企业。不过，郭培元清楚，国家部委对于乡镇企业的控制力远不如对国营大企业的控制力。时下国家提倡的是扩大企业自主权，减少行政干预。但国营企业天生就是各部委的下属，就算上级不干预它们的日常经营，最起码也攥着厂长经理们的乌纱帽，所以国企是不敢随便和上级较劲的。

乡镇企业的情况就不同了，它们都是隶属于乡镇的，而且绝大多数都已经被私人承包，国家根本就管不了它们。这些企业只要不违法乱纪，它们如何经营，是不需要听国家调遣的。要在这些企业身上打开突破口，远比去游说国企要容易得多。

郭培元的计划，是先让几家乡镇企业违反重装办的要求，对日商降价。一旦有了这个开头，那些国企就有理由去和重装办理论了。乡镇企业降价了，就能够拿到订单。国企如果不跟着降价，订单就全被乡镇企业抢走了。日本厂商一旦找到了代工厂，自然更不会向重装办的定额妥协，届时国企就只能看着乡镇企业吃香喝辣，自己去喝西北风填肚子了。

真到这个地步，重装办恐怕也很难再维持原来的要求，它将不得不收回此前下发的定额标准，从而使价格同盟分崩离析。

郭培元并不担心乡镇企业会扫他的面子，日本厂商愿意接受的分包价格，对于乡镇企业来说也仍然是非常优厚的，他相信这些乡镇企业老板不会拒绝这样的条件。

“到了，就在这。”李志伟把王瑞东一直带到了郭培元住的宾馆房间门外，然后敲响了房门。

门开了，郭培元笑容可掬地迎了出来，一见王瑞东就夸张地问道：“这位就是王老板吧？真是年轻有为啊，快请进吧。”

王瑞东也曾跟着阮福根出席过一些场面，大致的礼节是懂一些的。尽管在路上的时候他不停地向李志伟耍赖，见了郭培元，他还是勉强装出了一些热情的样子，说道：“是郭老板吧，很高兴见到你。”

“哈哈，不用客气，请进请进。”

郭培元把李志伟和王瑞东让进屋子，让他们在沙发上坐下。王瑞东一坐下便用目光在四下里张望，这一张望可不要紧，扔在床上的两本日文杂志一下子就把他的目光给抓住了。那杂志的封面是某日本女星的写真照，在时下的中国，这种东西还是非常稀罕的。

“怎么，王老板喜欢看书？”郭培元顺着王瑞东的目光往床上瞟了一眼，然后淡淡地问道。

“呃呃，有时候也看点书……”王瑞东敷衍着应道，眼睛依然死盯着那两本书的封面，嘴里不停地咽着口水。

郭培元顺手便把那杂志拿过来了，递到王瑞东的手上，说道：“这是我的日本朋友送我的，我也就是随便看看。王老弟如果喜欢，就拿去看吧。”

“这个……不合适吧？”王瑞东抱着两本杂志，有些手足无措了。刚才离得远，封面上的图片他看得不太清楚。现在拿到手上，可就清晰多了，各种不可描述的细节让王瑞东只觉得浑身燥热，脑门上沁出的汗水里充满了荷尔蒙的味道。

“里面的内容更精彩呢。”郭培元看着王瑞东那想翻看又不好意思的样子，心中好笑，直接就指点开了。

“是吗，那我看看……”王瑞东怯生生地翻开一页，眼睛顿时就直了。原来还能有这样的套路，这城里人……啊不，这日本人，可真会玩啊。

“王老弟，王老弟！”

一声呼唤把王瑞东从梦中叫醒，他愣了一下，合上了杂志，讪笑着说道：“呃，这个，过去没看过，还真有点不适应呢……”

“没事，王老弟拿回去慢慢看就好了。”郭培元说道，“我的日本朋友很多，下次让他们再带一些过来。”

“那可就太谢谢郭哥了！”王瑞东迅速地调整了对郭培元的称呼，在他看来，人生“四大铁”里面，他与郭培元之间也算有了一项了，大家已经成了志同道合的铁哥们。

竟然这么容易？

郭培元自己都觉得有些意外。这两本杂志，当然是他故意给王瑞东安排的。王瑞东与马伟祥、李志伟这些人不同，马、李等人都是国企干部，没什么钱，郭培元给他们一些金钱上的诱惑就能够让他们就范。而王瑞东就不同了，他是一个千万富翁的小舅子，估计平时还真不差钱，用钱来吸引他，效果是要打折扣的。而如果给他预备两本国内看不到的写真集，没准双方就有共同语言了。现在看来，他的这个想法还真是没错。

“郭哥，你这次到我们会安来，是有什么事情要办吗？会安这边我熟得很，有什么事你尽管说出来，我肯定能给你办成。”

为了郭培元许诺的杂志，王瑞东也是豁出去了，直接就放出了豪言壮语。

郭培元微微一笑，说道：“其实，我这次来，就是来找你的。”

“找我？”王瑞东诧异道，“郭哥找我有什么事呢？”

“郭哥是给你们全福公司送业务来的。”李志伟在旁边说道，“郭哥想要订一批压力容器，你们公司能做吧？”

听说是要做压力容器，王瑞东警觉起来了。他喜欢这些小杂志不假，但他也知道，自己所以能够花天酒地，靠的就是姐夫阮福根的全福机械公司。如果公司的经营出了问题，他的富贵就泡汤了。郭培元一见面就送他这些小杂志，然后才谈业务的事情，莫非是要搞什么名堂？

想到此，他把杂志送到了旁边的茶几上，然后正色道：“我们当然能做压力容器，不知道郭哥想要做什么产品，有什么特殊的要求。”

# 第四百六十八章

一看王瑞东的神情，郭培元便知道对方在想什么了。这些私人老板，别看平时花天酒地，像是胸无大志的样子，但只要是涉及钱的问题，他们立马就会变得十分精明。自己拿两本小杂志来引诱王瑞东，也只能是起到一个牵线搭桥的作用，真正要让对方与自己合作，还是得拿出真金白银来的。

想到此，郭培元哈哈一笑，说道："王老弟，你是不是误以为我是个骗子了？其实，我真是来给你们送钱的。"

靠，这不就是骗子吗！

听到此话，王瑞东更加确信这一点了。

一个人千里迢迢跑到这样一个小地级市来，目的就是为了给一家乡镇企业送钱，顺便着还送了两本小杂志，这种事情谁听了都不会相信。王瑞东跟了阮福根好几年，多少也学了一些生意场上的知识，他板起脸来，说道："郭哥，咱们就别绕圈子了，你到底想要做什么，咱们能做就做，做不了……冲着你送我杂志的分上，咱们也交个朋友吧。"

郭培元用温和的语气说道："我问你，你们造一个 200 立米的球罐，连材料带工时，要多少钱?"

"这怎么说呢，看什么要求呗。具体的价钱我也不懂，得问我姐夫，不过，在我印象里，这样一个罐子，怎么也得十几万吧。"

"那么，如果我出到 20 万，你们接不接?"

"得看要求。"王瑞东一口咬死，他可不敢给对方留下空子。

郭培元掏出一份图纸，递给王瑞东，说道："就这个，你回去让阮老板看看，估个价。我放句话在这，20 万之内，我们都能接受。"

“这……”王瑞东有些懵了，看样子，对方还是玩真的呢？他接过图纸，说道，“我姐夫老胃病犯了，去浦江做手术了。这样吧，我找个人看看，回头再给郭哥报价。不过我可得丑话说在前头，我们接业务是要收预付款的。”

“没问题。”郭培元爽快地应道。

说到这个程度，双方也没啥可聊了。王瑞东推说跟人约好了一起打台球，拒绝了郭培元约他去歌厅的邀请。不过，在他起身欲走的时候，眼睛还是向那两本小杂志瞟了瞟，犹豫着要不要带走。

郭培元走上前，从茶几上拿起杂志，塞到王瑞东的手里，然后拍拍他的肩膀说道：“王老弟，买卖成不成，咱们的交情都在。这个东西，回头我让老李再给你带一些来。如果不是怕有人查，我那里还有日本来的录像带呢，啥时候你去京城，我放给你看，那才叫好看呢！”

“呃，谢谢郭哥，谢谢郭哥。”王瑞东抱紧了杂志，向郭培元连连鞠着躬，然后便离开了。

出了门，王瑞东早忘了和人打台球的约定，他匆匆忙忙回自己的住处藏好了小杂志，然后便叫上施工员梁辰，一起来到了山研化工装备技术服务公司老板董岩的家里，请他帮忙估算郭培元提出的那个球罐的造价。

董岩原本是海化设的技术处长，因为业余时间帮阮福根做技术咨询，被马伟祥送到了派出所，险些蒙受了牢狱之灾。在重装办出面解救之后，董岩辞去了在海化设的工作，与老婆谢莉一起开了这家山研技术服务公司，专门为各家化工设备企业提供技术服务。

这几年，海东省的私营企业发展得非常红火，其中就有一些是从事化工设备制造的。这些企业的共同特点就是缺乏高水平的技术人员，因为正牌大学毕业的工程师一般是不会选择到私营企业去就业的。董岩的公司恰好能为这些企业提供技术支持，一时间生意兴隆，董岩一年赚到的钱比他在海化设干了20多年的总收入还高出了一倍多。

到了这个时候，董岩再也没什么顾虑了，他甚至经常表示后悔自己下海太晚，白白在海化设浪费了几年时间，多看了马伟祥好几年的白眼。当然，这也只是他喝高了之后胡说八道的话，他即使真的提前几年下海，也不见得能够混得多好，他这个英雄是时势造就出来的，没有商品经济以及民营企业的迅速发展，哪有他董岩刨食的土壤？

董岩的公司是开在省城建陆市，但他老家是在会安，加上他最大的客户就是全福机械公司，所以他在会安城里花钱建了一幢漂亮的小洋楼，三天两头就会回来住上几天。全福机械公司有什么复杂的技术问题，都是要请他把关的，王瑞东担心郭培元的业务里有什么猫腻，于是便与梁辰一道上门来请教了。

“这个球罐没什么特别的地方。”董岩审看过图纸之后，说道，“你们公司完全能够拿得下来，也花不了多少时间。成本方面嘛，材料费大概就是七八万的样子，工时费撑死了能有个三万就不错了。如果你们心狠一点，报个十五万，起码有四万块钱的纯利。正常一点，报个十三万左右，也有赚头了。”

工时费的计算，并不仅限于直接从事生产的工人的工资，还要把管理费、车间经费、福利基金之类的开销摊进去，其实就是包括了企业的所有支出。在材料加工时之外的部分，就是企业的纯利润了，这部分的额度是可以调整的，取决于双方的谈判以及交情。按照董岩的计算，这样一个球罐哪怕是按十万元报价，全福公司都不会吃亏。当然，做企业总是要考虑利润的，所以正常情况下，全福机械公司对于这样一个球罐大致会报十三万左右的价格，这算是一个比较合理的价位。

如果换成海化设这样的大型国企来报价，价格可能会更高一些，因为大国企的工人工作强度会比乡镇企业低一些，再加上福利、企业管理费之类的都比乡镇企业高，因此报价更高也是正常的。乡镇企业之所以能够在八十年代迅速崛起，也是源于这种低劳动力成本、低福利的优势。

设备造价这种事，买卖双方都很清楚，甚至各行业和各地区都有专门的定额规范，例如京城就有《京城工艺协作价格》这样一个文件，许多加工协作的业务都可以从文件中找到定额系数，各企业再在这个系数的基础上做一些增减，就是自己的报价。

这种按照工时定额报价的方法，是计划经济年代里通行的做法。国家制订产品的计划调拨价格，就是按照这个方法来算的。到了市场经济年代里，价格是由买卖双方根据供求关系商定的，紧俏的商品价格会高于合理价位，过剩商品则有可能会赔本甩卖，但无论是溢价还是折价，计算依据依然是这套东西。

王瑞东也是懂行的人，其实刚才在来董岩家之前，他已经和梁辰看过图纸了，并凭着自己的经验大致做过一个计算，结果与董岩算的也差不了多少。在得到董岩的确认之后，他皱起眉头，说道："这就奇怪了，这个姓郭的放话说，只要是在二十万之内，都可以商量，这其中有什么名堂呢？"

"莫不是想骗我们的设备？"梁辰分析道，"你们想想看，他付50%的预付款，也就是不到十万吧？到时候把我们的设备拉走，尾款不付了，这不还是赚了吗？"

"切，你想啥呢！"王瑞东没好气地呛了梁辰一句，道，"这么大的罐子，运到哪去是根本就瞒不住人的，又不是一台彩电，随便找个地方就藏起来了。除非他把罐子运到外国去，要不然……"

"等等，瑞东，你说啥，外国？"一直也在琢磨着郭培元用意的董岩突然打断了王瑞东的话，问道。

"我是打个比方嘛，董哥。"王瑞东笑道，"他怎么可能把罐子藏到外国去呢？"

董岩却是严肃起来了，他问道："瑞东，这个郭培元有没有跟你说，他是帮什么单位联系这桩业务的？"

"没说。"

"他有没有说他要订多少设备？"

"好像是透了一句，说这个罐子只是一个样品，后面的业务还多得很呢。"

"那么，你有没有觉得这个人和日本人有什么联系？"

"日本人？"王瑞东一愣，脸色立马就有些尴尬了，他想起了那两本小杂志，进而想到郭培元承诺的更多的小杂志。郭培元说他有很多日本朋友，能够带小杂志进来，还说什么录像带……

“他真的说过。”王瑞东把思绪扯回到现实，对董岩说道，“他说他和日本人很熟，怎么，董哥，你怀疑他会把这些罐子弄到日本去，让咱们追不着?”

董岩摇了摇头，说道：“不是的，他肯定会照着合同付款的，只不过，如果是给日本人生产，咱们就不能照着刚才的定额来计算了。国家下发了一个涉外承包设备的定额标准，你们想必也收到了吧?”

“没错，是有这么一个标准!”

梁辰也想起来了，他一拍脑袋，对王瑞东说道：“我明白了，这个姓郭的是个汉奸，他是来替日本人讲价钱的!”

# 第四百六十九章

“等等，董哥，辰子，你们俩说啥呢，为什么给日本人做就要更贵一些？还有，这个姓郭的怎么就是汉奸了？”

王瑞东有些懵了，工时定额这种事情，并不是他分管的，所以他并不知道重装办下发外包工时定额标准的事情。梁辰是施工员，就是负责这方面工作的，所以接触过这份文件，只是看过之后觉得与全福公司无关，也就没怎么去研究了。至于董岩，作为一名化工设备技术咨询公司的老板，这种资料当然是要了解的，而且对于事情的前因后果也都有所耳闻。

听到王瑞东发问，董岩便从自己的书架上拿下来一本重装办发的标准，递给王瑞东，然后开始解释起来。王瑞东也是个聪明人，听了一会就明白了，说道：“也就是说，如果照着国家重装办这个要求，这个球罐的报价得到三十多万才行。这个姓郭的说二十万之内都可以商量，其实是想诈我们。”

“正是如此。”董岩说道。

“娘希匹的，这家伙太黑了！真他妈是个汉奸！”王瑞东激动起来，明明是三十多万的东西，非要压到二十万以内，生生坑了自己十多万。他看到董岩家的客厅里就有电话，便说道，“董哥，我用一下你的电话行不行？我得打电话过去骂一骂那个娘希匹的！”

“你用吧。”董岩无语了，没办法，谁让王瑞东是阮福根的小舅子呢，看在阮福根的面子上，董岩也没法跟他计较。

王瑞东记得郭培元住的宾馆以及房间号，他通过查号台查到了宾馆的总机号，然后直接就把电话打到了郭培元的屋里。郭培元接到电话，并不觉得惊讶。他哼哼哈哈地听完了王瑞东的咆哮，然后心平气和地问道：

“王老弟，我只问你一句，你应当也是找懂行的人算过了，照着二十万一台的价格，你们有没有赚头？”

“这关你什么事？”王瑞东没好气地呛道。他没有扔了电话，是因为他还惦记着郭培元的小杂志，以及那不可描述的录像带。他在心里存着一个念头，也许郭培元会在自己的指责之下幡然醒悟，痛改前非，然后对自己纳头便拜呢？这样一来，自己不就能够与郭培元保持长期联系了吗？

郭培元隔着电话线也已经察觉到了王瑞东的想法，其实，刚才王瑞东对他大发雷霆的时候，还是不自觉地暴露了一个细节，那就是他一直还是称郭培元为“郭哥”，这就说明对方并没有打算把双方的关系彻底掐断。只要对方还能听自己忽悠，凭着自己多年的掮客经历，还愁拿不下这个小年轻？

“王老弟，咱们明人不说暗话。这样一个球罐，放到你们公司去生产，成本连十二万都用不了。照着二十万报价，你们起码有八万的赚头，是不是这样？”郭培元问道。这些造价的知识是他从内田悠那里问来的，他自己也在工厂待过多年，对于工厂的成本构成是非常清楚的。

王瑞东答道：“可是，如果这是给日本人造，按着重装办的标准，我们可以报三十五万。你整整压了我们十五万的价钱，你怎么不说呢？”

郭培元冷冷一笑，道：“如果是按三十五万来做，日本人凭什么让你们一家乡镇企业来包？”

“因为……我们有这个技术啊！我们过去就分包过国内那几套大化肥的设备。”王瑞东有些词穷了。

“那不过是国家为了树个典型，给你们一点小甜头而已。你们接的都是二类容器，能有多大的利润？再说了，就你们当时分包的时候，是按什么价钱算的？”

“那不一样，那是给国内造。”

“国内国外，谁给的钱不是钱？你从我这里拿走的那两本写真，你会在乎她们是中国人还是日本人吗？王老弟，实话说吧，日本人现在的态度很明白，如果你们的价钱低，那就把业务交给你们做，一年起码是一千万以上的业务。如果你们和海化设这些国企是一个价钱，那么他们就会把业务交给海化设去做，人家是大厂，比你们技术好，信用也可靠。哥哥我是在帮你们揽业务，你别把我的好心当成了驴肝肺。”

“可是，从三十五万压到二十万，这也压得太狠了。”王瑞东有些委屈地说道。

郭培元道：“这是因为国家重装办那帮人太黑心了，明明就是十几万的设备，非要给人报三十多万，这不明摆着是欺负人吗？人家日本人说了，如果是这样的价钱，他们宁可不找中国人代工了，他们去请印度人做，也比找咱们做省钱。”

“郭哥，这国家下了文件，我们也得照着做啊，总不能跟国家对着干吧？”王瑞东开始打起感情牌来了，在他心里，刚才的激昂情绪已经消退，他觉得郭培元的话是挺有道理的，而且郭培元这个人，也是挺不错的。

郭培元知道火候已到，他故意地沉下声音，说道：“王老弟，好话我都已经说过了，怎么选就在于你了。我挺喜欢你这个人的性格，不管买卖能不能成，你这个老弟我都认下了。至于价格方面，没有什么余地，最多就是二十万，以后其他设备也照这个标准。如果不成，那就算了。”

“别啊，郭哥！这样吧，我找我姐夫再商量商量，明天给你一个答复好不好？”王瑞东用央求的语调说道。

放下电话，王瑞东转向正看着他的董岩和梁辰，说道：“董哥，辰子，我考虑过了。国家这个文件，是下给海化设那种大企业的，跟咱们乡镇企业没啥关系。人家日本人找咱们做设备，不就是图个便宜吗？咱们平常报价的时候，也都是比国营企业要低一两成的，这一回咱们也这样做就是了。”

“瑞东，这样不好吧？”梁辰劝道，“阮厂长说过，重装办对咱们有恩，如果不是重装办给咱们机会，咱们全福公司哪有今天？现在重装办要求各家企业统一报价，咱们这里如果掉了链子，不是让重装办没面子了吗？”

董岩也劝道：“瑞东，我觉得梁辰说的有理。重装办发这个文件，就是担心咱们国内的企业互相压价，最后让日本人占了便宜。这两年咱们海东省出口的生丝价钱都压到什么程度了，不就是因为跟其他省竞争的结果吗？最后吃亏的都是咱们中国人。”

“这有什么办法？”王瑞东道，“咱们中国人就这样，能怪人家吗？再说了，重装办定的这个价钱也太黑了，十多万的设备，给人家报三十多万，日本人也不傻是不是？”

“能卖高价，干嘛不卖呢？”董岩道，“就算是黑，那也是黑日本人的钱，对咱们中国是有利的。”

“可是，如果照这个价钱，咱们根本就拿不到业务。同样的价，日本人干嘛不找海化设他们去做呢？”王瑞东道。

董岩道：“这个文件提供的也只是一个指导价格，咱们的人工比海化设他们低，管理成本也低，所以价格上可以比他们略低一点。比如说吧，这样一个罐子，海化设报价估计是三十七万左右，咱们照着三十三万到三十五万报，还是有一点价格优势的。”

王瑞东道：“如果我们报三十三万，那这桩业务就想都别想。姓郭的说了，要么就是二十万，以后还有这样的业务，一年不少于一千万。要么他们就找那些国营大厂去了。”

“这是诈你呢。”董岩说道，“国营大厂报的是三十多万，他就算要压价，也压不到二十万吧？”

王瑞东道：“可是，如果那些大厂也降价了呢？”

“我估计他们不敢。”董岩笃定地说道，“你既然说姓郭的是由李志伟陪着来的，他肯定去过海化设，而且肯定是在那里碰了一鼻子灰。马伟祥这个人我知道，他对下面的人横，但其实胆子小得很。像这种当出头鸟的事情，他肯定不敢干的。”

要不怎么说最了解你的人就是你的敌人呢，董岩作为与马伟祥发生过冲突的人，对马伟祥的了解还真不是一般的，他这番分析，与马伟祥的心理分毫不差。

王瑞东听罢，想了想，说道：“这样吧，我明天再去和姓郭的谈谈，如果他能再涨点价，咱们再落一点价，能接就接过来。这种送上门的业务，不做白不做，万一被人家抢走了，咱们哭都没地方哭去。”

董岩无奈了，他毕竟不是全福公司的人，无法替全福公司作决策。他提醒道：“瑞东，这么大的事情，你最好还是和阮老板商量一下，不要轻易答应姓郭的。阮老板对重装办很有感情，不说什么国家利益之类的，就算是私人感情，他也不好去驳重装办的面子的。”

“嗯嗯，我知道的。”王瑞东点头不迭。

不过，当他和梁辰一块走出董岩的家门之后，话就完全不同了。他说道：“我姐夫这个人，最大的毛病就是心太软了。什么重装办对我们有恩，其实就是拿我姐夫当个典型用用罢了，我们至于卖他们这么大的面子吗？”

# 第四百七十章

“老幺，楼下有你的电话。”

“知道，谢了!”

冯啸辰放下手里的书，出了房间，来到了宿舍楼的楼下，看到公用电话的听筒正在桌上放着。他接起电话，习惯性地说了一声：“你好，我是冯啸辰，请问您是哪位?”

“冯处长啊，我是董岩，海东省的董岩，你还记得我吗?”电话里传来一个带着东南沿海口音的声音。

“哦，是董处长啊，不对不对，应当叫你董老板才对。”冯啸辰笑呵呵地应道。

当初董岩下海就是他撺掇的结果，后来，重装办搞大化肥技术攻关，向全国的化工设计机构发出邀请，董岩也申请了一个课题，完成情况还非常不错。

在过去几年中，董岩与冯啸辰有过一些间接的工作往来，逢年过节董岩还会给冯啸辰寄点海东的特产，以表心意。不过，冯啸辰因为平时联系过的人太多，不可能对每个人都热情回应，收到董岩寄来的东西之后，冯啸辰也就是写个明信片表示一下感谢而已，从董岩那边看来，就觉得自己可能并不入冯处长的法眼，人家不一定能够记住自己的大名了。

听冯啸辰叫出自己过去的官衔，随后又改口称自己为董老板，董岩心中大暖，他连声说道：“没错没错，就是我，老董，冯处长记性真好，这么多年了还能记得我呢。”

“呵呵，哪能忘了呀。”冯啸辰道，“对了，老董，你怎么把电话打到战略所来了，你听谁说我在这里的?”

"是这样的，冯处长。"董岩解释道，"我是先把电话打到了重装办，听他们说你读研究生去了，这个电话号码是你们办公室那个小周给我的，让我中午或者晚上打过来，也不知道有没有影响冯处长休息。"

冯啸辰道："无妨的，我也没有午休的习惯。老董，你打电话找我，有什么事情吗？"

"是有一点事情，也不知道合适不合适说。"董岩在那边开始有些犹豫起来了。

冯啸辰琢磨了一下，觉得可能是涉及董岩公司业务的事情，便说道："你说吧，不过我可不一定能帮上你什么忙，我现在已经离开重装办了，有些事情不太适合说话。"

"哦，是这样啊……"董岩语气有些虚了。

"不过，有啥事你还是说说吧，说不定我能给你出点主意呢。"冯啸辰赶紧又把话给说回来了。他心想，看在老董给自己寄过几次海产品的分上，如果对方的麻烦不是特别大，那就帮他过问一下吧。

董岩道："冯处长，我想问一下，最近重装办下发了一个文件，是关于化工设备方面承接国外分包业务时候的工时定额标准的，这件事你了解不了解？"

"嗯，这个我倒是了解。"

"这件事，和冯处长你有关系没有？"

"关系嘛……有一点点吧。"

"我想了一下，这件事还是应该向冯处长你汇报一下。毕竟这是重装办的事，万一弄不好，对冯处长你有什么影响，那就不合适了。"董岩吞吞吐吐地说道。

"对我有影响？"冯啸辰这才回过味来，合着老董不是来求自己办事，而是知道了一些对自己不利的事情，前来通风报信的。唉，自己真是拿人家的好心当了驴肝肺，光想着躲清静，没想到人家还是挺念旧情的。

"老董，是什么事情，你说说看吧。分包业务这件事，老实说吧，其实是我建议重装办搞的，和我关系还挺大的。"冯啸辰终于实话实说了。

“是吗？那就太好了！”董岩一下子兴奋起来，既然这事与冯啸辰关系很大，那么自己通风报信就是帮了对方的大忙，这也算是还了一个人情了。当然，冯啸辰对自己的情分可不是这一个消息就能够还清的，只能说是聊表寸心而已。

“是这样的，前天……”董岩开始向冯啸辰叙述起来了。

自从那天去找过董岩之后，王瑞东与郭培元又进行了几轮接触。涉世不深的王瑞东哪里是郭培元的对手，几个回合就被对方摸清了底牌。郭培元以业务利润加上给私人的好处相利诱，使王瑞东答应了按照重装办要求50%的工时标准向池谷制作所报价。如上次所说的那种球罐，全福机械公司承诺以二十二万的报价承接，这个价格比海化设的报价足足低了十五万。

谈好价格之后，王瑞东向董岩作了通报，董岩当即质问王瑞东是否征求过阮福根的意见。王瑞东道：“那还用说，这么大的事情，我能不问问我姐夫吗？”

“可是，阮老板是怎么说的？”

“他说由我定啊。”

“你没说这是给日本人做的设备？”

“说了。”

“那么，你说了重装办的工时定额没有？”

“我说那个干什么，那个关我们全福公司啥事？”

“你……你怎么能这样！”董岩急眼了。

原来，此时阮福根并不在会安，他因为老胃病犯了，在医生的建议下，前往浦江的大医院做手术去了。这个年代没有手机，阮福根这一出门，别人根本就无法联系上他，只有王瑞东知道他所住医院的电话，能够偶尔打个电话过去通报一下公司的情况。

重装办下发涉外分包业务的工时定额标准，阮福根是不知情的。王瑞东隐瞒了这一点，光说有一桩业务，董岩算的造价是十万左右，对方乐意出二十二万来买，阮福根岂有不答应的道理。在电话里，阮福根还结结实实地夸了王瑞东一通，说他会办事，并承诺业务做成之后，给他一个大大的红包作为提成。

王瑞东拿到了阮福根的授权，公司里就再没有人能够阻拦他了。董岩跟他苦口婆心地说了一通大道理，王瑞东根本就听不进去。在他想来，董岩这种人和他姐夫一样，都是在旧体制下被洗了脑，凡事还要讲什么国家利益、集体利益啥的。人家郭哥说了，外国人才不讲什么爱国主义呢，人家讲的都是自由。啥叫自由？能赚钱就是自由，能看小杂志就是自由，像郭哥那样潇洒就是自由。

被郭培元洗过脑之后的王瑞东，打心眼里不服那个什么重装办，想到姐夫阮福根没事就念叨什么冯处长如何如何仁义，他就觉得不屑。那个冯处长好像和自己差不多岁数吧，凭什么在姐夫心目中，冯处长就是英明睿智光芒无限，自己则是顽劣懵懂，需要姐夫没事就扇几耳光教教做人。这一回，自己替公司拉个千儿八百万的业务过来，看姐夫还能说啥。

带着这样的想法，王瑞东哪能理会董岩的规劝，他向郭培元保证，只要日本人过来，立马就可以签合同。郭培元闻讯大喜，连夜买火车票赶回京城去向内田悠汇报。他只是一个掮客，签合同这种事情，还得由池谷制作所这边的人来办，郭培元需要从京城陪同日本人一块过来。

郭培元这样着急也是有道理的。他已经了解到，王瑞东答应这个价格，是向阮福根隐瞒了一些事情的。阮福根目前正在浦江，处于耳目闭塞的状态。如果阮福根回来，了解到事情的前因后果，这件事没准还会出些变故，因为王瑞东说过，阮福根对重装办的官员一直心存感念，让他知道此事与重装办的要求相悖，没准这个乡下农民会傻乎乎地拒绝与日方合作的。

郭培元想，只要趁着阮福根不在的时候，与全福公司签了合同，这件事就有充分发挥的余地了。重装办要逼迫全福公司毁约，那么就涉及合同赔偿的问题，无论由谁来出这些赔偿金，重装办都得灰头土脸。而如果重装办默许了这桩交易，马伟祥他们就有理由去要求降价了，你管不住乡镇企业，拿我们这些国企来顶缸算怎么回事？我们亏损了，由谁负责？

一切都取决于时间，机不可失！

董岩劝不住王瑞东，又联系不上阮福根，情急之下，便决定赶紧向冯啸辰报信了。他原先并不知道这件事与冯啸辰有多大关系，只是觉得涉及重装办的事情，不向冯啸辰报个信未免太不仗义。他也担心万一王瑞东与对方签完合同，而国家又要追究此事，全福公司会有麻烦，他与阮福根也有这么多年的交情，怎么能看着全福公司往坑里跳而无动于衷呢？

听完董岩的叙述，冯啸辰的背心也有些凉意了。真是怕什么就来什么，郭培元搞的这一手，算是釜底抽薪。如果全福公司和池谷制作所签了合同，自己再去阻止就很困难了。而且如果真的要动用行政力量对全福公司进行惩罚，也会让马伟祥这些人看了笑话，要知道，几年前重装办树起阮福根这个典型，可是把马伟祥等人得罪得很苦的。

“老董，你跟王瑞东说，国家的要求是绝对不容许违背的，他如果敢跟日本签约，全福公司就会惹上麻烦。你让他务必要向阮福根说明这一点，我相信，以老阮的为人，他不会同意这样做的。”冯啸辰说道。

董岩道：“我会说的，不过，冯处长，王瑞东这家伙被他姐姐和姐夫宠坏了，天不怕地不怕，我就担心你这些话不管用啊。等老阮回来，合同都已经签了，到时候可就晚了。”

冯啸辰道：“你能拖住他多久，就拖住他多久。我马上赶过去会一会这小子。”

“好的好的，冯处长，你赶紧过来吧！”董岩应道。

放下电话，董岩松了口气。

# 第四百七十一章

“老邓，我跟你说，这事乐子大了！”

“你说什么，那个阮福根跟日本人签了合同，把重装办的那个标准当手纸擦屁股了？”

“可不是吗，罗翔飞他们自己树的典型，回手给罗翔飞来了个大耳光，你说可乐不可乐？”

“老马，你这消息可靠吗？”

“那还能不可靠？日本人马上就要到海东来了，最迟下周他们就会签合作协议。”

“老马，我怎么觉得，这件事和你有点关系啊？”

“哈哈，老邓，造谣是要有证据的！我充其量也就是给他们指了条路而已，这帮私人老板，见了腥味哪有不往上凑的。”

“唉……”

放下电话，新阳二化机的副厂长邓宗白来到厂长奚生贵的办公室，向他转述了马伟祥通报的消息，然后叹了口气，说道：“这事闹的，咱们这些国企在这死咬着不降价，这些私人企业先把价钱降下去了，这是弄啥呢。”

“私人企业可不就是这样吗，鼠目寸光。”奚生贵不屑地说道。

邓宗白道：“老奚，这样一来，咱们恐怕也得降价了吧？要不这些分包的活，可就落不到咱们头上了。”

“看重装办的意思呗。”奚生贵冷笑道，“他们不是一个通知接一个通知地严令各家企业不能擅自行事吗？现在好了，私人企业那边出了岔子，看他们怎么说。”

邓宗白道：“我估计重装办也扛不住了，这个口子一开，日本人也就知道该怎么办了。那个全福机械厂，早先不怎么样，这两年因为承接重装办分包的大化肥业务，水平也上去了，完全能够接日本人的外包业务。日本人找到这么一个帮手，就可以跟咱们谈谈价钱了，唉，真他妈的，咱们中国人就喜欢这样内斗，让外国人捡便宜。”

“是啊，如果大家能够一条心，像罗翔飞说的那样，最终日本人还是不得不找咱们代工，大家都能多赚一点。这样一闹，咱们就都得替日本人白扛活了。”奚生贵发着悲天悯人的感慨。

“咱们现在就琢磨琢磨，看看怎么和日本人谈价钱吧，就盼着那几个土鳖别把价钱压得太低了。他们乡镇企业压成本压得太狠了，咱们如果像他们那样压价，非得赔死不可。”邓宗白摇头叹道。

就在大家带着或喜或忧的心态等着看结果的时候，冯啸辰与王根基这对搭档已经乘飞机来到了海东省会建陆，接着又在当地经委借了一辆车，马不停蹄地赶到了会安。

“还没和老阮联系上？”在下榻的宾馆里，冯啸辰向董岩问道。

董岩摇摇头：“王瑞东这个兔崽子，鬼迷了心窍，一门心思就想和日本人做生意，谁劝也不听。他明白如果这事让他姐夫知道，肯定会有变故，所以干脆就把老阮给瞒了，而且不让我们和老阮联系。等到生米做成熟饭，老阮想反悔也来不及了。”

“现在日本人到了没有？”冯啸辰又问道。

董岩道：“还没到，听说应当就是这一两天吧。”

冯啸辰点点头：“好，老董，你让全福公司里的人务必警醒一点，别让王瑞东把公章拿走了，一旦签了约，后面的事情就被动了。你替我约一下这个王瑞东，我见识一下这位仁兄是怎么回事。”

听说冯啸辰要见自己，王瑞东老大不乐意。不过，最终他还是没有拗过董岩，被董岩拽到了宾馆。宾主双方坐下来聊了几句之后，冯啸辰对王瑞东有了两个基本印象：首先，这是一个暴富起来，觉得老子天下第一的土大款；其次，这就是一个没教育好的熊孩子。

“王总，听董总说，你们全福公司准备和日商签订合作协议，分包日商的化工设备。”冯啸辰问道。

“是啊，这还全托冯处长的福呢，要不我姐夫的公司哪有这个资质。”王瑞东嘴上说着恭维的话，脸上却带着几分轻蔑之意。

冯啸辰淡淡一笑，道：“这是阮老板带领全公司职工努力拼搏的结果，说不上托谁的福。对了，王总，关于涉外分包业务的事情，重装办下发过一个工时定额标准，不知道全福公司收到没有？”

“收到了。”王瑞东应道，有董岩坐在旁边，他也不便睁着眼睛说瞎话。

冯啸辰道：“我们的文件上明确规定了涉外分包业务的工时标准，请问，你们和日方签订的协议，是否按照这个标准执行了？”

王瑞东装着糊涂：“冯处长，这个规定和我们没什么关系吧？我们是乡镇企业，不归重装办管。”

王根基在旁边插话道：“你们从事装备制造，当然和我们重装办有关系。几年前你姐夫阮福根到我们那里去申请分包大化肥设备的时候，我们对他和那些国有企业是一视同仁的，这一点你应当清楚吧。”

“那是我们承包你们的项目啊，并不是说我们就卖给国家了，是不是？”王瑞东道，“我们是乡镇企业，而且已经被我姐夫承包了。我姐夫和乡里的承包协议写得很明白，只要交足承包金，乡里不干涉公司的一切经营活动。你们听听，连乡里都管不了我们，国家就更不用为我们这样一家小企业操心了。”

冯啸辰道：“王总，这不是谁管谁的问题，而是说咱们中国的企业要联合起来，避免被外国人各个击破。重装办要求各家企业统一报价，就是为了让大家都能够以更高的价格得到业务，这不比你们降价销售要强吗？”

“是吗？”王瑞东冷哼一声，不置可否。在他心里，丝毫没有觉得冯啸辰的话有什么意义。他的想法是，如果统一报价，他这家乡镇企业凭什么能够得到业务？他这样做，也是为了自保，有什么不对呢？

王根基有些不耐烦，但也不便发作，只能继续劝道：“王总，这件事情，国家是有统一部署的，你们单独行动，就会破坏整个国家的安排，这对于国家以及对于你们企业都是没有好处的。”

王瑞东冷冷地说道：“对国家有没有好处，我是一个农民，也不懂这么多大道理。可对我们企业有没有好处，我是知道的。我们向日本人的报价，对我们来说挺合适的。”

“那么，国家的利益你就不考虑了？”王根基恼道。

王瑞东道：“国家的事情，不是你们这些干部考虑的吗？关我一个农民什么事？”

“你……”王根基几欲暴走了，这熊孩子，真是欠收拾啊！

冯啸辰冷着脸，问道：“王总，我想问一句，这件事，阮老板知不知道？”

“当然知道，公司的事情，我能不请示我姐夫吗？”

“他也赞成这样报价吗？”

“那是当然。”

“好，既然阮老板也是知情的，我也就不干预了。”冯啸辰决定不再与对方谈下去了，他站起身，说道，“王总，我就不留你了，你好自为之。”

“谢谢两位处长。”王瑞东也站起来，告辞向外走去。

冯啸辰与董岩一道把王瑞东送到门口，然后像是不经意地说道：“王总，我还有最后一句话想送给你。”

“什么话？”王瑞东也是漫不经心地问道。

冯啸辰正色道：“你刚才说，国家的事情与你一个农民无关，我要告诉你的是，全福公司能够有今天，全靠国家给你们的平台。离了国家，你什么都不是！”

说完这话，他便不再搭理王瑞东，转身回了房间。董岩恶狠狠地瞪了王瑞东一眼，没说什么，也跟着冯啸辰回房间去了。王瑞东站在宾馆的走廊上，愣了一小会，然后摇摇头，自己给自己开脱着：“屁，什么离了国家我就啥都不是，我王瑞东有今天，靠的是我姐夫。”

屋里，王根基看到冯啸辰和董岩进来，怒气冲冲地说道：“这孙子就是欠削啊，依着我的暴脾气……”

“老王，消消气，你跟个熊孩子较什么劲?”冯啸辰笑着安抚道，随后又看看站在一旁手足无措的董岩，说道，“老董，你也坐吧。这个结果也不意外，我原本也没指望说几句话就能够把他说服，跟他谈一次，也就是尽个努力而已。”

“是啊，这孩子被老阮两口子惯坏了，唉，如果能联系上老阮就好了。”董岩叹息道。

冯啸辰道：“老阮对此事是否真的知情，我们还不了解。如果老阮也支持王瑞东的做法，我们又怎么办呢?”

“这不可能，以我对老阮的了解……”董岩争辩道。

冯啸辰拦住他后面的话，说道：“我们不能寄希望于个别企业家的人品，我们必须有相应的手段，才能保证一项措施的推行。”

“没错!”王根基附和道，“对这样公然拆国家墙脚的企业，我们绝不能轻挠。我找找人，联系一下会安的工商、税务，好好查一查这个全福公司，查出一点毛病就给丫往死里整。我还就不信了，一家私人企业敢和国家龇牙!”

冯啸辰想了想，说道：“老王，这样吧，先不着急联系工商税务这些部门，这样下手太狠了，未来不好收场。我记得你在电力部那边有点关系吧，你联系一下，咱们先把它的电掐了，让王瑞东知道，离了整个国家的工业体系，他寸步难行。”

# 第四百七十二章

以冯啸辰的人脉加上王根基的背景，要收拾一个地级市里的一家乡镇企业，能找出一百种不同的方法。董岩正是因为知道这一点，才着急上火地去向冯啸辰报信，因为他知道在事情出来之前解决，远要比在事后承受冯啸辰的愤怒要好得多。王瑞东的确是个被惯坏的熊孩子，因为阮福根有点钱，又挺护着他这个小舅子，所以王瑞东几乎没吃过什么亏，不知道这个世界上还有比自己姐夫更牛的人。

不过，真到要给全福公司一点教训的时候，冯啸辰又犹豫了。把全福机械公司整得生不如死，对他来说并不困难，但因此而带来的负面影响却是他不得不考虑的。这是因为阮福根和全福公司都是重装办当年树起来的典型，现在如果受到严惩，丢的依然是重装办的面子，冯啸辰算是知道何为投鼠忌器了。

王根基一时气恼之下，也想过要把全福公司摆成十八般姿势狠狠地虐待一番，但让冯啸辰点拨了一句之后，也明白这件事不能这样做。他用宾馆的电话联系了一下在京城的朋友，如此这般地一说，那边的人当即就表态了，不就是一家乡镇企业吗，这辈子他们也别指望用电了。

王瑞东在宾馆被冯啸辰威胁了一句，当时有些气闷，出了宾馆，看看阳光明媚的街市，心情立马就好起来了。不就是威胁吗，小爷也不是吓大的，怕你做甚。他悠哉悠哉地回到公司，一进门就感觉到了一些异样。

咦，平时这个时候公司应当是挺喧闹的，这会怎么会这么安静呢？

“瑞东，停电了，你快跟供电所那边联系一下吧。咱们有两台南江省的设备，急着要交货呢，不能再拖了。”梁辰迎上前来，急匆匆地对王瑞东说道。

“停电了，不会吧?”王瑞东有些错愕。时下全国的电力供应都很紧张，会安是个小地方，停电可谓是家常便饭。不过，阮福根每年都要到供电所去走好几趟，好烟好酒成箱地送过去，换到了一个不停电的承诺。除非是整个会安都没电了，全福公司才会停电，其他时候，拉闸限电这种事情一向都是与全福公司无缘的。

王瑞东到了办公室，拨通了供电所的电话。接电话的是所长侯军杰，王瑞东和他也是老熟人了，在酒桌上拼酒就拼过不下十几回，见面都是以兄弟相称的。

“侯哥，我是瑞东啊，我打听一下，我们公司怎么停电了?”王瑞东轻松地问道，到目前为止，他还没有觉得停电这件事有什么异常。

听筒里传来侯军杰的声音，那声音里带着一丝慌乱，但粗线条的王瑞东并没有听出来。侯军杰支吾着说道：“瑞东啊，你是说你们公司停电的事情吧？嗯嗯，主要是你们那边的变压器出了一点问题，我正在安排人检修呢。”

“哦，原来是这样。”王瑞东放心了，变压器出故障也不是什么稀罕事情，修一修就好了，他说道，“那拜托侯哥让你们那边的人动作快点，我们公司还急着要生产呢。”

“我会交代他们的。”侯军杰应道。

“那好，那就谢谢侯哥了……”王瑞东随口说着，就准备挂电话了。

“瑞东!”电话听筒里又响起了一声呼唤。

王瑞东把听筒又拿回耳边，奇怪地问道：“怎么，侯哥，还有其他事情吗?”

“那个……瑞东，你们公司最近是不是得罪人了?”侯军杰怯怯地问道。

“得罪人？没有啊。”王瑞东想当然地应道。他想了一圈，也没想起公司得罪了谁。至于刚才在宾馆里与冯啸辰的那番对话，王瑞东选择性地遗忘了。在他想来，冯啸辰是京城来的官员，与会安能有什么关系？侯军杰要问的事情，肯定与冯啸辰是无关的。

侯军杰咧了咧嘴，没法说什么了。电力部门是条条管理的，就在刚才，省电力局给他下了一个调度令，指名道姓要求立即切断全福机械公司的电力供应，在有进一步的通知之前不得恢复供电。这种调度令用后世的眼光来看，绝对是不合规的，但在时下却非常普遍。电老虎这个词可不是随便说说的，电力部门想收拾谁，那是连一分钟都不会耽搁，而且是精确定位，不惜误伤。

收到省里的调度令，侯军杰就知道，全福公司肯定是得罪人了，而且得罪得挺狠，被得罪的对象也是颇有来头的。他能够做的，就是给王瑞东一个提示，至于王瑞东能不能解决这个问题，侯军杰就管不着了，这是神仙打架的事情，关他一个小小的供电所长何干。

唉，老阮去浦江做个手术，这个王瑞东就闹出这么多妖蛾子来，还真是不给老阮省心啊，自己如果有这么一个小舅子，非得……呃，也非得跪了不可。

侯军杰在心里发着感慨，然后善意地在电话里又暗示了一句："瑞东，那什么……你们那个变压器，修起来可能有点麻烦，说不定会停上几天电呢。"

"停几天？"王瑞东这一惊可非同小可了，机械厂的活全都是得用机器干的，一停电就啥都干不了了。停上几天电，厂子得亏多少钱啊？更何况，梁辰不是说还有南江的两台设备要急着完工吗，哪能容得停几天的电。

"喂，侯哥，你这是什么意思？小弟有什么做得不好，你直说就是嘛！"王瑞东急吼吼地说道。

侯军杰叹了口气，道："瑞东，瞧你这话说的，又不是你侯哥要跟你过不去，唉，你再到公司问问吧，看看是不是得罪谁了。"

说完这些，他便把电话给挂了。那头王瑞东这回算是明白过来了，合着这停电和变压器啥的根本就没有关系，侯军杰说得很明白了，这是公司得罪了人，有人存心报复呢。

"辰子，辰子！"王瑞东在办公室里喊了起来。

梁辰一头撞进来，问道："瑞东，什么事?"

"我问你，咱们公司这几天得罪谁没有?"

"没有啊……"

"是不是给哪个部门送礼的时候，不小心漏了谁?"

"这更不可能了，现在又不是年节，咱们也没给谁送礼啊……瑞东，你是说，咱们这里停电，是有人要整咱们?"梁辰终于听懂了王瑞东的意思，不由得脸色有些发绿。公司过去也不是没遇过类似的情况，乡镇企业是弱势群体，遇上哪个部门过来敲诈敲诈，实在是太寻常不过的事情了。不过，以往遇到这种事，都有阮福根去负责摆平，这两年，随着公司业务规模的扩大，阮福根在市里有了一些地位，一般的小单位就不敢随便来刁难了，像这种上来就直接掐电的事情，更是很久都没有出现过了。

"侯军杰说，咱们停电的原因是这边的变压器要检修，同时还说检修的时间可能会比较长，得好几天。"王瑞东把自己听到的情况向梁辰说道。

"那就是有人要跟我们过不去了。"梁辰道，"瑞东，老侯有没有说是谁要整咱们?"

"他没说，只是让我回忆有没有得罪人。"

"咱们没有得罪谁呀，呃，除了……"

"除了什么?"

"重装办啊。"梁辰提醒道。

"重装办?就是那个小处长?"王瑞东只觉得后背有些发凉，自己刚刚从宾馆出来好不好，这厮居然就能把自己公司的电给掐了，这是多大仇啊。他蓦然想起了临别时冯啸辰的那句威胁：

离了国家，你什么都不是!

可不是吗，自己有钱，有设备，有工人，可是自己不能发电啊。电闸是握在国家手里的，人家想停你的电就停你的电!除了电，国家能够拿捏你的地方还多得很呢，设备运输要不要走铁路?货款要不要走银行?客户联系要不要用电话?自己这个企业能够经营，是建立在所有这些服务体系之上的，离了国家，自己能蹦跶多远?

不行，自己得再问问，这个姓冯的到底想干什么。王瑞东抄起电话，拨到了董岩的家里。董岩也是刚刚从冯啸辰那里回来，接到王瑞东的电话，他冷笑道：“瑞东，你刚才不是跟人家冯处长放了狠话吗，现在知道厉害了？”

“董哥，这事真是那姓冯的干的？”王瑞东求证道。

董岩反问道：“你觉得呢？”

王瑞东把牙咬得咯咯响：“这姓冯的不是京城来的干部吗，怎么做事跟个流氓一样？有什么事不能好好说，把我们的电给断了，这算个什么事？”

董岩道：“人家没有跟你好好说吗？是你自己说国家的事情跟你没关系，现在知道了吧，没有电，你能玩出什么花来？”

“董哥，你有没有听那个姓冯的说，他打算停我们多久的电？”

“这个可真不好说。他们打电话叫人家去办事的时候，倒是说了一句……”

“说啥？”

“他说你们公司这辈子也别想用上电了。”

咕咚一声，王瑞东就栽倒了。

姓冯的，你他妈也太狠了！

# 第四百七十三章

接下来的半天时间里，王瑞东像是二八月的猫一样上蹿下跳，给自己认识的关系户打电话，向侯军杰以及其他人许下各种好处，还动员了公司里有点能量的人和他一起折腾。在他想来，全福公司在会安多少也算是有点影响力的，与方方面面都有一些关系，摆平一个供电问题不在话下。

可谁承想，侯军杰接到的是一个死命令，他除非不想干了，否则哪敢违背省里下的调度令。王瑞东能够找到的人，没有一个能和省电力局搭上话的。其实就算能够搭上话也是枉然，因为省里接到的是来自于部里的意思，那是王瑞东把脖子仰成 180 度都看不到的高度。

“瑞东，不行了，这事必须向阮总汇报了。咱们得罪了人，越早解决越主动，拖的时间长了，只怕阮总都解决不了了。”梁辰哭丧着脸向王瑞东建议道。

“怕什么，我就不信这个姓冯的真能够断我们一辈子的电!”王瑞东咆哮道，“难道他就不回京城去了吗?”

梁辰苦笑道：“瑞东，人家干嘛不回京城去？他让电力局断了咱们的电，只要他不松口，电力局就不会给我们送电。万一他把这事忘了，咱们除了关门可就没别的路走了。”

“忘了？这么大的事，他能忘了?”王瑞东惊愕道。

梁辰反问道：“瑞东，你觉得这件事对于冯处长来说很大吗？他如果真的忘了，咱们连求人家手下留情的机会都没了。”

梁辰这话可真不是危言耸听，现实中这种事情并不稀罕。“有关部门”有时候心血来潮，会下一道指令，要求下属单位如何如何做。事后，这个有关部门可能就把这事给忘了，或者是当初下通知的人调走了，而这道指令将会长期地保持下去，于是下属就年复一年地做着这件事，而上级则莫名其妙地看着下属这样做，不知道有什么意义。

也就是说，如果冯啸辰一直惦记着这家公司，那还是全福公司的运气。如果冯啸辰抬腿走了，然后把此事忘个一干二净，则针对全福公司的停电令就会天长地久地维持下去，然后侯军杰可能会调走或者退休，而继任者根本不知道这条禁令是为了什么，但他还会继续地执行下去。

真是这样，全福公司除了关门，恐怕就没有其他的选择了。

听梁辰说得这么严重，再加上一整天求告无门带来的恐惧感，王瑞东再也不敢向阮福根隐瞒，他把电话打到了浦江，刚刚动过手术，还在医院里等着伤口愈合的阮福根一听此事，就急眼了："你说什么，供电局停了咱们的电，而且说会一直停下去?"

"我问过侯军杰了，他说这是省里要求的，他也没办法。"王瑞东说道。

"是什么原因，他说了吗?"

"他没说……呃，他只是问我有没有得罪人。"

"那你得罪人没有?"

"没有……吧，就是京城来了两个人，让董哥叫我去跟他们谈了点事，当时谈得有点不太愉快……"

"京城来的人？他们是哪个单位的，叫什么名字?"

"是重装办的，就是那个冯处长……"

"冯处长!"阮福根腾地一下就从座位上站起来了。他是在外科的护士办公室接这个电话的，旁边几名护士见状，都赶紧上前阻拦，提醒他手术之后不能这样激烈运动。阮福根哪里还听得进护士们说什么，他把电话听筒攥得几乎要变形了，用会安方言大声地喝道："瑞东，你怎么得罪冯处长了，你一点都不能隐瞒，马上跟我说明白!"

到了这个时候，王瑞东也知道自己闯祸了。他先前觉得这个冯处长年纪轻轻，估计也没多大本事，谁知道人家的本事大得无与伦比，自家的姐夫居然对他如此恭敬。

他把事情的前因后果颠三倒四地向阮福根说了一遍，阮福根只觉得四肢发凉，差点就要昏倒了。他下令道："跟那些日本人签合同的事情，你不许擅自做主，等我回去再说。还有，这两天你不许再折腾，老老实实待在公司里，哪也不许去！"

"是！"王瑞东道，接着又问了一句，"可是，姐夫，你不是还要再住十几天才能出院吗，万一日本人来了怎么办？"

"这事你别管了，实在不行，装病，装病会不会？"阮福根交代道。

挂断王瑞东的电话，阮福根迅速地又给董岩打了电话。董岩听到阮福根的声音，连声念佛，然后便把事情向阮福根又说了一遍。他了解的情况又比王瑞东要多了一些，尤其是知道了冯啸辰那边的态度。全部介绍完了之后，董岩说道："老阮，既然你已经通知王瑞东不能和日本人签约了，那我就去跟冯处长说说，让他先把公司的电恢复了。你能动了之后再快点回来，说不定还能赶上冯处长在会安的时候呢。"

"不用了！"阮福根叹道，"老董，这件事情上，我估计冯处长也生我的气了，没准他觉得我是躲在幕后策划的。公司生产的事情现在已经顾不上了，这时候请冯处长恢复公司的电，我没这么大的面子。这样吧，我马上就赶回会安去，向冯处长当面请罪。他如果不原谅我，我这家公司就只能关门了，我换个地方重新开始吧。"

"你现在回来？"董岩惊道，"你不是刚做完手术吗，这个时候医生能让你下地？"

阮福根道："一条贱命，有什么了不起的。我让瑞东管公司的事情，是犯了大错，这个时候我不回去怎么行？"

董岩也叹了口气，他知道现在是什么情景，只能说道："那你多加小心吧。"

听阮福根说要出院，他老婆王美娟先急了，待知道是弟弟王瑞东闹出了事端，王美娟哭得一把眼泪一把鼻涕的，没有了主意。阮福根叫来了医生，再三说明自己家里出了非常重要的事情，必须赶回去。医生黑着脸劝了几句，最后也只能妥协了，只是要求阮福根不能下地，只能坐在轮椅上被人推着走。

就这样，阮福根紧急买了一个轮椅，让老婆推着上了火车，回到省城建陆。接着又砸了一大笔钱，从建陆租到一辆汽车，载着他回到了会安。他来到公司的时候，已经是王瑞东给他打电话之后的次日下午了，尽管累得脸色苍白，他还是勒令王瑞东、梁辰二人推着他，来到了冯啸辰住的宾馆。

“阮总，你怎么来了，你这是……”

见到憔悴不堪的阮福根坐在轮椅上，出现在自己面前，冯啸辰也是吓了一跳。他掐指算了一下，知道阮福根应当是刚刚做完手术，现在根本还不到能够下地出门的时候，他肯定是因为担心公司的事情才赶回来的。

“瑞东，你过来！”

阮福根没有理会冯啸辰的招呼，他向自己身后喊了一声。王瑞东垂着头走到阮福根面前，只见阮福根扬起手来，啪啪就是两记耳光，结结实实地扇在王瑞东的脸上。冯啸辰看得真切，这可不是刘备摔孩子，阮福根是种田出身，手上有一把子力气，这两巴掌扇过去，王瑞东的脸以看得见的速度肿了起来，嘴角也冒出了鲜血。

“姐夫！”王瑞东想到了阮福根会责罚自己，却没想到他下手会这么狠。阮福根的两巴掌出手如电，等王瑞东反应过来的时候，脸上已经像是被烙铁烙过一般地剧疼。他捂着脸退后半步，委屈地喊了一声，眼泪已经吧嗒吧嗒掉下来了。这其中有因为挨打的缘故，还有就是觉得在冯啸辰面前折了面子，羞愧难当。

“你给我跪下！”阮福根用手指着王瑞东，大声喝道。在他这样做的时候，他的眼角余光一直注视着冯啸辰，想看看对方有什么反应。

冯啸辰像是看戏一般，一声不吭。王瑞东愣了一下，终于面朝着冯啸辰这边，乖乖地跪了下来。落毛的凤凰不如鸡，自己混到这步田地，也就别再装什么大尾巴狼了。

“冯处长，这都是我的错。我不该把公司交给瑞东去管，出了这样的事情，还麻烦你从京城跑过来处理，我实在是有愧啊。”阮福根转过头来，向冯啸辰说道。

冯啸辰微微一笑，说道：“阮总，这是哪里话。还有，王总这是什么意思，我可受不起这份大礼啊。”

# 第四百七十四章

听到冯啸辰客客气气地称自己为阮总，阮福根的心都凉了半截。他与冯啸辰算是有些交情的，也素知冯啸辰颇为随和。他们最初认识的时候，冯啸辰是称他为阮厂长的，但后来就称他为老阮了。从阮厂长到老阮，听起来似乎是少了几分恭敬，其中透出的却是对他阮福根的亲近。现在老阮又变成了阮总，这是冯处长要疏远自己的表现，这可不是什么好兆头。

莫非他是嫌我打王瑞东打得不够狠？要不要从王瑞东的几条腿里挑一条出来打折，以表心意？阮福根这样想着，开始用眼睛在王瑞东身上逡巡着，让王瑞东顿觉浑身汗毛都竖了起来。

“那个……冯处长，我错了，我鬼迷心窍，我不该违反国家的要求。”王瑞东开始作着检讨，脸上又是泪水又是鼻涕的，看起来很是凄惨。

冯啸辰笑了笑，转头对阮福根说道：“阮总，你这又是何必呢？其实王总也没做错什么，现在国家提倡搞商品经济，你们企业做什么，国家是干预不了的。”

“冯处长，你就快别这样说了。”阮福根道，“我是50岁的人了，冯处长能不能看在我这张老脸的分上，原谅瑞东的一时糊涂。千错万错都是我们的错，我们任打任罚，只求冯啸辰不要生气。”

说这些话的时候，他的气都有些喘不匀，听起来断断续续的。这一方面是因为他手术后没有好好休息，身体虚弱，另一方面则多少有些透悲情的意思，想唤起冯啸辰的恻隐之心。

冯啸辰看看王瑞东，问道：“王总，刚才阮总说千错万错都是他的错，你觉得这一回你们的做法有错吗？”

“有错，当然有错！”王瑞东还能说啥，人家愿意问你，就是给你面子了，你这个时候还敢死扛着？

“那么，是什么错呢？”

“我们不该不听国家的安排，私自降价。”

“还有吗？”

“我不该和你和王处长顶嘴。”

“还有吗？”

“还有，我不该说国家的事情与我无关。”

“那么，你觉得国家的事情与你们企业有关吗？”

“当然有关。”

“有什么关呢？”

“这……”王瑞东词穷了，他前面的话不过是顺着冯啸辰的话头讲，专门挑冯啸辰爱听的话回答。具体到说全福公司与国家的事情到底有什么关系，他还真说不出个名堂来。他倒是体会到了被停电的滋味，但这一点能拿出来说吗？

阮福根对这个小舅子是一种恨铁不成钢的愤怒，正打算替他说几句，冯啸辰先开口。这一回，冯啸辰的语气显得很平静，有些娓娓道来的感觉：“王总，我给你打个比方吧。有两个贼，被警察抓了。警察手里并没有他们犯罪的证据，所以就把他们分开来审讯。这个时候，如果两个贼能够串通起来，都不交代，那么警察就会因为没有证据，而不能定他们的罪，他们就能够被释放。但如果有一个人不交代，另一个人却交代了。交代了罪行的那个人，因为坦白有功，只会判 2 年，而不交代的那个，会被判 10 年。再如果两个人都交代了，那么每个人坦白的意义就下降了，所以都会被判 8 年。如果你是其中的一个贼，你会选择哪个策略？”

王瑞东看看冯啸辰，见他脸上并没有什么戏谑之色，知道他并不是用这个比喻来侮辱自己，他想了想，说道：“那当然是都不交代了，这样不就不用坐牢了吗？”

冯啸辰道：“你不担心你的同伙会交代吗？如果是这样，你就会被判 10 年了。”

“他傻呀，他同样不交代不就行了。”

“可是，他怎么知道你不会出卖他呢？”

“这……”

冯啸辰道：“事实上，因为每个贼都不知道对方会不会出卖自己，为了避免最坏的可能性，他们都会选择向警察承认。结果，明明是可以串通起来脱罪的，两个人却因为都交代了罪行，而不得不坐牢。”

“冯处长说得有理！”阮福根竖起一个大拇指赞道，他看王瑞东还是有些懵懂的样子，便给他提示道，“冯处长说的这个，不就是咱们向日本人报价的事情吗？如果咱们国内的企业能够联合起来，报一样的价格，那么我们就能够从日本人那里多赚到钱。反过来，如果每家企业都担心自己吃亏，主动降价，最后日本人就可以坐着等我们把价钱压到最低。”

“可是，万一真的有人这样做呢，怎么办？”王瑞东问道。

冯啸辰道：“这就需要立规矩，没有规矩不成方圆。对于违反规矩的，要坚决地进行打击，要打到让他们付出更大的代价为止。”

王瑞东咧了咧嘴，这他妈不就是说我吗？我就是那个违反规矩的，结果先是被你冯处长停了电，接着又被我姐夫扇了耳光，现在还在地上跪着呢。早知道是这样回事，老子那天去打台球不就得了，干嘛跟李志伟去见那个姓郭的。

冯啸辰接着又说道：“小王，我那天跟你说，离了国家，你什么都不是。你之所以能够赚到大钱，是因为你处在中国这个大环境之中。就说电吧，要保证这么多企业的用电，我们就必须要建大量的火电厂。而我们的火电设备是攥在外国人手上的，如果外国人不卖给我们，我们就无法建立起高效率的火电厂。国家投入了大量的金钱，我们重装办花费了大量的精力，从国外引进了30万千瓦和60万千瓦的火电机组制造技术。国内有数百家装备企业集体攻关，对这些引进技术进行消化吸收，形成我们自己的火电技术。有了这样的技术，我们才能想建多少电厂就建多少电厂，不用担心国外卡我们的脖子。而有了电厂，你们全福公司这样的企业才能开足马力地进行生产，不用担心停电的威胁。你说说看，你们全福公司和整个国家的工业体系，有没有关系？”

“还有，当初咱们国家从日本引进大化肥成套设备，也是小冯处长他们以国家的名义和日本人谈判，要求日本转让技术，让我们国内的企业来分包一部分业务。咱们全福公司也是因为参与了这次分包，才有了技术和名气。你想想看，如果咱们都是一盘散沙，日本人会向咱们转让技术吗？如果没有日本人转让的技术，咱们全福公司现在还是一个手工作坊，怎么可能做到今天的规模呢？”

阮福根也给小舅子上起了政治课。有关大化肥技术引进的事情，他是听董岩说的。在庆幸自己能够参加这种大项目分包之余，他对于提出市场换技术要求的官员们也是充满了敬意的。如果不是以一个国家的角色来与日本企业谈判，日本人怎么可能转让这些技术呢？

“我明白了，我错了。”王瑞东听懂了，他由衷地回答道。

“既然知道错了，那就起来吧。你先去卫生间洗把脸，然后再来坐。”冯啸辰说道。

王瑞东如蒙大赦，他飞快地站起来，跑进卫生间去洗脸。刚才那一会他弄了满脸的眼泪鼻涕还不敢擦，现在凝固在脸上，硬硬的好生难受。

趁着王瑞东进卫生间的时候，阮福根对冯啸辰说道：“冯处长，这一次的事情，真是对不起了。我向你发誓，这一次我真的是不知情，瑞东光说和日本人谈了个合同，没有说重装办那个定额标准的事情，我是被他骗了。”

“好了，老阮，这事你就不用再解释了，对你的为人，我还是相信的。”冯啸辰换了一副温和的嘴脸，对阮福根说道。阮福根坐着轮椅从浦江赶回来处理此事，已经足见其诚意了，冯啸辰如果继续追究下去，反而不合适了。再说，全福公司还是重装办树的标杆，冯啸辰不能让阮福根心存怨怼，否则这一次的事情能解决，以后没准还会生出新的事情来。

听冯啸辰终于改口称自己为老阮了，阮福根松了口气，知道这一关已经过了。他并不主动要求冯啸辰撤掉对全福公司的停电令，这也算是一种自罚的表现，为的是让冯啸辰能够出气。他问道：“冯处长，瑞东这次做的事情，还有挽回的余地没有?”

“还好吧，毕竟你们双方还没有签约，光是一些口头意向，不能算数。”冯啸辰说道。

阮福根道：“可是我听说那个姓郭的已经回京城去接日本人了，日本人这两天就能到会安来。到时候我们怎么说呢?”

“阮总打算怎么说呢?”冯啸辰呵呵笑着问道。他自己也没想好如何对付郭培元以及内田悠等人，既然事情是王瑞东闹出来的，那就让阮福根去操心好了。

“这个姓郭的就是一个汉奸！我饶不过他!”

洗完脸走过来的王瑞东恶狠狠地说道。他的脸现在还有些点肿，并且有些火辣辣的疼，这全拜郭培元所赐。既然已经不打算和日本人签约了，王瑞东当然不能轻易放过这个郭培元。

我对付不了冯处长，还收拾不了你个大汉奸吗?

王瑞东咬牙切齿地想道。

# 第四百七十五章

“内田先生，我已经和王助理联系上了，他马上就会带他们公司的总工程师和财务部长一块过来，我们可以草签一个合作意向。然后去考察他们的生产条件，再决定正式协议的细节。”

在会安市最高档的宾馆里，郭培元笑吟吟地向内田悠以及另外两名池谷制作所的技术人员通报道。他们几个人是昨天晚上赶到会安来的，郭培元给王瑞东打了电话，约好今天过来签约。

“这个消息，你有没有透露给海化设和其他几家企业?”内田悠问道。

郭培元笑道：“那是肯定的。现在他们都在等着内田先生与全福公司签约的消息，一旦我们这边签约成功，他们就会联合向重装办提出修改或者废止工时定额标准的要求，我想，重装办的那些干部脸色一定会是非常精彩的。”

“不能亲自看到他们的表情，实在是非常遗憾啊。”内田悠幸灾乐祸地说道。

“没关系，内田先生如果有兴趣的话，我们回京城之后，可以专门去重装办拜访一次，届时你就能够看到他们的表情了。”郭培元凑趣道。

几个人都哈哈地笑了起来，正在此时，房门被敲响了。郭培元向众人做了个安静的手势，然后走到门边，拉开了房门。

房门外站着的，正是王瑞东。他的脸看起来似乎比郭培元上次见他的时候稍微胖了一点点，不过郭培元对此并没有特别在意。在王瑞东的身边，一左一右跟着两条汉子，看起来孔武有力的样子。郭培元想起王瑞东说要带总工程师和财务部长过来，想必就是这俩人了，他心中暗笑，真不愧是乡镇企业，连总工程师看起来都像个打手似的。

“王老弟，快请进来吧，内田先生已经等你很久了。”郭培元与王瑞东亲热地握了一下手，然后便把他和他的随员一起让进了屋子。

内田悠住的这个房间颇为宽敞，坐下六七个人还不嫌挤。王瑞东在郭培元的引导下，与内田悠握了一下手，互致了问候，当然，他们之间的沟通只能通过郭培元做翻译，王瑞东的一些粗鲁话经过郭培元的过滤之后，传到内田悠的耳朵里就显得文雅多了。

“王先生，按照上次你和郭先生初步商定的报价标准，池谷制作所有意与贵公司进行深入的合作，聘请贵公司作为池谷制作所部分辅机设备的分包制造商，这件事有什么变化没有？”内田悠首先问道。

王瑞东摇了摇头，说道：“这件事嘛，没什么问题。不过，我有点事得先问一下郭哥。郭哥，咱们能不能到你房间去说说？”

郭培元不明就里，以为王瑞东是打算增加一点什么条件，不便直接向内田悠说，要与他先沟通一下。他向内田悠叽里咕噜说了几句，内田悠点点头，郭培元于是站起身来，对王瑞东说道：“那好吧，咱们先到我房间去说说。”

两个人离开内田悠的房间，王瑞东带来的两名随从自然也不便待下去，与他们俩一块出了门，来到郭培元的房间里。郭培元关上门，笑着对王瑞东问道：“王老弟，怎么，有什么变故吗，为什么要单独跟我说？”

王瑞东的心思却似乎并不在业务上，他东张西望地在房间的桌上、床上乱瞧一气，似乎在找什么东西。郭培元有些诧异，问道：“王老弟，你看啥呢？”

王瑞东道：“咦，你上次不是说要给我带新杂志的吗？怎么我没看到。”

郭培元好悬没有被一口气给憋死，你个熊孩子，现在是什么时候，你居然还要想这件事。可这毕竟是他答应过王瑞东的事，加上一会签约还得哄着王瑞东，所以他也不便发作，只是用眼睛扫了一下另外两个人，意思是提醒王瑞东要注意一点影响。

王瑞东看出了郭培元的暗示，他不经意地挥挥手道：“他们俩都是跟我姐夫很多年的，非常可靠。”

“可是，你的杂志……”郭培元没往下说，等着王瑞东自己领悟。王瑞东带的这俩人岁数都有 30 多了，想必不是那种胡闹的人。如果郭培元这个时候拿出小杂志送给王瑞东，让这俩下属有何感想呢？

王瑞东却是毫不领情，大大咧咧地说道：“没事，郭哥，你带来了就给我吧，我怕等会又忘了。说实话，自从看完上次那一本，我再看什么大众电影的封面就一点感觉都没有了。”

“呃，好吧……”郭培元败了，他真觉得自己所托非人，不过转念一想，如果不是这样一个脑子里缺根筋的熊孩子，换个其他人，能有那么好说话吗？不管怎么说，现在还是先把他稳住吧，等签完约，自己就再也不跟这家伙打交道了。

想到此，郭培元走到衣柜前，拉开门，把自己的行李箱提了出来，随后便从行李箱里拿出来好几本杂志，封面上都是有着不可描述的图片的。王瑞东迫不及待地接过来，翻了几下，然后递到身边的同伴手里。那俩同伴接过杂志看了几页，然后交换了一个眼神，其中一个人把脸一沉，大声喊道：“郭培元，你运输贩卖黄色杂志，人赃俱在，现在被拘留了！”

没等郭培元回过味来，另外一人上前一步，早从兜里掏出了手铐，咔擦一下就把郭培元给铐上了。

“怎么回事？王老弟，这是怎么回事？”郭培元彻底懵圈了！

先前那人说道：“郭培元，我们是市局刑警队的，根据会安群众举报，你贩卖黄色杂志，毒害青少年，现在人证、物证都有了，你还有什么说的？带走！”

“什么贩卖黄色杂志？我到会安来，是带日本人来和全福公司签合同的。”郭培元挣扎着嚷道，接着又向王瑞东喊道，“王老弟，王总，你倒是向警察解释一下啊！”

王瑞东呵呵一笑，说道：“傻×，我跟那帮日本人有什么合同可签的？国家都下发了工时定额标准，我凭什么给日本人降价？除非他们照着重装办的工时来跟我谈，否则从哪来的，再滚回哪去。”

“可是，你上次不是这样说的！”郭培元怒道。

王瑞东笑道：“那是因为我看到你有黄色杂志，我要举报你这个罪犯啊。上次没有公安在场，我就算举报了也没人相信。这一回我带着李队长和张警官便衣过来查证，你还真就傻呵呵地上套了，怨谁？”

“你是因为要举报我贩卖黄色杂志？”郭培元欲哭无泪，“这不可能啊，我把日本人都带过来了！”

“少废话了，带走吧。”那俩便衣警察有些不耐烦了，推着郭培元就往外走。郭培元一边反抗，一边嚷道，“你们不能带我走，那边还有三位外宾等着我给他们安排呢！”

“这事你就别管了。”一名警察说道。

“对了，外宾想干嘛就干嘛去吧，你管不着了。”王瑞东得意地说道，随手从字纸篓里拣了张废纸，团巴团巴便塞进了郭培元的嘴里。

一个警察诧异道：“王总，你塞他嘴干什么？”

王瑞东道：“省得他在走廊里喊，让那几个日本人听见。”

郭培元一听更急了，他拼命地喊着“啊唔！啊唔！”，可惜嘴里被塞了东西，叫也叫不出太大声音，而宾馆的门和墙隔音一向都是非常不错的，这就意味着他再怎么叫嚷，也无法让关在屋里等他的内田悠等人察觉到。

两名警察挟着郭培元出了门，果然没有惊动内田悠等人，便直接下了楼，把郭培元塞进了警车。

不提郭培元如何愤怒得感天动地，内田悠一行待在自己的房间里，足足等了一个小时，也没见郭培元他们回来，心里不禁起了疑心。内田悠出了房门，来到郭培元的房间门口，叩了叩门，屋里却没有任何的回音。内田悠又加重了几分力气，屋里还是一片静寂。

内田悠只觉得一股凉气从背后升腾起来，他分明记得郭培元是与王瑞东到他自己房间去私聊某件事情的，可为什么王瑞东一去不回，连郭培元都无影无踪了。就算是他们有什么重要的事情需要去别的地方谈，至少郭培元也应当会向自己知会一声吧？难道，这次会安之行是郭培元给自己安排的仙人跳？除此之外，还有什么理由可以解释这种奇异的失踪呢？

“两位，出了一点奇怪的事情，郭先生和王先生同时失踪了，没有留下任何音讯。我感觉，这其中可能有诈。为了避免不必要的损失，我建议我们马上返回京城去！”

内田悠回到屋里，对自己的同伴们说道。

# 第四百七十六章

郭培元的失踪最终被证明并不是一个灵异事件。郭培元因传播非法出版物被判拘留 15 天，并处以若干罚款。拘留期结束之后，他便灰溜溜地返回了京城。对于王瑞东，郭培元从未想过如何报复的问题。毕竟要论耍横的能力，一个掮客是无法与一个乡镇企业家相比的。

全福公司的事情最终上了报纸，由冯啸辰请来的记者挥动生花妙笔，向读者介绍了一个坚决执行国家意志、勇于拒绝外商利诱的优秀乡镇企业的形象。王瑞东在其中也扮演了一个足智多谋、引蛇出洞的有志青年的角色。为了避免刺激外商，全福公司的名字是被隐去的，只说是海东省某企业。阮福根对此并不介意，甚至是心怀感激的。因为这种表扬对于全福公司来说并不完全是好事，他的潜在客户会从中读出一些其他的味道，进而不敢与他合作。

马伟祥、邓宗白等人也都看到了这篇报道，作为知情人，他们明白全福公司之所以“拒绝利诱”，只不过是慑于重装办的淫威而已。但知道这一点就已经足够了，一只煮熟的鸭子都能够被重装办救活了，让它回归大自然，他们这些大国企还敢随便玩什么名堂吗?

内田悠也是从这些报道中才了解到了郭培元失踪的真相，他没等郭培元被放出来，便选择了向重装办妥协，答应接受重装办的价格标准。其实，这个标准也是他们能够承受得起的，中国人已经下了决心，他们再想从中找出破绽是很不容易的，与其如此，没有必要浪费时间。

最关键的是，重装办还向日商通报了一个消息，那就是有一家中国企业已经接受了荷兰一家化肥设备企业的外包订单。欧洲人对于价格不像日本人那样敏感，在他们看来，中国人报出来的价格已经是良心价了，比欧洲自己的价格低了七成有余，这样的价格还有什么可挑剔的呢？欧洲企业同样面临着劳动力价格上升带来的成本压力，重装办派出的另一支游说队伍到欧洲去走了一圈，便带回来了一批订单。

内田悠知道，仅仅是欧洲的加工订单，并不足以消化掉中国所有的过剩制造能力，还是会有一部分企业处于开工不足的状态，日方依然是有机会的。但有了欧洲的示范，中国方面的决心只会变得更大，日本企业实在是拖不起了。

包括池谷制作所、秋间会社、森茂铁工所在内的一干日本企业与重装办签订了设备分包协议，委托重装办组织中国企业为日方提供服务。除了设备制造之外，日方还提出希望中国派遣一些有经验的工程人员参加日本海外项目的现场安装和施工，对此重装办也欣然答应了。中国派遣的工人工资只有日本工人的三分之一，能够极大地降低日方的设备建设成本。对于中国方面来说，这简直就是捡到了一个金元宝，因为即便是只相当于日本工人三分之一的工资水平，也是国内现有工资水平的若干倍了。

这就叫双赢，这是乾贵武志代表日本化工设备协会与罗翔飞签署合作协议时，罗翔飞所作的评价。对此，乾贵武志表示了高度的赞同。

不过，在出席签字仪式的人群中，至少有两个人是不这样认为的，一个是冯啸辰，另一个则是内田悠。他们虽然所处的立场不同，对于这件事的看法却有相似之处。

所谓的双赢，只是就眼下而言的。中国企业在这个过程中得到的并不只是分包业务的佣金，还有制造和安装大型成套设备的经验。日本企业的海外客户也将见识到中国人的工作能力和工作作风，这相当于中国人借着日本企业的平台为自己做了广告。等中国自己的技术成熟，中国企业将可以甩开日本企业，单独承揽业务。可以这样说，日本企业是手把手地教会了中国成为自己的竞争对手。

“他们迟早要输的。”冯啸辰在心里冷冷地说道。

“我们迟早要输的。”内田悠无奈地叹息着。

是的，但凡有一点别的办法，内田悠也不希望这样去培养自己的竞争者。但是有什么办法呢？在海外竞争力日渐下降的同时，由于游资的涌入，日本国内的房地产和股市不断高涨，包括内田悠自己的老板在内，许多实业界的大佬们都已经把精力转向了虚拟经济，根本无心关注实体经济的兴衰。请中国企业代工，就是他们放弃实体经济的一个步骤。日本在实体经济上的衰落已经是不可挽回的了。

外包业务的事情已经进入了正轨，冯啸辰也就不需要再去操心了。事实上，他也得花点时间操心一下自己的事情了。这天下课后，于蕊把他拉到一边，向他透露了一个消息，顿时把他惊得目瞪口呆。

“老幺，我问你一件事。”于蕊表情严肃地说道。

于蕊是战略所84级研究生班的老二，她原本是体改委的一名处长，是带职读研的。平日里，于蕊与大家的关系都不错，还经常会从自己家里带一些好吃的东西来给谢克力、祁瑞仓等脱产的同学改善伙食，颇有一些大姐的样子。冯啸辰与于蕊的关系更是非常亲近，平时说话都是挺随便的。

“于姐，什么事情啊，怎么这么认真？”冯啸辰嘻嘻笑着问道。

于蕊没有笑，她问道：“你对象是不是在工业大学读研究生？”

“是啊。”冯啸辰答道。

“她原来是不是一个电焊工，只有初中学历？”

“嗯，这件事大家都知道的。”

“那么我问你，她上研究生的事情，你有没有帮忙？”

“于姐，你这是什么意思？”冯啸辰终于觉得有些不对劲了，于蕊问得这样细，显然不是什么好事。

于蕊也没打算卖关子，她说道：“我跟你说一件事，前两天咱们社科院有位教授参加一个有不少领导同志参加的会议，在会上大家谈起社会上的不正之风时，这位教授举了一个例子。他说某部门的一位年轻副处长，拿国家的科研经费做交易，要求工业大学的一位教授招收他的女友攻读研究生，而他的女友只有初中学历，是一名工厂里的电焊工……”

“我靠，这不就是说我吗？”冯啸辰跳了起来，“这是谁呀，跟我有多大的仇?”

“你能想得出来的。”于蕊说道，没等冯啸辰猜测，她便揭开了谜底，“这位教授就是高磊。”

“高磊?”冯啸辰倒抽了一口凉气，“不会吧，他至于这么卑鄙吗?”

早在组织蓝调学术沙龙的时候，冯啸辰就知道自己会得罪高磊这位时下的风云人物。后来，在重装办组织的引进技术交流会上，高磊大放厥词，冯啸辰为了给重装办正名，直接与高磊发生了言语冲突。他想过，高磊肯定会记他的仇，并且有可能会在某些学术问题上向他发难。可他万万没有想到，高磊居然会如此下作，拿杜晓迪的事情来作为攻击冯啸辰的手段，这哪像是一个老师的所为。

关于杜晓迪上研究生的事情，冯啸辰的同学中间有不少人是知道的。像祁瑞仓、谢克力这些人，都曾到冯啸辰家里去做过客，也见过杜晓迪，并捎带着知道了杜晓迪仅仅凭着初中毕业的水平，考取了蔡兴泉的研究生。对于这件事，冯啸辰的同学都是抱着欣赏的心态，觉得杜晓迪很不简单。

高磊在社科院也带研究生，估计他正是从自己的学生那里听说了这件事。再结合蔡兴泉承接了重装办委托的科研项目，高磊自然地脑补出了一个利益交易的场景。他坚信，像杜晓迪这样一个普通工人，是绝对不可能有能力考取工业大学的研究生的。唯一的原因，就是冯啸辰以课题为条件，换取了蔡兴泉答应接收杜晓迪读研。

类似于这样的事情，在时下其实并不少见，高磊自己也曾干过这种事，接收过关系户介绍过来的学生。不过，高磊自忖自己是没有什么问题的，因为他招收的这些关系户子弟，好歹也是有个本科文凭的，自己只是在考研的时候稍稍帮了一点忙。哪像冯啸辰这样吃相难看，居然能够把一个初中生塞进研究生的队伍。

要说起来，其实高磊的猜测也不算完全离谱。杜晓迪的确是冯啸辰介绍给蔡兴泉，而且其中也有一小部分原因是蔡兴泉承接了重装办的研究课题，杜晓迪正是以课题组实验员的身份进入工业大学的。高磊没有猜对的地方是，杜晓迪考研究生并不存在舞弊现象，通过在课题组期间恶补的功课，她已经具备了考上研究生的能力。

通过走后门上研究生这种事情，属于民不举官不究的行为。大家都知道这种行为不合理，但很少有人会去检举或者质疑，他们充其量只是抱怨自己没有关系，无法得到这种机会。高磊在有高层领导出席的会议上点出此事，性质就完全不同了。

“领导当即就表示了，要求有关部门对此事进行严查，形成材料上报。如果发现确有以权谋私的行为，要对当事人进行严厉处罚，还要对涉事的学生进行开除处理。”于蕊向冯啸辰叙述道。

# 第四百七十七章

冯啸辰有一点想多了，高磊在领导面前告他的黑状，实在算不上什么处心积虑，他只是在大家讨论一个话题的时候，随便把这事拿出来当个例子，说过也就罢了，根本没放在心上。想想看，一个上仙看着一只蝼蚁不顺眼，随手将其拍死，这能算是什么穷凶极恶吗？在高磊眼里，冯啸辰、杜晓迪都是不入流的蝼蚁，既然这些蝼蚁爬到自己地盘上来恶心自己了，他当然不介意给对方一巴掌。

这也算是报应不爽吧，冯啸辰跑到海东去收拾王瑞东，也是这样的心态，弄得人家一个身家过千万的大老板……的小舅子，都不得不在他面前挨打罚跪，这不也算是上仙欺负蝼蚁的行为吗？现在人家拍到他头上来了，他又有何不服气的呢？

于蕊向冯啸辰通风报信之后的第三天，罗翔飞打电话把冯啸辰叫到了重装办，一见面便板起脸问道："小冯，我问你一件事，你未婚妻，也就是杜晓迪，目前是在工业大学上研究生吧？在她考研究生的过程中，你有没有做过什么违反原则的事情？"

冯啸辰苦笑道："罗主任，你不用绕弯子了，你说的事情我已经听说了，我把事情的前因后果向你详细汇报一下吧。"

"嗯，那你说说吧。"罗翔飞对于冯啸辰事先知道此事并不觉得意外。高磊是在一次会议上谈起这件事的，参会的人员不少，有些参会者回去之后也会向其他人提起，这个消息传到冯啸辰耳朵里是很正常的。

冯啸辰于是从杜晓迪当年参加跃马河特大桥抢修并得到蔡兴泉的欣赏说起，讲到自己向蔡兴泉推荐杜晓迪担任课题组的实验员，杜晓迪在担任实验员期间努力补习功课，最终凭借自己的实力考上了研究生。

罗翔飞一边听一边做着记录，不时还向冯啸辰确认一些关键的时间、地点、人物等等，比如帮杜晓迪补习功课的那些工业大学学生分别叫什么名字，这些问题都是需要搞清楚的。

听完冯啸辰的叙述，罗翔飞点了点头，说道："如果是这样一个过程，那么的确不能算是以权谋私。小杜的电焊技术是得到过机械部认可的，在电焊工大比武中得过名次，还在日本接受过培训，像这样优秀的技工到科研团队担任实验员，是合情合理的。她虽然原来只有初中学历，但能够自学成才，通过研究生考试入学，别人也就无法说长道短了。"

"关于这些情况，组织上可以去进行调查，如果有虚假之处，我愿意接受纪律处分。"冯啸辰郑重地表示道。

罗翔飞脸上露出了一些笑容，他说道："其实，前天我已经安排规划处的黄明和陈默到工业大学去调查过了，还查阅了小杜的入学考试试卷，她的考试成绩是没有问题的。关于小杜在课题组的表现，黄明他们也走访了一些老师和学生，大家的评价也都是很高的。蔡教授和小杜因为是当事人，所以黄明和陈默没有和他们直接接触，也没有向他们透露这件事。不过，既然你已经提前知道了，我估计至少小杜应当是知道此事了吧?"

"是的，我已经向她说过了，不过主要是为了向她确认一下有关考试过程的情况。"冯啸辰坦然地说道。

冯啸辰向杜晓迪说起此事的时候，杜晓迪先是惊愕，既而是愤怒，然后便有些担心了。她的担心中间，对自己的担心只是一小部分，她更怕因为此事而连累了冯啸辰和蔡兴泉。她觉得，冯啸辰和蔡兴泉都是出于培养她的目的，而为她提供了帮助，如果因此而惹上麻烦，她会感到内疚的。

冯啸辰给她吃了一颗定心丸，说明自己没做亏心事，自然也不用怕鬼叫门。杜晓迪考研的时候，英语课和政治课都是统考，不存在泄题的问题。专业课方面的确得到过蔡兴泉的一些指点，但这是当下最普通不过的事情，如果因为这一点而对蔡兴泉兴师问罪，那么全国就没几个硕士生导师能够幸免了。

其实，整个问题的关键就在于一点，那就是杜晓迪到底有没有才华。

如果杜晓迪是可造之材，别说她是通过考试录取的，哪怕就像冯啸辰那样直接被单位推荐去读研，也没有任何问题。反之，如果杜晓迪胸无点墨，完全是个废物，那大家就得掰扯掰扯了，看看这个不学无术的人是如何通过这么多的关卡成为研究生的。

对于杜晓迪的才华，冯啸辰心里踏实得很，这也是他并不在意高磊诽谤的原因。

罗翔飞一开始接到经委转发下来的函，也是吓了一跳。因为事情牵涉到重装办的干部，而且与重装办此前的大化肥攻关项目有关，上级部门基于回避原则，并没有把调查工作交给重装办去做，只是让重装办进行自查，准备接受调查组的质询。

罗翔飞没有把此事告诉冯啸辰，而是先派了两个人去工业大学进行了解，以便掌握一手资料。待到黄明、陈默二人把了解的情况带回来之后，罗翔飞也就放心了。他虽然并不知道冯啸辰在这件事情里与蔡兴泉是否有什么幕后交易，但至少杜晓迪在工业大学的表现是非常出色的，这就足够堵住别人的嘴了。

“这件事情，人事部、教委和经委将会组织一个联合调查组，到工业大学去进行调查，也会到重装办来了解有关课题招标的情况。届时，调查组有可能会找你、蔡教授和小杜谈话，你要叮嘱一下小杜，要积极配合调查，实事求是地回答问题，不能隐瞒，也不要有抵触情绪。要相信组织，只要你们在这件事情里面没有做什么违反原则的事情，组织上是不会冤枉任何一个同志的。”罗翔飞道。

冯啸辰应道：“罗主任，你放心吧，我已经叮嘱过晓迪了，她能够心情愉快地接受调查。”

罗翔飞道：“根据黄明他们了解回来的情况，我觉得这件事情上并没有什么不合规的地方，所以你不要有思想包袱。”

冯啸辰笑道：“罗主任，我一直都没有思想包袱，轻松得很呢。”

罗翔飞把脸一沉，说道：“你不要这样嬉皮笑脸。这件事你虽然没有违反原则，但毕竟是存在着公私不分的嫌疑。蔡教授的课题组承接的是重装办的课题，课题评审工作你是全程参加了的。而杜晓迪又是你的未婚妻，这样的事情，怎么可能不让别人产生联想？我们在做工作的时候一直强调回避原则，你在这件事情上至少是没有遵循回避的原则，这不是错误吗？”

“可是，罗主任，古人还说举贤不避亲呢，杜晓迪技术好，年龄轻，正是蔡教授的课题组所需要的人才，我向蔡教授推荐她，也是出于工作需要。事实上，蔡教授认识晓迪比我还早，即使没有我推荐，他也是有可能主动与晓迪联系的。”冯啸辰不服气地辩解道。

他和罗翔飞呛声也已经很习惯了，如果他在这个时候说点什么领导英明、属下必然痛改前非之类的场面话，倒反而显得生分了。

罗翔飞轻叹了口气，说道：“小冯，你脑子灵活，专业基础扎实，对工作兢兢业业，对国家忠诚，这都是你的优点。我个人，以及孟部长、张主任他们，对你都是寄予很高期望的，希望你能够成为我们的接班人。但你有一个很大的毛病，就是在私人问题上太不注意了，小杜的事情只是一个方面，你身为国家干部，还在企业里持股，这是非常犯忌讳的。虽然你的那几家企业都是用你父母的名义持有的，但实际情况如何，领导们都是非常清楚的。你现在只是一个普通干部，这样的小节倒也无妨。如果你未来要更进一步，走上领导岗位，这个问题就是你的硬伤了。小杜上研究生的事情，我是能够理解的，而且也非常支持。她的学历更高一些，对你的帮助也会更大。但你办的那些企业，未来对你就是拖累了，你就不能真正地把这些企业丢开，全力以赴地把精力投入到工作中来吗？”

这番话，罗翔飞其实已经憋了很久了，借着杜晓迪的这件事情，他索性向冯啸辰摊牌了。关于辰宇公司的真实股权构成，以及控制权的分配，罗翔飞并不是特别清楚，但他知道冯啸辰在其中肯定是占了相当比例的。他一方面觉得自己无法去干预冯啸辰的选择，但另一方面，他对冯啸辰有着过高的期望，他又知道公司的事情肯定是会影响冯啸辰的发展的，所以不得不出言相劝。

但要让冯啸辰如何去选择呢？罗翔飞自己也没有主意。辰宇公司旗下有酒楼、轴承公司、工程机械公司、信息咨询公司等一大摊业务，再发展几年，冯啸辰成为一个千万富翁也不在话下。要让冯啸辰放弃成为千万富翁的机会，守着机关里这六七十块钱的工资为国家兢兢业业地工作，罗翔飞觉得自己真有点说不出口。

# 第四百七十八章

罗翔飞有一点想错了，冯啸辰现在根本不是有可能成为千万富翁，而是已经成为千万富翁了，他近期的小目标是先赚一个亿。冯啸辰当然不会把这些事情全都告诉罗翔飞，否则未免太给自己拉仇恨了。

对于罗翔飞的规劝，冯啸辰的态度用一句后世的话说就是“十动然拒”。前一世的冯啸辰只是一名单纯的机关干部，并没有自己去办企业，甚至连股票都不曾买过。这一世，冯啸辰也是阴差阳错，先与陈抒涵合开了春天酒楼，随后又办了辰宇轴承公司。在做这些的时候，他并没有想到自己未来在仕途上会有更大的发展，待到发现领导们都挺器重自己，而自己在这个时代也的确表现出了过人的能力，完全具有进一步发展的潜质，再想与那些产业划清界限，已经不那么容易了。

从主观上说，冯啸辰也觉得自己应当拥有一些企业，而且这些企业还应当有一定的规模，能够在经济领域里呼风唤雨。他有这样的想法，并非出自于对财富的欲望，而是他从两世的经历中深深体会到，有一些自己能够掌控的资源，对于实现自己的想法是非常重要的。

在前一世，冯啸辰曾经许多次遭遇过工作上的困境，一些很好的想法因为各方面的掣肘而无法实施，有些有前途的项目因为经费平衡的需要而无法获得投入，有时他不得不四处化缘，用自己在行业里积累下来的人脉去动员一些大企业帮忙，那种感觉也是非常憋屈的。每逢这种时候，冯啸辰就会幻想，如果自己是个亿万富翁，那就可以拿出自己的钱砸进去，即便是赔了也无所谓。

到了这一世，他做的依然是行业协调的工作，同时手上已经拥有了几家企业。东翔机械厂面临经营困难的时候，他能够直接给东翔厂一份耐磨部件加工的合同；韩江月承包新液压的时候，他又提供了2000套液压件的订单；还有就是上次重装办组织的技术交流会，在其中发挥重要作用的，也是他麾下的辰宇商业信息公司。

正因为有了这些企业，他才能够拥有比其他同事更多的手段，而不至于出现一文钱难倒英雄汉的窘况。

在尝到了这些甜头之后，再让冯啸辰彻底放弃自己的产业，怎么可能呢？

"罗主任，我不否认这些企业与我有关。事实上，这些企业能够做得很成功，也是因为我提供的指导。不过，我并不认为这些企业是我的拖累，相反，我能够让这些企业成为我的助力。最起码，在与阮福根这样的私营企业家打交道的时候，罗主任是完全可以不用担心我被他收买的，因为我比他有钱。"

冯啸辰说到这里的时候，露出了一个得意与自嘲混合的笑容。

罗翔飞愣了一下，随即也无奈地笑了。他不得不承认，冯啸辰的话虽然算是歪理，但歪理也是理。的确，在重装办所有的干部中间，罗翔飞是最放心冯啸辰的，知道他不会被乡镇企业或者外商用金钱收买，因为他的身家决定了别人出不起收买他的价钱。东翔机械厂那件事，罗翔飞也知道，冯啸辰能够用自己控制的企业来帮助一家军工企业脱困，这件事的性质无论如何也是正面的，他能说冯啸辰拥有辰宇工程机械公司是一件坏事吗？

"可是，机关是有机关的规矩的。你如果继续与这些企业保持密切的关系，那么在干部任用等方面，领导就不得不考虑这个问题了，这将影响到你的发展。"罗翔飞说道。

冯啸辰道："罗主任，你说的情况我明白。我这两年在社科院读书，也认真地思考了一下未来的发展问题。我觉得，我似乎并不适合在部委机关里工作，无论是我与那些企业的瓜葛，还是我本人的性格，都决定了我是无法接受机关的束缚的。"

"你打算下海？"罗翔飞惊问道。他心里觉得好生惋惜，这样一个人才，如果下海去办企业，对于他个人的发展也许是更好的，但对于国家来说，尤其是对于国家的装备工业发展来说，那就是一个莫大的损失了。

冯啸辰微微一笑，说道："就我本人的打算来说，我希望能够留在体制内。不过，机关对于我来说是不适合的，我想去一家大型企业，最好是承担行业管理职能的企业。如果没有这样的机会，那么，下海可能也是一种选择。不过，对于我个人来说，我还是希望能够为国家的装备工业贡献一些力量。"

"到企业去?"罗翔飞想了想，眼睛亮起来了。

自从国家作出经济体制改革的决定之后，许多职能部委都开展了政企分开的改革，将原来的管理职能划归到下属的工业总公司，部委只保留一些行政管理职能。根据高层传来的信息，未来一些部委可能会直接撤销，行业管理将完全由总公司负责。

这些全国性的总公司与职能部委相比，管理模式有了很大的变化。因为公司的性质是企业，所以在管理方面的灵活性更大，不必受到行政机关的各种规章约束。像冯啸辰这样的情况，放在部委里显得非常另类，但如果是在公司里，就无伤大雅了。许多公司都非常需要锋芒毕露的人才。

"你这个想法，倒也可行。"

罗翔飞在想通了这些道理之后，心情也放松下来了。的确，让冯啸辰到企业去，更能够发挥他擅长"折腾"的能力。这两年，通过行政手段来协调装备建设已经越来越难了，企业拥有了更多的自主权，重装办这样一个协调机构对这些企业缺乏有效的约束。经委的高层也在思考如何转变管理思维，更多地使用经济手段而非行政手段去达到管理目标，这就是各类总公司扮演的角色了。

"不瞒罗主任，我在参加一些会议的时候，也和几家总公司的同志接触过。包括机械工业总公司、石油化工总公司、电力总公司等等，他们对我倒是有些兴趣，只是我还没有想好具体去哪边。"冯啸辰不好意思地坦白道。

罗翔飞问道："机械装备、化工设备、电力设备，你更喜欢哪个领域呢？”

冯啸辰道：“我原来在重装办，所有这些行业都接触过，也都挺喜欢的，现在必须在这些领域中选择一个，放弃其他的领域，我实在有些割舍不下啊。”

“哈哈，你还挺贪心的。”罗翔飞笑道，“要不，我们成立一个装备工业集团公司，把这些总公司的业务都覆盖进来，让你到集团公司当总经理，是不是就遂你的意了？”

“那敢情好！”冯啸辰应道，“不过，总经理我可没资格，这个位置怎么也得是罗主任您的。我在罗主任手下打打杂就好了。”

“此言当真？”罗翔飞问道。

“当然当真。”冯啸辰道，说完，他愣了一下，反问道，“罗主任，你不会是说真的吧？”

罗翔飞摇了摇头，说道：“这件事现在还不能说是真假。其实，经委的确考虑过这个方案，准备挂两块牌子，一块依然是现在的重装办，作为行政管理部门，另一块就是我刚才说的国家装备工业集团公司，负责具体业务，实行企业化管理。你如果想到企业工作，这家公司几乎就是为你量身定做的呢。”

“居然有这样的打算？”冯啸辰惊愕了。在他的记忆中，后世国家并没有这样一家公司，有一些冠以装备工业公司的企业，前面还有一个限定词，比如机械工业装备公司、兵器工业装备公司等等。而罗翔飞现在说的，是一家跨行业的装备公司，按照目前重装办的业务范围，这家公司至少会覆盖包括矿山机械、化工装备、电力装备、交通装备、冶金装备等若干个领域，罗翔飞说这是为冯啸辰量身定做的，并不算夸张。

“这一次咱们与日本化工设备协会签订设备分包协议，过程一波三折，最后能够达到一个圆满的结果，也是有许多偶然性的。我和张主任探讨过，他也认为以后不能总是这样被动，应当有一些主动的作为。试想一下，如果国家规定涉及装备制造业的涉外分包业务，只能由装备工业集团公司与外商签约，其他企业没有签约权，那么全福公司这样的事情，还可能发生吗？我们还有必要去给各家企业下死命令吗？到时候，我们是唯一有资格签约的主体，我们就可以控制价格。等我们签完合同之后，再与各家企业签署转包合同，各家企业还能有什么可说的？这就是我们一直提倡的用经济手段管理经济的思路。”罗翔飞侃侃而谈道。

“这么说，这件事已经定下来了？”冯啸辰真觉得今天这一趟有了意外收获了。如果经委真的组建起这样一家跨行业的公司，那他还有必要纠结于其他公司的邀请吗？这就是他理想中的去处啊。

“呵呵，这件事现在还在酝酿，最终还需要由上级领导批准。再说，你不是还有一年才毕业吗？等你毕业的时候，这件事应当也就尘埃落定了吧？”罗翔飞笑呵呵地说道。

# 第四百七十九章

就在罗翔飞与冯啸辰畅谈未来设想的时候，在社科院的一间办公室里，来自于人事部和教委的两名工作人员也正在向高磊通报联合调查组在工业大学和重装办调查的结果。

“高教授，您在会议上谈到重装办某干部以权谋私的问题之后，领导高度重视，责成我们几单位组成了联合调查组，对此事进行调查。根据我们的了解，未婚妻在工业大学读研究生的重装办干部只有一人，名叫冯啸辰，是重装办综合处原副处长，目前在社科院战略所攻读硕士研究生。他的未婚妻名叫杜晓迪，原为松江省通原锅炉厂电焊工，初中学历，目前为工业大学材料系蔡兴泉教授的研究生，符合您所谈的情况。”

人事部一位名叫岑建威的副处长说道。

“嗯，可能是他吧。”高磊装出不经意的样子回答道。

“针对您所举报的线索，我们了解了蔡兴泉教授承接重装办课题的过程，以及杜晓迪同志到蔡兴泉教授的课题组担任实验员，后来又考取蔡教授研究生的过程。在蔡教授承接课题的过程中，审批工作是由重装办规划处处长吴仕灿负责的，冯啸辰同志参与了这个过程，但并非主要负责人。我们调阅了答辩记录，没有发现违规行为。蔡教授是国内知名的电焊专家，由他承担这项电焊工艺研究课题，是比较妥当的。”

“嗯，这方面我想可能是不存在问题的。”

“关于聘请杜晓迪同志担任课题组实验员的问题，蔡教授表示，这是冯啸辰同志向他做的推荐，这一点与您所提供的情况比较吻合。但蔡教授同时也表示，他与杜晓迪同志早在几年前就已经认识，那是在松江省跃马河特大桥抢修的时候，蔡教授是现场的技术顾问，杜晓迪同志则是通原锅炉厂派出的抢修人员。蔡教授称，在那一次的抢修工作中，杜晓迪同志的表现给他留下了非常深刻的印象，这也是他愿意接收杜晓迪同志进入课题组工作的主要原因。”

“有这样的情况？”高磊一愣，这是他并不掌握的信息，他想了想，问道，“关于这一点，有其他的旁证吗？”

“有的。”岑建威道，“我们向铁道部进行了求证，铁道部方面调阅了当年的抢修记录，确认杜晓迪同志参与了那次抢修工作。”

“也就是说，至少事情是能够对得上的，至于蔡教授是不是在那一次就认识了小杜同志，就不一定了？”高磊意味深长地评论道。在他看来，参与一次桥梁抢修的人多得很，这个杜晓迪当年也就是一个学徒工吧，能给一个教授留下什么深刻的印象？估计这个说法也就是冯啸辰与蔡兴泉商量出来的托词而已。

谁料想，岑建威微微一笑，说道：“这一点是可以确认的。杜晓迪同志是那次抢修的主要参与人员，桥梁断裂部的仰焊全部是由杜晓迪同志完成的，这主要是因为她是女同志，身材比较瘦小，能够钻进狭窄的桥梁结构内部进行操作。同时，她的技术在现场的电焊工里是名列前茅的。铁道部方面通过电话询问了几位参与那次抢修的同志，他们都证明，当时蔡教授对杜晓迪同志评价非常高，还开玩笑说要认杜晓迪做自己的干女儿。”

“呃……是吗？原来还有这样的一段佳话呢，呵呵，呵呵。”高磊的脸一下子就涨红了，人家都已经到了要认干女儿的分上了，你还说人家不一定认识，这不是胡扯吗？

岑建威脸上带着微笑，他刚才是故意把一句话拆成两段说的，目的就是为了打一打高磊的脸。要知道我们去调查的时候，人家蔡兴泉对杜晓迪赞不绝口，课题组的其他老师也都说杜晓迪技术又好，人又聪明，而且尊重老师、团结同学，简直是人见人爱，你这样造人家小姑娘的谣，不觉得理亏吗？

还有，你就动动嘴，我们可是又要跑工业大学，又是联系铁道部，让人家把陈年的档案都翻出来做证明，现在事情水落石出了，不扇你两个耳光，我们怎么能够出这口恶气？

心里这样想，他却是不敢说出来的。高磊是能够上达天听的人，这不是他这个小小的副处长能够得罪得起的。他继续说道：“关于杜晓迪同志考研究生的过程，我们也查阅了她的考试卷，确认她的考试成绩是合格的，达到了录取分数线，在录取过程中并不存在违规行为。”

“可是，听说她只有初中学历？”高磊问道。

“是的，我刚才已经说过了，她此前只有初中学历。”岑建威道。

“初中学历就能够考研究生了？工业大学的考试卷，就这么容易吗？”

“我们了解过了，杜晓迪同志在课题组工作期间，一直在利用业余时间补习功课。课题组的好几位老师和一些研究生都给她补过课，他们反映杜晓迪同志虽然原来的基础比较差，但进步很快。”

“进步再快，仅仅一年多时间就达到研究生录取的要求，这是不是太跃进了？”

“那依高教授的看法，是不是认为工业大学在研究生录取中存在舞弊行为呢？”来自于教委的副处长蔺思源略带不悦地问道。

高磊摇摇头，道：“工业大学方面，应当是没什么问题的。但具体到蔡教授这边，就不一定了。当然了，我也不是说蔡教授在这个问题上犯了什么错误，在研究生考试之前，向自己比较中意的考生指点一下考试范围，这在很多学校都是默认允许的。蔡教授如果这样做，也不能算是什么特别不合适的行为。”

“您是说，蔡教授向杜晓迪透露了考试范围？”蔺思源逼问道。高磊的暗示其实已经说得很明显了，但蔺思源还是需要让他直接地说出来。

在蔺思源心里，其实也是同意高磊的判断的。的确，给自己中意的考生提前划范围，在时下的研究生招生中是很普遍的事情，校方对此也是赞同的。此时的研究生招生有点像后世说的自主招生，许多导师都会提前给学生透露一点信息，让学生考得好一点，这样招生的时候障碍就少一点了。

导师招收研究生是给自己干活的，研究生未来要继承自己的衣钵，所以导师并不会放松对研究生质量的要求，会提前对考生进行面试，选择那些有潜力的学生招收进来。

当然，这种方式也给拉关系走后门创造了条件，随着研究生导师数量的增长，导师队伍里的臭虫越来越多，再维持这种自主招生的方式就不合理了。所以到新世纪之后，研究生招生的客观性就逐渐提高了，导师在招生中的作用越来越小，这就是后话了。

虽然大家都明白这个道理，但导师漏题这种事，毕竟只是潜规则，是不能拿出来公开说的。如果高磊直接举报蔡兴泉在研究生考试中向考生漏题，而调查结果又能够予以证实，那么一旦把这一点写入调查报告，对于蔡兴泉和杜晓迪都是非常致命的。高磊本人也是当研究生导师的，属于圈里人，也是懂得这种潜规则的。他出面来举报这种事情，相当于砸同行的锅，这是为圈里人所不齿的。

蔺思源要求高磊把他的意思明确表示出来，也就是要坐实高磊的举报行为，让大家知道这厮居然干得出这样天怒人怨的事。

高磊可不傻，他哪能把话说得这样明白。他说道："我的看法是这样的，考试只是选拔人才的一个环节，这个环节是有可能出错的。比如说吧，一个考生可能其实并没有太多的才华，但考试的时候恰好遇到自己熟悉的题目，考出了一个好成绩，因此而被录取了。这种事情，蔺处长在教委工作，想必也见过不少吧？"

蔺思源道："这种情况当然是有的，考试是有许多偶然性的，没有人能够保证考试中不出任何差错。"

"这就对了。"高磊道，"所以，追究考试过程是不是合规，既不可能，也无必要。如果有人要在招生过程中作弊，他们完全可以把考试的环节做得天衣无缝。"

"那照高教授的意思，我们该怎么做呢？"蔺思源没好气地问道。高磊这话，就是莫须有的逻辑了。我说考卷是没问题的，你说这是人家做得天衣无缝，这还能怎么办？

"岑处长和蔺处长在这件事情上辛苦了，对于你们的调查工作，我是没有什么意见的。不过，我只是从一个教育工作者的角度，提一点小小的意见。我觉得，既然研究生考试不一定能够反映学生的真实水平，我们能不能在学生入学之后再进行一些其他的水平测试呢？尤其是对于存在一些争议的学生。”

高磊带着温和的笑容，向岑建威和蔺思源提出了要求。

# 第四百八十章

这得有多大的仇啊！

听到高磊的建议，岑建威和蔺思源互相交换了一个眼神，都在心里发出了一声感慨。

课题招标没问题，杜晓迪进课题组没问题，研究生招生没问题，所有这些都已经有结论了，高磊还在不依不饶，非要追究杜晓迪到底有没有水平，这就是不死不休的意思了。如果不是有着刻骨的仇恨，何至于此呢？

那么，高磊到底是对谁有仇，是对蔡兴泉，还是冯啸辰，抑或是杜晓迪，岑建威他们就猜不透了。以他们到目前为止对这件事的了解，实在看不出这几个人与高磊有什么交集，以至于让高磊不惜撒泼打滚非要整死他们不可。

的确，如果调查结果真的对蔡兴泉他们不利，那么就不是一个简单的罚酒三杯的问题，而是他们几乎无法承受的结果。蔡兴泉会因为学术不端而失去目前的学术地位；杜晓迪会被清退，一名研究生和一名电焊工的身份差距有多大，这是不言而喻的；至于冯啸辰，仕途恐怕也就到此为止了，一个才 25 岁的副处长，而且即将拥有硕士学位，其前途有多么远大简直难以想象，而这个前途将因此事而被断送。

这个仇怨，足够让冯啸辰拿着砍刀追杀高磊两千里了。

高磊其实也是骑虎难下了。他最早在会议上揭发此事的时候，并没有想得太多，只是出于对冯啸辰的厌恶，想给他添点堵，至于因此而会如何耽误一干人的前途，他根本就没有想过。等到事情发酵起来，上级领导发了话，几部委组成联合调查组，高磊才觉得自己玩得有些过火了，心里也有些后悔，但已经无法挽回。如果在这个时候说自己只是道听途说，不必当真，那就有欺君之嫌了，上级领导会如何看他呢？

几部委的联合调查结果出来之后，高磊陷入了难堪。到了这个时候，他又顾不上去怜悯冯啸辰等人了，他想得更多的，是自己是否会在领导心目中落一个言语轻率的印象，甚至有可能被认为是心胸狭窄，肆意诽谤他人。情急无奈之下，他只能硬着头皮继续往前走，要求调查组去调查杜晓迪的实际能力。一旦调查证明杜晓迪实际上达不到一名研究生的水平，那么就说明他的举报不是空穴来风，他就能够翻盘了。

可这样一来，他就真的把蔡兴泉、冯啸辰、杜晓迪等等都推到坑里去了，尤其是蔡兴泉、杜晓迪二人，可谓是受了无妄之灾。

“高教授，这样做……没什么必要吧？”岑建威委婉地说道，“水平这种事情，也没什么客观标准。杜晓迪同志也许专业基础稍微差一些，但实践能力是可以保证的，我想，蔡教授也是看中了她的这个长处，才招收她作为研究生的。”

这其实就是给高磊台阶了。你说得对，杜晓迪的专业水平不行，可能是作弊才考上的，所以你的举报并不算是诬告。但杜晓迪的实践经验还行，所以上研究生也不算违规，冯啸辰和蔡兴泉在这件事情上没有什么明显的过错。这样大家各退一步，只要商量好一个口径，在领导那里就能够交代了，何乐而不为呢？其实领导对这件事也不见得有多重视，你高磊不吭声了，领导还能揪着不放？

岑建威这样想，高磊可不能接受。他是把面子看得比一切都重要的人，岂能容忍这种模棱两可的结果？他淡淡地笑道：“哈哈，我其实也就是一个建议，岑处长如果觉得为难，完全不必勉强，这件事就这样过去吧。各个学校里，像这种通过关系招收进来的研究生，并不稀罕，这也就是咱们国家的社会风气吧。”

你这是建议吗？你这分明就是威胁好不好！

岑建威和蔺思源都怒了。

“既然高教授这样说，那我们就照高教授说的办。”岑建威下了决心。你不是要查吗，那就查到底吧。真的查出杜晓迪水平不行，那也是蔡兴泉的锅，自己犯不着替他背。而如果查到杜晓迪其实是有真水平的，那么，你高教授自己放出来的硫化氢，就留着自己闻好了。

“这样吧，我们回去以后，会请机械部给我们推荐两名电焊方面的专家，到工业大学对杜晓迪同志进行一次公开的水平考核。杜晓迪同志是否能够达到在读研究生的水平，以专家的评判为准，高教授觉得如何?”岑建威冷冷地说道。到了这个时候，他也懒得跟高磊客气了。

“我觉得是可以的。”高磊应道。

“另外，我们想请高教授亲自参加考核过程，以监督过程的公平性，还请高教授不要拒绝。”蔺思源也补了一刀。

“这个……恐怕就不必要了吧。”高磊支吾道，“我是搞经济学的，对于电焊是一窍不通啊，我去参加恐怕没什么必要。”

蔺思源摇头道：“不不不，高教授，您的参加非常重要。蔡教授是电焊领域里有名的专家，我们请来的专家和蔡教授肯定是互相认识的，以后难免会有人说这次考核存在着作弊的嫌疑。只有请高教授亲自去监督，才能避免这样的猜测。高教授德高望重，刚直不阿，这一点连领导都是知道的。”

“这个……恐怕真的没必要，我对你们的工作是非常相信的。”

“不不不，高教授，我们能力有限，以至于全国各学校招收了很多关系户，甚至连社会风气都是因为我们而败坏的，我们非常需要像高教授这样的学者来指导我们的工作。”

“蔺处长言重了，我不是这个意思……呃，我最近比较忙，马上要去南方开一个会，还有……”

“没关系的，我们可以等，什么时候高教授时间合适，我们就什么时候安排，您看如何?”

“我真的不行……”

“教授怎么能说不行呢？您定个时间吧，我们来安排。”

“要不……时间就随便吧。”

“教授怎么能随便呢……”

岑建威和蔺思源也是红了眼了，说话句句带刺。来之前，他们多少还带着一些对高磊的敬畏之心，敬的成分是源于高磊的学术地位，畏的成分则来自于高磊的社会地位，无论从哪方面来说，他们两个副处级的干部都不便与高磊发生冲突。但话说到这个程度，两个人就都不在乎了，高磊的表现已经达不到一个学者应有的节操，而他慌不择言的时候，又把两个人所在的部委给结结实实地得罪了，两人已经不再需要担心领导的怪罪。

以蔺思源来说，高磊说各个学校都有通过关系招来的研究生，这就是在指责教委了。蔺思源这个时候无论如何怼高磊，他的领导都是会给他撑腰的。

最终，高磊只能屈服了。他如果坚持不答应参加这次考核，那么岑建威他们就会取消考核，同时在调查报告中说明前后经过，届时所有看到这份报告的人，都会对高磊心生鄙视。

当天晚上，蔡兴泉便接到了一位老朋友的电话，声称自己刚刚接到机械部的一个委托，要与另外一位老朋友一道赴工业大学去考核一位研究生的水平。老朋友还非常善意地询问道，要不要事先约定一下考核范围，以便研究生有所准备。蔡兴泉哈哈一笑，婉拒了老朋友的好意，表示自己新招的弟子能力是合格的，经得起任何考验。

“老蔡，我可告诉你，这次考核，社科院那个高教授是要亲自参加的，说是对咱们不放心，怕我们作弊呢。”老朋友这样说道。

天地良心，岑建威通过机械部找到这两位专家的时候，虽然说了事情的原委，但实实在在是要求他们保密的。当然，岑建威也知道这两位专家和蔡兴泉的关系好得无与伦比，相互之间不可能存在什么不能说的秘密。可有什么办法，人家机械部就是这样找的专家，要不，高教授你给推荐俩学西方经济学的去？

“这事闹的，这个高磊抽什么疯呢？”蔡兴泉在电话里叹道，“我问过小杜了，她说她和高磊根本就不认识，也不可能有什么矛盾。我自己也没和这个高磊发生过接触，他为什么要揪着这件事不放呢？”

“放心吧，老蔡，身正不怕影斜，对你老蔡的人品，我老杨一向是充分相信的。”老朋友在电话里哈哈笑着说道。

# 第四百八十一章

“听说了吗，有人说材料系研究生招生舞弊，上头要派调查组下来严查呢！”

“什么呀，调查组已经查过了，什么事都没有。结果告状的那个人不服气，说要当面考核，就是下个星期的事情。”

“舞弊，说的是谁呀？”

“就是材料系新招的那个女生，叫杜晓迪的……”

“我知道我知道，那姑娘长得可真漂亮，居然还有人怀疑她，还有没有人性了！”

“你不会是动了歪心思了吧？我告诉你吧，人家已经名花有主了，你没希望了。”

“我可没说我要追她，欣赏欣赏总是可以的吧？对了，是谁这么无聊，造杜晓迪的谣？”

“听说是社科院的高磊。”

“高磊，很有名吗？”

“当然有名，来来来，我跟你说说……”

没等考核开始，有关考核的消息已经在工业大学传得沸沸扬扬了。由于这件事里涉及一位风头正劲的经济学家，以及一位漂亮而且带着几分传奇色彩的女研究生，这个八卦迅速漫过工业大学的院墙，传遍了在京的所有高校和研究院所。与此同时，另外一条传播渠道也不断地向外扩散着这条消息，这条渠道是在各部委机关里埋伏着的，比前一条渠道更加隐秘，传播速度却更快，传播范围也更广。

对于这件事，吃瓜群众的态度分成了两派，一派认为高磊做得不地道，和一个研究生为难，实不必要；另一派则称高磊做得好，研究生招生里的不正之风太多了，应当有像高磊这样仗义执言的人出来揭露一下。

两派争论的焦点，就在于那个叫杜晓迪的研究生到底有多少斤两。争论双方都同意，如果杜晓迪其实已经达到了研究生入学的要求，哪怕稍微有点勉强，也是可以接受的，毕竟一个只有初中文凭的电焊工，能够考上研究生，也算是一段佳话。但如果杜晓迪其实就是一个半文盲，完全是靠关系入学的，那么高磊的揭发就是对的，国家的教育资源有限，怎么能够让这些“关系户”去糟蹋呢？

争论发展到一定程度，就开始有人去对双方进行人肉搜索了。有关高磊的信息是比较多的，报纸上三天两头都有与他相关的消息，不过，有些来自于报纸之外的消息更容易引起观众们的兴趣，其中也不乏一些关于他的黑历史。至于杜晓迪，大家找到的信息似乎都是正面的：年轻的天才焊工，参加跃马河特大桥抢修，参加大营抢修，在日本培训……这也许就应了后世的一个逻辑：颜值代表正义，杜晓迪在这方面是得分不少的。

不时会有人跑来向杜晓迪和冯啸辰求证此事，对此，小两口表现得非常淡定。其实，这些消息恰恰就是冯啸辰授意传播出去的。他与蔡兴泉一样，对杜晓迪的水平丝毫也不担心。如果要查研究生考试过程中蔡兴泉是不是向杜晓迪漏了题，大家或许还有点不踏实。但如果是要当众考校，蔡兴泉和冯啸辰就不用在乎了。

这倒并不是说杜晓迪有多高的学术造诣，而是研究生原本就不是专家。考核一名研究生的水平，与考核一名专家是不同的。一个理论概念，研究生只要能够说出来，哪怕说得不那么准确，都是合格的。杜晓迪在过去两年中学习很刻苦，基本上没有什么特别的短板，岂能怕人考核？

高磊之所以会提出考核的要求，是因为他有些先入为主的印象，总觉得杜晓迪只是一名初中生，而且又是工人，肚子里肯定是没什么墨水的。他没想到杜晓迪既聪明又勤奋，这种考核，对她而言根本就没什么难度。

这也是为什么蔡兴泉会拒绝老朋友与他约定考核范围的好意，在蔡兴泉看来，杜晓迪根本就不需要靠这些上不了台面的技巧来过关，她是有实力的。

既然不用担心考核的结果，那么冯啸辰就可以放心大胆地炒作这件事了。高磊挖了一个坑，这个坑有可能会把杜晓迪装进去，也有可能会把高磊自己装进去。既然冯啸辰坚信掉进去的人不会是杜晓迪，那么他自然就应当把坑挖得再深一些，要知道，小冯也是那种睚眦必报的人哦。

到了安排好的考核的日子，由机械部聘请的焊接专家杨卓然、李兆辉在岑建威的陪同下，来到了工业大学。而蔺思源则在一名司长的带领下，前往社科院，接来了高磊。教委专门派一名司长去压阵的原因，是怕高磊临时找托词拒绝出席，高磊把教委贬损了一通，教委哪能轻易放他过关。

工业大学方面对于这次考核也颇为重视，专门安排了一个大教室来作为考场。校长、研究生院院长、科技处长、教务处长、材料系主任与副主任等等，坐满了小半个教室，他们口口声声说自己是来观摩学习的，心里却都憋了一股劲，就是想来看高磊的笑话的。在事先，校方已经向蔡兴泉反复询问过了，蔡兴泉表示杜晓迪绝对不会掉链子。既然杜晓迪不会掉链子，那么该掉链子的自然就是高磊了。

高磊在会上讲话的时候，点了重装办的名，也点了工业大学的名，给工业大学带来的压力也很大，校方早就想给他一点颜色了。现在高磊被蔺思源他们逼着把脸送过来，此时不打，更待何时？

罗翔飞和吴仕灿也来了，他们婉拒了校方让他们坐在前排的邀请，在后面找了个位置坐下，也在等着看最终的结果。

至于闻讯而来的学生们，就没有进教室围观的资格了，他们只能待在走廊上，隔着窗户看里面的动静。这些学生中间，绝大多数都是“挺杜派”，他们才不会说挺杜晓迪的原因是因为她的颜值呢。

高磊在教委的司长以及蔺思源的陪同下走进教学楼的时候，见到的就是这样一个场景。现场大多数的人都用戏谑的目光看着他，似乎在看一只准备登台表演的猴子。高磊此时已经悔青了肠子，他想，如果上天能够再给他一次机会，他是绝对不会那么嘴欠的。

“高教授，请坐，我给你介绍一下……”

工大校长余丰亲自担任考核的主持人，他对前来参加考核的专家和嘉宾进行了介绍，最后介绍的是本次考核的主角杜晓迪。杜晓迪应声从前排角落的位置上站起来，向全场的人微微鞠了一躬。

“她就是杜晓迪?”高磊向身边的蔺思源问道。

“是的，就是她。”蔺思源回答道。他在心里嘀咕道，闹了半天，你连杜晓迪是谁都不认识，居然就把人家小姑娘往死里坑，什么人品啊!

“蔡兴泉教授临时有一个外事接待活动，需要耽误一会才能过来。高教授，你看咱们是稍微等一会，还是马上开始呢?”余丰在介绍完了所有相关人员之后，向高磊问道。

这句话，又是把高磊架在火上烤了。组织考核的是人事部、教委，负责担任考官的是机械部推荐的专家，无论如何也轮不到一位经济学家来决定是否开始。余丰不征求其他人的意见，单单问高磊，其实就是向大家声明，这件事就是高磊生出来的，他想玩，所以大家只能陪他玩。

高磊从余丰的话里感觉到了深深的恶意，但他没法反驳，更没法抗议。他干笑了一声，说道：“余校长太客气了，开始与否，还是由许司长来定吧，我怎么能够越俎代庖呢?”

“哪里哪里，高教授对上级领导精神领会更深刻，还是请高教授定夺吧!”教委的许姓司长客套道。

“我就是一个学者，哪能了解什么上级领导精神啊……”

“能的能的，高教授经常参加高层会议，对领导的意图肯定是更为了解的……”

两个人互相谦让之间，话里已经带上机锋了，空气中弥漫着一股硝烟的气息。余丰并不上前去打圆场，而是站在讲台上，笑嘻嘻地看着他们俩斗嘴皮子。

就在这时候，大教室的门被推开了，蔡兴泉走了进来，没等大家和他打招呼，只见他稍稍一侧身，又请进来一位高鼻梁白皮肤的外宾。他向众人介绍道：“各位领导，各位老师，我向大家介绍一下，这是 IIW 执委、瑞典斯德哥尔摩大学教授马尔多先生。他是应华青大学的邀请到中国来做访问的，顺道过来参观我们的实验室。听说我们在这里进行研究生水平考核，他表示非常有兴趣前来旁听，余校长，你看这合适不合适?”

“当然合适!”余丰说道，“能够有国际同行来参加我们的考核，不是更能够证明我们考核的公正性吗？马尔多先生，非常欢迎你到工业大学来，也非常欢迎你前来参加我们的研究生考核，您请就座吧。”

说着，他亲自引导着马尔多在前排的专家席上坐了下来。原先坐在专家席上的杨卓然和李兆辉连忙站起身，纷纷操着生硬的英语与马尔多打招呼。马尔多听到他们两位的名字，也是眉毛上扬，显出熟悉的样子。

# 第四百八十二章

刚才那一会，高磊一直是如坐针毡。他能够感觉到在场所有人的敌意，几乎有一种人为刀俎、我为鱼肉的感觉。

可马尔多一进门，高磊就振作起来了，他在一刹那间就看透了蔡兴泉的伎俩。说穿了，就是蔡兴泉对于这次考核毫无把握，生怕现场会出什么娄子。于是，他便找了一个外宾来当托儿，到时候叽里呱啦说几句什么，就把人家的嘴给堵上了。

在这个年代，国人对外宾的崇拜感是无可匹敌的，学术圈子里也是唯洋人是举。什么事情只要有一位外国专家发了话，国内专家一般就不会再吭声了。正因为此，一些单位也就学会了挟洋自重，凡事就请个外宾来站台，高磊自己也是干过这种事情的。

也正因为自己干过，所以高磊对于此道颇为精通。他坚信，蔡兴泉请来的这个马尔多，肯定是个摆设，他的身份当然不会是假的，因为到国内来访问的学者，身份必定是经过了国家有关部门验证的。但这个人是不是权威，尤其是能不能算作焊接权威，就值得打个问号了。刚才蔡兴泉介绍他是个什么 W 的执委，也不知道这个 W 是干嘛的。他的后一个身份是斯德哥尔摩大学的教授，这个大学很出名吗？

既然知道对方是来当托儿的，高磊就找出了破局的方法。这一次考核的结果，他是能够预料到的，那肯定是杜晓迪顺利过关。但马尔多这个破绽，就足够让人怀疑这次考核的严肃性，只要高磊抓住这点不放，即便不说推翻考核的结论，至少也能让这次考核变成一桩悬案，高磊于是也就能够过关了。

想到此，高磊微微地笑了，他甚至向马尔多投去了一个善意的笑容，结果自然也收获了一个同样善意但多少有些迷惑的笑容。

“既然蔡教授已经到了，那咱们就开始吧。”余丰把马尔多安顿好之后，对全场的人说道，“今天，我们在这里进行一次研究生水平考核，这是我们落实教委关于提高研究生教学质量要求的指示精神，针对研究生新生进行的考核活动。今天接受考核的学生是材料系 85 级硕士研究生杜晓迪同学，需要说明的是，这次考核只是我们系列考核活动的一次试点，在未来我们将会对其他研究生新生进行同样的考核，杜晓迪同学，请不要有思想包袱。”

尽管全场所有的人都知道余丰在说瞎话，但这些瞎话还是必须要说的。这次考核会留下考核记录，如果余丰说这是因为有人举报，所以才进行考核，那么无论结果如何，都会给学校以及杜晓迪留下一个污点。而把考核说成是例行的教学活动，那么就无所谓了，即使考核结果不尽人意，也是教学过程中的事情，回旋余地会大一些。

杜晓迪离开座位，走到了讲台上。她向众人再次鞠躬致意，然后说道：“我非常高兴能够接受学校组织的考核，我知道这是学校对我的鞭策。我希望在考核中发现自己的不足之处，也希望能够得到在座各位专家和老师、领导的指导。”

各种套话说完，便进入了专家考核的环节。杨卓然和李兆辉都是焊接领域的专家，接到任务之后，他们也着实地进行了一些准备。他们准备的问题包括了三个层次，初等层次的问题用于考核杜晓迪是否具备一些基础常识；中等层次的问题用于考核杜晓迪是否能够达到研究生一年级的水平；至于高等层次的问题，基本上就是用来勉励杜晓迪继续努力的，这些问题对于一年级的研究生来说有相当的难度，他们并不指望杜晓迪能够回答上来。

马尔多的出现，打乱了杨卓然和李兆辉的计划。既然现场有外宾，那么首先的提问机会，自然是要给外宾的，这也是一种尊重。杨卓然向马尔多做了个手势，说道：“马尔多先生，你先请吧。”

“我提问题，合适吗？”马尔多问道。

“当然合适，校长先生已经聘请你作为专家组的一员了。”杨卓然说道。

“哦，那太荣幸了。”马尔多道，他刚才那句话不过是例行的推让罢了，杨卓然让他先提问，这是他求之不得的。

“杜晓迪女士，其实我是专程过来找你的。刚才我在蔡教授那里听说今天接受考核的是你，就请求他带我过来，以便有机会向你请教。”

马尔多一张嘴，就把在场的众人都给雷倒了。有些人不懂英语，便有旁边懂英语的人帮着做了翻译，结果大家都傻了眼，这是什么节奏，不会是蔡兴泉找来的托儿玩得太过头了吧？

“马尔多先生，非常荣幸，不过，我不太明白，你是焊接行业的专家，我只是一个研究生而已，你怎么会专程来找我呢？”

杜晓迪结结巴巴地回答道。其实，她的英语口语和听力都非常不错，这当然得益于冯啸辰持之以恒的一对一培训。但在这一会，她也免不了要打磕巴了，因为马尔多说的话，超出了她的想象范围。专程来找自己，还要向自己请教，老马不会是说错了吧？要不，就是自己听错了？

“我向你请教，是因为你发表在焊接学报上的这篇文章。”马尔多从随身的包里掏出一叠复印纸，向杜晓迪晃了一下。杜晓迪一眼就看清楚了，那是前一段时间她做的一篇关于 16MnR 钢焊接工艺的论文，那篇论文涉及对几种不同工艺效应的理论推导，而其中的核心则是一套热方程的数值模拟方法。

这篇论文的创意是杜晓迪自己的，这几种工艺之间的差异，来自于她在工厂里的实践。蔡兴泉听她介绍过有关情况之后，建议她从理论上进行研究，这才有了这篇论文的选题。而热方程数值模拟的部分，贡献最大的是冯啸辰，他为杜晓迪设计了算法，同时还帮着杜晓迪联系了几家拥有大型计算机的工业企业，利用闲置机时为杜晓迪完成了计算。

在得到满意的计算结果之后，蔡兴泉鼓励杜晓迪把这篇文章翻译成英文，投给了行业内的国际顶级刊物焊接学报。在署名的时候，蔡兴泉没有抢杜晓迪的风头，而是让杜晓迪署了第一作者，他只以导师的身份把名字列在杜晓迪的后面。

这篇文章是上个月刚刚发表出来的，杜晓迪已经看到了刊物，那份兴奋自然是无法言状的。虽然文章中的算法是冯啸辰提出的，但杜晓迪在实际应用时加以了调整，使其更适合于电焊专业的研究，这也算是她的创新之处了。在后来上机计算的过程中，杜晓迪付出的辛苦也是可以看到的，许多次模拟结果与现实不相吻合，需要她去检查其中数以百计的参数设置是否合理。这篇文章由她署名，可以说是实至名归的。

“我想请问，这篇文章中关于热方程的模拟算法，是杜小姐自己提出来的吗?”马尔多没有绕太多圈子，直截了当地提出了问题。

马尔多在这个时候访问工业大学，既是偶然，也有几分刻意。他的确是受华青大学的邀请到中国来访问的，在宾馆下榻之后，他便给一些中国同行打了电话，提出希望有时间去他们那里分别拜访一下。在与蔡兴泉联系的时候，他专门提到了杜晓迪的这篇文章，因为这篇文章中提出的模拟算法非常新颖，在国际焊接学领域里已经引起了一些关注。马尔多刚才说要向杜晓迪请教，并非虚词。

按照马尔多最初与蔡兴泉约定的时间，他应当是在后天到工业大学来的。但蔡兴泉在接到杨卓然通报的消息之后，便专门打电话给马尔多，提出把见面的时间改到了今天，并坦承这是为了给杜晓迪站台撑腰。

马尔多并不是一个迂腐的人，同行提出这样一个请求，他自然不会拒绝，更何况蔡兴泉明确说了，这个被考核的学生正是杜晓迪。以马尔多的想法，能够提出这样一个天才算法的学生，水平是无须质疑的。他向蔡兴泉感慨说，中国官方对于科研真是精益求精，一个一年级的研究生能够做出这么高水平的研究，居然还要接受考核，这种精神值得瑞典的大学学习。

当然，他还存着另外一个不便说出来的想法，那就是要看看这篇文章到底是不是真的是杜晓迪写出来的，而不是她冒领了别人的成果。要验证这一点，就需要就其中的一些关键问题直接向杜晓迪发问。科学研究的事情，真的假不了，假的也真不了。

“真是演得太拙劣了！”

坐在一旁的高磊在心里耻笑道。一个研究生，能发表什么论文？没准就是把名字挂在导师后面混一个成果吧？而这个马尔多未免太夸张了，为了给蔡兴泉捧场，居然对一个研究生说出请教这样的话来，难道他不知道过犹不及吗？

这样也好吧，让大家看看蔡兴泉一伙造假造到什么地步，他们这样无耻，也就怪不了我高磊下手太狠了。

高磊一时间突然又找回了道德上的优越感。

# 第四百八十三章

"我在这里建立的，是一个非平衡可数马尔可夫链，由此马尔可夫链可以形成一个有向图……"

马尔多与杜晓迪的对话从一开始就直奔主题。马尔多对杜晓迪在论文中提出的算法的确是非常感兴趣，早在来中国之前，他就已经通读了许多遍，对其中的一些计算步骤也进行过反复推演。此时，他是带着自己的疑问来向杜晓迪请教的，而能够让马尔多这种学术大牛感到疑惑的问题，难度有多大，就可想而知了。

杜晓迪回答了几句，就发现没法用语言来解释了。这一方面是因为她的英语水平还非常有限，另一方面则是这种涉及数学推导的东西根本就没法说清楚。在征得余丰的同意之后，杜晓迪抄起了一支粉笔，开始在黑板上给马尔多写式子。马尔多起先还是坐在下面听，过了一会就忍不住了，也起身走到黑板前，拿起另一支粉笔，也刷刷刷地写了起来，一边写还一边和杜晓迪争论着。

杜晓迪一开始还有些紧张，生怕自己弄砸了。说了一会，她渐渐进入了状态，也就把害怕给忘记了。这套算法虽然是冯啸辰教她的，但她自己已经推导过无数遍，又结合着计算机计算的结果进行过修改，可以说是谙熟于心的，马尔多的问题哪能难得住她。在此前，她还曾经花过几天几夜的时间，试图求出这组方程的解析解，虽然这项工作最终并没有完成，但方程的各种变化她都研究过，马尔多随便写一个式子，她就能够马上推导下去，中间甚至连一点磕绊都不用打。

两个人一边写一边说，写满了一个黑板之后，又拿着黑板擦擦净了接着写。马尔多是那种一进入工作状态就物我两忘的人，哪里还能记得自己是应邀来当考官的，只把与杜晓迪的交谈当成了一次同行的切磋。杜晓迪没有办法，只能跟着马尔多的节奏，也顾不上再去看余丰、蔡兴泉等人的态度了。

全场的人都看傻了眼，像蔡兴泉、杨卓然这些懂行的，自然知道讲台上这一老一少在说什么，而包括余丰在内的其他人，因为并不是焊接专业的，听了几句就晕菜了，只看着一屏一屏的公式在眼前晃动，显得很高深的样子。

高磊坐在下面，嘴角微微翘着，把讲台上的一切当成了一出戏。他坚信，马尔多就是蔡兴泉请来的演员，马尔多和杜晓迪在黑板上写的东西，看起来玄虚，但其实都是事先安排好的，只是为了堵他高磊的嘴。

哪有这么巧的事情，又哪里有这么为老不尊的专家。你随便提个问题，居然能跟一个学生争论这么长时间，这是学生水平太高，还是你的水平太低呢？

“Good，very good！”

在把黑板写满了十几次之后，马尔多的脸上绽出了笑容，他拍着巴掌，用极其夸张的语气表示着自己对杜晓迪的欣赏。

“杜，你非常优秀，你对电焊理论的理解与你的年龄是极不相称的，我认为，起码应当是35岁以上的学者才能有这样的造诣。还有，我认为你是一个数学天才，你的思路非常棒！”

马尔多由衷地对杜晓迪说道。蔡兴泉在事先曾拜托他给杜晓迪一个好评，他也答应了，准备如果杜晓迪的表现不是太差，他就顺着说几句好话，也算是给蔡兴泉一个面子。可现在，他说的这些表扬话都是发自于内心的，因为他觉得一个20几岁的小姑娘能够做到这个程度，实在是非常了不起了。

听到马尔多的赞扬，杨卓然和李兆辉也轻轻地拍起了巴掌，表示赞同。他们是懂行的，能够看出刚才这一会杜晓迪表现出了什么样的功底。可以这样说，马尔多提出的问题，比他们俩事先准备的最难的问题还要难出好几分，而杜晓迪却圆满地回答了这些问题，有些地方是杜晓迪自己的见解，让他们这些在焊接领域里浸淫多年的老人都觉得耳目一新。

“杨教授，李总工，你们俩也提点问题吧。”

看到马尔多回到自己的位置上，余丰对杨卓然和李兆辉说道。

杨卓然看了看李兆辉，后者向他笑着摇了摇头，杨卓然也笑了，对余丰说道：“余校长，后面的考核已经没必要了。刚才小杜同学的表现，已经足以证明她是一名优秀的焊接专业学生，我可以说，能够达到她这样水平的硕士生，在国内是很少见的。”

“我认为，她的水平完全可以去攻读博士学位了。”马尔多听完李兆辉给他翻译的话之后，大声地附和道。

“是吗，对于焊接，我是外行。既然三位专家都这样说了……高教授，你看你有什么意见吗？”余丰把头转向了高磊，问道。

高磊微微一笑，说道：“这个程序是不是有点不太对啊？马尔多先生是蔡教授请过来的，自始至终，只有他一个人向杜晓迪同学提出了问题，而且似乎也只有一个问题，虽然他们在黑板上写了很多的公式。仅凭他一个人的话，就认为小杜同学的水平达到了标准，这样是不是有些轻率呢？”

杨卓然道：“高教授，马尔多教授刚才与小杜同学讨论的问题，是一个非常有难度的问题。小杜同学在这个过程中给出了满意的回答，我想这已经足以证明她的功底了。老实说，我和李总工准备的问题，还不如马尔多教授刚才这个问题的难度大呢，问那些基础的问题，实在有些浪费时间了。”

高磊道：“你们二位都是机械部聘来的电焊专家，你们的水平，我是相信的。但马尔多教授，恕我直言，谁能证明他懂焊接呢？”

“你说什么？你说马尔多教授不懂焊接？”杨卓然看着高磊，脸上一片愕然。

高磊笑笑，说道：“我只是提出一个疑问罢了。刚才蔡教授也没有说他是焊接专家对不对？也许他只是一名搞其他领域的专家，由他来鉴定一名焊接专业的研究生是否合格，恐怕不太合适吧？”

马尔多从众人的眼神中感觉到高磊是在说他，他向从讲台上走下来，向站在他们一行面前的杜晓迪问道："杜小姐，你能不能告诉我，那位先生刚才在说什么？"

杜晓迪想了想，用英语说道："马尔多教授，这位先生想知道，你是不是懂焊接？"

"是吗？"马尔多点点头，然后对着高磊说道，"这位先生，我可以告诉你，在焊接方面，我的确只是一个新入门者，有很多问题我都不了解。"

高磊也是懂英语的，他听到马尔多的话，脸上的表情更得意了，他说道："杨教授，你看看，他自己也承认了，说他只是一个入门者。"

杨卓然露出一副哭笑不得的表情，说道："这有什么奇怪的，我也觉得我只是一个入门者而已。其实科研人员都有这样的感觉，接触得越多，就觉得自己知道得越少，马尔多教授说的就是这个意思。"

"你确信吗？你怎么知道他懂焊接呢？"高磊问道。

李兆辉忍不住了，转头向高磊说道："高教授，术业有专攻，您是搞经济学的，对我们焊接领域并不了解。马尔多教授在我们这个领域里是鼎鼎大名的，其实刚才蔡教授已经介绍过了，说马尔多教授是 IIW 的执委，你不会觉得国际焊接学会的执委不懂焊接吧？"

"国际焊接学会……"高磊的脸一下子就变了颜色，早说这是国际焊接学会的缩写，我至于摆这么大的乌龙吗？在学会里能够混到执委位置的，哪个不是业内大牛，他亲自出面给杜晓迪的水平背书，就算他是随便说说的，也没人有资格去置疑。自己在这个时候说得越多，打脸就越惨。

"原来是这样，呃，那看来我有些误会了。"高磊悻悻然地说道。

余丰却不想放过高磊，他追问道："高教授，你对今天的考核结果是不是满意呢？"

"很好，我觉得这个形式还是很好的。"高磊硬着头皮说道。

"那么，杜晓迪同学的水平，应当是可以得到认可了吧？"

"我想，既然专家都这样说了，那么应当是不错的。"

"你看我们还需要组织进一步的考核吗？"

"呃，也许用不着了吧……"

“那好，那就太感谢高教授了。要不，咱们今天的考核活动就到此结束吧。蔡教授，校办安排了一个小宴会，你陪马尔多教授一块去吧。对了，把小杜同学也叫上，我看她刚才和马尔多教授交流得非常融洽嘛。”余丰开始旁若无人地安排开了，把高磊晾到了一边。

岑建威走到高磊身边，恭敬地问道：“高教授，您看，对于我们的调查工作，您还有什么要求吗？比如说，是不是还要从其他方面再做一些工作。”

“我觉得就到此为止吧。”高磊黑着脸回答道。他当然还能想出其他的一些办法，但照眼下这个情况，估计再用别的方法结果也不会有什么不同，只是在他脸上再补上几个耳光而已。

岑建威笑着点点头，说道：“那好，我们会尽快地完成调查报告，关于高教授在我们的调查过程中所提供的指导，我们会用专门的一节来予以鸣谢的。”

# 第四百八十四章

岑建威有没有把高磊的“指导”专门写进报告里，外人不得而知。不过，在两天后的工人日报上，刊登出了一篇非常煽情的文章，标题叫作《小焊工闯进学术殿堂》，副标题是“记青年电焊工杜晓迪自学成才征服国际电焊专家的事迹”。

在文章中，记者先回顾了杜晓迪初中毕业进厂当工人，通过努力学习技术迅速成为优秀技工的历程，记载了有关跃马河特大桥抢修、大营钳夹车抢修、电焊工大比武、赴日本培训等事情，接着便是她如何通过自学掌握了大学课程知识，考取了研究生，并且在国际顶级刊物上发表了文章。这其中，有关冯啸辰帮她的事情，自然是很春秋笔法地被略过了。

马尔多前来考核杜晓迪的事情，是文章中最大的亮点。在这件事情上，记者倒没有撒谎，因为杜晓迪的确凭着自己掌握的知识让马尔多叹服了。

在文章中，还有一个小段落，说杜晓迪的成功不可避免地引起了一些人的眼红，以至于有人造谣说她是凭借关系才考上研究生的。而这样谎言，在马尔多造访工业大学之后，自然就是不攻自破了。

记者没有明说造这个谣言的人是谁，但结合此前在京城的机关和学校里传得沸沸扬扬的高磊举报事件，这篇文章的指向就非常明白了。

在文章中，还配上了杜晓迪俏丽、阳光，同时略带腼腆的照片，这无疑加强了这篇文章的传播效果。差不多有一个月的时间，工业大学的传达室不堪重负，收到的信件数量增加了 5 倍，每次材料系的生活委员去取信的时候都得拉着一个行李车才行。

杜晓迪倒也不小气，她把收到的那些信都捐给了课题组。上面的邮票会被喜欢集邮的老师和同学瓜分，信纸的背面则可以作为整个课题组的草稿纸，更有正在谈恋爱的男同学从这些信上摘抄优美的词句与女友分享，这就是后话了。

半个月后，全国总工会发出通知，号召全国青年工人学习杜晓迪同志的先进事迹，努力提高自己文化水平，争做有知识、有文化的新时代工人。

在长达半年的时间里，高磊没有再在公开场合露过面，许多原本他很喜欢参加的会议都被他以各种理由推掉了。他选择蛰伏的原因，当然并不全来于杜晓迪这件事，更重要的一点是，他提出的国际大协作理论，经历了最初的风光之后，已经开始逐渐走向衰落了。

“荣儒同志，关于国际大协作的观点，你最近发表了不少意见，已经得到 XX 局同志们的广泛关注。今天请你过来，就是想听听你对这个问题的系统的见解。这是关系到国家战略的大问题，还请荣儒同志不要有所保留。”

在一间面积不大，但修饰得很雍容的小会议室里，一位老者面带温和的笑容，向沈荣儒说道。

“好的。就这个问题，我也正在撰写一份报告，准备向中央进行系统的汇报。今天我正好把报告的主要内容陈述一下，请您批评指正。”

“在经济问题上，荣儒同志是专家，我和其他同志都是你的学生。”

“领导谦虚了。其实，有关这个问题，我原来的研究并不深，有许多理论问题缺乏深入的思考，有关世界各国在这方面的实践，我掌握的资料也不充分。我所以能够对这个问题提出一些想法，很大程度上得益于我们社科院的研究生中间新成立的一个称为‘蓝调咖啡学术沙龙’的组织，这个组织里的同学从正反两个方面给了我许多启示，甚至可以说，他们才是真正的专家。”

“蓝调咖啡？这个名字很新潮嘛。”

“后生可畏啊，恰恰因为他们新潮，有国际视野，所以才能够有创新的思想。我们这一代学者与世隔绝太久了，形成了许多思维定式，很难跳出来。”

“哪里哪里，荣儒同志一向都是以思想开放而著称的。你说说看吧，对于国际大协作这个问题，你的研究结论是什么。”

“很简单，我认为国际大协作的理论在微观上是可行的，但在宏观上是不可行的。具体到一个行业、一个地区、一家企业，可以借鉴这种思路，搞活经济。但从一个国家的层面来说，我是指像中国这样大的一个国家，这个理论是不可行的。”

“你先说说看，它在微观层面如何可行。”

“它在微观层面的可行性，是已经接受了实践检验的。比如说，在具体的地域上，沿海几个开放城市的发展，都是主要建立在大进大出的加工贸易上，而几个开放城市的实践是成功的，这就证明把一个地区的产业与国际产业链相结合，是完全可行的。

从具体行业来说，国家重装办最近开展了一次大规模的对外协作工作，他们提出了一个理念，叫作‘产业嫁接、借势发展’，让目前还缺乏成套装备出口能力的国内企业与国外的大企业合作，承接这些国外大企业的业务分包。通过这种方式，一是能够获得一部分生产任务，扭转装备企业大面积亏损的局面；二是能够在合作中进一步学习，掌握先进技术；第三则是培养外向型人才，为将来走向国际装备市场做好储备。这种做法，完全符合国际大协作理论的思路，把中国的优势与国外的优势相结合，从而实现良性发展。”

老者点了点头，道：“关于你说的后一件事，我已经看过经委报上来的材料了，的确是做得非常不错。尤其是重装办要求各装备企业必须统一报价，避免压价合作，这一条得到了很多同志的称赞。”

“这个做法值得作为我们国家开展对外合作的经验，在其他涉外的经济合作中，都应当发挥国家的总体协调作用。”

“是的，经委方面已经提出这样的想法了。刚才你说的是国际大协作的成功范例，那么你认为这种理论并不适合于作为整个国家的战略，又是因为什么呢？”

“关于这一点，目前蓝调咖啡的那些学生们提出了许多观点，还有其他一些学者也有类似的观点。我目前还没有考虑得非常周全，初步总结一下，我认为应当从三个层次来分析。”

“哦，有三个层次？你挨个说说看吧。”老者微笑着，在手边摊开了一个笔记本，拿着铅笔开始记录起来。

沈荣儒是经常与老者交流的，对于老者所表现出的重视，并没有什么紧张的感觉。他在脑子里梳理了一下自己的想法，然后说道：“首先，从产品层面上说，一个大国和一个小国实施大进大出战略，结果是不同的。一个小国的生产和需求，对于全球市场没有太大的影响。而作为一个大国，如果要搞大进大出的战略，必然对原材料市场和产品市场产生严重的冲击。一个大国的加工能力是非常大的，以服装产业来说，如果我们要从事服装加工贸易，将可以垄断全世界 90%以上的服装生产。这样一来，我们需要的布匹将是天文数字，将会导致国际布匹市场的价格大幅度上升；而同时，我们销售出去的服装也是天文数字，会导致国际服装市场的价格大幅度下降。简单地说，就是我们买什么东西，什么东西就会涨价；而我们卖什么东西，什么东西就会降价。原来‘亚洲四小龙’这些小经济体能够从加工贸易中得到的巨额利润，到了中国就只能剩下微利。”

“这一点在沿海几个开放城市已经有所表现了。”老者评论道。

沈荣儒道：“这是我们的学生从理论上分析出来的，后来还有一些学生专门到沿海的加工贸易企业去做过调研，证实了这个观点的正确性。”

“好啊，你们的学生能够从图书馆走向生产一线，从实践中寻找真知，这一点就比某些学者强得多了。”老者似乎是随意地说道，但沈荣儒分明能够猜得出，对方的最后一句话包含着什么暗示。

“第二层面，是宏观经济的层面。‘亚洲四小龙’都是小经济体，人口最多的也就是 5000 万，少的只有几百万。这种小经济体的经济振兴，只需要一两个产业就能够支撑。它们采取国际大协作的方式，不仅仅是出于发挥比较优势的需要，而且也是因为它们本身就无法建立起完整的工业体系，只能占据一个环节。而中国的情况则不同。中国是一个拥有 11 亿人口的大国，即使把全球的服装、家电、家居用品等产业全部交给中国来做，也不够让11亿人脱贫致富。中国要想成为中等发达国家，需要有几十个产业来支撑，这就意味着我们必须占据整个产业链的大部分，包括与发达国家争夺高端产业。”

“说得对!”老者赞道，“南朝鲜、新加坡这些小国家，靠欧美吃剩下的一点汤汤水水，也能吃饱。而中国如果要富强起来，就必须到欧美国家的碗里去抢肉吃。照着国际大协作的观点，咱们恐怕是要自觉自愿地放弃吃肉的了。”

# 第四百八十五章

沈荣儒笑了起来，说道："其实这就涉及了第三个层次，也就是国家安全的层次。如果咱们能够永远放弃吃肉，那么当然是可以和西方国家和平共处的。但如果我们也想吃肉，就避免不了要和外国人抢肉吃，这个时候，就涉及国家安全问题了。"

"帝国主义亡我之心不死，这句话到任何时候都不过时。"老者评论道。

沈荣儒道："可是，有一些人，甚至是相当一部分人，认为这句话已经过时了。"

"的确是有相当一部分人认为这句话过时了。"老者重复了一遍沈荣儒的话，然后继续说道，"他们说，只要我们放弃我们的立场，别人就会接受我们。他们不知道，两次世界大战，都不是因为社会制度的差异造成的，而是因为新兴殖民国家要抢老牌殖民国家的利益，这才发生了战争。"

沈荣儒道："关于这一点，我们的学生中间争论也是非常大的，一派观点认为未来的世界将会是天下大同的，而另外一派则认为中国的崛起必然会导致国际势力的遏制，我和一些年纪比较大的学者是倾向于后一种观点的。"

老者道："我支持你们的观点。"

沈荣儒道："谢谢。这就是我说的第三个层次的问题。从这个层次上说，咱们这么大一个国家，绝对不能把产业完全依附于西方的经济体系，否则，一旦遭受国外的封锁，我们的经济就会全盘崩溃。此外，作为一个独立自主的大国，我们必须有独立自主的强大的国防工业，这样才能抵抗侵略，保卫和平。而一个独立而强大的国防工业，必须建立在完整而且庞大的工业体系之上，工业体系的任何一点残缺，在战时都会成为我们的阿喀琉斯之踵。”

“说得好！”老者道，“我们过去走的是独立自主、自力更生的道路，现在提出改革开放，积极引进国外的技术和资金，这是对的，但独立自主这四个字，永远也不过时。我们的对外开放，有一个重要的前提，就是以我为主，绝不能把自己的命脉交到外国人的手上去。”

沈荣儒微微地笑了，他知道，老者的这个表态，事实上宣告了国际大协作理论的寿终正寝。这个理论当然还可以用于指导微观经济，但在国家政策层面上，它已经没有价值了。

“高磊是一个人才，他还是有一些自己的想法的，这一点值得肯定。”

老者开始给国际大协作的始作俑者做鉴定了。这属于私下里的谈话，并不需要什么避讳，所以老者可以直接点出高磊的名字。对于老者和沈荣儒来说，高磊属于下一代人，是可以点评一番的。

“不过，他毕竟还是太年轻了一些，在涉及国计民生的大问题上，不够稳重。另外，最近他举报工业大学一名研究生入学作弊的事情，也体现出他胸襟不足，这一点与你们这些老学者相比，差距甚大啊。”老者说道。

“这件事情我了解。”沈荣儒道，“因为他举报的重装办那名官员，就是我现在的研究生，名叫冯啸辰。据一些同志反映，高磊之所以举报他，与冯啸辰主导了蓝调咖啡沙龙的学术研究工作也有一定关系。”

“学术上有争论不可怕，但因为学术上的争论，就动用行政手段来打击，这种行为与一名学者的身份是不相称的。”

“而事实证明，他的举报是失实的，杜晓迪同志的学术能力，受到了国际同行的承认。蔡教授以及冯啸辰在她入学的问题上，都没有过失。”

老者点点头，然后话锋一转，道：“呵呵，说起你的这个学生冯啸辰，可的确是个人物啊。能够把高磊都逼到绝境上，这一点就非常不容易了。”

“他只是起了一个牵头的作用，蓝调咖啡沙龙是由重装办资助建立的，重装办那边，自然是不支持国际大协作理论的。”沈荣儒作了个解释。这样的事情，冯啸辰肯定是要向他汇报的，所以前因后果他都很清楚。

老者道：“冯啸辰的能力，可不仅限于成立了一个蓝调咖啡沙龙，他在重装办的工作也非常出色，你恐怕不知道吧，董老和凡泽同志，对他的评价都非常高。”

“冯啸辰思维很活跃，不拘一格。他的家学渊源很深，精通机械专业知识，会五种外语。最难得的是，他有大局感，而且为人正派，做事情总是把国家利益放在首位，我想，这应当是董老和孟部长欣赏他的主要原因吧。”沈荣儒道。

老者笑道：“荣儒同志，恐怕还有一些事情你不太了解吧？这个年轻人，还是一个隐藏着的千万富翁呢。根据有关部门掌握的不全面的资料，他至少在五家企业拥有股份，虽然这些股份是以他父母以及在德国的奶奶的名义持有的，但实际所有者是他本人。前年，他跑到港岛去，说服章九成给他的企业投入了一亿五千万港币。章九成提到他的时候，也是赞不绝口，说他是一个商业天才呢。”

“这些事情，我有所耳闻，不过不如您了解得全面。”沈荣儒讷讷地回答道。这些事情他的确只是有所耳闻而已，他觉得这种事情比较敏感，所以也刻意地不去向冯啸辰打听。现在听老者一说，才知道天底下还真是没什么秘密，冯啸辰那点小伎俩，在国家机器面前根本就不算个事。

老者道：“有关部门已经调查过了，冯啸辰虽然参股那些企业，但并没有利用自己的工作便利为这些企业谋过私利，相反，他还利用这些企业为国家做过不少好事。这几家企业的经营基本上都是合规的，没有违法行为。关于这个问题，我和几位同志也交换过意见，大家认为，改革是一个新生事物，改革年代的干部应当如何管理，还是值得探索的，冯啸辰的这种双重身份，只要不伤害国家利益，国家还是应当予以容忍的。”

“他现在是学生，持有企业的股份也不算错误。未来如果他从事学术研究，不做具体的经济管理工作，那么这种行为也是无可厚非的，现在很多研究机构也是鼓励研究人员参与经济活动的。”沈荣儒替弟子辩护道。

“怎么，你是想让你这个弟子继承你的衣钵吗？”老者问道，问完，他又自己回答道，“这一点，你恐怕要失望，他是继承不了你的衣钵的。他是一个管理型人才，不适合做学术研究。我和董老、凡泽同志都谈过了，这个年轻人可以好好地培养一下，未来是能够成大器的。”

“我知道，龙非池中物。”沈荣儒道，“不过，我还是希望领导在使用他的时候，要循序渐进，不要拔苗助长。”

“这也是董老他们的意思。”老者道，说罢，他感慨了一声，“年轻多好啊，就像八九点钟的太阳。世界是我们的，也是他们的，但归根结底还是他们的。荣儒同志，就让咱们给这些年轻人当好人梯吧。”

这次谈话的内容，沈荣儒并没有透露给冯啸辰。他知道，冯啸辰的前途是一片光明的，他只需要给冯啸辰助威呐喊就可以了。

在这次谈话之后，有关国际大协作的宣传逐渐在媒体上淡出了，各种与此相关的研讨会要么是取消了，要么就是虎头蛇尾，参会者说着说着就转向对其他理论问题的探讨。高磊的职位没有发生变化，依然当着他的研究员，享受着相应的待遇，只是大家都能够感觉得到他已经没有过去的风光了。他自己也知道这一点，于是成天埋头看书，准备着换一个领域东山再起。

蓝调咖啡沙龙结束了它的历史使命，不过这个组织和名称还是保留了下来，成为京城最具活力的研究生学术团体，其成员的范围已经不再仅限于社科院内部，而是包括了在京的各大高校、研究院所。一些成员研究生毕业，到了工作单位之后，还会时不时地回来参加活动，进而又使它的触角伸进了许多实务部门。

决策层面上，有关中国需要建设完整工业体系的观点得到了强化，一些搁置的大型装备研发计划又被重新提起，并得到了相应的支持。重装办重新变成了香饽饽，但对于罗翔飞来说，那就是工作压力更大了。他今年已经过了 60 岁，按规定该退居二线等着退休了，但经委却找不出一个更合适的人来接替他，于是只能让他继续撑两年。

这天，罗翔飞一上班，就接到了一份公函，公函上称：由秦州重型机械厂承建的非洲阿瓦雷共和国巴廷省钢铁厂 1700 毫米热轧机首台机组已经建成，即将开始试生产。阿瓦雷工业部郑重邀请重装办派人前往非洲参加投产仪式。其中，他们还特别提出一位拟邀请的嘉宾，此人正是冯啸辰。

# 第四百八十六章

前往阿瓦雷参加1700毫米热轧机投产庆典的机会，其实是冯啸辰自己争取来的。去年他受叔叔冯飞的邀请去帮助东翔机械厂解决经营困难的时候，便与在东翔厂视察的董老提过此事，他说的理由是能够在非洲为东翔厂找到自行火炮和超轻型榴弹炮的买家，而董老需要帮他做的，就是让"有关部门"批准他的赴非洲申请。

至于阿瓦雷方面的邀请函，就更简单了。几年前，在与阿瓦雷工业部就热轧机项目进行谈判的时候，冯啸辰便认识了当时的阿瓦雷工业部副部长盖詹，还与盖詹签订了一个"咨询"协议，向一家由盖詹推荐的咨询公司支付了36万美元的咨询费，作为突破项目障碍的买路钱。这之后，二人虽然没有再见过面，但盖詹每次到中国来的时候，还是会给冯啸辰打个电话寒暄几句，所以两个人一直维持着关系，这一次冯啸辰想去非洲，请盖詹帮忙出个邀请函，实在是太容易不过了。

"我想去非洲探探路，看看有没有进入非洲市场的机会。"在罗翔飞召见冯啸辰询问此事时，冯啸辰这样对罗翔飞说道。

"这件事好像几年前你就已经在策划了。"罗翔飞回忆道。

冯啸辰笑道："这不奇怪，中国的装备制造业迟早是要走向世界的，亚非拉国家是我们的第一步。"

"可是，我总觉得我们是不是应当量力而行，咱们的技术和西方国家相比，差距还非常大。在这种情况下参与国际市场竞争，未免太操之过急了吧？"罗翔飞道。对于冯啸辰的想法，他也说不好是支持还是反对。冯啸辰说中国装备制造业要走向世界，这一点罗翔飞是赞成的。但要说现在就去开拓市场，他又觉得太早了一点。中国现在还在大量地进口国外的先进装备，在这个时候提装备出口，总觉得有些荒唐。

冯啸辰笑道："罗主任，这怎么能算操之过急呢？阿瓦雷的这个热轧机项目，不就是一个成功案例吗？"

"这个不能算吧。"罗翔飞给自己找着理由，"阿瓦雷这个项目，政治因素更多一些，主要是阿瓦雷希望在国际事务中得到中国的支持，所以向中国表示了这种善意。从技术水平来说，秦重承担的这条生产线，比我们南江钢铁厂引进的德国生产线要落后将近一代呢，我们纯粹是靠价格才战胜了西方厂商。"

"价格优势也是优势啊。"冯啸辰道，"咱们给西方厂商代工，不也是凭借价格优势吗？论制造水平，咱们无法与日本国内原来的那些配套商相比。"

"这也算是个歪理吧。"罗翔飞终于认输了，其实他原本也并不是绝对地反对冯啸辰的想法，所以这样与冯啸辰争论，只是为了把问题考虑得更全面。中国装备技术上的确还不如西方，但成本上的优势是很明显的。冯啸辰把打入亚非拉国家作为装备工业走出去的第一步，想必也是考虑到了这个因素，因为对于亚非拉来说，低廉的价格还是很有吸引力的。

"你打算和谁一起去？"罗翔飞问道。

"我还是和王处长搭档吧，另外，如果吴处长能够一起去就更好了，他是技术权威，如果要谈到一些技术方面的事情，还得他出马。"冯啸辰说道。

就这样，一个赴阿瓦雷参加中国承建1700毫米热轧机项目投产仪式的代表团建立起来了，其中包括了冯啸辰、王根基、吴仕灿这三位重装办人员，还有机械部、外贸部的官员，另外还有两位声称是"诚丰物资贸易公司"的工作人员，分别是张和平以及冯飞。

"啸辰，你可把我害苦了。"

在飞往非洲的飞机上，冯飞与冯啸辰坐在一起，他一脸紧张与兴奋交织的神色，不时这样对冯啸辰抱怨道。

"二叔，这是你们厂派你出来的，关我啥事？"冯啸辰笑呵呵地辩解道。

"还不是因为你出的主意。"冯飞道，"还有，厂里知道你和我的关系，说派我出来更方便，遇到啥事找你帮忙也更容易一些。"

"呃……"冯啸辰无语了，谁是谁的叔叔啊，哪有叔叔遇到事情找侄子帮忙的道理。

这次去阿瓦雷，所以需要东翔厂派人参加，完全是由于冯啸辰去年向董老吹的牛皮，他声称可以在非洲帮东翔厂找到一些火炮的订单。董老从孟凡泽那里听说了冯啸辰的神奇，对此事寄予了挺高的期望。听说冯啸辰要去非洲，董老便吩咐东翔厂派个懂技术的人和冯啸辰同去，以便随时解答关于火炮方面的问题。

东翔厂的厂方在派谁前往非洲的问题上，进行了热烈的讨论。一个出国机会，对于他们这样一个山沟里的厂子来说，是非常难得的。最终，冯飞成为这个幸运儿，最大的原因就在于他是冯啸辰的叔叔，东翔厂的领导认为，派冯飞出去，是最为合适的。

这些年，国家改变了从前不参与国际武器交易的政策，开始努力推进武器装备的出口，以换取外汇，同时也是为了帮助一部分开工不足的军工企业获得业务。在武器出口方面，中国的经验不足，尤其是军方根本就没有从事过市场经营，连起码的经营意识都没有。这一次董老力请冯啸辰帮忙卖火炮，也是想探索一下利用民用体系促进军工销售的道路，成与不成，对于军工方面都是很有价值的。

"啸辰，卖火炮这种事情，你有谱没谱?"冯飞压低了声音向冯啸辰求证道。

"第一次。"冯啸辰笑道。

"废话，我当然知道你是第一次!"冯飞没好气地斥道，"如果你经常这样干，那就奇怪了。"

冯啸辰道："二叔，我的感觉是，卖火炮和卖设备也没啥区别，不外乎就是谈判嘛，比技术、比质量、比价格，这些都有优势，当然就能够卖得出去了。"

“我觉得没这么简单。”冯飞嘟囔道，“如果这么简单，为什么我们过去就卖不出去呢？”

“那是因为你们根本没卖过东西啊。”冯啸辰道，“早些年，你们是按国家计划生产，生产多少，由国家调走多少，你们连啥叫客户都不知道。这几年，军工生产体制有所变化，军方不再是被动地接收装备，而是要挑一挑质量和价格了，结果你们东翔厂就瞎了，闹得差点关门大吉。”

“你这样说……好像也有点道理。”冯飞承认了。在冯啸辰去东翔厂之前，东翔厂也派了许多人出去跑业务，想靠做民品来改善经营状况，结果一无所获。后来大家也反思过这个问题，得出的结论就是东翔厂的确不会做生意。

“二叔，这趟到非洲，我还有其他的业务要办，卖火炮只是顺带帮你们的忙，你们可别有太大的期望。”冯啸辰给冯飞打着预防针。他从后世的经验中知道中国的武器出口状况还是不错的，但具体到这个年代，以及这一次的非洲之行，能不能有所斩获，他可不敢保证，这一点是需要事先向冯飞说明的。

冯飞一听就急眼了，瞪着冯啸辰道：“啸辰，你怎么能这样说呢？这一次是董老专门叮嘱的事情，你如果办砸了，以后回去怎么向董老交代？还有，厂里派我出来，也是因为你的缘故，如果你没把事情办成，厂里会怎么看我，又会怎么看你？”

“不会吧，二叔，我只是随便说一句的事情，你们就讹上我了？”冯啸辰目瞪口呆，他从来也没有对董老许诺过一定能够成功，可听冯飞这个意思，好像自己不把这件事办成就不行似的。

“怎么是讹你呢？”冯飞毫不屈服，“你这次出来，不就是为了这件事吗？”

“谁说我是为了这件事？”冯啸辰满脑门子官司，“二叔，我是代表重装办出来的，我是来谈装备出口的，你们这个火炮只是顺带好不好？”

冯飞道：“是你弄反关系了，你这次出来是董老安排的，主要任务就是卖火炮，顺带才是卖你们那些什么装备。所以你必须把主要精力放在火炮这方面，否则，别说董老不放过你，我都不会放过你。”

“呃……二叔，我明白为什么东翔厂要派你出来了。”冯啸辰苦着脸说道。这分明就是派了一个人来监督自己嘛，还说什么是要请自己帮忙。

如果换成其他什么人，恐怕也没资格这样要挟冯啸辰，但冯飞就不同了，他是冯啸辰的叔叔，对冯啸辰说话是可以肆无忌惮的。安排这样一个人来盯着冯啸辰，冯啸辰还真不便把军方的事情放在一边了。

“二叔，这样吧，我会尽我的全力帮着你们把火炮卖出去的。不过，做生意有做生意的套路，尤其是武器交易，要迂回，不能直截了当，你明白吗?”

“这个我不懂，总之，厂里交代下来的事情，我必须完成。至于怎么做，那就是你考虑的问题了。不行不行，我有时差了，得睡一会。”

冯飞得意地说罢，便闭眼假寐起来。冯啸辰看着冯飞闭着眼，眼睫毛却不断忽闪着的样子，只能长叹一声。

唉，这算是被人讹上了……

# 第四百八十七章

飞机降落在阿瓦雷首都兰巴图，盖詹和秦重的厂长贡振兴各自带着一干下属在机场迎接。众人进行了短暂地寒暄过后，便分乘几辆车前往巴廷省。冯啸辰虽然是与盖詹关系最为密切的人，但级别不够，只能与大多数人一起坐在大巴车上。盖詹陪着机械部与外贸部的两位司长坐着小轿车，一路畅谈中阿友谊不提。

路上的风景乏善可陈，冯啸辰在前一世没少来过非洲，看到这样的景象自然是没什么兴趣的。倒是王根基、吴仕灿、冯飞等人坐在车上，看着外面的一切都觉得新鲜，不时还惊叹几声什么，似乎是把一路的辛苦都给忘记了。

从兰巴图到巴廷的路途并不远，车队在勉强还算过得去的公路上行驶了一个来小时，前面已经隐约能够看到工厂的模样了，那标志性的大炼铁高炉显示着那正是大家要去的巴廷钢铁厂。再开近一些，扑入人们眼帘的，便是缤纷的彩旗，还有大红的条幅，有的上面写着英文，有的则写着一种大家都看不懂的文字，据陪同的秦重工作人员介绍，那是阿瓦雷的本地语言，没有几个中国人能够认得。

巴廷钢铁厂的厂长、总工以及负责1700毫米热轧机建设的秦重方面的人员都在厂门外迎接众人的到来。一通乱哄哄的互相介绍和致意之后，冯啸辰被带到了秦重总工胥文良和副总工崔永峰的面前。这条热轧生产线的总设计师是崔永峰，在设备制造出来之后，他便随着设备一起来到了阿瓦雷，负责指导现场的安装和调试，在这里已经待了好几个月时间了。胥文良是前几天才从国内过来的，帮助进行了设备的最后检验，然后便留在这里等着参加投产仪式。

“胥总工，祝贺你啊，夙愿得偿了。”冯啸辰一边与胥文良握手，一边笑呵呵地说道。

他记得自己第一次到秦重去的时候，就听胥文良说过，此生最大的愿望就能够自己设计一条达到国际先进水平的热轧生产线。现在这条生产线已经建成投产，胥文良的愿望应当算是实现了。

胥文良满脸是幸福的笑容，他摆着手说道：“冯处长，可不能这样说，这条生产线主要是永峰设计的，我只是当个顾问而已。不过，我也想清楚了，咱们国家要赶超世界先进水平，不是光靠我们这一代人就能够办到的。永峰他们这一代做出来的成绩，也是我们的成绩。要说起来，我们能够有今天的成绩，还多亏了冯处长呢。”

“哪里哪里，我对冶金完全是门外汉。”冯啸辰谦虚道。

胥文良笑道：“冯处长如果说是门外汉，那这门里恐怕也没几个人敢待着了。我们用来和三立制钢所交换专利的那些技术，可都是在冯处长的启发下搞出来的，冯处长应当没有忘记吧？”

冯啸辰道：“我只是出了几个主意而已，直接把这些想法转变为技术的，不还是胥总工和崔总工吗？”

和胥文良打完招呼，冯啸辰又转身了崔永峰。他伸手去与崔永峰握手的时候，不禁吓了一跳，只见崔永峰整个人瘦了一圈，原先黝黑的头发如今已经白了一半。他惊愕地问道：“崔总工，你这是怎么回事，怎么头发都白了？”

崔永峰不在意地摸了一下自己的头，然后笑着说道：“我家妞妞前一段时间看童话，说有个写童话的老爷爷，写字没有墨水的时候，就从头发里挤一点黑墨水出来，久而久之，黑头发就变成了白头发。估计我也是这样吧，画图纸的时候没有墨水了，就从头发里挤一点出来。”

“崔老师这两年几乎每天都熬夜，又要做总体设计，又要和工人一起讨论生产工艺。尤其是这几个月在阿瓦雷调试设备，每天连 4 个小时睡眠都没法保证，头发可不就白了吗？”站在崔永峰身边的一位女技术员用不满的口吻向冯啸辰说道。冯啸辰认得，此人叫吴丹丹，是崔永峰的助手，估计平时没少为了生活上的事情与崔永峰拌嘴吧。

“没办法，压力大啊。”崔永峰被吴丹丹揭了老底，只能叹着气对冯啸辰说道，“这个项目，阿瓦雷方面交给中国做，他们国内很多官员和业内的人士都是颇有微词的。我到巴廷来的这段时间，就不止一次遇到有人质问我，说我们中国的产品质量到底行不行，技术上是不是可靠。在这样一种情况下，我们只要稍微出一点差错，都会成为别人的话柄。胥老师把这个项目交给我负责，你说我能睡得踏实吗？”

“现在情况怎么样？设备的投产不会有什么问题吧？”冯啸辰问道。

崔永峰拍着胸脯说道：“绝对不会有问题，我带着人已经反复检查过几十次了，胥老师也亲自检查了两遍，可以说是万无一失的。我们这条生产线，融合了西德克林兹和日本三立制钢所的技术，又加进了我们自己的一些经验和想法，技术水平能够达到国际八十年代早期的标准，质量方面也是没说的，每个环节都可谓是精益求精。我们向冶金部和重装办都是做过保证的，要让这条热轧生产线成为中国装备在非洲的一个标杆。”

“没错，咱们的确得让这个项目成为我们的一个标杆。”冯啸辰点头说道，说罢，他抬手指了一下头顶上的横幅，问道，“崔总工，我倒有个疑问，明天就是设备投产庆典，为什么这些横幅没有中文？”

“中文？”崔永峰一愣，他显然并没有思考过这个问题，他抬头看了看，然后说道，“这可能是因为阿瓦雷这个地方也没多少人懂中文吧？你看，这些横幅主要是两种语言，一种是阿瓦雷语，是写给本国人看的，另一种是英语，英语本身也是阿瓦雷的官方语言之一，另外就是为了给前来采访的外国记者看。阿瓦雷对这条生产线的投产非常重视，明天的庆典请了好几家西方媒体来报道，西方媒体的记者肯定是懂英语的，但中文就没有必要了。”

“谁说没有必要？”冯啸辰道，“这条生产线是我们制造的，代表着中国装备工业。而到举办庆典的时候，外人看不到任何中国元素，这些条幅的内容也仅仅是庆祝生产线投产，却只字不提生产线是由谁提供的。照这样的宣传口径，有谁知道咱们中国人能够造出一条物美价廉的热轧生产线呢?”

“有道理啊!”崔永峰一拍大腿。他是个搞技术的人，不太关注营销方面的事情。这一次巴廷钢铁厂准备的条幅只有英阿两种文字，没有中文，崔永峰也是朝着最体谅对方的方向去思考的，丝毫没有想过这样做是不是亏待了中国。现在听冯啸辰一分析，崔永峰才反应过来，可不是吗，自己满心想着通过这个项目展现中国的工业水平，可人家压根就没给你机会啊。

“冯处长，依你看，咱们该怎么做?”崔永峰问道。

冯啸辰道：“不行，这件事我要去和盖詹交涉一下，不能让他们就这样蒙混过去了。”

冯啸辰说干就干，他先找到王根基和吴仕灿，把自己的想法说了一遍。王根基一听就炸了，嚷嚷着要和盖詹算账。吴仕灿稍微老成一点，但也对此表示了不悦。三个人一道去找带队的机械部司长说了一通，司长有些吃不准这件事的分寸如何拿捏，索性把权力交给了冯啸辰一行，让他们以重装办的名义去与盖詹交涉，并称具体到需要他出面的时候，他再说话也不迟。

冯啸辰原本也没打算让司长去和盖詹扯皮，以他的经验，官员们在涉及外事的问题时，都是比较谨慎的，或者说得更愤青一点，那就是缺乏骨气。这也难怪，中国官方一直都有“外交无小事”的说法，只要是涉外的事情，大家都得小心翼翼，生怕哪个地方没处理好，闹出外交纠纷。在这方面，冯啸辰绝对是个另类，在他穿越之前的年代，中国的对外经济合作已经非常普遍，涉外的事情也没那么敏感了，国人已经能够平等地与外商进行沟通，无论是谈判还是斗争，大家都有底气了。

“盖詹部长，能耽误你几分钟时间吗?”

冯啸辰带着王根基来到盖詹的面前，彬彬有礼地问道。

“当然可以。”盖詹满脸堆笑，“亲爱的冯先生，刚才在机场我没有来得及和你多聊，你现在好吗?”

“我很好。”冯啸辰随口应道，“盖詹部长，我希望等到庆典过后，我们可以找时间再单独地聊一聊。不过现在，我有一件与庆典相关的事情，想向你询问一下。”

“好的，你请问吧。”盖詹说道。

冯啸辰道：“我想知道，为什么你们挂出来的条幅上只有阿瓦雷语和英语，却没有中文呢?”

“中文?”盖詹如刚才的崔永峰那样有些懵，他下意识地问道，“为什么要有中文呢?”

“因为这条生产线是中国制造的。”冯啸辰回答道。

# 第四百八十八章

“这一点我们大家都知道啊。”盖詹不在意地回答道，“我和我的同事们对于你们中国的技术以及工人们的敬业精神都是非常佩服的，这就足够了。至于横幅上的文字，我们主要是考虑到参加庆典的人员的需要，在阿瓦雷，认识中文的人是非常少的，即使是用中文写出来，也没人看得懂。”

冯啸辰笑笑，问道：“那么，盖詹部长，你懂中文吗？”

“不懂。”盖詹很直接地回答道。

冯啸辰随手从自己的包里掏出一本中文书，递到盖詹面前，问道：“那么，你知道这本书是用什么文字写的吗？”

盖詹只扫了一眼，便说道：“这是中文，我当然知道。”

“这不就行了吗？”冯啸辰笑道，“我并不需要来宾们认识横幅上写的是什么，我只需要他们知道上面写的是中文就可以了。另外，你们目前挂出来的条幅上没有说明这条生产线是由中国企业建造的，这是一个失误。我建议你们把条幅的内容改成：热烈祝贺巴廷钢铁厂引进中国1700毫米热轧机胜利投产。我觉得这样的内容更为准确。”

盖詹明白过来了，他问道：“冯先生，你的意思是说，你希望来宾能够注意到设备的提供方，或者说，你希望把这次庆典当成你们中国企业的一次广告。”

“你这个理解非常正确。”冯啸辰表扬了盖詹一句，不过盖詹听到耳朵里却并不觉得舒服。他好歹也是一个工业部长，而且岁数也比冯啸辰要大出了一倍，冯啸辰这个夸奖，倒像是小学老师在夸奖自己的学生一般。

“可是，冯先生，这样是不是显得太突出贵国的作用了？”盖詹道，“这毕竟是我们阿瓦雷共和国的活动，我们会邀请贵国的官员和总工程师在主席台上就座，但要说连条幅都改用贵国文字，我觉得没有什么必要。”

冯啸辰摇着头说道：“不，恰恰相反，盖詹部长，我认为这非常重要。我可以说一句实话，巴廷钢铁厂的这个项目，我们并没有太多的利润，尤其是在我们支付了高额的技术咨询费用之后，就更是如此了……”

说到这里，他稍稍停顿了一下，递给盖詹一个讳莫如深的眼神。盖詹只觉得身体激灵了一下，他当然听得出冯啸辰的暗示是什么，因为冯啸辰所说的高额咨询费，恰恰是进了盖詹自己的腰包的。冯啸辰的意思很明白，你拿了我们的钱，就得给我们干活，否则的话……

其实盖詹也知道冯啸辰的话是胡扯，中方以技术咨询的名义支付给盖詹的钱，不过是区区 30 多万美元，相比一条热轧生产线的价钱而言，是微不足道的一个零头，根本谈不上是什么高额。这笔咨询费是支付给一家咨询公司的，这家咨询公司是由盖詹推荐的，表面上老板是盖詹的一个亲戚，实际的持有人则是盖詹自己。这种行贿的方式在国际贸易中并不稀罕，不过盖詹是个老实人，心理素质没那么好，拿了钱总觉得有些不踏实，所以才会被冯啸辰的暗示给吓着。

“冯先生，我认为……”盖詹支吾起来了，他想找个合适点的理由来搪塞一下冯啸辰，一时间又找不着。

冯啸辰打断了他的话，继续说道：“盖詹部长，我指出这一点，只是想说明一个问题。我们中国是把巴廷钢铁厂的这个项目当成了在非洲开拓市场的一次尝试，我们希望通过这个项目，让非洲各国认识到中国的技术实力，进而愿意从中国引进技术。如果这一次的庆典上不能突出中国的技术，那我们前期的努力就白费了。”

“这一点我能理解。”盖詹硬着头皮说道，“可是，如果我们太强调中国在这件事情里的作用，我们内阁的重要性就被淡化了，我想我们的首相是会不高兴的。”

“我听说你们的首相任期已经快满了，盖詹部长有必要如此在乎他的想法吗？”冯啸辰笑呵呵地说道，“事实上，我认为盖詹部长你本人就具有成为首相的潜质，如果你能够成为阿瓦雷的新首相，我想我们双方的合作肯定会更愉快一些的。”

冯啸辰的话一出口，盖詹便吓得脸色苍白，他左右看看，发现没人关注他们俩，这才稍稍放心。他压低声音说道：“冯先生，你可不能随便这样说，我只是一个政府部长而已，怎么敢觊觎首相的位置。”

“为什么不能呢？”冯啸辰道，“如果盖詹部长有更多的业绩，再如果你能够得到邻国官员的广泛支持，而且你又有足够的经费来运作此事……”

盖詹只觉得心怦怦地跳了起来，可不是吗，盖詹自忖是一个有理想有抱负的好部长，他为什么就不能成为阿瓦雷的新首相呢？说到业绩，巴廷钢铁厂新落成的这条热轧生产线，就是盖詹的业绩。如果他能够促成更多的建设项目，那么他的业绩将会更加辉煌。至于说得到邻国官员的支持，这一点盖詹就有些弄不明白了。

“盖詹部长，我认为，你应当在明天的庆典上强调这条生产线的投产是阿瓦雷与中国紧密合作的结果，而促成这一合作的，除了你盖詹部长，还能有谁呢？在明天的庆典之后，我希望你能够创造一个机会，让我们能够向前来参加庆典的其他国家的官员们介绍中国的工业装备，一旦他们通过盖詹部长你的介绍，与中国形成了合作，他们肯定会感谢你的。”冯啸辰给盖詹灌着迷魂汤。

“可是，如果这些国家需要工业装备，他们肯定会优先向欧洲企业采购的。”盖詹提醒道。

冯啸辰道：“恐怕不一定吧？盖詹部长，你想想看，你们阿瓦雷为什么最终选择了从中国引进这条生产线呢？”

“那是因为……”盖詹没有把后面的话说出来，他飞快地思考着阿瓦雷从中国引进这条生产线的原因，这其中有政治上的考虑，那就是希望通过这样的合作获得中国在国际政治上对阿瓦雷的支持，同时也有经济上的考虑，那就是中国的生产线的确比西方要便宜得多，这对于阿瓦雷这样一个经济上并不宽裕的国家来说，是非常重要的。

那么，自己的邻国是不是也有同样的考虑呢？盖詹觉得自己的脑子有些不够用，或许冯啸辰说的都是对的吧？

冯啸辰接着说道："盖詹部长，这就是我和我的同事们专程到阿瓦雷来的目的，希望能够得到盖詹部长的支持。顺便说一下，如果我们能够与阿瓦雷或者你们的邻国达成其他的合作，我们仍然是需要本地的咨询公司为我们提供咨询服务的。我觉得原来那家咨询公司的服务就非常不错，就我本人而言，是倾向于与它继续合作的。"

"如果是这样，那我就替埃尔曼谢谢冯先生了。"盖詹咧着嘴笑了。冯啸辰的最后一句话，对于盖詹来说是最关键的。他说的那个埃尔曼，就是替盖詹管理着那家咨询公司的远房亲戚。冯啸辰的意思很明白，如果盖詹能够帮着中国卖出更多的设备，那么他就能够拿到更多的"咨询费"。冯啸辰刚才已经指出来了，盖詹要想竞争首相的位置，除了需要业绩、口碑之外，还需要有资金，而这些"咨询费"，就是盖詹的资金来源。

那么，中国人能够卖出更多的设备吗？盖詹在心里盘算了一下，觉得还有几成希望的。巴廷钢铁厂的这条生产线，除了价格上的优势之外，性能和质量上也给了盖詹不少惊喜，他相信，自己那些邻国的同行应当也会对中国设备有兴趣的。中国人卖出设备，自己就能够拿到好处，而需要做的，仅仅是帮中国人露露脸而已，有何难哉？这条生产线本来就是中国人建造的，在宣传上给他们增加一点分量，谁又能说什么呢？

想到此，盖詹便轻松下来了，他笑着对冯啸辰说道："冯先生，我承认，条幅的事情是一个疏忽，我马上就去安排。还有，明天庆典的新闻稿，我也会让人做些修改，一定会突出贵国在这个项目中的贡献。"

"那我就代厂方向盖詹部长表示感谢了。"冯啸辰应道。

盖詹心中的野望被冯啸辰撩拨起来了，一团小火苗烧得他脸红扑扑的，他就带着这样的情绪跑去找人干活去了。其实重新拉几个条幅也并不是什么困难的事情，而且首相也不至于因为这点事情就不高兴，这种利人利己的事情，盖詹有什么必要拒绝呢？

"小冯，你跟老盖说啥了，我怎么觉得他挺开心的？"王根基凑上前来，对冯啸辰问道。

冯啸辰道："我给他画了个饼，他觉得味道不错，所以就乐开花了。"

王根基笑道："哈哈，他如果知道你小冯每次给人画饼其实都是在给人挖坑，他恐怕就不会这么高兴了吧？"

冯啸辰装出一副严肃脸，说道："老王，你怎么能这样诋毁我的形象呢？我告诉你，老盖已经答应替咱们张罗卖设备的事情了，你就赶紧和吴处长准备准备，看看怎么给这么多国家的来宾画大饼吧。"

# 第四百八十九章

其实冯啸辰还真没给盖詹挖坑，他给盖詹指出的道路是完全可行的，只是取决于盖詹会不会运作了。盖詹如果努努力，成为未来的首相也是有希望的，更何况冯啸辰还暗示了会在政绩和资金方面给他提供支持。

西方国家在亚非拉国家培植代理人几乎是公开的事情，中国至少到目前为止对于这种事情还是比较避讳的。冯啸辰毕竟是一个穿越者，思想远比现在的官员们开放得多。在他看来，培育几个如盖詹这样的代理人是合情合法的事情，何乐而不为呢?

冯啸辰给盖詹画的大饼的确发挥了作用，半天时间不到，庆典现场就增加了许多中文的条幅，原来那些英语和阿瓦雷语的条幅也更换了一些内容，突出了中国在这个项目中发挥的作用。准备在庆典之后发放给记者们的新闻通稿也重新编辑过了，同样增加了有关中国制造的内容。盖詹还专门派人把这份通稿送给冯啸辰过目审查了一遍，作为一种示好的表现。

次日的庆典在一片欢乐的气氛中开幕了，依着非洲当地的习惯，背景音乐放得震天响，一群群壮男肥妹扭动着腰肢狂舞着，身上的饰物晃得观众眼晕。盖詹站在主席台，扯着嗓子介绍着前来参加庆典的嘉宾，除了阿瓦雷本国的人员以及中国的来客之外，果然还有一大批来自于非洲其他国家的官员。

非洲的工业基础很弱，阿瓦雷这条热轧生产线的落成，对于整个非洲大陆来说都是一件很盛大的事情，所以各国都派出了官员前来观礼。盖詹如相声里念贯口一样地念着这些官员的名字，冯啸辰坐在下面却是一个名字也听不清楚，只能对着手上的资料猜测着是什么人，同时用铅笔在这些人的名字上画着圈圈，琢磨着未来如何从他们的兜里掏出钱来。

"感谢各位来宾，感谢新闻界的朋友们，非常感谢大家前来见证巴廷钢铁厂1700毫米热轧生产线的投产仪式。这条生产线包括了板坯加热、粗轧、精轧、卷取等工序，采用了当今世界最流行的液压弯辊和连续板型控制技术，在精轧工序中增加了中间带坯边部加热环节，能够全面提高带钢的金相结构……这条生产线的生产能力为年产80万吨精轧板材，并预留了提升至160万吨产能的改进空间。这条生产线的落成投产，将使阿瓦雷的钢材产量在现有基础上增加一倍，质量得到全面的提升。它的落成，不仅仅将提升阿瓦雷共和国的工业水平，还能够使非洲大陆的钢材供应得到改善，我们将减少对于欧洲和美国的钢材依赖……"

首先致词的阿瓦雷首相不吝溢美之词，把这条生产线夸成了世间少有。讲话稿中那些技术词汇，对于他来说颇为生僻，以至于他在念稿的时候还有些磕巴。但即便如此，前来参加庆典的那些其他国家官员还是瞪大了眼睛，心里充满了羡慕嫉妒恨。

庆典是在新落成的热轧车间里举行的，客人们所坐的地方，就位于锃明瓦亮的生产线旁边，能够近距离地观看这条生产线。大多数的官员对于轧钢技术并不了解，但这并不妨碍他们欣赏这些设备上透出的工业之美。再加上阿瓦雷首相嘴里吐出来的那些名词，让众人觉得这个世界上最先进的技术也莫过于此了。

"太了不起了！"

"这一定是英国制造的，只有英国人才能够造出这么优秀的设备！"

"不不不，我想你是弄错了，轧钢装备最强的是德国人，你知道克林兹吗？"

"可是我看到坐在主席台上的分明有一些亚洲人，我很怀疑这条生产线是日本制造的，日本人的技术也是非常出色的。"

"是的，我们国家也正在准备从日本引进一套化肥设备，不过在价格上还有一些麻烦。阿瓦雷真是财大气粗，居然能够建得起这样一条热轧生产线，这样一条生产线，恐怕要5亿美元吧？"

"这可不是一项我们国家能够承担得起的投资……"

就在众人议论纷纷之间，阿瓦雷首相已经讲完话，退回到自己的座位上去了。盖詹重新走到麦克风前，隆重地宣布道："各位朋友，接下来，请允许我向大家介绍帮助我们阿瓦雷共和国建设这条热轧生产线的中国朋友，有请中国机械部的鲁仲虎司长！"

此言一出，满场哗然，看着笑眯眯走向发言席的那个中国人，一干非洲官员都傻眼了：

"什么？中国！"

"我没听错吧，盖詹说这条生产线是中国人建的？"

"这怎么可能呢？中国……那不是一个很落后的国家吗？"

"不，我并不觉得中国落后，中国人帮助我们修过铁路的……不过，要说他们能够造出这样一条生产线，而且达到国际先进水平，我可真有些不信呢！"

台下坐着的还有一些秦重的工人，他们可不像旁边的非洲官员那样惊奇，见到自己国家的官员走上来，大家都拼命地拍起了巴掌。非洲官员们这才醒悟过来，知道自己失礼了，也跟着鼓起掌来。

"感谢首相先生，感谢盖詹部长，感谢现场的各位来宾，感谢秦重的工人干部们，非常高兴能够参加由我国秦州重型机械厂承建的阿瓦雷巴廷钢铁厂 1700 毫米热轧机投产庆典……"

鲁仲虎不会说英语，他的这番致词是用中文说的，旁边有翻译帮他译成了英语。正因为有这样的麻烦，鲁仲虎没有长篇大论地说什么，而是简单地说了一些场面话，就退下去了。没等众人回过神来，一位黑头发黄皮肤的年轻人已经在盖詹的引导下走到了发言席上。

"各位朋友，上午好。我是中国重大装备办公室的冯啸辰，受我们鲁司长的委托，来做后续的发言。鲁司长不擅长英语，他同时又不希望看到我们这位年轻漂亮的翻译小姐太过于辛苦，所以只说了几句话，他还有许多要向大家致意的话，就由我代劳了。"

冯啸辰一上来，就给自己找了一个冠冕堂皇的理由。没办法，在这一干中外官员之中，他无疑是最人微言轻的一个，要用其他的理由，怎么也轮不到他在这里发言。他也不是没有想过让鲁仲虎把他想说的话说出来，但鲁仲虎完全听晕了，连连摆手，说自己说不了这些，还是请小冯同志亲自去说为好。至于理由嘛，怕翻译太累也是能够说得通的，还能博一个怜香惜玉的好名声。

“我知道，现在在座的各位最关心的问题，莫过于这条达到国际先进水平的热轧生产线到底是不是由中国企业建造的，或许还有朋友在怀疑这是不是我们从西方厂商那里买了设备，又钉上了中国制造的牌子，然后再安装过来的，我想，我没有猜错吧?”

众人都哄笑起来了，冯啸辰的话，的确是说到了他们的心上，甚至于那个买了西方设备而假称是中国制造的猜想，也是刚刚有人说起过的，众人对这种说法还有几分相信呢。听到这位年轻的中国人直言不讳地把这句话说出来，大家反而觉得有些不好意思了。不过，到底真相如何，大家还是要听一听的。

“在此，我可以郑重地向大家声明，这条热轧生产线，是由中国独立自主建造的，其中虽然使用了包括西德克林兹、日本三立制钢所在内的一些企业的专利，但其核心技术的知识产权是百分之百属于中国的。这条生产线的设计者，是中国秦州重型机械厂的胥文良先生和他的学生崔永峰先生!”

说到这里，冯啸辰用手示意了一下，坐在主席台的崔永峰抢先站了起来，然后伸出双手扶起坐在自己身边的胥文良，并向他深深鞠了一躬。胥文良以手相搀，师徒二人略有些腼腆地转向全场的嘉宾，脸上洋溢着兴奋和自豪的神色。

“哗!”

雷鸣般的掌声响了起来，不管心里是不是还存在着疑问，对于技术人员，大家还是非常尊重的。

冯啸辰跟着鼓了一会掌，然后做了个手势，请胥文良和崔永峰坐下。这时候，台下的掌声也渐渐消停下来了，冯啸辰转回头继续说道：“为什么大家会怀疑中国无法建造出这样的一条生产线呢？原因很简单，那就是西方国家垄断非洲市场的时间太长了，作为一个工业强国的中国一直被不公平地隔绝在这个市场之外。没错，我说的正是工业强国这个词，请大家不要忘记，中国是一个能够自主制造原子弹、氢弹和人造地球卫星的国家，而且就在几年前，中国成功完成了核潜艇水下发射运载火箭的试验。试问，一个能够达到这种科技水平的国家，造出一条轧钢生产线的能力还值得怀疑吗？”

# 第四百九十章

“咦，好像很有道理哦！”

冯啸辰的话一说出来，非洲官员们脸上都显出了恍然大悟般的表情。有关中国的工业水平如何，他们还真说不上来，只是凭印象觉得似乎是不怎么样的，与西方国家应当有着差距。但说到两弹一星，大家都是听说过的，而且知道那是高技术的象征。一个能够独立制造两弹一星的国家，工业水平应当是挺高的吧？

“这哥们真敢吹啊！”

坐在台下的王根基却是长叹了一声，作为局中人，他知道冯啸辰这话是偷换了概念，也就是欺负这些非洲官员缺乏工业常识了。

两弹一星的确是高技术的表现，但能够制造两弹一星，与能够造出一条达到世界先进水平的热轧生产线，二者并不具有可比性。

首先，两弹一星属于集全国之力堆出来的技术，作为一个穷国，中国不可能在每个领域都这样投入，所以，不可能在每个领域都有同样的成就。事实上，到这个时候为止，中国能够拿得出手的高技术，也就是两弹一星再加上核潜艇而已，其他领域的水平甚至连欧洲的一些小国都比不上。冯啸辰用这个例子来证明中国工业水平很高，其实是站不住脚的。

其次，两弹一星作为战略性的产品，在性价比方面是无须考虑的，只要能够造出来就是成功。而民用产品，包括各种工业装备产品，都是需要考虑经济性的。就比如一辆汽车，你如果精雕细琢，质量当然会更好，但消费者不会买账，因为这样生产的汽车价格太高了，超出了消费者的承受能力。

事实上，上世纪八十年代中国的绝大多数工业品技术水平相对于西方国家都是严重落后的，冯啸辰在此不过是利用了非洲官员们对于国际市场不熟悉的特点，给他们传递了一些错误印象而已。

“早些年，我们中国自己的基础工业体系还没有建成，所以我们的装备工业主要为本国提供服务。经过 30 多年的建设，中国目前已经形成了一个完整的工业体系，拥有年产 5000 万吨钢、16000 万吨水泥、100 万吨化纤、1400 万吨化肥、40 万辆汽车以及其他众多工业产品的生产能力。在完成国内的工业建设之余，我们没有忘记我们的非洲兄弟，愿意用我们所拥有的技术，帮助非洲国家实现自己的工业化，共享工业文明。这一次承建阿瓦雷巴廷钢铁厂的 1700 毫米热轧机项目，不过是我们为非洲兄弟所做的一点点工作而已。我们还愿意为更多的非洲国家建设发电厂、钢铁厂、化肥厂、炼油厂，总之一句话，我们是来为非洲兄弟们服务的，非洲兄弟将会发现，中国是你们最好的朋友，中国的装备才是最适合于非洲的。”

冯啸辰挥动着手臂，极其煽情地说着。

“冯先生，贵国对我们非洲国家的感情，让我们非常感动。不过，你刚才说到只有中国装备才是最合适于非洲的，这是什么意思，能请你解释一下吗？”

在一群非洲官员中间，站起来一位官员，用略带着几分紧张的口吻向冯啸辰发问道。他的脸与旁边其他非洲人的脸，在冯啸辰看起来似乎并没有太大的差异，以至于他在心里暗暗地嘀咕着：这位仁兄就是昨天晚上盖詹给我找来的托儿吗，我怎么觉得不太像了呢？

不管此人是不是盖詹事先安排的托，他提的问题的确是冯啸辰所需要的。他微微一笑，说道：“这位先生的问题，恐怕也是在座的许多朋友都感兴趣的吧？首相先生，能不能允许我多占用几分钟的时间，向大家解释一下这个问题呢？”

“我想是可以的吧。”坐在后面的盖詹应道，他偏过头去向身边的首相说了几句什么，首相点了点头，盖詹说道，“冯先生，既然是我们的客人提出了问题，那就麻烦你给大家解释一下吧。”

“谢谢首相先生，谢谢盖詹部长。”冯啸辰道了声谢，然后转回头对着全场说道，“我之所以说中国的装备产品才是最适合非洲兄弟的，原因有三个。第一，中国和非洲各国一样，都是发展中国家，所以我们的工业装备都是适合于发展中国家水平的，尤其是适合于人口较少的国家。例如，我们能够提供100MW级别的火电设备，2万吨至5万吨级别的合成氨设备，完全适合于百万人口规模的国家使用。而西方国家的火电设备一般是600MW级别，合成氨设备则是30万吨级别，这种级别的设备所需要的投入是相当一部分国家所无法承受的。”

底下传来嘤嘤嗡嗡的议论声，许多人脸上露出了“与我心有戚戚焉”的表情，显然冯啸辰的话是说到他们心里去了。

世界工业的发展潮流是规模化，大型装备的效率远高于小型装备，一套30万吨合成氨装置的能耗，可能只相当于六套5万吨级设备的一半甚至更少，这就决定了西方装备企业要不断淘汰小型装备，专注于大型装备的制造。

对于许多非洲国家来说，建造一套大型装备所需要的资金是他们无法负担得起的，因为人均收入太低，这些国家本身也消化不了大型装备的产能，所以大型装备对于他们来说，完全就是鸡肋。

比如说，一个西方国家的居民一年用电可能达到4000度，一个100万人口的西方国家，需要有6000MW的电力装机，相当于10台600MW的机组。而一个非洲国家的居民，一年用电连200度都不到，2台150MW的机组就足够全国的电力供应了。

西方的装备企业注意力都集中在发达国家或者规模较大的发展中国家那里，谁会在乎非洲小国的需求。有些非洲国家试图从西方国家那里采购一些小型装备，得到的答复往往令人失望的。现在冯啸辰声称中国能够提供这种级别的设备，怎能不让他们感到眼前一亮。

他们可不知道，中国愿意提供小型装备的真正原因，并不是出于厚道，而是因为中国的技术水平仅限于此。就以合成氨装置来说，2万吨至5万吨级别的设备，中国是能够造出来的。但30万吨级别的设备，核心技术还掌握在外国人手里，中国还处于引进技术与消化技术的阶段，连进口替代都很勉强，更别说是对外出口了。关于这一点，冯啸辰当然是不会说出来的。

“第二点！”冯啸辰没有让大家继续议论下去，接着又抛出了他的第二个理由，“中国的设备是物美价廉的。你们现在看到的这条热轧生产线，西方国家的报价一般在3亿至3.5亿美元左右，而我方的报价仅2.4亿美元，比西方国家低了20%至30%。而且，我国提供的装备在后续的维修、维护中收费也同样低廉，平均维修费用比西方国家低50%以上。”

这番话一出来，底下又开锅了：

“什么，这条生产线才2.4亿？这也太便宜了，我记得盖詹过去跟我们说过打算花4亿美元的。”

“一套设备能够便宜20%至30%，这实在是很有诱惑力啊，现在谁不缺外汇？”

“维修费用也是一个坑啊，我们国家从美国引进的一套印刷设备，找厂家换个零件都要花好几千美元，简直就是抢钱！如果中国设备像这位先生说的那样，维修费用能够低50%，省下来的可就太可观了。”

“……”

“冯先生，我能不能问一下，你刚才说的5万吨合成氨的设备，你们的报价大约是多少？”

刚才那个托儿又发言了，冯啸辰都恨不得给他颁一个最优捧场奖了，因为没有人提问的话，他还真不好说得太多。

“一套5万吨合成氨装置，加上配套的8万吨尿素设备，我们的大致价格是1200万美元，具体的价格需要根据实际情况来计算，在这里我就没法回答你了。”冯啸辰装出抱歉的样子回答道。

“1200万美元？我的上帝，这正是我们想要的东西啊！”

一位黑叔叔情不自禁地站了起来，大声地喊道。他是一个国家的经济部长，这段时间正在忙着筹划引进一套化肥设备的事情。他的手下曾经到一些西方国家的装备企业去询过价，有些企业声称早已不生产这种规格的合成氨装置了，也有的企业表示可以为他们定制，但价格要稍微上浮一点，比如3000万或者4000万美元的样子。

这位经济部长已经向内阁打过报告，准备退而求其次，花2000万美元左右引进一套3万吨的装置，目前正在找供应商。谁承想，站在台上的那个中国官员居然声称一套5万吨装置只需要1200万美元，这个金额比西方国家的报价岂止是低了20%，分明是只有人家的40%甚至更少。

“先生，我想问一下，一套100MW的燃煤发电设备，你们的报价是多少?”

“我们想建一个装机50MW的水电站，你们能提供水轮机设备吗?”

“先生，我们需要一座600立米的炼铁高炉……”

几乎所有的人都站起来了，大家已经不需要再等冯啸辰说出其他的理由。

物美价廉，还有什么是比这更过硬的理由呢?

# 第四百九十一章

“各位先生们，大家不要着急！我们将在阿瓦雷逗留一段时间，我们有很多机会可以一起探讨合作的问题。今天是巴廷钢铁厂 1700 毫米热轧机投产庆典的日子，我就不过多地占用这个讲台了……”

冯啸辰把嘴凑在麦克风上，大声地对全场的官员们喊道。广告做到这个程度，也算是伤天害理了。他分明感觉得到，坐在自己身后的阿瓦雷首相喘气的声音已经堪比 747 起飞的动静了。这就叫喧宾夺主啊，今天分明是人家的主场好不好，结果客人都围着你这个中国人转了，让人家当主人的情何以堪。

冯啸辰非常识趣地退下去了，不过，台下几名秦重的干部却没闲着，他们猫着腰在人群间穿梭，把一张张印着中国代表团宾馆名称和门牌号的小纸条塞到了各位非洲官员的手里。这也是冯啸辰事先安排好的，他毕竟不能把这个庆典变成中国装备产品的洽谈会现场，具体的洽谈是需要到宾馆里去进行的。

盖詹心里叫着苦，再三地向首相解释说这只是一个意外，同时还自我安慰说既然这么多国家的官员都觉得与中国人合作是有价值的，那么巴廷钢铁厂的这个项目就更加显得具有先知先觉的开拓意味了，这无疑是能够给阿瓦雷内阁加分的事情。

接下来的节目就是轧机的试生产表演，几十名由秦重培训出来的本地工人各就各位，在他们的身后，则站着秦重的工人和技术员，随时准备纠正他们的错误操作，或者在他们忘记某项操作的时候给予提醒。负责按动启动按钮的，自然是阿瓦雷首相，他在盖詹和贡振兴的陪同下，气宇轩昂地走进用玻璃幕墙隔离开的主控室，按下了绿色按钮。

随着一阵机器的轰隆声，一块加热得通红的钢坯从生产线的一端被送出来，随后便进入了轧辊之间，像一团柔软的面疙瘩一样，被挤压成长条形，接着又变成了平板的形状。热气从生产线上升腾起来，整个车间都变成了一个大蒸笼一般，但前来观礼的官员们谁也没感觉到不适，他们的目光紧随着在生产线上流淌着的工件，用各种语言表示着自己的惊奇和震撼。

到这一刻，阿瓦雷首相的不快才算是烟消云散了，生产线的表现实在是太完美了，充分展现出了重工业之美。如果说在此前他对于与中国的合作还有那么一些疑虑的话，看到试生产的场面，他就完全不担心了。这是一条合格的热轧生产线，至少从外观和生产的流畅性来看，并不逊色于西方的同类产品，而价格却只有西方产品的80%不到，日后的维护成本更是低廉，所以，这是一次成功的合作。

“贡先生，非常感谢你和你的工人们对阿瓦雷工业建设的贡献，我们期待与中国朋友开展更加广泛的合作。”

首相握着贡振兴的手，脸上满是诚恳之色。非洲人的感情相对来说比较直接，喜怒易形于色，这一会，首相的欣喜是发自于内心的。

《阿瓦雷巴廷钢铁厂1700毫米热轧机顺利投产，中国技术改变非洲钢铁工业格局》

《巴廷钢铁厂热轧机来自神秘中国，造价较西方同类产品降低20%》

《中国官员声称愿帮助非洲实现工业化》

《中国人来了，谁能够提供最适合非洲的工业装备》

……

一篇篇极尽煽情的新闻报道当天便在阿瓦雷本地媒体上刊登出来，到第二天，几乎大半个非洲的媒体都发布了有关巴廷钢铁厂热轧机投产的新闻报道。大多数的报道都突出了中国制造这样一个特点，有些媒体甚至就是直接替中国人做起了广告宣传。记者们这样做，当然不全是因为他们被中国人感动了，真正感动他们的是盖詹授意一家咨询公司在私下里给他们塞的红包。为了这事，盖詹向冯啸辰嘀咕了七八回，说给这些记者的车马费太高了，他亏得多了。冯啸辰只能拍着胸脯向他发誓，说未来如果中国拿下了其他的非洲订单，一定会再请他的咨询公司帮忙，把他这一次的损失弥补回来。

至于那些与非洲有着一些传统联系的西方国家，对于这件事就没那么重视了，只有少数几家媒体在很不起眼的地方发了一条消息，其中甚至没有提及中国二字。不过，冯啸辰对于这一点并不介意，甚至还有几分庆幸。中国现在需要做的仅仅是在亚非拉市场上有所斩获，还不到让西方人关注这件事的时候。西方人越不重视中国的存在，对于中国来说反而是越有利的。

冯啸辰在庆典上所做的广告以及后续的媒体宣传，果然产生出了良好的效果。庆典结束的当天下午，便有十几拨非洲官员找到了中国代表团下榻的宾馆，开始询问有关装备采购的事情。这其中，有几个国家是恰好有建设意向，正在全球寻找供应商，听说中国人的设备更为便宜，便上门来询价了。还有一些国家则是还没有迫在眉睫的项目，但未雨绸缪，也想了解一下中国人到底能够帮他们做些什么。有些官员的心态是先了解一下中国人的报价，再拿这个报价去和西方国家谈价，好歹也能压压对方的价格。

机械部、外贸部的官员只是来参加庆典的，没有卖设备的义务，行程中也没有这样的安排，所以都提前离开了。冯啸辰一行留了下来，在宾馆里租了两个会议室，专门接待前来洽谈的非洲官员，相当于在阿瓦雷摆了个摊子，开始卖东西了。

“根据贵国的资源条件，我们认为你们的化肥厂最好采用煤制气的工艺，这样生产成本能够有效地降低。我们现有的煤制气合成氨设备有 3 万吨和 5 万吨两种规格，都是在中国国内已经建设过 20 套以上，具有成熟建设经验的。3 万吨级的设备造价大约在 600 万美元左右，安装和调试的费用不会超过 200 万美元，如果不考虑拆迁费用，土建成本应当能够控制在 200 万美元之内，也就是说，这家化肥厂的投资在 1000 万美元之内就足够了。”

吴仕灿拿着铅笔，在纸上写写画画，帮着前来询价的非洲官员计算建厂的成本。吴仕灿干了几年的重装办规划处长，对于各种装备价格早已是谙熟于心。不过，这次到非洲来的路上，冯啸辰给他进行了一番洗脑，让他在报价的时候务必要把人民币三个字改成美元，数字上就不要动了。

吴仕灿跟冯啸辰争论了半天，才明白了冯啸辰的意思，合着冯啸辰是让他把 600 万人民币的设备给人家报成 600 万美元，而且还要强调这是优惠价，是为了庆祝中国与对方国家建交若干周年的优惠大酬宾。

“小冯，咱们的设备本来就不如西方国家的质量好，价格再报这么高，人家能接受吗？”吴仕灿用怀疑的口气向冯啸辰问道。

冯啸辰把手一摊，说道：“先这样报呗，万一人家觉得贵，咱们再让点价就行了。老吴，你没在自由市场买过菜吗，讨价还价的道理你也不懂？”

“可这是设备啊……”吴仕灿争辩道。

冯啸辰道：“设备和白菜没啥区别，我告诉你吧，你还真别觉得咱们的设备报价高了，在非洲兄弟眼里，没准就觉得是白菜价呢。”

对于冯啸辰的话，吴仕灿只能是嗤之以鼻，非洲的许多国家可比中国还穷呢，怎么可能会觉得东西便宜呢？在中国国内，建一家年产 3 万吨合成氨的中型氮肥厂，也就是 1000 万人民币左右，如果建设单位稍微节省一点，没准还用不了这么多。把这样一套设备卖到非洲来，给人家报 1000 万美元，这不是黑心吗？

想归这样想，具体到报价的时候，吴仕灿还是照着冯啸辰的吩咐去做了。在向对方的官员报出价格之后，吴仕灿有一刹那是非常紧张的，他担心对方会勃然大怒，或者至少是非常不悦地指责自己不诚实，如果是这样，他这张老脸可就没地方放了。

可是，让他感觉到惊讶的是，对方听到他报出来的价格，非但没有震怒，反而露出惊喜交加的表情，再三地询问他说的价格是真是假，会不会是双方用英语沟通的时候产生了什么误会，一家这么大的化肥厂，怎么可能才 1000 万美元就能够建起来，我们原来的宗主国的企业说过，化肥设备很贵的……

“你说法国人的报价是多少？”吴仕灿盯着对方的眼睛惊愕地问道。

“2400万美元！”对方应道。

“3万吨合成氨？”

“是的，就是这个规格。我很奇怪，为什么你们的设备只需要不到1000万就能够买到呢？”

“呃，这主要是为了庆祝贵我两国建交17周年，我们有折扣……”

吴仕灿情急之下终于想起了冯啸辰替他编的那个理由，虽然这个理由听起来就那么不靠谱。

# 第四百九十二章

一天忙碌下来，代表团的各位都累得口干舌苦。重装办的三位主要是负责回答技术以及合作方面的问题，要针对各个国家的需求为他们设计方案，评估造价等等。张和平和冯飞二人也被抓了差，帮着接来送往，跟黑叔叔们畅谈国际友谊之类。

张和平还好一点，他本来就是一个见人说人话、见鬼说鬼话的主儿，坑蒙拐骗是他的看家本领。冯飞就苦了，他生性内敛，并不擅长和人打交道，可又担心自己不够热情，耽误了国家的大事，所以只能强迫自己给人家赔着笑脸，到了晚上，他只觉得脸上的肌肉都是僵的。众人聚在吴仕灿房间里开碰头会的时候，冯飞在脸上捂了一块热毛巾，看上去颇有一些滑稽。

“仅就今天所洽谈的情况，至少有五个国家明确表示希望引进咱们的设备，其中有三家是需要化肥设备，一家是火电设备，一家是水电设备，如果这些意向都能够达成，这就是差不多 7000 多万的合同，而且是美元呢!”

吴仕灿哑着嗓子，但脸上的笑容却是那样的灿烂。

“恭喜恭喜啊!”张和平笑着说道，“这算不算是一个开门红了?”

“肯定是开门红，7000 多万美元的出口合同，而且都是差不多过时的技术，实在是太美的事情了。老张，我告诉你，就今天吴处长跟塔美国那个工业部长谈的那套化肥厂设备，他说跟人家打了个七折，当时我差点没笑喷了。他报的那个价钱，再打两个七折都到不了我们的成本，这也太坑人了。”王根基乐不可支地说着。

冯啸辰道：“就算打三个七折都算是便宜的。吴处长说的那套设备我知道，是新阳二化机积压下来的产品吧？当时新阳二化机把主机和几个最重要的压力容器都造好了，结果国家压缩基建，项目下马了，新阳二化的邓宗白跟人家都急眼了。如果塔美国愿意要，老邓估计得请吴处长喝一个月的酒。”

冯飞用含糊不清的声音说道：“啸辰，咱们这样做是不是不太合适啊？国家一直都是提倡要支援非洲的，咱们怎么能够拿积压的产品还提了几倍的价钱卖给人家呢？”

“呃，这个……”吴仕灿的老脸也有些红了，他和冯飞一样，都属于老一辈人，受国家教育多年，信奉与人为善的原则。这一次到非洲来卖设备，他是非常赞成的，但冯啸辰让他把价钱报到这么高的程度，他就有些犹豫了。

王根基不屑地说道：“老吴，你就踏踏实实地报你的价吧，你没见人家还对我们千恩万谢吗？这东西，在咱们那里不值钱，在非洲就值钱得很呢，咱们现在报的价，都已经是往低处报了。换成西方国家，不在这个价钱上再翻一番，人家都不好意思说自己是帝国主义了。”

“可是，咱们采购西方国家的设备，人家也没这样报价啊。”吴仕灿道，“就说咱们从日本引进的 30 万吨大化肥设备，一套也就是 4000 多万美元。我估算过，咱们如果能够实现国产化，一套 30 万吨设备的造价也得将近 3000 万美元。再考虑到日本的劳动力成本更高，还有管理成本等因素，这个价钱算是很合理了。”

“这是因为咱们会造。”冯啸辰悠悠地说道，“咱们用了 30 多年时间打下的工业底子，是亚非拉的其他那些发展中国家没法比的。咱们虽然拿不下 30 万吨的设备，但咱们会造 5 万吨的，而且也懂得工业规律，日本人不敢向咱们报太高的价格。如果他们敢报出一个天价，咱们大不了就不进口了，自己干，哪怕质量稍微差一点，性能比不上日本人，也好过于被他们宰。可非洲国家就不同了，他们没有技术，自己造不了，而且他们也缺乏工业人才，说起成本、造价这些事情，他们根本就不懂。所以西方人可以放心大胆地剪他们的羊毛。”

"说到底，自己会了，人家就不敢跟你为难了。"张和平插话道，"我也做过装备采购的事情，当然不是你们那种工业装备，是我们系统内的装备。但凡是咱们中国造不了的，人家就会开一个天价，你爱要不要。什么时候咱们能够造了，哪怕水平比他们差一些，他们也会赶紧降价。"

这一说，冯飞也受到了启发，他说道："听张处长这样一说，我倒想起一件事来了。我们厂买过法国的一台检测设备，里面有一块隔板，是特种金属制造的，据说能够防电磁干扰什么的。后来磨损了，我们要厂家给我们再配一块，人家直接开价就是 2 万法郎，还不带讲价的。"

"后来呢？"冯啸辰饶有兴趣地问道。

"后来我们找了搞材料的兄弟单位，帮着做了一块，也就是千把块钱人民币的样子，换上去也同样能用，设备的精度、敏感性啥的都没变化。"冯飞回答道。

"千把块钱的东西，他们居然报到 2 万法郎，这比我们可黑多了。"吴仕灿感慨道。

"这还不算呢。"冯飞道，"后来，我们检测室的同志去法国开会，跟那家企业的技术人员说起这件事，你猜他们说什么？"

"说什么？"大家一齐问道。

冯飞道："人家说，其实那块板子要不要都无所谓。"

"……"

大家一齐傻眼了，这他妈算个什么事啊！既然是可要可不要的板子，你一张嘴就是 2 万法郎，这不是坑傻子吗？

"所以刚才小冯说得对，咱们如果自己不会，就得吃亏上当。"吴仕灿总结道。

王根基笑道："我突然想起来，那个什么高教授不是说全球大协作吗？应当把冯工说的这个故事讲给他听听，看看他有什么感想。"

"他能有什么感想？"吴仕灿道，"他就是那种没了脊梁骨的人，外国人的东西都是好的，咱们自己的东西都是土的。可他也不想想，没有这些土的东西，咱们就只能像这些非洲国家那样，伸着脖子等人家砍，能碰上一个像咱们中国这样的卖家，他们都觉得是遇到救星了。”

说到这里的时候，他自嘲地笑了笑，摇摇头。他感觉自己真的已经被冯啸辰给洗了脑，原本还觉得给非洲国家报高价是伤天害理的事情，怎么一转眼就变得心安理得了，甚至还有了一些自豪感。不行，这件事情回去之后还是要向组织反映一下，看看组织上的考虑是什么，自己可不能被这几个小年轻带上歧途了。

听到大家谈起高磊，张和平迟疑了一下，然后笑着说道：“有个情况，本来还是有点密级的，不过我看了看，大家也都不是那种会泄密的人，我就索性说了吧。”

“张处长，如果不合适让我们知道的事情，就不必说了。”吴仕灿提醒道。

张和平摆摆手，道：“倒也不用瞒着你们，其实很快也会有内部文件发下来，你们几位都是有资格看文件的。我想说的情况就是，据我们系统掌握的情报，西方一些国家正在有针对性地对我们的一些干部进行拉拢腐蚀，让他们成为西方势力在我国的代言人。这些干部有的处在职权部门，能够影响到国家的具体决策。有些则只是从事新闻、学术研究等方面的工作，但他们也同样能够影响到我们的观念，让我们不知不觉地照着西方给我们划出的道路走。现在国家已经注意到了这种情况，可能要有一些行动呢。”

王根基道：“这件事，我也听我们家老爷子说过，好像西方对这种人还有一个专门的词，叫做木马。”

“过去咱们说过第五纵队，也是这个意思吧？”冯飞说道。

“差不多就是这个意思吧。”张和平道，“现在整个斗争形势非常复杂，有一些人是被敌人拉拢过去的，是故意在搞破坏，有些人则是被对方洗了脑，自己觉得是好心，其实却是在办坏事。我们要把这两类人分辨出来，还真是挺难的。”

“高磊应当属于后一种吧。”冯啸辰评论道。

“你怎么知道？”王根基问道。

冯啸辰笑了笑，说道：“他没那个智商。”

“哈哈哈哈……”众人一齐笑了起来。

“好了，都是玩笑话。今天咱们说的这些，大家都不要传出去。大家也早点休息吧，我估计，这几天咱们都有得忙了。”吴仕灿对众人说道。

# 第四百九十三章

从吴仕灿的房间出来，大家各自返回自己的房间。冯飞和冯啸辰住的是同一间房，冯飞进门之后，迅速掩上了门，然后揪着冯啸辰说道："啸辰，你们的装备卖得这么好，你可不能把我们的事情给忘了。"

"你们的事，啥事？"冯啸辰累了一天，脑子还有点晕，听叔叔这样一说，下意识地便来了一句。

"什么叫啥事？你还真的把我们的事给忘了！"冯飞一下子就恼了，他手里攥着刚才用来捂脸的毛巾，怒气冲冲地瞪着冯啸辰，质问道。

"呃……"冯啸辰这才想起冯飞和自己不是一边的，人家好像是被自己忽悠出来卖火炮的，在飞机上可是冲着他念叨了一路，自己却真的把这件事忘到脑后去了。他赔着笑脸说道："二叔，瞧你，你别急啊，咱们这不是刚到阿瓦雷吗，卖军火这种事情，总不能像卖化肥设备那样到报纸上去吆喝吧，这得慢慢来。"

冯飞到卫生间重新淘了一把热毛巾，依然捂在脸上，然后对冯啸辰说道："什么叫慢慢来，我如果不说，你都把这事给忘了吧？啸辰，我可告诉你，我今天给你们帮忙，那是尽义务，我到非洲来的任务就是卖榴弹炮的，如果完不成任务，我可跟你没完。"

"你完不成任务，为什么要跟我没完呢？"冯啸辰嘻嘻笑着调侃道。

冯飞被噎了一下，旋即说道："这件事情是你提出来的呀，你在董老面前都拍了胸脯的，军中无戏言，你不知道这句话吗？"

"可我不是军人啊，你才是军人好不好，这件事本来就应当是你的事情吧？"冯啸辰还在拿叔叔开着玩笑。

"啸辰，我可告诉你，厂里派我出来，就是让我来监督你的。你如果敢掉链子，信不信我……我告诉你奶奶去！”冯飞犹豫了一下，最后还是觉得把老祖宗抬出来会有一点震慑力，他的那个大哥，也就是冯啸辰的父亲冯立，估计也拿冯啸辰没办法了。

冯啸辰脸上换上了媚笑，说道：“二叔，你真的别急，这种事情是急不来的。这样吧，明天我去找趟盖詹，让他帮我们打听打听，看看阿瓦雷的陆军是不是需要换装备，另外，就是其他国家有没有要换装备的。这种事情，让他们非洲人自己去问，比咱们这些外来的人去问要容易得多，你说是不是？”

听冯啸辰说得有理，冯飞也没办法了，他哼哼唧唧地说道：“你怎么问我不管，反正这一趟如果你没能把我们的榴弹炮卖出去，我是不会回去的，你也别想回去。”

“唉，那好吧……”冯啸辰屈服了。

次日，冯啸辰、吴仕灿一行依旧摆摊接待前来咨询的非洲官员，有几个与阿瓦雷接壤的国家的官员，已经打电话回国，叫来了更懂行的人员，要与冯啸辰他们谈进一步的细节。还有一些国家离得比较远，也有大使馆的商务参赞过来打听消息。

中午时分，盖詹代表阿瓦雷内阁过来看望中国代表团一行，在吃过一顿还算丰盛的午餐之后，冯啸辰把盖詹单独叫到了一边，笑嘻嘻地对他说道：“盖詹部长，感谢你提供的支持，这两天，到宾馆来找我们洽谈合作的已经有十几家了，如果照这个势头，我估计我们这一趟能够谈下一两个亿的合作意向呢。”

“那我就恭喜冯先生了。”盖詹假模假式地说道。

冯啸辰道：“同喜同喜，这些合作意向如果能够达成，可不仅仅是我们一家的喜事啊。”

“此话怎讲？”盖詹明明知道冯啸辰的意思，但还是装出一副懵懂无知的样子。

冯啸辰道：“我原来就说过，如果我们在盖詹部长的帮助下能够做成业务，是会向盖詹部长表示感谢的。具体能够有多大程度的回馈，我说了不算，还需要回去请示我们的领导。不过，我觉得，千分之五左右的比例，是可以考虑的，毕竟盖詹部长做事也是需要成本的嘛。”

“千分之五？”盖詹觉得嘴里有些发干。这一次阿瓦雷从中国引进热轧机，合同金额是2.4亿，其中给予他的所谓“咨询费”是千分之1.5，也就是36万美元。这一次，冯啸辰表示能够谈下的合同金额在一两亿美元的样子，却答应拿出千分之五作为回扣，如果按2亿美元来算，那就是足足100万美元了。

他当然知道，冯啸辰开出这样的比例，是因为这笔钱并不是给他一个人的，而是还要照顾到那些有合作意向的国家的官员。说穿了，冯啸辰是希望盖詹拿着这些钱去帮他买通那些国家的官员。但即使如此，如果总数真有100万美元，落到盖詹手上的，也是一个可观的数目了。

“我会想办法和他们谈谈的，我会拿我们和中国朋友合作的例子来说服他们。”盖詹应道，他知道冯啸辰等的就是他这个态度。

“这些国家都太穷了，像阿瓦雷这样能够一次拿出2.4亿美元的国家，真是太少了。”冯啸辰感慨道。

“没办法，我们非洲国家的确是太穷困了，能够拿出钱来搞工业建设就非常不错了。有些国家的财政收入除了维持总统的生活之外，剩下的也就只够买一些军火了。”盖詹评论道。

“说起军火，我倒是有另外一件事，想麻烦一下盖詹部长。”冯啸辰像是偶然想起什么事情似的，对盖詹说道。

“什么事情？”盖詹有些警惕。

冯啸辰道：“我们这趟出来，经费上比较紧张，后来是向军方借了点钱才出来的。因为这事，我们欠了军方的一些人情，军方希望我们能够帮助他们在非洲推销一些军火，其实主要就是榴弹炮，不知道贵国的陆军有没有换装的要求。”

“榴弹炮？”盖詹的脸上露出了苦笑，“亲爱的冯先生，你这个玩笑也开得太大了。我只是工业部长而已，怎么能插手军方的事情呢？”

“不是插手，只是想请盖詹部长帮着打听一下。如果有可能的话，帮着引见一下军方负责军火采购的官员，那就更好了。”冯啸辰装着轻描淡写地说道。

盖詹大摇其头：“这是不可能的，阿瓦雷的军方是一套独立的体系，和我们内阁关系很远。他们除了要钱的时候，其他时间都不和我们内阁打交道的。至于军火采购方面，他们倒的确是每年都有一些预算，不过主要是采购欧洲的装备，要说服他们从贵国采购装备，实在是太困难了。”

“是这样？”冯啸辰点了点头。武器这种东西，还是很讲究传承的。如果阿瓦雷过去用的都是欧洲的装备，那么让他们从中国采购装备，难度是双倍的。这其中一方面是双方的关系问题，另一方面就是武器装备的兼容性问题。中国的武器装备是师承于苏联的，而苏制武器与西方的武器规格不统一，如果混合起来使用，后勤保障的压力就会非常大。阿瓦雷的军方只要不是特别糊涂，是不会轻易这样做的。

“那么，其他国家呢？”冯啸辰又问道，“据我了解，非洲有很多国家是使用苏制武器的，我们的榴弹炮和苏联的榴弹炮几乎是一样的，盖詹部长能不能帮我们问问，看哪些国家有采购武器装备的意向。”

“这种事，不太好问吧？”盖詹皱着眉头，一肚子不情愿的样子。

冯啸辰笑笑，说道：“盖詹部长，你就当是帮老朋友一个忙吧？如果能够促成这方面的交易，我们也是同样会感谢你的。多的不敢说，百分之二的折扣，我现在就可以答应你。”

“这……”盖詹眼睛瞪得滚圆。刚才说到工业装备的时候，冯啸辰说的是千分之五的折扣，而到了武器装备，他一下子就涨到了四倍，居然答应拿出百分之二的比例。

自己那些兄弟国家的情况，盖詹是非常明白的。这些国家的确很穷，花一两千万美元建个化肥厂都得下好几年的决心。可再穷不能穷军事，论起买武器来，花个一两亿都不算啥了不起的事情，谁让非洲大陆就这么不安全呢？

如果促成一桩武器交易，能够拿到百分之二的回扣，这钱赚得可比促成工业装备的交易要多得多了。至于说难度嘛，盖詹深信，这只是事在人为的事情。

“这样吧，冯先生，我帮你问问看。我觉得最有希望的，莫过于迪埃国，他们国内的战争已经打了好几年了。”

# 第四百九十四章

“芒迪先生，现在离拜本达还有多远?”

在一辆篷布上沾满了灰尘的越野吉普车里，冯飞第100次地向坐在前排副驾驶座上的迪埃国工业部职员芒迪问道。

在冯啸辰委托盖詹帮忙打听其他国家的武器需求之后的第三天，盖詹给冯啸辰带来了一个消息，那就是迪埃国的军方的确有采购一些武器装备的要求，其中也包括了一些火炮。至于是榴弹炮抑或是别的什么炮，盖詹就说不清楚了。非但他说不清，连提供了这个消息的迪埃国工业部长赫塞思也说不清。

迪埃国是与阿瓦雷相邻的一个国家，在几年前爆发了内战，政府军与叛军断断续续地打了几年，目前控制了全国约四分之三的国土，叛军则占有了另外四分之一的国土。与非洲许多国家的内战相仿，迪埃国的内战双方背后也是美苏两大集团在支撑着，政府军这方得到的是苏联的支持，叛军那边则是得到了欧美的支持。

这两年，苏联的国力渐弱，加之领导人提出新思维，原来全球争霸的国家战略被放弃，对迪埃国这种非洲国家的支持自然也就中断了。失去了苏联的支持之后，迪埃国政府军陷入很麻烦的境地，最主要的一条就是武器装备的来源成了问题。时下虽然还有一些过去从苏联采购的装备在使用，但武器这种东西在战争中的损耗率是非常惊人，前线部队已经出现装备不足的情况。军方天天嚷着要补充装备，赫塞思作为工业部长，自然不可能不知道这件事情。

“不过，采购装备的事，是军方说了算，我是没什么权力的。”

当着冯啸辰等人的面，赫塞思这样说道。参与会谈的，除了冯啸辰之外，还有冯飞和张和平二人。王根基和吴仕灿二人虽然也知道这件事，但还是本着尽量不掺和军事秘密的原则，没有参与这件事。

“那么，赫塞思部长能不能帮我们去问问军方的意思呢?”冯啸辰说道。

“我倒是可以去向军方的参谋长打听一下，不过，你们具体想知道什么情况呢?”赫塞思问道。

此君和盖詹的私交不错，在此前，盖詹已经向他透过底，中国人答应就武器采购的事情给他们一些回扣，比例还非常可观。赫塞思不是那种会拿好处出卖国家利益的人，但如果不损害国家利益，却又能拿到好处，他当然不会拒绝。军方想采购武器，这是原本就有的计划，他帮军方找到了一个卖主，说起来还算是为国分忧。再如果能够因此而获得一些个人利益，那就是何乐而不为的事情了。

正因为有这样的想法，所以对于冯啸辰提出的要求，赫塞思是非常重视的。

“冯工，你说说看吧?”冯啸辰把头转向冯飞，说道。当着许多人的面，他不便叫冯飞为二叔，这一点冯飞也是明白的。

“中国的武器装备基本上都是借鉴苏制武器发展起来的，如果你们的政府军习惯于使用苏制武器，那么从中国进口武器是一个非常好的选择。赫塞思部长能不能替我们打听一下，贵国的军方有没有这样的意向。”冯飞讷讷地说道，他实在不擅长与人交流，但现在没办法，不想说话也得说了。

赫塞思道：“据我所知，军方的确有采购武器的意向，但这要看武器的具体型号，还有价格，还有其他的一些条件，这样一些事情，靠我传话实在有些困难。而且我也只能是从侧面打听，介入太深是比较犯忌讳的。”

“我明白。”冯啸辰道，“那么，能不能请赫塞思部长和你们军方的人联系一下，请他们派人到这里来，我们和他们当面谈谈?”

“这个嘛……”赫塞思有些迟疑，“这件事，恐怕只能等我回国之后，托人和军方那边谈一谈，看看他们的意思。”

“你估计需要多长时间才能有消息？”冯啸辰又问道。

赫塞思道：“这个就不好说了，快一点的话，估计一两个星期就有消息，如果慢一点，一两个月也有可能。目前政府军和叛军正在拜本达地区进行激战，军方的高层都到那边去了，说不定也没时间考虑其他的事情。”

“这也太慢了。”冯飞皱着眉头说道。就算是一两个星期，那也是很漫长的一段时间。目前迪埃国军方到底有没有采购中国武器的意向，还是一个悬念，他总不能因为赫塞思的一句话，就在阿瓦雷傻等一两星期吧？

赫塞思无奈地说道：“冯先生，这是没办法的事，毕竟在我们国家，军方是非常强大的，我们无法左右他们的事情。我要向军方递话，还要通过一些关系才能传过去，一两个星期能够有答复，已经是非常乐观的事情了。”

“那么，如果我们直接去和你们军方谈呢？”冯飞脑子里灵光一闪，一句话脱口而出。

“什么意思？”赫塞思一时没明白过来。

冯飞说完就知道自己有些唐突了，他回头看看冯啸辰，又看看张和平，迟疑着要不要把后面的话说出来。他说要直接去和迪埃国的军方谈，那就意味着他要亲自跑一趟迪埃国，这可不是他自己说了就能算的事情。他看冯啸辰和张和平，是想请这二位替他参详一下，看看这件事合适不合适。

“张处，我想问一句，迪埃国的事情，咱们适合不适合插手？”冯啸辰把头转向张和平，低声地问道。他说的是中文，也不用担心赫塞思听懂。在这个年代，懂中文的非洲人还真是很少的。

张和平道：“插手是肯定不能插手的，咱们是奉行和平共处的国家，怎么能插手人家的内战呢？不过，如果通过第三国向迪埃国政府军提供一些武器，这个不能算是插手。咱们国家和迪埃国是有外交关系的，迪埃国在许多事务上也一直支持我们，算是咱们的友好国家。”

“如果是这样，那我陪我二叔去一趟迪埃国，你看如何？”冯啸辰替冯飞申请道。

“这个需要请示一下大使馆吧。”张和平道。

这种事情，也不是大使馆能够做主的。不过，通过大使馆，张和平与国内的所谓“有关部门”取得了联系，在说明事情的原委之后，有关部门作出了答复，同意冯飞、冯啸辰和张和平三人前往迪埃国，当然名义上只能是进行工业考察，这件事据说也是得到了董老首肯的。

就这样，冯啸辰一行搭乘盖詹派的车，来到了阿瓦雷与迪埃国的边境，过境之后，那边有迪埃国工业部派来接他们的吉普车，车上除了司机之外，还有一名名叫芒迪的小职员。赫塞思贵为工业部长，自然不可能亲自陪同冯啸辰他们。

吉普车从边境径直开向拜本达省，那里是政府军与叛军交火的区域。据赫塞思说，目前军方执掌大权的参谋长普拉格内尔就在拜本达省指挥作战，而武器采购的事情，只要与他谈才是有意义的，其他人根本就做不了主。

“这是做什么孽啊!”

坐在吉普车上，看着道路两旁的景象，冯飞不停地嘟囔着。其实，如果不是想装得矜持一些，冯啸辰也会忍不住发些感慨的。这个国家实在是穷得厉害，沿途的村庄大多是土坯盖的房子，偶尔路过一个市镇，也罕有几幢楼房。而就是这些土坯房子和稀少的楼房，却有不少已经被战争破坏了。有些房子的墙已经塌了一半，屋顶上的茅草明显有焚烧过的痕迹。

吉普车行驶在公路上，不时要减速以绕过路上巨大的弹坑，有些路段甚至已经完全被摧毁，车辆要从旁边的田地里通过。

“这就是战争啊!”

张和平对冯家叔侄说道。相比这两个从未见过战争的人，张和平好歹是去过一些战乱国家的，他知道有些国家的情形比迪埃国更加不堪。

“我们总说要保卫和平，到了这里，我才真正理解和平是何等可贵啊。”冯飞说道。

冯啸辰笑着调侃道：“二叔，既然是这样，那咱们干脆还是回去吧。”

“为什么?”

“你不觉得自己是来贩卖战争的吗?”

“这个……不能这样说吧。”冯飞有些窘了，作为一名军工企业的人，他说什么和平之类的，实在有些违和了。他是来卖榴弹炮的，如果天下和平了，他的炮卖给谁呢?

“这个叫做以战争遏制战争。”冯飞终于给自己找到了一个理由，“啸辰，我们是来帮助迪埃国人民消除战争的。你想，如果迪埃国的政府军能够早日打败叛军，迪埃国不就能够获得和平吗?”

“嘻嘻，二叔，你可记住你现在说的话，一会见了普拉格内尔，你就这样跟他说吧。”冯啸辰说道。

“啸辰，一会你可得帮我，我……我实在是不会说话……”

冯飞用求助的眼神看着冯啸辰。冯啸辰正想再调侃一下冯飞，忽然听到从远处传来一声啸叫，不由得脸色骤变。

“不好，有炮弹!”

冯啸辰失声喊道。

# 第四百九十五章

在电影电视里，冯啸辰无数次听过这种炮弹飞来的啸叫声，但在现实中，这却是第一次。饶是他在处理其他事情的时候能够做到泰山崩于前而不惊，这一刻也是吓得魂飞天外了。这可不是拍电影闹着玩的事情，这个地方是战区，是动真枪真炮的地方。

就在刚才吉普车开过来的路上，他就亲眼见过一个大弹坑，上面的土还是新鲜的，显然就是不久前炸出来的。那弹坑之大，能够把一辆吉普车全部填进去。可以想象，如果是一枚炮弹直接落在吉普车上，会是什么结果，难不成他还要再穿越一回吗？

车上的其他人也都听到了炮弹声，开车的司机据说是从前线派来的，脸色还算比较镇定。芒迪的表现，和冯啸辰也差不多少，虽然没有失声喊出来，但却下意识地做了一个缩脖子的动作，也不知道这个举动在炮弹袭来的时候能够有多大效果。

张和平是当兵出身的，听到声音，他转头向炮弹飞来的方向看了看，眉头皱着，并不吭声。倒是冯飞的表现让人颇为惊异，他非但没有一点害怕的样子，还像是听到什么仙乐一般，脸上露出了欢喜的神色，说道："这应该是英、德、意三国联合制造的 FH70，155 毫米榴弹炮……咦，你们害怕个啥，炮弹的落点离咱们远着呢！"

他这句话说完的时候，那枚炮弹也已经落地了，正如他说的那样，落点离着公路还有差不多两里路远的地方，轰隆一声的爆炸声听起来甚是吓人，但吉普车连一点爆炸的冲击波都没有承受到。

"不会吧，二叔，你听着声音就能够知道落点？"冯啸辰抚着胸口，看着冯飞，诧异地问道。

冯飞道："废话，我是干什么的？这差着好几里远的落点我还分辨不出来，那不成了吃干饭的？"

"看来，还是术业有专攻啊。"冯啸辰点点头说道。没等他再说点什么，远处又传来了炮弹飞来的声音。不过，这一回连他也能够听出来，炮弹不是冲着这个方向来的，爆炸的地方又远了一两里路。

这个时候，司机说话转头向芒迪嘀咕了几句，他说的是迪埃国本地的语言，大家都听不懂。芒迪帮着把话译成了英语，对众人说道："各位先生，司机说看来叛军又在发起炮击了，继续在路上开车不太安全，他建议我们到前面去躲避一下。"

"前面有什么躲避的地方吗？"张和平问道。

"是的，前面是一个我们自己的榴弹炮阵地，阵地上有避炮的掩体。司机说，叛军会不定期地向这边进行炮击，每次打一个小时左右就结束了，我觉得我们还是躲避一下为好。"

芒迪说道。他本是一名政府的公务员，如果不是为了陪冯啸辰他们一行，是不会到战场上来冒险的。刚才那两枚炮弹，已经把他的魂给吓飞了。

"也罢，还是暂时躲避一下吧。"张和平替大家做主了，这种时候也不是逞英雄的时候，他得对冯啸辰、冯飞二人的安全负责。

冯飞倒是挺高兴，他说道："是政府军的榴弹炮阵地吗？正好，我可以去看看你们的榴弹炮是什么型号。"

芒迪听到几位中国人同意了去避弹，甚是欢喜，他向司机说了几句什么，司机开着车拐上了一条小路。在这期间，众人听到炮声渐渐稠密起来了，除了从叛军那个方向飞来的炮弹之外，还能听到从这一方飞向叛军那边的炮弹呼啸声，然后便是从远处传来的沉闷的爆炸声。司机开车的方向，正好就是炮弹飞出来的方向。

吉普车绕过一片小树林，前面便可以看到火炮射击冒出来的烟雾了。再近一些，榴弹炮阵地已经进入了众人的视野，冯飞几乎要从吉普车的后排站起来了，眼睛直勾勾地盯着那片阵地，可以看得出来，这才是他最喜欢的东西。

司机把吉普车开到阵地后面的一处隐蔽所跟前，那是几座半地下的工事，顶上盖着厚厚的木料和沙袋，估计只要不是被炮弹直接命中，躲在里面是非常安全的。车一停下，司机便指了指那几间隐蔽所，说了一些当地话。芒迪忙不迭地从车上跳下来，强压着恐惧的心理，对冯啸辰等人说道："各位，咱们赶紧到避弹所去休息一下吧，司机说了，对方的炮击不会持续太长时间，等他们的炮击结束了，咱们再走。"

说着，不等大家接话，他就准备往工事里跑。谁承想，冯飞一把攥住了他的胳膊，说道："芒迪先生，先别急，我有个请求，不知道合适不合适……"

"冯先生，有什么事咱们可以到避弹所去说吧？"芒迪哭丧着脸说道，他分明听到空中又有炮弹飞过来了，至于会落在什么地方，他哪听得出来。

冯飞却是一点也不慌，他这会已经听出来了，叛军那边的炮击也是杂乱无章的，而且频率不高，估计也就是放放冷炮给政府军添点麻烦而已。这样的散炮，其实没多大威胁，除非是运气特别差，否则就算是闭着眼睛走，也不会被擦伤一根汗毛。

"芒迪先生，炮弹离咱们还远着呢。我想说的是，你能不能和阵地上的军官通融一下，我想去参观一下他们的阵地，你看如何？"冯飞说道。他是一个研究火炮的人，遇到这种实际的炮战，岂有不去现场观摩一下的道理。实战中装备可能出现的问题，与平常的实验是大不相同的。这几年南线在搞两山轮战，东翔厂也是专门派过技术人员去战场搜集资料的。现在有了一个非洲战场上的案例，冯飞当然要去看一看。

"这个……恐怕不太合适吧？"芒迪支吾道。

"我只是去看看，不会影响他们作战的……"冯飞说道。这种求人办事的事情，他本不擅长，加上想到自己是一个外人，要去看人家的阵地，必然会有许多忌讳，他也不知道该如何说服芒迪才行了。

张和平却是看出了一些问题，他走上前，笑呵呵地说道："芒迪先生，冯先生只是想去看阵地，如果可以的话，请司机先生带我们过去就好了，不需要芒迪先生陪同。如果没法直接到阵地上去，那就只好请芒迪先生带我们到旁边找一个能到看到阵地的地方……”

“这个……我和司机商量一下吧。”芒迪无奈地妥协了。人家已经看出他怕死了，话也说得很直白，如果芒迪能帮助他们通融一下，则他们会自己到阵地上去，芒迪则可以躲到工事里去。如果芒迪不帮忙，那不好意思，大家就一起在外面待着吧。

司机是一个作战部队里的小兵，也不懂得什么外交、军事秘密之类的东西。听芒迪说这几位中国客人想去阵地看看，他二话不说便点头答应了，然后闷声不响地向着阵地那边走去。他其实也没啥话好说，因为他说的话中国人听不懂，而中国人说的话，他也听不懂。

冯飞转头向冯啸辰和张和平说道：“张处长，啸辰，你们俩到工事里去休息一下，我跟司机去前面看看。”

说罢，他小跑两步便追上了司机，也向着阵地的方向走去。冯啸辰和张和平对视了一眼，然后一齐笑了笑，也跟在冯飞身后往阵地去了。从冯啸辰这边来说，不害怕是假的，但既然冯飞要去阵地，他这个当侄子的怎么能独自躲到工事里去呢？此外，他知道冯飞这个人不擅长交际，万一犯了人家的什么忌讳，或者和前线的指挥官冲突起来，他也得帮着斡旋一下。

避弹所离炮兵阵地没有多远，大家走了几分钟，就已经走到跟前了。这是一个榴弹炮营的阵地，约摸有十几门炮，按照操典的要求排列开。每门炮旁边都有七八个人在忙碌着，不过开炮的频率也不高，在冯啸辰看来，也就是隔好长一会才放上一炮，有点和对方一唱一和的味道。

冯啸辰和张和平走到的时候，见带他们来的那名司机正在与一位军官说着什么，冯飞站在司机的身后，有些局促，不过眼睛却是一直在左顾右盼，看着阵地上打炮的士兵们。那军官听完司机说的话，走上前来，看了看冯飞，叽里咕噜地便说了一串话。冯飞以及冯啸辰、张和平都傻眼了，对方说的是法语，而他们仨，恰恰没有一个是懂法语的。

迪埃国过去是法国的殖民地，官方语言是本国语和法语，这一点冯啸辰他们早就知道了。赫塞思和芒迪与他们交流的时候，用的都是半生不熟的英语，但这位军官却是只会说法语的

"请问，你懂英语吗?"冯飞讷讷地问道。

军官摇了摇头，他能听懂 English 这个词，知道冯飞想问什么，但无奈他的确不懂英语。

"我回去把芒迪揪来。"冯啸辰低声向张和平说道。

"恐怕他不敢来吧?"张和平迟疑道，他刚才向芒迪承诺了不让他到阵地上来，现在倒也不便食言而肥。

这时候，冯飞扫了一眼阵地上的苏制火炮，灵机一动，脱口而出地问道:"那么，你懂俄语吗?"

这句话，他是用了比较生涩的俄语说出来的。

# 第四百九十六章

“你会说俄语？”

那名军官眼睛一亮，随即嘴里也蹦出了一句俄语。冯啸辰也是懂点俄语的，在旁边一听，就知道这哥们的俄语水平和自家的二叔差不多少，至少口语是一样烂的，不过也勉强能够交流了。

冯飞是五十年代的大学生，大学里学的就是俄语。东翔机械厂的技术来自于苏联，许多早期的技术资料也都是俄文的，所以他的俄语阅读能力很不错，但口语则由于多年没有使用而有些不够熟练了。至于那非洲军官，正如冯飞猜测到的那样，是因为使用苏制火炮，接受过苏联专家的培训，所以有一些俄语基础，起码日常会话是能够应付的。

“你是去见我们将军的？到阵地上来干什么？”那军官问道。

“我是中国一家兵工厂的工程师，我们厂就是生产榴弹炮的，我想看看你们的榴弹炮阵地。”冯飞解释道。

那军官摇摇头说道：“现在我们正在和叛军作战，这里有些危险，你们是将军的客人，还是到避弹所去休息一会吧。”

冯飞道：“没关系，我们不怕危险。我想问一句，你们现在是在干什么？”

“干什么？”军官有些懵，他回头看了看自己的阵地，说道，“你不是看到了吗，叛军在向我们开火，我们是奉命还击，压制对方炮火。”

“可是，你们还击的方向并不是叛军的炮兵阵地啊。”冯飞显得比军官还诧异，他用手指着那些炮，说道，“就你们这样打，根本就起不到压制的作用。”

军官显然有些窘，鉴于他的肤色，众人也看不出他是不是脸红了，只能觉得他说话的底气有些弱："先生，其实我们也不知道叛军火炮阵地的确切位置，他们那边封锁得很严，我们的观察哨无法靠近……"

这时候，天空中又飞过了两枚叛军的炮弹，冯飞抬头看了看，说道："这不是很明显的目标吗？从炮弹的轨迹，你们也能够推算出他们的阵地在什么地方的。"

"这怎么可能？"军官一愣，"我从来没有听说过还有这样的方法，怎么，先生，你懂这个？"

"不能算懂吧。"冯飞倒是挺谦虚，"要做精确的推算，肯定是不行的，不过，大致推算一下，最起码也比你们这样漫无目标地打炮要强一些吧？"

站在他身后的冯啸辰听傻了，他扭过头，低声地向张和平问道："老张，我二叔不会是在吹牛吧？榴弹炮的射程可是有好几十公里的，他听听炮弹的声音，就能算出火炮阵地在哪？"

张和平却是很认真地应道："从理论上说倒是有可能的，因为榴弹炮的轨迹是有规律可循的。现在美国和苏联都开发出了专门的炮兵雷达，就是通过观察炮弹的轨迹，来推算对方的火炮阵地。咱们国家嘛……呃，这个是军事机密，我就不便跟你说了。不过，冯工手上啥都没有，要推炮弹轨迹，还是有点难度的。"

他们俩说话间，冯飞已经和那非洲军官又说了几句，那军官脸上似有一些兴奋之色，叽里哇啦地就要拉冯飞去试一试。他这样一说，冯飞倒是有些局促了，他回过头来，向张和平问道："张处长，你看这事……"

没等张和平回答，冯啸辰抢先问道："二叔，你说的事情，有把握没有？"

"也就是五六成把握吧。"冯飞说道。

"有五六成还不够啊？"冯啸辰道，"多好的机会啊，赶紧去露一手，你如果能够把这事办成，卖几门榴弹炮算个啥，我连导弹都能忽悠得他们买下。"

"真的？"冯飞的眼睛也亮起来了，刚才这会，他还真的把自己的来意给忘了，光是看着人家开炮，技痒难耐。冯啸辰这一提醒，他才想到自己是来卖炮的，莫非真的像冯啸辰说的那样，如果自己能露一手，会有助于把火炮卖出去？

“冯工，去试试吧，不过，注意安全。”张和平说道。

“好咧！”冯飞顿时就精神起来了，全然没有了此前那副畏畏缩缩的模样。他叮嘱了一句冯啸辰和张和平不要乱跑，然后便在那非洲军官的陪同下，走进了阵地，来到一门榴弹炮的旁边。

冯啸辰和张和平不懂火炮射击的规程，不敢凑上前去，怕给人家添乱，只能站在后面看着。只见冯飞单膝跪地，冲着对面炮弹呼啸声传来的方向，伸出一只手，竖起大拇指，做了一个目测的动作，随后，他从随身的包里翻出纸笔，还有一把炮兵计算尺，摆弄了一番，然后便向身边那名军官说了一番话。

那军官点点头，站起身，手举小旗，大声地发布着射击命令，炮兵们忙碌起来，摇动着火炮上的各种手柄，旋即又有人抱着炮弹塞进炮膛，然后便是关炮闩，拉火。

轰隆隆的炮弹出膛声接二连三地响起来，炮弹划着弧线飞向远方，随后便是一声声的闷响。

在这期间，冯飞一点也没闲着，他一会看看阵地上火炮发射的情景，一会又侧耳听听远处的爆炸声，然后在纸上写写画画一阵，又给那军官下达了新的指令。

“你这个二叔，可非同凡人啊！”张和平看着冯飞那副模样，感慨地对冯啸辰说道。

“老张，你觉得他这套靠谱吗？”冯啸辰也有些惊讶，他表面上是在问张和平，其实也是在自言自语。张和平说的炮兵雷达这种东西，冯啸辰依稀记得自己在后世是听说过的，但那种神器是建立在雷达测量加上计算机运算的基础上的，冯飞就凭着一个大拇指测距，再拿一把炮兵计算尺计算，就敢声称反推对方的阵地，这简直就是天方夜谭了。

不过，不管冯飞的计算是不是靠谱，至少这一刻冯飞的表现，是刷新了冯啸辰的三观的。在他印象中，冯飞就是那个到京城出差还要采购点肉制品回去的庸碌大叔，以及那个在飞机上赖尔吧唧要侄子帮忙完成任务的技术宅男。可现在，冯啸辰看到的是一个集勇敢与智慧于一身的军工好汉，他闭上右眼伸出拇指测距的那一刹那，直立的身材甚至比旁边的火炮更加挺拔。

“靠谱不靠谱且不说，最起码，我看那个老黑是被你叔叔给镇住了，没准卖榴弹炮的事情，就着落在他身上呢……”张和平笑呵呵地说道，他正待继续往下说，突然又停住了。他抬头看了看天，然后拽了一下冯啸辰，说道，“小冯，你听!”

“听什么?”冯啸辰没反应过来，愣愣地问道。

“对方的炮声。”张和平道。

“对方……没炮声啊。”冯啸辰道，“他们的炮击结束了？啊，不，你是说，我们打中他们的阵地了?”

“非常可能!”张和平兴奋地说道，“我注意听了，刚才那边的炮火是有节奏的，一分钟四五发，可突然之间就停下来了，估计真让你叔叔蒙着了呢!”

“我靠，这也太狗血了吧，我这叔叔，简直就是一台人形自走炮兵雷达啊!”冯啸辰夸张地喊道。

阵地上，冯飞和那非洲军官比张和平更早地察觉到了异样，他们看着远方，然后交换了一个眼神。随后，那非洲军官狂叫了一声，一把便抱住了冯飞，紧接着，几个炮位上的士兵也都冲过来了，从四面八方扑向冯飞，喊着谁也不听懂的话，但那种欢乐的情绪却是完全能够感受出来的。

冯飞显然没有料到非洲人表达激动的方式会如此粗暴，他还没来得及弄明白是怎么回事，就已经是“满身大汉”了。冯啸辰喊了一声不好，拉着张和平冲进阵地里，好不容易才把冯飞从众人的拥抱中解救出来。

“冯先生，打中了，我们肯定是打中了!”

那军官满脸兴奋地冲着冯飞喊道。

“索克营长，现在还不好说是不是真的打中了，我想，还是要等一等前线观察哨的消息吧。”冯飞脸上也带着笑意，但还是非常谨慎地提醒道。

刚才这会，他与这位军官已经互相通报过姓名了，知道这军官是一名营长，名叫索克。

“会有消息的，不过，如果不是我们打中了他们的阵地，他们不会突然停止射击的。最起码，也是我们的还击对他们构成了威胁。”索克笑着说道。

“索克营长，我建议你们马上转移阵地。”冯飞道，“要知道，我们能够推算他们的阵地位置，他们也可以推算我们的阵地位置，万一他们照着这个位置还击过来，你们就危险了。”

“放心吧，冯先生，这个世界上不会再有第二个像你一样的天才。”索克自信地说道，“我也是刚刚才知道还有这样的方法的，叛军那些人，过去也是我们的同僚，他们有多大的本事，我是一清二楚的，他们绝对没有这样的本事。走走走，我们到后面去，今天你们先不用到将军那里去了，我一定要请你们喝酒!”

# 第四百九十七章

非洲兄弟的热情是谁都无法抗拒的，索克营长盛情挽留，周围的士兵们也跟着起哄，冯啸辰一行只能是留下来了。

晚宴开始之前，索克接到了司令部打来的电话，正式确认他们的那一轮炮击打中了对方的榴弹炮阵地，只是这个消息是由情报人员了解到的，具体摧毁了对方多少门炮、造成对方多少死伤之类，就不得而知了。

不过，即便如此，这也是一次难得的重大战果了。要知道，双方打了几年时间，这种通过直接炮战获得的战果是寥寥无几的，火炮对于双方来说，都属于一种以吓人为主的兵器，偶尔能够打中点什么目标，都是神灵保佑的结果，与炮兵的技术没有任何关系。

这一回，司令部方面原本也以为索克营是瞎猫撞上死耗子，无意中命中了对方的炮阵地。索克在电话里把事情的前因后果一说，司令部那边的参谋也是震惊了，几经辗转汇报之后，上司命令索克，务必要接待好几位中国来客，并称普拉格内尔参谋长明天将会亲临索克营，去实地考察炮战的情况，并且会见那几位中国客人，尤其是具有“超自然能力”的那位火炮工程师。

这个消息让晚宴充满了欢乐的气氛，这一次的战果能够让许多人都获得战功，而这个战功的得来，全是由于冯飞。于是，宴会上等着给冯飞敬酒的非洲官兵排成了长队，饶是冯飞酒量还过得去，而且非洲本地产的白酒底数也极低，他还是被热情的黑叔叔们给放倒了。

次日半上午时分，普拉格内尔坐着吉普车，带着一干随从来到了索克营的阵地。他没有到炮阵地上去，而是在索克的陪同下，先来到了冯啸辰他们住的帐篷，倒是让冯啸辰一行觉得有些意外。他们曾听赫塞思说过，普拉格内尔是军方的老大，也是迪埃国最有势力的人，因此还有些担心他不太好打交道。却没想到此君也有平易近人的一面，居然能够亲自到他们的帐篷里来和他们洽谈。

“请问，你就是冯先生吧，我是普拉格内尔。”

一身戎装的普拉格内尔走到冯飞的面前，用温和的语气作着自我介绍。他说的是英语，虽然也有些磕巴，但好歹是能够听懂的。

知道普拉格内尔要来索克营，冯飞一早就刮了胡子，换上了西装，又念念叨叨地向冯啸辰和张和平问了很多关于如何与普拉格内尔交谈的细节。他昨天那副杀伐杀断的气势在对方的炮声停下之后就全部消失了，又变回了原来那个木讷的样子。不过，冯啸辰知道，自己这位二叔在迪埃国政府军的官兵眼里，已经是身上带着光环的人了，哪怕是随便咳嗽一声，也会有人将其解读为霸气的。

“将军阁下，很高兴见到你。”冯飞在心里给自己鼓着气，用与冯啸辰他们排练了许多回的辞令回答道。

“昨天的事情，我已经都了解过了，你是一位炮兵天才，非常感谢你给予我们的帮助。”

普拉格内尔不吝溢美之词地夸奖道。他的语气里并没有太多居高临下的成分，这或许就是一个小国的将军在大国使节面前的怯意吧，据头一天冯啸辰在酒宴上听索克所说，早先苏联顾问在这里的时候，对包括普拉格内尔在内的迪埃国军官都是非常不客气的，而那位顾问，好像也就是个少校抑或是中校而已。

“我算不上什么天才，只是从事了多年的榴弹炮研究，对弹道计算有一些经验罢了。在我们系统内，比我水平更高的专家还有很多呢。”冯飞替自己谦虚道，殊不知道这样一说，倒是把中国军工的能力给结结实实地吹嘘了一通。一个在国内水平很普通的工程师，到这里就成了人家心目中的天才，可以想象你们国家的实力有多强了。

“我接到工业部长赫塞思的电话了，他说你们想和我谈谈，不知道你们想谈什么？”

普拉格内尔拉过一张椅子坐下，又招呼着冯飞、冯啸辰等人落座，然后直截了当地问道。

“不知道将军对于昨天索克营对叛军的还击有什么看法。”冯飞逐渐进入了状态，照着与冯啸辰他们商量的策略，向普拉格内尔问道。

普拉格内尔道：“非常精彩。索克已经向我报告过了，他说他们能够取得这样的战果，完全是因为你的出色计算。在此之前，我们从来不知道能够通过计算对方的弹道来推测他们的炮兵阵地，如果我们早知道这一点，整个战争的进程都会加快的。”

冯飞道：“其实，通过弹道来推测炮兵阵地，并不算是什么特别高深的技术……很多国家的炮兵都能够做到这一点的。”

他原本是想说炮兵技术先进一点的国家都能够做到这一点，但作为一个厚道人，他又觉得这样指着人家的鼻子说人家落后不太合适，于是就只能是语焉不详了。

“不不不，冯先生，你说的是你们这些发达国家的炮兵水平，我们迪埃国的军队还做不到这一点，我们政府军做不到，对面的叛军也同样做不到。”普拉格内尔坦率地说道。

他没有这么多顾忌，本国军队有几斤几两，他是清楚的。以他的想法，在发达国家的人面前说自己落后，并不算什么丢人的事情。至于中国算不算发达国家，他原来没考虑过，但经过昨天的事情之后，他开始意识到了，中国应当也是可以称为发达国家的，至少人家随便出来一个工程师，都能够牛成这个样子。

“可是，将军，你有没有想过，如果叛军从英美那里获得了相应的技术，也掌握了这种推测炮兵阵地的方法，你们该怎么办呢?”张和平在旁边插话道。

普拉格内尔一愣，旋即眉头就皱起来了。张和平说的这个，他还真没来得及思考，他光想着自己这边如果能够掌握这种技术就太好了，可经张和平一提醒，他才发现还有这样一个隐忧。叛军是从原来的政府军叛变出去的，在他们叛乱之后，英美等国通过自己的代理人给了叛军不少支持，其中主要是武器上的支持，使叛军具有了一定的实力。

据他掌握的情报，西方国家向叛军那边派出了顾问团，不过显然还不曾教过他们高明的炮兵战术。但过去没有教过，不意味着未来不会教。如果叛军掌握了这种计算对方炮兵阵地的技术，政府军的炮兵岂不要反过来吃亏了?

“将军，在现代战场上，炮兵都是必须具有高度机动性的，不能像传统炮兵那样待在一个阵地上固定不动，除非你的火炮比对方更先进，能够有更远的射程。其实，昨天我就向索克营长提出过建议，希望他们在还击了对方之后，迅速转移阵地，以免对方报复。要知道，如果对方是一支有经验的炮兵部队，现在我们这个地方肯定已经被对方的炮火完全覆盖了。”冯飞介绍道。

“你是说，先进国家的炮兵都是开完炮就马上转移的?”普拉格内尔听懂了冯飞的意思。

冯飞道：“正是如此，必须做到打一炮换一个地方。如果昨天叛军的炮兵有这样的经验，他们就不可能被我们打中。”

“可是，炮兵阵地要转移起来，难度太大了。”一位跟着普拉格内尔过来的幕僚插话道，“榴弹炮是非常重的，需要用卡车牵引，而且我们国家的道路很差，卡车牵引一门榴弹炮转移一个阵地，非常困难。”

冯飞当然知道，那位幕僚的担忧，其实也是传统榴弹炮存在的问题。他微微一笑，说道：“这位先生说得非常好，榴弹炮要转移阵地是非常困难的，正因为此，所以现在各个国家都在放弃传统的榴弹炮，转而开发新型榴弹炮。我们这次到迪埃国来，就是想向将军你推荐我们正在研发的两种新产品，一种是重量在 2 吨以下的轻型榴弹炮，另一种则是带有行走机构的自行榴弹炮，不知道将军阁下是不是有兴趣。”

“什么，重量不到 2 吨的榴弹炮? 它的火力比传统的榴弹炮相差多少?”

普拉格内尔的兴趣被冯飞给调动起来了，作为一名陆军参谋长，他对于主要装备的性能参数还是颇为了解的。他们目前装备的苏制 152 毫米榴弹炮重量差不多是6吨，十分笨重，这也是他们无法做到随时转移炮兵阵地的主要原因。如果一门炮的重量能够降到2吨之内，那么用不着卡车牵引，有几个士兵就能够拉着跑了，机动性将会大幅度地上升。

如果是在从前，他或许对于火炮机动性还不是特别重视，经过昨天的事情，他突然意识到，自己的炮兵阵地其实一直都是处于危险之中的。提高炮兵的机动性，是一件非常重要的事情了。

# 第四百九十八章

“我们正在研制的超轻型榴弹炮，是以不降低原有榴弹炮性能为前提的。”冯飞向普拉格内尔说道。

“你是说你们正在研制，而不是已经研究完成了？”普拉格内尔敏锐地问道。

冯飞道：“是的，我们目前正在研制。不过，理论设计的部分已经完成了，只需要再做一些实验就可以开发出来。”

“那么，冯先生估计什么时候能够完成这些实验呢？”

“这个还真不好预计。”冯飞显出了一些为难之色，同时把目光投向了冯啸辰，等着冯啸辰给自己打圆场。

冯啸辰微微一笑，说道：“将军阁下，你可能不太清楚我们中国的情况。目前我们中国是处在和平建设时期，军事装备研制的紧迫性不够。刚才冯先生说的那种超轻型榴弹炮，主要是为外销而开发的，在能够确定拥有国外的用户之前，国家并不会投入经费去进行后续的实验。如果不能通过外销订单获得实验经费，那么它的开发过程就会变得非常漫长了。”

普拉格内尔是聪明人，听到冯家叔侄这番话，他便把整件事情都想明白了。中国人打算开发一种超轻型榴弹炮，但主要是用于外销，采取的是以销定产的方式。这几个中国人到迪埃国来，就是来找销路的，他们显然是希望自己能够出钱帮助他们完成设计。

虽然明白对方是在算计自己，但普拉格内尔并不觉得恼火。这种算计其实对于迪埃国也是有利的，双方可以说是各取所需。

想到此，普拉格内尔也没有兜圈子，直接问道：“你们需要多少经费，才能够完成这种榴弹炮的设计？”

冯飞张了张嘴，正打算报一个数字，冯啸辰抢在他前面开口了：“1亿2000万美元，我们可以提供150门炮。”

把研制和生产的费用打包成一个项目来进行报价，是武器采购中很常见的方式。比如军方需要150门炮，他们可以不管这些炮的研制成本是多少，厂方需要添加什么加工设备等等，只是给一个统一的价格，厂方可以在这个价格的基础上去统筹经费的使用。

有些武器装备的使用年限很长，一次装备之后，基本上就不会再有同类型号的订货了，等到军方需要更新装备的时候，肯定是要求装备水平有所提升的。这种一次性的装备，研发成本只能在唯一的这批产品中摊销，至于价格是高是低，就看军方的用户如何考虑了。

有些武器是不止生产一批的，尤其是考虑到海外市场的需求，从前开发出来的武器还可以再生产出来卖给国外。这样一来，武器开发的成本就可以由若干个批次的生产来分摊，从而能够使每件武器的价格得到有效的降低。

冯啸辰在东翔厂的时候，与老工程师顾建华探讨过超轻型榴弹炮的研发成本问题。顾建华估算了一下，认为整个研制成本应当在8000万至1亿2000万人民币之间，但研制过程中形成的有关轻型材料等方面的技术，是可以应用于其他装备开发的，所以研发成本可以被分摊掉一些。至于研制之后的生产成本，就相对比较简单了，一门火炮的造价在60万人民币左右，如果造150门，也就是9000万人民币。

照这个算法，150门火炮加上全部研制成本，大约是2亿人民币，合5000万美元的样子。东翔厂的想法是，在报价的时候，大约报到8000万美元左右，最终能够以6000万成交，也是一个非常可喜的结果了。要知道，超轻型榴弹炮是很有前途的一种装备，绝对不会是只生产一个批次的。因此研制成本根本不应当在一个批次里全部分摊掉。

刚才冯飞就是想照着这个策略报价的，但冯啸辰抢在了他的前面，而且直接把报价提高了二分之一。昨天在酒桌上，他已经从索克那里套出一些信息，知道军方的后勤部门这一段时间正在与国际军火商接触，希望能够从西方国家采购到一些军火，其中就包括了榴弹炮。国际军火商给他们报出的价格，是一门炮120万美元，此外还有一些乱七八糟的附加条款。军方对于价格没有太多的异议，只是因为不太能够接受那些条款，所以一直没有完成相应的采购。

在这个时期，西方国家自己的榴弹炮采购价格是80万美元左右，卖到非洲就凭空涨了40万，这与工业装备交易的情况是类似的。至于索克说的那些附加条款，虽然他没有明说，但冯啸辰也能猜得出来，不外乎就是一些普世价值的东西罢了。

“这不多啊！”

听到冯啸辰的报价，普拉格内尔身后那名多嘴多舌的幕僚脱口而出，引得众人都把目光转向了他。他说完才觉得自己似乎是说错话了，于是讷讷地向普拉格内尔解释道：“将军，我是说，如果这种新型火炮的价格是80万美元一门，的确不算是一个很高的价格。”

普拉格内尔皱了皱眉头，说道：“从每门炮的价格来看，倒的确不算是很高。但如果要一次采购150门榴弹炮，对于我们来说还是有一些压力的。几位先生，我想问问，我们是否可以只采购一部分，比如说50门炮？”

冯啸辰摇摇头，道：“50门炮不够一个生产批次，价格会很高的，并不比你们一次采购150门炮便宜多少。”

普拉格内尔道：“但我们的确承受不起1亿2000万美元的支出，毕竟我们的军费不能全部用来购买榴弹炮的。”

冯啸辰道：“将军阁下，我倒有一个主意，你们是否可以联合其他几个国家的军方一起进行采购呢？150门炮，如果分摊到几个国家，就不算很多了。我想，传统榴弹炮存在的问题，并不仅限于迪埃国一个国家的军队吧？”

“这倒是可以。”普拉格内尔点头道，“的确，迪埃国周边的几个国家，使用的都是传统的苏制榴弹炮，而且使用多年，破损报废的很多，大家都在谋求采购一批新的榴弹炮。如果你们能够提供，而且价格方面也比较合理，我或许可以联合他们一起向中国采购的。”

“那可就太好了。”冯啸辰道，“将军阁下，如果你能够凑足200门炮的需求，我想我们给迪埃国的50门炮，每门可以优惠5万美元。如果有300门炮，我们可以优惠8万美元。”

“非常感谢。”普拉格内尔并没有矫情，直接谢过了冯啸辰给的好处。

“除了榴弹炮之外，贵军还需要什么其他的装备吗？”冯啸辰得陇望蜀，继续问道，“我们中国能够提供的装备是全方位的，包括坦克、装甲车、飞机和轻武器，对了，卡车等装备我们也可以提供，价格方面，肯定比西方国家要便宜20%以上。”

“我们需要派人到中国去进行实地考察，确定你们装备的质量和性能情况，然后才能决定是否采购。不过，你们给我带来的信息非常重要，我们过去一直是从苏联获得武器装备，这两年，苏联减少了武器出口，而西方国家对我们有成见，拒绝直接向我们出口武器，我们只能通过国际装备贩子间接地获得西方的武器，价格方面就非常吃亏了。”

普拉格内尔感慨地说道。刚才冯啸辰报出来的榴弹炮价格，让普拉格内尔觉得中国人非常有诚意，心里已经有些认同与中国的交易了。迪埃国的内战打了好几年，未来或许还要再打好几年，武器装备方面已经有些捉襟见肘了。此外，因为内战的原因，迪埃国的财政状况也非常不好，难以拿出更多的钱作为军费，这也要求普拉格内尔要精打细算。这样一考虑，他发现从中国获得装备，的确是一个很好的主意。

“对了，如果要从贵国采购武器，我还有一个条件，希望你们能够允许。”普拉格内尔准备结束谈判的时候，突然想起一事，便郑重地说道。

“有什么事情，将军阁下请明示吧。”张和平替大家应道。

普拉格内尔用手一指冯飞，说道：“我希望能够聘冯先生为我们迪埃国军队的军事顾问，这是我们采购贵国武器的条件，如果你们不能答应这个条件，那么我将不得不重新思考与贵国的合作问题。”

“这不太合适吧？”冯啸辰眼睛瞪得滚圆，心说这位老兄可真够赖的，居然能够这样威胁自己。他想以武器交易为条件，把冯飞留在他这里当军事顾问，这怎么可能呢？冯飞是来卖装备的，没说连自己一块给卖了。再说，向一个处于内战之中的国家派出军事顾问，这可不是开玩笑的事情，国家能同意吗？

“这是我们的条件。”普拉格内尔坚定地说道。

“可是，我并不懂军事啊。”冯飞无端中枪，有些为难地对普拉格内尔说道。他当然不愿意留下来当什么顾问，可如果因为自己不留下来，普拉格内尔就取消前面说过的合作，冯飞绝对是不能接受的。以他这代人的观念，为了国家利益，牺牲自己的生命都是可以的，更何况是留下来当个顾问呢？

难点只在于，自己并不是什么军事专家，再说，这似乎也与国家的外交政策不相符吧？

# 第四百九十九章

“冯先生，我是认真的。”普拉格内尔露出一个严肃的表情，对冯飞说道，“你提出的建议，对我们非常重要。我们有意与贵国合作，包括参与贵国的超轻型榴弹炮研制计划，也包括进行其他的装备采购。但是，所有这些合作必须有一个前提，那就是贵国政府能够派冯先生到我们国家来，担任我们的军事顾问。如果这个条件不能得到满足，我们是不会考虑上述采购计划的。”

“这……这有什么必要呢?”冯飞傻眼了，自己一个人去留，居然与整个国家的装备出口绑在了一起，这让他怎么承受得起。

冯啸辰和张和平也是丈二和尚摸不着脑袋，不知道普拉格内尔在搞什么名堂。一开始，冯啸辰的确觉得普拉格内尔是在开玩笑，要不就是随口说一说，相当于变相地表示一下对冯飞的赞赏。但听到普拉格内尔说得如此认真，而且脸上的表情也不似作伪，他就有些不明白了，自己这个二叔除了会耍赖之外，好像也没啥突出的地方，怎么就让迪埃国的军方领导人看中了呢?

其实，普拉格内尔还真是没开玩笑。外人不知道，他自己心里是非常明白的，迪埃国政府军目前的状况非常令人不乐观，他正着急上火地想从哪个国家请几个军事顾问来帮忙，遇到冯飞这样一个人才，他怎么舍得放手呢?

迪埃国政府军原来是请苏联顾问帮忙指导的，官兵的军事训练以及部队的内部管理，都极大地依赖于苏联顾问。这两年，苏联搞新思维，从全球各地撤回自己的军队和军事顾问，迪埃国政府军一下子就陷入了混乱。普拉格内尔搞搞战略没问题，在军方和民间也有颇高的权威。但涉及内部管理，他就抓瞎了，一来是他没有这么多的精力去管各种细节，二来是他本身也不具有这样的能力。

炮兵火力压制这种事情，普拉格内尔过去也听苏联顾问说起过，但具体如何做，他却不清楚。双方的炮战一向都是你打你的，我打我的，炮弹浪费了不少，但没取得什么成效。内战迟迟不能结束，国家的经济建设受到拖累，沉重的军费负担也让财政苦不堪言，这些都给普拉格内尔带来了巨大的压力。他有心改变这种状况，却又不知从何下手。

其实早在苏联顾问撤走那个时候，普拉格内尔就想过要到其他国家去请一些军事顾问来帮忙。但找了一圈，也没有找到。西方国家是站在叛军一边的，自然不可能给他派什么顾问。东方阵营里倒也有几个国家有这方面的能力，但人家要么开的价钱太高，附加着一系列的政治要求，要么就是自己国内也有一摊子事情没有摆平，不想多管闲事。

普拉格内尔也曾派人与中国联系过，结果遭到了婉拒。中国一向声称不干预别国内政，派军事顾问这种事情，已经有很多年没有做过了。

这一回，冯飞他们来推销榴弹炮，赫塞思给普拉格内尔打电话通报了此事，普拉格内尔倒没多想什么，只是安排了一辆车去接人，想听听中国人能够提供什么装备，又会开出什么价钱。昨天，索克营与叛军进行炮战，居然打中了叛军的炮兵阵地，给叛军造成了不少损失，这是政府军近来少有一次胜利。普拉格内尔让人一打听，才知道索克营所以能够取得这样的战绩，居然是得自于一位中国军工系统工程师的指点，这就让普拉格内尔动了心。

他让索克把冯飞一行留在阵地上，自己亲自乘车来到阵地，了解前一天炮战的细节。从索克那里，他得知了冯飞所做的一切。索克对冯飞赞不绝口，称他不仅炮兵技术过硬，而且态度和蔼，在传授炮兵要领时极有耐心，与此前的苏联专家完全不同。

在过去，苏联专家的水平或许是很不错的，但那种傲慢的劲头却让人无法恭维。苏联专家在培训迪埃士兵时，用得最多的一个词就是“笨蛋”。什么技术教上两遍，如果士兵们掌握不好，他就不再教了，说迪埃人素质差，学不会，不需浪费时间。

昨天冯飞在阵地上不但帮着政府军测量了对方阵地的位置，还纠正了他们不少操作上的讹误，那些讹误都是过去苏联教官没有教明白的地方。索克向普拉格内尔报告说，如果能够把冯飞留下来当顾问，自己有信心把炮兵营的水平提高至非洲一流炮兵部队的程度。

普拉格内尔正是带着这样的想法来到冯飞他们的帐篷的，与冯飞交谈了几句之后，他对于这位憨厚的中国工程师也产生了深厚的兴趣，于是借着对方与自己谈榴弹炮生意的机会，提出了希望他留下来担任军事顾问的要求。

“将军阁下，您这个要求，让我们有些为难了。”冯啸辰发话了，他看出冯飞是不愿意接受这个邀请的，却又不知道如何拒绝，于是便出来替冯飞说话了，“冯先生只是一名工程师，并不是军方的人士，他所以能够指导索克营长的部下，只是因为他了解榴弹炮技术，其他方面并不擅长，这样的人怎么可能担任军事顾问呢？”

“不，我们只需要他指导我们的榴弹炮操作而已。”普拉格内尔说道。

“此外，就是我们国家是一个爱好和平的国家，一向信守不干预别国内政的信条。贵国的内战也是属于内政，我们不能参与其中。”

“可是，你们不是打算向我们销售军事装备吗？这不就是干预了我们的内战？”普拉格内尔反驳道，这位仁兄可一点也不傻。

冯啸辰倒是有些语塞了，他支吾了一下，然后说道：“呃……将军阁下，有些事情可能是大家都明白的，其实，就算是贵方打算采购我们的装备，我们也不会直接销售给贵方，而是会通过第三国来转售，这就不违背我们的原则了。但如果派出军事顾问，性质就不同了，这与通过第三国转售武器是两回事。”

“我明白，我明白。”普拉格内尔笑了起来。这个世界上，掩耳盗铃的事情多得很。大国做事的时候都是要做一些伪装的，通过第三国转售武器，打代理人战争之类，都是常见的伎俩，普拉格内尔能够混到军方参谋长这个位置上，自然也不是什么迂腐之人。他笑了一会，说道，“贵国不方便向我们派出军事顾问，我完全理解，但贵国销售了榴弹炮，总要提供售后服务吧？你刚才说过，冯先生并不是军方的人士，而只是一家企业的工程师，贵国派他前来担任售后服务顾问，有什么妨碍呢？”

“售后服务？”

几个中国人都瞪大了眼睛，都说黑大叔质朴，眼前这位老黑可一点也质朴啊，简直狡猾得像只老狐狸。以售后服务的名义派人过来，那的确不算是军事顾问了，在国际上也就有了交代。

可是，国家会允许这种行为吗？

张和平最先反应过来，他点点头，说道：“将军，你的这个要求还是合理的。你们如果愿意采购我们的装备，而且采购金额达到一定的数量，那么我们派出一些售后服务人员指导你们使用这些装备，也是必须的。不过，具体到冯先生，他并不是企业里的售后工程师，我想，我们会在向上级请示之后，为你们派出正式的售后工程师的。”

“非常感谢这位先生。”普拉格内尔向张和平点点头，然后又指了指冯飞，说道，“不过，我们希望冯先生的名字在售后工程师的名单中间，而且我们希望售后服务从现在开始，否则的话……”

后面的话他就不说了，这既是给自己留出了一些余地，也是表示不想和对方再争执下去。他好不容易才抓着冯飞这样一个顺眼的顾问，哪里肯随便放手。万一冯飞走了，中国那边“研究研究”，又拖上一两年，他岂不是抓瞎了？他打定了主意要要挟一下这几个中国人，想卖榴弹炮，那就先把人留下。

“我可以留下！”正在张和平和冯啸辰琢磨着如何对付普拉格内尔的时候，冯飞开口了，“将军，我可以先留下。不过，这件事必须得到我的上级的批准，如果他们不能批准，那么恕我无法从命。”

“冯工！”

“二叔！”

听到冯飞的话，张和平和冯啸辰都惊住了，两个人几乎同时向冯飞喊了一声。冯飞此言一出，就相当于答应普拉格内尔了。以后只要国家同意派出“售后工程师”，那么冯飞就必然会在名单之中，除非国家真的不打算做这笔生意。派驻非洲是既艰苦又危险的工作，这项工作本来并不是冯飞分内的事情，他这样做，是抱定了牺牲自己的念头。

“我完全理解。”普拉格内尔抢着说道，“冯先生，我会马上安排汽车送你们几位回首都，你们可以在中国大使馆向国内报告这件事情。我保证，只要贵国同意冯先生留下，我们军方将马上与贵国签署采购 50 门传统榴弹炮和预定 100 门超轻型榴弹炮的合同，至于其他的装备，也可以谈。”

# 第五百章

“二叔，你真的打算留下来?”

迪埃国首都阿克贾的宾馆里，冯啸辰看着脸上带有亢奋之色的冯飞，苦着脸问道。

在与普拉格内尔会谈过之后，冯啸辰一行便乘坐军方的汽车来到了阿克贾。张和平带着冯飞去了中国驻阿克贾大使馆，通过大使馆的保密电话向国内汇报了有关情况，其中特别指出冯飞留在迪埃国有助于国内军事装备的出口，而如果不同意冯飞留下，那么未来与迪埃国的合作可能会受到一些影响。

得到这个信息，国内的“有关部门”进行了紧急磋商，又反复询问了冯飞本人的意见，了解其是否愿意暂时留在迪埃国。冯飞在电话里向上级领导表了决心，声称为了促进装备出口，他愿意牺牲一切个人利益。只要国家需要，他可以一直在迪埃国待下去，绝无怨言。

也许是被冯飞的态度感动了，“有关部门”最终作出了决定，同意冯飞以东翔机械厂售后服务工程师的名义暂时留在迪埃国，同时授权他可以参与迪埃国军方的一些活动，包括为迪埃国政府军提供技术指导。不过，直接参战是绝对禁止的，因为这既会引起国际上的非议，也可能会有一些生命危险。

对于冯飞自愿留在迪埃国这件事，张和平也是充满了矛盾。从安全工作的角度来说，能够与迪埃国军方取得合作，是一件大好事。当然，这要以不破坏中国的国际形象为前提。普拉格内尔最初提出要求的时候，张和平就想替冯飞应承下来了，只是碍于冯飞并不是他们系统的人，他无权作这个决定。

冯飞自己表示愿意留下，张和平当然高兴，但同时又有些歉疚。在他眼里，冯飞属于地方上的人，没有义务去承受留在非洲的艰苦与危险。不过，冯飞最终还是说服了张和平，他表示自己是军工企业的职工，其实也算是军人，为国效力是理所应当的。

张和平怎么想，冯啸辰管不着。但他出一趟国，却把一个叔叔留在了非洲，这是他无法接受的。

如果拿后世的眼光来看，在非洲工作也不算什么艰苦，至于生命危险之类的，如果稍微小心一点，问题也不大。冯飞毕竟只是充当军事顾问，不会去冲锋陷阵。再说了，以非洲这些小国家的战争烈度，就算亲临一线，恐怕也不会有什么风险。

事实虽然如此，但在这个年代里，大家的看法并不是这样。长期以来，“援非”都是被当成一项艰苦任务的，国人心目中的非洲就是那种瘟疫泛滥、战乱频发的地方，如果冯啸辰把冯飞扔在非洲，自己一个人回国去，恐怕二婶曹靖敏、父亲冯立、奶奶晏乐琴等等都会把他骂得狗血淋头。

“二叔，那个姓普的其实也就是讹诈我们而已，说什么你不留下他就不买咱们的装备，这种话骗骗小孩子也就罢了。一个国家的军事装备采购，哪有这样儿戏的？”

冯啸辰绞尽脑汁地试图说服冯飞改变主意。

“我知道，他说的不一定是真的，但万一他动了这个念头呢？我留在这里，他就没法反悔了。还有，我们东翔厂生产的榴弹炮，是根据咱们国家的情况设计的，不一定符合非洲国家的国情。我留在这里，也可以了解一下他们的情况，这对于我们改进榴弹炮设计，也是非常有价值的。”冯飞回答道。

从答应留下来给普拉格内尔当军事顾问开始，冯飞的状态就与从前大不相同了，说话声音大了几分，脸上也时不时地泛起一些激动的红晕。在国内同意了他留下来的申请之后，他那种亢奋的情绪更可谓是溢于言表。

“二叔，我一直没弄明白，你要求留下来，到底是带着一种自我牺牲的想法，还是你自己本来就打算留下来？”冯啸辰忍不住问起了一个敏感的问题。

冯飞沉默了一下，说道：“为了国家利益，我当然是可以作任何牺牲的。不过，你问的问题也很对，其实，在我心里，的确是想留下来的。”

“为什么！”冯啸辰愣了，他先前还只是从冯飞的表现中觉得这个二叔好像对于留在非洲有一些期望，却没想到的确是如此，而且冯飞还会直言不讳地说出来。

他看了看冯飞，迟疑着问道：“二叔，你不会是和婶子感情不太好吧……”

“你胡说什么呢！”冯飞脸色骤变，直接便训了冯啸辰一句。

“如果不是想躲着婶子，你干嘛想留在非洲？青东那边虽然是西部，生活条件比较恶劣，也总比非洲强得多吧？你现在也是个大款了，家里早就实现了四化，何苦到非洲这种地方来受苦呢？”冯啸辰不解地问道。

冯飞叹了口气，说道：“你不懂的。用一句现在流行的话来说，就是人到中年了。”

“人到中年？这和你留在非洲有什么关系？”

“当然有关系。我已经是快50岁的人，到现在还是一事无成，有压力啊。”冯飞幽幽地说道。

冯啸辰道：“你不能算是一事无成吧？我听说，你在厂子里也算是个技术骨干，再熬几年，评个副总工程师应当不成问题。这20多年，你得了两次全系统的优秀奖，至于厂里以及省里的奖，那是不计其数。你如果算是一事无成，那全中国得有多少人要羞愧而死啊。”

“这远远不够。”冯飞道，“啸辰，你想想看，你才这么点大的年纪，就已经是一个副处长了，你做的工作这么出色。还有林涛，他现在在德国留学，过几年就能回来，肯定也能够做出一番成绩。我这个做长辈的，如果只满足于拿了几个系统里的优秀奖，以后在你们晚辈面前，怎么抬得起头呢？”

“二叔，你不能这样说。”冯啸辰道，“我们这一代人能够做出一点成绩，也是时代的原因，你们年轻的时候受到时代的局限，这完全是不能比的。再说，我们这些做晚辈的，从来也没有瞧不起你们啊。”

“真的？”冯飞盯着冯啸辰的眼睛问道。

“呃……”冯啸辰语塞了，他想起来，自己似乎、好像、的确……是曾经有点瞧不起冯飞的，觉得他性格木讷，只知道赖着自己帮他卖装备。不过，这毕竟是过去的想法了，自从在索克营的阵地上冯飞爆发了一场王霸之气之后，在冯啸辰心目中，这位二叔的形象就已经变得非常高大了。

冯飞看出了冯啸辰的心思，他说道：“小子，你以为你那点心眼能瞒得过谁，你是不是一直觉得你二叔庸庸碌碌的，又没能耐，又没主见，出趟国还要你这个侄子照顾着。”

“二叔，瞧你说的，我这个当侄子的，照顾一下叔叔不是应该的吗？”冯啸辰道。

冯飞道：“我也知道我性格上有缺陷，不会和人交往，再加上在山沟里待的时间太长，也不知道外面的世界是怎么回事。这次厂里派我出来，也只是看中了我和你的关系，说穿了，我就是沾了你的光。厂里很多人都说闲话，说不应当派我出来……”

“实践表明，派你出来是一个英明的决定，如果换成其他人，哪有这样的奇遇？”冯啸辰半是恭维半是认真地说道。

冯飞脸上带着笑意，说道：“我也没想到，竟然会有那样一个机会。我过去经常出去试炮，对于弹道计算的确有些心得。那天在索克营的阵地上，我也是抱着试试看的想法，没想到还真的试成功了，帮咱们国家的军工企业争了光。”

“没错，二叔，那一刻，你实在是太帅了！”冯啸辰赞道。

冯飞道：“帅不帅，我不知道。不过，那一天的经历，让我意识到自己还是有一些潜力的，并不是一个废人。后来普拉格内尔要请我留下当军事顾问，其实他一说这件事，我就有些心动了。我想，我已经是快 50 岁的人了，如果再不给自己一个机会，这辈子就再也没有能够证明自己的时候了。”

"我明白了。"冯啸辰点了点头。听完冯飞这番讲述，他算是明白了冯飞的心理。冯飞在技术上有一些造诣，但在东翔厂，他并不算是技术最好的，充其量也就能算个骨干，永远也不会有站在主席台上的机会。而在迪埃国，他能够成为众人仰慕的专家，他留在这里，还能够为东翔的榴弹炮出口发挥关键性的作用，这也许是他这辈子能够达到的最高境界了。

"那么，婶子那边怎么办？我回去怎么跟她说呢？"冯啸辰问道。

冯飞道："这件事，我会给她写信的，相信她能够理解我的选择。我想过了，我留在非洲也不会有太长的时间，充其量一两年就回去了。过去我们出去做试验，一走半年的时间也是有的。"

# 第五百零一章

冯啸辰一行回国了，出来时候是五个人，回去的时候只剩下了四个。听说冯飞主动要求留在非洲给迪埃国当军事顾问，目的是为了推销东翔厂的榴弹炮，吴仕灿和王根基也是唏嘘不已。尤其是吴仕灿，在众人面前感叹了无数次，说自己就没有冯飞这样的勇气，还说人活一辈子，怎么也得有一回像冯飞这样的经历，才算是不枉此生。听到吴仕灿也这样说，冯啸辰才明白了，原来每个人的心里都有一个英雄梦，尤其是冯飞、吴仕灿他们这代人，一直都是被教育要当英雄的，他们心里的英雄情结更是让冯啸辰这样的小辈望尘莫及。

"我觉得，你现在最应该担心的，是回去以后怎么向你婶子交代。你二叔可是跟着你出国的，现在你回来了，把他扔在非洲，跟着个军阀当什么顾问，你婶子非得找你要人不可。"返程的飞机上，王根基笑呵呵地对冯啸辰揶揄道。

冯啸辰拍拍口袋，说道："我这里有我二叔写的亲笔信，一封是给我婶子的，一封是给我爸的，还有一封是给我奶奶的，里面还有给我堂弟的信。有这些信，他们就没法找我的麻烦了。"

"他们都会理解的。"吴仕灿说道，"尤其是你婶子，她本身就在军工企业里工作，这种事情见得多了。想当年搞原子弹的时候，多少人一去就是十几年，音讯杳无，家里人不也就是这样过的吗？"

"呃，这个也太不人道了。"冯啸辰道。

吴仕灿摇摇头，说道："这有什么办法？搞建设嘛，总得有人作出牺牲的吧？对了，我记得当初你和罗主任去化工设计院找我的时候，罗主任也说过这话，在国家利益面前，个人的那点事情能算得了什么呢？"

“说到底，还是国家太穷太弱了。”冯啸辰叹道，“搞原子弹工程的时候，之所以需要如此保密，说穿了就是怕别人了解到咱们的进度，怕人家在什么地方给咱们制造麻烦。如果国家强大一点，这些担忧都是不必要的，那些前辈也就用不着忍受这种离别之苦了。”

“哈哈，恐怕是你小冯担心自己和爱人两地分居吧？也难怪，你现在这个岁数，正是和女朋友如胶似漆的时候，一日不见，如隔三秋。如果让你留在非洲不回去，估计你是受不了的。”王根基大开玩笑。

吴仕灿却认真地纠正道：“这种事情，也不光是年轻人无法忍受，哪个年龄的人都一样。我见过不少夫妻两地分居的家庭，后来即便是调动到了一起，夫妻关系也很僵，还有父子关系、母子关系之类的，都很难恢复。对了，我记得小冯曾经让咱们重装办搞一个解决职工两地分居问题的行动，那真是积德行善的事情啊。”

“时代变了，中国也不像过去那么穷了，不能总是让咱们的干部工人承受牺牲。”冯啸辰说道，“我想过了，回去以后要向董老汇报一下这件事，我叔叔待在非洲，最多待一年，就得让他回来，绝不能让他和我婶子这样分开。实在不行，就让厂里把我婶子也派过去。嗯嗯，这个想法也不错，他们俩到非洲去，或许还可以不受计划生育政策限制，能够给我再生个堂弟出来呢。”

王根基直接就笑喷了，他用手指着冯啸辰，乐不可支地说道：“小冯啊小冯，你平时总说别人脑洞太大，我看你才是开脑洞呢。你二叔二婶也都快 50 了吧，你让他们再给你生个堂弟出来，你这话如果让你二叔听见，信不信他会把你打死？”

一通玩笑开过，吴仕灿把话头引回了正题，对冯啸辰说道：“小冯，你和冯工、张处长他们去迪埃的那几天，我和小王又接待了一些来询问装备情况的非洲朋友。到目前为止，来问化肥设备的有十二家，问火电设备的有五家，钢铁设备有三家，水电设备也有三家，还有打听工程机械、印刷机械什么的，林林总总，有三十多个意向了。我认真分析过了，非洲国家的这些装备需求，都在咱们的生产能力范围之内。价格方面，咱们和西方国家相比，也有明显的优势。尤其是安装和售后服务方面，西方国家的用工成本太高，安装一家小化肥的工时费，比买设备的费用还高。这一点咱们有绝对的优势，谁也比不过咱们。我琢磨着，是不是回去之后就把各家装备企业的负责人找过来，把这些意向转告给他们，让他们去和非洲客商直接洽谈。咱们很多企业现在都有些开工不足，这些订单过来，对于这些企业来说，可就是雪中送炭了。”

冯啸辰没有马上发表意见，而是把头转向王根基，问道：“老王，你的看法呢?”

王根基道：“我的想法和老吴差不多，不过多一个建议，那就是那些承担了出口设备任务的企业，要给咱们重装办交点管理费。咱们几个跑一趟非洲，光差旅费就花了好几万，这些钱总得让他们来承担吧？至于说咱们三个的劳务费，就算了吧，权当是咱们给下面的企业作贡献了。”

“让下面的企业交管理费，恐怕不妥吧。”吴仕灿反驳道，“这个没有政策依据啊。”

“那咱们凭什么出这些钱?”王根基呛声道。

“这是咱们的职责嘛，咱们重装办，不就是干这个的?”

“谁说咱们重装办是干这个的？咱们只管搞协调，啥时候管企业的业务了？老吴，你这个思想也该换换了，现在讲商品经济，企业里的业务员接到业务，都是要拿业务提成的。咱们几个人跑到非洲来拉业务，不拿提成也就罢了，哪有连差旅费都要倒贴进去的?”

“这不都是国家的钱吗，怎么能算是倒贴呢?”

“说是国家的钱，你找下面的企业出点钱试试，看看他们给不给?”

“他们是给国家交过利税的……”

两个人你一言我一语地辩论了起来，冯啸辰在旁边听着，只是笑而不语。二人吵了一阵，估计也是觉得很难说服对方，便一齐把目光投向了冯啸辰，异口同声地说道：“小冯，你也别装聋作哑了，说说你的看法吧，你支持我们谁的观点?”

“我的看法吗?”冯啸辰好整以暇地笑了笑，说道，“我觉得你们俩说的都不靠谱，我都不支持。”

“什么意思？”两个人顿时就变成了同盟军，都向冯啸辰瞪眼问道。

冯啸辰道：“很简单啊，刚才老王也说了，这是咱们拉来的业务，那凭什么白给下面的企业做呢？”

“对呀对呀，这不就是我的意思吗，他们想接这些业务，起码得把咱们的差旅费出了吧？”王根基说道。

“差旅费？”冯啸辰露出一个鄙夷的神情，说道，“老王啊老王，你好歹也是国家机关里的处长好不好，你就这点志气？”

“这碍志气什么事了？”王根基不解地问道。

冯啸辰道：“咱们三个人的差旅费才多少钱？撑死了有10万人民币就足够了吧？这些设备，咱们向非洲国家报的价钱，起码都是七成以上的利润，就算对方砍砍价，两三个亿的利润也是稳的，你拿10万块钱就满足了？”

“说得也是啊。”王根基反应过来了，他们这次在非洲和人洽谈装备出口，都是把装备在国内的价格涨了好几倍报价的，就这样还让黑叔叔们感激涕零呢。这些装备交给任何一家企业去做，都是五成以上的利润，加起来两三个亿是稳拿的，自己光想着让对方出差旅费，的确是很傻很天真的想法了。

“依你之见，咱们该怎么做呢？”王根基问道。

冯啸辰道：“我原来也没想到在非洲有这么大的市场，还有就是利润率能够这么高。原来我的想法和老吴差不多，就是把拉来的业务直接交给下面的企业去做，解一解他们的燃眉之急。不过，现在我改主意了，我想回去跟罗主任谈谈，这些业务，咱们不能交给他们去做。”

“不交给他们去做，难不成咱们自己做？”王根基下意识地问道。

“没错啊，就是咱们自己做。”冯啸辰道。

“这怎么可能！”王根基直接把冯啸辰的话当成了调侃，他不屑地说着，“小冯，咱们聊正事呢，你开玩笑也得看场合吧。”

冯啸辰无奈地一摊手，道：“我说的就是正事，你非要当玩笑，我有什么办法?”

吴仕灿是了解冯啸辰的，知道他虽然爱开玩笑，但也不是那种信口开河的人，他说道：“小冯，你到底是什么意思，还是直接说出来吧，别跟我和小王打哑谜了。你说咱们自己生产，是指什么呢?”

冯啸辰道：“我没说自己生产，我只是说自己做。或者更确切地说，是咱们自己把这些业务接下来，然后再包给下面的企业去做。”

“这不是咱们过去搞大化肥的时候那套思路吗?”吴仕灿有些明白了，他想了一下，说道，“可是，这一回和上一回可不一样。上一回，咱们是面对日本企业，从日本企业手里拿到分包任务，再发给下面的企业做，具体的技术要求，是由日方负责的。这一回……嗯，就算有点相似之处吧，但区别还是有的。再说了，咱们重装办是机关，又不是企业，怎么能跟非洲国家签合同呢?”

# 第五百零二章

“不是企业没关系啊，咱们可以变一个企业出来嘛。”听到吴仕灿的话，冯啸辰笑呵呵地回答道。

“变一个企业出来?”吴仕灿心念一动，“小冯，你的意思是说，咱们可以利用这个机会，把装备工业公司建立起来?”

关于成立一家工业装备公司来协调全国装备研发的思路，罗翔飞曾经向冯啸辰说起过，同样也对其他的中层干部说起过，重装办内部对此事已经是无人不知，唯一的悬念只是在什么时候启动这项工作而已。

把重装办的职能转到公司去做，这不是罗翔飞一个人能够说了算的，而是与经委领导充分讨论之后才提出来的思路。经委领导认可此事，也是出于无奈，因为重装办的工作已经越来越难开展，如果不采取一些新的措施，重装办就只能是名存实亡了。

国家最早提出重大装备研制计划的时候，还是计划经济占主导的年代，重装办作为由经委牵头，十几家职能部委作为主办机构的单位，权力是很大的，全国的装备企业都要买重装办的账。在那段时间里，重装办要想推动一项工作，并没有太大的难度。

随着国家逐渐转向商品经济，各部门、各地区都在积极推进扩大企业自主权，政府对企业的约束力越来越小。尤其是在国家部委层面，对下属企业的控制权更是一缩再缩。有些职能部委自己都已经改成了工业公司，原来的部属企业就更是不在乎上头的意见了。

说下属企业不在乎上级，也是相对的。在不涉及利益冲突的时候，下属企业显得很乖巧，机关或者总公司的人下去考察，都能够享受到好吃好喝的接待。但如果涉及利益问题，人家就没那么好说话了。婉拒你的要求都算是比较客气的，遇到横一点的，直接就给你一个冷脸，让你灰溜溜地下不来台。

在这种情况下，国家机关要想做点事，就非常困难了。形势变了，管理模式自然也就要跟着改变，这就是改革时代的特征。鉴于重装办对下属企业的行政管理权已经严重弱化，经委便提出了以经济手段管理经济问题的思路，设想在重装办之外再成立一家国家装备工业集团公司，以企业化的方式来协调重大装备研制工作。装备公司与重装办将采取“一套人马、两块牌子”的方式，该用行政手段的时候，就用重装办的牌子，该到用经济手段的时候，就用装备公司的牌子。这样一来，工作的手段多了，做事也就能够游刃有余了。

想法有了，但具体如何做，还得重装办这边来拿主意。罗翔飞只知道这是一个好点子，但在细节上还想不明白。商品经济对于他这一代人来说，实在是太陌生了，他不知道怎么才能把这家公司做好。

冯啸辰是一个从市场经济年代里穿越过来的人，对于如何用经济手段来达到管理目标，有着许多别人不具备的经验。罗翔飞找冯啸辰谈过几次，听冯啸辰说了一些想法，感觉很有启发。他曾向冯啸辰说过，一旦这家公司成立起来，要聘冯啸辰当公司的总经理助理。至于说总经理，那当然是由罗翔飞来担任的，这一点谁都清楚。

听冯啸辰说要变一家企业出来，吴仕灿便敏感地想到了装备工业公司这件事。他原本以为这件事怎么也得酝酿几年时间才能有些眉目的，但听冯啸辰这个意思，似乎是希望这家公司马上就能够成立，以便承接他们这次在非洲拿到的订单。

“咱们成立一家公司，从非洲承接业务，然后再把业务分包给各家装备企业，这不就是我们理想的管理模式吗？”冯啸辰说道，“要用经济手段来管理经济问题，首先就是手上要有钱。商品经济年代里，没有钱一切都是空的，说话不会有人听。”

“这样也行？”吴仕灿目瞪口呆。他早知道重装办要成立公司的事情，但对于公司如何运作，他是一点想法也没有，充其量就是觉得以后也许应当把一些国家拨款变成商业合同，加一些奖惩机制之类的。但国家通过重装办下发的拨款本身也并不多，就是一些科技专项资金啥的，一年几百万的样子，分到各家企业头上也就是点毛毛雨，起不到左右企业经营行为的作用。

吴仕灿经手过的最大的一笔钱，是冯啸辰从德国弄来的装备科技基金，那笔钱有高达一亿元之多。但这钱其实是属于基金会所有的，重装办只能算是过路财神，不可能把这钱当成装备工业公司的钱来花。

现在，冯啸辰却提出了一个新的想法，那就是由重装办出去揽业务，再把这些业务分包给各装备企业做。总包与分包的这种模式，吴仕灿是懂的。能够担负总包业务的企业，都是极有实力的企业，如日本的秋间会社、森茂铁工所之类，这些企业负责技术研发，形成核心技术之后，再招募其他企业来当自己的外包商，赚取高额的利润。未来的装备工业公司如果能按这样的模式来运作，倒也真符合了重装办的初衷了。

“我觉得小冯这个想法可行。”王根基插话道，“咱们是国家装备工业公司，出口成套装备是名正言顺的事情。咱们和非洲国家签合同，再让下面的企业来制造，这并不违反原则。下面那些企业如果不服气，可以自己去揽活呀，我就不信非洲人会更相信他们，而不相信我们。”

冯啸辰笑道：“最关键的是，他们压根就没有出口权，怎么可能出去揽业务呢？咱们跟国家的那几家进出口公司打个招呼，涉及成套设备出口的事情，一律由咱们负责，这一下就把下面的企业给卡死了。”

“这个办法好，哈哈，我怎么给忘了？”王根基大笑起来。冯啸辰说的这个办法，其实就是利用重装办的特殊地位，搞出口垄断。国家这几年虽然在大力提倡放权，但进出口权一直是把得很紧的，尤其是涉及外汇的业务，属于国家管理很严的业务。

冯啸辰提出这个主意，也是出于无奈。他当然知道垄断是一种很恶劣的行为，容易滋生出各种问题。但现在这个时候，国内企业的市场经验有限，尤其是参与国际竞争的经验几乎是空白，让他们去自主竞争，很大可能性是要吃亏栽跟头。就比如上次日本企业到中国来找代工企业，如果不是重装办以强烈要求各企业统一报价，各企业恐怕早就让日本人分化瓦解，成了人家的廉价民工了。

向亚非拉国家出口成套装备的事情也是如此，中国产品的价格已经是很便宜了，即便是像冯啸辰那样黑心地把价格报高了好几倍，在市场上依然是有竞争力的。如果让各地的企业去非洲自由竞争，没准大家就会互相压价，让非洲人捡了便宜。冯啸辰可没什么国际主义精神，向非洲国家让利这种事情，还是等中国富裕起来之后再说吧。

除了报价方面的问题之外，还有一个更重要的事情，是重装办不能不考虑的。国家成立重装办的目的，是要让各家装备制造企业积极攻关，掌握国际装备最新技术。他们一行跑到非洲去卖的设备，其实都属于落后设备，并不是重装办要推进的技术。卖落后设备的目的，是赚钱来开发新技术，如果不是为了这个目的，那么这一趟非洲之行也就用不着重装办派人了。

如果把非洲的订单直接交给各家企业，冯啸辰有一百个理由相信这些企业会把赚来的钱用于发奖金、盖楼堂馆所，再买上一大堆进口小轿车，总之，就是怎么能够败家，他们就会怎么做。只有把这些钱攥在重装办的手里，才能真正要求这些企业把钱用于重大装备研发。

吴仕灿显然也意识到了这一点，他沉吟了一会，说道："我赞成小冯的想法，咱们应当迅速成立一个装备工业公司，把这些出口订单都拿到手上。出口设备的利润，要由我们分配，一部分可以留给企业当成福利基金，大部分应当用在技术研发上。唉，说来惭愧啊，咱们国家的装备技术，现在也就是能够在非洲朋友面前摆摆威风，和西方国家一比，实在是差距太大了，再不奋起直追，咱们真的会被时代淘汰的。"

"老吴，这件事说起来简单，真要做起来，可没那么容易。如果咱们拿着出口订单，让各家企业来竞标，信不信他们能把你们重装办给搅得一地鸡毛？"冯啸辰幸灾乐祸地说道。

吴仕灿哈哈一笑，说道："小冯，什么叫我们重装办？如果要成立装备工业公司，恐怕罗主任要用的第一个人就是你，这一点他早就说过了。

我们这些老家伙，搞这种歪门邪道的东西，还真是不灵呢。”

“哈哈，没错，老薛早就说过，如果我们要成立一个装备工业公司，那简直就是给你这小子量身定做的，你就等着罗主任去招你吧。”王根基也凑趣地说道。

# 第五百零三章

七月流火，84级战略班的研究生们迎来了毕业的日子。

老大王振斌是从计委脱产过来读研的，毕业后依然是返回计委工作。在研究生期间，王振斌颇下了一番苦功，除了撰写学术论文之外，还在几份重要的报纸上发表了几篇讨论经济体制的文章，有一篇得到了高层领导的关注。正因为此，他一回去就能够得到一个副司级的任命，相当于读研三年也没怎么耽误了。

于蕊来自于体改委，但她已经不打算回体改委去了。她与妇联谈好，到那边去分管一个与经济管理有关的部门，对方承诺一年之内给她解决副司级的问题。妇联目前的工作也在转向为经济建设服务，而又极度缺乏懂经济的人才，于蕊在那里应当是能够大显身手的。

丁士宽和祁瑞仓二人都考取了博士，不过丁士宽是在战略所本所读博，祁瑞仓则是要远赴大洋彼岸，到芝加哥大学去读博。这两个欢喜冤家在这三年时间里斗得不亦乐乎，丁士宽坚信国家现有的经济管理体制是有其优越性的，改革只是对现有体制的局部修正而已。祁瑞仓则从西方主流经济学的立场出发，认为中国唯有全盘西化才有出路。

在冯啸辰组建的那个“蓝调咖啡沙龙”里，丁士宽和祁瑞仓分别是“计划派”和“市场派”的带头人。祁瑞仓因为坚定地鼓吹市场化，还被研究生院专门点名警告过，说他的观点有资产阶级自由化的嫌疑。在那之后，祁瑞仓倒是不太公开发表这类言论了，他加入了当年颇有一些声势的“托福大军”，并以优异的成绩拿到了芝加哥大学的录取通知。用他自己的话说，他去美国并不是要赶什么时髦，而是要去求取指导国家改革道路的真经。

虽然在学术观点上针锋相对，势不两立，但丁士宽与祁瑞仓的私交却丝毫不受影响，甚至因为惺惺相惜，两个人的关系似乎比他们与其他同学的关系更为密切。祁瑞仓确认自己已经被芝大录取之后，向丁士宽发出了挑战书，声称要赌一赌未来谁先获得诺贝尔经济学奖，而丁士宽也欣然地接受了祁瑞仓的挑战。

谢克力在读书期间的成绩不错，而且与本所以及外所的许多老师也都混得很熟。不过，他并没有留在研究生院读博士，而是提前一年就联系好了财政部，还在那里实习了半年之久。毕业的时候，他拿到了去财政部的派遣信，据说会被分配在一个颇有一些实权的司里当副处长，前途想来也是极其辉煌的。

所有人的去向都不算离奇，基本上在读书期间就已经能够觑见端倪了。唯有冯啸辰的派遣信让所有人的都大跌眼镜，大家知道他是从经委重装办出来的，读书期间也一直都在替重装办干活，因此所有的人都觉得他毕业后应当是回重装办去，或者通过重装办的关系，到经委的其他部门去工作。谁承想，他的派遣单位居然是一家新成立的企业，名叫国家装备工业集团公司。

“老幺，怎么把你派到企业去了？”

王振斌得到消息之后，惊愕莫名地向冯啸辰问道。

“有什么不对吗？”冯啸辰反问道。

“当然不对。”王振斌应道，“你这几年给重装办干了多少活，大家都是看在眼里的。怎么临到分配的时候，你没回重装办，反而去了企业呢？”

冯啸辰解释道：“这家装备工业公司，就是重装办的企业啊。因为国家管理体制的变化，重装办的工作也在进行改革，现在是一套人马，两块牌子。重装办是一块牌子，工业公司是另一块牌子，我去哪个单位，不都是一样吗？”

“这怎么能一样呢？”于蕊也插进话来，“公司是企业，重装办是机关，两者的区别大着呢。就算要派你去企业工作，也是应当先把你派遣到重装办，拿个行政编制，然后再到企业去任职，哪有直接就派往企业的道理？”

我们平常说的“体制内单位”，其实是包含着三种类型的，分别为机关、事业单位和企业，对应的编制也称为行政编、事业编和企业编。从行政到事业，或者从事业到企业，都是很容易的，相当于一种发配。而要反过来，从企业到事业，或者从事业到行政，就难比登天了。

行政编意味着你是一名干部，也就是后世说的公务员，在本体系内熬资历提拔，最终能够成为封疆大吏。事业编相当于技术人员，比如教师、医生等等，混得再好，也就是在本单位、本系统内当个教授，或者当个领导，在权力方面的空间是很有限的。而企业编就更别提了，完全就是出大力、流大汗的命，过上几年，等到国企大量破产、改制的时候，企业人员连手上的铁饭碗都会锈掉，实在算是体制内地位最低的一层了。

王振斌、于蕊都是在体制内厮混多年的，对于这个问题看得非常透彻。在他们想来，就算是重装办要另挂一块牌子，搞一个工业公司来执行一些经济管理的职能，冯啸辰应当去的也是重装办那边，而不是一步到位地直接进入公司。以重装办干部的身份到公司去工作，可谓是进而攻、退可守。干出成绩了，能够在体制内得到提升，干不出成绩，也可以拍拍屁股走人，回机关去看报喝茶，过上旱涝保收的生活。而反过来，如果是直接到公司去，未来想往行政机关调动就困难了。

“我觉得你们那个罗主任也太薄情了，你为他鞍前马后干了多少工作，他怎么也不帮你一把？就算不能把你弄到经委那个好一点的司局去任职，直接把你召回重装办总是可以的吧？哪有让你去公司的道理。”于蕊愤愤然地说道。

王振斌则道：“小冯，我觉得这件事还可挽回，你的能力，大家都是知道的。你的导师沈老师也有很多关系，让他出个面，给你找个别的部委，没有任何难度。像小谢去的财政部，就是一个好单位。我们计委也不错，你如果想来计委，我去找人帮你推荐一下，应当也是不成问题的。”

冯啸辰笑了，老大哥和老大姐的美意，他是明白的。别说是站在1987年的时空，就算是到了后世，到有实权的大部委去工作，也是许多高学历人才的首选，而到企业去就只能算是退而求其次了。在时下，各部委都缺乏高学历的人才，一个硕士在任何一家部委里都属于香饽饽，是大家争着要的。冯啸辰但凡想去哪个部委工作，根本用不着去找什么关系，投个简历就行了。

可是，冯啸辰毕竟不是一个寻常人，他有自己的企业，早已跻身于时下的顶级富豪之列，无须为五斗米折腰了。作为一名穿越人，他的理想也不是追求在人前有何种风光，而是想扎扎实实地做一点自己想做的事情，能够为这个不同的时空作出一些贡献。在这种情况下，去企业与去机关，又有何区别呢？

事实上，让冯啸辰到企业工作，也是罗翔飞与张克艰商量过的结果，并且征求过了冯啸辰的意见。冯啸辰挂在他父母名下的那几家企业，是他的硬伤。机关干部与商业公司有过多瓜葛，是非常犯忌讳的，更不用说他实际上就是这些企业的真正所有者。冯啸辰职位低的时候还无所谓，如果他能够得到提拔，走上更高的岗位，那么领导干部经商问题，就会成为他的致命弱点。

而到企业去工作，这方面的要求就没那么严格了，只要冯啸辰不损公肥私，一般情况下也不会有人拿他办私人企业的事情来发难。

此外，冯啸辰行事不拘一格，有时候难免会说一些出格的话，甚至办一些出格的事。这种工作作风，在机关里也是颇为忌讳的，而到企业里，就属于“有开拓精神”，是值得提倡的。

正因为有这样考虑，罗翔飞便提出让冯啸辰到企业去工作，不要介入官场，专心致志地做那些促进产业发展的正事。至于说到企业编制会不会限制他的发展，这其实也是事在人为的事情。他真的做出了成绩，能够提拔到部委来独当一面的时候，还会受到什么编制的约束吗？

关于这些事，冯啸辰也不便向同学们说起，倒是导师沈荣儒洞若观火，明白罗翔飞这个安排背后的苦心，还专门找冯啸辰谈了一次，暗示他说有高层的领导对他也颇有兴趣，他尽管放开手脚，施展自己的本事，等到要叙功晋升的时候，自然会有人来为他扫清障碍的。

首都机场，祁瑞仓推着自己硕大的行李箱，在同学们的目送下走向安检通道。临告别时，他握着每一位同学的手，自信满满地说道：“我会回来的，历史将会证明我是正确的。”

“历史将会证明我们是正确的。”冯啸辰与祁瑞仓握手时，笑呵呵地替他做出一点小小的纠正。

“哈哈，这是不可能的。我和你们，只能有一方是正确的。而我坚信，正确的一定是我，未来的中国一定是市场化的中国。”祁瑞仓坚持道。

“未来的中国，一定是政府主导下的市场化中国。”冯啸辰继续纠正道。

“嗯哼，那就让历史来检验吧！”

“历史会做出检验的！”

波音747腾空而起，载着一代人探索强国之路的理想，飞向远方……

（完）

**图书在版编目（CIP）数据**

大国重工. 伍/齐橙著.-上海：上海文艺出版社.2019.12
ISBN 978-7-5321-7434-8
Ⅰ.①大… Ⅱ.①齐… Ⅲ.①长篇小说－中国－当代
Ⅳ.①I247.5
中国版本图书馆CIP数据核字(2019)第283903号

上海市新闻出版专项资金数字出版领域资金扶持
2017年度中国作家协会重点扶持作品

发 行 人：陈　徵
策　　划：林庭锋 侯庆辰 李　霞
责任编辑：江　晔
网络编辑：李晓亮
美术编辑：丁旭东

书　　名：大国重工. 伍
作　　者：齐　橙
出　　版：上海世纪出版集团　上海文艺出版社
地　　址：上海绍兴路7号　200020
发　　行：上海文艺出版社发行中心发行
上海市绍兴路50号　200020　www.ewen.co
印　　刷：常熟市华顺印刷有限公司
开　　本：890×1240　1/32
印　　张：15.5
插　　页：2
字　　数：444,000
印　　次：2019年12月第1版　2019年12月第1次印刷
I S B N：978-7-5321-7434-8/I・5908
定　　价：58.00元
告 读 者：如发现本书有质量问题请与印刷厂质量科联系　T: 0512-52605406